Das Buch

Immer häufiger wird Molly Abberwick, die unkonventionelle Besitzerin der »Abberwick Tea & Spice Company« und nach dem Tod ihres Vaters Vorstandsmitglied in dessen Forschungseinrichtung, in ihrer eigenen Wohnung von gruseligen, ja beängstigenden Vorfällen erschreckt. Die Ursache für diese makabren Scherze bleibt ein Rätsel. Kein Wunder, daß sich Dr. Harry Stratton Trevelyan, der im Forschungsinstitut für sie arbeitet, ernsthafte Sorgen macht. Er glaubt nicht an bloße Streiche, vielmehr sagt ihm sein geerbter siebter Sinn, daß mehr dahintersteckt. Um Molly vor einer möglichen Gefahr zu schützen, holt er sie zu sich – obwohl er eigentlich mit genug eigenen Schwierigkeiten zu kämpfen hat. Muß er nicht Angst haben, die schöne Frau durch seine psychischen Probleme, die wie ein dunkler Nebel auf ihm lasten, zu erschrecken? Seine inneren Abgründe, die mit dem schrecklichen Tod seiner Eltern zusammenhängen? Mollys körperliche Präsenz verwirrt ihn noch mehr und macht es ihm fast unmöglich, sein Verlangen nach ihr zu unterdrücken. Nicht zuletzt deswegen macht er ihr einen ungewöhnlichen Vorschlag – aber auch Molly, die sich unwiderstehlich zu dem maskulinen Harry hingezogen fühlt, kann sich ihm nicht ohne weiteres hingeben ...

Die Autorin

Jayne Ann Krentz ist die Autorin von fünfzehn aufeinander folgenden New York Times-Bestsellern; ihre Bücher erreichten eine stolze Gesamtauflage von 20 Millionen Exemplaren. Bevor sie sich dem Schreiben zuwandte, studierte sie Geschichte und Bibliothekswissenschaften und arbeitete als Bibliothekarin. Heute lebt sie zusammen mit ihrem Mann in Seattle/USA.
Im Wilhelm Heyne Verlag sind bereits ihre folgenden Bücher erschienen: Leidenschaft des Augenblicks (01/9670), Unbezähmbares Verlangen (01/9756), Vagabund der Liebe (01/10075), Traum des Augenblicks (01/10503).

JAYNE ANN KRENTZ

TRÄUME WIE SAMT

Roman

Aus dem Englischen
von Elisabeth Schulte-Randt

WILHELM HEYNE VERLAG
MÜNCHEN

HEYNE ALLGEMEINE REIHE
Nr. 01/10630

Titel der Originalausgabe
ABSOLUTELY POSITIVELY

Besuchen Sie uns im Internet:
http://www.heyne.de

Umwelthinweis:
Das Buch wurde auf chlor- und säurefreiem
Papier gedruckt.

Redaktion: Oliver Neumann,
Redaktionsbüro Dr. Andreas Gößling

Printed in Germany 1998
Umschlagillustration: Gordon Johnson/Agentur Schlück
Umschlaggestaltung: Atelier Ingrid Schütz, München
Satz: Buch-Werkstatt GmbH, Bad Aibling
Druck und Bindung: Elsnerdruck, Berlin

ISBN 3-453-13702-7

Für Edna und J. L. Krentz,
in Liebe und Verbundenheit

1

Nur selten gestattete sich Harry Stratton Trevelyan absolute Gewißheit. Doch eines hatte er im vergangenen Monat klar erkannt: Er wollte Molly Abberwick. Heute abend würde er sie fragen, ob sie eine Affäre mit ihm begann.

Für Harry war das eine wichtige Entscheidung gewesen. Ohnehin hatte er fast nur wichtige Entscheidungen in seinem Leben zu treffen.

Der Einleitungssatz seines letzten Buches hätte ihm auch als persönliches Motto dienen können. *Das Gefühl absoluter Gewißheit ist die größte aller Illusionen.* Im allgemeinen handelte Harry in Beruf und Privatleben nach diesem Prinzip. Diese Einstellung hatte er sich zur Gewohnheit gemacht. Aus den Erfahrungen der Vergangenheit und seiner gegenwärtigen Beschäftigung hatte sich in Harry ein Weltbild herausgebildet, das manche Menschen für zynisch hielten. Er selbst zog es vor, seine Haltung als »intelligente Skepsis« zu bezeichnen. Das Ergebnis war dasselbe. Nur selten wurde Harry getäuscht, betrogen oder hereingelegt. Andererseits erweckte er oft den Eindruck, kalt und berechnend zu sein. Doch das störte ihn nicht.

Seiner wissenschaftlichen Ausbildung und seinem Naturell entsprechend, verlangte er Fakten und wasserdichte Beweise in buchstäblich jedem Bereich seines Lebens. Klarheit war seine Leidenschaft, und er ging an alle Fragen logisch heran.

Manchmal allerdings kam es auch vor, daß sein fein geschulter Verstand die gewohnten methodischen Schritte auszulassen schien und direkt zur Lösung eines Problems sprang. Die Einsichten, die Harry auf diese Weise gewann, waren derart scharfsinnig, daß er manchmal erschrak. Zutiefst erschrak. Dennoch bediente er sich bei den meisten

Gelegenheiten mit Genuß seiner messerscharfen Intelligenz.

Er wußte, daß er im Denken besser war als darin, Beziehungen aufzubauen.

Bis jetzt hatte er sich seinem Ziel, eine Affäre mit Molly zu beginnen, langsam und vorsichtig genähert. Harry wollte den Fehler nicht noch einmal begehen, der ihm mit seiner Exverlobten unterlaufen war. Er würde sich nicht mehr mit einer Frau einlassen , nur um eine Antwort auf die dunklen Fragen in sich zu finden, die er nicht in Worte kleiden konnte und wollte. Diesmal würde er sich mit Sex und Kameradschaft zufriedengeben.

»Ist das alles, Harry?«

Er sah seine Haushälterin an, die jeden Tag ein paar Stunden bei ihm arbeitete. Ginny Rondell war eine untersetzte Frau in den späten Vierzigern mit angenehmen Gesichtszügen. Sie stand auf der anderen Seite der langen Frühstückstheke aus Granit, die die Küche vom Wohnbereich der Hochhauswohnung abtrennte.

»Ja, danke, Ginny«, sagte Harry. »Das Essen war übrigens ausgezeichnet.«

Molly Abberwick, die auf dem schwarzen Sofa gegenüber der großen Fensterwand saß, schenkte Ginny ein warmes Lächeln. »Es war wunderbar.«

Ginnys breites Gesicht strahlte vor Freude. »Danke, Miß Abberwick. Der Tee ist fertig, Dr. Trevelyan. Und Sie wollen ihn wirklich selbst servieren?«

»Danke, ja. Ich kümmere mich darum«, sagte Harry.

»Gut, dann wünsche ich noch einen schönen Abend.« Ginny trat um den langen Tresen und schritt in die mit grünem Marmor ausgelegte Diele. Während sie die Schranktür öffnete, um ihre Tasche zu holen, spürte Harry eine ihm sonst fremde Nervosität. Er wartete darauf, daß Ginny ihre Jacke anzog. Dann öffnete die Haushälterin die Eingangstür und verschwand.

Eine plötzliche Stille erfüllte das Apartment.

Endlich allein, dachte Harry. Seine Ungeduld amüsierte ihn. Es war schon lange her, seit er sich zum letztenmal so gefühlt hatte. Er konnte sich nicht einmal mehr an den Anlaß erinnern. Irgendwann in seiner Jugend zweifellos. Harry war sechsunddreißig, doch während der letzten acht Jahre war er sich verdammt alt vorgekommen.

»Ich hole den Tee«, sagte er und erhob sich.

Molly nickte. Ihre großen seegrünen Augen blickten erwartungsvoll. Harry hoffte, daß das bezüglich seiner Pläne ein gutes Zeichen war. Er hatte *beide* Telefone für den Rest des Abends abgeschaltet – eine geradezu unerhörte Handlung. Ginny war erstaunt gewesen. Sicher, den Geschäftsapparat stellte er abends immer ab, wenn er mit seinen Studien beschäftigt war, doch den Schalter des privaten Telefons legte er niemals um. Er war für beide, einander bekämpfenden Zweige seiner Familie immer erreichbar.

Harry trat zu dem dunklen Steintresen und nahm das Tablett mit der Teekanne und den beiden Tassen. Den teuren Darjeeling-Tee hatte er bestellt, nachdem er es sich zur Aufgabe gemacht hatte, Mollys besondere Vorlieben herauszufinden. Kein Zucker. Keine Milch. Bei Details war Harry immer gut. Verstohlen beobachtete er Molly, während er das Tablett zum Glastisch trug, der vor dem Sofa stand. Er bemerkte, daß sie unter der ruhigen Fassade unruhig war. Harry spürte förmlich, wie ihre Erregung in kleinen Wellen zu ihm herüberschwappte. Seine eigene Erwartung brandete auf.

Molly saß etwas steif auf dem Sofa. Ihre Aufmerksamkeit war von den Lichtern des Pike Market Place, auf den sie jetzt herabsah, und dem Blick über die weitgestreckte Elliot Bay gefangen. Hier im Nordwesten war nun Sommer, und die Tage schienen endlos zu dauern. Aber jetzt, nach zweiundzwanzig Uhr, war die Nacht endlich hereingebrochen. Das bedeutete, daß Harrys Chance gekommen war, eine Affäre mit seiner Mandantin zu beginnen.

Molly genoß die Aussicht von Harrys Stadtwohnung im fünfundzwanzigsten Stock nicht zum erstenmal. Er arbeitete viel zu Hause, und während des vergangenen Monats war sie oft genug in Geschäftsangelegenheiten hergekommen. Doch heute sah sie zum erstenmal die Lichter der Nacht. »Sie haben eine unglaubliche Aussicht von hier oben«, sagte sie, als er das Teetablett auf den Couchtisch stellte.

»Mir gefällt sie auch.« Harry setzte sich neben sie und griff nach der Kanne. Aus den Augenwinkeln bemerkte er ihr Lächeln. Er wertete es als ein weiteres gutes Zeichen.

Molly besaß ein sehr ausdrucksstarkes Gesicht. Harry hätte sie stundenlang ansehen können. Der Bogen ihrer Brauen erinnerte ihn an einen Vogel im Flug. Eine gute Metapher für Molly. Ein Mann, der sie fangen wollte, mußte sehr schnell und gewandt sein. Beide Eigenschaften besaß Harry.

Heute trug Molly einen eleganten moosgrünen Hosenanzug. Ihre Füße steckten in schlichten Wildlederpumps. Bisher hatte Harry den Füßen einer Frau nie besondere Aufmerksamkeit gewidmet, aber die von Molly faszinierten ihn. Sie waren wohlgeformt, mit zarten, geschwungenen Fesseln. Ein Wunder der anatomischen Designkunst, dachte er.

Auch der Rest an Molly war wohlgestaltet.

Während der vergangenen Tage hatte Harry diesen Aspekt gründlich überdacht und war zu dem Schluß gekommen, daß Molly schlank war, aber alles andere als mager. Sie strahlte Gesundheit und Lebendigkeit aus. Harry erfreute sich ebenfalls einer außergewöhnlich guten Gesundheit. Er hatte die Reflexe einer Katze, und wenn Molly sich in seiner Nähe befand, fühlte er sich wie von einem Turbolader in Schwung gebracht.

Bestimmte Partien von Mollys Körperbau waren angenehm gerundet. Die Jacke ihres Hosenanzugs schmiegte sich über deutlich hervortretende Brüste. Harry wußte, daß sie genau in seine Hände passen würden. Der Schnitt ihrer Hose harmonierte mit ihren vollen, weiblichen Hüften.

Auch wenn Harry Mollys Figur ausgesprochen anregend fand, forderte ihr Gesicht den größten Teil seiner Aufmerksamkeit. Sie war atemberaubend, dachte er zufrieden. Nicht außergewöhnlich schön, aber etwas Besonderes. Einmalig und völlig anders. In ihren grünen Augen schimmerte Intelligenz. Harry gab zu, daß er Frauen mit Verstand besonders erregend fand. Die feingeschnittene, aber energische Linie ihrer Nase und ihre hohen Wangen zeigten Stärke, Entschlossenheit und Charakter. Das honigbraune Haar unterstrich ihre Persönlichkeit. Es umrahmte ihren Kopf in einer kurzen, ungebändigten Masse, und der Schnitt betonte die schrägstehenden, tiefgründigen Augen.

Harry kam der Gedanke, daß es ihr leichtfallen müßte, mit diesen Augen ihren Lebensunterhalt als Wahrsagerin auf einem Jahrmarkt zu verdienen. Ihr Blick schien seine Vergangenheit, Gegenwart und Zukunft lesen zu können. Diese Erkenntnis ließ seine gewohnte Vorsicht blitzartig wieder aufzucken. Das letzte, was Harry brauchte, war eine Frau, die tief in seine Seele blicken konnte. Das wäre der direkte Weg in den Wahnsinn.

Mehrere Herzschläge lang überlegte er ernsthaft, ob es eine kluge Idee war, sich mit einer Frau einzulassen, in deren Blick soviel Wissen lag. Harry hatte kein Glück mit Frauen, die dazu neigten, seine Psyche auszuforschen. Die unselige Erfahrung mit seiner Exverlobten war der Beweis dafür. Auf der anderen Seite konnte er mit geistlosen Dummchen nichts anfangen.

Für einen Augenblick ließ er seine Zukunft in der Schwebe, bevor er den nächsten Schritt überlegte.

Molly warf ihm ein fragendes Lächeln zu, das zwei leicht auseinanderstehende Schneidezähne zeigte. Irgendwie liebenswert, fand Harry. Er atmete tief ein und schickte seine Bedenken mit einer atemberaubenden Kühnheit zur Hölle, die ihn eigentlich hätte erschrecken müssen. Diesmal war es in Ordnung, sagte er sich. Molly war Geschäftsfrau, keine Psychologin. Sie würde auf seinen Vorschlag vernünftig und besonnen eingehen, aber ihn bestimmt nicht sezieren oder analysieren.

»Ich möchte etwas mit Ihnen besprechen.« Harry schenkte mit ruhiger Überlegung Tee in ihre Tasse.

»Ja?« Molly ballte die Hand zu einer kleinen Faust und preßte die Finger zusammen. Ihre Augen glühten. »Ich *wußte* es!«

Harry machte ein verblüfftes Gesicht. »Tatsächlich?«

Molly lächelte, als sie ihre Teetasse hochnahm. »Es wird auch langsam Zeit – wenn Sie erlauben, daß ich so mit Ihnen spreche.«

Harry versicherte sich, daß er begeisterungsfähige Frauen liebe. »O ja, das ist in Ordnung. Mir war nur nicht bewußt gewesen, daß wir uns in diesem Punkt auf einer Wellenlänge befinden.«

»Sie kennen den Spruch über große Geister, die demselben Pfad folgen?«

Harry lächelte. »Ja.«

»Als Sie mich zum Abendessen hierher einluden, war mir klar, daß es sich um einen besonderen Anlaß handeln mußte und nicht um eine der üblichen Geschäftsbesprechungen.«

»Richtig.«

»Ich wußte, daß Sie endlich eine Entscheidung getroffen haben.«

»Das habe ich, ja.« Harry betrachtete Molly genauer. »Ich habe lange darüber nachgedacht.«

»Natürlich. Eines habe ich während der vergangenen Wochen über Sie gelernt: Sie überlegen sich alles sehr genau. Und schließlich sind Sie zu dem Entschluß gekommen, daß Duncan Brockways Antrag auf ein Stipendium aus dem Fonds gerechtfertigt ist, nicht wahr? Nun, es wurde auch Zeit.«

Für einige Augenblicke verstand Harry gar nichts mehr. »Brockways Antrag?«

Mollys Augen strahlten vor Zufriedenheit. »Ich wußte, daß Sie diesen Plan unterstützen würden. Ich *wußte* es einfach. Er ist so originell. So aufregend. Und das Potential, das darin steckt, ist einfach unerhört.«

Harry kniff die Augen zusammen. »Was ich Ihnen sagen will, hat nichts mit Brockways Antrag zu tun. Ich möchte etwas völlig anderes mit Ihnen besprechen.«

Die Begeisterung in Mollys Augen trübte sich leicht. »Sie haben die Unterlagen doch durchgesehen, oder?«

»Brockways Antrag? Ja, das habe ich. Er taugt nichts. Wenn Sie wollen, können wir die Einzelheiten später durchgehen. Aber jetzt geht es mir um etwas Wichtigeres.«

Molly wirkte verblüfft. »Was ist wichtiger als Duncan Brockways Forschungsantrag?«

Harry stellte seine Teetasse mit zielgerichteter Genauigkeit ab. »Unsere Beziehung.«

»Unsere *was?«*

»Ich denke, Sie haben richtig gehört.«

Mollys Tasse klirrte laut auf die Untertasse zurück. »Das ist genug. Es reicht.«

Harry sah erstaunt auf. »Stimmt etwas nicht?«

»Sie besitzen die Dreistigkeit, mich zu fragen, ob etwas nicht stimmt? Nachdem Sie mir mitgeteilt haben, daß Sie Duncans Antrag nicht billigen werden?«

»Molly, ich versuche ein vernünftiges Gespräch mit Ihnen zu führen. Allerdings scheinen wir uns völlig mißzuverstehen. Und jetzt zu unserer Beziehung ...«

»Unsere Beziehung.« Molly schoß mit der Energie eines Vulkanausbruchs vom Sofa. »Ich sage Ihnen etwas zu unserer Beziehung. Sie ist ein einziges Desaster, durch und durch.«

»Ich war mir nicht bewußt, daß wir bereits eine Beziehung hatten.«

»Ganz sicher haben wir eine. Aber sie endet an diesem Punkt. Jetzt. Heute abend. Ich weigere mich, weiter für Ihre Dienste als mein Berater zu zahlen, Harry Trevelyan. Bis jetzt habe ich absolut nichts für mein Geld bekommen.«

»Hier scheint ein Mißverständnis vorzuliegen.«

»Ich würde sagen, daß Sie damit recht haben.« In Mollys Augen tobte ein grünes Wetterleuchten. »Ich dachte, Sie hätten mich heute abend zum Essen eingeladen, um mir zu sagen, daß Sie Duncan Brockways Antrag befürworten.«

»Warum zum Teufel sollte ich Sie einladen, um Ihnen die einfache Mitteilung zu machen, daß Brockways Pläne reiner Humbug sind?«

»Sie sind kein Humbug!«

»Doch, das sind sie.« Harry war nicht daran gewöhnt, daß sein Urteil in Frage gestellt wurde. Schließlich war er eine führende Autorität in seiner Branche.

»Wenn es nach Ihrem Urteil geht, befindet sich unter den mehr als einhundert Anträgen, die bei der Abberwick-Stiftung eingegangen sind, kein einziger, bei dem es sich nicht um ausgemachten Schwindel handelt.«

»Nein, das trifft nicht ganz zu.« Harry zog Genauigkeit groben Verallgemeinerungen vor. »Bei einigen handelt es sich nur um schlechte wissenschaftliche Arbeiten. Aber ich möchte heute über etwas anderes mit Ihnen sprechen, Molly.«

»Sie meinen unsere Beziehung, wenn ich mich richtig erinnere. Nun, sie ist vorüber, Dr. Trevelyan. Dies war Ihre letzte Chance. Sie sind entlassen.«

Harry fragte sich, ob er durch Zufall in ein paralleles Universum geraten war. Die Angelegenheit entwickelte sich nicht nach Plan. Er hatte die Entscheidung bezüglich Molly mit großer Sorgfalt und Überlegung getroffen. Natürlich hatte er sie schon immer gewollt, doch er hatte es sich nicht gestattet, sich gedankenlos von seiner physischen Gier mitreißen zu lassen. Ihm war wichtig gewesen, ganz von vorne zu beginnen. Nachdem seine Verlobung vor einem Jahr gescheitert war, hatte er ernsthaft über sein Sexualleben nachgedacht. Inzwischen glaubte er, genau zu wissen, was er wollte. Eine Beziehung mit einer Frau, die eigene Interessen besaß und nicht seine dauernde Aufmerksamkeit brauchte. Er wollte eine Frau, die nicht tödlich beleidigt war, wenn er von seinen Nachforschungen völlig in Anspruch genommen wurde. Eine Frau, der es nichts ausmachte, wenn er sich in seinem Büro einschloß, um an einem Buch oder einer Untersuchung zu arbeiten. Eine Frau, die seine persönlichen Bedürfnisse tolerierte.

Vor allem wollte er eine Frau, die seine Launen nicht kritisierte oder ihm vorschlug, sich deswegen einer Therapie zu unterziehen.

Molly Abberwick hatte den Anschein erweckt, diesen Anforderungen zu entsprechen. Sie war neunundzwanzig Jahre alt und eine kompetente, erfolgreiche Geschäftsfrau. Nach dem zu urteilen, was Harry von ihr wußte, hatte sie ihre jüngere Schwester praktisch allein aufgezogen, nachdem ihre Mutter vor einigen Jahren gestorben war. Mollys Vater war ein Genie gewesen, doch wie so oft bei kreativen, von einer Idee besessenen Menschen hatte er sich mehr seinen Erfindungen als seinen Kindern gewidmet.

Soweit Harry erkennen konnte, war Molly keine zarte, zerbrechliche Blüte, sondern eine starke, robuste Pflanze, die schlimmste Stürme überstehen konnte, vielleicht sogar jene, die gelegentlich seine melancholische Seele umtosten.

Als Besitzerin der Abberwick Tea & Spice Company hatte Molly ihre Fähigkeit bewiesen, den rauhen Wettbewerb in der Welt der Kleinbetriebe zu überleben. Neben ihrer Tätigkeit als Geschäftsfrau war sie die alleinige Treuhänderin der Abberwick-Stiftung, einer wohltätigen Stiftung, die von ihrem Vater, dem verstorbenen Jasper Abberwick, eingerichtet worden war. Jaspers Erfindungen waren die eigentliche Quelle für den Wohlstand der Abberwick-Familie. Die Geschäfte der Stiftung hatten Molly und Harry vor einem Monat zusammengebracht.

»Sie wollen mich nicht entlassen«, sagte Harry.

»Es ist das einzige, was ich tun kann«, entgegnete Molly. »Es hat ganz sicher wenig Sinn, unsere Geschäftsverbindungen weiterzuführen. Nichts wird erledigt.«

»Was genau haben Sie von mir erwartet?«

Entnervt rang Molly die Hände. »Ich dachte, Sie wären mir eine größere Hilfe. Zustimmender. *Enthusiastischer,* was die verschiedenen Forschungsanträge betrifft. Nehmen Sie mir die Bemerkung nicht übel, aber statt darauf zu warten, daß Sie einen davon befürworten, könnte ich genausogut dabei zusehen, wie die Bäume wachsen.«

»Ich arbeite nicht emotional, sondern bevorzuge es, ruhig und überlegt an die Dinge heranzugehen. Ich dachte, das wäre Ihnen klar und Sie hätten mich vor allem aus diesem Grund hinzugezogen.«

»Sie sind so emotionslos wie eine Steinmauer.« Molly verschränkte die Hände hinter dem Rücken und begann, mit langen, ärgerlichen Schritten auf dem Teppich vor der Fensterfront auf- und abzugehen. »Unsere Verbindung hat sich als völlige Zeitverschwendung herausgestellt.«

Harry beobachtet fasziniert, wie ihr ganzer Körper vor Empörung bebte. Diese explosive Emotion hätte ihn beunruhigen sollen, aber sie fügte dem fesselnden Anblick Mollys nur eine weitere, aufregende Dimension hinzu.

Aufregend. Bei diesem Gedanken runzelte Harry die Stirn.

»Ich wußte, daß es mit Ihnen schwierig werden könnte.« Molly wandte den Kopf und warf ihm wütend einen glühenden Blick über die Schulter zu. »Aber ich hätte nicht gedacht, daß Sie unmöglich sind.«

Definitiv aufregend, entschied Harry. Er konnte sich nicht daran erinnern, wann er zum letztenmal einer aufregenden Frau begegnet war. Diesen Begriff reservierte er normalerweise für andere Interessensgebiete. Eine Diskussion über die Leibnizsche These zur Wahrscheinlichkeitsberechnung war aufregend. Charles Babbages Konstruktionspläne eines mechanischen Computers zur maschinellen Zahlenanalyse waren aufregend. Die Anmerkungen von Boole zur Symbollogik waren aufregend.

Heute abend erkannte Harry ohne den Schatten eines Zweifels, daß er Molly Abberwick ebenfalls auf die Liste der Dinge setzen mußte, die er aufregend fand. Dieses Wissen verursachte nun doch ein tiefes Unbehagen in ihm, obwohl es seinen Hunger nach ihr vergrößerte. »Es tut mir leid, daß Sie glauben, ich wäre schwierig«, sagte er.

»Nicht schwierig, sondern *unmöglich.«*

Harry räusperte sich. »Finden Sie nicht, daß Sie meine geschäftlichen Entscheidungen etwas zu persönlich nehmen?«

»Und Sie nehmen die Dinge nicht zu persönlich, wenn Sie die Konstruktionspläne dieses armen Duncan Brockway ›Humbug‹ nennen«?

»Vergessen Sie Brockways Erfindung. Ich habe nur getan, wofür Sie mich bezahlen, Molly.«

»Tatsächlich? Nun, dann berechnen Sie eindeutig ein zu hohes Honorar.«

»Das tue ich nicht. Sie reagieren nur übertrieben.«

»Übertrieben? *Übertrieben?«* Molly hatte den Küchentresen aus Granit erreicht. Sie fuhr herum und bewegte sich in die Gegenrichtung. »Ich gebe zu, daß ich die Nase voll habe. Wenn Sie das eine übertriebene Reaktion nennen – in Ordnung. Aber das ändert nicht das geringste. Unsere Beziehung entwickelt sich absolut nicht in die von mir gewünscht Richtung. Was für eine Enttäuschung. Was für eine Zeitverschwendung.«

»Wir haben keine Beziehung«, sagte Harry, durch die Zähne gepreßt. »Wir haben eine Geschäftsverbindung.«

»Nicht mehr«, verkündete Molly triumphierend.

Wie aus dem Nichts senkte sich die drohende, dunkle Empfindung über Harry. Er hätte seinem glücklichen Stern danken sollen, dem Verhängnis gerade noch rechtzeitig entkommen zu sein, dachte er. Eine Beziehung mit Molly hätte niemals funktioniert. Doch statt erleichtert zu sein, spürte er einen Anflug von Verzweiflung. Er erinnerte sich an den Tag, als Molly sein Arbeitszimmer zum erstenmal betreten hatte. Sie hatte erläutert, daß sie ihn als Berater für die Abberwick-Stiftung engagieren wolle. Die Stiftung war von ihrem Vater eingerichtet worden, um begabten Erfindern, die kein Geld für ihre Entwicklungen erwarten konnten, finanzielle Unterstützung zu gewähren. Jasper Abberwick hatte die Nöte solcher Menschen nur allzugut gekannt. Er und sein Bruder Julius hatten die größte Zeit ihres Lebens unter finanziell schwierigen Verhältnissen arbeiten müssen. Ihre Finanznöte fanden erst vor vier Jahren ein Ende, als es Jasper gelang, eine neue Generation von Industrierobotern zum Patent anzumelden.

Jasper konnte den neuen Reichtum nicht mehr lange genießen. Er und sein Bruder Julius kamen vor zwei Jahren bei einem tödlichen Unfall ums Leben, als sie mit ihrer letzten Schöpfung dem Prototypen eines von Menschenkraft angetriebenen Fluggerätes, experimentierten.

Es dauerte ein Jahr, um die Abberwick-Stiftung einzurichten und arbeitsfähig zu machen. Molly hatte das Geld geschickt investiert und wollte nun endlich Stipendien für Erfinderprojekte ausschütten. Als einzige Treuhänderin der Stiftung hatte sie eine große Bandbreite an Problemen zu bewältigen. Für die meisten war sie fähig genug, vor allem, was die finanziellen Entscheidungen betraf. Aber im Unterschied zu ihrem Vater war sie Geschäftsfrau, keine Ingenieurin oder Naturwissenschaftlerin. Doch die Beurteilung der Finanzierungsanträge verzweifelter Erfinder erforderte ein großes Wissen im Bereich der Grundlagenforschung und Kenntnisse über die abwegigsten technologischen Anwendungsfragen. Außerdem benötigte man historisches Verständnis. Entscheidungen auf dieser Basis konnten nur von einem geschulten Experten getroffen werden. Die Abberwick-Stiftung brauchte die Dienste eines Spezialisten, der ein Vorhaben nicht nach den Chancen einer baldigen industriellen Anwendung beurteilte, sondern nach dem langfristigen Nutzen einer Erfindung fragte. Außerdem suchte sie jemanden, der die Scharlatane und Betrüger aussortierte, die profitable Stiftungen wie hungrige Haie umlauerten.

Molly besaß beeindruckende Fähigkeiten, wie Harry zugeben mußte, aber sie verfügte über kein überzeugendes technisches Hintergrundwissen. Jährlich konnte sie eine halbe Million Dollar ausgeben, und dafür brauchte sie Hilfe. Genauer gesagt: Sie brauchte Dr. Phil. Harry Stratton Trevelyan.

Bis jetzt hatte Harry etwa einhundert Finanzierungsanträge für sie überprüft. Kein einziger hatte seine Zustimmung gefunden. Die Erkenntnis, nicht wahrgenommen zu haben, wie ungeduldig Molly im Lauf der vergangenen Wochen geworden war, betrübte ihn. Sein Interesse war offensichtlich zu sehr auf andere Dinge gerichtet gewesen.

Harry war seit dem Augenblick an Molly interessiert, als sie einen Termin mit ihm vereinbart hatte. Er hatte ihren Nachnamen sofort erkannt. Aus der Abberwick-Familie war im Laufe der Zeit eine lange Reihe exzentrischer, aber unbestreitbar begabter Erfinder hervorgegangen. Der Name Abberwick besaß keinen hohen Bekanntheitsgrad in der Öffentlichkeit, aber in der Wirtschaftswelt war er durchaus geläufig. Mit ihm verband sich eine Vielfalt an Maschinenbauteilen und Kontrollsystemkomponenten sowie, in den vergangenen Jahren, auch computergesteuerten Industrieautomaten.

Als Autorität auf dem wenig bekannten Gebiet der Wissenschaftsgeschichte und -philosophie wußte Harry vieles über die Beiträge der verschiedenen Abberwicks zur Welt der Technologie. Die Familie konnte auf eine Geschichte zurückblicken, die so alt wie die Nation selbst war. Ein Abberwick aus der frühen Kolonialzeit hatte eine bedeutende Neuerung für Druckmaschinen erfunden. Diese besondere Verbesserung ermöglichte den doppelt so hohen Ausstoß bestimmter flammender Traktate und Pamphlete, die mithalfen, die öffentliche Meinung bezüglich einer Revolution in den amerikanischen Kolonien zu beeinflussen. In den siebziger Jahren des neunzehnten Jahrhunderts entwickelte ein anderer Abberwick eine Verbesserung für den Bau von Dampfmaschinen. Als Ergebnis konnten leistungsfähigere Lokomotiven gebaut werden, was wiederum die Erschließung des Wilden Westens der Vereinigten Staaten voranbrachte. In den späten dreißiger Jahren dieses Jahrhunderts erfand ein Abberwick einen Steuerungsmechanismus, der Fließbänder wirtschaftlicher arbeiten ließ. Die rationellere Arbeitsweise ermöglichte im Krieg einen erhöhten Ausstoß an Panzern und Flugzeugen.

Und so ging es weiter. Der Name Abberwick tauchte überall in der Geschichte der amerikanischen Erfindungen auf, verstreut wie Popcorn auf dem Boden eines Kinosaals. Und er wurde genauso wahrgenommen: Man bemerkte ihn erst, wenn man drauftrat. Harry jedoch hatte seinen Ruf als Wissenschaftler darauf begründet, auf Informationen dieser Art zu stoßen. Erfindungen machten Geschichte, und geschichtliche Ereignisse zogen wiederum Erfindungen nach sich. Er beobachtete oft, wie sich die beiden Seiten mischten und gegenseitig beeinflußten.

An verschiedenen Universitäten hielt Harry Vorlesungen zu diesem Thema. Seine Bücher wurden als Klassiker auf dem Gebiet der Wissenschaftsgeschichte gehandelt. Irgendwann auf diesem Weg war er zu einer Autorität für Wissenschaftsbetrug geworden.

Jetzt runzelte er die Stirn angesichts von Mollys Zorn. Es beunruhigte ihn, daß er noch immer nach einer Ausrede suchte, um eine Affäre mit ihr beginnen zu können. Ein intelligenter Mann würde an dieser Stelle den Rückzug antreten, und Harry durfte sich mit Sicherheit als intelligent bezeichnen. »Lassen Sie uns realistisch sein, Molly«, sagte er. »Mich zu entlassen wäre ein sehr dummer Schritt, und das wissen wir beide.«

Sie fuhr herum. Ihre Brauen waren zusammengezogen. »Wagen Sie es nicht, mich dumm zu nennen!«

»Das habe ich nicht getan. Ich habe nur darauf hingewiesen, daß es dumm wäre, unsere Geschäftsbeziehungen zu beenden. Sie brauchen mich.«

»Daran kommen mir langsam ernsthafte Zweifel.« Molly richtete den Finger auf ihn. »Sie sollen mich beraten, aber bis jetzt können alle Ihre Entscheidungen mit einem einzigen Wort zusammengefaßt werden. Und dieses Wort lautet *Nein.*«

»Molly ...«

»Es erfordert kein großes Talent, nein zu sagen, Dr. Trevelyan. Ich wette, ich könnte eine Menge Leute finden, die dieses Wort mit Leichtigkeit aussprechen. Und einige von ihnen verlangen bestimmt ein wesentlich geringeres Honorar als Sie.«

»Aber werden sie auch ja sagen, wenn sie es sollten?« fragte Harry leise.

»Also gut, vielleicht läge ein anderer Berater hin und wieder daneben, und ich gäbe den falschen Bewerbern einen Zuschuß.« Molly tat diese Möglichkeit mit einer großzügigen Geste ab. »Sie wissen, was die Franzosen sagen. Man kann kein Omelett backen, ohne ein paar Eier zu zerbrechen. Wenigstens geschähe auf diese Weise etwas.«

»Eine halbe Million Dollar im Jahr ist mehr als ›ein paar Eier‹. Sie gehen davon aus, daß Sie tatsächlich einen anderen Spezialisten hier in Seattle finden, der den historischen Weitblick und die wissenschaftliche und ingenieurtechnische Erfahrung besitzt, um Sie angemessen zu beraten.«

Molly blickte an ihrer kleinen, energisch geformten Nase entlang auf ihn herunter. »Ich sehe nicht ein, warum es so schwierig sein soll, einen anderen Berater für meine Zwecke zu finden.«

Harry stellte mit Überraschung fest, daß er tatsächlich Verärgerung empfand, und unterdrückte das Gefühl sofort. Er würde Molly nicht erlauben, eine heftige Reaktion in ihm auszulösen. »Natürlich steht es Ihnen frei, das zu versuchen«, sagte er höflich.

Mollys weicher Mund wurde fest. Ungeduldig bewegte sie einen Zeh im Wildlederschuh, und in ihren Augen schimmerte Irritation, als sie Harry ansah. Harry sagte nichts. Sie wußten beide, daß ihre Chance, jemanden mit einer vergleichbaren Wissenskombination zu finden, gleich Null war. »Verdammt«, sagte Molly schließlich.

Harry verzeichnete das als kleinen Sieg. »Haben Sie Geduld, Molly.«

»Warum? Ich bin die Treuhänderin der Stiftung. Ich kann so ungeduldig sein, wie ich will.«

»Diesem Argument ist nichts entgegenzusetzen.«

»Nicht wahr?« Mollys Stimmung hellte sich auf. »Und wissen Sie was? Es fühlt sich gut an. Ich wollte Ihnen schon seit Tagen die Meinung sagen, Dr. Trevelyan.«

»Nennen Sie mich einfach Harry.«

Sie lächelte grimmig. »O nein. Mir würde es nicht einmal im Traum einfallen, Sie mit ›Harry‹ anzusprechen. Harry paßt überhaupt nicht zu Ihnen, Dr. Harry Stratton Trevelyan, promovierter Wissenschaftler, Autor, Dozent und anerkannter Spezialist für die Aufdeckung von Wissenschaftsbetrug.« Sie wies mit der Hand auf die drei Exemplare seines letzten Buches, die auf einem Regalbrett in der Nähe standen. »Sie sind viel zu wichtigtuerisch und arrogant, um einfach nur ›Harry‹ zu sein.«

Ein ungewohntes, leichtes Stakkatogeräusch drang in Harrys Bewußtsein, und er entdeckte, daß er mit dem Finger auf die Armlehne des Sofas trommelte. Er konzentrierte sich sofort, um die Bewegung zu stoppen. Er wäre ein Idiot, wenn er nur einen Gedanken darauf verschwendete, die gespannte Beziehung zu Molly zu retten. Es gab schon genug Probleme in seinem Leben. Aber die Vorstellung, Molly nie wiederzusehen, beschwor in ihm plötzlich das Bild einer Glasbrücke herauf, die sich über einen Abgrund spannte – eine wohlbekannte und erschreckende Vision. Harry wandte alle Willenskraft auf, über die er verfügte, und schob sie in das Reich der Schatten zurück. »Warum setzen Sie sich nicht, Molly?« fragte er, entschlossen, die Kontrolle über die Situation zurückzugewinnen. »Sie sind Geschäftsfrau. Lassen Sie uns diese Angelegenheit in professioneller Weise besprechen.«

»Es gibt nichts zu besprechen. Sie haben Duncan Brockways Antrag abgelehnt, erinnern Sie sich? Und Ihre Meinung scheint für Sie die einzige zu sein, die zählt.«

»Ich habe mein Veto gegen diesen speziellen Antrag eingelegt, weil es sich um einen klaren Betrugsversuch handelt. Die Abberwick-Stiftung soll um zwanzigtausend Dollar erleichtert werden, ohne daß dafür eine fundierte Grundlage besteht.«

Molly verschränkte die Arme unter den Brüsten und betrachtete Harry mit kämpferischer Entschlossenheit. »Das glauben Sie wirklich?«

»Ja.«

»Sind Sie sicher?«

»Ja.«

»Absolut?« fragte sie viel zu süß.

»Ja.«

»Es muß schön sein, sich so auf sein eigenes Urteil verlassen zu können.« Harry antwortete nicht auf diese herausfordernde Bemerkung. Schweigen breitete sich aus. »Mir gefiel Duncans Vorschlag wirklich«, sagte Molly schließlich.

»Ich weiß.«

Sie warf ihm einen kurzen, suchenden Blick zu, als empfände sie eine plötzliche Schwäche. »Es gibt überhaupt keine Hoffnung?«

»Keine.«

»Nicht einmal den Funken einer Möglichkeit, daß Duncan auf ein fundamental neues Konzept gestoßen ist?«

»Nein. Ich kann den Vorschlag einem Freund an der University of Washington vorlegen, der Experte für Energiequellen ist, wenn sie eine zweite Meinung wünschen. Aber er wird meine Einschätzung bestätigen. Es gibt keine gültige wissenschaftliche Grundlage für Brockways Konzept, nach demselben Verfahren wie bei Sonnenenergie vorzugehen, um aus Mondstrahlen Energie zu gewinnen. Die Technologie, die er vorschlägt, existiert nicht, und die Theorie hinter dem ganzen Projekt ist reines Geschwafel.«

Für einen Moment verdrängte Belustigung den Zorn in Mollys Blick. »Geschwafel? Ist das ein spezieller technischer Ausdruck?«

»Allerdings.« Harry wurde durch ihren plötzlichen Stimmungswechsel aus dem Gleichgewicht gebracht. »Ein äußerst nützlicher Ausdruck. Er kann in vielen Situationen angewendet werden. Heben Sie das Stiftungsgeld für einen würdigeren Bewerber auf, Molly. Dieser Duncan Brockway will Sie einfach um zwanzigtausend Dollar erleichtern.«

Molly stöhnte resigniert und sank auf das Sofa zurück. »In Ordnung. Ich ergebe mich. Tut mir leid, daß ich die Nerven verloren habe. Aber langsam frustriert mich diese Angelegenheit, Harry. Ich muß mich um viele Dinge kümmern und kann nicht meine ganze Zeit mit dem Versuch verschwenden, die Erfindungen bei Ihnen durchzubringen.«

Der Sturm war vorüber. Harry wußte nicht, ob er erleichtert aufatmen sollte. »Treuhänderin einer Stiftung zu sein ist sehr zeitaufwendig.«

»Brockways Konzept schien eine wirklich brillante Idee zu sein«, sagte Molly wehmütig. »Stellen Sie sich vor, eine Batterie, die Energie aus Mondstrahlen speichern kann ...«

»Betrüger sind nicht brillant. Sie besitzen nur ein enormes Potential an Unverfrorenheit.« Harry betrachtete Molly mit plötzlicher Neugier. »Und Charme.«

Molly stöhnte. »Schon gut. Ja, ich mochte Duncan Brockway. Ich hielt ihn für ernst und aufrichtig, als ich mit ihm sprach.«

»Das bezweifle ich nicht.« Der Bastard hatte also versucht, Molly mit süßen Worten einzulullen, damit sie ihm das Geld gab, dachte Harry. Er war nicht überrascht. Aber es ärgerte ihn. »Brockway hat sehr ernsthaft und aufrichtig versucht, zwanzigtausend Dollar von der Abberwick-Stiftung zu ergattern.«

Molly setzte ein düsteres Gesicht auf. »Das ist nicht fair. Duncan ist ein Erfinder, kein Betrüger. Vielleicht ein Träumer, der seine Fantasien verwirklichen will. Ich stamme selbst aus einer Familie von Genies, die oft nicht ernstgenommen wurden. Es ist die Aufgabe der Abberwick-Stiftung, solchen Menschen zu helfen.«

»Sie haben mir gesagt, daß die Aufgabe der Stiftung darin besteht, seriöse Erfinder zu fördern, die keine Chance haben, für ihre Projekte Regierungsgelder oder Finanzmittel aus der Industrie zu bekommen.«

»Ich halte Duncan Brockway für seriös.« Molly zuckte mit einer Schulter. »Vielleicht sind seine Pläne etwas zu enthusiastisch. Aber das ist nichts Ungewöhnliches bei Erfindern.«

»Und er schien ein so netter Mann zu sein«, murmelte Harry.

»Ja, wirklich.«

»Molly, wenn ich mich mit etwas auskenne, dann mit Betrügern. Sie haben mich gebeten, bei den Anträgen die Spreu vom Weizen zu trennen, erinnern Sie sich?«

»Ich habe Sie engagiert, um die besten Erfindungen auszuwählen und Bewerber mit innovativen Konzepten zu finden.«

»Und um Scharlatane und Betrüger aufzuspüren.«

»Also gut. Sie haben gewonnen. Wieder einmal.«

»Ich wollte keinen Kampf mit Ihnen«, sagte Harry bedauernd. »Ich versuche nur, meine Arbeit zu tun.«

»Sicher.«

»Ich weiß, daß das Stiftungsgeld wie Feuer in Ihrer Tasche brennt, aber Sie werden noch genug Gelegenheiten haben, um es auszugeben.«

»Das bezweifle ich allmählich.«

»Sie wollen doch sicher nichts übereilen. Die Auswahl geeigneter Bewerber erfordert Zeit und sollte vorsichtig und mit Umsicht geschehen.« Auf die gleiche Weise, wie sich ein Mann eine Geliebte wählen sollte, dachte Harry.

Molly räusperte sich und betrachtete die vollgestopften Bücherregale, die zwei Wände des großen Wohnzimmers einnahmen. »Wie lange betreiben Sie diese Art der Beratung schon?«

»Offiziell? Ungefähr sechs Jahre.« Harry runzelte die Stirn über den abrupten Themenwechsel. «Warum?«

»Ich war nur neugierig.« Molly schenkte ihm ein höchst unschuldiges Lächeln. »Sie müssen zugeben, daß es eine eher ungewöhnliche Berufswahl ist. Es gibt nicht viele Menschen, die sich darauf spezialisieren, betrügerische Förderungsanträge ausfindig zu machen. Wie sind Sie dazu gekommen?«

Harry fragte sich, wohin das Gespräch führen würde. Diese Frau sprang schneller von einer Richtung zur anderen als Wechselstrom. »Vor einigen Jahren schöpfte ein Bekannter von mir, der ein Regierungsprojekt überwachte, bei einigen Testergebnissen Verdacht. Er bat mich, einen Blick auf die Methoden zu werfen, die der Geldempfänger angeblich angewendet hatte. Das tat ich. Es war sofort klar, daß die Testergebnisse manipuliert worden waren.«

»Es war sofort klar?« Mollys Augen weiteten sich mit plötzlichem Interesse. »Sie haben gleich erkannt, daß der Mann ein Schwindler war?«

»Ja.«

Sie schnippte mit den Fingern. »Einfach so?«

Harry wollte sich auf keine nähere Erklärung einlassen, warum ihm sofort aufgegangen war, daß ein Betrug vorlag. »Sagen wir einfach, daß ich ein Gespür für solche Dinge besitze.«

»Ein Gespür?« Molly beugte sich vor. Offenbar hatte Harry ihre Neugier geweckt. »Sie meinen, Sie sind ein Hellseher oder so etwas Ähnliches?«

»Verdammt, nein. Natürlich bin ich das nicht.« Harry nahm die Teekanne und zwang sich, seine Tasse erneut mit dem Darjeeling zu füllen. Erfreut stellte er fest, daß kein einziger Tropfen auf die Glasplatte fiel – seine Hände waren ruhig wie immer. »Das ist wirklich eine merkwürdige Bezeichnung. Sehe ich aus wie jemand, der von sich behauptet, übersinnliche Kräfte zu besitzen?«

Molly lehnte sich im Sofa zurück. Ihre Augen leuchteten nachdenklich. »Tut mir leid. Ich wollte Sie nicht kränken.«

Harry bemühte sich um seinen seriösesten Dozententon. »Ich erforsche die Geschichte der Naturwissenschaft.«

»Ich weiß.«

Verstohlen warf er einen Blick auf Molly. »In Ergänzung meines Doktorgrades auf diesem Gebiet besitze ich Abschlüsse in Mathematik, Ingenieurwesen und Philosophie.«

Molly klapperte mit den Augendeckeln. »Beeindruckend.«

Harry preßte die Zähne zusammen. »Mit diesem Hintergrund gelange ich zu Einsichten, die Wissenschaftlern mit der Spezialisierung auf ein einziges Gebiet verschlossen bleiben.«

»Ah, ja. Einsichten.«

»Genau. Wie ich schon sagte ...«

»... bevor Sie so rüde unterbrochen wurden«, murmelte Molly.

»Und nun zu Ihrer Frage nach meiner beruflichen Laufbahn«, fuhr Harry unbeirrt fort. »Ein Beratungsauftrag führte zum nächsten. Ich erledige mittlerweile jedes Jahr eine ganze Reihe davon. Vorausgesetzt, sie stören meine Forschung und die Schreibprojekte nicht.«

»Ihre Forschung und das Schreiben sind Ihnen wichtiger?«

»Allerdings.«

Molly plazierte einen Ellenbogen auf der Armlehne des Sofas und senkte ihr Kinn auf das Handgelenk. »Was hat Sie bewogen, für mich zu arbeiten? Ich bin sicher, daß ich Ihnen nicht annähernd so viel zahle, wie Sie durch einen Vertrag mit der Regierung oder einem Großunternehmen erzielen könnten.«

»Nein«, stimmte er zu. »So viel zahlen Sie nicht.«

»Warum machen Sie sich dann die Mühe, eine kleine Organisation wie die Abberwick-Stiftung zu beraten?«

»Weil Sie bereit sind, etwas zu tun, das weder die Industrie noch die Regierung tun.«

Molly neigte den Kopf zur Seite. »Und was ist das?«

»Geld für interessante Projekte zu verschwenden, die

keinen sofortigen, offensichtlichen Anwendungszweck besitzen. Sie sind bereit, in das Unbekannte zu investieren.«

Mollys Brauen hoben sich. »Darum haben Sie eingewilligt, für mich zu arbeiten?«

»Deshalb berate ich Sie«, korrigierte Harry kühl.

»Das ist dasselbe.«

»Nicht ganz.«

Sie ignorierte die Bemerkung. »Warum sind Sie so begierig, eine Meute verrückter Erfinder zu unterstützen?«

Harry zögerte einen Moment und entschied sich dann, ihr seine Entscheidung zu erklären. »Ich habe während meiner gesamten beruflichen Tätigkeit die Geschichte des wissenschaftlichen und technologischen Fortschritts studiert.«

»Ich weiß. Ich habe Ihr letztes Buch gelesen.«

Harry war so verblüfft von dieser Enthüllung, daß er sich beinahe an seinem Tee verschluckte. »Sie haben *Illusionen der Gewißheit* gelesen?«

»Ja.« Molly lächelte. »Ich würde nicht behaupten, daß es die heißeste Bettlektüre aller Zeiten ist, aber zugegebenermaßen fand ich es unerwartet interessant.«

Überrascht bemerkte Harry, daß er sich geschmeichelt fühlte. Er warf einen Blick auf das Buch, das auf einem Regal in der Nähe stand. *Illusionen der Gewißheit: Auf dem Weg zu einer neuen Wissenschaftsphilosophie* war kein Titel, der in den Bestsellerlisten erschien. Es handelte sich um eine ausführliche, sorgfältig recherchierte Abhandlung über die historischen und gesellschaftlichen Beschränkungen des naturwissenschaftlichen und geschichtlichen Fortschritts und war für den akademischen Markt geschrieben. Das Buch hatte sich als Studientext für Studenten der Wissenschaftsgeschichte gut verkauft, wandte sich aber nicht an den durchschnittlichen Leser.

Natürlich könnte man Molly Abberwick auch kaum als Durchschnitt betrachten, dachte er schuldbewußt.

»*Kalkulierte Enttäuschungen: Tricks, Betrug und Irreführung in der Geschichte der Wissenschaft* ist weitaus bekannter«, sagte Harry und bemühte sich um Bescheidenheit. *Kalkulierte Enttäuschungen* war sein erster Schreibversuch für den populärwissenschaftlichen Markt gewesen und hatte sich als überraschend erfolgreich herausgestellt.

»Das habe ich auch gelesen.«

»Aha, ich verstehe.« Befangen stand Harry auf und ging zum Fenster. »Danke für das Kompliment.«

»Sie müssen mir nicht danken. Ich habe Nachforschungen über Sie angestellt.«

»Nachforschungen?«

»Um zu entscheiden, ob ich Sie als Betrugsdetektiv anstellen soll oder nicht.«

Harry zuckte innerlich zusammen. Er sah in die Nacht hinaus und versuchte, die Informationsstücke logisch zusammenzusetzen. Molly war nicht ganz das, was er erwartet hatte. Es gab eine bislang unergründete Tiefe in ihr. Er mußte sich auf einige Überraschungen gefaßt machen. Aber weshalb sollte ihm das Sorgen bereiten? Auch im Alter von sechsunddreißig Jahren arbeiteten die Reflexe der Trevelyans in ihm noch immer gut genug. Eine Affäre mit Molly könnte er leicht unter Kontrolle halten, beschloß er.

»Sprechen Sie weiter«, forderte Molly ihn auf.

»Wie bitte?«

»Sie wollten mir erklären, warum Ihnen die Idee zusagt, Erfindungen zu fördern, die keinen sofortigen Profit versprechen.«

Harry ließ die Nacht auf der anderen Seite der Fenster in sein Bewußtsein dringen. »Wie ich schon anmerkte, ist mein Arbeitsgebiet die Geschichte der Erfindungen und Entdeckungen. Im Laufe dieser Studien stelle ich mir immer wieder bestimmte Fragen.«

»Welche Art von Fragen?«

»Beispielsweise, was geschehen wäre, wenn Charles Babbage finanzielle Förderungen erhalten hätte, um 1833 seine mathematische Analysemaschine bauen zu können.«

»Die Geschichte des Computers müßte noch einmal geschrieben werden«, schlug Molly vor.

»Zweifellos. Wenn er in der Lage gewesen wäre, seine Visionen in die Tat umzusetzen, hätte die Welt das Computerzeitalter vielleicht schon einhundert Jahre früher erreicht. Denken Sie nur, wieviel weiter wir heute wären.« Harry wandte sich vom Fenster ab. Die Leidenschaft für seinen Beruf hatte ihn gefangen. »Es gibt Tausende anderer Beispiele für brillante Konzepte, die aus Geldnot und Mangel an Ermutigung nicht weitergeführt werden konnten. Wenn ich sie aufzählen wollte ...« Er brach ab, als sich plötzlich die Eingangstür öffnete.

»Was ist denn jetzt los?« Molly sah durch die Glaswand, die zwischen Diele und Wohnbereich als Raumteiler diente. »Ich glaube, da kommt jemand in Ihre Wohnung, Harry.«

Harry ging durch das Zimmer. »Ginny muß vergessen haben, die Tür abzuschließen, als sie gegangen ist.«

Unvermittelt trat ein Mann ein. Er war groß, jung und schlaksig, trug Jeans und ein blaues Holzfällerhemd. Als er Harry sah, blieb er breitbeinig stehen und hob den Arm. Auf der Messerklinge in seiner rechten Hand spiegelte sich das Licht.

»Das ist dein Ende, Trevelyan«, knurrte der Eindringling. »Endlich habe ich dich gefunden. Diesmal wirst du mir nicht entkommen.«

»Mein Gott!« Molly sprang vom Sofa hoch. »Er hat ein Messer!«

»So ist es.« Harry schwieg.

Der junge Mann schob die Hand in einer bedrohlichen, lange einstudierten Bewegung zurück.

»Passen Sie auf!« Molly griff nach der Teekanne.

»Zum Teufel«, murmelte Harry, »manche Leute haben wirklich keinen Sinn für den richtigen Zeitpunkt.«

Der Eindringling schleuderte das Messer.

Molly schrie auf und warf die Teekanne in Richtung der Glaswand.

Das Wichtigste zuerst, dachte Harry und fing die Kanne auf, bevor sie an ihm vorbeigeflogen war.

»Tun Sie doch was!« rief Molly entsetzt.

Harry lächelte geheimnisvoll. Mit der einen Hand hielt er die Teekanne, während er die andere öffnete, um Molly das Messer zu zeigen.

Sie starrte ihn mit offenem Mund an. Ihr Blick ging von dem Messer zu den leeren Händen des Eindringlings. »Sie haben das Messer im Flug aufgefangen«, flüsterte sie.

Harry blickte auf die schimmernde Klinge. »Sieht so aus, nicht wahr?«

2

»Ausgezeichnet, Cousin Harry.« Der Fremde klatschte anerkennend in die Hände. »Sehr gut. Dein Timing ist wie immer großartig.«

»Unglücklicherweise kann man das von deinem nicht behaupten.« Harry stellte die Teekanne auf einem Tisch neben sich ab und legte das Messer daneben. »Du störst mich bei einer geschäftlichen Besprechung.«

Von der unerwarteten Entwicklung verblüfft, starrte Molly Harry an. »Was geht hier vor? Wer ist das?«

»Erlauben Sie mir, Ihnen meinen Cousin Josh Trevelyan vorzustellen.« Harry betrachtete seinen Verwandten mit resignierter Mißbilligung. »Er besitzt eine Vorliebe für dramatische Auftritte. Das liegt in der Familie. Josh, dies ist Molly Abberwick.«

»Hallo«, sagte Josh fröhlich.

Molly fand ihre Stimme wieder. »Hallo.« Josh, erkannte sie nun, war jung, vielleicht zwei Jahre älter als ihre Schwester Kelsey, folglich also höchstens zwanzig. Er besaß mehr als nur eine flüchtige Ähnlichkeit mit Harry. Das gleiche mitternachtsschwarze Haar, obwohl sich bei Josh noch keine Silberfäden zeigten wie bei Harry, der gleiche elegante Körperbau, auch wenn Josh noch nicht über Harrys kontrollierte Geschmeidigkeit und konzentrierte Kraft verfügte. Doch das, vermutete Molly, war nur eine Frage der Zeit.

Außer im Alter unterschieden sich die beiden Männer trotz ihrer Ähnlichkeit vor allem in den Gesichtern. Josh Trevelyans gutes Aussehen entsprach zweifellos den traditionellen, von Hollywood geprägten Vorstellungen. Mit seinen langen schwarzen Wimpern, den dunklen, romantischen Augen und den feingezeichneten Konturen von Nase und Mund hätte er geradewegs von der Leinwand herabgestiegen sein können. Harrys Züge dagegen wirkten heldenhaft, furchtlos und unerschrocken. Sein Gesicht war das eines abgehärteten Asketen oder eines Mannes, der auf der Suche nach geheimen Wahrheiten jahrelang wie ein Alchimist in die brodelnden Tiefen eines Reagenzglases geblickt hatte. Man sah ihm an, daß er lange an seiner Selbstkontrolle und Selbstverleugnung gearbeitet hatte, bis ihm diese Eigenschaften in Fleisch und Blut übergegangen waren. In seinen bernsteinfarbenen Augen glaubte Molly die Glut eines uralten Feuers zu erkennen. Die kraftvollen, langfingrigen Hände sprachen von großer Begabung, doch auch von tiefer Verzweiflung.

»Das nächste Mal versuchen Sie es mit Anklopfen«, schlug Molly vor und ließ sich auf die Armlehne des Ledersofas sinken. Sie hätte keinen Augenblick länger stehen können. In ihren Adern pulste noch immer unangenehm das Adrenalin.

»Tut mir leid, Molly.« Harry sah seinen jüngeren Cousin an. »Miss Abberwick ist eine Mandantin, Josh. Und sie hat recht. Das nächste Mal klopfst du vorher an.«

Josh schmunzelte. Harrys Verärgerung schien ihn nicht zu berühren. »Ich hatte nicht die Absicht, Sie zu Tode zu erschrecken.«

»Ich bin erfreut, das zu hören«, murmelte Molly, noch

immer erschüttert wegen der Szene, deren Zeugin sie eben gewesen war. Sie sah Harry um Erklärung bittend an. Als seine kühnen, intelligenten Augen ihren begegneten, erkannte sie darin einen bedauernden Ausdruck und hatte den Eindruck, daß er nicht ganz sicher war, was er nun tun sollte. Für einen kurzen Augenblick wurde ihre Neugier geweckt. Zu keinem Zeitpunkt während des vergangenen Monats hatte Harry auch nur die Andeutung von Unsicherheit verraten. Bis heute abend war immer eine Ruhe und Kraft von ihm ausgegangen, die sie an einen buddhistischen Zen-Meister erinnert hatte. Dieser neue Aspekt in seinem Wesen verwirrte sie. Harrys unerschütterliche Beherrschtheit, seine scheinbar unendliche Geduld und die unbezweifelbare Intelligenz hatten Molly vorsichtig gemacht und gleichzeitig eine unerklärliche Neugier in ihr geweckt. Sie spürte, daß zwischen ihnen dieselbe Anziehungskraft bestand wie zwischen Motte und Licht. Sehr gefährlich. Vor allem, weil sie eine zu große Verantwortung trug, um sich ein Risiko erlauben zu können. Die Erkenntnis, daß sie sich zu Harry hingezogen fühlte – schon bei ihrer ersten Begegnung –, hatte Molly überrascht. Tapfer hatte sie versucht, diese Gefühle einzudämmen. Um zu entscheiden, wie sie mit diesem Problem umgehen sollte, brauchte sie Zeit. Noch immer arbeitete sie an einer Lösung.

Harry Stratton Trevelyan hätte ein Ritter sein können, ein Künstler, ein Mönch oder ein Vampir. Angesichts dieser Möglichkeiten fand Molly seine Entscheidung für die akademische Laufbahn interessant. Zunächst hatte sie seine Wirkung auf sie dem Umstand zugeschrieben, daß sie in letzter Zeit zu wenig ausgegangen war. Tante Venicia, ihre Schwester Kelsey und ihre Angestellte Tessa wurden nicht müde, Molly immer wieder zu drängen, sich mehr ins Leben zu stürzen. Sie haben leicht reden, dachte Molly. Die Verantwortung für Kelsey, den Laden, die Klärung der verzwickten juristischen Angelegenheiten nach dem Tod ihres Vaters und der Aufbau der Abberwick-Stiftung hatten nicht viel Raum für ein Privatleben gelassen. Gelegentlich traf sich Molly mit Männern. Vor einem Jahr hatte sie gedacht, sie könnte ein wenig Glück in einer Beziehung mit Gordon Brooke finden, dem Besitzer eines Kaffeegeschäftes in der Nähe von Abberwick Tea & Spice. Sie besaßen viele Gemeinsamkeiten, und Gordon war ein attraktiver Mann. Doch dann, vor einigen Monaten, hatte sich diese Aussicht in nichts aufgelöst.

Schon seit geraumer Zeit nahm das tägliche Arbeitspensum Molly mehr in Anspruch als die Sehnsucht. Sogar für die jedes Quartal anfallenden Steuererklärungen interessierte sie sich mehr als für die Männer, denen sie begegnete. Besorgt fragte sie sich, ob ihre weiblichen Hormone in einen anhaltenden Winterschlaf gefallen waren. Doch diese Angst war an dem Tag verschwunden, als sie zum erstenmal in Harry Stratton Trevelyans bernsteinfarbene Augen geblickt hatte. Alle Hormone waren augenblicklich wieder zum Leben erwacht und hatten ein jubelndes Hallelujah angestimmt, das ihr Blut in Wallung gebracht hatte. Ihr Verstand schloß sich diesem Chor nicht an, sondern äußerte ernsthafte Bedenken. Sie liefen auf die Warnung heraus, sich von Harry fernzuhalten. Molly hatte zwar nicht den Erfindergeist ihrer Vorfahren geerbt, aber das Unglück wollte es, daß sie mit einer anderen berüchtigten Eigenschaft der Abberwicks gesegnet war: der Neugier. Und noch nie war Molly so neugierig gewesen wie bei Harry.

Jetzt sah sie ihn tadelnd an. »Begrüßen sich alle Trevelyans auf diese herzerwärmende Weise?«

Harry zog ein betroffenes Gesicht.

Josh lachte, während er vortrat. »Das mit dem Messer ist eine alte Zirkusnummer, die Harry und ich immer wieder ausführen, um in Übung zu bleiben.«

»Eine Zirkusnummer?« Molly holte mehrmals tief Atem, um den Rest des Adrenalins in ihrem Kreislauf zu verbrennen. Sie blickte Harry an. »Was Sie da eben getan haben, war eigentlich unmöglich.«

»Nicht für Cousin Harry«, versicherte Josh ihr. »Er besitzt die schnellsten Hände in unserer Familie.«

»Was um alles in der Welt soll das heißen?« fragte Molly.

»Beachten Sie ihn nicht«, sagte Harry. »Ein Messer aus dem Nirgendwo zu greifen ist nichts weiter als eine Illusion. Mein Vater hat es mir beigebracht, und ich habe es Josh gezeigt. Was, wenn ich näher darüber nachdenke, wohl ein Fehler gewesen ist.«

»Mein Großvater behauptet, Harry sei einer der besten Messerwerfer der ganzen Zunft«, sagte Josh. »Harry kennt alle Geheimnisse.«

Molly wandte den Kopf zu Harry. »Es ist wirklich nur ein Trick?«

»Ja«, sagte Harry.

Josh sah ihn vorwurfsvoll an. »Es ist mehr als ein Trick.« Er richtete sich an Molly. »Hat Harry Ihnen nichts von seiner Gabe erzählt?«

»Um ehrlich zu sein, nein.« Molly hob eine Braue. »Ich gewinne langsam den Eindruck, daß Harry mir vieles verschwiegen hat.«

»Cousin Harry besitzt das Zweite Gesicht der Trevelyans«, vertraute Josh ihr an. Als er Harrys Gesichtsausdruck sah, leuchteten seine Augen belustigt.

»Das Zweite Gesicht?« Molly drehte sich wieder zu Harry.

»Josh besitzt einen merkwürdigen Sinn für Humor«, erklärte der. »Nehmen Sie mein Wort darauf. Der Trick mit dem Messer beruht schlicht und ergreifend auf Illusion.«

»Ha. Und genau da irrst du dich, Harry.« Josh lächelte hintergründig. »Es ist ganz und gar nicht einfach. Man muß schnell sein. Und du bist außerordentlich schnell.« Er zwinkerte Molly zu. »Er besitzt auch die Reflexe der Trevelyans, müssen Sie wissen.«

»Faszinierend«, murmelte Molly. Da sie aus einer Erfinderfamilie stammte, war sie an merkwürdige Begebenheiten und ungewöhnliche Scherze gewöhnt, aber das hier war wirklich einmalig.

Harry warf Josh einen angewiderten Blick zu. »Zeig Molly das Messer, das du angeblich geworfen hast.«

Josh war ehrlich entsetzt. »Das kann ich nicht! Es wäre gegen die Regeln.«

»Hier stelle ich die Regeln auf«, sagte Harry. »Zeig es ihr.«

»Nur wenn du versprichst, daß du Cousin Raleigh und Tante Evie nichts davon erzählst.«

»Du hast mein Wort darauf«, sagte Harry.

»Gut.« Mit theatralischer Geste zog Josh eine glänzende Klinge aus seinem Hemdärmel. Grinsend erklärte er Molly: »Jetzt sehen Sie es ...« Die Schneide verschwand wieder unter der Manschette. »Jetzt nicht mehr.«

»Erstaunlich.« Molly war beeindruckt. »Ich hätte schwören können, daß Sie es geworfen haben.«

»Das ist der Sinn der Sache«, sagte Josh.

Molly wandte sich wieder zu Harry. »Und woher stammt das Messer, das Sie angeblich aus der Luft aufgefangen haben?«

»Aus einer Scheide an seinem Fußknöchel«, erklärte Josh.

Molly starrte Harry an. »Um Gottes willen! Sie tragen ein Messer?«

»Tradition in diesem Zweig der Familie«, erklärte Josh leichthin. »Zeig es ihr, Harry.«

»Ich hatte nicht die Absicht, den Abend auf diese Weise zu verbringen«, murmelte Harry.

Molly sah fasziniert zu, wie sich Harry geschmeidig bückte. Ruhig und gelassen schob er das Messer in die kleine Lederhalterung zurück, die um seinen Knöchel geschnallt war, und ließ den Saum der Hose wieder herunter. Erstaunt schüttelte Molly den Kopf. »Ich habe nicht gesehen, daß Sie es herausgenommen haben.«

Harry zuckte mit den Achseln. »Joshs dramatischer Auftritt hat Sie abgelenkt.«

Molly betrachtete ihn eindringlich. »Sind Sie beide ehemalige Stuntmen?«

»Nicht direkt.« Josh warf Harry einen verstohlenen Blick zu. »Klingt, als hätte mein Cousin Ihnen nicht allzuviel über uns Trevelyans erzählt.«

»Nein, das hat er tatsächlich nicht.«

»Harrys Vater, mein Onkel Sean, besaß eine Unterhaltungsshow.«

»Diese Zeiten«, sagte Harry leise, »sind lange vorbei.«

»Laß das nur nicht Tante Evie hören«, warnte Josh. »Sie ist ohnehin gekränkt, weil du dein Erbe verleugnest.«

»Was für ein Erbe?« fragte Molly gebannt.

»Gute Frage«, sagte Harry.

»Nun komm schon, Harry. Ich bin wirklich schockiert über deinen Mangel an Respekt vor dem Erbe der Trevelyans.« Josh wandte sich an Molly. »Die Trevelyans sehen auf eine lange Tradition übersinnlicher Begabungen zurück. Wir zeigen magische Kunststücke, machen Motorradstunts, sagen die Zukunft voraus, werfen Messer und fahren seit Generationen Rennwagen.«

Molly war sprachlos. Die Vorstellung von Dr. Harry Stratton Trevelyan als Nachkommen einer Zirkusfamilie verursachte ein Schwindelgefühl in ihrem Kopf. »Das ist ein Scherz, oder?«

»Nein, kein Scherz«, versicherte Josh. »Nehmen wir zum Beispiel mich – ich führe diese ehrwürdige Tradition weiter. Wenigstens bis zum Ende des Sommers. Im Herbst kehre ich dann an die University of Washington zurück.«

»Und was tun Sie bis dahin?« fragte Molly.

»Ich helfe beim Aufbau und Betrieb von Fahrgeschäften der Smoke & Mirror Amusement Company«, sagte Josh. »Das Unternehmen gehörte meiner Tante Evangeline. Verschiedene Familienmitglieder arbeiten dort. Auch mein Großvater reist mit.«

»Ihr Großvater?«

»Ja. Großvater ist sein ganzes Leben lang Rennen gefahren.« Josh warf einen kurzen Blick auf Harry. »Smoke & Mirror befindet sich im Augenblick auf einem Jahrmarkt in Hidden Springs. Am Abend werden Stock-Car-Rennen gezeigt. Großvater ist einer unserer besten Mechaniker. Er arbeitet an den Boxen.«

»Ich verstehe«, sagte Molly. »Wo liegt Hidden Springs? Ich habe nie von diesem Ort gehört.«

»Das glaube ich Ihnen. Verborgene Quellen findet man, wie der Name schon sagt, nicht so leicht«, erklärte Josh. »Es ist ungefähr eine Autostunde von hier. Nördlich und dann nach Osten, in Richtung Cascades. Farmland. Smoke & Mirror hat dort immer großen Erfolg. Zwischen unseren Besuchen in Hidden Springs haben die armen Kleinstädter nicht viel Unterhaltung.«

»Da wir gerade davon sprechen«, unterbrach Harry. »Was machst du eigentlich hier? Warum arbeitest du nicht?«

»Tante Evangeline meinte, ich solle einen Abstecher nach Seattle machen, um dich zu besuchen, Harry.« Aus Joshs Blick schwand die gutmütige Belustigung. »Ich wollte mit dir über ein paar Dinge reden. Tut mir leid, daß ich deinen Abend gestört habe.«

»Du hättest anrufen sollen«, sagte Harry.

»Das habe ich versucht.« Josh zuckte mit den Achseln. »Aber ich konnte nur den Anrufbeantworter erreichen.«

Harrys Mundwinkel zuckten verhalten. »Ich habe die Telefone abgestellt.«

Josh machte ein überraschtes Gesicht. »Ach? Anrufe von Familienmitgliedern nimmst du doch sonst immer entgegen, wenn du zu Hause bist.«

»Heute abend habe ich eine Ausnahme gemacht, in Ordnung?« erklärte Harry kühl. »Warum hat der Portier dich nicht über die Sprechanlage angekündigt?«

»Ich habe Chris gesagt, daß ich dich überraschen will«, erwiderte Josh.

»Machen Sie sich keine Sorgen«, schaltete sich Molly

rasch ein, bevor Harry seinen Cousin weiter verhören konnte. »Ich wollte ohnehin gerade gehen.«

Harrys bernsteinfarbene Augen glänzten vor Ungeduld. »Es gibt keinen Grund, warum Sie gehen müßten. Wir haben unser Gespräch noch nicht beendet.«

Molly machte eine abwehrende Geste. »Kein Problem. Wir können morgen weiterreden.« Sie hoffte, Harry hätte in dem Tumult um Joshs Eintreffen vergessen, daß sie die Nerven verloren und ihn entlassen hatte. Was war nur in sie gefahren? Wenn sie Harry den Auftrag entziehen würde, besäße sie keine Ausrede mehr, ihn wiederzusehen. Dieser Gedanke ließ sie bis in die Knochen frösteln. Sie stand auf.

»Meinetwegen brauchen Sie nicht zu gehen.« Josh zog sich hastig zum Eingang zurück. »Ich fahre ins Foyer hinunter und lese etwas. Chris wird es nichts ausmachen. Er hat gern Gesellschaft.«

»Unsinn.« Molly rückte energisch ihre Jacke zurecht. »Es ist fast elf. Sie beide haben sicher persönliche Dinge zu besprechen und ich brauche meinen Schlaf. Harry, rufen Sie mir ein Taxi?«

Harrys Unterkiefer wurde starr. »Ich fahre Sie nach Hause.«

»Dafür gibt es keinen Grund. Ein Taxi genügt völlig.«

»Ich habe zugesagt, Sie nach Hause zu begleiten«, wiederholte Harry ruhig.

Molly begegnete seinem unbeirrten Blick. Sie dachte nicht daran, über dieses Thema mit ihm zu streiten. »Wenn Sie darauf bestehen.«

»Das tue ich.«

Ob er beschlossen hatte, ihre Kündigung zu akzeptieren? Molly zermarterte sich den Kopf, wie sie dem zuvorkommen könnte. Auch wenn Harry ein arroganter Starrkopf war und sie verunsicherte, wollte sie eines aus einem unerfindlichen Grund am allerwenigsten: ihn entlassen.

Mollys Haus befand sich auf dem Capitol Hill, nur ungefähr zwölf Blöcke von Harrys Innenstadtwohnung entfernt, aber die kurze Fahrt durch die Straßen Seattles kam ihr wie die längste Reise ihres Lebens vor. Sie hätte nicht sagen können, ob Harry schwieg, weil er verärgert war oder über etwas nachdachte.

Unabhängig von seiner Stimmung fuhr er den schnittigen jagdgrünen Sportwagen mit eleganter Präzision. Molly kannte weder das Fabrikat noch das Modell, aber sie war in einer Familie genialer Ingenieure aufgewachsen und hatte sofort gewußt, daß es sich um ein technisch ausgereiftes Produkt handelte. Sie nahm sich vor, Harry diesbezüglich zu fragen. Aber nicht heute abend. Im Augenblick faszinierte sie weniger das Auto als die Art, wie Harry Schalthebel und Kupplung bediente. Sie bemerkte, daß er ein erlesenes, sinnliches Vergnügen darin fand, den Wagen mit geschmeidig weichen, exakten Bewegungen zu lenken. Er fuhr ihn, als würde er ein Pferd reiten.

»Sind Sie tatsächlich von einem Jahrmarkt zum anderen gereist?« fragte Molly schließlich, als sich das Schweigen immer länger hinzog.

»Nein. Mein Vater arbeitete als Schausteller. Wie Josh Ihnen gesagt hat, besaß er eine Unterhaltungsshow. Aber er verkaufte sie, kurz nachdem er mit meiner Mutter fortging. Mit dem Geld eröffnete er ein Tauchgeschäft auf Hawaii. Dort bin ich aufgewachsen.«

»Ich bin davon ausgegangen, daß Sie aus einer Familie mit langer akademischer Tradition stammen.«

Im Licht der Straßenbeleuchtung konnte sie Harrys mattes Lächeln erkennen. »Seit unserem Urahnen Harry Trevelyan bin ich der erste aus dem Clan, der sein Geld mit etwas anderem verdient, als Menschen ihr Schicksal vorherzusagen, Rennen zu fahren oder Messer zu werfen.«

»Wann hat dieser erste Harry Trevelyan die Familientradition begründet?«

»Im frühen neunzehnten Jahrhundert.«

»Und Ihre Mutter?«

»Sie war eine Stratton.«

Jetzt begriff Molly die Bedeutung des mittleren Namens. »Die Strattons aus Seattle? Immobilien, Investment und Bauentwicklung?«

»Drei Generationen Geld, wirtschaftlicher Einfluß und politische Macht«, bestätigte Harry mit tonloser Stimme.

Molly dachte darüber nach. »Eine ungewöhnliche Kombination«, sagte sie vorsichtig. »Ich meine, Ihr Vater und Ihre Mutter.«

»Jahrmarkt und obere Zehntausend? *Ungewöhnlich* ist ein Wort dafür; die Trevelyans und die Strattons kennen andere, von denen die meisten in keinem Lexikon stehen.«

»Ich nehme an, daß keine der beiden Familien von der Wahl begeistert war?«

»Das ist noch milde ausgedrückt. Die Trevelyans kochten vor Wut, weil mein Vater die Show nach der Heirat verkaufte. Sie verstanden diesen Entschluß als Abkehr von der Familie, denn die meisten Verwandten arbeiteten damals für den Zirkus. Der neue Besitzer brachte eigene Leute.«

»Und auf einen Schlag waren die Trevelyans ohne Arbeit?«

»Genau.«

»Und die Strattons?«

»Sagen wir es so: Von meiner Mutter wurde erwartet, daß sie einen wohlhabenden Stanfordabsolventen mit gutem gesellschaftlichem Hintergrund heiratete. Statt dessen brannte sie mit einem Kerl vom Rummelplatz durch.« Harry warf Molly einen verächtlichen Blick zu. »Wie, glauben Sie, hätten andere Familien unter ähnlichen Umständen reagiert?«

»Nicht sehr erfreut, nehme ich an.«

»Das sehen Sie richtig.«

»Und? Was ist geschehen?«

Harry hob die Brauen. »Sie sind sehr neugierig.«

»Tut mir leid.« Molly war betroffen. »Das ist ein Familienfehler. Ich stamme aus einer langen Reihe von Erfindern, haben Sie das vergessen?«

»Nein.«

»Sie müssen nicht antworten. Ich will sie nicht ausspionieren.«

»Die Strattons taten alles, was in ihrer Macht stand, um die Heirat rückgängig zu machen. Parker Stratton, mein Großvater, versuchte eine Annullierung zu erreichen. Als das fehlschlug, drängte er auf Scheidung. Einer der Gründe, warum meine Eltern nach Hawaii gingen, war, weil sie dadurch ein großes Stück Ozean zwischen sich und ihre Familien bringen konnten. Nur so konnten sie Frieden finden.«

»Hatte sich die Aufregung gelegt, als Sie nach Seattle kamen?«

»Nein. Die Fehde geht bis auf den heutigen Tag weiter.«

»Und Sie befinden sich zwischen beiden Lagern?«

Harry hob die Schultern. »So laufen die Dinge manchmal.«

An der Oberfläche klang er unglaublich gelassen, als wäre seine Familiensituation für ihn ohne Belang. Doch Molly hörte das Leid, das unterschwellig in seinen Worten mitschwang, so deutlich, daß sie nach Atem rang. Was immer Harry für die Strattons und die Trevelyans auch empfand – es war gewiß nicht Gleichgültigkeit. Aber sie begriff auch, daß er seine Gefühle diesbezüglich fest verschlossen halten wollte.

»Leben Ihre Eltern noch auf Hawaii?« fragte Molly.

»Meine Eltern sind tot. Sie wurden vor neun Jahren von bewaffneten Autodieben ermordet.«

Seine Stimme klang unendlich leise und sehr kalt. Wieder nahm Molly unter der Oberfläche eine Flut heftiger Emotionen wahr. Nicht einmal in Ansätzen hätte sie dieses komplexe und gefährliche Gemisch benennen können. Zorn? Verzweiflung? Bedauern? Alles und mehr. Aus diesem Stoff waren Alpträume gemacht. »Mein Gott.« Etwas anderes fiel ihr nicht ein. Harry schwieg. »Es tut mir leid«, fügte Molly hilflos hinzu.

»Ihre Eltern sind auch tot«, sagte Harry, als besäßen sie darin eine Gemeinsamkeit.

»Ja.« Molly sank für eine Zeitlang in Schweigen. Ihre Gefühle waren nicht annähernd so kompliziert wie die von Harry. Wann immer sie in letzter Zeit an ihre Eltern dachte, spürte sie den Verlust schmerzhaft. Die anfängliche Trauer war inzwischen verschwunden, ebenso der Zorn und die Angst. Zwei Gefühle, die sie sich anfangs nur schwer hatte eingestehen können. Sie lag nicht mehr nächtelang wach und grübelte darüber nach, wie sie die Hypotheken abzahlen und dafür sorgen konnte, daß ihre Schwester eine gute Ausbildung erhielt. Mittlerweile hatte sie es geschafft, mit der zunächst überwältigend erscheinenden Last der Verantwortung umzugehen. Molly spähte durch die breite Windschutzscheibe, als die Lichter des »Abberwick-Familiensitzes« auftauchten, wie ihre Schwester das alte Haus ironisch nannte. »Da sind wir. Vielen Dank, daß Sie mich heimgefahren haben.«

»Ich begleite Sie zur Tür.« Harry brachte den Wagen vor dem massiven schmiedeeisernen Tor zum Stehen, und Molly suchte in ihrer Tasche nach der Codekarte. Als sie das Plastikstück schließlich gefunden hatte, reichte sie es Harry. Über der herabgesenkten Scheibe schob er die Karte in den vorgesehenen Schlitz. Die schweren Torflügel schwenkten nach innen.

»Gutes Sicherheitssystem«, bemerkte er.

»Mein Vater hat es entwickelt.« Molly neigte das Kinn zur Seite und wies auf den nächtlichen dunklen Garten. »Das Bewässerungssystem hat er ebenfalls gebaut. Er war immer mit Arbeiten am Haus beschäftigt. Was die Bastelei angeht, tritt meine Schwester Kelsey in seine Fußstapfen. Sie besitzt das Genie der Abberwicks für Naturwissenschaft und Technik.«

»Und was ist mit Ihnen?«

Molly schmunzelte. »Ich bekomme die Rechnungen.«

Langsam fuhr Harry die gewundene Auffahrt entlang und bremste dann vor den Stufen. Er stellte den Motor ab, zog den Schlüssel aus der Zündung und öffnete die Tür. Als er das alte, verwinkelte Haus betrachtete, lief ein kleines Lächeln über seine harten Züge.

Molly hatte keine Schwierigkeiten, seine Gedanken zu erraten. Das Haus wirkte wie das Werk eines über die Maßen ausgeflippten Architekten – es war ein bizarre Mischung gotischer Spitzbögen und viktorianischer Schnörkel. Die perfekte Bühne für einen verrückten Wissenschaftler.

»Interessant«, war alles, was Harry sagte, während er Molly die Beifahrertüre öffnete.

Sie lächelte beim Aussteigen. »Seien Sie ehrlich. Es hat verblüffende Ähnlichkeit mit dem Schloß von Frankenstein. Aber was soll ich sagen? Es ist mein Zuhause.«

»Sind Sie hier aufgewachsen?«

»Ja. Vor Ihnen liegt der Abberwick-Familiensitz. Meine Eltern haben das Haus vor dreißig Jahren gekauft, als die Abberwicks für kurze Zeit zu Wohlstand gekommen waren. Dad hatte gerade das Patent für eine Maschinensteuerung erhalten. Er verliebte sich in diesen Ort und brauchte Platz für seine Werkstatt. Natürlich reichte das Geld nicht lange. Wie immer bei Dad. Aber irgendwie schafften wir es, das Haus zu behalten.«

»Ich verstehe.«

Molly reichte Harry eine zweite Codekarte. Er nahm sie entgegen, während sie die Stufen zur Eingangstür emporstiegen. Sie überlegte, wie sie den Abend auf höfliche Weise beenden könnte.

»Wir haben unsere Unterhaltung von vorhin nicht fortgesetzt«, sagte Harry und öffnete die Tür.

»Stimmt. Aber wir können zu einem anderen Zeitpunkt darauf zurückkommen. Sie wollen sicher schnell nach Hause, um mit Ihrem Cousin zu sprechen.«

»Das läuft mir nicht davon.« Harry sah sich in der riesigen Eingangshalle um. »Ich glaube, Sie haben mich mißverstanden, als ich über unsere Beziehung sprach.«

Molly trat über die Schwelle und wandte sich ihm mit ihrem strahlendsten Lächeln zu. »Machen Sie sich keine Sorgen. Ich habe beschlossen, Sie nicht zu entlassen.«

Harry lehnte eine Schulter gegen den Türrahmen und verschränkte die Arme. »Ist das wahr?«

»Ja«, entgegnete Molly entschieden. »Sie haben recht mit Ihrer Einschätzung, daß es wahrscheinlich keine große Auswahl an Experten für die Art Beratung gibt, die ich brauche.«

»Ich bin froh, daß Sie sich dessen bewußt sind.«

»Dann sieht es wohl so aus, als bliebe ich an Ihnen hängen.«

»Kein Vergleich mit dem Gefühl, gebraucht zu werden.«

»Trotzdem möchte ich klarstellen, daß die Dinge nicht so weitergehen können wie im vergangenen Monat. Wir müssen endlich vorankommen.«

Harry machte eine Bewegung, und Molly lag in seinen Armen, bevor sie seine Absicht hatte bemerken können. Er bedeckte ihren verblüfften Mund mit seinen Lippen und preßte sie eng an seinen schlanken, festen Körper. Für einen Augenblick war sie zu überrascht, um reagieren zu können. Harrys warmer, männlicher Duft wirkte wie eine machtvolle Droge auf ihre Sinne. Sie spürte die Kraft seiner Arme, den geschmeidig starken Körper und den Druck an jener Stelle, die hart gegen sie drängte. Er begehrte sie.

Mollys Hormone, die schon den ganzen Abend in ihrem Körper gesummt hatten, stimmten nun in einen lauten, vollen Gesang ein. Sie schlang die Arme um Harrys Nacken und gab sich dem Kuß mit einem weichen, entzückten Seufzer hin. Harry stöhnte leise auf und umschlang sie fester. Auch in Molly wallte Erregung auf, und sie spürte, wie sich eine köstliche Wärme in ihren unteren Körperregionen ausbreitete.

»Gehen wir hinein«, murmelte Harry an ihrem Mund und drängte sie rückwärts durch die Tür. Haltsuchend umfaßte Molly seine Schultern. »Lassen Sie mich die Tür schließen«, sagte Harry heiser. Sie achtete nicht auf seine Worte. Er knabberte an ihrem Ohr, und es fühlte sich wunderbar an. Nichts war jemals so erregend gewesen. Sie hörte, wie die Tür ins Schloß fiel. Dann schwang er sie herum und drängte sie gegen die nächstgelegene Wand. Er beugte sich über sie. Seine kräftigen, schlanken Arme versperrten ihr zu beiden Seiten den Weg. Er küßte ihren Hals und die Vertiefung an der Schulter. »Molly, ich wußte, daß es gut sein würde, aber mir war nicht klar – mein Gott, ich begehre Sie.« Harry vertiefte den Kuß.

Molly fürchtete, ohnmächtig zu werden. Harry schob einen Fuß zwischen ihre Knöchel und drängte ihre Beine sanft auseinander. Sie spürte, daß sie feucht wurde, obwohl Harrys Hände noch immer flach gegen die Wand gepreßt lagen. Ein Schauer ergriff sie. Sie bebte und zitterte. Beinahe ehrfürchtig dachte sie daran, daß sie noch nie vor Verlangen gezittert und immer geglaubt hatte, daß dieser Ausdruck nur ein poetisches Bild sei. Auch Harry schien von einem leichten Beben erschüttert zu werden, was sie noch mehr verblüffte.

Sein Mund hinterließ auf dem Weg von ihrer Wange zum Ohr eine Spur von Küssen. »Ziehen Sie die Jacke aus.« Seine Stimme klang dunkel und sinnlich, bezwingend, als wäre er ein Dämon der Verführung. »Bitte.«

Wieder hatte Molly den Eindruck, sie würde versinken. Irgendwo in der Ferne kämpfte der vernünftige Teil ihres Gehirns um Gehör. *Gewinne die Kontrolle zurück.* Der Rest war schwer zu deuten. Ein vollkommen fremdes Gefühl reiner, wilder Verwegenheit hielt sie im Griff. Die langen Jahre der Vorsicht und Verantwortung, in denen sie meistens viel zu erschöpft gewesen war, um eine Gelegenheit wie diese wahrzunehmen, waren mit einemmal wie ausgelöscht. Sie hob die Hände, um ihre Jacke von den Schultern zu schieben, und dachte nur noch daran, wie sie Harry näherkommen konnte.

Da erklang eine leises, surrendes Geräusch in der Halle.

»Was ist das, verdammt?« Harry brach den Kuß ab und fuhr mit katzenartiger Geschwindigkeit herum.

Ein kleiner Putzroboter kam, ärgerlich piepend, weniger als fünfzig Zentimeter vor Harry zum Stehen. Seine rotleuchtenden Sensoren schienen dem Objekt in seinem Weg einen grollenden Blick zuzuwerfen, und er fuchtelte auf der Suche nach einem Ziel mit dem Entstauberschwamm unruhig durch die Luft.

Harry stützte die Hände in die Hüften und betrachtete den Haushaltsroboter aus Plastik und Metall eingehend. Dann wandte er seine Aufmerksamkeit wieder Molly zu. »Ihr treuer Diener?«

Molly kicherte. Sonst kicherte sie *nie*, dachte sie entsetzt. Harrys Küsse hatten sie so schwindlig gemacht, daß sie sich beinahe beschwipst fühlte. Sie schluckte und holte tief Luft, um wenigstens den Anschein von Selbstkontrolle zurückzugewinnen.

»Ein patentierter Abberwick-Entstauber«, erklärte sie. »Auf jedem Stockwerk gibt es einen. Mein Vater hat sie gebaut. Ich habe sie heute abend Staub wischen lassen, während ich bei Ihnen war. Dieser hier ist gerade dabei, die Fußleisten zu reinigen. Sie stehen ihm im Weg.«

»Zu dumm. In dieser Eingangshalle gibt es nur Raum für einen von uns, und ich bin nicht bereit zu weichen.«

»Ich kümmere mich darum.« Molly bückte sich und drückte einen Knopf, um den Entstauber in seinen Schrank zurückzuschieben. Die kleine Maschine gehorchte brav und summte durch die Halle davon.

Harry sah dem Roboter nach. »Sein Auftritt hat der Situation irgendwie den Zauber geraubt, nicht wahr?«

»Um ehrlich zu sein, habe ich mich so sehr an die Reinigungsroboter gewöhnt, daß ich sie kaum bemerke. Ich bin mit unzähligen Maschinen dieser Art aufgewachsen. Als mein Vater noch lebte, gab es jedes Jahr neuere und raffiniertere Modelle. Meine Schwester experimentiert noch immer mit ihnen. Ich glaube, ich wüßte nicht, wie ich das Haus ohne diese Hilfe sauberhalten sollte.«

Harry atmete langsam aus. Das Feuer in seinen Augen brannte noch immer, aber er hatte die Hitze auf ein erträgliches Maß gesenkt. »Vielleicht kam die Unterbrechung gerade richtig. Ich habe den ganzen Abend versucht, ein Gespräch über unsere Beziehung zu führen. Und ich werde sicher nicht nach Hause fahren, ohne es beendet zu haben.«

Molly starrte ihn mit offenem Mund an. »Sie meinten eine Beziehung *dieser* Art? Sie und ich? Wir?«

»Ja.« Harry betrachtete sie mit trauriger Nachdenklichkeit. »Wir. Eine Beziehung.«

»Um Himmels willen.« Molly preßte eine Hand haltsuchend an die Wand und mache sich sehr vorsichtig auf den Weg in die Küche. »Ich hatte keine Ahnung. Ich dachte, Sie meinten unsere – nun, Sie wissen schon.«

»Sie dachten, ich würde über unsere Geschäftsbeziehung sprechen. Nein, ich meinte diese Art von Beziehung. Erscheint Ihnen die Vorstellung wirklich so absurd?«

»Hm, nun ...«

»Ich kann mich irren, aber bei unserem Kuß gerade hatte ich den Eindruck, daß Sie schon vorher über eine Möglichkeit in dieser Richtung nachgedacht haben könnten.«

Die Röte in Mollys Gesicht vertiefte sich. Fantasie war eine Sache, die Realität etwas anderes. »Nun ...«

Ungeduldig fuhr sich Harry mit seiner wohlgeformten Hand durch das dunkle Haar. »Verstehen Sie mich richtig. Ich weiß, daß wir nicht absolut perfekt zusammenpassen.«

Molly hatte die Sprache wiedergefunden. »Das können Sie laut sagen. Ich komme aus der Geschäftswelt, Sie sind ein Gelehrter, ein Akademiker.«

Offensichtlich einverstanden, nickte Harry. »Ich gehe von Natur aus analytisch und logisch vor. Und Sie neigen dazu, aus der Hüfte zu schießen.«

»Sie sind ein Starrkopf.«

»Sie sind impulsiv.«

»Sie sind langsamer als eine Schildkröte, wenn es um Entscheidungen geht.« Molly fand Gefallen an der Diskussion. »Sie würden keine fünf Minuten in der Geschäftswelt überleben. Der Wettbewerb fräße Sie auf.«

»Tatsächlich?« Harry betrachtete sie nachdenklich. »Zu Ihrer Information, Sie hätten nie Erfolg in der akademischen Welt. Verstehen Sie mich nicht falsch. Die grundlegende Intelligenz besitzen Sie, aber Ihre Denkprozesse sind viel zu undiszipliniert.«

»Ich sage ›Möhre‹ und Sie ›Karotte‹.«

»Wie bitte?«

»Ach, nichts.« Molly erwog die verlockende Möglichkeit, den Bodenreinigungsroboter mit dem Wischmop auf Harry anzusetzen. »Es scheinen genügend Beweise vorzuliegen, daß wir nicht füreinander geschaffen sind. Wir haben nicht lange gebraucht, um das herauszufinden. Worum geht es also, Dr. Trevelyan?«

Harry runzelte die Stirn. »Ich wollte vorschlagen, daß wir eine Affäre beginnen.«

»Das ist nicht Ihr Ernst, oder?«

»Doch.«

Molly starrte ihn ungläubig an. »Ich fasse das nicht. Und was ist mit den Möhren und den Karotten? Wir sind völlig gegensätzliche Charaktere.«

Harry hob die Schultern. »Gegensätze ziehen sich an.«

»Es reicht, Dr. Trevelyan. Das ist völliger Unsinn. Von jemandem, der einen akademischen Grad in Philosophie besitzt, verlange ich etwas mehr Logik.«

»Es ist kein Unsinn, sondern das Grundprinzip des Magnetismus.«

Molly hob die Augen an die hohe Decke. »Wir sind keine Magneten.«

»Verstehen Sie mich richtig. Ich mache Ihnen keinen Heiratsantrag«, sagte Harry ruhig. »Ich schlage nur eine Affäre vor. Was ist daran so seltsam?«

»Finden Sie nicht, daß das ein wenig unverfroren ist?«

Harry zögerte, als befände er sich auf unsicherem Boden. »Ich finde, es ist ein vernünftiger Versuch, eine Beziehung zu beginnen. Wir fühlen uns offenbar körperlich zueinander hingezogen.«

»Ja, aber wir kommunizieren nicht allzugut miteinander, nicht wahr?« entgegnete Molly mit grimmiger Genugtuung. »Wenn wir heute abend eine Übereinstimmung gefunden haben, dann das.«

»Na und? Die populäre Psychologie behauptet, daß Männer und Frauen nicht besonders gut miteinander reden können.«

Molly wurde neugierig. »Sie lesen Ratgeber?«

»Ich war vor eineinhalb Jahren eine Zeitlang mit einer Psychologin verlobt. Wenn Sie sich mit Seelenklempnern abgeben, schnappen Sie das eine oder andere auf.«

»Nichts Ansteckendes, hoffe ich ... Verstehen Sie doch, Harry. Ich glaube nicht, daß Ihre Idee besonders brillant ist.«

»Warum nicht?«

Molly seufzte. »Weil ich Sie wahrscheinlich verrückt machen würde.«

In Harrys Augen flammte ein seltsamer, nicht zu identifizierender Ausdruck auf, der sofort wieder verschwand. »Über diese Möglichkeit habe ich nachgedacht«, bemerkte er trocken. »Und ich glaube, daß ich die Situation im Griff behalten kann.«

»Das beruhigt mich außerordentlich.« Molly sah ihn mit finsterem Blick an. »Und was ist mit mir? Sie könnten mich genauso in den Wahnsinn treiben.«

»Wollen Sie damit behaupten, Sie trauten sich nicht zu, mit meiner wichtigtuerischen, arroganten Sturheit fertig zu werden?«

Aus einem ihr unbekannten Grund ärgerte Molly sich über diese Bemerkung.

»Wenn ich mit dem Wettbewerb in meiner Branche, mit unhöflichen Kunden und den Bergen an Steuerformularen zurechtkomme, die ich dauernd ausfüllen muß, nur um mein Geschäft weiterzuführen, kann ich sicher auch mit Ihnen fertig werden.«

»Gibt es ein anderes Hindernis?« fragte Harry leise.

Molly verzog das Gesicht. »Nein.« Sie schwieg und warf ihm einen Seitenblick zu. »Ich nehme an, daß auch Sie mit niemandem zusammen sind. Sonst würden wir diese Unterhaltung kaum führen.«

»Sie haben recht. Es gibt niemanden. Schon eine ganze Weile nicht.«

»Bei mir ist es genauso. Klingt, als würde keiner von uns ein besonders interessantes Sozialleben führen, nicht wahr?«

Harry lächelte. »Ich beabsichtige, dies zu ändern.«

»Aber Sie haben recht.« Molly seufzte bedauernd. »Wir haben absolut nichts gemeinsam. Worüber könnten wir uns schon unterhalten, außer über die Abberwick-Stiftung?«

»Ich weiß nicht. Möchten Sie das morgen abend herausfinden?«

Molly hatte den Eindruck, als würde sie am Rande eines riesigen, endlos tiefen Wasserstrudels stehen. Während sie ihre Kraft sammelte, um einen Zeh in die wirbelnde Strömung hineinzutauchen, erinnerte sie sich plötzlich an ihre Verlobung. Das intensive Gefühl der Enttäuschung, das sie plötzlich überkam, erstaunte sie. »Morgen abend habe ich keine Zeit. Ich gehe mit meiner Schwester einkaufen. Wir wollen ihr neue Kleidung für die Universität besorgen. Sie beginnt im Herbst mit ihrem ersten Studienjahr.«

»Freitag abend?«

Molly atmete tief ein und bereitete sich auf den Sprung in den Wasserwirbel vor. »In Ordnung.« Im gleichen Moment setzte die Panik ein. »Aber es ist nur ein Probetreffen. Zuerst müssen wir herausfinden, ob wir uns beim Essen nicht tödlich langweilen. Und dann entscheiden wir, was wir als nächstes tun.«

Harry lächelte. »Ich werde Sie zu nichts drängen. Ich gehöre zur methodischen Sorte, erinnern Sie sich?«

Es sei denn, Sie fangen Messer auf, dachte Molly.

3

Kurz nach sieben schlenderte Josh in die Küche. Er trug Jeans und einen grünen Pullover, und sein Haar war noch feucht von der Dusche. Er gähnte, zog einen der schwarzen Drahthocker vor den Küchentresen aus Granit und griff nach der französischen Kaffeemaschine. Das duftende Aroma von Broodes Spezial-City-Röstung wehte ihm in die Nase.

»Morgen, Harry. Tut mir leid, daß ich gestern abend gestört habe.«

»Vergiß es.« Harry breitete den *Post Intelligencer* auf der Frühstückstheke aus. Er reichte Josh den Sportteil und wandte sich den Schlagzeilen zu. Sie fielen in ein kameradschaftliches Schweigen, während sie Müsli aßen, Kaffee tranken und die Morgenzeitung lasen. Jahrelang war das ihr Ritual gewesen, seit Josh mit zwölf Jahren bei Harry eingezogen war. Mit Joshs Immatrikulation an der University of Washington hatte die Tradition ein Ende gefunden. Er hätte weiter bei Harry wohnen und zur Uni pendeln können, aber beiden war bewußt gewesen, daß Josh endlich seine eigenen vier Wände haben mußte.

Dennoch empfand er Harrys Wohnung als sein Zuhause. Während der Ferien und an manchen Wochenenden übernachtete er hier. Auch abends erschien er öfter, wenn er persönlichen Rat brauchte oder über sein Studium sprechen wollte. Die unangemeldeten Besuche stellten für Harry kein Problem dar. Er saß beinahe immer zu Hause über seinen Büchern. Der gestrige Abend war eine ungewöhnliche Ausnahme gewesen.

Heute morgen ärgerte sich Harry schon nicht mehr über Joshs unangemeldetes Erscheinen. Zu seiner eigenen Überraschung fühlte er sich bemerkenswert munter, obwohl er zum Einschlafen sehr viel länger gebraucht hatte als üblich. Die Aussicht auf Freitag abend schimmerte am Horizont und warf einen freundlichen Lichtschein auf den ganzen Tag.

Josh leerte seine erste Tasse Kaffee. Er sah von der Sportseite hoch, und in seinen Augen stand ein neugieriges Glimmen. »Es ist schon eine Weile her, seit ich zum letztenmal unangemeldet hier auftauchte und dich bei einem Tête-à-tête angetroffen habe.«

»Ich hatte kein Tête-à-tête.« Harry runzelte die Stirn, las aber den Artikel über die Inflation weiter. »Wir hatten eine geschäftliche Besprechung. Ich sagte dir bereits, daß Molly eine Mandantin ist.«

Josh goß sich die zweite Tasse Kaffee ein. »Nach meinem Eindruck ist sie mehr als das. Trefft ihr euch schon länger?«

»Ich berate sie seit ungefähr einem Monat.«

»Beraten?«

»Richtig.« Harry blätterte die Seite um.

»Das mußt du mir näher erklären, Cousin Harry.« Josh grinste. »Ich bin etwas verwirrt. Hast du nun etwas mit ihr oder nicht?«

»Seit wann interessierst du dich für mein Liebesleben?«

»Seit ich entdeckt habe, daß es wieder eines gibt. Das letzte liegt über ein Jahr zurück, wenn ich mich richtig erinnere. Gratulation.« Harry schwieg. »Es wurde auch langsam Zeit, daß du dich wieder mit Frauen triffst.« Joshs Stimme wurde ernst. »Seit Olivia die Verlobung gelöst hat, lebst du wie ein Mönch.»

»Woher willst du das wissen? Du bist doch die meiste Zeit gar nicht hier.«

Vielsagend bewegte Josh seinen Löffel in der Luft. »Es gibt Mittel und Wege, um solche Dinge in Erfahrung zu bringen.«

Harry runzelte die Stirn. »Welche Mittel und Wege?«

»Ich erinnere mich an die Schachtel mit den Kondomen im Badezimmerschrank. Sie liegt dort, seit du Olivia nicht mehr triffst, aber die Anzahl der Päckchen hat nicht abgenommen.«

»Verdammt, das ist kaum zu glauben.« Harry biß in eine Scheibe Toast. »Du spionierst in meiner Privatsphäre.«

»Ich mache mir Sorgen um dich, Harry. Du neigst zum Grübeln.«

»Ich ›grüble‹ nicht. Ich versenke mich eingehend in ein Thema, wenn ich nachdenke. Das ist ein Unterschied.«

»Nenne es, wie du willst.« Josh schob eine Brotscheibe in den Toaster. »Ich kenne dich besser als du denkst.«

»Diese Möglichkeit läßt mir das Blut in den Adern gefrieren.«

Josh riß unschuldig die Augen auf. »In meinem Herzen hege ich nur die besten Absichten.«

»Das tröstet mich.«

»Molly Abberwick scheint nett zu sein.«

»Das ist sie.«

»Du bist gestern abend früh zurückgekommen, nachdem du sie nach Hause gebracht hast.«

»Ja.«

»Siehst du sie bald wieder?«

»Nun«, gestand Harry, »ich gehe morgen abend mit ihr zum Essen aus, wenn es dich interessiert.«

»Aha. Vergiß nicht, die Schachtel mit den Kondomen in das Nachttischchen zurückzulegen.«

Harry faltete die Zeitung mit übergroßer Genauigkeit zusammen. »Gestern abend hast du gesagt, daß du mit mir reden willst. Stimmt etwas nicht?«

Der belustigte Ausdruck in Joshs Augen verschwand. »Es geht um Großvater.«

»Schon wieder?«

»Ja. Er hält mir Vorträge, weil ich im Herbst an die Universität zurück will. Er hält es für Zeitvergeudung. Zwei Jahre Uni seien genug für einen Trevelyan ... Er will, daß ich mit ihm an den Boxen arbeite.«

»Das kommt mir bekannt vor.«

Josh bestrich eine Scheibe Toast mit Butter. »Ich habe mir überlegt, ob du nicht mit ihm sprechen könntest. Bring ihn dazu, daß er mich versteht.«

Geistesabwesend blickte Harry in die Wolken, die über

die Elliot Bay zogen. »Ich rede mit ihm, aber ich kann dir nicht versprechen, daß er seine Meinung ändert, Josh, das weißt du. Er sitzt in einer Zeitkrümmung fest.«

»Ja, aber auf dich wird er hören. Ich sage mir immer wieder, daß es egal ist, was er denkt. Ich werde die Uni abschließen und mein Diplom machen. Ganz gleich, was er davon hält.« Josh zuckte mit den Achseln. »Aber manchmal setzt mir der alte Mann verdammt zu.«

»Ich weiß.«

»Wenn Dad noch lebte, wäre alles anders. Der Druck würde nicht nur auf mir lasten. Doch so, wie die Dinge stehen, ist Großvater der einzige, der mir geblieben ist.«

Harry sagte nichts. Im Gegensatz zu Josh machte er sich diesbezüglich keine Illusionen. Er wußte, daß nicht weniger, sondern mehr Druck auf Josh lasten würde, wenn sein Vater noch lebte. Doch Wild Willy Trevelyan, tollkühner Motorradstuntman, Frauenheld und inoffizielles Vorbild für jeden echten Macho, war tot. Er war vor sieben Jahren ums Leben gekommen, als er versucht hatte, mit seiner hochfrisierten Maschine über einen Berg von in Flammen stehenden Autos zu springen. Tausend Zuschauer, darunter sein zwölfjähriger Sohn Josh, waren Zeuge der Explosion gewesen, die den Motor der Maschine zerrissen und Wild Willy getötet hatte. Josh hatte unter Schock gestanden. Keiner in der Familie hatte gewußt, was zu tun war, denn Joshs Mutter war kurz nach seiner Geburt bei einem Scooterbahn-Unfall ums Leben gekommen. Sein leichtsinniger, verbitterter Großvater wäre keine geeignete Bezugsperson für den jungen, traumatisierten Josh gewesen. Die meisten anderen Trevelyans hatten zu wenig Geld, um einen weiteren Esser aufzunehmen.

Harry, erst vor kurzem im Nordwesten eingetroffen, hatte sich ebenfalls in jener Zuschauermenge befunden. Er hatte den betäubten, stumpfen Blick in Joshs Augen gesehen. In den Monaten nach dem Tod seiner eigenen Eltern hatte Harry in seinen Augen denselben Ausdruck erkannt, wann immer er in einen Spiegel geblickt hatte. Also hatte er Josh nach dem Begräbnis zu sich nach Seattle genommen. Die Familie hatte keine Einwände gegen diese Entscheidung erhoben. Alle waren zutiefst erleichtert gewesen, daß Harry sich um den Jungen kümmerte. Schließlich, am Ende des ersten gemeinsamen Sommers, hatte Josh sich von seiner Trauer erholt. Aber es gab niemanden, zu dem er hätte gehen können. Der Herbst kam, und Harry meldete ihn an einer Schule in Seattle an. Daß Josh hochintelligent war, hatte er sehr schnell erkannt. Unter seiner Anleitung entwickelte er eine Leidenschaft für Mathematik und Naturwissenschaften. Die Verantwortung für den jüngeren Cousin gab Harry den dringend benötigten Lebenssinn zurück. Das Zusammensein mit Josh war zu einer vertrauten Routine geworden, und ihr gemeinsames Leben verlief mehrere Jahre lang erstaunlich angenehm.

Dann, eines Tages, kurz nach Joshs sechzehntem Geburtstag, stand Leon Trevelyan vor der Türe zu Harrys Eigentumswohnung. Er forderte seinen Enkel zurück. Es sei an der Zeit, dem Jungen beizubringen, wie man einen Rennwagen fahre, erklärte er. Glücklicherweise war Josh an diesem Tag in der Schule. Harry führte Leon ins Büro, schloß die Tür und führte einen Ringkampf mit dem Teufel. Von Anfang an wußte er, daß er sich keine Niederlage leisten konnte. Wenn er versagte, würde der Junge auf denselben Weg geraten, den sein Vater und sein Großvater gegangen waren und der in eine vielleicht tödliche Sackgasse führte. Er gewann die Schlacht.

Seufzend schob er die Erinnerungen beiseite. »Keine Sorge. Ich kümmere mich um Leon.«

Josh wirkte außerordentlich erleichtert. »Danke.« Harry wandte sich wieder der Zeitung zu. »Was diese Verabredung für Freitag abend angeht ...«, begann Josh erneut.

»Was ist damit?«

»Sei mir nicht böse, Harry, aber nach dem, was ich gestern abend beobachtet habe, bist du etwas eingerostet.«

»Eingerostet?«

Josh grinste. »Als Gegenleistung dafür, daß du mir Großvater vom Leib hältst, biete ich dir einige Ratschläge an.«

»Ich glaube nicht, daß ich deinen Rat brauche.«

»Sei dir dessen nicht zu sicher«, sagte Josh. »Da draußen herrscht das Gesetz des Dschungels.«

Tessa Calshot füllte eben einen Glasbehälter mit ganzen Teeblättern, als Molly am Donnerstag morgen das Geschäft der Abberwick Tea & Spice Company betrat.

»Morgen, Molly.« Tessa hievte den Sack mit den Blättern hoch. Sie trug ein ausgeblichenes Secondhand-Kleid im Stil der dreißiger Jahre. Ein Ärmel war hochgerutscht und gab den Blick auf eine kunstvolle Tätowierung auf ihrem rechten Arm frei. »Sei vorsichtig, wenn du in dein Büro kommst. Kelsey ist da. Sie experimentiert mit einer neuen Version ihres Gewürzpulverspenders.«

»Danke für die Warnung.«

»Immer wachsam – so bin ich. Vor allem seit der kleinen Episode mit ihrer Teeaufgußmaschine.« Tessa schüttete die letzten Blätter aus dem Sack. »Ich habe fast den ganzen Morgen gebraucht, um die Spritzspuren nach der Explosion zu beseitigen, wenn du dich erinnerst.«

»Nur zu gut.« Molly lächelte ihrer Angestellten verschwörerisch zu. Tessa verbrachte ihre Abende mit einer Frauenband. Sie spielte Leadgitarre bei einer Gruppe, die sich Ruby Sweet nannte. So weit Molly dies beurteilen konnte, lag Tessas wahres Talent aber im Bereich Marketing und Verkauf. Darin war sie wirklich begabt – was konservative Geschäftsleute kaum bemerkt hätten, denn Tessa war nicht gerade ein »normaler« Typ. Ihr in spitzen Strähnen abstehendes Haar zeigte selten zwei Tage hintereinander die gleiche Farbe. Heute morgen leuchtete es neongrün. Dazu hatte sie die Lippen braun geschminkt. Tessa liebte Kleidung aus der Zeit vor dem Zweiten Weltkrieg, die formlos um ihren kleinen, stämmigen Körper hing. Sie kombinierte sie mit klobigen Plateauschuhen und vielen Stahlkettchen. In der Nase trug sie einen Goldring. Ein anderer war durch ihre Braue gezogen.

Molly hätte es nichts ausgemacht, wenn Tessa nackt zur Arbeit erscheinen würde. Als Verkäuferin war sie ein Naturtalent. Sie hätte ein Vermögen mit Kommissionsgeschäften bei Nordstrom machen können, wenn sie bereit gewesen wäre, sich dem anspruchsvollen Image der exklusiven Modefirma entsprechend zu kleiden. Zu Mollys Glück weigerte Tessa sich, über diese Möglichkeit auch nur nachzudenken. Die Touristen, die einen großen Teil von Mollys Kundschaft ausmachten, fanden Tessa faszinierend. Oft fragten sie, ob sie ein Foto von ihr machen dürften, nachdem sie ihre Einkäufe getätigt hatten. Wahrscheinlich konnten sie es nicht erwarten, die Bilder ihren Freunden in Kansas zu zeigen. Die Fotos von Tessa dienten als Beweis, wie *anders* die Verhältnisse an der Küste doch waren ... Auch Kunden aus Seattle mochten Tessa. Sie waren an das ausländische Bedienungspersonal in den zahllosen Bars und Cafés der Stadt gewöhnt. Tessa erinnerte sie an die fremdsprachigen Serviererinnen, die ihnen den Milchkaffee brachten.

Die Verbindung der vertrauten Welt von Seattles Kaffeekultur mit dem exotischen Reich von Tee und Gewürzen war ungewöhnlich, aber einträglich. Molly und Tessa hatten die Verknüpfung geschickt hergestellt.

»Wie lief das Treffen mit T-Rex gestern abend?« fragte Tessa, während sie den Glasbehälter schloß.

»Es wurde kompliziert«, antwortete Molly.

Tessa stützte die Ellenbogen auf den Tresen. »So? Hast du ihm den Laufpaß gegeben, wie du es vorhattest?«

»Nicht ganz.«

Tessa machte ein überraschtes Gesicht. »Willst du damit sagen, daß er schließlich ein Projekt gebilligt hat?«

»Nicht ganz.«

»Raus mit der Sprache. Was ist passiert?«

»Sagen wir es so: Ich habe meine Meinung geändert.«

»Das ist kein Witz?« Tessa hob die schwarzen Brauen, die aussahen, als wären sie mit einem breiten Filzstift nachgezogen. »Gestern nachmittag hast du den Laden mit dem Schwur verlassen, T-Rex keine weitere Möglichkeit zu geben, eines deiner kostbaren Förderprojekte zu verderben. Du sagtest, die Bewerbung von Wharton Kendall abzulehnen sei sein letzter Streich gewesen. Und sagtest du nicht laut und deutlich, daß Trevelyan reif für die Straße wäre, wenn er Duncan Brockways Eingabe ebenfalls kippen würde?«

»Die Dinge ändern sich.« Geheimnisse waren sinnlos, dachte Molly. »Ich habe für morgen abend eine Verabredung mit ihm.«

Tessas Augen weiteten sich erschrocken. »Eine Verabredung mit T-Rex?«

»Das schockiert dich, was?« Molly trat an ein Regal und ordnete die Designerteekannen neu. »Weißt du, vielleicht ist es an der Zeit, damit aufzuhören, ihn T-Rex zu nennen.«

»Du hast gesagt, er sei kaltblütig und skrupellos und zerreiße die Arbeit unschuldiger Erfinder in der Luft, als handle es sich um rohes Fleisch. Und hast gesagt, statt Trevelyan hättest du ebenso gut Tyrannosaurus Rex anheuern können, um kleine, kuschlige Säugetiere zu hüten.«

Molly dachte an Harrys Kuß. Sie spürte die Hitze, die er in ihr ausgelöst hatte, noch immer, eine Empfindung, die umwerfender war, als hätte sie alle dreizehn Sorten Chiligewürz gekostet, die sie auf Lager hatte. »Nun«, erklärte Molly, »in einem habe ich mich eindeutig geirrt: Kaltblütig ist er nicht.«

»Ich kann es immer noch nicht glauben.« Tessa schüttelte den Kopf. »Der Typ hat dir eine Verabredung aufgeschwätzt?«

»So ähnlich.«

»Machst du dir keine Sorgen, an Langeweile zu sterben?«

»Ich glaube nicht, daß die Langeweile das Problem ist«, sagte Molly nachdenklich. »Was uns zu einem weiteren Punkt führt, in dem zwischen T-Rex und Harry Trevelyan unterschieden werden muß. Nach allen Erkenntnissen besaßen Dinosaurier ausgesprochen kleine, primitive Hirne. Das kann man von Dr. Harry Trevelyan nicht behaupten. Er ist so etwas wie ein Polymathiker.«

»Ein was?«

»Ein Allroundler wie die Genies der Renaissance. Bewandert in zahlreichen Wissensgebieten.«

»Oh.« Tessa blieb skeptisch. »Auch wenn ein Mann eine geistige Leuchte ist, muß er noch längst kein interessanter Tischpartner sein.«

»Harry ist überaus interessant, glaube mir.« Molly atmete den Duft der feinen Teesorten und aromatischen Gewürze ein. Mit Besitzerstolz sah sie sich in ihrem Geschäft um. Dabei überprüfte sie automatisch, ob alles für den Tag vorbereitet war. Ein gewohntes Ritual. Seit dem ersten Morgen in ihrem Arbeitsleben hatte sie treu daran festgehalten. Damals war Molly zwanzig gewesen. In diesem Jahr war ihre Mutter gestorben, und Molly hatte die Universität verlassen müssen, um für sich, ihre Schwester und ihren Vater zu sorgen.

Das Glück der Abberwicks, das niemals verläßlich gewesen war, hatte sich in jenem Jahr wieder einmal von ihnen abgekehrt. Die Bank forderte einen Kredit über zwanzigtausend Dollar zurück, den Jasper aufgenommen hatte, um die Entwicklungskosten für eine neue Erfindung zu decken. Der Kreditsachbearbeiter war der Meinung gewesen, Jasper wolle das Geld für Renovierungen im Haus verwenden. Als er entdeckte, daß die Finanzmittel in ein gescheitertes Projekt für computergestützte Kontrollsysteme geflossen waren, reagierte er sehr unfreundlich.

Jasper hatte ein Ingenieurstudium absolviert, aber seine Natur machte es ihm unmöglich, einer regelmäßigen Arbeit nachzugehen. Die unwiderstehliche Verlockung, in eigener

Regie zu forschen und Prototypen zu bauen, ließ ihn selbst mit der liberalsten Firmenleitung in Konflikt geraten. Er verkümmerte unter jeder Art von Einschränkung. Jasper mußte frei sein, um seine Träume zu verwirklichen. Mollys Mutter Samantha liebte ihren Mann mit Geduld und Verständnis. Auch sie war ein praktische Frau. Samanthas regelmäßiges Einkommen hielt die Familie in schlechten Zeiten über Wasser. Doch mit Samantha Abberwicks Tod bei einem Autounfall änderte sich alles. Kelsey war damals neun Jahre alt. Die Familie befand sich in einer verzweifelten Situation, emotional und finanziell. Molly vermißte ihre Mutter sehr, aber sie fand nur wenig Zeit, angemessen zu trauern. Sie mußte sich um zu viele Dinge kümmern. Ihre größte Sorge galt Kelsey. Und dann natürlich die unsichere finanzielle Situation der Familie. Ohne Samanthas regelmäßiges Einkommen drohte die Verelendung. Jasper Abberwick war der Inbegriff eines in seinen Forschungen gefangenen Erfinders. In den Tagen nach dem Tod seiner Frau schaffte er es nicht, sich mit der Geldnot der Familie auseinanderzusetzen. Er flüchtete sich in seine Kellerwerkstatt und überließ es seiner älteren Tochter, die Krise zu meistern. Molly schätzte die Lage dagegen realistisch ein und unternahm die nötigen Schritte. Sie verließ die Universität und suchte sich einen Job.

Das Geschäft, dessen Besitzerin sie heute war, hieß damals noch nicht Abberwick Tea & Spice, sondern Pipewell Tea, zu Ehren seiner Inhaberin Zinnia Pipewell. Pipewell Tea drückte sich in ein dunkles, schmuddliges Mauerloch in der Nähe des Pike Place Market. Der Umsatz lief schlecht. Seattle huldigte dem Kaffee, nicht den feinen Teesorten. Zinnia konnte sich eine Verkaufshilfe kaum leisten. Molly spürte von Anfang an, daß sie der älteren Frau leid tat. Zinnia hatte sie aus Mitleid eingestellt, nicht weil sie eine Ladengehilfin brauchte, denn die Geschäftslage war mehr als desolat.

Molly war entschlossen, ihrer neuen Arbeitgeberin die

Großzügigkeit zu vergelten, damit diese ihren Entschluß nie bereuen mußte. Sie verschrieb sich dem Ganztagsjob mit der gleichen Energie und Begeisterung, die sie vorher für ihr Studium aufgebracht hatte. Eine andere Möglichkeit gab es nicht. Nach einer Woche in Zinnias Teeladen hatte Molly erkannt, daß etwas geschehen mußte, wenn der Laden das nächste Jahr überleben sollte. Bei einem Konkurs wäre Mollys Job ebenfalls verloren gewesen. Nach einigen Marktstudien schlug sie der alten Dame vor, eine Auswahl lose verpackter Gewürze zusätzlich in ihr Sortiment aufzunehmen. Zinnia ließ sich für den Plan gewinnen. Für Restaurantführer und Gourmets war Seattle eine Feinschmeckerstadt. Molly wußte, daß das Interesse an exotischen Gewürzen groß war. Nachdem sie als regelmäßige Nachschubquelle Lieferanten für getrocknete mexikanische Chilischoten bis zu Safran aus Spanien ausfindig gemacht und feste Verträge abgeschlossen hatte, kümmerte sie sich um die Verpackungsfrage und die Werbung. Der Laden änderte seinen Namen in Pipewell Tea & Spice. Statt auf ein modernes europäisches Ambiente zu setzen, das die Cafés bevorzugten, wählte Molly eine altmodische Ausstattung. Das Ergebnis war ein Verkaufsraum, der an die aus dem neunzehnten Jahrhundert stammenden Hafenspeicher der großen Gewürzhändler erinnerte.

Das Geschäft lief gut. Molly expandierte sehr vorsichtig. Sie bot einen Versanddienst an, so daß die auswärtigen Kunden ihre Einkäufe nicht in Tüten nach Hause befördern mußten. Außerdem nahm sie Kochbücher und fertig verpackte Gewürzmischungen in das Angebot auf. Sie erstellte Kataloge. An der Fensterfront richtete sie eine Teebar ein. Sie nutzte neueste wissenschaftliche Erkenntnisse über die gesundheitsfördernde Wirkung der verschiedenen Teesorten und wandte sich mit geschickten Marketingstrategien auch an Vollwertkostfreunde und Kaffeetrinker, die nach neuen Genüssen suchten. Als diese Strategie erste Erfolge zeigte, bemühte sie sich um die Anhänger des New Age und der spirituellen Bewegungen. Sie lud einen Seminarleiter ein, der eine Einführung in die ehrwürdige Kunst der japanischen Teezeremonie abhielt. Die Bank bekam ihr Geld. Jasper lieh sich mehr. Das Leben ging weiter. Irgendwann in dieser Zeit erkannte Molly, daß sie niemals an die Universität zurückkehren würde, um ihr Studium zu beenden.

Zinnia machte sie zu ihrer Geschäftspartnerin. Mit Blick auf ihren Ruhestand schlug sie vor, den Laden umzubenennen, um die zukünftigen Veränderungen deutlich zu machen. Nie würde Molly das überwältigende Gefühl von Freude und Stolz vergessen, das sie an dem Tag empfand, als das neue Schild der Abberwick Tea & Spice Co. über der Ladentür angebracht wurde. Ein Jahr später kaufte sie Zinnias Hälfte der Anteile auf. Der Pachtvertrag mußte erneuert werden. Molly beschloß umzuziehen. Sie wählte große, helle Räume oberhalb der kaskadengesäumten Treppenanlage, die zum Hafen hinunterführte. Es war der ideale Standort, um sowohl die Touristen als auch die Büroangestellten anzuziehen, die ihr mitgebrachtes Mittagessen auf den Stufen verzehrten. Zinnia ging auf eine lange Kreuzfahrt.

Schließlich erhielt Jasper ein einträgliches Patent für sein Industrierobotersystem. Er hatte Mollys Vorschlag befolgt, die Rechte als Lizenz an eine dynamische junge Firma in Oregon zu verkaufen. Jetzt flossen hohe Summen auf die Konten der Familie. Plötzlich war so viel Geld vorhanden, daß nicht einmal Jasper und sein Bruder es verpulvern konnten, bevor sie bei ihrem Experiment mit dem muskelkraftbetriebenen Fluggerät ums Leben kamen. Jasper hinterließ seinen Töchtern ein beträchtliches Einkommen an Lizenzgebühren, das noch über Jahre gesichert sein würde. Und die Idee einer Abberwick-Stiftung, die Molly großes Kopfzerbrechen bereitete.

Tessa war damit beschäftigt, den Tee für den Verkauf an der Bar aufzugießen. »Erzähl mir mehr von dieser aufregenden Verabredung mit Trevelyan.«

»Da gibt es nichts zu erzählen«, entgegnete Molly. »Ich bin noch nicht mit ihm ausgegangen.«

»Freitag abend spielt Ruby Sweet im Cave«, sagte Tessa unbefangen. »Du könntest ihn dorthin mitnehmen und einen ausgelassenen Abend mit ihm verbringen.«

»Ich habe das unbestimmte Gefühl, daß das Cave nicht besonders gut zu Harry paßt.«

»Ich begreife es noch immer nicht. Was hat dich dazu gebracht, dieser Verabredung ...« Tessas Frage wurde von einem ohrenbetäubenden Krachen unterbrochen.

Molly fuhr herum und sah auf die geschlossene Tür zu ihrem Büro. »O nein, nicht schon wieder!« Sie stürzte vor und riß die Tür auf. Ihre Schwester Kelsey sah von dem Wrack ihres jüngsten Prototypen auf, ein Gerät, das als Spender für gemahlene Gewürze hätte dienen sollen. Durch die feinstaubige Salbeiwolke konnte Molly ihre Schwester kaum erkennen. »Was ist passiert?«

»Ein kleines Problem mit der Technik«, keuchte Kelsey. »Halt dir die Nase zu, schnell.«

Es war zu spät. Der Salbei drang in Mollys Nase, und sie mußte niesen. Tränen traten ihr in die Augen. Sie eilte in ihr Büro und schlug die Tür hinter sich zu, um zu verhindern, daß sich der Gewürzstaub im vorderen Ladenbereich ausbreitete. Mit einem Sprung war sie bei ihrem Schreibtisch, zog ein Papiertaschentuch aus der Schachtel und hielt es sich vor die Nase, während sie darauf wartete, daß sich die feingeriebenen Salbeiblätter langsam setzten.

»Tut mir leid.« Kelsey nieste in ihr Taschentuch. »Heute hätte ich es wirklich beinahe geschafft. Das nächste Mal klappt es ganz bestimmt.«

Im Laufe der Jahre hatte Molly diese Worte tausendmal gehört. Ihr Vater und Onkel Julius hatten sie wie eine Litanei wiederholt. *Heute hätte ich es wirklich beinahe geschafft. Das nächste Mal klappt es ganz bestimmt.* Molly hatte damals überlegt, ob sie diese Sätze als eine Art Familienmotto über dem Abberwick-Familiensitz anbringen lassen sollte. Doch manchmal hatten sich diese berüchtigten Versprechen tatsächlich bewahrheitet. So waren die Abberwicks.

»Lage normal«, murmelte Molly. Sie mußte wieder niesen. Aus ihren Augen liefen Tränen. Sie schniefte laut und zog weitere Tücher aus der Schachtel.

Kelsey wischte sich ebenfalls die Augen und sandte Molly dann ein entschuldigendes Lächeln zu. Als sie die Lippen auseinanderzog, wurde das perfekte Ergebnis einer mehrere tausend Dollar teuren kieferorthopädischen Behandlung sichtbar, die Molly ihrer Schwester vor einigen Jahren spendiert hatte. Molly bewunderte die gerichteten Zähne kurz. Als sie ein Teenager gewesen war, hatte sich die Familie einen derartigen Luxus nicht leisten können. So waren Molly die beiden leicht schiefstehenden Vorderzähne geblieben.

»Alles in Ordnung?« fragte Kelsey.

»Meine Nasenhöhlen sind für die nächsten sechs Monate sicher genügend durchgepustet.« Molly wischte das Salbeipulver von ihrem Bürostuhl und setzte sich. Dann warf sie einen kurzen Blick auf den Gewürzspender. Die Maschine bestand aus einer Reihe Plastikröhren und Hebel, über die das getrocknete und gemahlene Gewürz ausgegeben wurde. Der kleine Motor, der den Spender antrieb, lag als rauchendes Wrack auf einer Tischseite. »Was ist schiefgegangen?« fragte sie.

Wie ein Gerichtsmediziner, der eine Leiche untersuchte, beugte sich Kelsey über die Reste ihrer Erfindung. »Ich schätze, der pulverisierte Salbei ist irgendwie in den Motor gesaugt worden und hat ihn verstopft.«

»Ich verstehe.« Es gab keinen Grund, sich über ein Vorkommnis dieser Art aufzuregen. Das wußte Molly durch lange Erfahrung. Experimente gehörten zum Leben der Abberwicks. Sie lehnte sich auf ihrem Stuhl zurück und betrachtete ihre Schwester mit einem Ausdruck von Bewunderung und Resignation. Kelsey hatte ganz offensichtlich das Abberwicksche Genie und die Lust am Herumbasteln geerbt. Schon mit fünf hatte sie sich mit kleinen Konstruktionen beschäftigt. Von Puppenhäusern bis zu Fahrrädern war nichts vor ihr sicher gewesen. Molly überlief ein kalter Schauder, wenn sie daran dachte, wie sie einmal in Kelseys Zimmer gekommen war und ihre kleine Schwester mit einer Glühbirne, einem Verlängerungskabel und einer Schere vorgefunden hatte. Kelsey hatte versucht, ihren Spielzeugherd in einen echten zu verwandeln.

Kelsey hatte zwar die Neugier und den Erfindergeist der Abberwicks von ihrem Vater geerbt, besaß aber andererseits die blauen Augen und das kupferfarbene Haar ihrer Mutter. Außerdem war sie mit deren feingeformten Wangen und dem zierlichen Kinn gesegnet. Die Zahnregulierung hatte sich als Krönung des Ganzen herausgestellt. Molly wünschte sich, ihre Mutter würde noch leben, um zu sehen, wie hübsch ihre jüngste Tochter geworden war. Und sie wünschte sich, ihr Vater wäre weniger von seinen Plänen und Projekten vereinnahmt gewesen. Er hatte nicht gemerkt, daß Kelsey in seine Fußstapfen getreten war.

Mollys Aufgabe war es gewesen, den Verlust auszugleichen und an die Stelle beider Eltern zu treten. Sie hatte ihr Bestes gegeben, obwohl sie sich immer fragen würde, ob sie wirklich genug und das Richtige getan hatte. Kelsey schien die Abwesenheit echter Eltern nichts mehr auszumachen, und dafür war Molly dankbar.

»Ich muß nur einen Filter entwerfen.« Kelsey studierte die Überreste ihres Gewürzspenders. »Das sollte nicht allzu schwierig sein.«

Molly sah sich im Büro um. »Zuerst überlegst du dir, wie du dieses Salbeipulver wieder entfernst.«

»Mach dir keine Sorgen. Ich nehme den Staubsaugroboter, den ich letztes Jahr hier installiert habe.« Kelsey griff nach einem Schraubenzieher. »Was hat T-Rex von Duncan Brockways Schnapsidee gehalten, Energie aus Mondstrahlen zu erzeugen?«

Molly seufzte. »Du wußtest, daß es eine Schnapsidee war?«

»Brockways Forschungsplan basiert auf Wunschdenken und besitzt keine solide naturwissenschaftliche Grundlage.«

»Das entspricht ziemlich genau Trevelyans Worten. Warum hast du mir nicht gesagt, daß die Idee Unsinn ist?«

»Ich wollte mich nicht einmischen. Das ist schließlich Trevelyans Job. Dafür wird er ja bezahlt.«

»Vielen Dank«, murmelte Molly. »Du hältst es für besser, wenn ich vor Harry wie eine Idiotin dastehe, statt mich aufzuklären?«

»Ich bin sicher, daß er dich nicht für eine Idiotin hält. Er weiß, daß Technik nicht deine starke Seite ist.« Kelsey sah von dem defekten Motor auf. »He, was ist los? Nennst du ihn jetzt Harry? Einen ganzen Monat lang war er T-Rex, das wilde Raubtier, Zerstörer kostbarer Erfinderprojekte.«

»Ich versuche mir den Spitznamen abzugewöhnen, bevor ich mit ihm ausgehe. Sonst könnte es peinlich werden.«

»Ausgehen?« Kelsey starrte sie an. »Du triffst dich privat mit ihm? Mit T-Rex?«

»Sein Name ist Dr. Harry Trevelyan«, entgegnete Molly steif. »Und er hat mich für morgen abend zum Essen eingeladen.«

»Das glaube ich nicht.«

Bevor Kelsey sich von ihrem Schock erholen konnte, summte das Telefon. Niesend griff Molly nach dem Hörer. »Abberwick Tea & Spice.«

»Molly, meine Liebe, bist du es?«

»Ja, Tante Venicia.« Molly schneuzte sich in ein Papiertuch.

»Du klingst nicht gut. Bist du erkältet?«

»Mir geht es gut. Kelsey hatte einen kleinen Unfall mit ihrem neuesten Gewürzspendermodell.«

»Ich hoffe, es ist nichts Schlimmes passiert.«

»Außer der Tatsache, daß meine Nasenschleimhäute nie wieder dieselben sein werden, ist alles in Ordnung.«

»Gut, dann müssen wir uns also keine Sorgen machen.« Venicia tat den Zwischenfall mit einer Leichtigkeit ab, die von langer Erfahrung zeugte. Schließlich war sie dreißig Jahre mit einem Abberwick verheiratet gewesen, bevor sie durch den

Unfall Witwe geworden war, bei dem auch Mollys Vater ums Leben gekommen war. »Ich wollte dich fragen, was du von grün und gold hältst.«

»Grün und gold wofür?«

»Für die Hochzeitsfarben, meine Liebe. Hörst du mir überhaupt zu?«

»Ich höre. Grün und gold klingt wunderbar.«

»Silber wäre vielleicht besser.« Venicia schwieg. »Aber irgendwie kann ich grün und silber nicht zusammenbringen, und du?«

»Ich habe nie wirklich darüber nachgedacht.« Molly wischte Salbeipulver von der Morgenpost und begann den Stapel mit Umschlägen und Werbebroschüren auszusortieren. Venicia setzte zu einer detaillierten Analyse über die Vorzüge der Kombination grün/gold gegenüber grün/silber an. Molly hörte nur mit halbem Ohr zu. Sie mochte ihre Tante sehr, konnte sich aber durchaus mit etwas anderem beschäftigen, wenn Venicia über die Pläne für ihre bevorstehende Hochzeit sprach. Kelsey schickte ein mitfühlendes Lächeln herüber, während Molly vorsichtig einen Umschlag öffnete.

» … ich habe Cutter gesagt, daß es in Ordnung sei«, sagte Venicia. »Es gibt doch keine Probleme bei dir, meine Liebe?«

Molly bemerkte, daß ihr ein Teil von Venicias Worten entgangen war. »Was meinst du damit, Tante Venicia?«

»Ich sprach davon, was ich zu Cutter gesagt habe. Es wäre doch sicher möglich, daß du Freitag abend mit uns ißt? Hast du nicht zugehört, meine Liebe?«

»Doch, natürlich.« Molly wechselte einen betretenen Blick mit Kelsey. »Ich habe nur eben in meinem Kalender nachgesehen. Sieht so aus, als hätte ich Freitag abend schon etwas vor.«

»Am Abend?« Venicia klang beinahe entsetzt.

»Ich weiß, es ist auch für mich ein Schock. Aber ich habe tatsächlich eine Verabredung.«

»Oh, das ist einfach wunderbar. Ich freue mich. Ist es ein interessanter Mann?«

»Es ist Harry Trevelyan.«

»Dein Berater?« Die Begeisterung in Venicias Stimme war abgeklungen. »Ich dachte, Dr. Trevelyan wäre dir gleichgültig.«

»Ich habe entdeckt, daß mehr an ihm ist, als ich zuerst dachte.«

»Na ja, ich finde, jede Verabredung ist besser als keine.« Venicia klang nicht wirklich überzeugt. »Langsam habe ich mir ernsthaft Sorgen wegen deines Soziallebens gemacht.«

»Das ist dein Charakter, Tante Venicia. Sieh die Dinge einfach von der angenehmen Seite.«

»Oh, das tue ich, meine Liebe«, versicherte Venicia ihr. »Ich bin froh, von dir zu hören, daß du für morgen abend etwas vorhast. Wer weiß, wohin das führt? Als ich Cutter zum erstenmal begegnet bin, auf dieser Kreuzfahrt, hätte ich nicht im Traum gedacht, daß wir uns ineinander verlieben würden.«

»Ich habe nicht vor, mich in Harry zu verlieben«, sagte Molly schnell. »Wir sind wirklich nicht füreinander geschaffen.«

»Das weiß man nie, meine Liebe. Gegensätze ziehen sich an.«

Molly verzog das Gesicht. »An diese alte Redensart habe ich noch nie geglaubt.«

»Hör mal, ich werde Cutter bitten, die Reservierung für das Abendessen auf einen anderen Tag zu verschieben. Wie wäre es mit Samstag?«

»Samstag paßt gut.«

»Wunderbar. Und viel Spaß morgen abend, meine Liebe.«

»Den werde ich haben.« Mit einem Gefühl der Erleichterung legte Molly den Hörer in die Gabel zurück.

Kelsey, die weiter am Gehäuse ihres Motors herumschraubte, sah nicht auf. »Wie lautet der letzte Stand der Hochzeitsvorbereitungen?«

»Grün und gold.«

»Und was wurde aus blau und gold?«

»Das waren die Farben der letzten Woche.« Molly schlitzte einen weiteren Umschlag auf und entnahm ihm ein Bestellformular, das aus ihrem neuesten Katalog stammte. »Bin ich froh, wenn wir diese Hochzeit endlich hinter uns haben.«

»Ich weiß. Tante Venicia ist richtig besessen davon.«

»Ich freue mich für sie.« Molly studierte die Liste der Gewürze, die ein Kunde aus Arizona bestellte. »Nach den vielen Jahren mit Onkel Julius verdient sie einen netten, aufmerksamen Mann wie Cutter Latteridge.«

»Einen netten *wohlhabenden* Mann wie Cutter Latteridge«, fügte Kelsey trocken hinzu. »Dieses Haus auf Mercer Island und seine Jacht waren nicht billig.«

»Das hätten wir.« Molly legte die Bestellung zu dem Stapel auf ihrem Schreibtisch. »Wenigstens müssen wir uns keine Sorgen machen, ob er sie nur wegen ihres Geldes heiratet. Das Wichtigste ist doch, daß er sie aufmerksam behandelt. Sie hat es verdient.«

»So schlecht war Onkel Julius nun auch wieder nicht. Er besaß viel Ähnlichkeit mit Dad.«

»Genau.« Molly griff nach einem weiteren Umschlag. »Dad hatte meistens völlig vergessen, daß er verheiratet war. Onkel Julius war nicht besser. Tante Venicia hat mir erzählt, daß er in dreißig Ehejahren an keinen einzigen Hochzeitstag gedacht hat. Geschweige denn an ihren Geburtstag.«

Kelsey blickte tief in die Eingeweide ihres verstopften Motors. »Genau wie Dad.«

Molly schwieg. Kelsey hatte alles gesagt. In diesem schlichten Satz waren Jahre gutmütiger Vernachlässigung zusammengefaßt. Jasper Abberwick hatte die Familie auf seine Weise geliebt, aber seine wirkliche Liebe hatte immer seiner Arbeit als Erfinder gegolten. Selbst die wunderbaren mechanischen Spielzeuge, die er für seine Töchter gebaut hatte, waren eigentlich Prototypen für Industrieroboter gewesen, die er später entwickelt hatte. Molly hing an dem alten Spielzeug, das in der Kellerwerkstatt eingelagert war. Alle sechs Monate kontrollierte sie in töchterlicher Treue die langlebigen Spezialbatterien, die Jasper dafür konstruiert hatte. Früher hatte sie gehofft, daß ihre Kinder eines Tages mit den Sachen spielen würden. In den letzten Jahren war dieser Gedanke in weite Entfernung gerückt.

Die Bürotür wurde geöffnet. Tessa streckte besorgt den Kopf herein. »Alles in Ordnung hier?«

»Wir haben ein weiteres von Kelseys Experimenten überlebt«, antwortete Molly.

»Großartig.« Tessa betrat das Büro. In ihren Augen stand ein entschlossenes Glimmen. »Dann können wir jetzt über deine Verabredung mit T-Rex sprechen.«

Molly öffnete den nächsten Umschlag. »Was gibt es da zu bereden?«

Kelsey legte den Schraubenzieher hin. »Tessa hat recht. Wir müssen uns unterhalten. Deine letzte richtige Verabredung ist lange her. Seit du Gordon Brooke nicht mehr siehst, nicht wahr?«

»Das stimmt nicht. Ich war erst letzten Monat mit Eric Sanders zum Essen aus.«

»Eric ist dein Buchhalter«, bemerkte Tessa. »Und es war ein Arbeitsessen. Du hast mir erzählt, daß ihr den Abend damit verbracht habt, über deine Steuererstattung zu reden.«

»Und?«

Kelsey runzelte die Stirn. »Er hat dir nicht einmal einen Abschiedskuß gegeben, stimmt's?«

Molly wurde rot. »Natürlich nicht. Er ist schließlich mein Buchhalter.«

»Ich wußte es.« Kelsey sah Tessa an. »Sie ist naiv und unschuldig wie ein Lamm.«

Tessa schnalzte mit der Zunge. »Vor uns liegt eine Menge Arbeit, bevor wir es riskieren können, sie zu einer wirklichen Verabredung gehen zu lassen.«

Molly betrachtete die beiden jüngeren Frauen mißtrauisch. »Wovon redet ihr eigentlich?«

»Da draußen herrscht das Gesetz des Dschungels«, sagte Tessa. »Aber mach dir keine Sorgen. Kelsey und ich geben dir einen Crashkurs, wie du in der heutigen Zeit eine Verabredung überlebst.«

In dem Augenblick, als Harry aus dem Wagen stieg, bemerkte er den seltsamen schwarzen Kasten vor Mollys Eingangstür. In Gedanken versunken, schob er die gelben Rosen, die er mitgebracht hatte, in seine linke Armbeuge. Neugierig musterte er das schwarze Ding, während er sich der Vordertreppe des alten Hauses näherte.

Sein erster Gedanke war, daß jemand versucht hatte, ein Päckchen zuzustellen und es vor dem Haus gelassen hatte, weil niemand auf sein Klingeln geantwortet hatte. Wenn niemand auf das Klingeln reagiert hatte, folgerte er, konnte Molly nicht zu Hause sein. Sie hatte die Verabredung vergessen. Enttäuschung stieg in Harry auf. Es wäre besser gewesen, wenn er am Nachmittag noch einmal angerufen hätte, um den Termin zu bestätigen, sagte er sich.

Dann sah er den schwarzen Draht. Er lief vom Deckel des Kastens zum Türknauf. Wenn jemand die Tür öffnete, würde der Deckel hochgerissen. Harry überlegte, ob diese Konstruktion ein Streich war, den irgend jemand Molly spielen wollte. Vielleicht kam ein Schachtelmännchen an einer Feder herausgesprungen, wenn der Deckel gelüftet wurde.

Langsam stieg er die Stufen hoch, während seine Aufmerksamkeit auf den schwarzen Kasten gerichtet blieb.

Kein Scherz.

Ein warnendes Prickeln absoluter Gewißheit durchrieselte ihn. Hier stimmte etwas nicht.

Auf der anderen Seite der schweren Tür war ein leises, kratzendes Geräusch zu hören. Molly, die wußte, daß er vor der Tür stand und öffnen wollte? Harry ließ die Rosen fallen und stürzte in Richtung des Kastens.

»Nicht aufmachen!« schrie er.

»Harry?« Molly erschien im Türspalt. »Sind Sie das? Was ist los?«

Der Draht, der den Kasten mit der Tür verband, spannte sich. Der Deckel wurde hochgerissen, und man hörte ein schwirrendes Geräusch. Harry sah, wie eine Pistole, die auf einen Metallsockel montiert war, hochkatapultiert wurde.

Ihr Lauf war auf Molly gerichtet.

4

Noch während Harry sich auf die Konstruktion stürzte, hörte er das schreckliche, leise Klicken. Mit der linken Hand schlug er gegen den Kasten und warf den Apparat um. Im selben Moment löste sich der Schuß.

Als Harry den tödlich aussehenden Mechanismus berührt hatte, hatte ihn in einer Welle der Gewißheit das unheimliche Gefühl drohender Gefahr durchflutet. Er hatte keine Zeit gehabt, darauf zu achten. Und beim nächsten Herzschlag war es wieder verflogen. Durch die Wucht seines Sprungs prallte er in diesem Moment gegen die Hauswand. Geschickt gewann er sein Gleichgewicht zurück und sah dem Kasten nach, der die Treppe zur Auffahrt hinunterklapperte.

Etwas Weiches entfaltete sich aus dem Pistolenlauf. Es flatterte matt, bevor es sich auf den Boden senkte.

»Was ist hier los?« Molly sah auf den schwarzen Kasten und seinen Inhalt. Dann hob sie verblüfft die Augen und begegnete Harrys Blick. »Sie sind wirklich schnell.«

»Wenn mir danach ist.« Achselzuckend glättete sich Harry das Jackett und ging die Treppe herunter, um sich die Pistolenkonstruktion aus der Nähe anzusehen. Aus dem Lauf hatte sich eine weiße Fahne entrollt. Darauf stand etwas in roten Buchstaben. Harry breitete das Stoffstück mit der Schuhspitze aus, um die Worte zu entziffern.

»Jemand hält diesen üblen Scherz offenbar für Humor.« Harry holte langsam und tief Atem. Er sah Molly an. »Ist mit Ihnen alles in Ordnung?«

»Natürlich. Und mit Ihnen?«

»Alles okay.«

»Das sehe ich.« Sie lächelte. »Sie besitzen eine originelle Methode, um die Befangenheit bei der ersten Verabredung zu überwinden.«

»Josh hat behauptet, ich sei zu lange nicht mehr ausgegangen, um mich an das Prozedere zu erinnern.« Harry sah auf die Pistole hinunter. »Aber das hier stammt nicht von mir. Ich habe Ihnen Blumen mitgebracht.«

»Wirklich?« Molly betrachtete die auf dem Boden liegenden Rosen und lächelte erfreut. »Oh, sie sind wunderbar. Woher wußten Sie, daß gelbe Rosen meine Lieblingsblumen sind?«

Harry folgte ihrem Blick zu den auf der Zufahrt verstreuten Rosen. »Ich hatte Glück beim Raten.« Er sah Molly zu, während sie die Blumen einsammelte. Josh hatte ihn in letzter Minute auf den Gedanken mit den Blumen gebracht, aber Harry sah keinen Grund, Molly das zu gestehen. Außerdem hätte er die Idee auch selbst gehabt, wäre Josh ihm nicht zuvorgekommen, sagte er sich. Er mochte aus der Übung sein, aber dumm war er nicht.

Molly sah wunderbar aus, stellte er beeindruckt fest. Sie trug ein knappes scharlachrotes Kleid mit Goldknöpfen und einer passenden kurzen Jacke im flotten Marinestil. Ihr widerspenstiges Haar war gegen seine Natur mit kleinen Goldklemmen hinter den Ohren gebändigt. Schwarze Sandaletten mit feinen Riemchen betonten ihre graziös geformten Füße. Harry fiel ein, daß er Molly bisher nur in ihrer Geschäftskleidung gesehen hatte. Dies war eine anregende Abwechslung.

Molly war noch immer damit beschäftigt, die Rosen aufzuheben. »Ich schätze, die meisten haben den Sturz überlebt.«

»Vergessen Sie die Blumen. Sie sind kaputt.«

»Nein, bestimmt nicht. Eine oder zwei sind etwas zerdrückt, aber das ist alles.«

Harry beschloß, nicht mit ihr zu streiten. Die abgerissenen Blütenblätter sprachen für sich selbst. Er wandte seine Aufmerksamkeit wieder dem schwarzen Kasten mit der bedrohlich aussehenden Pistole zu. »Haben Sie eine Ahnung, wer Ihnen diesen Streich gespielt haben könnte?« fragte er.

»Nein.« Molly warf einen gleichgültigen Blick auf die Konstruktion und stieg die Stufen wieder hoch. »Könnte die Bastelei von Freunden meiner Schwester sein. Alles sehr kreative Köpfe. Einige der Jungen sind noch etwas unreif, obwohl sie im Herbst mit der Uni beginnen.«

Harry fiel das kurze, aber überdeutliche Gefühl von Gefahr ein, das ihn gewarnt hatte, als er den Kasten zur Seite geschleudert hatte. Rasch unterdrückte er die Erinnerung. Eine solche Reaktion war nichts Ungewöhnliches, sagte er sich. Als Erklärung genügte ihm der Anblick der Pistole, die auf Molly gerichtet gewesen war. »Ihre Schwester hat Freunde, die solche Scherze machen?«

»Kelsey hat das Erfindergenie unserer Familie geerbt.« Molly lächelte schwach. »Sie verbringt viel Zeit mit einem Haufen intelligenter junger Leute. Meistens sind sie recht nett, aber einige von ihnen besitzen einen etwas merkwürdigen Humor. Sie verbringen ganze Wochenenden damit, sich gegenseitig die absurdesten Streiche zu spielen.«

Harry bewegte seine Finger, um die Muskeln von der Anspannung zu befreien. »Das klingt, als hätten Sie so etwas Ähnliches schon einmal erlebt.«

Molly kräuselte die Nase. »Wenn Sie in einer Familie wie meiner aufwachsen, lernen Sie, mit Überraschungen gelassen umzugehen. Kommen Sie mit ins Haus, ich stelle die Rosen ins Wasser.«

Harry zögerte. Dann bückte er sich, um die Einzelteile

der zerbrochenen Konstruktion einzusammeln. Bevor er die Waffe berührte, atmete er tief ein. Ein Gefühl der Erleichterung durchlief ihn, als er unter den Fingerspitzen Plastik und Metall spürte. Dies war real. Alles andere hatte sich ausschließlich in seiner Fantasie abgespielt. Er betrachtete die Flagge, die aus dem Lauf der Pistole hing, und runzelte die Stirn. »Sind Sie sicher, daß die Freunde Ihrer Schwester dafür verantwortlich sind?« fragte er erneut, während er wieder aufstand.

»Wer sonst?« Molly sah lächelnd auf die Rosen in ihrem Arm. »Wahrscheinlich ein Abschiedsstreich. Kelsey verläßt die Stadt am Sonntag. Sie besucht an einer kalifornischen Universität einen einmonatigen Sommerworkshop für Studenten der Naturwissenschaft.«

»Ich verstehe.«

Mit dem zerbrochenen Schußapparat in der Hand folgte Harry Molly in die höhlenähnliche Eingangshalle. Sie führte ihn in die Küche. Eine merkwürdige Küche. Interessiert sah Harry sich um. Alle üblichen Einrichtungsgegenstände waren vorhanden, nur seltsam verändert, als stammte die Küche aus der Kommandozentrale der Enterprise. Die futuristisch gestalteten Arbeitsflächen, Bedienungshebel und Geräte bestanden ausschließlich aus Edelstahl und Plastik. In die Wand war eine blinkende Schalttafel eingelassen.

Molly öffnete einen Schrank und entnahm ihm eine Vase. Harry legte den zerbrochenen Schußapparat auf einen Tisch mit glänzender Edelstahloberfläche in der Nähe des Fensters. »Wo ist Ihre Schwester heute abend?« fragte er, während er in den Überresten des Kastens stocherte.

»Mit Freunden unterwegs.«

»Wer von ihren Freunden wußte nicht, daß sie heute abend nicht zu Hause ist?«

»Ich habe keine Ahnung.« Molly stellte den Wasserhahn ab und ordnete die Rosen in der Vase. »Wahrscheinlich einige. Warum fragen Sie?«

Harry hob die Pistole hoch und drehte sie in der Hand.

»Wer immer dieses Ding installiert hat, muß gedacht haben, daß sie heute abend zu Hause ist.«

Molly runzelte die Stirn angesichts einer zerknickten Rose. »Sieht so aus.« Widerstrebend entfernte sie die Blüte und ließ sie in einen seltsam aussehenden Stahlbehälter fallen. Es folgte ein leises Sauggeräusch, dann verschwand die beschädigte Blume.

Harry streifte das Jackett ab und hängte es über die Stuhllehne. Er setzte sich an den Tisch und zog den zerschmetterten Kasten zu sich. Nachdenklich hob er den Kopf zu dem seltsamen Apparat an der Decke. »Wie schaltet man das Licht ein?«

»Mit dem roten Knopf in der Tischmitte.«

Er studierte das kleine Schaltbrett, das in den Stahltisch eingelassen war, und berührte dann prüfend den roten Knopf. Ein gleichmäßiges, blendfreies Licht traf auf die Tischoberfläche. »Sehr praktisch.«

»Danke.« Molly trat einen Schritt zurück, um ihr Arrangement zu betrachten. »Jetzt sind die Blumen versorgt. Sie sehen wirklich wunderbar aus, Harry. Ich kann mich nicht erinnern, wann mir jemand zum letztenmal Rosen mitgebracht hat. Vielen Dank.«

Harry nahm sich vor, sich bei Josh für die Erinnerung an die altmodische Geste zu bedanken. »Es freut mich, daß sie Ihnen gefallen.«

»Und jetzt entschuldigen Sie mich bitte. Ich hole nur schnell meine Tasche.«

»Lassen Sie sich ruhig Zeit.« Harry beugte sich vor, um den Sprungfedermechnismus zu studieren, der die aufmontierte Pistole hochkatapultiert hatte.

Er hörte, wie Molly die Küche verließ. Die hohen Absätze ihrer Schuhe hallten auf dem Boden der Eingangshalle nach. Sie würde einige Minuten brauchen. Er öffnete die Manschetten, rollte die Ärmel hoch und begann die Pistolenkonstruktion auf der Bauplatte auseinanderzunehmen.

Kurz darauf kehrte Molly zurück. »Harry? Ich bin fertig.«

Harry sah nicht auf. Er hatte die Feder aus dem Kasten herausmontiert. Die Einzelteile der Konstruktion lagen vor ihm ausgebreitet. »Lassen Sie mir noch ein paar Minuten.«

»In Ordnung«, antwortete Molly.

Die Pizza mit Artischocken und sonnengereiften Tomaten, die Molly aus dem patentierten Abberwick-Lebensmittellager- und Zubereitungsautomat gewählt hatte, erschien vierzig Minuten später im Entnahmeschacht. Als Tischwein entschied sie sich für einen kräftigen Washington State Cabernet aus dem vollautomatisierten Abberwick-Weinkeller. Nach kurzer Überlegung bestellte sie noch einen Römischen Salat mit verschiedenen Blauschimmelkäsesorten aus dem Vorratsbereich des Lebensmittellager- und Zubereitungsautomaten. Der Roboter summte leise vor sich hin, während er die frischen Salatblätter wusch und trockenschleuderte.

Aus einer Laune heraus beschloß Molly, die kleinen Käsestücke von Hand auf den Salatblättern anzurichten. Die Entscheidung, selbst mitanzufassen, hatte wahrscheinlich damit zu tun, daß ein Mann im Haus war, überlegte sie. Zweifellos ein primitives, weibliches Bedürfnis, das bis zum nächsten Morgen wieder verschwunden sein würde, versicherte sie sich. Solche Impulse hielten nie lange an.

Als das Essen servierbereit war, stellte Molly fest, daß Harry alle Einzelteile des schwarzen Kastens auf dem Küchentisch ausgebreitet hatte. Für Teller und Gläser war kein Platz mehr. Verstohlen betrachtet sie Harrys verschlossene Züge, während er sich über die Bauteile beugte. Er ging vollständig in seiner Untersuchung auf. Wieder hatte sie das Bild eines Alchimisten vor Augen, der in seinem Labor arbeitete. Sie spürte die Intensität von Harrys Konzentration in ihrem ganzen Körper. Sie fragte sich, ob er auch beim Sex mit der gleichen Aufmerksamkeit vorging. Der Gedanke ließ sie heftig erröten. Zum Glück bemerkte Harry nicht, daß sich ihre Wangen tiefrosa färbten. Er war mit dem kleinen, batteriebetriebenen Motor beschäftigt, den er aus dem Kasten entfernt hatte.

Molly drückte einen Knopf. Eine zweite Edelstahlplatte glitt von der Wand und senkte sich neben die Tischplatte, die Harry als Werkbank diente.

»Nun? Was meinen Sie?« Molly stellte die Pizza und den Salat auf den zweiten Tisch.

Endlich sah Harry auf. Er blinzelte, als würde er seinen Kopf von Gedanken leeren. Dann fiel sein Blick auf die Pizza und den Salat.

»Was ist das?«

»Unser Abendessen«, verkündete Molly gutgelaunt. »Ich weiß nicht, wie es Ihnen geht, aber ich sterbe vor Hunger.«

Harrys bernsteinfarbene Augen flackerten alarmiert auf. »Verdammt.« Stirnrunzelnd sah er auf seine Armbanduhr. »Ich habe für halb acht einen Tisch bestellt.«

»Genau – für halb acht.« Molly reichte ihm eine Serviette. »Ich bin sicher, daß man den Tisch jemand anderem überlassen hat, nachdem wir auch um acht nicht aufgetaucht sind.«

Harry stöhnte. »Kaum zu glauben. Es tut mir leid.« Er wollte von dem Stuhl, auf dem er saß, aufstehen. »Ich werde anrufen und nachfragen, ob sie uns für halb neun einen anderen Tisch geben können.«

»Vergessen Sie es. Die Pizza ist fertig, und ich habe Hunger. Ich hoffe, Sie mögen Artischocken mit Tomaten. Mir war heute abend nach einer neuen Kombination.«

Harry betrachtete die Pizza mit anerkennendem Blick. »Die haben Sie gemacht?«

»So ungefähr. Zumindest habe ich die Zutaten ausgewählt.« Molly drückte einen Knopf und ließ die Besteckschublade unter der Tischplatte vorspringen. »Der Abberwick-Lebensmittellager- und Zubereitungsautomat hat die Arbeit gemacht. Bis auf das Zerbröseln der Käsestücke auf dem Salat«, fügte sie bescheiden hinzu. »Das habe ich getan.«

Harry betrachtete die massive Edelstahlkombination, die eine ganze Seite der Küche einnahm. »Beeindruckend. Eines der Patente Ihres Vaters?«

»Ja. Er hat versucht, die Erfindung an einen großen Haushaltsgerätehersteller zu verkaufen. Aber alle namhaften Firmen sagten, er sei verrückt. Sie erklärten ihm, ihr Prinzip sei, den Verbrauchern immer neue Einzelgeräte für die verschiedensten Haushaltstätigkeiten zu verkaufen, nicht eine einzige, rationell arbeitende Maschine, die alles erledige und jahrelang halte.«

Harry sank auf den Stuhl zurück und verzog bedauernd den Mund. »Das ist das Schicksal aller genialen Erfindungen.« Er nahm ein Stück Pizza, biß hinein und kaute schweigend. »Wenn ich an einem interessanten Projekt arbeite, neige ich dazu, in meiner Aufgabe zu versinken«, entschuldigte er sich, nachdem er den Bissen heruntergeschluckt hatte.

Molly lächelte, während sie in ihre Pizza biß. »Mit diesem Syndrom bin ich vertraut.«

»Weil Sie aus einer Erfinderfamilie stammen?«

Molly hob die Schultern. »Deshalb und weil ich es bei mir selbst auch kenne. Ich lasse mich manchmal auch zu sehr in meine Projekte hineinziehen.«

»Das könnte stimmen.« Die harten Linien in Harrys Gesicht entspannten sich leicht. »Ich habe erlebt, wie sehr Sie sich mit einigen der Erfindungsprojekte identifizieren.«

»Im Geschäft reagiere ich zuweilen ähnlich.«

»Jetzt fühle ich mich schon etwas besser«, sagte Harry. »Aber ich denke mit Grauen daran, wie ich Josh erklären soll, was passiert ist.«

»Warum? Was hat Josh mit unserer Verabredung zu tun?«

»Er hat mir eine kleine, eindringliche Lektion über moderne Ausgehformen gehalten. Anscheinend denkt er, daß ich zu lange aus der Übung bin und nicht weiß, wie ich mich verhalten soll. Nach diesem kleinen Fiasko zu urteilen, könnte er recht haben.«

Molly erstickte beinahe an ihrem Pizzastück. Sie schluckte gerade noch rechtzeitig, bevor das Gelächter aus ihr herausbrach. »Sie auch?«

Harry hob fragend eine schwarze Braue. »Was soll das heißen?«

»Ich habe die gleiche Lektion von meiner Schwester und Tessa, meiner Mitarbeiterin, erhalten.«

»Irritierend, nicht wahr?« Harry nahm sich ein neues Pizzastück. »Ich persönlich glaube, daß Josh es genossen hat. Vermutlich war der Vortrag eine Vergeltung für meine zahllosen warnenden Ratschläge, als er noch auf der High-School war.«

»Sie haben viel Zeit miteinander verbracht, als er jünger war?«

»Er hat seit dem Tod seines Vaters bei mir gelebt. Josh war damals zwölf. Seine Mutter starb bei einem Betriebsunfall auf dem Jahrmarkt, als er noch ein Baby war.«

Molly legte ihre Pizza langsam auf den Teller zurück. »Sie haben Josh großgezogen, seit er zwölf war?«

»Ich bin nicht sicher, ob großgezogen das richtige Wort ist.« Harry zuckte mit den Achseln. »Ich hatte keine Ahnung, was ich eigentlich tat, aber zu meinem Glück stellte sich Josh als wunderbares Kind heraus. Trotz meines Mangels an Erfahrung hat er sich gut entwickelt.«

»Unsere Mutter starb, als meine Schwester Kelsey noch ein Kind war. Dad liebte uns.« Molly lächelte wehmütig. »Er baute uns wunderbare Spielsachen, als wir klein waren. Aber er war der typische, in seine Gedankenwelt versunkene Erfinder.«

Harry nickte. »Der Drang zu erfinden kann zur Besessenheit werden.«

»Da erzählen Sie mir nichts Neues. Manchmal schien es, als hätte Dad sogar vergessen, daß er eine Familie hatte.

Nach Moms Tod wurde es noch schlimmer. Ich glaube, er benutzte seine Arbeit als Mittel, um die Trauer zu bewältigen.«

Harry betrachtete Molly nachdenklich. »Sie haben also versucht, Ihrer Schwester Kelsey die Eltern zu ersetzen?«

Molly lächelte. »Ich sehe sie noch mit den Augen rollen, wenn ich ihr einen meiner warnenden Vorträge hielt.«

»Josh reagierte genauso, aber er hat meine Einmischungen überlebt. Im Herbst beginnt er mit der Universität.«

»Um in Ihre Fußstapfen zu treten?«

»Was soll ich dazu sagen? Er besitzt einen wachen Verstand.«

»So wie Kelsey.« Molly konnte ihren Stolz nicht verbergen. »An dem Workshop, zu dem sie in diesem Sommer eingeladen wurde, nehmen nur die besten High-School-Absolventen teil. Ich weiß, daß sie auf der Universität gut aufgehoben ist.«

»Josh auch. Seine Noten waren überdurchschnittlich gut im letzten Jahr.« Molly mußte lachen. »Was ist so lustig?« fragte Harry.

»Hören Sie uns reden? Wir klingen wie ein Elternpaar im mittleren Alter, das sich über die brillanten Leistungen seiner Sprößlinge unterhält.«

»Ich habe eine Entschuldigung, wie ein Mann im mittleren Alter zu klingen«, bemerkte Harry trocken. »Ich bin sechsunddreißig. Sie befinden sich noch in den Zwanzigern.«

Molly verzog das Gesicht. »Ich werde bald dreißig.« Sie schüttelte den Kopf. »Mein Gott, wie die Zeit vergeht.«

Harry kaute schweigend an seiner Pizza. Schließlich fragte er: »Sind Sie einmal verheiratet gewesen?«

»Nein. Vor achtzehn Monaten dachte ich, daß ich vielleicht ... Nun, es funktionierte nicht. Und Sie?«

»Ich war auch vor ungefähr eineinhalb Jahren verlobt.«

Molly hielt inne. »Was ist passiert?«

»Sie hat es sich anders überlegt und einen meiner Cousins aus der Stratton-Linie geheiratet. Brandon Stratton Hughes.«

»Ich verstehe.« Molly wußte nicht recht, was sie sagen sollte. »Das tut mir leid.«

»Es war für alle Beteiligten besser. Im nachhinein kann ich mit Sicherheit behaupten, daß die Ehe nicht gutgegangen wäre.«

»Warum nicht?«

»Olivia und ich passen nicht zusammen. Sie ist klinische Psychologin und hat immer versucht, mich zu analysieren.« Harry zögerte. »Ich glaube nicht, daß ihr gefiel, was sie herausfand.«

»Ich verstehe.« Molly spürte die Intensität der unausgesprochenen Bedeutung, die in seiner scheinbar beiläufigen Erklärung aufblitzte. An der Geschichte war mehr, als er zugab. »Ich frage mich, wie Olivia Ihre Beziehung sah.«

»Olivias Empfindungen unserer Beziehung gegenüber können am besten in folgenden Worten zusammengefaßt werden: Stunden der Langeweile, unterbrochen von Augenblicken des Entsetzens.«

Verblüfft starrte Molly Harry an. Es dauerte einige Sekunden, bis sie die Sprache wiederfand. »Entsetzen?«

»Nichts Furchtbares. Vielleicht nicht einmal interessant. Olivia würde es wahrscheinlich ›Abnormität‹ nennen.«

Molly war nicht sicher, aber Harry schien zu erröten. Sie versuchte gleichgültig zu klingen. »Hm. Abnorm wäre womöglich gar nicht so schlecht. Ich habe noch nie darüber nachgedacht.«

Harry sah auf. Seine normale Gesichtsfarbe war wieder zurückgekehrt. »Ist das eine Tatsache?«

Ihre Blicke begegneten sich und blieben verbunden. Das letzte Stück Pizza zitterte in Mollys Hand, als sie ein Schauer der Erregung durchfuhr. Ihr Nervensystem war hellwach und wurde von einem Gefühl der Gegenwärtigkeit getroffen, dessen Intensität an Schmerz grenzte. Mit ihrer Willenskraft versuchte sie den ungewohnten Ansturm sexueller Energie zu mildern. Als das fehlschlug, beschloß sie, einfach weiterzureden. Sie räusperte sich sorgfältig.

»Und?«

»Was und?«

Fieberhaft suchte Molly nach Worten. »Könnte diese Abnormität etwas mit dem Zweiten Gesicht der Trevelyans zu tun haben, das Josh vorgestern abend erwähnte?«

Augenblicklich verschwand die Belustigung aus Harrys Augen und wurde durch einen kalten, verschlossenen Ausdruck ersetzt. »Ich habe Ihnen doch gesagt, daß der Unsinn mit dem Zweiten Gesicht nichts weiter als eine alte Zirkusnummer der Familie ist.«

Molly dachte nach. »Frauen glauben seit Urzeiten an weibliche Intuition. Die meisten akzeptieren sie als Realität. Es wäre doch vollkommen normal, wenn auch Männer sie besäßen. Möglicherweise gibt es in manchen Familien eine besonders starke Veranlagung dafür. Irgendein Gen vielleicht.«

»Schon eher irgendein blödsinniger Aberglaube.«

Molly hob den Kopf. »Nun, das sagt uns immerhin deutlich, wie Sie zu diesem Thema stehen.«

»Tut mir leid.« Harrys asketische Züge waren zu einer grimmigen Maske erstarrt. »Aber ich mußte dieses Gerede über das Zweite Gesicht der Trevelyans mein ganzes Leben lang ertragen, obwohl ich weiß, daß nicht ein Körnchen Wahrheit daran ist.«

Molly sah auf die Einzelteile des schwarzen Kastens, die auf dem Tisch verstreut lagen. »Sind Sie sicher? Vielleicht macht sie eine Art Intuition so besorgt über diesen albernen Scherz mit der Schreckschußpistole?«

Harry betrachtete die Einzelteile auf dem Tisch. »Man braucht keinen sechsten Sinn, um zu begreifen, daß die Person, die das hier gebastelt hat, eine Menge aufgestauter Aggressionen besitzt.«

»Sie kennen die Freunde meiner Schwester nicht. Sie sind

nicht aggressiv. Aber wie gesagt, einige der Jungs sind noch sehr unreif.«

»Jemand hat viel Zeit und Energie eingesetzt, um diese Einrichtung zu montieren. Und die Waffe war auf Sie gerichtet«, sagte Harry dumpf.

»Ich sagte Ihnen doch, daß sie wahrscheinlich meine Schwester erschrecken sollte.«

»Da bin ich mir nicht so sicher.« Harry nahm eine Sprungfeder auf und bewegte sie langsam zwischen seinen schlanken, kraftvollen Fingern. »Wer immer den Kasten auf Ihre Treppe gestellt hat, wußte wahrscheinlich, daß mit großer Sicherheit Sie die Tür öffnen würden.«

»Das ist verrückt«, erklärte Molly. »Ich habe keine Feinde. Ich sage es nochmals: Es ist das Werk eines dieser Wirrköpfe, mit denen meine Schwester befreundet ist. Es sollte ein Scherz sein, mehr nicht.«

Harry legte die Feder zurück. »Sie haben vielleicht mehr Feinde, als Sie denken.«

»Unsinn! Welche Art von Feinden denn?«

»Im vergangenen Monat haben Sie über einhundert Ablehnungsschreiben verschickt. Alle an verärgerte, enttäuschte Erfinder.«

Molly war verblüfft. »Sie glauben doch nicht etwa, daß einer von ihnen sich auf diese Weise gerächt hat?«

»Es ist immerhin eine Möglichkeit.« Harry untersuchte einen weiteren Bestandteil des Schreckschußmechanismus. »Ich denke, die Polizei sollte davon erfahren.«

»Du liebe Güte! Nun übertreiben Sie wirklich.« Molly war entsetzt von der Vorstellung, die Polizei einzuschalten. Kelsey wäre tödlich beleidigt, wenn ihre Freunde verhört würden. »Es ist nichts passiert. Das Ganze war ein geschmackloser Scherz.«

»Trotzdem könnte es nützlich sein, die Sache der Polizei zu melden.« Harry brach ab und lauschte auf ein Geräusch. Offensichtlich wurde die Vordertüre geöffnet.

»Das muß Kelsey sein.« Molly sprang auf, erleichtert

über die Unterbrechung. Sie blieb im Bogendurchgang stehen, der die Küche mit der langgezogenen Eingangshalle verband.

»Hallo, Kelsey. Wie war der Film?«

»Molly?« Kelseys blaue Augen weiteten sich erstaunt. »Was machst du so früh zu Hause? Und deine heiße Verabredung mit T-Rex? Erzähl mir nicht, daß er dich versetzt hat, nachdem wir uns so angestrengt haben, das richtige Kleid zu finden.«

»T-Rex?« murmelte Harry hinter Molly.

Mollys Wangen liefen glühend rot an. Sie sandte ihrer Schwester einen düsteren, warnenden Blick. »Harry ist hier. Wir haben beschlossen, heute abend zu Hause zu essen.«

»O je!« Kelsey verzog das Gesicht, während sie durch die Halle auf ihre Schwester zuging. »Tut mir leid.«

»Komm rein und begrüße ihn«, bat Molly.

Kelsey spähte an ihr vorbei und betrachtete Harry mit ernster Neugier. »Hallo.«

Harry stand auf. »Hallo. Ich weiß, ich werde die Frage bedauern, aber würde es Ihnen etwas ausmachen, mir zu verraten, was mir diesen Spitznamen eingebracht hat, der wohl eine Anspielung auf *Tyrannosaurus Rex* zu sein scheint?«

»T-Rex?« Kelsey grinste. »Molly hat damit angefangen, Sie so zu nennen, wegen Ihrer Art, alle diese Erfindungen in der Luft zu zerreißen. Und weil Ihr Familienname mit einem T beginnt. Trevelyan-Rex. Klar?«

»Klar.« Harry warf Molly einen nachdenklichen Blick zu.

Sie schloß die Augen und hoffte, daß ihr Gesicht nicht die Farbe einer reifen Tomate angenommen hatte.

»He, ich wollte nicht stören«, fuhr Kelsey fröhlich fort. »Ich bin gleich nach dem Film zurückgekommen, statt mit zu Robin zu gehen, damit ich in Ruhe fertigpacken kann. Sonntag morgen fliege ich nämlich nach Kalifornien.«

»Davon habe ich gehört«, sagte Harry. »Ein Sommerworkshop für Naturwissenschaft.«

»Richtig.« Kelseys Blick fiel auf die mechanischen Teile, die auf dem Tisch verstreut lagen. »Was ist das?«

»Das sind die Überreste eines sehr unangenehmen Scherzes, den einer deiner Freunde sich für mich ausgedacht hat«, antwortete Molly entschlossen. »Ich vermute, es war entweder Danny oder Calvin. Die Pistole war so aufgebaut, daß sie losging, als ich die Tür öffnete. Statt einer Kugel erschien eine Flagge.«

»Merkwürdig.« Kelsey trat zu dem Tisch und sah stirnrunzelnd auf die Ansammlung der verschiedenen Teile hinunter. »Ich glaube nicht, daß Danny oder Calvin etwas damit zu tun haben.«

Harrys Blick verdunkelte sich. »Was macht Sie so sicher?«

»Nun, erstens sind Danny und Calvin seit den ersten High-School-Jahren aus dieser Art von Scherzen herausgewachsen.« Kelsey untersuchte den Federmechanismus genauer. »Und ...«

»Und?« hakte Harry nach.

Kelsey hob die Schultern. »Das ist nicht ihr Stil. Danny arbeitet mit Computern. Seine Basteleien enthalten immer elektronische Bauteile. Calvin interessiert sich für Chemie. Er verwendet bei seinen Streichen Chemikalien.«

Harry lächelte leicht. »Ausgezeichnete Beweisführung.«

Kelsey strahlte. »Danke.«

»Die handwerkliche Ausführung bei diesem Ding war schlampig«, sagte Harry. »Gibt es unter Ihren Freunden einige, die ihre Konstruktionen hastig und oberflächlich ausführen?«

»Nun, Robin ist etwas nachlässig, wenn sie ihre Prototypen baut.« Kelsey kaute nachdenklich auf der Unterlippe. »Aber ich kann mir nicht vorstellen, daß sie ein Ding wie das hier konstruiert. Lucas könnte es gewesen sein. Er ist ziemlich unreif für sein Alter, wenn Sie wissen, was ich meine. Ich rufe ihn morgen früh an und überprüfe, ob er etwas darüber weiß.«

»Das wäre sehr nützlich«, sagte Harry.

»Und jetzt«, schaltete sich Molly mit fester Stimme ein, »beenden wir dieses Thema. Ich schlage vor, daß wir nicht mehr daran denken.«

Kelsey und Harry sahen sie an.

»Wie wäre es mit einem Eis?« fragte Molly aufmunternd.

Harry blickte auf seine Armbanduhr. »Es wird Zeit für mich.«

»He, lassen Sie sich von mir nicht vertreiben.« Kelsey hob beide Hände und trat rückwärts aus der Küche. »Ich verschwinde nach oben. Ihr werdet vergessen, daß ich da bin.«

»Das ist nicht nötig.« Harry sah Molly an. »Ich glaube, ich habe den Abend ohnehin verdorben.«

»Das ist nicht wahr«, widersprach Molly. Sie dachte daran, was sie in den vergangenen Stunden über Harry erfahren hatte, und freute sich über die tiefen Einblicke. »Es war sehr interessant für mich.«

Harry wirkte skeptisch. »Wenn das so ist, kann ich Sie vielleicht zu einem neuen Versuch einladen?«

Molly zögerte nicht. »Auf jeden Fall.«

»Samstag abend?«

Molly wollte schon annehmen, als ihr im letzten Augenblick einfiel, daß sie bereits andere Pläne hatte. »Ich bin zum Essen bei meiner Tante und ihrem Verlobten eingeladen.«

Harry akzeptierte den Einwand. »Den ganzen Sonntag werde ich außerhalb der Stadt sein. Ich fahre nach Hidden Springs, um Joshs Großvater zu besuchen.« Er zögerte. »Ich nehme nicht an, daß Sie mich begleiten wollen?«

Molly widersprach erneut: »Sehr gern. Aber Kelsey fliegt Sonntag früh nach Kalifornien. Ich möchte sie zum Flughafen bringen.«

In Harrys Augen erschien ein rätselhafter Ausdruck und verschwand sofort wieder. »Hidden Springs liegt nur eine Autostunde von hier. Ich könnte warten, bis Sie Kelsey verabschiedet haben.«

»Nimm schon an«, riet Kelsey. »Du könntest einen Tag Abwechslung gebrauchen.«

»In Ordnung.« Molly lächelte. »Können wir den Jahrmarkt in Hidden Springs besuchen? Ich bin seit Jahren auf keinem mehr gewesen.«

»Warum nicht?« entgegnete Harry.

»Klingt lustig«, sagte Kelsey. »Wann bist du zum letztenmal Riesenrad gefahren oder hast mit jemandem Zuckerwatte gegessen, Molly?«

»Das ist lange her«, gab Molly zu.

Harry machte ein schmerzverzerrtes Gesicht. »Ich mag alles, nur keine Zuckerwatte.«

Molly lachte. »Gut, ich bleibe bei Popcorn. Aber nur, wenn Sie mir versprechen, eines dieser riesigen Plüschtiere für mich zu gewinnen.«

»Kein Problem«, versicherte Harry. »Solange wir Lose in einer Bude der Trevelyans kaufen. Ohne nachzuhelfen, wäre die Wahrscheinlichkeit für einen Hauptgewinn gleich Null.«

»Sind diese Jahrmarktsspiele denn manipuliert?« fragte Kelsey.

»Sagen wir so: Sie sind nicht gerade dazu angelegt, dem Spieler einen Vorteil zu gewähren«, erklärte Harry trocken.

Molly schlug die Wimpern noch. »Ich wette, Sie gewinnen auch ohne Tricks, Harry.«

Der eben noch humorvolle Ausdruck verschwand aus Harrys kantigen Zügen, und sein Blick wurde beunruhigend eindringlich. »Denken Sie an die Stunden der Langeweile, bevor Sie sich für den Rest begeistern.«

»Ich langweile mich nicht so schnell.« Molly spürte ihr Blut heftig in den Adern pulsieren. Sie sah Harry in die Augen und fühlte sich plötzlich benommen. Sie sprach aus, was ihr als erstes in den Sinn kam: »Wenn es zum Schlimmsten kommt, amüsiere ich mich eben allein.«

Harry schenkte ihr ein träges, sinnliches Verführerlächeln. »Ich versichere Ihnen, daß es soweit nicht kommen wird.«

Am Samstag morgen stand Harry allein in der kühlen, stummen Dunkelheit des Unterwassermuseums von Seattle. Er kam oft hierher, wenn er nachdenken wollte.

Er beobachtete einen Zitteraal, der am Boden des Wasserbeckens döste. Das Tier, das elektrische Ladung abgeben konnte, faszinierte ihn. Er empfand die Kreatur als beinahe so seltsam und unwirklich wie die Tatsache, daß er Molly gebeten hatte, mit ihm nach Hidden Springs zu fahren.

Getrieben von einer tiefen Rastlosigkeit, die es ihm unmöglich machte, sich auf seine Arbeit zu konzentrieren, hatte er sich vor einer halben Stunde auf den Weg zur Küste gemacht. Er mußte sich Klarheit über sein Verhalten am vergangenen Abend verschaffen. Eigentlich hatte er beabsichtigt, die Beziehung mit Molly und seine komplizierten Familienverhältnisse getrennt zu halten.

Die Fehde zwischen den Strattons und den Trevelyans eskalierte nur deshalb nicht in einem offenen Konflikt, weil Harry darauf achtete, daß die beiden Familien sich nicht begegneten. Er stellte die einzige Verbindung zwischen ihnen dar. Beide Seiten hatten deutlich gemacht, daß sie diese Situation beibehalten wollten. Mit Ausnahme von Harry betrachteten die Strattons die Trevelyans als eine niedrigere Art Menschen. Sie hatten es Sean Trevelyan nie verziehen, daß er es gewagt hatte, Brittany Stratton, die Kronprinzessin der Familie, zu heiraten. Daß Brittany mit Sean aus freien Stücken durchgebrannt war, schien für die Strattons nicht zu zählen. Die Trevelyans wiederum bedachten die Strattons mit ähnlicher Geringschätzung. Sie hielten sie für herablassende, verweichlichte Snobs. Ihrer Meinung nach hatte der Einfluß der Strattons Harrys Vater dazu veranlaßt, seiner Familie den Rücken zu kehren.

Während Harry seine Affäre mit Molly geplant hatte, hatte er keinen Augenblick davon vorgehabt, sie mit seinen schwierigen Verwandten zu konfrontieren. Er verstand den Impuls nicht, der ihn veranlaßt hatte, sie nach Hidden Springs einzuladen, und das beunruhigte ihn. Einen Großteil der Nacht hatte er damit verbracht, über diese Frage nachzudenken. Sein Verstand arbeitete normalerweise in klar geordneten, nachvollziehbaren Mustern. Die einzigen Ausnahmen bildeten seine gelegentlichen Einsichten. Der Gedanke daran, daß seine Gefühle für Molly genauso unerklärlich sein könnten wie jene seltenen, traumatischen Wissensblitze, verstörte ihn.

Ein drohender Schauer durchlief den Aal. Durch die Glasscheibe des Aquariums begegnete sein kalter, gefühlloser Blick dem Harrys. Harry sann über den primitiven Entwicklungsstand des Zitteraals nach und empfand so etwas wie Neid. Nichts komplizierte das Leben des Aals. Es existierten keine vertrackten Familienprobleme, kein Gefühl, zwischen zwei verfeindeten Welten gefangen zu sein. Keine Melancholie. Und keine Angst vor einem tiefen, verzehrenden Hunger nach einer bedingungslosen Seelenverbindung, für den es weder eine Erklärung, geschweige denn Erfüllung gab.

Jemand trat neben ihn vor das Wasserbecken. Harry wandte den Kopf und warf dem Mann einen kurzen Blick zu, um seine Gedanken dann wieder dem Aal zuwenden zu können. Überrascht erkannte er seinen Cousin Brandon Stratton Hughes.

»Ich nehme an, das ist kein Zufall«, sagte Harry.

»Ich bin in deiner Wohnung gewesen.« Brandon sprach mit gedämpfter Stimme und sah sich vorsichtig in dem nur spärlich besuchten Ausstellungsraum um. Offenbar wollte er sicherstellen, daß niemand mithörte. »Deine Haushälterin sagte mir, daß du hier bist. Eine ziemlich teure Methode, um die Zeit totzuschlagen, oder? Der Eintritt ist nicht gerade billig.«

»Ich habe eine Jahreskarte und komme gern hierher, wenn ich nachdenken will.«

»Das paßt zu dir.«

Harrys Verhältnis zu Brandon war nie sehr herzlich gewesen. Keine seiner Beziehungen zu den verschiedenen Familienmitgliedern – Josh ausgenommen – konnte als eng bezeichnet werden. Brandon und er hatten beinahe nichts gemeinsam, sah man von dem genetischen Erbe der Strattons ab. Brandon war vier Jahre jünger als Harry. Er besaß einen athletisch gebauten Körper, blaue Augen, blondes Haar und das aristokratische, gute Aussehen, das alle männlichen Strattons seit mehreren Generationen auszeichnete. Er hatte eine abgesicherte Position als Vizepräsident von Stratton Properties inne, der familieneigenen Immobilienfirma.

»Nun?« fragte Harry. »Du mußt schon sehr dringend mit mir sprechen wollen, wenn du bereit bist, das Eintrittsgeld für das Museum zu zahlen, nur um mich zu treffen.«

»Ich komme gleich zur Sache. Hat Olivia dich heute angerufen?«

»Nein.«

»Und meine Mutter?«

»Von Tante Danielle habe ich heute auch noch nichts gehört.« Harry sah Brandon an. »Warum?«

Brandons Züge spannten sich. »Sie sind beide etwas erregt.«

»Worüber?«

Brandon atmete tief ein. »Von mir aus sollst du es als einer der ersten erfahren. Ich habe beschlossen, Stratton Properties zu verlassen und mich selbständig zu machen. Ich gründe eine Firma für industrielles Immobilienmanagement.«

Harry pfiff tonlos. »Ich wette, daß diese Entscheidung auf große Zustimmung gestoßen ist.«

»Du weißt verdammt gut, daß sie wie eine Bombe eingeschlagen hat. Ich habe meinen Entschluß gestern abend verkündet. Die ganze Familie befindet sich in höchstem Aufruhr. Meine Mutter ist außer sich, Großvater beleidigt, und Onkel Gilford hat mich schon in die Mangel genommen.«

»Das überrascht mich nicht.« Harry schwieg. »Und Olivia?«

»Olivia findet, daß ich einen großen Fehler mache.« Bedrückt blickte Brandon auf den Aal. »Sie sagt, daß mein Entschluß nicht auf einer logischen Situationsanalyse beruhe. Er sei vielmehr ein Ausdruck für den Wunsch, gegen einen kontrollierenden Großvater und eine allzu gluckenhafte Mutter zu rebellieren.«

»Der Großvater und die Mutter existieren nun mal«, betonte Harry. »Und der Rest der Familie hält sich auch nicht gerade zurück, wenn es um Beeinflussung geht.«

»Verdammt, Harry. Ich werde diesen Schritt tun.« Brandon ballte die Faust. »Ich will aus dem Familiengeschäft aussteigen.«

»Das wird nicht leicht sein.«

»Du hast es auch geschafft. Du hast Großvater gesagt, daß er sich zum Teufel scheren und aufhören soll, dir einzureden, bei Stratton Properties anzufangen. An jenem Tag hast du auf dein Erbe verzichtet. Großvater strich dich aus dem Testament, und du hast dem Geld der Strattons den Rücken zugewandt, als bedeutete es dir nichts.«

»Der Preis, den er von mir verlangte, war zu hoch«, sagte Harry leise. »Parker wollte, daß ich meine Herkunft als Trevelyan verleugne.«

Brandon fuhr herum, um Harry anzusehen. »Ich will der Familienknute auch entkommen.«

»In Ordnung.«

»Was soll das heißen?« fragte Brandon.

»Was soll ich sonst sagen?«

»Ich will nicht, daß du etwas sagst«, murmelte Brandon. »Aber ich will dein Wort, daß du darauf verzichtest, dich einzumischen, wenn meine Mutter oder Olivia dich bitten, mich zu überzeugen, die Firma nicht zu verlassen.«

»Ich werde nicht versuchen, dich daran zu hindern, Stratton Properties zu verlassen«, versprach ihm Harry. »Warum sollte ich? Wenn du einen behaglichen Posten aufgeben willst, ist das deine Angelegenheit. Aber vergiß nicht, daß du nichts umsonst bekommst, wenn du dich mit den Strattons anlegst. Du wirst ihren Preis zahlen müssen.«

»Du meinst, Großvater wird mich aus dem Testament streichen, wie er es bei dir getan hat?«

»Wahrscheinlich.«

Brandon straffte die Schultern. »Damit kann ich leben.«

Harry nahm den Mut, der in diesen Worten lag, wahr, doch die darin verborgene Unsicherheit entging ihm ebenfalls nicht. »Was denkt Olivia darüber?«

»Olivia ist meine Frau«, sagte Brandon fest. »Sie liebt mich. Wenn alle Stricke reißen, wird sie hinter mir stehen.«

Harry sagte nichts. Ihm stand es nicht zu, über Olivias Gefühle zu urteilen. Als er sich vor eineinhalb Jahren eingeredet hatte, Olivia liebe ihn, hatte er sich ganz offensichtlich geirrt.

5

»Nun, Molly, haben Sie die Drohung wahr gemacht, Ihren sogenannten ›Berater‹ vor die Tür zu setzen?« Cutter Latteridge schnitt in ein dickes, blutig gebratenes Steak, das den halben Teller einnahm. Roter Saft rann auf die danebenliegenden gegrillten Kartoffeln.

»Ich habe beschlossen, Trevelyan noch eine Chance zu geben.« Molly wich dem Anblick des blutigen Steaks aus. Sie sah zu ihrer Tante, die neben Cutter auf der anderen Tischseite saß. »Leider habe ich keine große Auswahl. Spezialisten seiner Sorte sind rar.«

»Das ist schon richtig, meine Liebe, aber sagtest du nicht auch, er sei furchtbar schwierig?« erinnerte Venicia sie. »Du hast mir erzählt, daß er keinem einzigen Finanzierungsantrag zugestimmt hat.«

»Das stimmt«, gab Molly zu. »Aber ich habe noch Hoffnung.«

»Etwas anderes wird dir wohl nicht übrigbleiben.« Venicia schüttelte den Kopf. »Zu schade, wenn man an das viele

Geld denkt, das einfach daliegt und darauf wartet, für einen würdigen Zweck ausgegeben zu werden. Jasper wäre sehr enttäuscht gewesen.«

Molly lächelte. »Ich weiß.« Sie mochte Venicia außerordentlich gern. Ihre Tante war immer ein Teil ihres Lebens gewesen. In der schwierigen Zeit nach dem Tod von Mollys Mutter hatte Venicia ihr Trost und Unterstützung gegeben. Jahre später, nachdem die beiden Abberwick-Brüder bei ihrem fehlgeschlagenen Experiment ums Leben gekommen waren, hatten Venicia, Molly und Kelsey gemeinsam getrauert und sich gegenseitig getröstet. Venicia war eine etwas untersetzte, energische Frau Mitte Fünfzig. Kurz nachdem die Einnahmen aus den Patenten regelmäßig zu fließen begonnen hatten, hatte sie eine bleibende Begeisterung für modische Kleidung entwickelt. Heute abend trug sie einen goldbesetzten purpurfarbenen Seidenoverall, riesige, mit Purpur verzierte Goldohrringe und pfundweise goldene Halsketten.

»Es ergibt nicht viel Sinn, über eine gutausgestattete Stiftung zu verfügen, wenn man keine geeigneten Nutznießer findet«, bemerkte Cutter. Seine buschigen grauen Brauen bewegten sich heftig, während er offenbar mit Appetit an seinem Steak kaute.

»Jasper wird sich wahrscheinlich im Grab umdrehen«, murmelte Venicia. »Ihm und Julius war es eine Herzensangelegenheit, anderen Erfindern in Geldnöten zu helfen. Sie selbst haben das Kapital für ihre Projekte die meiste Zeit ihres Lebens mühsam zusammenklauben müssen. Es war ihr Wunsch, anderen, die sich in einer ähnlichen Lage befinden, den Weg zu erleichtern. Ich frage mich, warum so viele Erfinder derart schlecht mit Geld umgehen können.«

Cutter schüttelte verständnisvoll den Kopf. »Unglücklicherweise kommt derselbe Geist, der sich mit Brillanz in seine Erfindungen vertieft, oft nicht besonders gut mit dem finanziellen Aspekt seiner Arbeit zurecht.«

»Wie wahr.« Venicia seufzte. »Weder Jasper noch mein Ehemann waren in solchen Dingen belastbar. Jasper war schlimmer als Julius, um die Wahrheit zu sagen. Er bekam mehr als einmal Ärger mit den Banken, nicht wahr, Molly?«

»Allerdings.« Molly konzentrierte sich auf ihr scharf gewürztes thailändisches Nudelgericht. Sie mochte es nicht, wenn Jaspers deprimierende Geldangelegenheiten außerhalb der Familie besprochen wurden. Auch wenn Cutter Latteridge bald ein Mitglied des Abberwick-Clans sein würde, hatte er den Übergang doch noch nicht vollzogen.

»Ich glaube, ohne Molly hätte Jaspers Familie nach Samanthas Tod von den Essensmarken der Wohlfahrt leben müssen«, sagte Venicia zu Cutter. »Das arme Mädchen mußte die Universität verlassen, um arbeiten zu gehen, damit die Familie das Dach über dem Kopf behielt.«

»Am Ende hat Dad das alles mehr als wiedergutgemacht«, erinnerte Molly ihre Tante ruhig. »Die Patente, die er für seine Industrierobotersysteme erhielt, garantieren uns über Jahre ein beträchtliches, regelmäßiges Einkommen.«

»Aber für dich kam das Geld zu spät, meine Liebe«, bemerkte Venicia wehmütig. »Du hattest bereits Erfolg mit dem Tee- und Gewürzgeschäft, als die Tantiemen zu fließen begannen.«

Molly zuckte die Schultern. »Das hängt von der Betrachtungsweise ab. So blieb mir die Befriedigung, durch eigene Arbeit zum Erfolg zu gelangen.«

»Eine ausgezeichnete Einstellung.« Cutter schenkte ihr einen anerkennenden Blick. »Und Sie sind gut beraten, wenn Sie das Einkommen aus diesen Patenten nicht leichtfertig verschwenden. Ich bin sicher, daß Jasper Abberwick erfreut darüber wäre, wieviel Geld Sie in seine Stiftung geleitet haben.«

»Sie hat genau das getan, was Jasper gewollt hätte«, sagte Venicia stolz. »Der Himmel weiß, sie ist sehr großzügig zu mir gewesen. Und für Kelsey sorgt sie ausgezeichnet. Der Stiftung ist immer noch genügend geblieben.«

Cutter setzte einen gravitätischen Gesichtsausdruck auf. »Ein wirklich wichtiges Werk. Es gibt nie genug Geld für

Erfindungen, so traurig das klingt. Selbst auf der Unternehmensebene fehlen immer wieder Mittel für Forschung und Entwicklung. Dieses Land muß mehr in erfinderische Köpfe investieren, wenn es auf dem Weltmarkt erfolgreich bleiben will.«

Molly blendete Cutter höflich aus wie so oft. Sie hatte nichts gegen den Verlobten ihrer Tante. Man mußte ihn einfach mögen. Er war ein umgänglicher Mann, der gern den Gastgeber spielte. Venicia gegenüber verhielt er sich galant. Er umsorgte sie liebevoll. Aber er besaß die Neigung, sich bei Gesprächen wichtigtuerisch zu gebärden. Seltsam, daß es ihr nichts ausmachte, wenn Harry zu dozieren begann, dachte Molly amüsiert. Zugegeben, manchmal strapazierte er ihre Geduld, aber ein Langweiler war er nie. Selbst als sie in ihrer Küche gesessen und ihm zugesehen hatte, wie er den schwarzen Kasten mit der Schreckschußpistole in seine Einzelheiten zerlegt hatte, war ihr alles andere als langweilig gewesen. Cutter war aus einem anderen Holz geschnitzt. Vor seiner Pensionierung hatte er als leitender Angestellter in einer Ingenieurfirma gearbeitet. Er neigte dazu, sich über jedes Thema auszulassen, von dem gerade die Rede war, und betrachtete sich als Experte für alles. Mit Ende Fünfzig war er ein oder zwei Jahre älter als Venicia. Sein Haar lichtete sich schon beträchtlich, und mit seinen derben Zügen und den roten Wangen sah er aus wie ein Mann, der seine Kindheit auf einer Farm verbracht hatte.

Einmal hatte Molly ihn gefragt, warum er sich so früh zur Ruhe gesetzt habe. Er hatte mit einem freundlichen Lächeln geantwortet und erklärt, er habe von Verwandten etwas Geld geerbt. Außerdem habe er von einem großzügigen Frühpensionierungsplan der Firma profitiert. Das Leben sei kurz, hatte er gesagt. Er wolle es genießen, solange er noch relativ jung und bei guter Gesundheit sei.

Nachdem Venicia ihn im Frühling auf einer Kreuzfahrt kennengelernt hatte, waren sie unzertrennlich geworden. Vor einem Monat hatten sie die Verlobung verkündet.

»… stimmen mir nicht zu, Molly?« fragte Cutter.

In seiner Stimme lag ein besorgter Unterton, der Mollys Aufmerksamkeit zurückbrachte. Sie schenkte Cutter ein entschuldigendes Lächeln. »Tut mir leid. Das habe ich nicht mitbekommen. Wie lautete Ihre Frage?«

»Ich fragte«, wiederholte Cutter geduldig, »ob Sie es nicht ein wenig seltsam finden, daß Ihr hochbezahlter Stiftungsberater kein einziges Projekt finden kann, das unterstützenswert ist?«

»Ich habe mit ihm darüber gesprochen.«

»Wie viele Anträge hat die Stiftung erhalten?«

»Ungefähr einhundert.«

»Und dieser Dr. Trevelyan hat keinen einzigen befürwortet.« Cutter runzelte die Stirn. »Seltsam. Sehr seltsam. Meine Erfahrung im Unternehmensbereich sagt mir, daß wenigstens fünf bis zehn Prozent solcher Anträge auf solider Basis stehen.«

Venicia warf Cutter einen leicht überraschten Blick zu. »Fünf bis zehn?«

Cutter säbelte noch ein Stück von seinem Steak ab. »Mindestens. Ich will damit nicht sagen, daß alle fünf bis zehn auch finanziert werden sollten, aber sie verdienten eine ernsthafte Prüfung.«

»Statistiken können täuschen«, sagte Molly. Sie fühlte sich gedrängt, Harrys Entscheidung zu verteidigen. »Einhundert Anträge sind keine ausreichende Stichprobe.«

»Sicher richtig«, stimmte Cutter zu. »Aber ich frage mich dennoch, worauf dieser Dr. Trevelyan wirklich aus ist.«

»Worauf er aus ist?« Molly sah Cutter scharf an. »Was meinen Sie damit?«

»Nichts. Machen Sie sich keine Sorgen«, beruhigte Cutter sie. »Dennoch …«

»Dennoch was?« beharrte Molly

»Ich würde Ihnen zur Vorsicht raten, meine Liebe.«

»Zur Vorsicht?«

»Sie sind neu in diesem Bereich.« Cutter legte sein Messer zur Seite und betrachtete Molly mit bedächtigem Stirnrunzeln. »Vergessen Sie nicht, daß bei jeder Wohltätigkeitsorganisation eine Menge Geld im administrativen Bereich gemacht wird. Ein skrupelloser Mensch in Trevelyans Position könnte zu einem beträchtlichen Vermögen kommen, wenn er nur lange genug die Beratungsgebühren einstreicht.«

»Ich glaube nicht, daß Harry seine Stellung ausnutzen würde, um mir zu schaden.« Molly bemerkte, daß die Warnung Cutters, der über mehr Lebenserfahrung verfügte, sie aufbrachte. »Ich bin mir bewußt, daß es genügend Betrüger gibt, die eine Organisation wie meine umlauern, aber Harry Trevelyan gehört nicht dazu. Das kann ich Ihnen versichern.«

Cutter hob seine buschigen Brauen. »Je charmanter sie auftreten, desto gerissener sind sie, meine Liebe.«

»Harry ist nicht unbedingt charmant«, murmelte Molly. Aber er hatte etwas ähnliches zu ihr gesagt.

»Ich wollte Sie nicht kränken«, sagte Cutter sanft. »Es sieht nur so aus, als würden Sie ihm aus der Hand fressen.«

»Das ist Unsinn«, entgegnete Molly.

Venicia tupfte sich mit der Serviette die Lippen ab und sah Cutter besorgt an. »Glaubst du, daß Dr. Trevelyan die Stiftung mit einem übertriebenen Beratungshonorar anzapft?«

»Ich erhebe keinerlei Beschuldigungen«, antwortete Cutter.

Molly umkrampfte die Gabel. »Ich hoffe nicht. Außerdem ist Harrys Honorar nicht überhöht.«

Venicia und Cutter sahen sie an.

»Gut, es ist hoch«, gab Molly zu. »Aber das zu Recht. Besonders wenn man seine Qualifikation berücksichtigt.«

Cutter schnaubte höflich und widmete sich wieder seinem Steak.

Venicia sah ihn düster an, bevor sie sich mit einem betroffenen Gesichtsausdruck zu Molly wandte. »Ich hoffe wirklich, daß du dich nicht wieder mit einem Mann wie diesem schrecklichen Gordon Brooke eingelassen hast, meine Liebe.«

Molly straffte die Schultern. »Glaube mir, Harry Trevelyan hat mit Gordon Brooke nichts gemeinsam.«

Cutter räusperte sich, um Mollys und Venicias Aufmerksamkeit auf sich zu ziehen. »Wie ich bereits sagte, sind die Verwaltungskosten in jedem Unternehmen schwer zu kontrollieren, besonders bei Wohltätigkeitsorganisationen. Eine Treuhänderin in Mollys Position muß auf der Hut sein.«

»Harry Trevelyan ist weder ein Dieb noch ein Schwindler«, entgegnete Molly heftig.

Cutter seufzte. »Das habe ich nicht behauptet. Ich wollte nur darauf hinweisen, daß eine wohltätige Stiftung wie Ihre sehr leicht zu mißbrauchen ist. Berater kann sich schließlich jeder nennen.«

Venicia nickte zustimmend. »Cutter hat ganz recht. Man liest dauernd von Organisationen, die skrupellos um ihr Geld betrogen werden. Du wirst doch bei Dr. Trevelyan vorsichtig sein, Molly?«

Molly stach die Gabel in ihre Nudeln. Sie hatte ihr gesamtes Erwachsenenleben vorsichtig und vernünftig sein müssen. Angesichts der großen Verantwortung, die auf ihr lastete, hatte sie sich nie den Luxus erlauben können, ein Risiko einzugehen. Nun war sie beinahe dreißig Jahre alt. Endlich erschien am Horizont ein hoffnungsvoller Schimmer, der Aufregung versprach. Und Molly war frei, dieser Verheißung zu folgen.

Sie lächelte offen. »Du kennst mich, Tante Venicia. Ich bin die Seele der Vernunft. Ich werde vorsichtig sein.«

Als sich die Passagiere auf den Weg in die Maschine machten, sah Molly Kelsey ein letztes Mal prüfend an. »Bist du sicher, daß du alles hast, was du brauchst?«

Kelsey rollte die Augen. »Wenn ich etwas vergessen habe, kannst du es mir nachschicken.«

»Ich bemuttere dich zu sehr, nicht wahr?«

»Ja.« Kelsey schmunzelte. »Ich bin doch nur für einen Monat fort.«

»Ich weiß.« Molly lächelte ihre Schwester mit verschwommenem Blick an. »Aber das ist eine Art Test für mich. Ein Vorgeschmack, wie es sein wird, wenn du im Herbst auf die Uni gehst.«

Kelseys Gesichtsausdruck wurde ernst. »Ich habe auch schon darüber nachgedacht. Und ich habe mit Tante Venicia gesprochen. Wir finden beide, daß du das Haus verkaufen solltest.«

Molly starrte ihre Schwester verblüfft an. »Machst du Scherze?«

»Nein. Der Palast ist viel zu groß für dich allein.«

»Es macht mir keine Mühe, das Haus in Ordnung zu halten – dank der Roboter, die Dad konstruiert hat. Ich weiß, wie ich sie warten muß.«

»Darum geht es nicht«, beharrte Kelsey. »Der Abberwick-Familiensitz ist einfach zu groß für dich allein. Und überall holt dich die Vergangenheit ein. Du verstehst, was ich meine, nicht wahr?«

»Ich verstehe, Kelsey. Aber das macht mir nichts aus.«

»Das wird es, wenn du erst einmal allein bist. Versprich mir, daß du wenigstens darüber nachdenkst. Du könntest in eine moderne Eigentumswohnung in der Stadt umziehen.«

»Aber es ist unser Haus. Es war immer unser Zuhause.«

»Die Dinge werden sich ändern, wenn ich studiere.«

Molly sah ihre Schwester an, die unter ihrer Obhut zu einer jungen Frau herangewachsen war, und erkannte in Kelseys intelligenten Augen einen in die Zukunft drängenden Blick. »Glaub mir, das ist mir bewußt.« Natürlich würden sich die Dinge ändern. Sie hatte immer gewußt, daß dieser Augenblick einmal kommen würde. Kelseys Talent und ihr kluger Verstand würden sie von dem alten Haus der Abberwicks fortbringen. So war der Lauf der Dinge.

»Bitte, Molly. Nicht weinen.«

»Das hatte ich auch nicht vor.« Molly blinzelte heftig, um die Tränen aus ihren Augen zu vertreiben. »So, und jetzt wünsche ich dir eine wunderbare Zeit bei deinem Workshop.«

»Die werde ich haben.« Kelsey schulterte ihren Rucksack und machte sich auf den Weg zum Ausgang. Dann sah sie noch einmal zurück. »Versprich mir, daß du über den Verkauf des Hauses nachdenkst, in Ordnung?«

»Ja.« Molly winkte zum Abschied, bis Kelsey aus ihrem Blickfeld verschwand. Dann holte sie ihr Taschentuch hervor. Als ihr klar wurde, daß ein Tuch nicht reichen würde, machte sie sich auf den Weg zur Damentoilette.

Später am Nachmittag, auf dem Weg mit Harry nach Hidden Springs, beschäftigte sie das Versprechen, das sie ihrer Schwester gegeben hatte, nicht mehr. Sie dachte an den Satz vom Abend vorher, mit dem sie ihre Tante beruhigt hatte.

Ich werde vorsichtig sein.

Molly wußte nicht, was ihr wichtiger war – die Sicherheit des Vermögens der Abberwick-Stiftung oder ihre Gefühle. Sie hegte den Verdacht, daß sie dabei war, sich in Harry Trevelyan zu verlieben. Vielleicht handelte es sich nur um sexuelle Anziehung, beruhigte sie sich und warf einen Seitenblick auf ihn. Seine kraftvollen, schlanken Hände wirkten entspannt, während sie das Lenkrad sicher umschlossen. Eine Gelassenheit und Sicherheit ging von ihm aus, die allen Umständen trotzte, dachte sie. In Harry gab es einen unerschütterlichen Kern an Stärke, der auf einer sehr elementaren Ebene respekteinflößend wirkte. Wenn das, was Molly empfand, nur Leidenschaft war, handelte es sich um eine heftige, potentiell gefährliche Empfindung, die ihre Sinne zu benebeln drohte.

Ich werde vorsichtig sein.

Genau. Sie würde sich so vorsehen wie ein Bergsteiger, der sich dem Gipfel des Mount Everest näherte. Vorsichtig, wie ein Höhlenforscher, der sich in unbekannte, dunkle Tiefen wagte. Oder wie ein Astronaut, der sich auf einen Raumspaziergang vorbereitete.

»Was ist das für ein Wagen?« fragte Molly neugierig. »Ich glaube nicht, daß ich ein ähnliches Modell schon einmal gesehen habe.«

»Das können Sie auch nicht. Es ist noch ein Einzelstück. Ein Sneath P2 aus einer Serie von Prototypen. Ein Freund von mir hat ihn entworfen und gebaut. Der Wagen besitzt die aerodynamische Ausstattung eines Rennwagens, die Robustheit eines solide gearbeiteten europäischen Tourenmodells und einen Motor, der jahrelang problemlos läuft, ohne nachgestellt werden zu müssen.«

»Faszinierend. Warum hat Ihr Freund Ihnen den Wagen überlassen?«

»Ich habe ihm geholfen, das Risikokapital zu beschaffen, das er für den Bau der Prototypen brauchte.«

Molly sah ihn fragend an. »Ich hatte Sie mehr dem akademischen Bereich zugeordnet, aber aufgrund Ihres Arbeitsgebietes kommen Sie wahrscheinlich oft mit Erfindern in Kontakt.«

»Ja«, antwortete Harry gleichmütig. »Aber im Gegensatz zur Abberwick-Stiftung wollen die anderen Sponsoren immer Projekte unterstützen, die einen schnellen Rückfluß der Investitionen versprechen.«

Molly schmunzelte. »Ich dagegen will mein Geld nur zum Fenster hinauswerfen.«

»Wie ist es heute morgen am Flughafen gelaufen?«

»Gut.« Molly war verblüfft über den abrupten Themenwechsel. »Warum fragen Sie?«

»Es ist ein merkwürdiges Gefühl, wenn sie das Zuhause verlassen, nicht wahr? Ich weiß, daß ihre Schwester in diesem Sommer nur einen Monat fort ist, aber im Herbst wird es ernst. Dann werden Sie begreifen, daß die Dinge sich verändert haben.«

Molly lächelte wehmütig. »Also gut. Ich habe mir auf der

Damentoilette die Augen ausgeweint, nachdem Kelsey weg war. Jetzt geht es mir wieder gut.«

»Schön zu hören. Versuchen Sie es von der angenehmen Seite zu sehen. Keine Poster von Rockbands an der Schlafzimmerwand und kein nächtliches Wachliegen mehr, bis sie endlich nach Hause kommt. Sehen Sie mich an. Ich bin seit zwei Jahren teenagerfrei und fühle mich wie neugeboren.«

Harry verstand, dachte Molly. Er versuchte in leichtem Ton über den Wendepunkt zu sprechen, mit dem Molly heute morgen konfrontiert gewesen war, aber er wußte, was sie empfand. Er hatte die gleiche Erfahrung gemacht und die gleiche Verantwortung getragen. »Das glaube ich Ihnen aufs Wort«, sagte sie. *O mein Gott. Die Sache wird tatsächlich ernst.*

Harry fiel wieder in Schweigen. Der perfekt eingestellte Motor des exotischen Wagens summte leise vor sich hin. Molly lehnte sich tiefer in den Ledersitz und betrachtete das vorbeifliegende, üppige Farmland. Die Zukunft, die vor wenigen Stunden noch in grauen Nebel gehüllt schien, strahlte plötzlich wieder hell. Das Schweigen dauerte an. Molly setzte sich bequemer und sah auf ihre Armbanduhr. Harry hatte seit beinahe zwanzig Minuten kein Wort gesprochen. Doch nicht das beunruhigte sie, sondern die Anspannung, die plötzlich von ihm ausging.

»Stimmt etwas nicht?« fragte sie.

»Alles in Ordnung.« Harry wandte den Blick nicht von der Straße. »Ich war nur in Gedanken.«

»Vielleicht klingt meine Frage dumm, aber warum fahren Sie den ganzen Weg bis Hidden Springs, wenn Sie nicht gern mit Ihren Verwandten zusammentreffen?«

»Ich habe Josh versprochen, mit seinem Großvater zu sprechen«, antwortete Harry. »Leon setzt ihm hart zu. Er baut auf ihn und versucht ihn zu überzeugen, die Universität nicht zu beenden.«

»Joshs Großvater ist Ihr Onkel, nicht wahr?«

»Richtig. Der jüngere Bruder meines Vaters.«

Molly dachte nach. »Warum hat er sich nicht um Josh gekümmert, als dessen Vater starb?«

»Das wäre schwierig gewesen. Er befand sich damals im Gefängnis.«

»Im Gefängnis!« Molly wandte den Kopf und starrte Harry an. »Um Himmels willen, warum?«

Harry warf ihr einen undefinierbaren Blick zu. »Er wartete auf ein Verfahren wegen der Folgen einer Auseinandersetzung mit dem County-Sheriff.«

»Ich verstehe.« Molly verdaute die Information. »Was für eine Auseinandersetzung?«

»Onkel Leon hatte mit der Frau des Sheriffs ein Verhältnis. Er und die Dame wurden vom Ehemann in einem Motelzimmer entdeckt. Verständlicherweise war der Sheriff sauer.«

»Oh.« Molly zögerte. »Ich verstehe, daß der Sheriff wütend war, aber eine Affäre ist doch kein Grund für eine Verhaftung.«

»Der Sheriff hat Leon wegen Autodiebstahl festgesetzt, nicht wegen Ehebruch.«

»Wegen Autodiebstahl?« wiederholte Molly schwach.

»Onkel Leon und die Dame benutzten den Wagen des Sheriffs, um zu dem Motel zu fahren.«

»Du liebe Güte. Das war nicht sehr klug.«

»Nein, das war es nicht. Soweit ich die Sache beurteilen kann, ist Josh seit drei Generationen der erste Sproß in diesem Teil der Familie, der Verstand besitzt.« Harry straffte die Finger am Steuerrad. »Ich wäre verdammt, wenn ich zuließe, daß Leon ihn unter Druck setzt, die Uni zu verlassen.«

»Warum will Leon das?«

»Er hat seinen Lebensunterhalt damit verdient, auf County-Jahrmärkten Rennen zu fahren. Sein Sohn – mein Cousin Willy, Joshs Vater – war Motorradstuntman. Er wurde bei einer Vorführung getötet. Leon kommt immer wieder auf die verrückte Idee zurück, Josh zu ermutigen, in die Fußstapfen seiner Vorfahren zu treten.«

Molly seufzte. »Jetzt verstehe ich, warum Sie sich Sorgen machen. Klingt nicht wie eine vielversprechende Karriere.«

»Es ist eine Sackgasse.« Harry bewegte die rechte Hand zum Schalthebel und verringerte die Geschwindigkeit, um den Highway zu verlassen. »Bei Willy endete sie tödlich. Ich werde nicht zulassen, daß Josh in dieses Leben hineingezogen wird.«

»Wie wollen Sie Ihren Onkel überreden, ihn in Ruhe zu lassen?«

»Auf die gleiche Weise wie beim letztenmal.« Harrys Mund war zu einer grimmigen Linie zusammengepreßt. »Ich helfe seiner Vernunft etwas nach.«

Molly wollte nicht weiterfragen, immerhin ging es um eine Familienangelegenheit der Trevelyans. Aber sie konnte nicht lange widerstehen. »Was ist bei dem Verfahren gegen Leon herausgekommen?«

»Die Anklage wurde fallengelassen.«

»Er muß einen guten Anwalt gehabt haben.«

»Den hatte er. Ich habe ihn ausgesucht und bezahlt.«

Das Riesenrad kam als erstes in Sicht. Majestätisch erhob es sich über die Mittelgasse, eine Ehrfurcht gebietende, glitzernde Konstruktion, die mit ihrer eleganten Erhabenheit noch immer alt und jung gleichermaßen begeisterte. Für die modernen High-Tech-Parks hatten Ingenieure weitaus raffiniertere Effekte erdacht, um in den Skooterbahnen für Nervenkitzel zu sorgen, aber nichts würde das Riesenrad jemals ersetzen. Es gehörte immer noch auf jeden richtigen Jahrmarkt.

Harry genoß weder den Anblick des Riesenrads noch die anderen Attraktionen. Wahrscheinlich, sagte er sich, weil er aus einer Schaustellerfamilie stammte. Obwohl sein Vater die Unterhaltungsshow vor seiner Geburt verkauft hatte, war Harry mehrere Sommerferien lang mit den Trevelyans umhergereist. Er hatte gelernt, wie die Fahrgeschäfte aufgebaut, betrieben und wieder abmontiert wurden. Niemand, der auf dem Rummelplatz arbeitete, fand ein besonderes Vergnügen an den Geräten. Es war ein Geschäft, mehr nicht.

Aber Harry wurde den Verdacht nicht los, daß sein Unbehagen an den wirbelnden, durchrüttelnden, den Magen umdrehenden Vergnügungsfahrzeugen tiefer ging als bei den anderen Kollegen, die das Leben in der Jahrmarktswelt mit ihm geteilt hatten. Er haßte es, in den kleinen, wild herumkreisenden Kabinen die Kontrolle zu verlieren. Zu lange hatte er darum gekämpft, die Beherrschung über sich zu erlangen. Diese Kontrolle wollte er an nichts und niemanden wieder abgeben, nicht einmal für eine dreiminütige Vergnügungsfahrt auf dem Jahrmarkt.

Molly beugte sich vor, um einen besseren Blick auf den Festplatz zu erhaschen. »Wohin fahren wir?« fragte sie, da Harry nicht auf das große Parkgelände einbog.

»Nach hinten, wo die Schausteller und Marktbetreiber ihre Fahrzeuge abstellen. Dort wird auch Onkel Leon irgendwo sein.«

Die bunt durcheinandergewürfelten Lastwagen, Transporter, Wohnwagen und Wohnmobile befanden sich auf der anderen Seite des Festgeländes. Sie wurden durch einen Zaun hinter einer Reihe farbenfroher Buden und Zelte vom Blick der Besucher abgeschirmt.

Harry parkte neben einer Baumgruppe und stieg aus. Vom Platz wehte ihm ein leichter Wind entgegen. Es roch wie immer nach einer Mischung aus Grillfett, Popcorn und Würstchen. Eine Welle der Erinnerung durchflutete ihn.

Molly trat neben ihn. »Stimmt etwas nicht?«

»Nein, nein.« Harry schob die Gedanken in die Vergangenheit zurück. »Bei diesem Geruch denke ich immer an die Sommer, in denen ich mit den Trevelyans unterwegs war.«

Molly hielt eine Haarsträhne von den Augen fern, während sie Harry aufmerksam ansah. »Ich wette, Sie sind kein großer Fan von Popcorn und Hot dogs.«

»Stimmt.« Er nahm ihre Hand und ging auf eine Ansammlung älterer Wohnwagen zu. »Verstehen Sie mich bitte richtig, aber dieses Gespräch mit Onkel Leon wird nicht angenehm. Wäre es möglich, daß Sie sich mit etwas anderem beschäftigen, bis es vorbei ist?«

»Kein Problem. Ich besichtige die Ausstellungshallen.«

»Lassen Sie sich von den Vorführern kein wertloses Zeug andrehen wie eine Entsafter-Reibe-Hobel-Raspelmaschine, die Herzchen, Würfel und Streifen schneidet. Diese Dinger taugen nichts.«

»Seien Sie nicht albern«, sagte Molly. »Ich bin Geschäftsfrau, haben Sie das vergessen? Ich lasse mich nicht so leicht von einem fliegenden Händler beschwatzen.«

Harry sah sie mitleidig an. »Haben Sie noch nie gehört, daß gerade Verkäufer am leichtesten zu überzeugen sind?«

»Das glaube ich nicht. Diese Weisheit ist mir völlig neu. Sie klingt mehr nach einer zurechtgebastelten Philosophie für den Hausgebrauch, und ich werde nicht darauf hören. Und jetzt verraten Sie mir, wo ich Sie finde, wenn das Gespräch mit Ihrem Onkel beendet ist.«

Harry lächelte verhalten. »Irgendwo in der Mittelgasse stoßen Sie auf das Zelt einer Wahrsagerin. Halten Sie nach dem Schild von Madame Evangeline Ausschau. Ich treffe Sie dort gegen ein Uhr.«

»Verstanden.« Molly berührte seinen Arm mit einer leichten, flüchtigen Geste und machte sich zum Eingangstor auf den Weg.

Harry wartete, bis sie in der Menge verschwunden war. Warum er Molly heute mitgenommen hatte, verstand er noch immer nicht. Aber er war froh, daß sie bei ihm war.

Er ging durch das Lager, bis er den alten Wohnwagen fand, der Leons Zuhause war. Er stand neben einem Baum. Daneben befand sich Leons alter Lastwagen.

Er klopfte an die Gittertür des Anhängers. »Leon, bist du da?«

»Wer zum Teufel ...« Leon kam an die Tür seines Wohnwagens und blinzelte ins Sonnenlicht hinaus. Als er Harry erkannte, lächelte er das Trevelyan-Lächeln und ließ die weißen Zähne aufblitzen. »Mist. Also doch. Du kommst spät. Ich hatte schon gestern mit dir gerechnet.«

»Wenn ich gewußt hätte, daß du so begierig auf meinen Besuch bist, hätte ich dich noch länger warten lassen.«

»Den Teufel hättest du getan.« Leon öffnete die Gittertür. »Bei Angelegenheiten wie dieser bist du zuverlässig wie die Sonne, die jeden Morgen aufgeht. Eine deiner schlechten Angewohnheiten, Junge. Und nun komm rein.«

Harry betrat den Wohnwagen. Die Rolläden waren heruntergelassen, und es dauerte einen Moment, bis sich seine Augen nach der gleißenden Helligkeit auf dem Parkplatz auf den dunklen Halbschatten im Innenraum umgestellt hatten und er etwas erkennen konnte.

»Bier?« kam Leons beiläufig fragende Stimme von links.

Die kalte, feuchte Dose schoß Harry entgegen, bevor er antworten konnte. Er öffnete die Hand, und das Bier landete weich in seinem sicheren Griff. Ein einfaches Spielchen, über das er nicht lange nachdenken mußte. »Danke«, sagte er abwesend.

Leon grinste. »So schnell wie immer, nach allem was ich sehe. Eine verdammte Schande, daß du diese talentierten Trevelyan-Hände nicht für etwas Nützlicheres verwendest, als langweilige Bücher zu schreiben.«

Harry zog den Ring von der Dose. »Die Reflexe haben die Eigenart, mit dem Alter schwächer zu werden. Ich ziehe es vor, mich auf meinen Verstand zu verlassen.«

»Das Stratton-Blut hat dich verdorben.« Leon ließ sich auf die abgewetzten Sofapolster fallen, die das geschwungene Heck des Wohnwagens einnahmen, und wies mit der Bierdose in den Raum »Nimm Platz.«

Harry sank auf den geplatzten Plastikbezug der Sitzbank der Eßecke und sah sich ohne großes Interesse um. Wenig hatte sich im Laufe der Jahre hier geändert, weder in der Ausstattung noch bei Leon. Der Wohnwagen und sein Besitzer schienen auf eine undefinierbare Weise miteinander in Verbindung zu stehen. Der fleckige Linoleumbelag auf dem Boden fand sein Gegenstück in Leons ausgeblichenem Hemd und den alten, tiefhängenden Jeans. Die zerrissenen Vorhänge an den kleinen Fenstern rochen nach Tabak und Alkohol, genau wie Leon. Doch alles in allem, stellte Harry fest, hatte Leon besser durchgehalten als scin Wohnwagen. Das verdankte er den robusten Genen der Trevelyans und sicher nicht einem gesundheitsfördernden Lebenswandel.

Leon war in den Sechzigern, besaß aber noch immer den schlanken Körper und die breiten Schultern der Trevelyan-Männer. Er sah genauso gut aus wie Harrys Vater zu seinen Lebzeiten. Harry wußte, daß Leon ungeachtet seines Alters das attraktive Aussehen noch immer schamlos ausnutzte. Sein Onkel konsumierte die Frauen, als wären sie Lutschbonbons. Willy hatte sich ähnlich verhalten. Harry war froh, daß Josh in dieser Hinsicht nicht in ihre Fußstapfen trat. Trotz seiner wohlwollenden Neckerei wegen der unbenutzten Kondomschachtel im Badezimmerschrank zeigte Josh mit zwanzig mehr Vernunft und natürlichen Anstand in solchen Dingen als sein Vater und sein Großvater in ihrem ganzen Leben.

Leon nahm einen langen, tiefen Schluck. »Nun denn, wie ist das süße Leben in der großen Stadt?«

»Gut.« Harry wartete. Vor langer Zeit hatte er gelernt, daß es sich bei Leon niemals auszahlte, Eifer oder Ungeduld zu zeigen. Leon reizte die Menschen gern, bis sie etwas Unüberlegtes taten.

»Mist. Ich verstehe noch immer nicht, wie du so leben kannst«, sinnierte Leon. »Wo ist bei dir der Geist der Trevelyans geblieben?«

»Keine Ahnung.« Harry nahm einen kleinen Schluck Bier.

»Kein Mumm, keine Ehre, mein Sohn. Hast du noch nie von dieser Weisheit gehört?«

»Ich höre sie jedesmal, wenn ich mich mit dir unterhalte, Onkel Leon.«

»Josh hat mir erzählt, du triffst dich mit einer langweiligen Ladenbesitzerin?«

Harry blieb reglos sitzen. »Hat Josh sie langweilig genannt?«

»Nein, aber ich habe diesen Eindruck. Führt ein Teegeschäft, sagte Josh. Ich kenne diesen Typ. Prüde, zugeknöpft, konservatives Kostüm. Habe ich recht?«

»Nicht ganz«, antwortete Harry leise.

Leon ignorierte ihn. »Verdammt, dein Vater hatte wenigstens den Schneid, mit der Tochter eines reichen Mannes durchzubrennen. Deine Mutter war eine wirkliche Schönheit, und alle Welt weiß, wie reich die Strattons sind. Sie konnten ihm mit ihrem Geld leicht die Hölle heiß machen.«

»So sagt man.«

»Du bist wirklich ein verdammter Narr, diesem Reichtum den Rücken zu kehren.«

»Das habe ich schon öfter gehört.«

Leon blinzelte ihn über die Bierdose an. »Verdammt, der Bestaussehende von uns bist du nicht, aber du trägst den Namen Trevelyan. Ich dachte, du würdest dir etwas Aufregenderes aussuchen als eine graue Maus aus einem Teeladen.«

»Seit wann hegst du dieses auffällige Interesse an meinem Privatleben?«

»Seit ich mir Sorgen um Josh mache.«

Harry wappnete sich. »Was hat mein Privatleben mit Josh zu tun?«

»Das ist einfach.« Leon verzog das Gesicht. »Du übst einen schlechten Einfluß auf den Jungen aus. Immerzu redet er davon, daß er auf der Universität bleiben und irgendeinen tollen Abschluß in Naturwissenschaften machen will. Du heiliger Strohsack, er sagt, er will in die Forschung. Als nächstes legt er sich auch eine kleine Ladenbesitzerin als Freundin zu.«

»Wäre es dir lieber, er käme bei einem Motorradstunt um, während er versucht durch einen Feuerball zu fliegen?«

»Dreckskerl.« Leon schleuderte seine leer Bierdose gegen die Blechwand des Wohnwagens. Dann beugte er sich vor, die geballten Fäuste auf den Knien. »Ich will, daß er ein Mann wird, wie sein Vater einer war. Und wie ich es bin. Er soll kein gottverdammter, überstudierter Versager werden wie du.«

»Wieviel?« fragte Harry tonlos.

»Was soll das heißen?«

»Du weißt, was es heißt. Wieviel willst du als Gegenleistung, damit du Josh die Arbeit im Sommer erläßt?«

»Du denkst, du kannst alles kaufen, wie? Das ist das verdammte Stratton-Blut in dir. Aber ich habe eine Neuigkeit für dich. Wir reden über die Zukunft meines Enkels. Er ist alles, was mir auf dieser Welt geblieben ist. Blut von meinem Blut, die Frucht aus meinen Lenden. Ich will sehen, wie aus ihm ein Mann wird, auf den ich stolz sein kann. Und du glaubst, du könntest ein Preisschild an ihn hängen?«

»Kein Problem.«

Leons Gesicht arbeitete zornig. »Wir reden hier über Familienbande, nicht über Geld.«

»Komm mir nicht mit diesem Unsinn«, entgegnete Harry müde. »Wir wissen beide, daß es nicht um Josh oder seine Zukunft geht. Es geht um ein Geschäft.«

»Hundesohn.«

»Laß es gut sein, Onkel Leon. Ich bin bereit, noch einmal mit dir zu verhandeln. Wieviel willst du?«

Mit finsterem Blick sah Leon ihn einige Sekunden an. Dann ließ er sich in das Sofa zurückfallen und schloß die Augen. »Ich brauche einen neuen Lastwagen. Der alte wird keine Meile mehr fahren. Evangeline hat Jahrmarktsbuchungen für den ganzen Sommer. Ich brauche ein zuverlässiges Transportmittel.«

Harry pfiff leise. »Ein neuer Lastwagen, wie? Gratuliere, Onkel Leon. Du lernst, in großem Stil zu denken.«

Leons Augen wurden zu schmalen Schlitzen. »Wir haben eine Abmachung.«

»Sicher.« Harry stellte seine halbvolle Bierdose auf den Tisch und erhob sich. »Die gleiche wie beim letztenmal.«

»Wie ich schon sagte. Du bist zuverlässig wie der Sonnenaufgang. Du solltest aufpassen, Harry. Eine schlechte Angewohnheit wie diese kann dich in große Schwierigkeiten bringen.«

Harry trat zur Wohnwagentür und sah hinaus auf den grasbewachsenen Parkplatz. »Ich meine, was ich sage, Leon. Die gleiche Abmachung wie beim letztenmal:«

»Ja, ja. Ich habe verstanden.«

Harry öffnete die Gittertür und stieg eine Stufe hinunter. Dann sah er noch einmal über die Schulter zurück. »Du hörst auf, Josh unter Druck zu setzen, die Uni zu verlassen, und ich bezahle den neuen Lastwagen.«

»Wir haben eine Abmachung. Das sagte ich bereits.«

»Ja.« Harry begegnete dem Blick seines Onkels. »Du weißt, was geschieht, wenn du deinen Teil nicht einhältst, Leon.«

»Keine Drohungen, Junge. Damit wirst du nicht durchkommen. Du besitzt nicht den Mumm dazu, und das wissen wir beide.«

Harry sagte nichts. Statt dessen hielt er Leons Blick mit seinem fest. Die Geräusche des Festgeländes in seinem Bewußtsein wurden immer leiser, bis eine tiefe Stille den Wohnwagen erfüllte. Im Inneren schienen die Schatten dichter zu werden.

Leon sank in sich zusammen. »Ja, ja. Eine Abmachung ist eine Abmachung. Und jetzt raus mit dir. Ich muß an die Boxen. Das Rennen beginnt heute abend um halb acht.«

Harry ließ die in den Angeln hängende Gittertür hinter sich zuklappen und ging auf das Tor zum Festgelände zu. Geruchsschwaden von Fett und Popcorn und die Ausdünstungen aus Viehpferchen hingen in der Luft.

Nur ein Gedanke beherrschte ihn jetzt: Er wollte Molly finden.

6

Mit einer Armladung voll Einkäufe blieb Molly außerhalb der in Rot, Gold und Türkis gestreiften Zeltkonstruktion stehen. Sie sah nach oben und las die Worte auf dem über ihr hängenden Schild.

MADAME EVANGELINE
GEHEIMNISSE DER VERGANGENHEIT,
GEGENWART UND ZUKUNFT
RAT IN ALLEN
LIEBES- UND GELDANGELEGENHEITEN
DISKRETION SELBSTVERSTÄNDLICH

Sie betrachtete den Perlenvorhang am Eingang. An die Wahrheit der Handlinien, an Kartenlegen oder die Zukunftsdeutung aus Kristallkugeln glaubte sie nicht. Derartige Dinge waren Molly völlig fremd. Sie fragte sich, ob Harry sie draußen oder im Zelt treffen wollte, wandte sich dann um und suchte die langgestreckte Mittelgasse ab. Sie hoffte, ihn in der Menge zu entdecken, sah aber nur einen endlosen Strom von Menschen, die mit Popcorn, kandierten Äpfeln und Hot dogs in den Händen von Bude zu Bude wanderten.

Während sie die Massen beobachtete, schlenderte ein junger Mann mit einem riesigen Pandabär aus Stoff im Arm an ihr vorbei. Er fing ihren Blick auf und grinste.

»Ich habe ihn für meine Freundin gewonnen«, erklärte er stolz.

»Schön.« Molly betrachtete den Bären. »War es schwer?«

»Nein. Sie könnten sicher auch einen gewinnen.«

»Glauben Sie wirklich?«

»Klar«, entgegnete der junge Mann. »Warum versuchen Sie es nicht? Ein Wurf kostet nur einen Vierteldollar. Die Bude befindet sich direkt gegenüber. Sehen Sie?«

»Ja. Danke, vielleicht probiere ich es.«

»Sie werden es nicht bereuen«, versprach der junge Mann und schlenderte weiter.

Molly wollte sich gerade den Weg zur Wurfbude durch die Menge bahnen, als sie hinter sich das Rasseln der Perlen hörte, mit dem der Vorhang des Wahrsagerinnenzeltes geöffnet wurde.

»Madame Evangeline sieht die Vergangenheit, die Gegenwart und die Zukunft«, erklärte eine kehlige Stimme. »Kommen Sie herein und erfahren Sie, was das Schicksal Ihnen über Liebe und Geld zu sagen hat.«

Überrascht fuhr Molly herum. Zwischen den klappernden Perlschnüren stand eine gutaussehende, hochgewachsene Frau im mittleren Alter mit von silbernen Strähnen durchwobenem schwarzem Haar. Angenehme braune Augen, eine klassische Nase und hohe Wangenknochen vermittelten den Eindruck, dieses Gesicht wäre auch noch schön, wenn die Frau sich den Neunzigern näherte. Die Wahrsagerin trug ein knöchellanges Gewand aus mehreren Stoffschichten in verschiedenen Farben, Mustern und Materialien. Ihre langen, schlanken Finger waren mit Ringen geschmückt. Die imposante Brust wurde von einer schweren Halskette mit Anhängern aus Gold und Bernstein betont.

»Hallo«, sagte Molly höflich. »Ich warte hier auf jemanden.«

Die Frau sah tief in Mollys Augen. »Sie haben ihn getroffen.«

»Wie meinen Sie das?«

In einer königlichen Geste neigte die Frau den Kopf. »Ich bin Madame Evangeline. Kommen Sie herein, und ich zeige Ihnen Ihre Zukunft.«

Molly schob die Pakete auf ihrem Arm zurecht. »Das wäre zwecklos, denn ich glaube nicht an Wahrsagerei, Madame Evangeline. Und ehrlich gesagt möchte ich meine Zukunft auch gar nicht kennen, selbst wenn Sie sie für mich sehen könnten. Trotzdem danke. Wenn es Ihnen nichts ausmacht, warte ich weiter hier draußen.«

»Bitte, kommen Sie herein«, murmelte Evangeline in nachdrücklichem Ton. »Ich werde Ihnen nichts sagen, was Sie nicht wissen wollen.«

Molly zögerte. Ihre Neugier war geweckt. Sie wandte sich noch einmal um, konnte Harry aber noch immer nicht in der Menge entdecken. Dann drehte sie sich wieder zu Evangeline. »Es gibt tatsächlich etwas, das Sie mir verraten könnten.«

Evangeline verneigte sich. »Ich stehe zu Ihren Diensten. Kommen Sie herein, und sagen Sie mir, was Sie erfahren möchten.« Glöckchen bimmelten, als sie Molly in den Zeltverschlag schob. Vorsichtig trat Molly durch die wippenden Perlschnüre. Innen herrschte schattige Dunkelheit. Auf dem Boden lag ein mitternachtsblauer Teppich mit gelben Sternen und einem Mond. Von allen vier Zeltwänden fiel in Kaskaden meterweise dunkler, schwerer Stoff. Als Mollys Augen sich an das schwache Licht gewöhnt hatten, erkannte sie einen Tisch, der mit dunkelrotem Samt drapiert war. Eine undurchsichtige, matt leuchtende Glaskugel stand in der Mitte. Daneben lag ein Kartenspiel. Auf einem Gestell daneben befand sich eine flache, mit Wasser gefüllte Silberschale.

»Bitte setzen Sie sich.« Evangeline wies auf einen der zwei Stühle, die an gegenüberliegenden Tischseiten standen. »Ihre Pakete können Sie dort drüben auf den Boden legen, wenn Sie möchten.«

»Danke. Sie werden langsam schwer.« Molly befreite sich von ihrer Last und seufzte leise und erleichtert auf. »Ich hatte keine Ahnung, daß ich so viele nützliche Dinge in den Ausstellungshallen finden würde.«

Evangeline lächelte. »Diese Erfahrung machen viele Menschen.«

»Das kann ich mir vorstellen.« Molly strich sich das feste, vom Wind zerzauste Haar zurück. »Sie hätten die Menschenmengen sehen sollen, durch die ich mich kämpfen mußte, um meine Einkäufe zu machen. Eine Frau versuchte tatsächlich, mir mein Wondermatic-Allzweckküchengerät aus den Händen zu reißen.«

»Interessant. Aber setzen Sie sich doch.«

»Also gut.« Molly warf einen Blick zum Perlenvorhang zurück. »Aber ich möchte meinen Bekannten nicht verpassen. Er müßte jede Minute kommen.«

»Ich garantiere Ihnen, daß er Sie finden wird.«

»Wenn Sie so sicher sind.« Gehorsam setzte sich Molly auf den Stuhl und betrachtete mit einigem Interesse die Glaskugel und die Karten.

»Dann wollen wir anfangen.« Evangeline legte beide Hände an die Kugel. Ihre mit dickem Maskara geschminkten Augen trafen mit Mollys zusammen. »Sagen Sie mir, was Sie wissen wollen.«

»Nun, wenn Sie mich schon danach fragen, möchte ich gern wissen, wie das alles funktioniert.«

Evangeline stutzte. »Wie was funktioniert?«

»Die Geheimnisse Ihres Handwerks.« Molly beugte sich näher. »Ich habe gehört, daß professionelle Wahrsager sehr gut darin sind, persönliche Dinge über ihre Kunden zu erraten. Wie arbeiten Sie?«

Evangeline machte ein entsetztes Gesicht. »Sie wollen wissen, wie ich es mache?«

»Genau. Ich gebe zu, es ist nicht ganz mein Gebiet, aber ich bin neugierig. Was sind Ihre Anhaltspunkte? Die Kleidung? Ich nehme an, Sie können eine Menge über Menschen sagen, wenn Sie ihre Kleidung sehen. Aber viele Leute tragen heute einheitliche Jeans und Turnschuhe. Was können Sie über solche Menschen sagen?«

Evangelines Gesichtsausdruck erstarrte. »Ich wende keine Tricks an. Ich besitze die Gabe des Zweiten Gesichts. Die Veranlagung dazu liegt in meiner Familie.«

»Hm.«

»Meine Kräfte sind sehr real. Und selbst wenn ich ein Scharlatan wäre und meine Kunden etwas vormachte, würde ich Ihnen mein Geheimnis nicht verraten.«

Molly zog die Nase kraus. »Das habe ich befürchtet. Nun gut, es war einen Versuch wert.«

»Sehen Sie«, murmelte Evangeline. »Ich kann Ihnen alles sagen, was Sie über Ihr Liebesleben zu erfahren wünschen.«

»Das bezweifle ich. Ich habe keines.«

»Nun, das wird sich bald ändern.« Evangeline nahm die Karten und legte eine nach der anderen auf dem Tisch aus. »Ah – sehen Sie den blauen König?«

Molly betrachtete die Karte. »Was ist damit?«

»Er steht für einen Mann, dem Sie vor kurzem begegnet sind. Dieser Mann ist groß. Er hat dunkles Haar, und seine Augen sind goldbraun wie der alte Bernstein an meiner Kette. Es sind die Augen eines mächtigen Mannes. Eines Mannes, der Ihr Schicksal verändern wird.«

Molly lachte. »Aha. Sie kennen Harry Trevelyan. Ich wette, Sie sind seine Tante. Wenn ich mich recht entsinne, erwähnte Josh eine Evangeline Trevelyan. Wie haben Sie herausgefunden, wer ich bin? Weil ich Ihnen sagte, ich würde auf jemanden warten? Oder hat Josh mich beschrieben?«

Evangeline warf ihr einen entnervten Blick zu. »Ich habe es herausgefunden, weil ich Wahrsagerin bin. Es ist mein Beruf, solche Dinge zu wissen. Und jetzt machen wir weiter, ja?«

Molly zuckte mit den Achseln. »Welchen Sinn sollte das noch haben? Sie wissen jetzt, wer ich bin, und mich wird es nicht erstaunen, was Sie mir über Harry sagen.«

»Und was wäre, wenn ich Ihnen sagte, daß ich nicht weiß, wer dieser Harry ist?«

Molly lächelte. »Nun aber Schluß. Sie kennen Harry. Geben Sie es zu.«

»Sie machen es mir wirklich schwer«, sagte Evangeline gereizt. »Lassen Sie uns noch einmal von vorne anfangen. Sie sind kürzlich einem großen dunkelhaarigen Mann mit bernsteinfarbenen Augen begegnet. Dieser Mann ...«

»Sie haben ›gutaussehend‹ vergessen.«

Mit zornigem Stirnrunzeln sah Evangeline von ihren Karten auf. »Wie bitte?«

»Sollte ich nicht von ihnen erwarten, daß ich einen großen dunkelhaarigen, *gutaussehenden* Mann kennenlerne?« Molly schürzte die Lippen. »Ich dachte immer, es heißt groß, dunkelhaarig und gutaussehend. Ja, ich bin sicher, so waren die Worte.«

Evangeline schlug mit einem langen, roten Fingernagel gegen die Tischplatte. »Also gut, er ist nicht gerade gutaussehend. Ich an Ihrer Stelle wäre nicht so wählerisch. Wie alt sind Sie? Dreißig? Zweiunddreißig? Die Zeit läuft Ihnen davon, liebe Freundin.«

»Ich wollte mich nicht über Harrys Aussehen beklagen. Ich habe nur gesagt, daß Sie sich irren. Er ist groß, dunkelhaarig und außergewöhnlich attraktiv.«

Evangeline betrachtete Molly, als hegte sie ernsthafte Zweifel an ihrem Geisteszustand. »Sie finden, daß Harry gut aussieht?«

»Nun, vielleicht nicht im üblichen Sinn«, gab Molly zu. »Aber ich bin nicht sehr konventionell eingestellt. In meiner Familie lieben wir das Unübliche. Harry ist ganz sicher nicht der nette Junge von nebenan. Er ist einzigartig.«

»Das können Sie laut sagen«, brummte Evangeline. »Keine Ahnung, wie er zu dem werden konnte, was er ist. Sein Vater war der attraktivste Mann, der mir jemals begegnet ist, und seine Mutter sah aus wie eine Märchenprinzessin. Etwas ging ganz offensichtlich durcheinander, als die beiden Erbmassen sich kreuzten.«

Die Perlschnüre klickten leise.

»Sei gnädig mit mir, Tante Eve.« Harry glitt in das Zelt. »Kannst du es nicht lieber in die Richtung groß, dunkelhaarig und gutaussehend drehen? Soviel schuldest du mir.«

Molly war auf ihrem Stuhl herumgefahren, erleichtert, Harry zu sehen. »Hallo, Harry.«

»Hallo.« Harry ließ den Perlvorhang hinter sich zusammenschwingen.

Evangelines Augen blitzten belustigt, während sie sich von ihrem Stuhl erhob. »Wie ich deiner Bekannten gerade erklären wollte, verfälsche ich Informationen nie. Das bin ich meiner Berufsehre schuldig. Aber ich gebe zu, daß edel ist, wer edel handelt. Und so ist es auch mit der Schönheit.«

Harry lachte. »Wie geht es dir, Tante Eve?«

»Die Arthritis hat sich wieder gemeldet, aber ansonsten kann ich nicht klagen. Schön, dich zu sehen. Josh sagte bereits, daß du uns besuchen wolltest.« Evangeline kam mit ausgestreckten Armen und klingelndem Schmuck um den Tisch herum. Harry ließ ihre vereinnahmende Umarmung mit Gleichmut über sich ergehen.

Im Halbdunkel versuchte Molly seinen Gesichtsausdruck zu erkennen. Wie meistens ließen die Züge keinen Rückschluß auf seine Gefühle zu. Es war unmöglich zu sagen, wie das Gespräch mit seinem Onkel verlaufen war.

Nachdem Evangeline ihn losgelassen hatte, sah Harry auf den Paketstapel am Boden. »Nicht schwer zu erraten, wo Molly gewesen ist. Derartiges war zu befürchten.«

»Ich habe wirklich tolle Küchengeräte gefunden«, sagte Molly. »Warten Sie nur, bis ich sie Sie Ihnen zeige. Eines schneidet Karotten in kleine Behältnisse, die man für Hors-d'œuvres mit Oliven und anderen Sachen füllen kann. Ein anderes stanzt kleine Schiffchen aus Gurken.«

Harrys Mund zuckte. »Wann haben Sie zum letztenmal den überwältigenden Drang verspürt, Karottenkörbchen und Gurkenschiffchen zu machen?«

Evangeline schmunzelte. »Nun zieh sie nicht auf, Harry. Ich bin sicher, sie wird Freude an den Geräten haben.«

»Nicht sehr wahrscheinlich. Die Spitzentechnologie ihrer Küche stellt dieses Zeug bei weitem in den Schatten.« Harry sah Molly amüsierten Blickes an. »Ich habe Sie vor den Verkäufertricks und Verlockungen in den Ausstellungshallen gewarnt.«

»Müssen Sie so negativ eingestellt sein?« entgegnete Molly. »Nicht jeder ist ein Betrüger, verstehen Sie?«

Harry lächelte kühl. »Ich bin nicht negativ eingestellt, sondern realistisch.«

»Für mich ist das dasselbe. Und zu Ihrer Information, ich habe mich nicht von den Verkäufern einwickeln lassen«, sagte Molly. »Mir gefielen die Sachen, und deshalb habe ich ein paar gekauft.«

»Diese dubiosen Marktschreier verkaufen nichts als wertlosen Schund. Das weiß jeder.«

»Pah. Immerhin gibt es eine unbegrenzte Garantie auf die Geräte«, trumpfte Molly auf.

»Tatsächlich? Und wie wollen Sie die einlösen?« fragte Harry. »Wenn der Jahrmarkt beendet ist, sind die Produktvorführer verschwunden. Und mit ihnen die Garantie.«

Molly hob die Augen zum Himmel. »Wissen Sie, was Ihr Problem ist, Harry? Sie denken, die ganze Welt ist nur auf Schwindel und Betrug aus.«

Evangeline sah Harry an. »Ihr beide kennt euch ziemlich gut, nehme ich an?«

»Ich kenne Harry besser, als er denkt«, sagte Molly düster.

»Wir kennen uns seit einem Monat«, informierte Harry seine Tante. »Molly muß noch viel lernen.«

Evangeline schmunzelte. »Als die begabte Seherin, die ich bin, weiß ich natürlich, wer Molly ist. Aber warum stellst du uns nicht richtig vor?«

»Oh, tut mir leid«, entschuldigte sich Harry. »Evangeline, das ist Molly Abberwick. Molly, das ist Evangeline Trevelyan. Eine meiner Tanten. Die beste Wahrsagerin der ganzen Familie.«

»Nett, Sie kennenzulernen«, sagte Molly.

»Das Vergnügen ist auf meiner Seite.« Evangeline setzte sich hinter ihren Tisch zurück, nahm die Karten und mischte sie neu. »Laßt mich sehen. Wo waren wir?«

»Du sagtest ihr, daß ich groß, dunkelhaarig und häßlich bin, glaube ich.« Harry schob ein schweres Stück Vorhang an der hinteren Zeltseite weg und zog einen Klappstuhl aus dem Dunkel dahinter.

»Eigentlich wollte ich wissen, wie eine Wahrsagerin diese genauen Aussagen über ihre Kunden machen kann«, erklärte Molly. »Mir ist klar, daß manche Kundenwünsche sehr ähnlich sind. Die meisten wollen hören, daß sie zu Geld kommen oder ihre wahre Liebe finden. Und ich nehme an, es ist nie falsch, den Menschen zu sagen, daß sie eine Reise unternehmen werden, denn beinahe jeder verreist hin und wieder.«

Evangeline lächelte gequält. »Deine Bekannte ist ein Naturtalent, Harry.«

»Was soll ich dazu sagen?« Harry durchquerte das Zelt mit dem Stuhl in der Hand. »Sie ist klug. Von Marktschreiern verführbar, aber im Grunde sehr gescheit.«

»Solche Schmeicheleien werden Ihnen nichts nützen.« Molly wandte sich wieder an Evangeline. »Ich möchte wissen, was eine Wahrsagerin oder Hellseherin tut, nachdem sie die offensichtlicheren Dinge festgestellt hat. Wie gehen Sie auf die ganz persönlichen Ereignisse in der Zukunft eines Menschen ein?«

»Sie besitzt auch eine ausgeprägt neugierige Natur.« Harry trat neben den Tisch, klappte den Stuhl auf, ließ sich rittlings darauf nieder und schlang die Arme um die Lehne. »Liegt angeblich in ihrer Familie.«

»Interessant«, murmelte Evangeline. »Nun, meine Liebe, ich fürchte, was das Wahrsagen angeht, kann ich Ihre Neugier nicht befriedigen. Wie soll ich es Ihnen erklären? Geheimnisse gibt es keine. Es ist einfach eine Gabe.«

»Sprechen Sie über das Zweite Gesicht der Trevelyans?« wollte Molly wissen.

»Nein«, antwortete Harry kühl. »Das tut sie nicht. Weil so etwas nicht existiert.«

Evangeline hob mißbilligend die Brauen. »Du solltest etwas mehr Respekt davor haben, Harry. Schließlich besitzt du mehr davon als jeder andere in der Familie.«

»Das ist blanker Unsinn.«

Molly betrachtete Evangeline nachdenklich. »Wenn Sie mir schon die Tricks Ihres Berufes nicht verraten, können Sie mir vielleicht mehr über das Zweite Gesicht erzählen.«

»Zum Teufel«, murmelte Harry.

»Es wird in der Familie vererbt«, erklärte Evangeline sanft. »Harry will es nicht zugeben, aber er besitzt es. Er hat einige Sommer mit uns verbracht, und seit er zwölf war, habe ich einige beeindruckende Beweise für seine Fähigkeiten gesehen. Natürlich verfügt er auch über die Reflexe. Die wenigstens kann er nicht leugnen. Sie sind das direkte Erbe des ersten Harry Trevelyan.«

»Harry sagte mir, daß seine Urahnen aus dem frühen achtzehnten Jahrhundert stammen«, sagte Molly.

»Das stimmt.« Evangeline schob die Karten mit nachdenklicher Miene zusammen. »Harry der Erste war eine Art früher Privatdetektiv. Er klärte Verbrechen auf und fand vermißte Menschen.«

»Behauptete er, übersinnliche Kräfte zu besitzen?« fragte Molly.

»Nein«, gab Evangeline zu. »Er hat seine Begabung offensichtlich nicht verstanden. Aus irgendeinem Grund wollte er sie leugnen. Aber die Familienaufzeichnungen belegen, daß er das Zweite Gesicht besaß. Auch er verfügte über ausgezeichnete Reflexe. Das wissen wir, weil es einige faszinierende Geschichten darüber gibt. Durch seine Arbeit bekam er es mit gewalttätigen Menschen zu tun, und seine schnellen Reaktionen retteten sein Leben und das anderer.«

»Geschichten«, sagte Harry. »Alles erfunden.«

Molly überhörte ihn. »Ist sonst noch jemand aus Ihrer Familie Privatdetektiv geworden?«

»Nein«, antwortete Evangeline. »Damit ist kein Geld zu machen. Die Trevelyans haben ihre übersinnliche Begabung für die Bühne genutzt. Als Gedankenleser, tollkühne Draufgänger und Messerwerfer. Kunststücke dieser Art. Jeder Trevelyan seit dem ersten Harry hoffte, das Zweite Gesicht zu besitzen. Einige waren völlig unbegabt. Die Fähigkeit vererbt sich sehr unregelmäßig.«

Molly warf einen anerkennenden Blick auf Harry. »Dieser Harry besitzt ohne Zweifel gute Reflexe.«

»Und ich dachte, Sie würden mich für meinen Verstand bewundern«, sagte Harry.

Evangeline mischte die Karten erneut. »Bei den Trevelyans traten die Reflexe immer mit dem Zweiten Gesicht gemeinsam auf. Je schneller die Hände, desto sicherer die Intuition, sagte Großmutter Gwen immer.« Evangeline sah Harry stirnrunzelnd an. »Und du bist schneller als jeder andere in der Familie, Harry. Es hätte Oma Gwen das Herz gebrochen, wenn sie gewußt hätte, daß du dich weigerst, der Trevelyan-Tradition zu folgen.«

»Falls Sie es noch nicht gemerkt haben«, sagte Harry zu Molly, »müssen Sie wissen, daß meine ehrwürdige Urgroßmutter – ihre Seele möge in Frieden ruhen – es wirklich verstand, Menschen, die nicht taten, was sie von ihnen verlangte, Schuldgefühle einzuimpfen. Sie war sehr verärgert, als ich beschloß, Philosophie zu studieren. Oma Gwen wollte, daß ich Messerwerfer, Rennfahrer oder tollkühner Artist wurde, der aus großer Höhe in ein kleines Wasserbassin springt.«

Evangeline legte vorwurfsvoll die Stirn in Falten und sah ihn an. »Du bist nicht fair mit deiner Urgroßmutter, Harry. Nicht dein Wunsch, an der Universität zu studieren, hat sie ärgerlich gemacht, sondern die Weigerung, deine übersinnlichen Fähigkeiten anzuerkennen. Sie war überzeugt, daß du der erste Trevelyan bist, der diese Begabung seit unserem Urahnen Harry dem Ersten vollständig geerbt hat.«

»Klingt ähnlich wie beim Erfindertalent der Abberwicks«, überlegte Molly. »Diese Gabe überspringt ebenfalls. Meine Schwester besitzt sie, ich dagegen nicht.«

Harry warf Molly einen seltsamen Blick zu. »Da bin ich mir nicht so sicher. Ihre Energie wurde in den Aufbau einer Existenz gelenkt, damit Ihre Familie ein sicheres Einkommen hatte. Aber ich glaube, daß erfolgreiche Unternehmensleitung ebenfalls eine Art Erfindergeist voraussetzt. Die meisten Menschen versagen darin. Sie nicht.«

Molly war verblüfft über das unerwartete Kompliment und wußte nicht, was sie antworten sollte. Sie sah Harry an, obwohl sie das Glühen in ihrem Gesicht spürte. Harry zeigte sein tiefes, geheimnisvolles Lächeln, und die Wärme sank in Mollys Körper hinab.

Evangeline beobachtete beide mit wissendem Blick. »Ich glaube, es ist genug über das Zweite Gesicht der Trevelyans gesprochen worden. Wie lief die Unterhaltung mit deinem Onkel, Harry? Ich weiß, daß Leon schon den ganzen Sommer Druck auf Josh ausübt.«

»Onkel Leon ist immer noch der alte«, sagte Harry. »Aber wir haben wieder ein kleines Abkommen geschlossen. Er wird sich zurückhalten. Wenigstens eine Zeitlang.«

Molly gewahrte die Eiseskälte in seinen Worten. Ein Schauer durchlief sie, und die sinnliche Wärme verschwand.

Evangeline schien die düstere Kälte in Harrys Worten entgangen zu sein, denn sie blinzelte Molly zu. »Harry versteht es, mit Leon umzugehen wie sonst niemand in der Familie. Aus irgendeinem Grund hört Leon auf ihn.«

Molly lächelte. »Vielleicht besitzt Harry wirklich übersinnliche Fähigkeiten.« Sie hob in gespielter Drohung die Hände. »Sie verstehen schon. Die Fähigkeit, anderen Menschen die Sinne zu vernebeln.«

Harry warf ihr einen verächtlichen Blick zu.

»Wie kommen Sie darauf, daß er diese Kräfte tatsächlich besitzen könnte?« fragte Evangeline mit überraschender Eindringlichkeit.

Molly lehnte sich auf ihrem Stuhl zurück und schob die Hände in die Taschen ihrer Jeans. »Mir scheint, daß Harry seine Zukunft verändert hat. Und die von Josh. Dahinter muß eine besondere Fähigkeit stecken. Wie viele Menschen gibt es schon, die ihr eigenes Schicksal und das anderer gestalten können?«

Harry starrte sie an.

Evangeline warf ihm einen Seitenblick zu. »Du mußt wissen, daß ich an etwas ähnliches gedacht habe. Sie könnte recht haben, Harry.«

»Die einzige Macht, die ich über meine Zukunft und die von Josh besaß, beruhte auf gesundem Menschenverstand«, erklärte Harry.

Molly lächelte. »Egal. Auf jeden Fall ist dieses Thema sehr viel interessanter als irgendein Hokuspokus.« Sie staunte, als sich in Harrys Gesicht eine leichte Röte ausbreitete.

»Nun, denn.« Evangelines Mund bog sich zu einem wissenden Lächeln. »Lassen Sie uns nachsehen, wie ihr zukünftiges Liebesleben aussehen wird, Molly.«

»Das können Sie vergessen«, riet Molly ihr ab.

Evangeline ignorierte sie. Sie hob die oberste Karte ab und deckte sie auf. »Aha. Wieder der blaue König. Wie es scheint, will er nicht verschwinden. Wenn er zweimal hintereinander erscheint, muß man aufpassen. Das bedeutet, daß Ihr Liebesleben sehr interessant zu werden verspricht.«

»Zufall. Oder Sie haben sehr geschickt gemischt.« Molly stand auf. »Ich sagte Ihnen bereits, daß ich mir die Zukunft nicht vorhersagen lassen will.« Sie streckte die Hand aus und griff nach den Karten.

»Feigling«, murmelte Evangeline.

»Nein.« Harry erhob sich lachend. »Sie ist klug.«

»Danke«, antwortete Molly spröde.

Evangeline breitete die Hände aus. »Also gut, ich gebe auf. Wenn Molly nichts über ihr Liebesleben erfahren will, ist das ihre Entscheidung. Harry, wann willst du nach Seattle zurückfahren?«

»Das hat keine Eile.« Harry sah auf die Armbanduhr. »Ich wollte Cousin Raleigh und seine Frau begrüßen und einige andere Familienmitglieder.«

»Raleigh arbeitet am Riesenrad.« Nachdenklich ließ Evangeline die Karten durch die Hände gleiten. »Ein Wort im voraus. Er will sich Geld leihen. Sheila und er bekommen ein Baby.«

»Ich bin gewarnt. Kommen Sie mit, Molly. Ich stelle Ihnen noch einige Familienmitglieder vor.«

»In Ordnung.« Molly sah Evangeline an. »Ich hoffe, wir sehen uns einmal wieder.«

»Etwas sagt mir, daß das geschehen wird«, antwortete Evangeline in heiterer Zuversicht.

Harry half Molly, die Pakete hochzunehmen. »Paß gut auf dich auf, Tante Eve.«

»Das werde ich.« Sie lächelte ihm zu. »Und du auch. Übrigens rufe ich dich in der nächsten Woche an. Ich möchte mit dir über die Videoarkade sprechen. Sie ist eine unserer wichtigsten Attraktionen, und du weißt, wie schnell diese Spiele aus der Mode kommen.«

Etwas Undefinierbares – vielleicht Resignation oder sogar Schmerz – trat in Harrys Blick. Es verschwand sofort wieder und machte einem kühlen, verschlossenen Ausdruck Platz. Molly hätte ihn am liebsten umarmt. Sie wollte Trost spenden, ohne zu wissen, weshalb.

»Du weiß, wo du mich erreichst, Tante Eve.«

Molly blieb neben dem Tisch stehen. »Und Sie wollen mir wirklich nicht verraten, wie Sie den blauen König zweimal hintereinander hervorgezaubert haben, Evangeline?«

»Ein Berufsgeheimnis wird Tante Eve niemals preisgeben.« Harry nahm die Karten und mischte sie mit geübter Eleganz neu. » Ich dagegen besitze überhaupt kein Berufsethos, wenn es um Dinge wie diese geht. Hier, ich werde Ihnen zeigen, wie man eine bestimmte Karte immer wieder zieht.«

»Nein, das wirst du nicht tun.« Evangeline entriß ihm das Kartenspiel und legte es auf den Tisch zurück. »Nicht mit meinen Karten. Ab mit dir, Harry. Du hattest noch nie den geringsten Respekt vor diesem Beruf.«

»Das stimmt, den hatte ich wirklich nicht«, gab Harry ihr recht.

»Du hast sie durcheinandergebracht«, grollte Evangeline, als sie die Karten aufnahm. »Ich werde das Spiel völlig neu ordnen müssen.«

Molly betrachtete den Stapel. »Bedeutet das, daß der blaue König jetzt nicht mehr oben liegt?«

»Richtig«, sagte Harry. »Ich habe die Karten auf ganz altmodische Weise gemischt. Wenn der blaue König jetzt oben liegt, wäre es reiner Zufall, und die Wahrscheinlichkeit spricht dagegen.« Er legte die erste Karte offen. Es war erneut der König, aber nicht der blaue, sondern ein roter.

»Verdammt«, sagte Harry sehr leise. Die überlegene Belustigung verschwand aus seinem Blick, während er auf die farbenfroh leuchtende Karte sah.

»O Gott«, flüsterte Evangeline. Sie blickte bewegungslos auf den roten König.

Molly runzelte die Stirn. »Was ist los? Es ist nicht der blaue König, sondern eine ganz andere Karte.«

»Ja.« Harry nahm den Blick nicht von dem König.

»Was ist so besonders an dem roten König?« fragte Molly.

»Nur ein Zufallstreffer«, sagte Harry ruhig.

Evangeline schüttelte langsam den Kopf. »Es gibt keine Zufallstreffer, wenn du die Karten mischst.«

»Also gut, nur um den Gedanken weiterzuführen. Lassen Sie uns annehmen, daß mein Liebesleben eine Verbesserung erfährt«, sagte Molly in dem Versuch, die Stimmung aufzuhellen. »Warum dann diese Düsterkeit?«

Evangeline seufzte. »Das ist nicht der blaue König, sondern der rote. Er hat nichts mit Ihrem Liebesleben zu tun, Molly. Wenn er als erste Karte erscheint, bedeutet das etwas ganz anderes.«

»Was denn?« fragte Molly aufgebracht.

»Gefahr.« Evangeline wandte ihren angstvoll verschleierten Blick Harry zu. »Große Gefahr.«

Molly schob die Augenbrauen zusammen. »Ich glaube nicht daran.«

»Sehr klug von Ihnen«, sagte Harry. »Es ist abergläubischer Unsinn.«

»Ich würde auch nicht viel Bedeutung hineinlegen«, gab Evangeline mit überraschender Ehrlichkeit zu. Sie schwieg, bevor sie weitersprach. »Wenn nicht Harry die Karten gemischt hätte. Versprich mir, daß du vorsichtig sein wirst, Harry.«

Molly sah den roten König stirnrunzelnd an.

Harry berührte sie an der Schulter. »Ganz ruhig, Molly. Es ist alles eine Illusion. Nichts als Rauch und Spiegel. Genau wie Messerfangen und Gedankenlesen. Lassen Sie uns gehen.«

7

»Ich habe gesehen, wie Sie den Scheck für Ihren Cousin Raleigh ausgestellt haben«, sagte Molly, während sie den Sicherheitsgurt einschnappen ließ. Inzwischen war es Abend geworden, doch die Sommersonne stand noch hell am Horizont.

»So?« Harry setzte sich eine Sonnenbrille auf, deren dunkle Gläser beinahe schwarz wirkten.

»Ja. Sie können es nicht ableugnen.«

Einen Arm auf der Rückenlehne des Beifahrersitzes, wandte Harry den Kopf und beobachtete beim Zurücksetzen den chaotischen Verkehr auf dem Parkplatz. »Dann wissen Sie, warum ich nicht gern viel Zeit auf dem Jahrmarkt verbringe«, antwortete er, während er den Sneath P2 von dem Baum wegsteuerte, unter dem er ihn abgestellt hatte. »Kostet mich ein Vermögen.«

Molly lächelte. »Es war sehr nett von Ihnen.«

»Raleigh ist in Ordnung. Er und Sheila können nicht besonders gut mit Geld umgehen, aber sie arbeiten hart.«

»Wie lief es bei Ihrem Onkel?«

»Nun, wir sind zu einer Übereinkunft gekommen. Mit etwas Glück wird er sich daran halten, bis Josh seinen Abschluß in der Tasche hat. Und dann sollte er in der Lage sein, selbst mit dem alten Mann fertig zu werden.«

Molly zögerte, bis sie der verführerischen Neugier nachgab. »Ich weiß, daß es mich nichts angeht, aber wie haben Sie es angestellt, Leon zum Rückzug zu bewegen?«

Harrys Augen waren hinter den undurchsichtigen Brillengläsern verborgen, aber um seinen Mund zuckte ein humorloses Lächeln. »Eine Mischung aus Erpressung und Drohung.«

»Erpressung, das verstehe ich. Aber welche Drohung haben Sie gegen ihn verwendet?«

»Eine, die genug Zähne besitzt, um sogar Leon einzuschüchtern.« Mit einer lässigen Handbewegung legte Harry den Gang ein und steuerte den Wagen mit erhöhter Geschwindigkeit zum Ausgang.

Molly öffnete den Mund, um nach weiteren Einzelheiten zu fragen, hielt die Worte aber zurück, als sie Harrys grimmig zusammengepreßte Kinnpartie bemerkte. Selbst die Neugier der Abberwicks reichte nicht aus, um den Hinweis zu mißachten, nicht weiter in ihn zu dringen. »Ich verstehe», sagte Molly

Harry schwieg. Er richtete alle Konzentration auf das Autofahren und verschmolz mit dem Sportwagen, als wäre das Fahrzeug ein Teil von ihm Die schwarze Sonnenbrille verlieh ihm einen unnahbaren, fremdartigen Ausdruck. Molly begann diese Anzeichen zu verstehen. Harry befand sich in einer seiner Stimmungen. Er durchwanderte den dunklen Dschungel seiner Gedanken und sah Dinge, die er nicht mit ihr besprechen konnte oder wollte. Sie ließ sich in ihren Sitz zurücksinken und betrachtete die ländliche Gegend, die jenseits der Fenster des kleinen, exotischen Sportwagens vorbeiflog. Sie schienen direkt in die Abendsonne zu fahren.

Nach einer Weile wandte Molly sich um und griff auf

den Rücksitz, wo ihre Einkäufe lagen. Sie zog die Bedienungsanleitung für ihr Wondermatic-Allzweckküchengerät heraus und las sie.

Seattle wurde in das letzte, schwindende Licht des Juniabends getaucht, als sie die Autobahn verließen. Sie fuhren in die City und näherten sich der First Avenue. Langsam tauchte Harry aus dem Grübeln auf, in das er versunken war.

An einer roten Ampel sah er zu Molly herüber. Er war sich in der letzten Stunde auf angenehme Weise ihrer Anwesenheit bewußte gewesen, doch plötzlich fiel ihm auf, daß sie kein Wort mehr gesagt hatte, seit sie ihn nach seiner Unterhaltung mit Leon gefragt hatte. Andererseits war er auch nicht sehr gesprächig gewesen.

Verdammt.

Der Alarm in Harrys Kopf ertönte viel zu spät. Frauen ertrugen anhaltendes Schweigen nur schwer. Diese Lektion hatte er bei Olivia gelernt. Gegen Ende ihrer Beziehung hatte sie sich immer häufiger über seine langen Phasen des Nachdenkens beklagt. Je mehr sie ihm zugesetzt hatte, desto intensiver war das Schweigen geworden. Er fragte sich, ob er den Nachmittag verdorben hatte, weil er auf dem Rückweg von Hidden Springs keine Konversation in Gang gehalten hatte. Er mußte geschickt eine Möglichkeit finden, wie er den Schaden wieder wettmachen konnte, der durch sein Schweigen womöglich entstanden war.

Als die Ampel auf Grün umsprang, räusperte er sich. »Es ist beinahe acht Uhr.« Weich legte er den Gang ein. »Ich parke den Wagen in der Tiefgarage unter meiner Wohnung. Dann könnten wir zu Fuß zu einem der Marktrestaurants gehen.«

Molly wandte sich zum ihm. Ihr Blick war eher nachdenklich als vorwurfsvoll. Dann lächelte sie leicht. »In Ordnung.«

Harry atmete auf. Es war nicht zu erkennen, was Molly

dachte, aber wenigstens schmollte sie nicht. Offenbar gehörte sie nicht zu den Frauen, die es einem Mann übelnahmen, wenn er einmal nicht mit ihnen redete. Ein Gefühl freudiger Erleichterung durchschoß ihn. Dennoch spürte er den Drang, sich für seine Laune zu entschuldigen. »Tut mir leid, daß ich auf der Fahrt nicht besonders gesprächig war.« Er bog in die Zufahrt hinter dem Apartmentgebäude ein und benutzte die Fernbedienung, um das Stahltor zu öffnen. »Ich habe nachgedacht.«

»Ich weiß. Und es stört Sie wirklich, nicht wahr?«

Harry nahm die Sonnenbrille ab, als er in die Garage fuhr. »Was stört mich?«

»Daß Ihre Familie darauf besteht, Sie besäßen das Zweite Gesicht der Trevelyans.«

»Es ist manchmal sehr lästig.« Harry parkte auf dem für ihn reservierten Stellplatz. »Aber vergessen Sie nicht, daß ich diesen Unsinn nur von der Trevelyan-Seite zu hören bekomme. Die Strattons glauben, das Ganze sei völlig absurd. Ich teile diese Ansicht.«

»Aber Sie lachen nicht darüber.« Molly betrachtete sein Profil, während er den Zündschlüssel umdrehte. »Wenn dieses Thema zur Sprache kommt, regen Sie sich entweder auf, oder Sie beginnen zu grübeln.«

Harry stieß die Wagentür auf. »Wenn das ein verborgener Hinweis darauf sein soll, daß ich Sie auf unserem Ausflug zu Tode gelangweilt habe ...«

»Haben Sie nicht.« Molly öffnete ihre Tür und stieg aus. Sie sah Harry über das Wagendach an. »Es ist nur eine Beobachtung. Sie werden nervös, wenn von den übersinnlichen Fähigkeiten der Trevelyans die Rede ist. Wollen Sie das leugnen?«

»Ich gebe zu, es irritiert mich.« Erneut spürte er, stellte Harry fest, den Ärger. Er zwang sich, die Wagentür vorsichtig zu schließen.

»Wissen Sie, warum?«

»Weil es so ein idiotischer Unsinn ist« *Und weil ich*

manchmal fürchte, daß es kein Unsinn ist. Manchmal frage ich mich, ob es die Wahrheit ist und ob es mich eines Tages in den Wahnsinn treiben wird. Harry atmete tief ein und verdrängte den furchtbaren Gedanken in die tiefsten Verließe seines Bewußtseins.

Molly musterte ihn von der anderen Seite des Wagens. »Ich glaube, es ist mehr daran als die simple Tatsache, daß die Vorstellung Ihren logisch geschulten Akademikerverstand beleidigt.«

Harrys gesamter Körper spannte sich, als würde er sich auf einen Kampf vorbereiten. Er hatte von Anfang an gewußt, daß er bei dieser Frau ein Risiko einging. »Und was?« fragte er betont beiläufig.

Mollys lebhaftes, intelligentes Gesicht wirkte nachdenklich. »Vielleicht erinnert Sie dieses ganze Gerede über das Familientalent der Trevelyans zu sehr an die Welt, der Sie nur knapp entronnen sind. Die Welt der angeblichen Wahrsager und tollkühnen Artisten.«

Harry entspannte sich etwas. Er stützte die Arme auf das Autodach. »Darin könnten Sie recht haben. Aber ich verrate Ihnen ein kleines Geheimnis.«

»Welches?«

»Wenn Sie glauben, daß ich immer nur dann grüble, wenn das Zweite Gesicht der Trevelyans zur Sprache kommt, sollten Sie mich einmal sehen, wenn meine Stratton-Verwandtschaft mich als Versager bezeichnet und mir vorwirft, nicht in der vierten Generation die Familientradition weiterzuführen und in der Welt der Finanzen und Immobilien zu arbeiten. Der *wirklichen* Welt, in der richtige Männer Haie, Wölfe und andere Raubtiere sind und ihren Wert am Umfang ihrer Aktienpakete messen.«

Molly fuhr erstaunt zusammen. Dann lachte sie leise. »Wie furchtbar. Ich nehme an, Sie haben sich keine Mühe gegeben, der einen oder anderen Seite zu gefallen?«

»Nein.« Harry war fasziniert von der Belustigung, die in ihren grünen Augen blitzte. Die letzten, geisterhaften

Überreste seiner düsteren Stimmung verschwanden. Er lächelte. »Die Strattons besitzen genausowenig Respekt vor der akademischen Welt wie die Trevelyans. Beide Familien glauben, daß ich ein verweichlichtes Leben im Elfenbeinturm gewählt und mich bedeutungslosen akademischen Studien gewidmet habe, weil ich sie damit treffen will. Die Tatsache, daß ich viel Geld damit verdiene, ärgert sie noch mehr.«

»Wir haben alle unsere geheimen Motivationen. Was wäre, wenn Sie dieses überwältigende Bedürfnis, Ihre Verwandten zu ärgern, tatsächlich gebraucht hätten, um eine führende Autorität auf dem Gebiet der Geschichte der Naturwissenschaften zu werden?«

»Insgesamt betrachtet sind die Klagen der Strattons über meine Berufswahl nicht schlimmer als die der Trevelyans«, sagte Harry. »Onkel Leon treibt seine Vorwürfe noch einen Schritt weiter. Er sorgt sich um die genetischen Folgen.«

»Die genetischen Folgen?«

Harry lächelte flüchtig. »Er ist überzeugt, daß mein Stratton-Blut mich zeugungsunfähig gemacht hat. Er glaubt, ich bin dadurch zu einem zimperlichen Waschlappen geworden.«

»Du liebe Güte. Kein Wunder, daß Sie auf dem Rückweg der Trübsinn überfallen hat. Haben Sie Ihr ganzes Leben zwischen den Strattons und Trevelyans vermittelt?«

»Ja.« Harry hob eine Hand, um Molly zuvorzukommen. »Fragen Sie mich nicht, warum es mir wichtig ist.«

»Das muß ich gar nicht. Keiner von uns kann sich seine Verwandtschaft aussuchen.«

Harry griff in das Wageninnere, um Mollys Einkäufe herauszunehmen. »Ich packe Ihre Sachen in den Kofferraum, dann können wir essen gehen.« Nach dem Essen würde er schon einen Weg finden, Molly zu überzeugen, mit ihm in die Wohnung zu kommen und die Nacht dort zu verbringen, überlegte Harry, während er den Kofferraum öffnete. Er mußte es schaffen, denn heute abend begehrte er sie mehr als je zuvor. Das Verlangen in ihm hatte sich in qualvoll nagenden Hunger verwandelt. Wenn er Molly heute nacht in seinem Bett neben sich hätte, würde er vielleicht nicht wach liegen und über Evangelines roten König nachgrübeln. Er haßte Ereignisse wie dieses. Entschlossen, seine Pläne für den Abend in Angriff zu nehmen, geleitete Harry Molly in den Aufzug und drückte den Knopf für die Eingangshalle.

Einen Augenblick später öffneten sich die Türen und gaben den Blick in das Foyer frei. Harry bemerkte seine Exverlobte Olivia, die rastlos vor der Portiersloge umherwanderte. »Verdammt«, sagte er leise. Diese Situation war der offensichtliche Beweis, daß es ihm an jeder hellseherischen Fähigkeit fehlte, überlegte er grimmig. Wenn er wirklich etwas von dem übersinnlichen Talent der Trevelyans geerbt hätte, hätte er eine Vorahnung gehabt, daß auf dem Weg nach oben Ärger auf ihn wartete.

Als Olivia ihn entdeckte, blieb sie stehen. Ihre Finger schlossen sich fest um den Riemen der teuren braungrauen Schultertasche. »Harry.«

Harry betrachtete seine Exverlobte mit Unbehagen. Olivia war tadellos gekleidet wie immer. Ihre Neigung zum Perfektionismus war eine der Eigenschaften gewesen, die er zu Beginn ihrer Beziehung bewundert hatte. Perfektionismus bedeutete Selbstkontrolle. Und das ließ darauf schließen, daß sie eine Frau war, die auf Probleme Antworten kannte. Heute trug sie eine cremefarbene Seidenbluse und eine weichfallende rostfarbene Hose, kombiniert mit einer leichten Seidenjacke in Beige. Ihr goldblondes Haar war zu einem eleganten Knoten am Hinterkopf geschlungen. Das schöne Gesicht zeigte Anspannung, und die grauen Augen waren sorgenvoll umschattet.

Heldenhaft widerstand Harry dem Verlangen, sich wieder in den Aufzug zu retten. »Hallo, Olivia.« Er verstärkte den Griff um Mollys Hand, als er in der Mitte des Foyers stehenblieb. »Darf ich dir Molly Abberwick vorstellen?

Molly, das ist Olivia Hughes. Die Frau meines Cousins Brandon.«

»Nett, Sie kennenzulernen«, sagte Molly und schenkte Olivia ein höfliches Lächeln.

Olivia nickte steif. »Hallo.«

»Wir sind gerade auf dem Weg zum Abendessen, Olivia«, sagte Harry. »Du wirst uns doch entschuldigen?«

Olivias feine Brauen schoben sich zu einer energischen Stirnfalte zusammen. »Harry, ich habe seit Stunden hier auf dich gewartet. Deine Haushälterin ist um fünf gegangen. Sie sagte mir, du kämst am Abend sicher nach Hause.«

»Ich bin zu Hause, wie du siehst, aber ich habe etwas vor.«

Olivia warf Molly noch einen kurzen Blick zu und ignorierte ihre Anwesenheit dann. »Ich möchte mit dir sprechen. Familienangelegenheiten.«

»Ein anderes Mal, Olivia.« Harry machte Anstalten, um Olivia herumzutreten, da sie keinen Schritt zur Seite wich.

»Harry, es ist sehr wichtig.«

Molly zog an seinem Arm. »Harry?«

Olivias Lippen wurden hart. »Ich muß wirklich mit dir sprechen, Harry. Die Angelegenheit kann nicht warten.«

Molly löste ihre Finger sanft aus Harrys Hand und lächelte ihn strahlend an. »Das hört sich nach etwas Ernstem an. Machen Sie sich wegen mir keine Sorgen. Ich nehme ein Taxi und fahre nach Hause.«

»Verdammt, Molly, was immer es ist, es kann warten. Wir gehen heute abend essen.«

»Nein.« Olivias Stimme kippte über. »Brandons Zukunft steht auf dem Spiel, Harry, und das ist deine Schuld. Du bist für diesen Schlamassel verantwortlich. Jetzt mußt du ihn wieder in Ordnung bringen.«

Harry starrte sie an. »Ich?«

»Auf Wiedersehen, Harry.« Molly zog sich mit schnellen Schritten zur Glastür zurück. »Danke für den unterhaltsamen Tag.«

Harry wollte hinter ihr herlaufen, doch Olivia hielt ihn mit der Hand zurück.

»Ich muß mit dir darüber reden«, drängte sie. »Es duldet keinen Aufschub.«

»Ist schon in Ordnung«, rief Molly von der Glastür. »Wirklich kein Problem.«

Harry sah von einer Frau zur anderen. Er wußte, wann er geschlagen war. »Ich werde Chris bitten, Ihnen ein Taxi zu rufen, Molly.«

»Sicher, Dr. Trevelyan.« Chris, der Abendportier, griff schon nach dem Telefon.

»Das ist nicht nötig.« Molly war schon halb aus der Tür. »Dort steht eines, gleich auf der anderen Straßenseite. Ich kann es von hier aus sehen.«

Harry machte noch einen Schritt auf sie zu und blieb dann stehen, die Hände zu Fäusten geballt. Er wollte nicht, daß Molly allein nach Hause fuhr. Er wollte sie bei sich haben. »Ich rufe Sie später an«, sagte er.

»Machen Sie sich keine Sorgen. Wir bleiben in Verbindung«, versicherte sie ihm. »Die Küchengeräte, die ich auf dem Jahrmarkt gekauft habe, sind noch in Ihrem Kofferraum.« Molly winkte.

Die schwere Glastür schwang hinter ihr zu, und Harry beobachtete, wie sie über die Fahrbahn zu dem wartenden Taxi eilte. Dann war sie fort. Harry spürte Dunkelheit, die sich über ihn senkte.

»Du hast wieder deine Launen, nicht wahr?« Olivia klang leicht gereizt, während Harry sie in seine Wohnung geleitete. »Es sind Depressionen, weißt du. Du könntest ruhig aufhören, das abzustreiten. Leugnen hat keinen therapeutischen Wert.«

»Da gibt es nichts zu leugnen. Meine Laune ist miserabel.« Harry schloß die Tür und trat zum Fenster. Die letzten Reste der untergehenden Sonne verschwanden hinter den Olympic Mountains. Nacht legte sich über die Stadt.

Unten auf dem Pike Market Place warfen die altmodischen Kugellampen ihren gelben Schein in die Dunkelheit. Harry versuchte das Taxi zu entdecken, das Molly zu ihrem unheimlichen alten Haus auf dem Capitol Hill brachte, aber es war längst verschwunden.

»Verdammt, Harry, mußt du immer so egozentrisch sein? Ich bin hergekommen, um ein ernsthaftes Gespräch mit dir zu führen. Du könntest mir wenigstens deine Aufmerksamkeit schenken. Das Ganze ist vor allem deine Schuld.«

Harry drehte sich nicht um. »Ich nehme an, dein Anliegen steht im Zusammenhang mit dem Gespräch, das ich gestern morgen mit Brandon hatte?«

Es folgte eine kurze, verblüffte Pause.

»Brandon hat mit dir gesprochen?« fragte Olivia zögernd.

»Ja.«

»Und? Hast du dich bemüht, ihn zu überreden, Stratton Properties nicht zu verlassen?«

»Er ist ein erwachsener Mensch. Es ist *seine* Zukunft. *Seine* Entscheidung. Warum sollte ich mich einmischen?«

»Weil er ohne dich nie auf diese dumme Idee gekommen wäre!« rief Olivia verhalten. »Verdammt, Harry, er tut das nur, um etwas zu beweisen, und nicht, weil es das beste für unsere Zukunft ist. Ich habe es versucht, aber er will die Situation nicht vernünftig betrachten.«

Harry sah Olivia über die Schulter an. »Was, glaubst du, will er beweisen?«

»Daß er genauso stark und unabhängig ist wie du.« Mit einer ärgerlichen Handbewegung warf Olivia ihre Tasche aufs Sofa. »Er ist auf dich eifersüchtig, Harry.«

»Eifersüchtig? Warum zum Teufel sollte er eifersüchtig sein? Du hast mich verlassen, um ihn zu heiraten.«

Olivia fuhr zornig herum. »Mußt du damit wieder anfangen?«

»Ich wollte die Vergangenheit nicht wieder aufwärmen,

sondern nur sagen, daß Brandon gewonnen hat, sollte es jemals eine Rivalität zwischen uns gegeben haben.«

Olivia wurde rot. »Es geht nicht um mich, sondern um dummen, männlichen Stolz. Machismo. Potenz. Wie immer ihr Männer das nennt. Bei Brandon ist es ein potentiell destruktiver Drang. Er will sich beweisen, daß er den gleichen Mut wie du besitzt. Er hat dich immer heimlich dafür bewundert, daß du dem Stratton-Geld den Rücken zugekehrt hast. Nun ist er entschlossen, es ebenfalls außerhalb der Familie zu etwas zu bringen.«

»So? Laß es ihn doch ausprobieren. Wo liegt das Problem?«

Olivias Augen verengten sich in zorniger Empörung. »Das Problem liegt darin, daß sein Großvater ihn dafür bestrafen wird, wenn er deinen Spuren folgt. Das wissen wir doch beide. Parker wird Brandon aus seinem Testament streichen. Danielle steht wegen dieser Sache am Rande eines Nervenzusammenbruchs. Sie hat viel für Brandon geopfert, und nun droht alles in Rauch aufzugehen.«

»Ich wußte nicht, daß es immer noch Menschen gibt, die ›Nervenzusammenbrüche‹ erleiden«, bemerkte Harry nachdenklich. »Ich dachte, ihr Psychologen hättet modernere Ausdrücke für diesen Zustand.«

Olivias Gesichtsausdruck war angespannt und leer. »Das ist kein Spaß, Harry.«

»Und nicht mein Problem.«

»Doch, das ist es. Du hast es verursacht, weil du Brandons Vorbild bist.«

»Ich habe es nicht darauf angelegt, irgend jemandes Vorbild zu sein«, antwortete Harry sehr leise.

Olivia zuckte zusammen. »Bitte, Harry, sprich nicht in diesem Ton mit mir. Du weißt, wie sehr mich das aufregt.«

Harry atmete tief ein. »Unter den gegebenen Umständen halte ich meinen Ton für bemerkenswert zivilisiert.«

»Wenn du in einer deiner Stimmungen bist, klingt jedes Wort, als wäre es aus einem Gletscher geschnitten.«

Harry verschränkte die Hände hinter dem Rücken. »Dann sag mir jetzt, was du von mir erwartest, Olivia.«

»Sprich mit Brandon. Mach ihm klar, daß es kein weiser Schritt ist, Stratton Properties zu verlassen.«

»Er wird kaum auf mich hören, wenn er wild entschlossen ist, sich selbst etwas zu beweisen.«

»Wenigstens kannst du *versuchen,* es ihm auszureden. Harry, du mußt etwas tun, bevor er seine Pläne in die Tat umsetzt. Parker verzeiht ihm niemals, wenn er Stratton Properties verläßt, wie du es getan hast. Danielle bricht es das Herz. Und Brandon wird es am Ende bereuen, daß er diesen furchtbaren Fehler begangen hat.«

Das war also Harrys Exverlobte.

Molly saß am Küchentisch vor einem Teller Spinatravioli, die mit Parmesan und frischen Basilikumblättern gewürzt und mit Olivenöl angemacht waren. Sie spießte zwei Teigtaschen mit der Gabel auf und betrachtete den neuen Stapel mit Finanzierungsanträgen vor sich. Bestimmt würde sie darunter eine Erfindung entdecken, die Harrys Überprüfung standhielt.

Olivia war ohne Zweifel hübsch. Nein, das wäre zu wenig gesagt. Sie war schön. Molly kaute die Ravioli und fragte sich, was zwischen Harry und Olivia schiefgegangen war. Stunden der Langeweile, unterbrochen von Augenblicken des Entsetzens. Heute abend schien Olivia keine Angst vor Harry gehabt zu haben. Sie hatte wie eine Frau gewirkt, die über seine Zeit und Aufmerksamkeit verfügen konnte. Molly fragte sich, was die beiden wohl anfänglich zusammengebracht hatte. Olivia sah nicht so aus, als wäre sie Harrys Typ. Wobei sie selbst in dieser Hinsicht natürlich vorbelastet war.

Sie nahm noch eine Gabel voll Ravioli und blätterte die Seite um. Diese Spekulationen waren sinnlos. Schließlich hatte Olivia Brandon Stratton Hughes geheiratet. Aber sie fand es interessant, daß Olivia Harry bei einem Familienproblem um Hilfe bat, das ihr soviel Sorge bereitete. Molly schob die beunruhigenden Gedanken beiseite und zwang sich, die Zusammenfassung des Finanzierungsantrags zu lesen, der aufgeschlagen auf dem Tisch vor ihr lag.

Mit einem Seufzen und ein paar knackenden Geräuschen bereitete sich das alte Haus auf die Nacht vor. Ein entferntes Summen aus dem oberen Stockwerk zeigte an, daß ein Reinigungsroboter seinen Pflichten nachging.

Nach einer Weile machte Molly eine Pause, um das Geschirr auf das Transportband zu stellen, mit dem es durch den patentierten Abberwick-Geschirrspüler gerollt wurde. Wenn die Maschine ihre Arbeit beendet hatte, würde das Geschirr automatisch gestapelt und eingeräumt werden. Molly konzentrierte sich auf die Beschreibung eines emissionsfreien Motors, während die gereinigten Geschirrteile aus der Maschine auftauchten. Auch während die mit Gummi geschützten mechanischen Arme das Geschirr ordentlich in den angrenzenden Schrank stellten, sah sie nicht auf.

»Bist du mit Molly Abberwick *gut* befreundet?« fragte Olivia, während sie ihre Tasche hochnahm.

Harry wandte sich vom Fenster ab. »Ja.«

»Schläfst du mit ihr?«

»Das geht dich nichts an.«

Olivia besaß den Anstand, peinlich berührt zu wirken. »Nein, ich nehme an, das tut es nicht. Ich habe mich nur gefragt, ob es möglicherweise – Komplikationen gibt.«

»Komplikationen?«

»Von der Art, wie sie zwischen dir und mir auftraten«, antwortete Olivia brüsk.

Harry betrachtete sie überrascht. »Inwiefern?«

»Ich sagte dir bereits, was ich vermute. Du leidest an einer posttraumatischen Störung wegen der Umstände, unter denen deine Eltern gestorben sind«, erwiderte Olivia ruhig. »Das ist keine ungewöhnliche Reaktion auf ein ernsthaftes

Trauma. Ich wünschte mir, du würdest Dr. Shropton anrufen. Er besitzt eine Menge Erfahrung darin, wie solche Störungen behandelt werden können. Und es gibt Medikament dagegen.«

»Ich werde es mir merken.«

»Du wirst keinen Finger rühren, nicht wahr?« fragte Olivia in einem erneuten ärgerlichen Ausbruch. »Du sprichst nicht über dein dysfunktionales Verhalten, du gibst nicht einmal zu, daß du ein Problem hast.«

»Sieh mal, Olivia ...«

»Laß mich dir eines sagen, Harry. Als erfahrene Fachfrau weiß ich, daß deine Probleme sich nicht bessern werden, wenn du sie weiter leugnest. Sie werden deine Beziehung mit Molly Abberwick zerstören, genau wie sie unsere zerstört haben.«

»Danke für die Warnung«, sagte Harry. »Aber ich glaube nicht, daß wir allein meine persönlichen Defekte dafür verantwortlich machen können, daß unsere Beziehung gescheitert ist.«

»Wage es nicht zu behaupten, du hättest mich jemals geliebt, Harry. Was immer du für mich empfunden hast, es war sicher nicht Liebe.«

Harry hielt inne. »Hast du mich geliebt?«

»Ich habe es versucht«, flüsterte Olivia gepreßt. »Ich habe es wirklich versucht, Harry.«

»Wie nobel von dir.« Er wußte nicht, wie er ihr sagen sollte, daß er ebenfalls versucht hatte, sie zu lieben. Sie würde niemals verstehen, daß gerade sein Bemühen, dies zu tun, sie veranlaßt hatte zu fliehen. *Augenblicke des Entsetzens.*

»Es war hoffnungslos«, sagte Olivia. »Du bist nicht frei, einen Menschen zu lieben, Harry. Eine Weile dachte ich, wir könnten vielleicht zusammenfinden, wenn du nur lernen würdest, richtig zu kommunizieren. Wenn du etwas Einfühlung entwickeln könntest. Gefühle teilen. Das Leugnen überwinden. Aber es war unmöglich.«

»Ja, ich nehme an, das war es.«

»Und dann wurde der Sex – nun, er wurde unheimlich. Das weißt du auch.«

Harry spürte, wie er innerlich erkaltete. »Es tut mir leid.« Mehr gab es dazu nicht zu sagen.

»Ich weiß, daß es nicht absichtlich geschehen ist, aber du hast mir angst gemacht. Zuerst warst du distanziert, so kalt im Bett. Ich habe mich gefühlt, als würde ich mit einem Roboter schlafen, nicht mit einem Mann.«

Harry schloß die Augen.

»Und dann, beim letztenmal, schienst du die Kontrolle über etwas zu verlieren. Es war überwältigend.« Olivia suchte nach Worten. »Furchtbar, wenn du die Wahrheit hören willst. Hinterher wurde mir klar, daß wir die Beziehung beenden müssen.«

Harry gelobte sich, denselben Fehler mit Molly nicht zu begehen. Ihm war bewußt, daß ihn Frauen, die sich auf ihn einließen, für schwierig hielten. Mit den Jahren hatte er genug tränenreiche Anklagen gehört. Er sei zu distanziert, zu wortkarg, zu kalt. Bis er Olivia begegnet war, waren Harrys Beziehungen immer wieder an Langeweile oder wütender Verzweiflung gescheitert. Aber bei Olivia hatte er einem wachsenden Gefühl der Einsamkeit nachgegeben. Er war Mitte Dreißig. Die Sehnsucht nach einer echten Bindung zu einer Frau war so stark geworden, daß er der Versuchung nachgegeben hatte. Er hatte sich Olivia langsam und vorsichtig, Schritt für Schritt, geöffnet. Das Ergebnis war eine Katastrophe gewesen. Sie hatte recht. Der Sex war unheimlich geworden.

Harry wußte, daß es ein Fehler gewesen war. Solange er eine gewisse emotionale Distanz einhielt und die Dinge auf die körperliche und intellektuelle Ebene beschränkt blieben, konnte er sich unter Kontrolle halten. Doch es gab diese trostlosen Augenblicke, in denen er nach etwas hungerte, das er nicht benennen konnte. In letzter Zeit kamen diese Momente immer häufiger. Mehr als jeder Vampir nach Blut dürstete, sehnte er sich nach einer dunklen Erfüllung, die nicht einmal er selbst begriff. In letzter Zeit häuften sich diese verlangenden Augenblicke nicht nur und zogen ihn in dunklere Stimmungen, als er in der Vergangenheit jemals gekannt hatte, sondern wurden auch intensiver. Eine Angst, die früher nur vage zu spüren und leicht zu verdrängen gewesen war, kehrte mit alarmierender Regelmäßigkeit an die Oberfläche zurück. Die Angst, geisteskrank zu werden. Jedesmal mußte er mehr Willenskraft aufwenden, um sie zu bezwingen.

Das Küchentelefon klingelte, als Molly eben die abschließende Seite des letzten Erfinderprojekts zu Ende gelesen hatte. Sie griff über den Tisch und nahm den Hörer ab.

»Hallo?«

»Haben Sie etwas zum Abendessen bekommen?« fragte Harry ohne Einleitung.

Molly lächelte. »Ja, danke. Ich kann sehr gut für meine Ernährung sorgen.«

»Ich weiß.«

Molly runzelte die Stirn. »Alles in Ordnung? Sie klingen verstört.«

»Tun Sie mir einen Gefallen, und nennen Sie mich nicht verstört. Bezeichnen Sie mich als arrogant, pedantisch, starrsinnig oder alles andere, was Ihnen einfällt, aber bitte nicht verstört. In Ordnung?«

»In Ordnung. Sie klingen nicht verstört, sondern erschöpft. Das wollte ich sagen. Geht es Ihnen nicht gut?«

»Olivia ist vor wenigen Minuten gegangen.«

»Hm.«

»Mein Cousin Brandon hat beschlossen, seinen Job im Familienunternehmen aufzugeben. Olivia will, daß ich ihm das ausrede.«

»Verstehe.« Molly zögerte. »Können Sie das?«

»Das bezweifle ich. Ich bin nicht einmal sicher, ob ich es versuchen soll. Können wir unser Essen morgen abend nachholen?«

Molly zögerte.

»Bitte«, sagte Harry leise.

»Gut. Ich freue mich darauf. Oh, übrigens, Harry, ich habe gerade den neuesten Stapel Finanzierungsanträge gelesen und dabei einige wirklich interessante Projekte entdeckt. Ich kann es kaum erwarten, daß Sie einen Blick darauf werfen.«

»Ich auch nicht.«

»Sie klingen nicht gerade begeistert.«

»Bis morgen abend werde ich es sein.«

»Sie haben recht. Es war ein langer Tag.«

»Ja. Gute Nacht, Molly.« Harry schwieg für einen Moment. »Danke, daß Sie mit mir nach Hidden Springs gefahren sind.«

»Es hat mir gut gefallen. Ich glaube, Kelsey hat recht. Ich sollte öfter etwas unternehmen. Gute Nacht, Harry.«

Sehr langsam hängte Molly den Hörer ein. Dann saß sie eine Weile ruhig da und lauschte auf das Haus, das tröstende, vertraute Geräusche von sich gab. Sie bedeuteten Zuhause. Molly dachte an Kelseys Rat, das Haus zu verkaufen. Es war wahrscheinlich ein logischer Schritt, aber sie konnte sich nicht mit dem Gedanken anfreunden. Nach einer Weile legte sie den letzten Antrag auf den Stapel zurück und stand vom Tisch auf. Die Küchenbeleuchtung schaltete sich mit einem Flimmern automatisch aus, als sie den Raum verließ. Molly stieg die gewundene Treppe hinauf und ging durch den Korridor in ihr Zimmer.

Kurze Zeit später glitt sie ins Bett. Mit hinter dem Kopf gefalteten Armen blickte sie lange in die Dunkelheit über sich. Schließlich drehte sie sich zur Seite und schlief ein.

Ihre Träume waren eine schaurige Mischung aus roten Königen, Messern und unsichtbaren Bedrohungen. Dazu kam ein gedämpftes Geräusch, daß das Gefühl der Gefahr vergrößerte. Mollys schlaftrunkener Verstand brauchte einige Sekunden, um sich bewußt zu werden, daß dieses Geräusch nicht zu ihrem Traum gehörte. Schließlich wurde ihr klar, daß etwas Wesentliches nicht stimmte. Angst durchschoß ihr Bewußtsein, und sie erwachte ganz. Sie öffnete die Augen. Im selben Moment packte sie kaltes Entsetzen. Eine dunkle Gestalt kroch, in schwarze Tücher gehüllt, unter ihrem Bett hervor und erhob sich über sie. Molly erkannte ein skelettartiges Gesicht, gähnende Löcher anstelle von Augen und eine klauenartige Hand, die auf sie zukam.

Sie war vor Schreck gelähmt. Ein Schrei blieb ihr in der Kehle stecken. Die Gestalt beugte sich über Mollys Bett, und das mechanische Surren wurde stärker. Die Klauenhand begann sich ruckartig zu bewegen. Der Überlebensinstinkt löste Mollys erstarrte Glieder. Sie warf die Decke zurück und ließ sich auf der anderen Seite vom Bett rollen. Mit einem dumpfen Geräusch kam sie auf dem Boden auf. Sie rappelte sich auf und rannte zur Tür.

Die Lampen im Korridor schalteten sich aufgrund ihrer Bewegungen selbsttätig ein. Molly blickte über die Schulter, um zu sehen, wie nah der Verfolger hinter ihr war. Da bemerkte sie, daß ihr die Gestalt, die unter ihrem Bett hervorgekrochen war, nicht gefolgt war. Sie hing noch immer schwankend über den zurückgeworfenen Laken, die Klauenhand in die Luft gereckt. Plötzlich hörte das surrende Geräusch auf, als wäre etwas ausgeschaltet worden.

»O nein«, flüsterte Molly. »Nicht schon wieder.«

8

Das schrille Klingeln des Telefons durchbrach Harrys Träume, in denen immer wieder Kartenspiele vorkamen, die nur aus roten Königen bestanden. Er wußte, daß er die Königin finden mußte, sonst wäre alles verloren. Aber das verdammte Telefon störte seine Konzentration.

Er rollte zur Seite und griff in einer Mischung aus Gereiztheit und böser Vorahnung nach dem Hörer. Dabei sah er auf die Uhr. Kurz vor ein Uhr morgens. Anrufe zu dieser

Zeit bedeuteten unweigerlich Ärger. »Trevelyan.« Er richtete sich halb auf und lehnte sich gegen die Kopfkissen. Dem Traum wenigstens war er entkommen. Für eine Weile.

»Harry, ich bin es. Molly.«

Das atemlose Zittern ihrer Stimme wirkte wie ein Guß mit kaltem Wasser auf Harrys Sinne. Plötzlich war er hellwach. Jeder Muskel seines Körpers spannte sich kampfbereit. »Was ist passiert?«

»Etwas sehr Seltsames. Erinnern Sie sich an die Schreckschußpistole, die jemand neulich vor meiner Tür aufgebaut hat?«

»Verdammt, ja.«

»Wer immer hinter diesem Streich steckt, hat mir gerade wieder einen gespielt, glaube ich.«

»Mistkerl«, flüsterte Harry und umklammerte das Telefon. »So schlimm wie beim erstenmal?«

»Das Prinzip ist ähnlich, aber heute war die Wirkung noch größer. Ich glaube, in meinem ganzen Leben habe ich noch keinen solchen Schrecken bekommen.«

»Ist alles in Ordnung mit Ihnen?« Harry war bereits aus dem Bett und eilte durch das Zimmer zum Schrank.

»Ja. Mir geht es gut. Es war harmlos. Nur sehr unheimlich.« Molly zögerte. Ihre Stimme wurde zu einem leisen, verlegenen Murmeln. »Tut mir leid, Sie gestört zu haben. Ich weiß auch nicht, warum ich Sie angerufen habe. Ich habe Ihre Nummer gewählt, ohne wirklich darüber nachzudenken.«

»Es ist in Ordnung.« Mit dem Hörer zwischen Schulter und Ohr riß Harry die Schranktür auf.

»Ich hätte nicht um diese Zeit anrufen sollen.«

»Es macht wirklich nichts. Ich bin schon unterwegs.« Er zog die erste Hose an, die er fand, eine olivgrüne Freizeithose. »Wenn ich das Auto erst aus der Garage geholt habe, bin ich schon fast bei Ihnen.«

»Danke.« Die Erleichterung in Mollys Stimme war hörbar.

»Dieses Mal schalten wir die Polizei ein.«

»Lassen Sie es gut sein, Harry. Ich möchte nichts übereilen. Sicher handelt es sich nur um einen weiteren ...«

»Ich bin in ein paar Minuten bei Ihnen.« Harry warf den Hörer auf die Basisstation. Er griff nach einem Hemd, glitt in seine abgenutzten Turnschuhe und lief zur Tür.

Den Gedanken an den roten König verdrängte er.

Die Straßen waren leer. Zehn Minuten, nachdem er die Garage verlassen hatte, passierte Harry das massive, schmiedeeiserne Tor und fuhr die Zufahrt zu dem alten Gemäuer hinauf, das Molly ihr Zuhause nannte. Die Torflügel waren vom Hausinneren aus geöffnet worden.

Als er den Motor abgestellt hatte, warf er einen prüfenden Blick auf die Außenseite des Hauses. In jeder Fensteröffnung strahlte Licht, einschließlich der Bodenluke. Molly mußte durch die Zimmer gegangen sein und überall die Lampen eingeschaltet haben. Wer immer hinter diesem Streich steckte, hatte ihr erfolgreich einen Schrecken eingejagt. Doch einen Nebeneffekt hatte er offenbar nicht einkalkuliert, dachte Harry, während er die Stufen der Vordertreppe hinaufeilte. Dem Mistkerl war nicht klar, daß er nach den Anschlägen auch die Aufmerksamkeit von Mollys Berater auf sich gezogen hatte. Heute nacht würde er Molly nicht hier allein lassen, versprach er sich, egal, wie sehr sie sich dagegen sträuben würde. Sie würde mit in seine Wohnung kommen, bis er eine Entscheidung getroffen hatte, was zu tun war.

Die Eingangstür ging auf, als Harry zum Klopfen ansetzte. Eingehüllt in das Gegenlicht aus der Halle stand Molly vor ihm. Mit einer Hand krampfte sie die Umschläge eines übergroßen weißen Frotteemantels zusammen. Ihr Haar sah aus, als wäre ein Sturm hindurchgefahren. Die Augen waren riesig und umschattet.

»Harry.« Molly starrte ihn für einen Augenblick an, als wäre sie nicht sicher, was sie als nächstes tun sollte.

Bevor Harry ihre Absicht erkannt hatte, war sie in seine

Arme gestürzt und vergrub das Gesicht an seiner Schulter. Sie hatte angerufen und brauchte ihn. Und nun lag sie in seinen Armen, wo sie hingehörte. Das dunkle Verlangen ballte sich in ihm zusammen, und er sehnte sich nach etwas, das er nicht haben konnte. Wenn er diesem Drang folgte, würde er alles zerstören.

Er sog die Luft ein. Mit unerbittlicher Willensstärke bekam er sich selbst und die wilden Gefühle in den Griff, die ihn zu durchtosen drohten. Er würde dem Hunger nicht erlauben, die Kontrolle über sich zu gewinnen. Zuviel stand auf dem Spiel. Das Risiko, Molly in Angst und Schrecken zu versetzen, durfte er nicht eingehen. Er wollte sie nicht verlieren. »Es ist ja alles gut. Ich bin da.« Er löste Molly sanft von sich, was nicht leicht war. Ihre Arme schienen wie um seinen Nacken geschweißt.

Zögernd hob sie das Gesicht und sah ihn an. »Danke, daß Sie gekommen sind. Ich weiß es zu schätzen. Ich hätte Sie nicht belästigen sollen.«

»Machen Sie sich deshalb keine Sorgen.« Harry suchte ihre Augen und entspannte sich etwas. Mollys Gesicht wirkte erschrocken, aber nicht aus Angst vor ihm.

Harry bemerkte, daß ihr Frotteemantel offenstand. Er entdeckte ein unglaublich unschuldig wirkendes, weißes Nachthemd, dessen Halsausschnitt mit zarter Bogenspitze verziert war. Darunter hoben und senkten sich Mollys Brüste, deren aufgerichtete Spitzen gegen das hauchzarte Gewebe drückten. Harry entspannte seine Hände und lauschte dem pulsierenden Blut in seinen Adern.

Molly sah an sich hinunter und errötete. Hastig schloß sie den Mantel. »Kommen Sie herein. Ich mache uns einen Tee.«

Harry stellte fest, daß seine Finger leicht zitterten. Er trat über die Schwelle und schloß die Tür.

»Es ist der schlimmste Alptraum aller Kinder. Das Gespenst unter dem Bett.« Aus einer weißen Steingutkanne schenkte

Molly Tee ein. Nur bei Tee machte sie sich die Mühe, ihn selbst zuzubereiten. Guter Tee brauchte die persönliche Aufmerksamkeit. Keine Maschine, nicht einmal die Küchengeräte ihres Vaters oder Kelseys Apparate, konnte den Tee richtig zubereiten. »Und ich habe wie ein Kind reagiert und vor Angst gezittert.«

»Jemand hat die beabsichtigte Wirkung erzielt.« Harry untersuchte die Einzelteile der Gespensterpuppe, die er auf dem Küchentisch aus Edelstahl ausgebreitet hatte.

Molly hatte ihm zugesehen, während er das Kunstgeschöpf mit den geschickten, präzisen Bewegungen eines Juweliers auseinandergenommen hatte, der kostbare Steine aus einem Kollier entfernte. Stück für Stück hatte er die Bestandteile der Konstruktion abmontiert, die unter dem Bett hervorgekrochen war. Im hellen Küchenlicht wirkten der billige, schwarze Stoff, die Halloween-Maske und die verschiedenen mechanischen Teile nicht sehr beängstigend. Molly war etwas betroffen.

»Ich glaube, ich habe überreagiert«, sagte sie. »Der Scherz mit der Pistole hat mich nicht sehr berührt, aber diese Sache ging mir wirklich unter die Haut.«

»Das war auch so geplant.« Harry hielt ein Einzelteil ins Licht und prüfte es. »Dieses Ding wirkte viel bedrohlicher als die Pistole. Es befand sich in Ihrem Haus. Noch dazu in Ihrem Schlafzimmer. Ich glaube, wer immer hinter diesen Vorfällen steckt, versucht Ihre Angst zu steigern.«

Molly erschauerte. Sie sah in Harrys grimmiges Gesicht, um herauszufinden, wie ernst seine Worte waren. Die Antwort war klar: Er meinte es todernst. Molly spürte die Energie, die von ihm ausging. »Trotzdem, ich kann noch immer nicht glauben, daß diese Vorfälle mehr sein sollen als nur ein dummer Scherz«, sagte sie und betastete die unbeholfen gebaute Stahlklaue. Sie bestand aus fünf Metallstäben, die durch Löcher in den Fingern eines zerlumpten, schwarzen Handschuhs gezogen waren. »Ich frage mich, wie der Scherzbold ins Haus gekommen ist, um das Ding aufzubauen.«

»Haben Sie nachgesehen, ob irgendwo ein Fenster offenstand oder eine Tür nicht verschlossen war?«

Molly kuschelte sich tiefer in ihren Frotteemantel. »Ich bin durch jedes Zimmer gegangen, bevor Sie gekommen sind. Es gibt keine Anzeichen für ein gewaltsames Eindringen. Alle Türen und Fenster waren fest verschlossen und das Sicherheitssystem eingeschaltet.«

»Wahrscheinlich ist die Konstruktion schon früher am Tag unter Ihrem Bett angebracht worden. Was uns verschiedene Möglichkeiten läßt.« Harry nahm die Halloween-Maske hoch. »Derjenige, der dahintersteckt, weiß entweder genug von Ihnen, um den Code des Sicherheitssystems zu kennen …«

»Unmöglich«, sagte Molly schnell. »Kelsey und ich sind immer sehr vorsichtig gewesen. Sie würde den Code niemandem verraten, nicht einmal einer Freundin. Und ich auch nicht.«

Harry stand auf. »Dann müssen wir nach jemandem suchen, der gut genug ist, Ihre Hausalarmanlage zu umgehen.«

Molly sah zu ihm hoch. »Gut genug?«

»Ich sollte wohl besser sagen, schlecht genug. Ganz gleich, wer es war, wenigstens hat die Person für heute nacht genug Unheil gestiftet. Gehen Sie nach oben und packen Sie eine Tasche. Ich nehme Sie mit zu mir nach Hause.«

»Zu Ihnen nach Hause?« Molly schoß so schnell von ihrem Stuhl hoch, daß er nach hinten kippte.

Harry fing ihn auf, bevor er zu Boden fallen konnte. »Richtig.« Er stellte den Stuhl wieder hin, ohne einen Blick darauf zu werfen. »Zu mir nach Hause. Sie können die Nacht dort verbringen. Morgen früh entscheiden wir, was wir als nächstes unternehmen.«

Molly schwankte hin und her. Ein Teil von ihr fürchtete sich vor der Aussicht, den Rest der Nacht allein zu verbringen. Der andere Teil gab nicht gern zu, daß die Situation ernst genug war, um ihr Zuhause verlassen zu müssen.

»Ich weiß das Angebot zu schätzen, aber ich möchte Ihnen keine Umstände bereiten«, sagte sie schließlich. »Ich bezweifle, daß es nötig ist. Wahrscheinlich handelt es sich nur um einen weiteren dummen Scherz. Ich kann mir nicht vorstellen, daß die Person, die dieses Ding aufgebaut hat, heute nacht noch einmal zuschlägt.«

»Vertrauen Sie mir.« Sanft, aber entschieden drängte Harry Molly zur Treppe. »Es ist notwendig.«

»Warum?«

»Für meine Seelenruhe«, sagte Harry.

»Oh.« Molly fiel keine angemessene Entgegnung ein.

»Ich möchte über die Sache heute abend noch etwas nachdenken. Und morgen benachrichtigen wir die Polizei.«

»Das wird nichts nützen. Die Ermittlung bei Kinderstreichen steht sicher ganz unten auf der Prioritätenliste«, murmelte Molly.

»Ich weiß. Aber ich möchte, daß dieser Vorfall zu Protokoll genommen wird.« Er äußerte sich nicht weiter, aber Molly wußte, was Harry dachte. Er wollte den Streich in den Polizeiakten vermerkt sehen, weil er glaubte, daß noch mehr folgen könnten und sie immer gefährlicher wurden.

Eineinhalb Stunden später stand Harry allein in seinem dunklen Wohnraum. Er lauschte angestrengt, aber aus dem Gästezimmer drang kein Laut. Molly war endlich eingeschlafen.

Er sah durch die große Fensterfront, die ihn von der Nacht draußen trennte, und betrachtete das kleine Metallstück in seiner Hand. Es schien von einer Hitze zu glühen, die nur Harry wahrnehmen konnte. Er bereitete sich auf die Konzentration vor. Wirkliche Konzentration. Er hatte es nicht tun wollen. Seit dem Tag, als Wild Willy Trevelyan bei dem Motorradstunt ums Leben gekommen war, hatte Harry sich diesem intensiven Bewußtseinszustand nicht mehr geöffnet. Er rief sich in Erinnerung, daß ihm die Wahrheit, die seine Einsicht an jenem Tag enthüllt hatte, nicht gefallen hatte. Auch heute nacht gefiel ihm das vielleicht nicht, was er herausfand. Das Wissen, das sich im Laufe der Anstrengung einstellen würde, reizte ihn nicht. Selbst bei den kleinsten Einsichtsblitzen fühlte Harry sich auf qualvolle Weise verletzlich. Die tiefgehende Erforschung, die er heute vornehmen wollte, würde um einiges schlimmer sein. Womöglich gefährdete er mit diesem Experiment seine geistige Gesundheit. Er haßte die Furcht, die in der Dunkelheit seines Unbewußten auf ihn lauerte. Aber er mußte es riskieren. Das Bedürfnis nach einer Antwort war stärker als die entsetzliche Angst, wahnsinnig zu werden.

Er tauchte tief in sein Unterbewußtsein hinab. Ihm war, als würde er in einer wirbelnden Leere verschwinden, während er sich auf einen Ort am äußersten Ende des Universums zubewegte. Das Kunststück bestand darin, nicht zu weit in die Dunkelheit hineinzutreiben, denn irgendwo wartete der Abgrund auf ihn. Die Konzentration wurde so ausschließlich, daß er seine Umgebung nicht mehr wahrnahm. Er hatte das Wohnzimmer verlassen und war zu einem Teil der Nacht draußen vor seinen Fenstern geworden. In seiner Handfläche brannte das Metallstück. Etwas in ihm stieß einen stummen Schrei aus, doch die Warnung richtete sich nicht gegen das Teil in seinen Fingern. Sie galt den gefährdeten Ankern in Harrys Bewußtsein, inneren Barrieren, die er über Jahre hinweg aufgebaut hatte, mehr von seinem Instinkt als von der Vernunft geleitet.

Erst mit weit über Zwanzig hatte er zu verstehen begonnen, daß er versuchte am Rand des Abgrunds eine Mauer zu errichten. Er hatte gute Arbeit geleistet, obwohl er keinen Plan besessen hatte, nach dem er hätte vorgehen können. Mit den Jahren war es ihm gelungen, die verbliebenen Reste seiner phänomenalen Konzentrationsfähigkeit zu kontrollieren, die sein Geist noch erzeugen konnte. Die dunklen Tiefen darunter mied er, als würden sie nicht existieren.

Doch heute nacht würde er auf der Suche nach Antworten in sie hinabtauchen. Vorsichtig und langsam trug er die

Mauer ab, die ihn vor den Gefahren des Abgrunds schützte. Harry fürchtete sich nur vor wenigen Dingen im Leben. Das Gefühl, das sich nun auf ihn herabsenkte, gehörte dazu. Der Kontrollverlust, der mit dem Niederriß seiner inneren Festung verbunden war, stellte den Preis dar, den er zahlen mußte, um seine Ziele zu erreichen.

Am Fenster stehend, starrte er in die Nacht hinaus, während die Vibrationen der Konzentration sein Inneres erfüllten. Er gab sich dem Prozeß des *Wissens* hin. Mit geschlossenen Augen verstärkte er den Griff um das kleine Metallstück in seiner Hand. Es enthielt eine wichtige Information, die er verstehen mußte, um Molly zu helfen. Jetzt tauchte der Abgrund auf. Und die Glasbrücke, die sich darüberspannte. Die andere Seite erkannte er nicht. Sie war nie zu sehen. Harry hatte es sich bis jetzt nicht erlaubt, über die Brücke zu gehen, und es nur selten riskiert, überhaupt einen Fuß darauf zu setzen. Was ihn auf der gegenüberliegenden Seite erwartete, wußte er nicht, aber er war fest davon überzeugt, daß am Boden des Abgrunds der Wahnsinn lauerte. Er machte einen tastenden Schritt auf die Glasbrücke. Nicht nach unten sehen, sagte er zu sich. Einfach nicht nach unten sehen.

»Harry?«

Aus dem Nirgendwo stieg der Hunger in ihm auf und verwüstete die ernsthaft geschwächte Abwehr.

»Harry, ist alles in Ordnung mit Ihnen?« Mollys Stimme war ein flüsterndes Geräusch in der Ferne. Es erreichte ihn durch die endlose Nacht, die ihn umgab. Sie war hier im Wohnzimmer. Direkt hinter ihm.

Nein. Geh. Geh zurück in dein Bett. Um Gottes willen, komm mir nicht zu nah, nicht jetzt ...

Aber die Worte blieben in seinem Geist gefangen. Er konnte sie nicht laut aussprechen.

»Gibt es ein Problem, Harry?«

Ja. Ja. Ja. Harry schaffte es nicht, die Worte mit seiner Zunge zu bilden. Sein Körper wollte den Befehlen nicht gehorchen. Als er sich zu Molly umwandte, taumelte er. Durch die Schatten sah er sie auf sich zukommen. Wilde Verzweiflung erfüllte ihn. Er hatte die Glasbrücke schon zu weit betreten und konnte das furchtbare, drängende Verlangen in sich nicht mehr kontrollieren. Während er auf dem durchsichtigen, dünnen Glasbogen um Balance rang, erspähte er das gegenüberliegende Ufer des Abgrunds. Plötzlich verstand er, warum er bisher jede Spekulation darüber, was ihn dort erwarten könnte, vermieden hatte. Es war besser, nicht zu intensiv über etwas nachzusinnen, das man nicht besitzen konnte. Eine heftige, heiße Sehnsucht erfaßte sein Inneres wie mit Krallen.

»Geht es Ihnen gut?« Molly blieb vor ihm stehen. Sie trug den weißen Bademantel, den sie mitgebracht hatte. Das Haar umstand ungeordnet und wunderbar wild ihren Kopf. Ihre Augen waren zwei kristallklare, unergründliche Teiche im Mondlicht.

Harry sammelte seine Kraft für eine übermenschliche Anstrengung und schaffte es schließlich: Seine Zunge gehorchte ihm wieder. »Gehen Sie ins Bett zurück.«

»Nein, nicht jetzt. Was ist mit Ihnen.« Molly hob die Hand und berührte sein Gesicht vorsichtig mit den Fingerspitzen. »Sie glühen ja! Ich glaube, Sie haben Fieber. Sie hätten etwas sagen sollen. Ich hatte keine Ahnung, daß Sie krank sind. In diesem Zustand wären Sie mir besser nicht zu Hilfe gekommen. Sie gehören ins Bett.«

»Nein«, krächzte Harry. Das gebogene Glas, auf dem er nur einen unsicheren Stand hatte, bebte unter ihm. Er konnte sich weder zurückziehen noch weitergehen. Nicht mehr lange, und die Brücke würde unter ihm brechen. »Mir geht es gut. Lassen Sie mich allein.«

»Seien Sie nicht dumm. Das kann ich nicht.« Molly nahm seine freie Hand, um ihn auf den Korridor zu führen. »Ich werde Sie ins Bett bringen und Fieber messen. Warum haben Sie mir nicht gesagt, daß es Ihnen nicht gutgeht?«

»Ich bin nicht krank.«

Ohne auf seinen schwachen Protest zu hören, zog Molly Harry in Richtung Schlafzimmer. Er war zu hilflos, um der sanften Kraft ihrer Hand zu widerstehen. Molly führte ihn mit einer Entschiedenheit, als hätte sie ihn durch Magie gebannt. Also bemühte er sich, in die Realität zurückzukehren und sein Bewußtsein wiederzuerlangen. Aber es war zu spät. Mollys Berührung hatte ihn weiter über den Abgrund hinausgezogen. Der Hunger, endlich zu entdecken, was sich auf der anderen Seite befand, war zu stark, um ihn noch leugnen zu können.

»Da sind wir.« Molly führte Harry ins Schlafzimmer und ließ seine Hand los, um die Bettdecke zurückzuschlagen. Sie stand mit dem Rücken zu ihm. Harry, überwältigt von dem bezaubernden Anblick, betrachtete die weiche Krümmung ihres Nackens hingerissen. Mit ausgestreckter Hand machte er einen Schritt auf Molly zu, um sie zu berühren. Dabei stolperte er über seine Füße.

»Nun weiß ich, daß Sie wirklich krank sind«, sagte Molly, während sie ihn stützte. »Normalerweise bewegen Sie sich wie die Fische in dem Aquarium, das in Ihrem Arbeitszimmer steht.«

»Wie die Fische?« Eine peinigende Qual durchfuhr ihn. Fische waren kalte, gefühllose Kreaturen. Vielleicht glaubte Molly, er wäre unfähig zu einer normalen menschlichen Reaktion und hatte den Wahnsinn in ihm bereits gesehen.

»Sie wissen schon.« Molly machte eine wellenförmige Handbewegung. »Sie gleiten durch den Raum, als würden Sie im Meer schwimmen. Und dann vollführen Sie diese blitzartigen Bewegungen, die mich immer wieder verblüffen.«

»Blitzartig.« Erleichterung breitete sich in ihm aus. Sie sprach über seine Art zu gehen, nicht über seinen Geisteszustand.

»Heute abend habe ich in der ganzen Zeit, seit ich Sie kenne, zum erstenmal erlebt, daß Sie das Gleichgewicht verlieren oder stolpern. Machen Sie sich keine Sorgen. Ich bin sicher, daß Ihr Gleichgewichtssinn lediglich von dem Fieber beeinträchtigt ist. Morgen früh sind Sie wieder in Ordnung.«

Harry schüttelte den Kopf. Wie sollte er ihr auch nur ansatzweise erklären, was mit ihm geschah? Nicht einmal er selbst verstand es. Bis jetzt schien Molly keine Ahnung von der grausamen Schlacht zu haben, die in ihm tobte, aber er wußte, daß dieser Zustand nicht lange anhielt. Nur noch wenige Minuten, und sie würde verstehen, daß an ihm etwas Seltsames war.

Sie knipste das Licht neben dem Bett an.

Leicht schwankend kämpfte Harry um seine Selbstkontrolle. Aber der Hunger war stärker. Molly strahlte mehr weibliche Verlockung aus als jede andere Frau seit Eva im Paradies. Sie war die Frau, die auf der anderen Seite des Abgrunds auf ihn wartete. Vor brennendem Verlangen schmerzte sein Inneres wie eine offene Wunde.

Molly hatte das Bett fertig vorbereitet und wandte sich ihm jetzt zu. Ihre wunderbaren Augen glänzten dunkel. Mit einem Anflug von Erstaunen stellte er fest, daß das Mitgefühl darin ihm galt. Sie hatte noch immer keine Angst, sondern sorgte sich um ihn. Er konnte nichts mehr tun, um das Unheil abzuwenden. In wenigen Sekunden würde sie das überwältigende Verlangen in ihm erkennen und wissen, daß es unnatürlich war, auch wenn es ihm vollkommen normal erschien. Sie würde in Panik geraten und vor ihm fliehen, als wäre er ein Ungeheuer. Ihn verlassen wie Olivia. Da er sich heute nacht so verletzlich fühlte, war Harry nicht sicher, ob er ihre Zurückweisung überleben könnte. Er würde von der Glasbrücke stürzen und fallen bis in alle Ewigkeit.

Er war verloren.

»Ich helfe Ihnen aus dem Hemd.« Auf der Suche nach den Knöpfen bewegte sich Mollys Hand über seine Brust. Als sie ihn berührte, wurde Harry von einem heftigen Schütteln gepackt. »Sie zittern ja.« Molly hielt kurz innen und musterte ihn. »Ist Ihnen kalt?«

»Nein. Heiß. Sehr heiß.« *Und es wird immer heißer.*

»Ich hole Ihnen gleich etwas zu trinken.« Molly beugte den Kopf vor, während sie sein Hemd öffnete. Ihr zerzaustes Haar kitzelte seine Nase. Es war die wunderbarste Empfindung, die Harry jemals gespürt hatte. Er sog Mollys wohlriechendes Shampoo ein und machte einen tieferen Atemzug, um den darunterliegenden Duft ihres Körpers aufzunehmen. Die Weiblichkeit selbst lag darin, und alles Männliche in Harry reagierte mit gebannter Ehrfurcht. Ohne es zu ahnen, verführte Molly ihn mit einem sinnlichen Zauber, als würde sie, in sieben Schleier gehüllt, tanzen und dazu das Tamburin schlagen. Harry stöhnte auf. Etwas fiel dumpf auf den Teppich. Benommen merkte er, daß es der Metallgegenstand war, den er aus dem Wohnzimmer mitgenommen hatte. An ihm gab es etwas Wichtiges. Etwas, das er unbedingt wissen mußte.

Aber Molly hatte sein Hemd geöffnet, und er konnte nicht länger über das Metallteil nachdenken. Sie strich über seine bloße Brust. Herr im Himmel. Diese süßen, warmen, weichen Finger. Mit dieser Berührung brannte sie ihm für immer ihr Zeichen ein.

»Molly?« In seiner Stimme lagen Flehen, Gebet und Fluch zugleich. Harry wußte, daß sein Schicksal besiegelt war. Heute nacht würde er Molly verlieren.

»Es ist alles gut«, murmelte sie sanft. »Morgen geht es Ihnen wieder besser. Ist das Fieber ganz plötzlich gekommen?«

»Ja.« Und es würde sein Tod sein.

Nachdenklich schob Molly die Lippen zusammen. »Vielleicht eine Lebensmittelvergiftung.«

Gegen das Feuer, das ihn bald verzehren würde, gab es nur ein Mittel. Erneut bebte die Glasbrücke unter Harrys Füßen. Das drohende Verhängnis nahm seinen Lauf.

Mollys Finger glitten zu seinen Schultern, um das Hemd hinunterzuschieben. Die Berührung brachte Harrys bloße Haut zum Glühen, als drohte sie im nächsten Augenblick in

Flammen aufzugehen. Brennende Hitze stieg in ihm auf. Die männliche Erregung war so stark wie noch nie in seinem Leben. Flatternd sank das Hemd auf den Teppich.

Molly sah ihm in die Augen. »Sie sind so warm. Ich hole Ihnen ein Glas Wasser.«

Harry ergriff die Chance, den gefährlichen Zauber zu brechen, mit dem sie ihn, ohne es zu wissen, umwoben hatte. »Ja.«

»Ich komme gleich zurück. Setzen Sie sich hin, Harry, bevor Sie fallen. Nehmen Sie mir die Bemerkung nicht übel, aber Sie sehen furchtbar aus.«

»Ja.« Es gefiel ihr nicht, wie er aussah. Nun begann es. Bald würde sie Angst vor ihm haben. Verzweiflung ergriff Harry. Er sank auf die Bettkante und versuchte sich zusammenzureißen. Während Molly in das angrenzende Bad ging, bettete er den Kopf in die Hände und bewegte sich auf das Zentrum seines Selbst zu.

Verlasse die Glasbrücke. Baue die Wände wieder auf.

Wasser rann in das Waschbecken.

Schneller, du Narr. Du wirst sie sonst verlieren.

Aber er konnte sich nicht zurückziehen. Es war zu spät.

»Hier, nehmen Sie«, sagte Molly sanft. »Trinken Sie das, und legen Sie sich ins Bett.«

Ohne den Kopf zu heben, öffnete Harry die Augen. Das erste, worauf sein Blick durch die gespreizten Finger fiel, war die Schublade des Nachtschränkchens. Heute morgen hatte er in einem optimistischen Augenblick die Schachtel mit Kondomen aus dem Badezimmer geholt und in die kleine Schublade gelegt.

Molly trat vor ihn und versperrte ihm die Sicht. Sie schob ihm ein Glas in die Hand. Beinahe ließ er es fallen. »Vorsichtig«, sagte Molly.

Mit einiger Anstrengung trank Harry das Wasser, aber die Flüssigkeit half nicht, die Hitze in ihm zu lindern. Er wünschte, es wäre Whiskey oder Brandy gewesen. Alkohol hätte vielleicht die Erektion zurückgehen lassen, die seine

Hose zu sprengen drohte. »Danke.« Seine Stimme klang, als hätte jemand seine Zunge mit Sandpapier bearbeitet.

»Vielleicht sollte ich den Notarzt anrufen.«

»Nein, bitte nicht. Rufen Sie niemanden an.«

»In Ordnung.« Molly kniete nieder und löste seine Schnürsenkel. Harry starrte auf den weißen Bademantel, der sich in weichen Falten um ihren Körper legte. Der Anblick erinnerte ihn an ein Brautkleid. Molly wirkte sinnlich und keusch in einem. Eine höchst erregende Mischung. »Ich weiß, wie stolz Sie auf Ihre männliche Unabhängigkeit sind.« Molly streifte einen Schuh ab. »Trotzdem sollten Sie die Tatsache akzeptieren, daß Sie heute nacht Hilfe brauchen. Sie sind krank, Harry.«

»Das behaupten alle.« Der Gedanke durchfuhr ihn, daß sie nur deshalb nicht vor ihm floh, weil sie sein merkwürdiges Verhalten noch immer für eine Lebensmittelvergiftung hielt. Der Anblick der vor ihm knienden Molly beschwor die erotischste Version herauf, die Harry jemals gehabt hatte. Er stellte sich vor, wie sie seine Hose öffnete, seine Männlichkeit befreite und die heiße Haut mit ihrer Zunge berührte.

»Entspannen Sie sich, Harry.« Molly ließ den anderen Schuh vom Fuß gleiten. »Wir haben Sie gleich im Bett.«

»Ja.« Bis der Morgen hereinbrach, wäre es zu seinem Grab geworden. Er würde das, was unweigerlich geschehen mußte, nicht überleben. »Morgen früh fühlen Sie sich besser.«

»Nein.«

»Natürlich.« Plötzlich schwieg Molly. Sie starrte auf die kleine Lederscheide, die um seinen Knöchel geschnallt war. Harry wollte über das Messer sprechen und ihr erklären, daß es sich um mehr als nur um eine Familientradition handelte. Aber dann würde sie die volle Wahrheit über seine Eltern erfahren, die Todesursache, daß er zu spät gekommen war, um sie zu retten. In seinem gegenwärtigen Zustand durfte er dieses Thema nicht anschneiden. Er fragte sich, ob der Anblick des Messers Molly von ihm wegtreiben würde.

Wortlos löste sie die Scheide und legte sie auf das Nachtschränkchen. Dann stand sie auf, umfaßte mit einer Hand Harrys Schulter und schob ihn sanft rückwärts.

Mit der Grazie eines Elefantenbullen, der über eine Klippe stürzte, fiel er in die Kissen. Hilflos beobachtete er im Liegen, wie Molly sich über ihn beugte. Der weiße Bademantel teilte sich und enthüllte die Spitzeneinfassung ihres Nachthemds. Harry befeuchtete die trockenen Lippen und kämpfte um Worte. »Bitte.« Mehr konnte er nicht sagen.

»Was ist los?« fragte sie. »Was wollen Sie?«

»Dich.«

Molly fuhr zusammen. Feurige Röte stieg in ihre Wangen. »Harry, Sie sind krank.«

»Nein, ich bin nicht krank. Nicht so, wie du denkst. Ich will dich. Bitte.«

Molly beugte sich über das Bett und legte ihre Hand auf seine Stirn. »Es ist das Fieber. Sie fantasieren.«

»Nein. Berühre mich.« Er streckte einen Arm aus und umfaßte ihr Handgelenk, bevor sie die Hand von seinem Kopf wegnehmen konnte. »Hier.« Er bewegte ihre Finger zu seiner Erektion hinunter. »Schlafe mit mir.«

Sie wurde sehr ruhig.

Nun würde sie vor ihm fliehen. Das war es. Das Ende.

»Harry?« Ihre Augen waren zwei grüne Edelsteine, die von einem inneren Feuer erwärmt wurden.

»*Das* stimmt nicht mit mir«, flüsterte er rauh. »Keine Lebensmittelvergiftung. Ich will dich so sehr. Unendlich.«

»O Harry …«

Er war sicher, daß sie kurz vor der Panik stand. In der nächsten Sekunde würde sie die Flucht ergreifen. Und er konnte nichts tun, um sie aufzuhalten. »Geh nicht weg«, flüsterte er.

Ihre Finger legten sich tastend über die Wölbung seiner Hose. Harry glaubte, er würde in Flammen aufgehen. Dann richtete Molly sich langsam auf, ohne den Blick von ihm zu lösen. Das war es, dachte er dumpf. Nun hatte sie den Irrsinn in ihm erkannt und würde ihn in der Dunkelheit allein lassen.

Der Bademantel fiel auf den Teppich. Das weiße Nachthemd folgte.

Harry sog den Anblick von Mollys nacktem Körper in sich ein. Das Bild drohte seine Sinne zu überschwemmen. Mondlicht glänzte auf den Wölbungen ihrer kleinen, festen Brüste und den üppig gerundeten Hüften. Das dunkle Dreieck der Haare, die ihr Geheimnis verbargen, zog ihn in seinen Bann. Sie kam zu ihm.

Sie kam zu ihm. Für Sekundenbruchteile verstand er nichts mehr. Er war so sicher gewesen, daß sie vor ihm davonlaufen würde. »Molly?« keuchte er. Langsam legte sie sich über ihn, und ihm war, als würde ein warmer, tropischer Regen auf ihm niedergehen. Mit dem Mund fuhr sie sanft und verhalten über seine Lippen. Ihre Brüste drängten sich gegen seinen Oberkörper.

Er würde mit ihr schlafen.

Die letzten Reste seiner Zurückhaltung lösten sich auf. Harry stürmte los, ohne an die Gefahr zu denken, die unter der Glasbrücke drohte. Für ihn zählte nur noch, das gegenüberliegende Ufer des Abgrunds zu erreichen. Er schloß Molly in die Arme, drehte sie herum und preßte sie auf das Bett. Er hörte ihren leisen, überraschten Schrei, und dann hielt sie sich an ihm fest, umklammerte wild seine Schultern. Ihre Fingernägel kratzten über seinen Rücken. Er legte die Hand zwischen ihre Beine und glitt mit den Fingern durch das weiche Haar. Dann fand er sie. Heiß und feucht, für ihn bereit. Vage erinnerte er sich an die Kondome und tastete nach der Schublade neben dem Bett, erreichte sie aber nicht. Er fühlte sich unbeholfen, als wäre er nicht er selbst.

»Verdammt.«

»Ich mache es.« Molly klang atemlos, als sie die Hand ausstreckte, um die Schublade für ihn zu öffnen.

Harry kramte darin. Er fand die Schachtel. Und das Päckchen. *Vorspiel.* Die Stimme in seinem Kopf klang sehr eindringlich. Frauen legten Wert auf das Vorspiel. Sehr viel Vorspiel.

»Stimmt etwas nicht?« fragte Molly unruhig, aber leidenschaftlich. Eindeutig leidenschaftlich – nicht entsetzt.

»Vorspiel«, murmelte Harry. »Es sollte ein Vorspiel geben.«

»Das können wir nachholen, oder? Machen wir ein Nachspiel daraus.« Sie griff nach seinem Reißverschluß. »Harry, ich kann nicht warten. Ich habe noch nie etwas ähnliches gefühlt.«

Als sie seine Hose aufriß, hielt Harry den Atem an. Doch es war nichts Schlimmes geschehen. Seine Hand zitterte so heftig, daß er das Kondom nicht entrollen konnte. Molly half ihm. Er beobachtete, wie sie sich mit ernstem Stirnrunzeln darauf konzentrierte. Ihre süße Ungeübtheit wirkte erregend. Jede Berührung, jedes vorsichtige Tasten und Schieben verwandelte sich in eine Liebkosung, unter der er zu explodieren drohte. Schließlich war er bereit, in quälendem Verlangen. Molly wartete auf ihn, griff nach ihm. Begehrte ihn. Das Wunder dieser Erkenntnis raubte ihm den Atem. Sie wollte tatsächlich ihn, seinen Irrsinn und den ganzen Rest.

Molly hob ihren Körper und öffnete sich für ihn. Sie lud ihn ein in ihre Wärme. Die heiße Feuchtigkeit und ihr weiblicher Duft nahmen ihn mit auf eine Reise ins Herz der Schöpfung. In wildem Verlangen bedeckte Harrys Mund Mollys Lippen, die sich teilten und ihn einließen, während er in ihren Körper eindrang, am Widerstand der festen Muskeln vorbei. Sie war eng. Unglaublich eng. Dann war er in ihr, und sie hielt ihn fest umschlossen, so daß er nicht hätte sagen können, wo sein Körper endete und ihrer begann. Er bewegte sich in ihr. Tiefer und tiefer sank er in die Hitze, die ihn willkommen hieß. Mollys Beine legten sich um ihn, und er spürte erneut, wie sich ihre Fingernägel in seine Schultern gruben.

In leidenschaftlicher Erfüllung schrie Molly leise auf,

und Harry wußte, daß er diesen Augenblick nie vergessen würde, solange er lebte. Mollys Schrei war das wunderbarste Lied der Welt. Aber nun war nicht die Zeit für den Genuß erotischer Klänge. Die bebenden Schauer, unter denen Molly den Höhepunkt erreichte, ergriffen auch Harry und rissen ihn mit, ihr in den Strudel der Hingabe zu folgen. Selbst unter größter Willensanstrengung hätte er nicht länger warten können. Mollys süßen Aufforderungen zu widerstehen wäre ihm ohnehin keinen Augenblick mehr in den Sinn gekommen. Er sprang von der Glasbrücke und landete auf der gegenüberliegenden Seite des Abgrunds. Er war in Sicherheit. Molly war ihm gefolgt.

9

Das kam davon, wenn man eine Gelegenheit nutzte.

Im Morgenlicht, das durch die Schlafzimmerfenster flutete, öffnete Molly die Augen. So also war es, mit Dr. Harry Stratton Trevelyan zu schlafen. Sie lächelte und verzog das Gesicht amüsiert. Für eine Abberwick gab es tatsächlich nichts Befriedigenderes als gestillte Neugier. Mit einiger Anstrengung unterdrückte Molly ein ausgelassenes Kichern. So wie heute nacht hatte sie ihren Wissensdrang zum erstenmal zufriedengestellt. Ihr Körper schien noch immer vor Vergnügen zu schnurren.

Sie streckte sich, stützte den Kopf auf den Ellenbogen und betrachtete Harry, der neben ihr schlief. Der intime Anblick sandte einen Glücksschauer durch ihren Körper. Harry war unvergleichlich in seiner atemberaubenden Männlichkeit. Sicher, er besaß nicht die klassischen Züge, die einen Mann normalerweise attraktiv machten. Ihn als gutaussehend zu bezeichnen wäre völlig verfehlt. Bei diesem wunderbaren Vertreter des männlichen Geschlechtes klang das Wort lächerlich weich und trivial. Harry war einzigartig, der faszinierendste Mann der Welt. Sogar mit dem Gesicht halb in den Kissen des zerwühlten Bettes behielt er seine Aura maskuliner Anmut. Die Muskeln an Schultern und Rücken deuteten auf seine geschmeidige Kraft. Seine langgliedrigen Alchimistenhände lagen in dunklem Kontrast auf den weißen Laken. Die schroffen, tief eingegrabenen exotischen Züge seines Gesichts zeigten eine Fähigkeit zu Leidenschaft und unnachgiebigem Willen, obwohl die leuchtenden Augen hinter den geschlossenen Lidern verborgen waren.

Molly lachte leise über ihre romantischen Fantasien. Offenbar war sie dabei, sich zu verlieben. Oder es war längst geschehen. Na und? fragte sie. Sie hatte lange genug auf den richtigen Mann und ihr Glück gewartet. Die Verantwortung, die für Jahre ein Teil ihres Lebens gewesen war, schien plötzlich leicht, ganz ohne Gewicht. Noch nie hatte sie sich freier gefühlt. Sie dachte über die Enthüllungen nach, die ihr die Nacht gebracht hatte. Eines wußte sie nun sicher. Harrys Fähigkeit zur Leidenschaft und sein scheinbar unerschütterlicher, unbeugsamer Wille wurden von einer verblüffenden Verletzlichkeit gemildert.

Nie würde sie den Blick in seinen Augen vergessen, als er sie angefleht hatte, mit ihm zu schlafen. Offenbar ahnte er die Tiefe ihrer Gefühle nicht, sonst hätte er gewußt, daß Betteln nicht nötig gewesen wäre. Wenn er es jetzt nicht merkte, war er blind.

Sie erinnerte sich an die stoische Hoffnungslosigkeit, die sie in den ersten zarten Augenblicken an ihm wahrgenommen hatte. Die Trostlosigkeit in seinem Blick hatte sie verwirrt. Auch jetzt war sie verwundert. Harry hatte ausgesehen, als hätte er erwartet, zurückgewiesen zu werden. Ein Mann wie er würde nicht mit Absicht Verletzlichkeit vortäuschen. In der vergangenen Nacht war er in einer seltsamen Verfassung gewesen, selbst nach seinen Maßstäben.

Molly dachte an die Schweißperlen auf seiner Stirn und die tiefen, angespannten Furchen in seinen Zügen. Zuerst hatte die fiebrige Hitze seines Körpers sie erschreckt, und sie hatte Harry für ernsthaft krank gehalten, als sie ihn allein in der Dunkelheit hatte stehen sehen. Er hatte es abgestritten und ihr mit heißblütiger Vitalität bewiesen, wie gesund er war.

Sehr seltsam

Molly überdachte die Situation. Zugegeben, ihre Erfahrungen auf diesem Gebiet waren begrenzt, aber der gesunde Menschenverstand sagte ihr, daß Harry, ganz gleich, was ihm in der Nacht gefehlt hatte, nicht an Lebensmittelvergiftung gelitten hatte. Der Moment, als er zum erstenmal in sie eingedrungen war, würde für immer in ihrer Erinnerung haften bleiben. Da war mehr als nur Leidenschaft gewesen. Als hätte Harry sich in diesem Augenblick untrennbar mit ihr verbunden. Die intensive Begegnung hatte beide erschöpft. Sie waren augenblicklich eingeschlafen, nachdem ihre Körper zusammen den Höhepunkt erlebt hatten.

Andererseits hatte ihre Fantasie sie vielleicht nur mitgerissen, überlegte Molly. Unter den gegebenen Umständen wäre das sehr leicht möglich. Sie fühlte sich zu energiegeladen, um liegenzubleiben, und schob die Decke beiseite. Während sie aus dem Bett stieg, achtete sie darauf, Harry nicht zu wecken. Beim ersten Schritt fuhr sie wegen der Schmerzen in den Muskeln zusammen, die nicht an Aktivitäten wie jene der vergangenen Nacht gewöhnt waren. Sie hielt den Atem an, erholte sich aber sofort und tapste barfuß über den grauen Teppich. Auf halbem Weg blieb sie stehen, hob den Bademantel und das Nachthemd auf und betrat das weißgekachelte Bad.

Sie hängte die Sachen an einen Haken, schob die Glastüre auf, drehte das Duschwasser an und trat unter den heißen Strahl. Die Empfindung war herrlich. Sie war bester Laune und hatte das Gefühl, daß alles an diesem Tag wunderbar sein würde. Als sie eben begann, sich mit einem dicken Stück unparfümierter Seife einzuseifen, wurde die Duschtüre ohne Vorwarnung geöffnet. Sofort trat Dampf aus und vernebelte den Raum. Erstaunt wandte Molly sich um. Blinzelnd preßte sie das Wasser aus den Augen.

Harry lehnte, von Dampfschwaden umhüllt, in der Öffnung. Unter der heißen Intensität seines Blicks errötete Molly von Kopf bis Fuß. Instinktiv legte sie die Hände auf das dunkle Haardreieck zwischen ihren Beinen, eine archaische, sinnlose Geste. In der vergangenen Nacht hatte Harry alles von ihr gesehen. Falsche Bescheidenheit schien er nicht zu kennen, stellte Molly mit Interesse fest, denn er war direkt aus dem Bett zu ihr gekommen, ohne sich die Mühe zu machen, einen Bademantel überzustreifen. Sein Körper zeigte alle Zeichen der Erregung, und in den bernsteinfarbenen Augen stand unverhüllte Sinnlichkeit. Doch etwas an ihm war anders an diesem Morgen. In seinem Blick schimmerte nicht mehr jene verzweifelte Verletzlichkeit, die in der vergangenen Nacht so deutlich sichtbar gewesen war. Jetzt musterte er sie mit glühender Aufmerksamkeit, als würde er es genießen, sie unter seiner Dusche stehen zu sehen.

Molly brachte ein zitterndes Lächeln zustande. »Hallo. Du siehst aus, als wäre dir ein Geist begegnet.«

»Kein Geist.« Harry betrat die Dusche und schloß die Tür hinter sich. »Du.«

»Wen hattest du erwartet?«

»Niemanden.« Seine Stimme klang dunkel und rauh. Er umfaßte Mollys glatte, feuchte Schultern und preßte sie mit sanfter Entschiedenheit an seinen harten Körper. »Ich dachte, es wäre alles nur ein Traum gewesen.«

Molly atmete tief ein. Dann lächelte sie. »Ich hoffe, du erzählst mir nicht, du hättest an einen feuchten Traum geglaubt.«

»Wenigstens an keinen gewöhnlichen«, flüsterte er an ihrer Kehle. »Es war ein wirklich schöner, feuchter Traum. Besser als jeder, den ich bislang hatte.«

Sie bebte in seinen Armen. »Oh, das ist was anderes.«

»Ja, das ist es. Du bist anders.« Er senkte den Kopf und

küßte sie mit hingebungsvoller Eindringlichkeit, die nicht Teil ihrer nächtlichen, feurigen Liebe gewesen war.

Molly erschauerte unter dem warmen Wasser. Ihr Körper reagierte mit derselben Lust auf Harry wie am Abend vorher. Sie schlang den Arm um seinen Nacken und erwiderte den Kuß mit heißem Drängen.

Harry lachte leise an ihrem Mund. »Nicht so schnell. Bei aller Aufregung gestern nacht haben wir etwas Wichtiges vergessen.«

»Was denn?«

»Das Vorspiel.«

»Ach, das. Um die Wahrheit zu sagen, ich glaube nicht, daß es notwendig war. Ich habe nichts vermißt.«

»Vielleicht ist es nicht immer notwendig.« Harry ließ eine Hand an ihrem Rücken hinuntergleiten und zeichnete ihr Rückgrat nach. Dann umgriff er mit sanftem Druck ihren Po. »Aber ich glaube, es wird sehr viel Spaß machen.«

Molly spürte, wie ihre Knie weich wurden. Seufzend lehnte sie sich an Harry und genoß die Kraft seines Körpers. Jetzt war nicht der Zeitpunkt, ihn wegen seiner seltsamen Stimmung in der letzten Nacht anzusprechen. Er wirkte nicht länger verwundbar. Die Barriere seiner Selbstkontrolle befand sich wieder fest an ihrem Platz. Harry würden ihre Fragen nicht gefallen, ganz gleich, wie behutsam sie vorginge.

Sie spürte seine schlanken Finger, die tiefer glitten, zu der dunklen Linie, die ihren von Seifenschaum bedeckten Po teilte.

»Harry ...«

»Wie ich schon sagte: sehr viel Spaß.«

Lange Zeit später öffnete Molly den Kühlschrank und überprüfte den Inhalt. Nach sorgfältiger Überlegung wählte sie einen Karton Eier, Milch und etwas Butter. Sie stellte die Zutaten auf eine lange Arbeitsplatte aus Granit, während sie in den verschiedenen Schränken nach Sirup suchte.

Schließlich fand sie in einem Regal in der Nähe des Kühlschranks eine Flasche kanadischen Ahornsirup.

Sie entdeckte ein schweres, noch nicht angeschnittenes Sauerteigbrot, das sorgfältig in eine Plastiktüte eingewickelt war. Bei weiteren Nachforschungen förderte sie verschiedene Bratpfannen unterschiedlicher Größe zutage. Da Molly nicht sicher war, welche für ihren Zweck am besten geeignet war, nahm sie drei aus dem Schrank. Dann suchte sie nach einer passenden Schüssel. Als sie alles beisammen hatte, trat sie zurück und warf einen Blick auf das Ergebnis. Jetzt brauchte sie nur noch ein Kochbuch.

Es war ein seltsam angenehmes Gefühl, in Harrys Küche zu wirtschaften. Auch ohne die Hilfe der Abberwick-Lebensmittellager- und Zubereitungsautomaten genoß Molly die wohlige Intimität, ein Frühstück für zwei Personen vorzubereiten. Vielleicht würde sich während des Essens eine Möglichkeit ergeben, Harry die Frage zu stellen, die seit dem Morgen auf ihren Lippen brannte. Molly wollte wissen, woran er in der vergangenen Nacht gedacht hatte, als er, am Fenster stehend, ins Dunkle gestarrt hatte.

Zu ihrer Überraschung fand sie in einem Eckregal eine Auswahl verschiedener Kochbücher. Sie fragte sich, ob Harry sie gesammelt hatte oder seine Haushälterin Ginny sie griffbereit hielt. Nach reiflicher Überlegung wählte sie ein Buch mit dem Untertitel »Einfache Schritte zu Gourmetfreuden«. Während sie sich das Inhaltsverzeichnis ansah, hörte sie Harrys Schritte in der Halle. Sie blickte auf. »Ich hoffe, du magst französischen Toast«, rief sie. »Ich habe noch nicht viele Gerichte ohne die Abberwick-Automaten zubereitet, aber ich glaube, ich komme zurecht.«

Harry antwortete nicht. Noch bevor sie ihn sah, spürte Molly, daß sich in seiner Stimmung erneut etwas geändert hatte. Er blieb in der Türöffnung stehen. Ein Blick genügte, und sie verstand, daß jetzt nicht der Zeitpunkt war, ihm intime Fragen über die Verletzlichkeit zu stellen, die sie in der vergangenen Nacht an ihm bemerkt hatte. Der verspielte

Liebhaber aus der Dusche war gewichen und hatte dem grimmigen, ernsten Mann Platz gemacht, den sie im vergangenen Monat oft genug gesehen hatte.

Sein Haar war noch feucht. Er trug eine Khakihose und ein schwarzes Baumwollhemd. Die Augenlider waren halb gesenkt, die Züge nachdenklich. Eine Hand preßte sich geschlossen gegen seine Seite.

Molly schloß das Kochbuch langsam. »Harry, was hast du?«

»Ich glaube, ich kenne ihn.«

»Wen?« fragte sie verwirrt.

Harry streckte die Faust aus und öffnete sie, um ihr das mechanische Bauteil zu zeigen. »Ich glaube, ich weiß, wer das Ding gebastelt hat.«

»Das ist unmöglich.«

»Nein.« Harry ging zum Tresen und legte das Teil darauf. Wie ein Habicht, der eine gefangene Maus untersuchte, studierte er den Mechanismus. »Die Erkenntnis dämmerte mir bereits gestern nacht. Aber nur undeutlich und verzerrt. Dann kamst du ins Wohnzimmer, und ich wurde abgelenkt.«

Molly hob die Brauen. »So kann man es auch ausdrücken.«

Harry ignorierte ihren Versuch zu scherzen. Seine Aufmerksamkeit war ganz auf das Metallstück gerichtet. »Ich habe das Ding gerade auf dem Teppich gefunden, als ich mich anzog. Ich muß es heute nacht fallen gelassen haben.«

»Und?«

»Als ich es aufhob, kam die Erinnerung zurück.« Harry hob den Blick und sah Molly an. In seinen glänzenden Augen stand ein kühler, nachdenklicher Ausdruck. »Nur war das Gefühl diesmal nicht verschwommen oder verzerrt, sondern klar und deutlich.«

»Ich verstehe nicht. Was meinst du mit ›verschwommen‹?«

»Vergiß es.« Harry zog ein düsteres Gesicht, als hätte er

schon mehr gesagt, als er wollte. »Was ich ausdrücken will, ist ...«

Molly hob die Hand. »Einen Moment, Harry. Sprechen wir von deinem unseligen Erbe, dem Zweiten Gesicht der Trevelyans?«

»Sei nicht albern, Molly. Du bist zu klug für diesen Unsinn. Sagen wir es so: In meinem Kopf haben sich einige Gedanken zusammengefügt, und als ich das Ding heute wiedergesehen habe, machte etwas Klick.«

»Aha. Also eine deiner Einsichten?«

»So ungefähr«, gab er kühl zu. »Ich hätte es heute nacht herausgefunden, aber meine Gedanken wurden aus verständlichen Gründen abgelenkt.«

»Welche Gründe?«

Ein amüsierter Ausdruck erschien auf seinem Gesicht. »Du hast mich verführt.«

»Ach das.« Sie wurde rot. »Ich dachte, du meintest etwas anderes. In Ordnung. Es hat also Klick gemacht. Weshalb?«

»Mir wurde etwas klar, das ich gleich hätte verstehen sollen. Ich kenne den Mann, der das Gespenst gebaut hat.« Harry runzelte die Stirn. »Zumindest kenne ich seine Arbeitsweise. Was beinahe dasselbe ist.«

»Da komme ich nicht mit, Harry.«

»Erinnerst du dich, wie deine Schwester einen Blick auf die Schreckschußpistole geworfen hat und meinte, zwei ihrer Freunde seien mit Sicherheit unschuldig?«

»Sie sagte, es sei nicht ihr Stil.«

»Genau.« Harry setzte sich auf einen Drahthocker. »Alle Basteleien dieser Art sind in einem bestimmten Stil hergestellt. Die Pistole und dieses verdammte Gespenst unter deinem Bett waren keine Fertigartikel. Die Sachen sind speziell für diesen Zweck konstruiert worden.«

Molly betrachtete das Metallstück auf dem Küchentresen. »Ich glaube, langsam begreife ich, worauf du hinauswillst.«

»Es spricht gegen alle Gesetze der Wahrscheinlichkeit,

daß zwei Menschen genau die gleiche Konstruktionsweise wählen, denselben notdürftig zusammengeschraubten Elektromotor und einen identischen Hubmechanismus benutzen, der ebenso schlampig hergestellt wurde.«

»Wahrscheinlich hat also dieselbe Person den Schreckschußkasten und das Gespenst gebaut«, sagte Molly. »Soweit waren wir schon. Was bringt dich darauf, daß du den Bastler kennst?«

»Ich habe diese nachlässige Arbeit schon einmal gesehen.«

Molly starrte ihn an. »Bist du sicher?«

Harry lächelte schwach. »Das versuche ich dir begreiflich zu machen. Ich kenne die Arbeit dieser Person. Nun muß ich nur noch herausfinden, woher.«

»Wie willst du das schaffen?«

»Das ist einfach«, antwortete Harry. »Als erstes werde ich alle einhundert Erfinderanträge noch einmal durchgehen, die ich dir zur Ablehnung empfohlen habe.«

Die Konsequenz von Harrys Worten traf Molly so heftig, daß sie sich haltsuchend an den Tresen klammert. »O mein Gott! Du glaubst doch nicht, daß es einer der Erfinder war?«

»Genau das«, sagte Harry. »Es sieht so aus, als wollte einer der Antragsteller, die wir abgelehnt haben, Rache nehmen.«

Molly seufzte. »Die Stiftung meines Vaters hat mir bisher nichts als Ärger eingebracht. Ich wünschte, er hätte sich für sein Geld einen anderen Verwendungszweck ausgesucht.«

»Das«, sagte Harry langsam, »kann man auf zweierlei Art betrachten.«

»Tatsächlich?«

»Die eine ist, daß dir die Abberwick-Stiftung, wie du gerade sagtest, nichts als Kopfschmerzen bereitet.«

Molly hob die Braue. »Und die andere?«

»Ich wäre dir nie begegnet, wenn dein Vater dich nicht als alleinige Treuhänderin für seine Stiftung bestimmt hätte.«

»Hm.« Diese Sicht der Dinge gefiel Molly. »Stimmt.«

Bei der Erinnerung an die Nacht trat ein sinnliches Feuer in Harrys Augen. »Stimmt.« Er warf einen Blick auf die Arbeitsfläche. »Was tust du da?«

»Ich mache uns Frühstück. Französischer Toast.« Molly nahm ein großes Messer aus der Schublade und wollte das Sauerteigbrot anschneiden.

»Wann hast du zum letztenmal ohne die Hilfe deiner Automaten Essen gemacht?«

Molly runzelte die Stirn, während sie den Brotlaib schnitt. »Ich glaube, ich war achtzehn oder neunzehn. Warum?«

»Vielleicht solltest du dir besser von mir helfen lassen.«

»Unsinn. Jeder Dummkopf kann französischen Toast machen.« In diesem Augenblick traf das grobe Sägemesser auf eine harte Stelle der Brotkruste. In grimmiger Entschlossenheit beugte sich Molly tiefer, doch die Entschlossenheit war zu groß, der Ansatzwinkel falsch. Das Acrylbrett, das sie als Unterlage benutzte, rutschte über die Granitfläche. Erschrocken schrie Molly auf und zog das Messer instinktiv aus dem Laib. Es löste sich unerwartet leicht und flog ihr aus der Hand. Sie starrte ihm entsetzt hinterher. Es wirbelte durch die Luft und drohte auf der Granitplatte aufzukommen. Molly fragte sich bereits, was ein hochwertiges Brotmesser kostete …

Mit einer scheinbar einfachen Bewegung, die sich für das Auge unmerklich schnell vollzog, streckte Harry die Hand über den Tresen und fing das Messer am Griff, bevor es auf den unbarmherzig harten Granit aufschlagen konnte. Er lächelte. »Ich schneide das Brot für dich.«

»Danke. Ich weiß deine Hilfe zu schätzen.«

»Und das war es«, sagte Molly zwei Stunden später und beendete die Geschichte damit. »Die Abenteuer von Molly Abberwick und dem gefährlichen Nachtgespenst.«

»Du hast die Nacht mit T-Rex verbracht?« Tessa

schwieg und stellte einen Glasbehälter mit Lapsang Souchong-Räuchertee in das Regal zurück. »Ich kann es nicht glauben.«

Molly warf ihr einen abweisenden Blick zu. »Er war so freundlich, mich in seiner Wohnung schlafen zu lassen, nachdem dieser dumme Gespensterscherz mich zu Tode erschreckt hat.«

»Freundlich? Für mich sieht er nicht aus, als gehörte er zur freundlichen Sorte Mensch.« Tessas Augen verengten sich. »Und warum sagt mir mein Gefühl, daß du nicht auf dem Sofa übernachtet hast?«

»Hör mal, Tessa, du weißt, daß ich nicht gern über mein Privatleben spreche.«

»Das liegt nur daran, daß es seit ewigen Zeiten keines mehr gibt«, entgegnete Tessa. »Was ist los? Hast du eine Affäre mit Trevelyan?«

»So würde ich es nicht nennen.«

»Verdammt. Du hast eine Affäre mit ihm.« Tessa betrachtete Molly mit besorgtem Gesichtsausdruck. »Hältst du das für klug? Du sagtest selbst, daß ihr beide keine Gemeinsamkeiten hättet. Du hast ihn als störrisch, schwierig und arrogant bezeichnet. Du sagtest ...«

»Wenn mich jemand braucht – ich bin in meinem Büro.« Molly schlenderte davon und warf die Tür hinter sich zu. Sie ließ sich in den Schreibtischsessel fallen. Die Tür öffnete sich wieder.

»Also gut, vergiß die pikanten, intimen Einzelheiten. Ich ziehe dir die Wahrheit später aus der Nase. Was will Trevelyan wegen des Gespenstes unter deinem Bett unternehmen?«

»Ich weiß es nicht genau. Er scheint zu glauben, daß er die Arbeitsweise des Bastlers kennt. Er nannte sie ›schlampig‹. Und er ist sicher, daß er den gleichen Stil in einem der Erfinderanträge wiederfinden wird.«

Tessas Augen weiteten sich. »Er denkt, daß sich einer der abgewiesenen Erfinder dahinter verbirgt?«

»Sieht so aus.«

»Solltest du nicht die Polizei einschalten?«

»Sobald Harry eine Spur zu dem Verdächtigen gefunden hat. Im Augenblick gibt es nur zwei unangenehme Streiche und eine unbegrenzte Anzahl möglicher Urheber.«

»Ich verstehe. Niemand ist verletzt worden. Es gibt keine Hinweise auf gewaltsames Eindringen in dein Haus. Also nichts weiter als grober Unfug.«

»Richtig. Ich fürchte, die Polizei wird glauben, daß einer von Kelseys Freunden dahintersteckt, genau wie ich zuerst. Der Himmel weiß, wohin diese Annahme führen kann. Vorausgesetzt, die Beamten haben überhaupt die Zeit, bei einer Bagatelle wie dieser Nachforschungen anzustellen.«

Tessa wirkte besorgt. »Was willst du unternehmen?«

»Es gibt nichts, was ich im Augenblick tun könnte. Wir müssen abwarten, ob Harry etwas Brauchbares herausfindet. In der Zwischenzeit habe ich ein Geschäft zu führen. Laß uns an die Arbeit gehen.

Fünf Minuten vor Mittag betrat Gordon Brooke mit großen Schritten den Verkaufsraum von Abberwick Tea & Spice. Molly, die eben ein halbes Pfund Keemun-Tee für einen Kunden abmaß, unterdrückte ein entsetztes Stöhnen.

Gordon hielt einen Aktenordner unter den Arm geklemmt. Er trug eine steinfarbene, locker sitzende Bundfaltenhose und ein kaffeebraunes, am Kragen offenstehendes Hemd mit weiten, bauschigen Ärmeln. Eine bestickte Weste vervollständigte die stilvolle Kombination. Er hätte perfekt in ein Pariser Straßencafé gepaßt.

Molly gab vor, sich mit einer Gruppe Kunden, die in diesem Augenblick ebenfalls den Laden betrat, beschäftigen zu müssen. Gordon lehnte sich gegen eine Vitrine mit Gewürzsortimenten, die als Geschenke verpackt waren, und wartete. Molly hoffte, daß er wieder gehen würde, bevor sie die Kunden bedient hatte. Aber das Glück war gegen sie – Gordon rührte sich keinen Millimeter von der Stelle.

Der Laden leerte sich langsam wieder, und Tessa wechselte einen mitfühlenden Blick mit Molly. Als nur noch zwei Kunden übrig waren, die in den Regalen stöberten, wandte sich Molly Gordon widerstrebend zu. Er strahlte sie mit seinem charmantesten Lächeln an, bei dem sich immer ein Grübchen im Mundwinkel bildete.

»Ich muß dir etwas zeigen, Molly.« Gordon hob den Aktenordner, den er mitgebracht hatte.

Mit tiefem Mißtrauen betrachtete Molly den Ordner. »Was?«

Gordon löste sich von der Vitrine und kam auf sie zu. »Laß uns in dein Büro gehen.«

Bevor Molly eine höfliche Ausrede einfiel, verschwand er in dem Raum. Sie folgte ihm mit langsamen Schritten. Tessa rollte wortlos die Augen. Als Molly die Tür erreichte, bemerkte sie, daß Gordon es sich bereits bequem gemacht hatte. Er saß auf dem Sessel hinter ihrem Schreibtisch und hatte den geöffneten Ordner vor sich ausgebreitet.

»Ich möchte, daß du dir meine Planung für die nächsten drei Jahre ansiehst, Molly.«

»Gordon, wenn du über den Kredit sprechen willst, verschwendest du deine Zeit. Darüber haben wir vor drei Monaten bereits alles gesagt.«

»Wirf einfach einen Blick auf diese Zahlen, Molly. Um mehr bitte ich dich nicht. Sie sind so solide, als wären sie auf Fels gebaut. Ich brauche nur eine kleine Anschubfinanzierung.«

»Ich habe dir schon gesagt, daß ich dir kein Geld für deine Expansionspläne geben werde, Gordon.«

Er sah von den Unterlagen auf. »Betrachte es als Investition, denn genau darum handelt es sich. Weiß Gott, es ist eine bessere Geldanlage, als die verrückten Ideen irgendwelcher versponnener Erfinder zu unterstützen.«

Molly stemmte die Hände auf die Schreibtischplatte. »Ich sage es zum letztenmal: Ich leihe dir kein Geld.«

Das Verführerlächeln in Gordons Gesicht verschwand übergangslos. »Verdammt, Molly! Hör mir zu.«

Erschrocken über seinen Ausbruch machte Molly einen Schritt zurück. »Was zum Teufel soll das?«

In Gordons Blick flammten Zorn und Frustration auf. »Ich habe schon zuviel in diese Sache hineingesteckt. Glaubst du, ich würde mir meine Pläne zerstören lassen, nur weil du noch immer wütend auf mich bist?«

»Ich trage dir nichts nach.«

»Natürlich tust du das.« Gordon sprang auf. »Du bist noch immer beleidigt wegen dieser Geschichte zwischen uns.«

»Bist du verrückt? Das war vor achtzehn Monaten. Glaube mir, ich habe Besseres zu tun, als mein gebrochenes Herz zu pflegen oder auf dich wütend zu sein.«

»Dann hör auf, dich von deinen Gefühlen an einem guten Geschäft hindern zu lassen«, entgegnete Gordon. »Verstehst du überhaupt, was auf dem Spiel steht?«

»Sicher. Deine Expansionspläne. Glaubst du, ich lege Wert darauf, ein halbes Dutzend Gordon-Brooke-Espresso-Bars zu finanzieren? Ich habe mich um meinen eigenen Laden zu kümmern.«

»Hier geht es nicht um Expansion um jeden Preis, sondern um meine Existenz.«

Molly sah ihn mit offenem Mund an. »Deine Existenz?«

»Das ist kein Witz, Molly. Ich stehe kurz vor dem Bankrott.« Gordon ballte die Hände zu Fäusten. »Ich brauche frisches Geld, oder Gordon Brooke Espresso wird untergehen. So einfach ist das. Alles, wofür ich gearbeitet habe, bricht mir sonst über dem Kopf zusammen.«

Molly schloß für einen Moment die Augen. »Das tut mir wirklich leid, Gorden. Ich hatte nicht erwartet, daß deine Lage so verzweifelt ist.«

»Du kannst mich retten.« Mit neuer Entschlossenheit trat Gordon um den Tisch. »Ich brauche dich, Molly, Schatz, um der alten Zeiten willen. Sag, daß du mir helfen wirst.«

Molly biß sich auf die Lippe. »Mach bitte keine persönliche Angelegenheit daraus. Du sagtest, es sei ein Geschäft. Und als Geschäftsfrau möchte ich nichts damit zu tun haben. Ich handle mit Tee und Gewürzen, nicht mit Kaffee.«

Gordon machte einen weiteren Schritt auf sie zu. »Molly, diese Sache zwischen uns ist Schnee von gestern. Wir beide können noch einmal von vorn anfangen. Diesmal werden wir Partner sein. Wir haben so viele Gemeinsamkeiten.«

Molly spürte, wie sich ihre Nackenhaare sträubten. Ohne sich umzusehen, wußte sie, daß in diesem Augenblick die Bürotür geöffnet wurde. Und sie wußte, wer eintrat.

»Unterbreche ich ein wichtiges Gespräch?« fragte Harry mit gefährlich kalter Stimme.

Erleichtert, ihn zu sehen, wirbelte Molly herum. Sie schenkte ihm ein strahlendes Lächeln. »Überhaupt nicht.«

Gordons Züge verzogen sich vor Wut. »Ich bespreche gerade eine geschäftliche Angelegenheit mit Molly.«

»Zu dumm. Ich habe ebenfalls eine Verabredung mit ihr.« Harry sah auf seine Armbanduhr. »Zum Mittagessen. Sie werden uns entschuldigen müssen.«

Gordons Kinn wurde starr wie ein Betonblock. »Ich glaube nicht, daß ich Sie kenne.«

Molly unterbrach die unangenehme Stille zwischen den beiden Männern. »Das stimmt. Ihr kennt euch noch nicht. Gordon, das ist Dr. Harry Stratton Trevelyan, eine anerkannte Autorität auf dem Gebiet der Wissenschaftsgeschichte und Berater der Abberwick-Stiftung. Harry, das ist Gordon Brooke von Gordon Brooke Espresso. Du kennst wahrscheinlich seinen Kaffee.«

Harry sagte nichts.

Gordon zog ein düsteres Gesicht. »Sie sind der Berater, der Molly dabei hilft, die förderungswürdigen Projekte für die Stiftung auszuwählen?«

»Ja.« Harry sah zu Molly. »Fertig?«

»Ich hole nur meine Tasche.« Molly eilte um die Tischkante.

Gordon streckte die Hand aus, um sie festzuhalten. »Verdammt, die Sache ist wichtig. Laß mich beenden, was ich mit dir besprechen wollte.«

»Ein anderes Mal.« Molly tauchte unter seiner Hand hindurch und zog ihre Tasche aus einer Schublade. »Harry hat recht. Wir sind verabredet, um über Stiftungsangelegenheiten zu sprechen.«

»Ja, darauf wette ich.« Gordon warf Harry einen wütenden Blick zu. »Ich weiß alles über diese sogenannten Stiftungsberater.«

Harry zog eine Braue hoch. »Tatsächlich?«

»Klar. Typen Ihrer Art hängen sich an Menschen wie Molly, die über Gelder von Stiftungen oder Wohltätigkeitsorganisationen verfügen. Sie überzeugen sie, daß sie jemanden brauchen, um ihre Arbeit zu erledigen, und dann melken Sie die Kuh mit so hohen Kosten und Honoraren, wie Sie nur können. Es handelt sich um nichts weiter als legalen Betrug.«

Molly war schockiert. »Gordon, hör sofort auf damit. Kein Wort mehr.«

»Es ist die Wahrheit. Typen wie Trevelyan sind schuld daran, daß so viele wohltätige Organisationen mit überhöhten Verwaltungskosten arbeiten und nur noch wenig Geld für die Projekte bleibt.«

Molly umfaßte den Schulterriemen ihrer Tasche. »Bitte geh jetzt, Gordon. Sofort.«

»Verdammt.« Gordons Augen verengten sich zu einem verstehenden Blick. »Er schläft mit dir, habe ich recht? Das hätte ich wissen sollen.« Gordon sammelte seine Unterlagen ein und schob sie in den Ordner. »Er wird deine kostbare Stiftung aussaugen, Molly. Und dann läßt er dich fallen. Behaupte hinterher nicht, ich hätte dich nicht gewarnt.«

Gordon stürmte zur Tür. Höflich trat Harry zur Seite.

10

Es war wirklich knapp gewesen, dachte Harry, während er in der Schlange vor den Fenstern des Straßencafés wartete. Jedesmal, wenn er an die Ereignisse der Nacht dachte, durchfuhr ihn ein kalter Schauer. Er hatte sich gefühlt, als käme ein Zug auf ihn zugerast. Doch er war dem sicheren Verderben auf unerklärliche, wunderbare Weise entronnen.

Er verstand die glückliche Wendung des Schicksals noch immer nicht, aber er war zutiefst erleichtert, daß er Molly nicht zu Tode erschreckt hatte. Sein Verhalten in der Nacht schien sie nicht irritiert zu haben.

Vielleicht reagierte sie etwas zu gelassen. Harry runzelte die Stirn. Molly verhielt sich, als wäre überhaupt nichts Seltsames oder Außergewöhnliches geschehen, während sie miteinander geschlafen hatten. Mit Macht kehrte die Erinnerung an ihre Erregung zurück. Molly war zu ihm gekommen, hatte ihn geliebt und ihn tief in ihren warmen, engen, leidenschaftlichen Körper aufgenommen. Ihr Vergnügen war förmlich zu spüren gewesen, prickelnd wie erlesener Champagner, als hätte sie schon seit Ewigkeiten auf ihn gewartet.

Und zum erstenmal in seinem Leben hatte er echte sexuelle Befriedigung erlebt. In der vergangenen Nacht war der unbarmherzige Hunger, diese unerklärliche Sehnsucht nach wirklicher Erfüllung, die in den letzten Jahren immer drängender geworden war, gestillt worden, wenigstens für eine Zeitlang. Diese Erfahrung ging tiefer als jede physische Erleichterung, die Harry bislang erlebt hatte. Er würde sie nie vergessen. Auch wenn die Nacht überwältigend gewesen war, verblüffte Mollys Reaktion ihn noch immer. Er war sicher gewesen, daß sie die ganze Wucht jenes Teiles von ihm gespürt hatte, den er sonst mit so großer Anstrengung verborgen hielt. Merkwürdigerweise schien sie das nicht gestört zu haben. Olivia hatte nur einen kleinen Blick darauf getan und war überzeugt gewesen, daß er an mehr als nur einer leichten psychischen Störung litt.

Er hatte Glück gehabt, sagte Harry sich. Sehr viel Glück. Molly führte sein Verhalten auf einen Fieberanfall zurück. Vielleicht war sie durch den bösartigen Scherz mit der Geisterfigur zu erschüttert gewesen, um seinen unheimlichen Zustand wahrzunehmen. Wenigstens hatte er sie nicht – wie Olivia – in Entsetzen gestürzt, weshalb auch immer. Er selbst dagegen war zu Tode erschrocken gewesen.

Er war nahe an der Katastrophe vorbeigeschlittert. Ein zweites Mal würde er ein derartiges Risiko nicht eingehen. Von nun an würde er vorsichtig sein.

Harry bezahlte die zwei Tassen Clam Chowder, nahm das Tablett mit der Muschelsuppe und ging über den Pier, wo Molly unter einem Sonnenschirm an einem Tisch saß. Obwohl er auf ihren Anblick vorbereitet war, durchzuckte ihn erneut ein euphorischer Schreck wie schon am Morgen, als er gesehen hatte, daß Molly noch da war, ihn nicht verlassen hatte. Mit einigem Kummer stellte Harry fest, daß ihr Anblick genügte, um seine Lust neu zu wecken. Er konnte nur hoffen, daß die Hose seine unkontrollierbare Reaktion verbarg. Er fragte sich, ob er jedesmal tief durchatmen mußte, wenn er Molly sah, oder ob er sich mit der Zeit an seine plötzliche Erregung gewöhnte.

Mollys Aufmerksamkeit war auf die Möwen gerichtet, die wie kleine Kampfbomber durch die Luft schossen und im Sturzflug Pommes frites und Fischstückchen erbeuteten. Ein sanfter Wind spielte mit ihrem Haar und verwirbelte es. Versonnen betrachtete Harry die anmutige Nackenlinie. Wieder meldete sich das Verlangen in ihm. Er konnte Mollys warme, seidige Haut beinahe spüren. Noch mehr erregende Bilder der vergangenen Nacht tauchten in seiner Vorstellung auf. An diesem Tag durchkreuzten sie schon zum tausendstenmal jeden vernünftigen Gedanken und verhinderten, daß er sich konzentrierte. Er schloß die Hände fester um das Tablett. Zum Glück verfügte er über einen großen Vorrat an Willenskraft.

Er stellte das Tablett mit der Muschelsuppe auf den

Tisch. »Das Mittagessen ist serviert. Rot für dich, weiß für mich. Habe ich richtig gewählt?«

Molly strich sich eine Haarsträhne von den Augen und betrachtete die beiden Suppentassen. »Richtig. Wie kannst du nur dieses dicke, weiße Zeug mögen?«

»Ein weiterer Unterschied zwischen uns«, bemerkte Harry gleichmütig, während er sich setzte. Sich hin und wieder daran zu erinnern, wie wenig Gemeinsamkeiten zwischen ihnen bestanden, war sicher nicht schlecht, überlegte er. Das würde helfen, die notwendige Distanz wiederherzustellen. »Ich mag meine Muschelsuppe auf Neuengland-Art. Du bevorzugst die rote Version, die ebenfalls Muscheln und Kartoffeln enthält, nur mit den Unterschied, daß die Zutaten in Tomatensaft schwimmen.«

»Reine Geschmackssache«, entgegnete Molly leichthin. »Gibt es eine gute Nachricht bei den Erfinderanträgen?«

»Nein. Es wird eine Zeit dauern, bis ich gefunden habe, wonach ich suche. Sollte ich alle Anträge überprüfen müssen, könnten einige Tage vergehen. Die Einzelheiten, nach denen ich suche, sind sehr subtil und nicht leicht aufzuspüren.«

Molly tippte ungeduldig mit dem Plastiklöffel gegen den Tassenrand. »Tage?«

Harry sah von seiner Suppe auf. »Bis wir den Mistkerl festgenagelt haben, wohnst du weiter bei mir.«

»So?«

»Willst du wirklich jeden Abend in dieses alte, verspukte Haus zurückkehren und dort ganz allein die Nacht verbringen, während du darüber nachdenkst, was dieser Hundesohn sich als nächstes ausdenkt?«

»Das Haus ist nicht ›verspukt‹.« Molly schloß die Augen und schüttelte sich. »Aber du hast recht. Ich bin nicht sicher, ob ich im Augenblick allein dort sein möchte.« Sie betrachtete Harry durch die Wimpern. »Ich könnte bei meiner Tante bleiben.«

»Um die Aufmerksamkeit dieses Witzbolds auf deren Haus zu lenken?«

Mollys Augen blitzten erschrocken auf. »O mein Gott. Natürlich nicht.«

»In meiner Wohnung bist du sicher. Die Rezeption ist Tag und Nacht besetzt. Die Pförtner werden niemanden ins Gebäude lassen, der dort nicht hingehört.«

»Wenn du dir sicher bist«, sagte Molly zögernd.

»Ich bin mir sicher.«

»Nun, vielleicht nur solange, bis wir den Übeltäter identifiziert haben«, schränkte sie ein.

»Genau. Bis wir wissen, wer dahintersteckt.« Es war also beschlossene Sache. Sie würde bei ihm bleiben. Harry unterdrückte den freudigen inneren Aufruhr. »Ich werde sofort weiter nach unserem abgewiesenen Erfinder Ausschau halten.«

»Und du glaubst wirklich, daß du seine Arbeitsweise in diesem Stapel von Anträgen wiedererkennst?«

»Ja. Wenn ich genügend Zeit habe.«

Molly schüttelte den Kopf. »Erstaunlich. Aber es wird eine Ewigkeit dauern.«

»Ich weiß, daß du nicht zu den geduldigen Charakteren gehörst«, bemerkte Harry ruhig.

»Aber du?«

Er zuckte mit den Achseln. »Gewöhnlich zahlt sich Geduld aus.«

»Noch ein kleines Beispiel für die Unterschiede zwischen uns?« fragte sie weich. »Wie unsere unterschiedlichen Vorlieben bei Muschelsuppe?«

»Ich frage nur aus Neugier – aber welche Sorte Muschelsuppe bevorzugt Gordon Brooke?« fragte Harry, bevor er sich bremsen konnte. »Rote oder weiße?«

»Gordon?« Molly kräuselte die Nase. »Rote, glaube ich.«

»Natürlich.«

»Warum sagst du das?«

»Mir fällt auf, daß du mit Gordon viel gemeinsam hast.«

»Nicht wirklich«, antwortete Molly zu schnell.

»Ihr seid beide Unternehmer.« Harry war plötzlich sicher, daß er auf etwas Wichtiges gestoßen war. »Ihr verkauft ähnliche Produkte an einen vergleichbaren Kundenkreis. Mir scheint, ihr beide könntet euch über viele Dinge unterhalten.«

»Und was?«

»Geschäftliche Probleme«, schlug Harry vor. »Steuern. Verordnungen der Stadtverwaltung für Kleinunternehmen. Diese Art von Themen.«

»Also gut, es gibt einige geschäftliche Aspekte, die uns beide interessieren. Was bedeutet das schon?«

»Ihr seid beide Singles«, stellte Harry fest.

»Und?«

»Ich habe eine gewisse Vertrautheit zwischen euch festgestellt«, bemerkte Harry trocken.

»Was soll das? Die Inquisition der Trevelyans? Also gut, Gordon und ich kennen uns schon einige Jahre. Allerdings haben wir nicht so viel gemeinsam, daß ich ihm fünfzigtausend Dollar aus der Abberwick-Stiftung leihe.«

Verdammt, dachte Harry. Darum geht es also. Der Blutsauger versucht sie auszunutzen ... Er riß ein Portionspäcken Pfeffer auf. »Fünfzigtausend?«

»Ja.« Molly nickte und konzentrierte sich dann auf ihre Muschelsuppe.

»Das ist eine Menge Geld.«

»Gordon braucht eine Finanzspritze. Er hat zu sehr expandiert und ist jetzt wohl in Schwierigkeiten. Zwei seiner Cafébars mußte er bereits schließen.«

»Dieser Mann hat Nerven.« Harry streute den Pfeffer über seine Suppe und warf die leere Packung ärgerlich beiseite. »Hat er tatsächlich versucht, dir seine geschäftlichen Pläne als förderungswürdige Erfindung für die Abberwick-Stiftung zu verkaufen?«

»So ungefähr.« In einem leichten Stirnrunzeln zog Molly die Brauen zusammen. »Er setzt mir schon seit einigen Wochen zu, aber bis heute hat er nicht gesagt, daß er kurz vor dem Bankrott steht.«

»Die rührselige Pointe hat er sich wahrscheinlich als letzten Strohhalm aufgespart.«

Molly umgriff den Löffel fester. »Er muß verzweifelt sein, mir zu gestehen, daß er Gefahr läuft, sein Geschäft zu verlieren. Ich kenne ihn gut genug, um zu wissen, wieviel Stolz er für dieses Eingeständnis überwinden mußte.«

Der mitfühlende Ton, der sich in Mollys Stimme eingeschlichen hatte, gefiel Harry nicht. »Wie gut kennst du ihn nun wirklich?«

»Wie du schon sagtest. Gordon und ich teilen einige berufliche Interessen.«

»Und ihr mögt die gleiche Sorte Muschelsuppe.«

Molly sah Harry düster an. »Und sein Laden befindet sich nur wenige Schritte von meinem entfernt. Was liegt also näher?«

»Seid ihr *gute* Bekannte?«

»Also gut, ich gebe mich geschlagen. Vor eineinhalb Jahren hatten wir eine vorübergehende Beziehung. Soviel hast du sicher längst erraten. Bist du nun zufrieden?«

»Eine kleine Portion Neugier kannst du mir nicht übelnehmen«, sagte Harry.

»Verdammt, nein.«

»Unter den gegebenen Umständen ist das nur natürlich. Du hast mich wegen meiner Exverlobten ebenfalls etwas in die Mangel genommen, wenn ich dich erinnern darf.«

Molly wurde rot. »Das kann ich nicht bestreiten. Also sind wir quitt.«

»Nicht ganz«, murmelte Harry. »Was ist zwischen dir und Brooke passiert? Warum scheiterte die Beziehung?«

Molly hob schwach die Schultern. »Du weißt doch, wie das ist. Vor eineinhalb Jahren war ich sehr beschäftigt, um die juristischen und finanziellen Einzelheiten zu regeln, die mit der Stiftung meines Vaters zusammenhingen. Und ich mußte mein eigenes Geschäft führen. Dann gab es Kelsey, für die ich zu sorgen hatte. Sie war noch auf der High-School. Eines kam zum anderen, so daß ich kaum Zeit für ein Privatleben hatte. Gordon und ich gingen zunehmend getrennte Wege. Und die Sache ist längst vorbei.«

»Wie endete es? Mit einem Knall oder ohne große Auseinandersetzung?«

Molly sah ihn kühl an. »Es war nicht das Ende des Universums, wenn du das meinst. Wir hatten eine unverbindliche Beziehung, die sich langsam verlief.«

»Verlief? Eine interessante Beschreibung, bei dieser Thematik.«

Mollys Blick wurde eisig. »Du wirst anstrengend, Trevelyan.«

»Also, wie endete es?«

»Herr im Himmel, du bist wirklich der hartnäckigste Mann, der mir jemals über den Weg gelaufen ist.«

»Das gehört zu meinem Charme«, entgegnete Harry bescheiden.

»Wirklich?« Mollys Augen blitzten auf. »Wenn du es unbedingt wissen mußt: Es endete mit einem Zischen.«

Harry stutzte und hielt die Hand mit dem Löffel auf halbem Weg zum Mund an. »Mit einem Zischen?«

Molly lächelte grimmig. »Mit dem zischenden Geräusch, das eine Espressomaschine von sich gibt, wenn der Dampf für einen guten Mokka herausgepreßt wird.«

»Ich verstehe. Diese Art Zischen.«

»Genau.«

Nach kurzem Nachdenken beschloß Harry, auf den Rest der Geschichte zu drängen. »Würde es dir etwas ausmachen, mir dieses Zischen zu erklären?«

Molly seufzte. »Gordon und ich waren seit beinahe zwei Monaten zusammen. Ich fand eigentlich, daß es ziemlich gut lief zwischen uns. Wie du schon bemerkt hast, gibt es eine Menge Dinge, über die wir reden können. Eines Tages kam ich kurz vor Ladenschluß in sein Geschäft. Der Raum war leer. Die junge Frau, die normalerweise hinter dem Tresen bediente, war nicht zu sehen, aber ...«

»Aber?«

»Aber ich dachte, ich hörte das Geräusch einer Espressomaschine. Es kam aus dem Lagerraum hinter dem Laden.«

»Aha«, sagte Harry. »Ich glaube, ich ahne das Ende der Geschichte.«

»Dazu sind keine übersinnlichen Fähigkeiten nötig«, murmelte Molly.

Harry hielt inne und suchte in Mollys Gesicht nach Anzeichen für eine versteckte Anspielung auf die vergangene Nacht, konnte aber keine entdecken. Er entspannte sich etwas. »Erzähl weiter.«

»Um es kurz zu machen: Ich ging in das Lager, weil ich dachte, Gordon würde dort eine neue Espressomaschine testen. Statt dessen testete er seine neue Ladengehilfin. Die beiden lagen auf einem Sackstapel mit Gordon Brookes Special Espresso Roast Costa Rica Blend.«

»Eine Entdeckung dieser Art hinterläßt einen unauslöschlichen Eindruck, kann ich mir vorstellen.«

»Genug, um mir für den Rest meines Lebens den Appetit auf Espresso zu verderben«, versicherte Molly ihm.

»Und das zischende Geräusch?«

Molly verzog das Gesicht. »Das war Gordon. Er klang wie eine seiner Maschinen.«

»Du hast – das Geräusch aber nicht wiedererkannt?« fragte Harry vorsichtig.

»Zum Glück war unsere Beziehung noch nicht bis zu diesem Stadium gediehen.«

»Du hast nicht mit ihm geschlafen?«

»Nein.« Molly lächelte gezwungen. »Bist du nun zufrieden?«

»Beinahe«, antwortete Harry.

Molly sah ihn böse an. »Du bist unmöglich. Mußt du jede Einzelheit wissen?«

»Ich sammle gern anekdotische Informationen.«

»Hier handelt es sich nicht gerade um eine interessante Episode in der Geschichte der Naturwissenschaft. Warum willst du soviel über Gordon wissen?«

»Weil ich glaube, daß es mir nützt.«

Molly sah ihn mißtrauisch an. »Warum?«

Harry beobachtete ein Dutzend Möwen, die sich auf ein herumliegendes Kartoffelstück stürzten. Der Vogel, der den Bissen als erster zu fassen bekam, schwang sich schnell in die Lüfte, um der Konkurrenz zu entwischen. »Ich plane gern voraus. Wann bist du zum erstenmal mit Gordon ausgegangen?« Einen Augenblick lang schwieg Molly. Harry spürte, daß sie ihre Antwort mit großer Sorgfalt formulierte, und fragte sich, warum das Thema Gordon Brooke diese extreme Vorsicht verlangte.

»Wir haben uns vor zwei Jahren kennengelernt. Daß wir vor ungefähr achtzehn Monaten damit begannen, uns regelmäßig zu treffen, sagte ich dir bereits«, erklärte sie schließlich.

»Also etwas sechs Monate nach dem Tod deines Vaters?«

»Ja.«

»Ungefähr zur gleichen Zeit, als du die ersten juristischen Schritte unternahmst, um die Abberwick-Stiftung einzurichten?«

»Hm, ja.« Molly löffelte nachdenklich etwas Muschelsuppe.

Harry pfiff leise. »So lange brauchte Brooke also, um herauszufinden, daß du über ein jährliches Stiftungsaufkommen von fünfhunderttausend Dollar verfügst? Er muß etwas langsam sein. Kein Wunder, daß er sich am Rand des Ruins befindet.«

»Genau.« Molly warf den Löffel auf den Tisch. »Ich wußte, daß du so etwas sagen würdest. Ich *wußte* es einfach.«

»Was habe ich gesagt.«

»Wage es nicht, bei mir diesen unschuldigen Gesichtsausdruck aufzusetzen, Dr. Trevelyan. Du weißt verdammt genau, daß du gerade angedeutet hast, Gordon hätte vor achtzehn Monaten versucht, mich auszunutzen.«

»Aber Molly ...«

»Du hast ihm unterstellt, daß er die Gelder der Abberwick-Stiftung wollte, nicht mich. Vermutlich willst du damit andeuten, ich sei zu naiv und leichtgläubig gewesen und hätte seine falschen Absichten erst bemerkt, als ich ihn mit seiner Angestellten erwischte.«

»Tut mir leid«, sagte Harry.

»Pah. Das glaube ich dir keine Sekunde lang. Du denkst, ich bin nicht ganz richtig im Kopf, wenn es um finanzielle Dinge geht, nicht wahr?«

»Nicht im geringsten«, erklärte Harry, überrascht von dieser Schlußfolgerung.

»Doch. Ohne Zweifel hast du diesen wenig schmeichelhaften Eindruck gewonnen, weil ich so begierig zu sein scheine, ein paar Erfindern die beantragten Stipendien zu erteilen.«

»Ich glaube tatsächlich, daß du eine kleine Schwäche für Erfinder besitzt, das stimmt. Aber das ist ein anderes Thema.«

»Darauf kannst du wetten.« Molly zielte mit dem Löffel auf ihn, als wollte sie mit einer Laserwaffe schießen. »Eines solltest du dir merken, Dr. Trevelyan. Ich habe aus Abberwick Tea & Spice kein erfolgreiches Unternehmen gemacht, weil ich in finanziellen Angelegenheiten unbedarft bin.«

»Klar«, gab er zu.

»Und ich bin auch nicht naiv oder leichtsinnig, was Investitionen angeht. Die Tatsache, daß ich die Stiftung meines Vaters auf die Beine gestellt habe, ist der Beweis dafür.«

»Absolut.«

»Vielleicht bin ich etwas weichherzig, wenn es um Erfinder geht. Aber was kümmert mich das? Es liegt in der Familie. Über Generationen haben die Abberwicks immer nach Geldgebern für ihre Erfindungen gesucht. Es ist nur natürlich, daß ich Mitgefühl mit anderen empfinde, die sich in der gleichen Position befinden wie mein Vater und mein Onkel ihr gesamtes Leben.«

»Das verstehe ich. Und ich entschuldige mich.«

Mit verärgertem Blick sank Molly abrupt gegen die Stuhllehne zurück. »Warum sollte es dir leid tun? Es ist die Wahrheit. Gordon hat versucht, mich zu benutzen, um das Geld für seine verdammten Cafébars zu bekommen. Ich hatte gehofft, du würdest es nicht herausfinden. Es ist so beschämend.«

»Ich bezweifle, daß es beschämender ist als die Entdeckung, daß meine Exverlobte meinen Cousin liebte«, sagte Harry.

Über Mollys Gesicht huschte ein verblüffter Ausdruck, und ihr Mundwinkel bog sich nach oben. »Ich fürchte, da hast du recht. Das war sicher ein schwerer Schlag, oder?«

»Meinem Ego hat die Sache nicht gerade gutgetan, aber ich habe sie überlebt.«

Als Molly sich vorbeugte und die Arme auf der Tischplatte verschränkte, flatterte ihr Haar im Wind. »Vielleicht besitzen wir mehr Gemeinsamkeiten, als wir zuerst dachten.«

Harry sah in ihre klaren Augen und spürte wieder den verzweifelten Hunger in sich aufsteigen. Entschlossen kämpfte er ihn nieder, denn ab jetzt mußte er jedes Risiko vermeiden. In der vergangenen Nacht hatte er Glück gehabt, daß Molly ihn für krank gehalten hatte. Noch einmal durfte er die Kontrolle über sich nicht verlieren. Zumindest nicht, bis er absolut sicher war, daß sie das Fremde in ihm nicht spürte. »Vielleicht hast du recht«, stimmte er zu.

»Vor achtzehn Monaten wollte Gordon Geld für seine Expansionspläne«, sagte Molly ruhig. »Als er es nicht von mir bekam, überredete er eine Bank, ihm den Kredit zu geben. Innerhalb von drei Monaten eröffnete er vier neue Bars. Das war zu schnell hintereinander. Das Unternehmen bricht langsam zusammen. Er braucht mehr Geld, um flüssig zu bleiben, und die Bank wird ihm keinen Cent mehr leihen.«

»Also ist er zu dir gekommen.«

»Ja.«

»Aber diesmal«, sagte Harry vorsichtig, »weißt du, worauf er aus ist.«

»Ja.«

Harry sah auf die Elliot Bay hinaus. »Hast du dir jemals gewünscht, die Sache zwischen Gordon und dir wäre anders gelaufen?«

»Ich glaube, ich kann mit großer Sicherheit sagen, daß Gordon und ich nicht lange ein Paar geblieben wären.«

Harry sah Molly an und erkannte den aufbrechenden Zorn in ihren Augen. »Warum nicht?«

»Es tut mir leid, wenn ich wählerisch klinge, aber ich kann mir nicht vorstellen, mit einem Mann zu schlafen, der in den intimsten Augenblicken wie eine Espressomaschine klingt. Da habe ich andere Vorstellungen.«

Erleichterung durchfloß Harry. »Ich werde mich bemühen, nicht im falschen Moment zu zischen.«

Harry studierte die zu dem Antrag gehörenden Zeichnungen, die auf seinem Schreibtisch ausgebreitet lagen. Die Skizze zeigte eine Vorrichtung, die angeblich Sonnenenergie sammelte, um ein Auto zu betreiben. Harry hatte den Antrag abgelehnt, weil die Erfindung theoretisch und technologisch auf allzu einfachen Grundlagen basierte. Die Idee war nicht originell genug, und die ingenieurtechnischen Fähigkeiten des Erfinders ließen allem Anschein nach ebenfalls zu wünschen übrig.

Die Person, die die Schreckschußwaffe und die Gespensterpuppe unter dem Bett montiert hatte, brauchte kein originell denkendes Genie zu sein, erinnerte Harry sich. Es reichte, wenn sie eine gewisse Geschicklichkeit besaß, ohne besonders erfinderisch zu sein. Darin lag ein großer Unterschied. Um seine bösartigen Scherzartikel zu bauen, hatte der verärgerte Erfinder ein gewöhnliches Konzept und erprobte Technik angewendet. So gesehen konnte der Planer des mit Sonnenenergie betriebenen Autos auch hinter den Konstruktionen stehen, die Molly erschreckt hatten. Aber etwas paßte nicht. Etwas fühlte sich seltsam an.

Harry legte den Antrag beiseite und wandte sich dem

nächsten Hefter auf dem Stapel zu. Beinahe die Hälfte der einhundert Dokumente auf seinem Schreibtisch hatte er durchgearbeitet, und er beabsichtigte weiterzumachen, bis er gefunden hatte, wonach er suchte. Irgendwo hier lag der Schlüssel. Davon war er fest überzeugt.

Molly saß an einem Glastisch in der Nähe des Aquariums und sah von ihrem kleinen Computer auf. »Hattest du Glück?«

»Nein.« Harry überflog das Deckblatt des nächsten Antrags. »Aber ich werde ihn finden. Ich bin ein geduldiger Mann.«

Molly verzog das Gesicht. »Ich weiß nicht, ob Geduld eine Tugend ist.«

»Die Vorbereitung der Vorlesungen lasse ich heute abend ausfallen. Ich habe Wichtigeres zu tun.«

»Danke.« Mollys Gesichtsausdruck wurde ernst, und sie betrachtete Harry mit einem besorgten Blick. »Das geht wirklich über deine Pflichten hinaus, Harry. Du wirst nicht dafür bezahlt, diesen Kerl zu finden.«

»Vergiß es«, entgegnete Harry. »Dieser Bastard ist hier irgendwo, und ich werde ihn ausgraben.« Er drehte das Deckblatt des Antrags um und konzentrierte sich auf die Zeichnung eines windgetriebenen Generators.

Molly beschäftigte sich wieder mit ihrem Laptop.

Ein geselliges Schweigen breitete sich im Arbeitszimmer aus. Harry wurde sich bewußt, daß er diese Stille allmählich für selbstverständlich hielt. Er machte sich keine Sorgen mehr, daß Molly gekränkt sein könnte, wenn er in seine Gedanken versank. Sie schien selbst immer genug zu tun zu haben. Er brauchte sie nicht zu unterhalten. Und sie quälte ihn nicht mit Fragen über seinen Stimmungszustand.

Wenige Minuten später riß das Summen der Sprechanlage Harry aus der Konzentration. Er sah auf die Armbanduhr. Es war beinahe zehn Uhr abends. »Wir haben Besuch«, sagte er.

»Wer um alles in der Welt kann das um diese Zeit sein?«

»Meine Familie.«

»Ah, ja. Natürlich.«

Harry stand auf und schritt durch den Raum zur Sprechanlage. Er drückte den Knopf. »Hier ist Trevelyan.«

»Sie haben Besuch, Dr. Trevelyan«, sagte Chris, der Portier. »Mrs. Danielle Hughes möchte Sie sprechen.«

Resigniert schloß Harry für einen Moment die Augen. »Schicken Sie sie herauf, Chris.«

»Wird gemacht, Dr. Trevelyan.«

Harry ließ den Knopf der Sprechanlage los. »Meine Tante Danielle. Brandons Mutter.«

»Aha.«

Harry entdeckte Mitgefühl in der edelsteinklaren Tiefe von Mollys Augen. Es war eine seltsame Erfahrung. Auf eine unerklärliche Weise schien sie zu wissen, was er in diesem Augenblick empfand. Dabei wußte er nicht einmal, ob er selbst begriff, was in ihm vorging. Wie immer, wenn er mit seiner Familie zu tun hatte.

Molly wollte den Deckel ihres Laptops zuklappen. »Du möchtest wahrscheinlich mit deiner Tante allein sprechen. Ich gehe solange ins Wohnzimmer.«

»Nein, bleib wo du bist. Es gibt keinen Grund, warum Tante Danielle dich in deiner Arbeit stören sollte. Oder mich. Ich stelle euch hier vor, und dann spreche ich im Wohnzimmer mit ihr.«

»Wie du willst. Liege ich richtig, wenn ich vermute, daß es ein unangenehmes Gespräch werden wird?«

»Nun, ich glaube zu wissen, was Danielle will.« Harry wandte sich zur Tür. »Je schneller ich es ihr gebe, desto eher kann ich an meine Arbeit zurückkehren. Das sagt mir meine Erfahrung.«

»Viel Glück.«

Die Türklingel schrillte. Harry ging davon, um der befehlenden Aufforderung zu folgen.

Danielle wartete im Flur des Apartmenthauses. Die Züge in ihrem schönen Patriziergesicht waren zu einem stahlharten, entschlossenen Ausdruck gespannt, und die Angst in ihren Augen schien echt zu sein. Harry kannte sie gut genug, um zu wissen, daß sie in diesem Zustand nicht leicht zu besänftigen wäre. Obwohl seine Mutter und Danielle Schwestern gewesen waren, gab es wenig mehr als eine oberflächliche Ähnlichkeit zwischen ihnen, soweit Harry dies beurteilen konnte. In ihrer Jugend waren beide Frauen Schönheiten gewesen, und ihr feinknochiger Körperbau ließ sie auch im Alter noch attraktiv erscheinen. Aber seine Mutter hatte Harry als glückliche, energiegeladene Frau in Erinnerung, deren Augen in überschwenglicher Lebensfreude gefunkelt hatten und die einen leichten, herzlichen Charakter besessen hatte. Er erinnerte sich nicht, Danielle jemals wirklich gelöst erlebt zu haben. Sie konnte auf kühle Weise angenehm und unterhaltsam sein, wenn die Situation es erforderte, aber damit schien sie die Grenze ihrer Möglichkeiten erreicht zu haben. Die Schatten ihrer unglücklichen Ehe mit Dean Hughes umfingen sie noch immer, obwohl Dean den Anstand besessen hatte, vor einigen Jahren bei einem Autounfall ums Leben zu kommen.

»Harry, ich muß mit dir über Brandon sprechen.« Entschlossen betrat Danielle die Wohnung. Einen Augenblick später machte sie abrupt halt und sah mit abschätzendem Blick auf Molly, die in der Tür zum Arbeitszimmer stand. »Wer ist das?«

»Hallo«, sagte Molly höflich.

»Ich wußte nicht, daß du Besuch hast, Harry.« Danielle blickte zu Harry, als erwartete sie, daß er Molly wie eine Hausangestellte wegschickte.

»Das ist Molly Abberwick. Molly, meine Tante Danielle Hughes.«

»Danielle Stratton Hughes«, korrigierte Danielle kühl.

»Nett, Sie kennenzulernen«, murmelte Molly.

»Sie müssen Harrys neue kleine Freundin sein«, sagte Danielle. »Olivia erwähnte, daß sie Sie bei ihm gesehen hat.«

»Harrys kleine Freundin?« Molly schob die Lippen vor. Ihre Augen sprühten amüsiert. »Ich hätte nicht erwartet, von jemandem *kleine* Freundin genannt zu werden. Was für eine Beschreibung.«

Um zu erkennen, daß die Lage gefährlich wurde, war kein Zweites Gesicht der Trevelyans notwendig. »Miss Abberwick ist eine Mandantin, Danielle.«

Molly wirkte noch amüsierter. »Eine kleine Freundin und Mandantin.«

Mit einer übertriebenen Geste sah Danielle auf ihre diamantenbesetzte Armbanduhr hinunter. »Es ist schon ziemlich spät für eine Geschäftsbesprechung, oder?«

»Das hängt von den Geschäften ab«, sagte Molly.

Danielle hob das Kinn. »Wenn Sie uns nun entschuldigen wollen. Ich habe mit meinem Neffen in einer familiären Angelegenheit zu sprechen.«

»Aber sicher. Kein Problem.« Molly zog sich ins Arbeitszimmer zurück. »Lassen Sie sich Zeit. Ich werde Sie nicht stören. Sie merken nicht einmal, daß ich da bin.«

Molly zwinkerte Harry zu, bevor sie die Arbeitszimmertür hinter sich zuzog.

Nach einem geringschätzigen Blick auf die geschlossene Tür schritt Danielle ins Wohnzimmer. »Also wirklich, Harry, du willst mir doch nicht weismachen, daß diese Frau eine Mandantin von dir ist.«

»Du bist nicht hergekommen, um über meine Beziehung zu Molly zu sprechen.«

»Sei nicht so grob.« Danielle nahm auf dem Sofa Platz. »Ich bin nicht in der Stimmung dazu. Es gibt schon genug Probleme, um die ich mich kümmern muß.«

Harry trat vor das Fenster und sah in die Nacht hinaus. »Was willst du, Danielle?«

»Hast du mit Brandon gesprochen?«

»Ja. Und mit Olivia.«

»Dann weißt du von Brandons lächerlichem Plan, ein eigenes Unternehmen zu gründen?«

Harry sah Danielle kurz über die Schulter an. »Ja.«

»Du mußt es ihm wieder ausreden, Harry.«

»Warum sollte ich? Brandon ist intelligent und bereit, hart zu arbeiten. Laß ihn seinen Traum verwirklichen.«

»Das ist unmöglich, und du weißt es«, sagte Danielle gepreßt. »Mein Vater wird ihm nie erlauben, seinen eigenen Weg zu gehen. Vor allem, da du dich geweigert hast, in die Firma einzutreten. Brandon muß bei Stratton Properties bleiben. Das weißt du so gut wie ich.«

»Es geht ums Geld, nicht wahr? Du hast Angst, daß Parker Brandon aus dem Testament streicht, wenn er die Firma verläßt.«

»Was Parker auch tun wird. Das muß ich dir nicht sagen. Du weißt, was die Firma Vater bedeutet.«

»In diesem Fall sind Parkers Gefühle nicht so wichtig wie die von Brandon«, sagte Harry. »Er will seine Flügel ausprobieren. Laß ihn gehen, Danielle. Wenn du es nicht tust, wird er dir dein mangelndes Vertrauen ewig übelnehmen.«

»Wage es nicht, mir zu sagen, wie ich mit meinem Sohn umzugehen habe. Du hast schon genug Schaden angerichtet.«

»Ich?« Harry fuhr herum und sah Danielle ins Gesicht. »Was zum Teufel habe ich getan?«

»Du weißt sehr gut, daß du Brandon die Idee in den Kopf gesetzt hast, Stratton Properties zu verlassen.«

»Das hat Olivia mir auch einzureden versucht. Verdammt, Danielle, es ist nicht meine Schuld.«

»Bis du kamst, war Brandon vollkommen zufrieden damit, bei Stratton Properties zu arbeiten. Nachdem du dem Stratton-Erbe den Rücken gekehrt hattest, bemerkte ich, daß Brandon tatsächlich auf dein törichtes Unabhängigkeitsbestreben neidisch war. Nach der Heirat mit Olivia wurde es noch schlimmer. Jetzt redet er sich ein, daß er es auf eigene Faust zu etwas bringen muß.«

Harry massierte sich langsam den Nacken. »Du glaubst,

Brandon verläßt die Firma, weil er etwas beweisen muß? Vielleicht will er einfach eine eigene Firma aufbauen. Was wäre so ungewöhnlich daran? Er ist ein Stratton. Der Geschäftssinn liegt ihm im Blut.«

»Er ist eifersüchtig auf dich. Verstehst du das nicht?« Abrupt stand Danielle auf. »Nur Gott weiß, warum, aber er ist es. Er will sich und Olivia beweisen, daß er genauso stark und selbständig ist wie du. Und damit wird er sein Leben ruinieren.«

»Ich glaube, du siehst die Situation etwas zu dramatisch.«

»Nein, ich sehe sie realistisch«, widersprach Danielle. »Wenn Brandon nicht bei Stratton Properties bleibt, wird mein Vater ihn enterben.«

»Wie kannst du sicher sein, daß Parker soweit geht?«

»Ich weiß es«, entgegnete Danielle. »Er hat Brittany enterbt, als sie mit Sean Trevelyan durchgebrannt ist, oder? Und er hat dich enterbt, als du dich geweigert hast, der Firma beizutreten. Er hat geschworen, daß du nie einen Cent des Stratton-Geldes sehen wirst. Er meint, was er sagt, Harry.«

»Das bezweifle ich nicht. Aber die Umstände sind diesmal anders.«

»Ich wünschte, ich könnte dir glauben. Aber ich darf das Risiko nicht eingehen. Du mußt etwas unternehmen. Nur weil du das Geld der Strattons nicht willst, hast du kein Recht, Brandon zu beeinflussen. Ich werde nicht tatenlos zusehen, wie mein Sohn durch dein Verschulden sein Erbe verliert. Hast du mich verstanden, Harry?«

»Selbst wenn ich um des lieben Friedens willen zugebe, indirekt zu Brandons Wunsch beigetragen zu haben, Stratton Properties zu verlassen, frage ich dich, was du jetzt von mir erwartest.«

»Rede es ihm aus.« Danielle wandte sich auf dem Absatz ihrer teuren Schuhe um und schritt durch die Eingangshalle.

Nachdem sie die Wohnung verlassen und die Türe hinter

sich zugezogen hatte, schloß Harry in matter Resignation die Augen. Kurz darauf hörte er, wie die Arbeitszimmertür leise geöffnet wurde. Er sah Molly auf der anderen Seite des Flures. Sie musterte ihn.

»Ich konnte nicht verhindern, alles mitanzuhören.« Molly lehnte sich mit der Schulter gegen den Türstock. »Die Stimme deiner Tante ist ziemlich durchdringend.«

»Du sagst es.« Harry rieb sich den Nacken. »Es tut mir leid, daß du hineingezogen wurdest.«

»Hat dein Großvater dir tatsächlich angeboten, dich wieder in sein Testament aufzunehmen, wenn du in die Familienfirma zurückkehrst?«

»Ja.«

»Und du hast natürlich abgelehnt.«

»Parker Stratton benutzt Geld, um Menschen zu beherrschen. Für ihn ist das so natürlich wie atmen.« Harry ging in die Küche und suchte die Flasche, die er im Schrank neben dem Kühlschrank aufbewahrte. »Kann ich dich zu einem Glas medizinischen Brandy einladen?«

»Sicher.« Molly löste sich von der Tür und trat näher. »Und was geschieht nun? Versuchst du mit Brandon zu reden, damit er seinen Plan fallenläßt?«

»Nein.« Harry goß den Brandy in zwei Gläser. »Ich werde mit Parker sprechen. Vielleicht kann ich ihn überreden, Brandon ohne Repressalien gehen zu lassen.«

Molly nahm den Kognakschwenker in Empfang. »Hältst du das für möglich?«

»Na ja.« Harry lächelte humorlos. »Mit etwas Glück bringe ich Parker vielleicht dazu, das Richtige zu tun.«

Mit tiefgrünen Augen betrachtete Molly Harry über dem Glasrand. »Wie du Onkel Leon überzeugt hast, Josh in Ruhe zu lassen?«

»So ähnlich, ja.«

Vielleicht irre ich mich, aber ich habe den Eindruck, daß auf beiden Seiten deiner Familie alle davon überzeugt sind, es sei deine Aufgabe, ihre Probleme zu lösen.«

»Nicht alle. Aber einige.«

Molly schwieg eine Zeitlang. »Wie bist du in diese Lage gekommen, Harry?«

Er machte keinen Versuch, diese Frage mißzuverstehen. »Verdammt, wenn ich das nur wüßte.«

»Harry, ich rede mit dir. Ich, Molly. Verstehst du? Mich kannst du mit dieser Antwort nicht abfertigen. Dazu bin ich zu klug.«

Er lächelte zögernd. »Da stimme ich dir zu. Außerdem besitzt du die Neugier der Abberwicks. Das darf ich nicht vergessen.«

»Verstehe mich richtig: Wenn du mir nicht sagen willst, warum du Szenen wie diese mit deiner Tante erträgst, ist das in Ordnung. Es ist deine Sache. Und eine Familienangelegenheit. Ich besitze kein Recht, darin herumzuschnüffeln.«

»Es ist nicht so, daß ich die Situation nicht erklären möchte.« Harry sah nachdenklich auf seinen Brandy. »Ich weiß nur nicht, was ich antworten soll. Diese Frage hat mir bisher noch niemand gestellt.«

»Da mußte erst eine Abberwick kommen«, sagte Molly leichthin. »Wir sind von Natur aus wißbegierig.«

Harry dachte fast eine Minute lang nach, bevor er antwortete. Dann sah er von seinem Brandy hoch und stellte fest, daß Molly ihn ruhig beobachtete. In ihrem Blick schien so etwas wie Sympathie zu liegen. »Ich bin in diesen Schlamassel geraten, weil ich die dumme Idee hatte, die Fehde zwischen den Strattons und Trevelyans beenden zu müssen«, erklärte er schließlich.

»Aha.« Verständnis leuchtete in Mollys Augen auf. »Natürlich.«

»Frieden. Das war das einzige, was meine Eltern von beiden Seiten der Familie wollten. Und ausgerechnet den wollte ihnen niemand geben.«

»Und da in deinen Adern das Blut beider fließt, hast du beschlossen, eine Brücke zwischen den Strattons und den Trevelyans zu bauen.«

Harry schwenkte den Brandy in seinem Glas. »Das war so ungefähr meine Intention.«

»Es sollte dein Beitrag zum Andenken an deine Eltern sein, nicht wahr?«

»So was Ähnliches.« Harry war nicht überrascht, daß Molly sofort verstanden hatte. Nur die eigenartige Erleichterung, die er empfand, nachdem er ihr seinen absurden Traum gestanden hatte, verblüffte ihn.

»Du hast es dir zum Ziel gesetzt, die Fehde zu beenden, und ich widme mich mit gleichem Einsatz der Stiftung meines Vaters.«

»Ja«, antwortete Harry. »Mit einem Unterschied, aber das bleibt unter uns. Mit der Abberwick-Stiftung bist du um einiges erfolgreicher, als ich mit meinem Bemühen, das Kriegsbeil zwischen den Strattons und den Trevelyans zu begraben.«

»Wirklich?«

»Nach all diesen Jahren sieht meine Familie nur die Vergangenheit, nie die Zukunft. Jede Seite will, daß ich eine Wahl treffe, und keine wird zufrieden sein, bis ich das tue.«

»Doch du willst nicht wählen.«

»Ich bin zur Hälfte Stratton und zur anderen Trevelyan. Wie kann ich da wählen?«

»Mir fällt auf, daß die Fehde niemanden, egal von welchem Zweig der Familie, davon abhält, dich zu benutzen«, sagte Molly trocken. »Merkwürdig, nicht wahr?«

»Was ist daran merkwürdig?«

»Nun, obwohl du der Außenseiter bist, hast du es in gewisser Weise geschafft, das Oberhaupt beider Familien zu werden, findest du nicht?«

»Ich bin nicht das Familienoberhaupt«, widersprach Harry. »Nur der Dummkopf, der in der Mitte zwischen beiden festhängt. Das ist ein großer Unterschied.«

11

Molly ertrug die exquisite Qual nicht länger. Erschüttert angesichts der endlosen Wellen der Lust, konnte sie kaum noch Atem holen. Harrys überwältigende, intime Berührungen ließen sie vor Verlangen zittern. Er liebkoste sie mit betörender Intensität. Seine kräftigen, elegant geformten Hände glitten sanft und sicher und mit unnachgiebiger Ausdauer über ihren Körper. Als förderte er flüssige Diamanten zutage, entlockte er ihr den Höhepunkt, bis seine schlanken Finger im Mondlicht glänzten.

»*Harry.* O mein Gott, Harry. Bitte. Nein. Ich kann nicht ... Ich kann nicht ...«

»Spring«, flüsterte er an ihrem Körper. »Ich fange dich auf.«

Da explodierte die wunderbare Spannung in ihr. Molly ballte die Fäuste in seinem dunklen Haar und gab sich mit einem wortlos staunenden Seufzen hin. Harry hielt sich zurück und wartete, bis sie sich bebend im Auge des Sturms befand, bevor er tief in ihren Körper eindrang. Die Wucht ließ Molly erbeben. Sie umschlang ihn fester und preßte sich an ihn, während er von den Wellen seiner eigenen Entladung erschüttert wurde.

Erst als er mit schweißfeuchten Schultern auf ihr lag und der elementare Duft nach Sexualität schwer in der Luft hing, erkannte Molly die Wahrheit. Es war schön gewesen. Mehr als schön. Wunderbar, genußvoll erotisch und unglaublich sinnlich. Aber etwas war anders gewesen. Es hatte etwas gefehlt.

Lange noch lag Molly wach. Zugegeben, sie besaß keine große Erfahrung auf diesem Gebiet, so daß ein echter Vergleich schwierig war. Aber in der letzten Nacht war ihr Körper auf eine Weise auf Harrys eingestimmt gewesen, die sie sich nicht hatte erklären können. Heute abend hatte sie mit jedem Nerv und jedem Muskel auf diese Empfindung gewartet und war auch nahe daran gewesen –

aber nicht nahe genug. Das Gefühl der Resonanz hatte gefehlt.

In der vergangenen Nacht hatte Harry eine Tür geöffnet und sie in einen geheimen Raum eingeladen. Heut war diese Tür fest verschlossen geblieben. Molly wußte, daß sie nicht völlig zufrieden sein würde, bis er sie wieder öffnete.

Molly erwachte allein in dem großen Bett. Einige schläfrige Sekunden lang erschien es ihr vollkommen normal, daß niemand neben ihr lag. Schließlich öffnet sie die Augen und sah das ungewohnt große Stück Nachthimmel hinter den Fenstern. Erst jetzt erinnerte sie sich, daß sie in Harrys Bett lag. Hier hätte sie erwarten können, nicht allein zu sein. Harry hätte neben ihr liegen müssen.

Sie drehte sich um und sah auf die Uhr. Die beleuchteten Ziffern zeigten beinahe drei Uhr morgens. Um zu wissen, daß Harry wieder an den Antragsstapel im Arbeitszimmer zurückgekehrt war, benötigte sie keine übersinnlichen Fähigkeiten. Sie verschränkte die Arme hinter dem Kopf und überdachte, was sie über Harry wußte. Ein Muster zeichnete sich ab. Er war im Jahr nach dem Tod seiner Eltern nach Seattle gekommen. Sie zweifelte nicht daran, daß er tatsächlich im Andenken an seinen Vater und seine Mutter zwischen den beiden Familien Frieden stiften wollte. Aber Molly hatte den Verdacht, daß mehr an der Geschichte war. Vielleicht mehr, als Harry selbst wußte.

Er hatte jedes Recht der Welt besessen, sich an die Strattons und Trevelyans zu wenden, nachdem er als Waise zurückgeblieben war. Mit beiden Familien verband ihn sein Blut. Molly begriff, daß er sich die Aufnahme zu einem hohen Preis erkauft hatte. Jeder wollte etwas von Harry. Abrupt setzte sie sich auf und warf die Decke beiseite. Sie verließ das Bett, glitt in den Bademantel und tappte barfuß zu Harrys Arbeitszimmer. Durch die halbgeöffnete Tür fiel Licht. Leise betrat Molly den Raum.

Sie wußte, daß sie auf dem Weg durch den Flur kein Geräusch gemacht hatte. Harry mußte ihr Näherkommen gespürt haben. Er saß hinter seinem Schreibtisch und blickte Molly wartend entgegen, in einen dunkelgrauen Frotteemantel gehüllt. Das helle Licht der Halogenlampe warf scharfe Schatten und ließ seine tief eingegrabenen Züge noch kantiger erscheinen. Sein beinahe schwarzes Haar war vom Schlaf zerzaust. Die bernsteinfarbenen Augen glühten wie bei einem Raubtier, das im Begriff war, seine Klauen in die Beute zu schlagen.

Molly wußte sofort, was geschehen war. »Du hast den gesuchten Antrag gefunden?«

»Vor ungefähr drei Minuten. Sieh her.«

Molly trat zum Schreibtisch und sah auf die Unterlagen, die vor Harry ausgebreitet lagen. »An dieses Projekt erinnere ich mich.« Sie neigte den Kopf, um den Titel zu lesen. »›Vorschlag für die Konstruktion einer Apparatur zur Messung paranormaler Hirnströme‹, von Wharton Kendall. Mir gefiel die Idee. Aber du hast dagegen gestimmt. Genau wie bei allen anderen Plänen.«

»Paranormale Gehirnströme? Ich bitte dich.« Harry warf ihr einen angewiderten Blick zu. »Kendall gehört zu den Erfindern, die den Ruf seriöser Kollegen gefährden. Ein ausgemachter Spinner. Kein fundierter naturwissenschaftlicher Hintergrund. Keine solide technische Ausbildung. Keine Originalität oder echte Eingebung. Und vor allem glaubt er an paranormalen Schwachsinn. An den Kerl hätte ich mich gleich erinnern sollen.«

»Hm.« Molly klopfte nachdenklich mit dem Finger auf den Tisch. »Warum glaubst du, daß Kendall der Urheber dieser lästigen Streiche ist?«

Harry drehte den Antrag auf ein Stipendium um, damit Molly eines der Diagramme sehen konnte. »Schau dir seine Zeichnung für den Antriebsmechanismus dieses verrückten Hirnstrommeßgerätes an.«

Molly betrachtete die Zeichnung einer komplizierten Maschine, die aus unzähligen, auf eine Bauplatte montierten Kabeln und elektronischen Schalttafeln bestand. »Und?«

»Alles fauler Zauber, auch ohne die pseudowissenschaftliche Grundlage des Projekts. Die Konstruktion ist plump, ideenlos und ohne jede Originalität. Das Ding wirkt zusammengestümpert wie die Schreckschußpistole und die Gespensterpuppe. Und dieser Antriebsmechanismus ist unser unumstößlicher Beweis.« Harry wies auf einen kleinen Ausschnitt der Zeichnung. »Kendall ist unser Mann, ganz sicher.«

»Ich bin überrascht, daß du dich an solch winzige Einzelheiten erinnerst, Harry. Diesen Antrag habe ich dir gleich am Anfang gezeigt, und ich erinnere mich, daß du ihn kaum zehn Sekunden angesehen hast.«

»Neun Sekunden mehr, als er verdient hat.« Harry verzog den Mund. »Aber zu dem Zeitpunkt war unsere Geschäftsverbindung noch neu, und ich habe versucht, meine Rolle als Berater höflich zu spielen. Mir war noch nicht klar, daß wir jeden einzelnen Antrag ohne Rücksicht auf seine Abwegigkeit noch einmal gemeinsam durchgehen würden.«

»Du meinst, bevor mir klar wurde, wie stur und wählerisch du sein würdest?«

»So ähnlich.« Harry lehnte sich in seinem Stuhl zurück und betrachtete Molly mit nachdenklichem Gesichtsausdruck. »Nun stellt sich die Frage, was wir wegen Kendall unternehmen. Mein Beweis wird die Polizei kaum überzeugen.«

Neugierig musterte Molly ihn. »Sprechen wir über eine Schlußfolgerung, die du aufgrund deiner berühmten Intuition triffst?«

»Wir sprechen über eine meiner Einsichten, die mir aufgrund jahrelanger Erfahrung und geübter Beobachtung möglich ist«, entgegnete Harry reserviert.

»Ist dir aufgefallen, daß du richtig biestig wirst, wenn sich das Gespräch dem Thema Intuition oder übersinnlichen Erscheinungen zuwendet?«

»Bei solchem Unsinn versagt meine Geduld.«

Molly lächelte. »Während du bei allem anderen geduldig genug bist.«

»Jeder hat seine Grenzen.«

»Ich verstehe. Nun gut, selbst wenn es überzeugende Beweise gibt, die gegen Kendall sprechen, können wir ihm weder versuchten Mord noch schwere Körperverletzung vorwerfen. Ich bezweifle, daß die Polizei viel mehr tun könnte, als ihn zu verwarnen.«

»Das kann ich selbst machen«, sagte Harry sehr leise.

Molly erschrak. »Nein, Harry …«

Er nahm die Zeichnung und betrachtete sie eingehend. »Ich frage mich, ob Kendall noch unter dieser Adresse zu erreichen ist. Der Name der Stadt ist mir fremd.«

»Der Blick in deinen Augen gefällt mir nicht.«

Als Harry blitzartig den Kopf hob, wich Molly einen Schritt zurück.

Er sah sie durchdringend an. »Welcher Blick?«

Molly streckte die Hände aus. »Beruhige dich. Es war nur eine Redensart.«

»Tut mir leid.« Harry schwieg einen Augenblick. »Von meiner Exverlobten kenne ich ähnliche Bemerkungen über meine Ausdrucksweise. Sie sagte, meine Art zu reden mache sie nervös.«

»Sehe ich nervös aus?«

Harry betrachtete Molly eingehend. »Nein.«

»Merke dir ein für allemal, Harry: Ich bin nicht deine Exverlobte.«

Er stutzte. Dann lächelte er. »Keine Sorge. Ich werde dich nie mit Olivia verwechseln.«

Seine bernsteingoldenen Augen waren so warm, daß Molly die Hitze darin beinahe spüren konnte. Sie räusperte sich und kam zum Thema zurück. »Also gut, reden wir weiter. Ich bin nicht sicher, ob mir dein Plan gefällt, Wharton Kendall zu stellen. Was genau hast du vor?«

»Ihm einen Besuch abstatten und ein kleines Gespräch über seine lästigen Streiche führen.«

Molly schob die Lippen vor. »Wahrscheinlich wird er alles ableugnen.«

»Ich beabsichtige nicht, ihm die geringste Gelegenheit

dazu zu geben. Ich werde ihn überzeugen, daß ich alle Beweise für seine Täterschaft besitze und zur Polizei gehe, wenn er noch einmal etwas unternimmt.«

»Mit anderen Worten, du willst ihn einschüchtern?«

»Ja.«

Molly dachte nach. »Glaubst du, daß es dir gelingen wird?«

Harry sah von der Zeichnung auf. Aus seinem Blick war jede Wärme verschwunden. »Ja.«

Molly wurde sich der plötzlichen Kälte im Raum bewußt. Instinktiv hob sie die Hand, um ihren Bademantel zusammenzuziehen. »Ich komme mit.«

»Nein, das wirst du nicht tun.« Harry wandte sich wieder dem Studium der Zeichnung zu.

Molly ließ den Bademantel los. Sie stemmte die Hände auf den Schreibtisch, und ihre Augen wurden schmal. »Du bist kein einsamer Wolf, Dr. Trevelyan. Du arbeitest für die Abberwick-Stiftung und erhältst Anweisungen von mir. Wenn du Wharton Kendall besuchst, werde ich dich begleiten. Habe ich mich klar ausgedrückt?«

Harry sah wieder von Kendalls Zeichnung auf. Er betrachtete Molly lange und eingehend, bis sein Mundwinkel zuckte. »Klar genug.«

Molly richtete sich auf. »Gut.«

»Es gibt nur ein kleines Problem.«

»Und welches?«

»Kendall zu finden könnte etwas Zeit kosten.« Harry wies auf das Deckblatt des Antrags. »Es ist keine Telefonnummer angegeben. Er hat nur eine Postfachadresse genannt, und zwar in einem Ort namens Icy Crest.«

»Wo ist das?«

»Keine Ahnung. Zuerst müssen wir die Stadt finden, dann Kendall. Es wird sicher einen ganzen Tag dauern, bis wir seine Spur haben und ihn aufsuchen können. Sicher willst du keinen Arbeitstag verlieren. Ich weiß doch, wie wichtig dir dein Geschäft ist.«

»O nein«, sagte Molly entschieden. »So leicht wirst du mich nicht los. Ich kann Tessa den Laden gut für einen Tag überlassen.«

»Bist du sicher?«

»Absolut und unbedingt, Dr. Trevelyan.«

»Habe ich dir jemals gesagt, daß ich es nicht mag, Dr. Trevelyan genannt zu werden?«

»Nein.« Molly verzog das Gesicht zu einem breiten Lächeln. »Aber ich habe schon vor Wochen selbst herausgefunden, daß es dich ärgert.«

Es stellte sich heraus, daß Icy Crest nicht viel mehr als ein Punkt auf der Landkarte war. Der Ort lag tief in den Cascade Mountains, am Ende einer engen, kurvenreichen Straße ohne große Ausweichmöglichkeiten, einige Meilen von der Interstate 90 entfernt, die den östlichen mit dem westlichen Teil des Staates Washington verband.

Molly betrachtete die unansehnliche, kleine Häuseransammlung durch die Windschutzscheibe von Harrys schnittigem Wagen und fragte sich, woher das tiefe Unbehagen stammen mochte, das sie plötzlich überfiel. Der Bergort bot einen Anblick wie alle kleinen Siedlungen auf dem Land. Es gab eine Tankstelle, einen heruntergekommenen Krämerladen, der sich Pete's nannte, ein Café und ein Gasthaus. In dem schmutzigen Ladenfenster wies ein kleines Schild darauf hin, daß sich das Postamt ebenfalls dort befand. Eine Handvoll Männer in abgenutzten Jeans, Stiefeln und Baseballmützen lungerten vor dem Lebensmittelgeschäft herum. Wie Molly feststellte, trugen die Mützen bunte Logos verschiedener Firmen für Landwirtschaftsbedarf.

Als Harry den Wagen parkte und den Zündschlüssel herumdrehte, verfolgten mißtrauische Blicke jede Bewegung.

»Etwas sagt mir, daß die Sache nicht so einfach sein könnte, wie es aussah«, bemerkte Molly.

Harry beobachtete die lässig herumstehenden Männer vor dem Laden. »Was vermittelt dir diesen Eindruck?«

»Ich bin nicht sicher. Vielleicht die Mützen.« Molly nagte an ihrer Unterlippe. »Ich weiß nicht. Harry, mir gefällt das nicht.«

»Es ist etwas spät für Bedenken. Du hast darauf bestanden mitzukommen.«

»Das ist mir bewußt. Normalerweise gefallen mir Kleinstädte. Aber hier gibt es etwas ...« Sie brach ab, unfähig, ihre Vorahnung in Worte zu fassen.

»Was ist los?«

Molly warf Harry einen schnellen Seitenblick zu. »Was würdest du sagen, wenn ich behaupte, daß ich ein ungutes Gefühl bei dieser Stadt habe?«

»Ich würde antworten, daß das unter den gegebenen Umständen eine völlig normale Empfindung ist. Wir sind schließlich hier, um einen Mann aufzuspüren, der versucht hat, dich zu Tode zu erschrecken. Warum solltest du von der Aussicht begeistert sein, ihm persönlich zu begegnen?« Harry öffnete die Tür und stieg aus.

Molly folgte ihm schnell. Harry hatte recht. In dieser Situation war ihre Unruhe völlig verständlich. Sie lächelte den Männern, die sie beobachteten, vorsichtig zu. Keiner von ihnen erwiderte das Lächeln.

Harry sah auf die kleine Gruppe vor dem Laden und neigte leicht den Kopf. Zu Mollys Überraschung antworteten zwei oder drei Männer mit einer steifen Geste. Die anderen scharrten mit ihren Stiefeln am Boden und fanden ein anderes Ziel für ihre Aufmerksamkeit. Harry nahm Mollys Hand und betrat mit ihr den Krämerladen.

Molly betrachtete die verstaubten Regale, auf denen Lebensmitteldosen neben Paketen mit Toilettenpapier und anderen Haushaltsartikeln standen. In den Fenstern hingen Neonreklamen für verschiedene Biersorten. Ein Getränkeautomat summte in der Ecke vor sich hin. Harry ließ Mollys Hand los, nahm einige Münzen aus seiner Tasche und ging durch den Raum zu dem Automaten. Er warf die Münzen in den Schlitz und drückte die Bedienungsknöpfe. Das

Gerät begann zu arbeiten, und zwei Dosen rumpelten durch den Schacht in das Ausgabefach.

Im Durchgang hinter dem Tresen erschien eine massige Gestalt. Mollys Blick fiel auf einen bloßen, behaarten Streifen des dicken Bauches, der sich über den Bund einer alten, zerrissenen Jeans wölbte. Schnell wandte sie die Augen wieder ab.

»Kann ich Ihnen behilflich sein?« Für den großen, schweren Mann klang die Stimme unerwartet hoch und näselnd. Und es lag eindeutig wenig Gastfreundlichkeit darin.

Harry nahm die Getränkedosen, die in den Ausgabeschacht gerollt waren. »Sind Sie Pete?«

»Ja.«

»Ich bin Harry. Das ist Molly.«

Pete sah Molly mit zusammengekniffenen Augen an. Sie lächelte freundlich. Widerwillig nickte er ihr zu und ließ seinen Kaugummi im Mund knacken. Dann wandte er sich wieder an Harry. »Und was wollen Sie, Harry?«

»Wir suchen einen Mann, der Wharton Kendall heißt. Er soll in Icy Crest leben.«

Pete kaute und blinzelte angestrengt, während er nachdachte. »Das tat er.« Ein herausfordernder Unterton lag in der Antwort, als wollte Pete Harry weitere Fragen entlocken. Molly war sich der gespannten Atmosphäre körperlich bewußt. Wahrscheinlich handelte es sich nur um die natürliche Zurückhaltung eines Kleinstädters, der einem Fremden nur widerwillig Auskunft gab, aber das Gefühl war unangenehm. Harry schien die Spannung nicht zu bemerken. Er riß den Ring aus seiner Dose und nahm einen langen Schluck. Dann sah er den großen Mann hinter dem Tresen an.

»Wie lange ist Kendall schon weg?«

»Nicht lange. Einige Tage.«

»Hat er in der Nähe gewohnt?«

Petes breites Gesicht verschloß sich. Es war offensichtlich, daß er auf weitere Fragen nicht antworten würde.

Harry sah ihn lange an. Die Stille wurde immer lastender. Molly spürte den Impuls, aus dem Laden zu flüchten. Sie hielt nur stand, weil sie Harry nicht allein lassen wollte. Der Druck des anhaltenden Schweigens brach Petes Entschlossenheit, nichts mehr zum Thema Wharton Kendall zu sagen, schließlich.

»Hat sich für eine Zeitlang eine Hütte von Shorty gemietet.« Wieder biß er auf seinem Kaugummi herum.

Harry nahm noch einen Schluck aus seiner Getränkedose und betrachtete den großen Mann mit kaltem, unbewegtem Blick. »Haben Sie eine Ahnung, wo er jetzt ist?«

Pete bewegte sich unruhig unter Harrys Blick. Sein offensichtliches Unbehagen erinnerte Molly an die Reaktion der Männer draußen vor dem Geschäft. »Shorty sagte mir, der verrückte Spinner wollte nach Kalifornien. Kein Verlust, dieser Kerl. War richtig unheimlich, wissen Sie? Ein Freund von Ihnen?«

»Nein.« Harry erklärte nichts weiter. »Wer ist Shorty?«

»Führt das Restaurant nebenan.«

»Danke.«

»Schon gut. Keine Ursache.« Pete kratzte sich den Streifen Bauch, der von dem zu kurzen Hemd nicht bedeckt wurde.

Harry reichte Molly die ungeöffnete Dose. »Laß uns zu Shorty gehen.«

»Wie um Himmels willen hast du das nur fertiggebracht?« fragte Molly eine halbe Stunde später, als Harry den Sneath vor der heruntergekommenen Hütte zum Halten brachte.

»Was?« Harry legte die Arme auf das Lenkrad und betrachtete die Hütte aufmerksam.

»Pete und Shorty zu überzeugen, uns die gewünschten Informationen zu geben. Du besitzt eine interessante Wirkung auf Menschen, Harry. Ist dir das jemals aufgefallen?«

Harry sah Molly mit leichter Überraschung an. »Was bringt dich auf den Gedanken, daß Pete und Shorty mir die

Informationen über Kendall nicht freiwillig gegeben haben?«

»Pah, komm mir nicht so. Du weißt verdammt gut, daß du Pete eingeschüchtert und Shorty eingewickelt hast.« Molly hob den Schlüssel in ihrer Hand und ließ ihn vor Harry baumeln. »Wir sind also daran interessiert, eine Hütte zu mieten, wie?«

»Dieser Trick war so gut wie jeder andere.« Harry öffnete die Tür und stieg aus.

»Du bist ein gerissener, ausgekochter Bursche, wenn du es drauf anlegst, Harry.« Molly kletterte aus dem Wagen und ging um den Kühler zu Harry. »Lernt man die hohe Kunst der Manipulation auf der Universität?«

»Zufällig habe ich dieses Talent von den Trevelyans geerbt.«

»Du weiß, was Shorty glaubt, nicht wahr?«

»Ich vermute es.« Harry nahm Molly den Schlüssel ab und ging zum Hütteneingang.

»Darauf wette ich. Schließlich hast du ihm die Idee in den Kopf gesetzt.« Molly eilte hinter ihm her. »Er glaubt, daß wir einen geheimen Platz für eine verbotene Wochenendaffäre suchen.«

»Ja.«

»Irgendwie hat Shorty den Eindruck bekommen, daß einer von uns oder wir beide verheiratet sind«, sagte Molly.

»Nun, wären wir beide frei, könnte es sich kaum um eine verbotene Liebe handeln, nicht wahr?« Harry steckte den Schlüssel in das Schloß der Hüttentür.

»Ich weiß nicht, ob ich meinen guten Ruf aufs Spiel setzen will, um einen Blick in Wharton Kendalls Behausung zu werfen.«

»Beruhige dich.« Harry stieß die Tür auf. »Wenn Shorty jemals wieder nüchtern genug wird, um mit Pete zu sprechen, wird er feststellen, daß wir mehr daran interessiert waren, etwas über Kendall herauszufinden, statt diesen Ort als Liebesnest zu benutzen.«

»Das wird ihn ziemlich verwirren.«

»Was uns egal sein kann«, sagte Harry. »Bis dahin sind wir längst wieder weg.«

»Ich weiß, aber ...« Molly unterbrach sich abrupt, als sie das Innere der Hütte sah. »Du liebe Güte. Ich würde wirklich sagen, *was für ein Loch*, wenn ich nicht so gut erzogen wäre.«

Angefangen bei dem zerfressenen Teppich vor dem Kamin bis zu den eingetretenen Flecken auf dem Linoleumboden der Küche war die Hütte eine einzige Katastrophe. In der Luft hing der Geruch nach altem Bratfett und verfaulendem Abfall.

Harry betrachtete die Szenerie. »Sieht aus, als hätte Kendall es eilig gehabt.«

»Das hier«, erklärte Molly, »ist nicht das Ergebnis eines hastigen Aufbruchs. Für eine Unordnung wie diese braucht ein Mensch Wochen oder sogar Monate. Was man hier sieht, ist das Werk eines schlampigen Faulpelzes.«

Harry lächelte kurz. »Wie ich dir schon sagte, Kendall ist ein schlampiger Denker.«

»Das sieht man.« Molly bewegte sich vorsichtig durch das Durcheinander. »Ich frage mich, wo er gearbeitet hat.«

»Wahrscheinlich hier im Wohnzimmer. Es sei denn, er hat das Schlafzimmer als Werkstatt benutzt. Ich sehe nach.« Harry ging in den kleinen Vorraum und warf einen Blick durch die Schlafzimmertür.

»Siehst du drinnen was?«

»Nichts bis auf ein zusammengebrochenes Bett. Nur ein wirklich verzweifeltes Paar, das gezwungen ist, seine heimliche Affäre in Icy Crest auszuleben, würde so etwas als romantisch bezeichnen.«

»Das läßt uns einen Ausweg.« Molly spähte über seine Schulter. »Wir sind nicht verzweifelt und haben keine Heimlichkeiten nötig.«

Das Schlafzimmer war nicht sauberer als der Wohnraum oder die Küche. Zerlumpte Gardinen hingen vor dem einzigen, schmutzigen Fenster. Die Matratze wies eine gleichmäßig graue Verfärbung und unappetitliche Flecken auf, die nur durch Jahre intensiver Beanspruchung entstanden sein konnten. Der Schrank war offen. Bis auf einen zerrissenen Schnürsenkel und eine einzelne Socke am Boden war das Innere leer.

»Er ist ganz offensichtlich weg«, sagte Harry. »Und ich frage mich, warum.«

Molly zuckte die Schultern. »Shorty meinte, Kendall habe ihm gesagt, daß er zurück nach Kalifornien wollte. Vielleicht entspricht das der Wahrheit.«

»Vielleicht.« Harry wirkte nicht überzeugt. »Oder er ist wieder in Seattle und bereitet eine neue Überraschung vor.«

»Vielleicht hat er seine Rache auch gehabt«, überlegte Molly und fühlte neue Zuversicht, weil Kendall ganz offensichtlich nicht mehr da war.

»Möglich.« Harry trat in die Raummitte. Er ging in die Knie und warf einen Blick unter das Bett. »Oder ihm ist klargeworden, daß er sein Glück etwas zu sehr herausgefordert hat. Es gibt eine Menge ungeklärter Fragen, wie auch immer wir es betrachten.«

Molly beobachtete Harry, der wieder aufstand und im Bad verschwand. »Wonach suchst du?«

»Ich bin nicht sicher. Wenn ich es sehe, weiß ich es.«

»Es scheint, als hätte Kendall alle seine Habseligkeiten mitgenommen.«

»Ja.« Harry kam aus dem Badezimmer zurück und ging nach vorn in die Hütte. »Aber er hat in Eile gepackt. Und er war schlampig. Das dürfen wir nicht vergessen.«

»Und weiter?«

»Es könnte sein, daß er bei seinem überstürzten Aufbruch etwas übersehen hat.« Harry öffnete und schloß systematisch alle Schranktüren in der Küche.

»Was könnte das sein?«

»Eine Adresse. Eine Telefonnummer von jemandem, den er in Kalifornien kennt. Egal. Eine Spur, ein Hinweis.«

Mollys düstere Stimmung hatte sich aufgehellt, doch Harrys Worte brachte das dumpfe Unbehagen zurück. »Aber er ist weg. Es ist vorbei. Von Kalifornien aus kann er seine dummen Racheakte nicht fortsetzen.«

»Etwas sagt mir, daß es sinnvoll ist, genau zu wissen, wo er sich aufhält. Ich will ihn im Griff haben.«

»Ich glaube, jetzt wirst du übervorsichtig.«

»Das ist meine Natur. Ich erledige die Dinge methodisch und auf logische Weise. Das weißt du doch, oder?

»Ja, sicher.«

Entschlossen hob Molly ein Sofapolster hoch, um nachzusehen, welche unangenehmen Dinge sich darunter verbargen. Als sie die zerkrümelten Überreste von Kartoffelchips entdeckte, schob sie das Polster zurück. Vorsichtig setzte sie die Suche fort, aber sie fand nur weitere Beweise, daß Wharton Kendall sich von wertlosem Zeug ernährte. Um zu zeigen, daß auch sie systematisch und geordnet vorgehen konnte, kniete sie sich auf die Couch und spähte in den schmalen, dunklen Raum zwischen Lehne und Wand. Überrascht erkannte sie, daß dort ein Notizbuch eingeklemmt war. »Aha«, sagte sie.

Harry sah Molly von der anderen Seite des kleinen Zimmers an, wo er einen Schreibtisch durchsuchte. »Aha was?«

»Ich sehe etwas.« Molly kroch von der Couch und versuchte, das wuchtige Möbelstück von der Wand wegzuziehen. Es bewegte sich nicht. »Dieses Ding ist schwer.«

»Mach weiter, ich helfe dir.« Harry trat hinzu und zog an einer Sofalehne. Er rückte die Couch von der Wand, als wäre sie aus Pappe.

Molly drängte sich in den entstandenen Zwischenraum und hob das Notizbuch auf. »Wahrscheinlich ist es unwichtig. Aber mein Vater hat seine Aufzeichnungen auch immer in Büchlein wie diesem gemacht.«

Harry stand hinter ihr und sah zu, während sie das Ringbuch öffnete. Beim Anblick der unordentlich ausgeführten Zeichnungen runzelte er die Stirn. »Sieht aus, als handelte es sich um weitere wilde Konstruktionen für seine paranormalen Forschungen. Und du warst bereit, ihm zehntausend Dollar zur Finanzierung seines hirnverbrannten Projektes zu geben.«

»Das ist wirklich unfair. Du weißt sehr gut, daß ich nicht mit dir gestritten habe, als du seinen Antrag ablehntest. Zu diesem Zeitpunkt unserer Zusammenarbeit wollte ich dir immer noch zeigen, wieviel Respekt ich dir als Experten in technischen Angelegenheiten entgegenbringe.«

»Dieses Stadium dauerte nicht lange an«, bemerkte Harry abwesend. »Warte, blättere die Seite noch einmal zurück.«

Gehorsam schlug Molly die vorhergehende Seite wieder auf. Sie studierte die Skizze, die Harrys Aufmerksamkeit geweckt hatte. »Was ist damit?«

»Erkennst du es nicht?«

»Nein. Sollte ich? Es sieht aus wie eine Schachtel, die mit einer Menge Mechanik vollgestopft ist.«

»Es ist der Kasten, in dem die Schreckschußpistole verborgen war«, sagte Harry. »Jetzt haben wir den Beweis, daß Kendall hinter den Anschlägen steckt.«

Eine halbe Stunde später lief ein milder Schauer der Erleichterung durch Molly, als das unfreundliche Icy Crest hinter einer Straßenbiegung verschwand. Sie zog den Sicherheitsgurt gerade und lehnte sich zurück. Mit halbherzigem Interesse nahm sie Wharton Kendalls Notizbuch und begann darin zu blättern. »Glaubst du immer noch, daß es notwendig ist, seine Spur aufzunehmen?« fragte sie, während sie eine der Zeichnungen betrachtete.

»Absolut. Er soll wissen, daß wir ihm auf den Fersen bleiben und genug Beweise besitzen, um gegebenenfalls die Polizei einzuschalten.« Am Scheitelpunkte einer engen Kurve trat Harry aufs Gaspedal. »Aber je länger ich darüber nachdenke, desto mehr glaube ich, daß du recht hast. Es wird schwierig sein, die Polizei zu überzeugen, daß sie sich um die Sache kümmern muß.«

»Bisher haben wir keinen wirklichen Beweis, und offensichtlich hat Kendall den Staat verlassen. Ich kann mir nicht vorstellen, warum sich außer uns noch jemand sonderlich um ihn kümmern sollte.«

»Mit etwas Glück hat Kendall seine Rachepläne aufgegeben und versucht nun in Kalifornien, Geld von einer Stiftung zu ergattern.«

»Glaubst du, er wird dort mehr Glück haben?«

»Wir sprechen von Kalifornien.« Harry sah in den Rückspiegel. Er runzelte leicht die Stirn und wandte seine Aufmerksamkeit dann wieder der Straße zu. »Dort gibt es jede Menge Verrückte, die mehr als bereit sind, eine seiner übergeschnappten Erfindungen zu finanzieren.«

»Wahrscheinlich hast du recht.« Molly seufzte leise. »Nun, da das dynamische Team Abberwick-Trevelyan das Geheimnis der Horroranschläge offenbar gelöst hat, kann ich wohl wieder in mein Haus zurückkehren.«

»Bei mir ist genug Platz.«

»Ja, das weiß ich. Aber wenn ich noch länger bei dir bleibe, überschreite ich irgendwann die unsichtbare Grenze, die einen Hausgast von einer Mitbewohnerin unterscheidet.«

»Laß dich nicht davon abhalten, sie zu überschreiten.«

»Ich kann nicht ewig bei dir bleiben«, sagte Molly sanft.

»Warum nicht?«

Sie warf ihm einen entnervten Blick zu. »Weil ich es nicht kann. Ganz einfach. Unsere Abmachung lautete, daß ich bei dir wohne, bis wir Kendall gefunden haben.«

»Was bislang noch nicht geschehen ist.«

»Harry, ich habe ein eigenes Zuhause.«

»Ich sehe nicht ein …« Harry unterbrach sich abrupt.

»Stimmt etwas nicht?« Molly fragte, ohne von dem Notizbuch aufzusehen.

»Nichts. Warum?«

»Ich weiß nicht. Ich hatte gerade den Eindruck, daß dich etwas beschäftigt.« Molly blätterte noch eine Seite um und schwieg, um eine Zeichnung zu betrachten, auf der eine Art Helm mit vielen Drähten zu sehen war. »Das ist interessant, Harry. Vielleicht hätten wir Kendalls Forschungsarbeit doch nicht so schnell aussortieren sollen.«

»Welche Forschungen? Hinter den Ideen dieses Verrückten stehen nur Hirngespinste.« Harry trat sanft das Gaspedal nach unten. Der Wagen wurde schneller.

Molly klappte das Ringbuch zu. »Was ist los? Stimmt etwas nicht?«

»Ein Irrer in einem blauen Ford fährt für diese Straße viel zu dicht hinter uns.«

Molly wandte sich im Sitz um und blickte durch die Rückscheibe. Aus der letzten Biegung sah sie einen älteren blauen Wagen auftauchen. Er fuhr sehr schnell und für die kurvige Straße viel zu riskant. Die getönten Scheiben machten es unmöglich, das Gesicht des Fahrers zu erkennen.

»Sieht aus, als wäre jemand sehr ungeduldig. Laß ihn vorbei, Harry.«

»Es gibt keine Überholspur und auf den nächsten zehn Meilen nur enge Kurven.«

»Du könntest an die Seite fahren.« Molly wurde immer unruhiger, je näher der Ford kam. »Tu es, Harry. Vielleicht ist der Fahrer betrunken.«

Harry diskutierte nicht lange und schaltete herunter. Der Ford schoß heran und scherte aus, um zu überholen.

»Er ist gleich vorbei«, sagte Molly, erleichtert über die offensichtliche Absicht des anderen. Nun befand sich der Ford auf gleicher Höhe. Doch er machte keine Anstalten, sie zu überholen. Statt dessen beobachtete Molly entsetzt, wie er näher an den Kühler von Harrys schlankem Sportwagen herandrängte. Plötzlich begriff sie, daß der Fahrer sie von der Straße drängen wollte. Es gab keine Ausweichmöglichkeit. Hinter der wenig Vertrauen erweckenden Leitplanke fiel die Böschung als steiler, mit vereinzelten Bäumen bestandener Abhang jäh in die Tiefe.

»Harry!«

»Halt dich fest«, sagte Harry leise.

Molly hielt den Atem an. Ein Teil von ihr wußte, daß es unmöglich war, dem Ford jetzt noch zu entkommen. Er war zu dicht neben ihnen, und die nächste scharfe Kurve drohte schon und kam rasch immer näher. Molly wartete auf den Aufprall. Die folgenden Ereignisse nahm sie nur verschwommen wahr. Sie war auf einen Zusammenstoß gefaßt gewesen, und deshalb traf sie der heftige Ruck unvermittelt, mit dem der Sportwagen plötzlich Geschwindigkeit verlor, nachdem Harry abrupt gebremst hatte. Molly hörte das protestierende Quietschen der Reifen und spürte, daß der Wagen ins Rutschen geriet. Wie durch einen Schleier sah sie, daß der blaue Ford an ihnen vorbeischoß und sein Ziel verfehlte. Er schwankte wild, als der Fahrer um die Kontrolle über den Wagen kämpfte, bevor die nächste Kurve kam.

Dann war er verschwunden.

Molly wartete, daß der schlitternde Sneath durch die Leitplanke brach.

12

Harry beendete das kontrollierte Rutschmanöver und brachte den Sneath auf der rechten Straßenseite sauber zum Stehen. Automatisch sah er in den Rückspiegel, um sicherzugehen, daß ihnen nicht noch jemand gefolgt war. Dann betrachtete er Molly. Sie saß sicher in ihrem Schalensitz, geschützt durch den Beckengurt und die Schulterriemen. Ihr Gesicht war angespannt, aber sie wirkte erstaunlich ruhig.

»Alles in Ordnung?« Selbst für Harrys Ohren klang seine Stimme rauh wie ein Lavafeld, doch das war nicht zu ändern. Es würde eine Weile dauern. Bis er die Erkenntnis, daß Molly nur knapp dem Tod entronnen war, verarbeitet hatte, würde noch einige Zeit vergehen. Vielleicht ein ganzes Leben.

»Danke, mir geht es gut.« Sie wandte den Kopf, um ihn anzusehen. Ihre Augen waren weit aufgerissen. »Das war ein unglaubliches Fahrkunststück. Ich dachte, wir würden uns überschlagen.«

»Ein guter Wagen.«

Molly schüttelte den Kopf. »Ein guter Fahrer. Jeder andere hätte die Kontrolle verloren. Josh hatte recht. Du besitzt fantastische Reflexe.«

Harry zwang sich zu einem Lächeln, das wahrscheinlich dem skelettähnlichen Grinsen der Gespenstermaske glich. »Wir alle verfügen über unsere kleinen Talente.«

»Deine kleinen Talente haben uns soeben das Leben gerettet«, entgegnete Molly impulsiv. »Hätte ich nicht solche Angst, meinen Sicherheitsgurt zu lösen, solange wir auf dieser Straße stehen, würde ich dir einen dicken, feuchten Kuß geben.«

»Ich werde dich später beim Worte nehmen.« Nach einem weiteren Blick in den Spiegel legte Harry den Gang ein.

Er hätte den blauen Ford einholen können, dachte er mit flüchtigem Bedauern. Eine Verfolgungsjagd wäre jetzt ganz nach seinem Geschmack gewesen. Allein, ohne Molly, würde er dem Wagen auch nachsetzen. Es bestand wenig Zweifel, daß er auf der kurvenreichen Straße einen deutlichen Vorteil besaß. Seine Reflexe und die Fahreigenschaften des Sneath garantierten das. Aber es wäre ein riskantes Unterfangen, und er wollte Molly nicht erneut in Gefahr bringen.

»Glaubst du, daß wir den Wagen der Highway Patrol melden sollten?« fragte Molly nach einer Minute.

Harry zuckte mit den Achseln. »Sicher. Aber ich bezweifle, daß dabei etwas herauskommt. Beinahe-Zusammenstöße sind nichts Ungewöhnliches. Besonders auf Straßen wie dieser.«

»Wir können den Wagen beschreiben. Es war ein älterer Ford.«

»Ja, aber er hatte keine Nummernschilder.«

»Keine Nummernschilder?« Molly starrte Harry an. »In der Aufregung habe ich wohl überhaupt nichts mitbekommen. Ich frage dich nicht gern, aber glaubst du, daß er uns mit Absicht von der Straße drängen wollte? Oder denkst du, der Fahrer stand unter Drogeneinfluß, und wir waren nur zum falschen Zeitpunkt am falschen Ort?«

»Ich weiß es nicht«, antwortete Harry ehrlich. »Aber ich mag keine Zufälle.«

»Der Fahrer war vielleicht betrunken.«

»Vielleicht.«

Molly warf Harry einen prüfenden Blick zu. »Du denkst nicht zufällig das gleiche wie ich, oder?«

»Daß der Fahrer des Wagens Wharton Kendall war?«

Sie seufzte. »Ich wußte es. Dir kam der gleiche Gedanke. Es ist sehr unwahrscheinlich, nicht wahr? Mittlerweile sollte Kendall doch längst in Kalifornien sein.«

»Das wäre zumindest anzunehmen. Aber es scheint allgemein Einigkeit darüber zu herrschen, daß der Kerl ziemlich übergeschnappt ist. Wer weiß, wo er sich gerade aufhält.«

»Warum sollte er in Icy Crest darauf warten, daß jemand nach ihm sucht? Das ergibt keinen Sinn. Er ist aus Shortys Hütte ausgezogen. Wo sollte er schlafen?«

»In seinem Wagen.«

»Und wie ernährt er sich?«

»Er könnte einen Vorrat an Getränkedosen und Crackern in seinem Kofferraum haben.«

»Wie kann er wissen, wann und wo er nach uns Ausschau halten muß?«

Harry dachte einige Sekunden nach. »Er könnte sich im Wald versteckt haben, um die Hütte zu beobachten. Dort wartete er ab, ob jemand kommt und nach Beweisen sucht. Oder es gibt einen Komplizen in Icy Crest, der für ihn die Kleinarbeit macht. Vielleicht der gute alte Pete oder Shorty. Oder einer der Männer, die vor dem Krämerladen standen, hat Kendall benachrichtigt, daß Fremde nach ihm gefragt haben.«

Molly blickte nachdenklich. »Das würde bedeuten, daß er ein Telefon bei sich hat.«

»Handys sind heutzutage nichts Besonderes mehr.«

Molly verzog das Gesicht. »Du hast auf alles eine passende Antwort, nicht wahr? Tatsache ist doch, daß die Leute von Icy Crest Kendall als unheimlichen Kauz abgetan haben. Ich glaube nicht, daß er sehr beliebt war.«

»Selbst unheimliche Käuze besitzen Geld. Gegen Bezahlung könnte jemand in der Stadt bereit gewesen sein, ihn mit Informationen zu versorgen.«

Molly runzelt die Stirn. »Wharton Kendall hat nicht viel Geld. Besäße er genug, würde er sich nicht bei der Abberwick-Stiftung um finanzielle Unterstützung bemühen.«

»Ich glaube nicht, daß mehr als fünfzig Dollar nötig wären, um einen dieser Männer von Petes Laden in Versuchung zu führen. Verdammt, für fünfundzwanzig Dollar und ein Hemd würde Pete wahrscheinlich seine eigene Mutter verkaufen.«

»Du könntest recht haben. Verflixt, diese Geschichte wird immer komplizierter, nicht wahr? Es könnte noch eine ganze Weile so weitergehen.« Molly verstummte.

Harry verstand und sagte nichts. Für ihn war es normal, endlose Stunden in Gedanken versunken zu verbringen, und er kannte Molly nun lange genug, um zu wissen, daß sie ebenfalls oft nachdachte. Aber der abwesende Ausdruck in ihrem Gesicht beunruhigte ihn. Bevor sie nach Seattle zurückkehrten, mußte er über einen wichtigen Punkt mit ihr sprechen. »Molly?«

»Hm?«

Harry umfaßte das Lenkrad fester. Er mußte behutsam vorgehen. »Eine Sache hat dieser Vorfall heute geklärt. Du wirst definitiv bei mir wohnen, bis alles vorbei ist.«

Molly wirkte verblüfft. »Woher wußtest du, daß ich darüber nachdachte, in mein eigenes Haus zurückzukehren?«

»Weil ich deine Gedanken lesen kann«, gab er zurück, irritiert über ihre Ungläubigkeit.

»Meine Gedanken lesen?« Sie warf ihm ihr strahlendes, augenzwinkerndes Lächeln zu. »Ah, richtig. Das berüchtigte Zweite Gesicht der Trevelyans.«

»Es war ein Scherz, Molly.«

»Ich weiß.« Ihr Lächeln verschwand. Sie berührte seinen Arm leicht. »Ich wollte dich nur aufziehen.«

Harry wählte den logischen, wohlüberlegten Weg. Darin war er am besten. »Du würdest dich sicherer fühlen, und ich brauche mir sehr viel weniger Sorgen machen, wenn du bei mir bliebst, bis wir Kendall gefunden haben.«

»Das kann eine Weile dauern. Und was geschieht, wenn du ihn nicht findest? Wenn er einfach verschwunden ist?«

Die Konsequenz, die diese Frage aufwarf, raubte Harry den Atem. Eine Fantasie blitzte in ihm auf, die schon länger im Hintergrund wartete. Wenn Molly nun für immer zu ihm käme? Natürlich würde er Kendall eines Tages finden. Der Mann war zu nachlässig und zu unsystematisch, um spurlos zu verschwinden. Harry würde ihn ausfindig machen und dafür sorgen, daß er Molly nie wieder belästigte. Und wenn Molly nicht auszog? »Wäre das ein Problem?« fragte er leise.

Sie verschränkte die Arme vor der Brust und sah angestrengt auf die Straße. »Wie ich schon sagte, bevor wir durch den blauen Ford unterbrochen wurden: Ich kann nicht ewig bei dir bleiben.«

»Warum nicht?«

»Ausgerechnet du mußt mich das fragen, Harry? Zu Beginn unserer Beziehung warst *du* doch darauf bedacht, mir zu beweisen, wie wenig Gemeinsamkeiten wir besitzen.«

»Du hast der Liste ebenfalls einige Dinge hinzugefügt«, erinnerte er Molly. »Etwas über Möhren und Karotten. Vielleicht haben wir beide die Unterschiede zu wichtig genommen. Dort, wo wir Gemeinsamkeiten besitzen, scheinen wir gut miteinander zu harmonieren.«

Molly wandte rasch den Kopf und sah ihn an. Er konnte die intensive Neugier und die sensitive Bewußtheit spüren, die von ihr ausgingen. Angestrengt suchte er nach logischen, vernünftigen Worten, die sie davon überzeugen würden, daß es der richtige Entschluß für sie war, bei ihm einzuziehen. Aber in diesem entscheidenden Augenblick ließ ihn sein hervorragend arbeitender Verstand im Stich. Harry konnte keinen Druck auf Molly ausüben. Ihm blieb nur, sie zu bitten.

Fragen? Bitten? Hoffen? Das war nicht sein Gebiet. Er würde sich hüten, das Risiko einzugehen, andere um etwas zu bitten. Was zum Teufel war los mit ihm? Die Erkenntnis traf ihn wie ein Schock. Was er in diesem Augenblick erlebte, während er auf Mollys Antwort wartete, war ihm wohlbekannt. Es ähnelte dem Gefühl in jener Nacht, als er im Strudel seiner tiefen Konzentration gefangen und Molly in jungfräulichem Weiß zu ihm gekommen war. Harry fühlte sich auf eine Weise verletzlich, die er nicht verstand. Eine furchterregende Empfindung.

»Einige Tage bei dir zu bleiben ist *eine* Sache«, sagte Molly sanft. »Für immer würde bedeuten, daß wir zusammenleben.«

Ja, das bedeutet es, dachte Harry. Du würdest jede Nacht in meinem Bett liegen. Und morgens beim Frühstück sitzt du mir gegenüber.

»Nun ...«

»Nur bis wir Wharton Kendall gefunden haben und mit ihm fertig sind«, sagte Harry.

»Also gut. Wenn du sicher bist, daß du es wirklich willst.«

Ich will nicht, ich *muß*, schoß es Harry durch den Kopf, der noch immer von seiner Entdeckung wie betäubt war. »Es ist die einzige vernünftige Entscheidung«, sagte er laut.

»Richtig. Es ist vernünftig.«

Am nächsten Morgen trat Harry im einunddreißigsten Stock aus dem Fahrstuhl des Bürohochhauses in der Innenstadt. Die massiven, glänzenden Messingbuchstaben an der Wand gegenüber der Fahrstuhlfront formten den Firmennamen, der die Strattons zu einer der einflußreichsten Familien in Seattle gemacht hatte.

STRATTON PROPERTIES INC.
IMMOBILIEN
INDUSTRIEANLAGEN UND
BAUENTWICKLUNG

Er wandte sich nach rechts und ging über den mit dickem Velours ausgelegten Korridor zum Empfangstisch. Dort sah eine etwa zwanzigjährige, klassisch gekleidete, attraktive Frau lächelnd auf. Sie erkannte ihn sofort. Harry erschien nicht oft in der Verwaltung von Stratton Properties, aber das Personal kannte ihn vom Sehen. Gewöhnlich hinterließen seine Besuche einen bleibenden Eindruck.

»Guten Morgen, Mr. Trevelyan. Was kann ich für Sie tun?«

»Guten Morgen, Verna. Würden Sie meinem Großvater bitte ausrichten, daß ich ihn für einige Minuten sprechen möchte?«

»Sicher.« Verna drückte einen Knopf auf ihrem Schreibtisch. »Mr. Stratton?«

»Was ist, Verna?« Parker Strattons Stimme klang rauh vom Alter, hatte aber nichts von ihrer Autorität verloren.

»Mr. Trevelyan ist hier und möchte Sie sprechen.«

Es folgte eine kurze Pause. Kurz darauf ertönte mit dumpfem Grollen Parker Strattons Stimme durch die Sprechanlage zurück. »Sagen Sie ihm, daß ich beschäftigt bin. Geben Sie ihm einen Termin für nächste Woche.«

Mit einem freundlichen Nicken trat Harry an dem Tisch vorbei. »Danke, Verna. Halten Sie alle Anrufe zurück, bis ich fertig bin.«

»Aber Mr. Trevelyan«, rief Verna ängstlich. »Mr. Stratton sagte, daß er im Augenblick beschäftigt sei ...«

»Viel kann er nicht zu tun haben. Er hat sich offiziell zur Ruhe gesetzt.« Harry bog um die Ecke und ging an einer geschmackvoll arrangierten Vitrine mit Glaskunst vorbei, die eine ganze Wand einnahm. Ohne anzuklopfen, betrat er Parkers Büro.

Der saß, einen Goldfüllhalter in der schwieligen Hand, hinter seinem Schreibtisch. Ein Finger lag noch auf dem Knopf der Gegensprechanlage. Er warf Harry einen zornigen Blick entgegen. »Du besitzt die ungehobelten Manieren eines Trevelyan.«

»Ich *bin* ein Trevelyan.« Harry schloß die Tür und nahm sich einen Stuhl. »Zu deinem Pech bin ich außerdem ein Stratton.«

»Ich nehme an, daß du nicht in mein Büro eingedrungen bist, um mit mir über Stammbaumfragen zu diskutieren. Was willst du?«

»Ich bin hier, um über Brandons Plan zu reden, ein eigenes Unternehmen aufzubauen.«

»Teufel auch.« Parker warf seinen goldenen Füllhalter zur Seite. »Ich wußte, du würdest dich früher oder später in dieses Fiasko einmischen. Hat Danielle dir etwas vorgeweint? Oder war es Olivia?«

»Ich habe mit beiden gesprochen. Und mit Brandon auch.«

»Was zum Teufel ist nur los mit dir, Harry? Was kümmerst du dich immer wieder um Familienkram wie diesen?«

»Keine Ahnung. Vielleicht liegt es daran, daß ich auch zur Familie gehöre.« Harry streckte die Beine aus und betrachtete seinen Großvater.

Vor einigen Jahren, mit siebzig, hatte Parker Stratton sich widerstrebend vom Tagesgeschäft zurückgezogen und Stratton Properties seinem Sohn Gilford überlassen. Doch nichts – sah man vom Eingreifen Gottes ab – würde Parker daran hindern, jeden Tag ins Büro zu kommen. Stratton Properties war sein Leben. Den Umgang mit Geld und Immobilien hatte er von frühesten Kindheitstagen an mit der Atemluft aufgesogen, und diese Nahrung war ihm gut bekommen. Er benutzte einen Stock, wenn die Arthritis im Knie ihn quälte, aber sonst besaß er eine ausgezeichnete Gesundheit. Dank des feinknochigen Körperbaus der Strattons wirkte Parker mindestens zehn Jahre jünger, als er tatsächlich war. Der Familienarzt hatte ihm gesagt, sein Herz und seine Lunge könnten einem zwanzig Jahre jüngeren Mann gehören.

Stratton Properties war ein Teil von Parker, den er brauchte wie die Luft zum Atmen. Er würde auf seinem Sessel hinter dem Schreibtisch sterben.

»Ich komme gleich zur Sache«, kündigte Harry an. »Ich denke, du solltest Brandon seine Chance geben. Sag ihm, daß du hinter ihm stehst. Und versichere ihm, daß er keine Repressalien zu befürchten hat.«

Parker zielte mit dem Finger auf Harry. »Du hältst dich da raus, Junge. Soweit ich die Sache beurteilen kann, bist du der Grund, warum er sich diese gottverdammt dumme Idee in den Kopf gesetzt hat.«

Harry hob beide Hände, die Handflächen nach vorne. »Mein Pfadfinderehrenwort. Ich habe ihn nie ermutigt, sich auf eigene Faust ins Immobiliengeschäft zu stürzen. Auf diese Idee ist er ganz allein gekommen.«

»Den Teufel ist er! Er hat mitbekommen, daß du deinen ererbten Platz bei Stratton Properties verlassen hast, und will nun der Familie beweisen, daß er genauso starrsinnig und unabhängig ist wie du.«

»Das ist zuviel Ehre für mich«, sagte Harry.

»Mit Ehre hat das überhaupt nichts zu tun.« Parkers Augen funkelten vor Zorn. »Du trägst die Schuld an dieser blödsinnigen Entwicklung. Ohne dich wäre Brandon nie auf den Gedanken gekommen, die Firma zu verlassen.«

»Wie kannst du da so sicher sein?«

»Ich bin verdammt sicher«, beharrte Parker. »Du hast einen schlechten Einfluß auf ihn.«

»Er ist flügge und will allein fliegen. Warum läßt du ihn nicht seine eigenen Erfahrungen machen?«

Parker ballte die Hand zur Faust. »Dort draußen wird er kein Jahr überleben.«

»Das ist nicht gesagt. Schließlich fließt auch in seinen Adern das Blut der Strattons. Dein Blut. Wer weiß, wozu er fähig ist?«

»Auch du besitzt Stratton-Blut.« Parkers Augen verengten sich. »Aber es reichte nicht, um einen Geschäftsmann aus dir zu machen.«

»Wir wissen beide, daß ich nicht für einen Posten innerhalb der Unternehmenshierarchie geschaffen bin«, entgegnete Harry sanft.

»Du meinst, du wärst nicht fähig, der wirklichen Welt gegenüberzutreten. Lieber versteckst du dich in deinem verdammten Elfenbeinturm. Du könntest heute Vizepräsident sein, wenn du nach deiner Ankunft in Seattle in die Firma eingetreten wärst.«

»Das ist sehr unwahrscheinlich«, widersprach Harry. »Nach drei Monaten wäre ich von dir und Gilford hinausgeworfen worden. Ich hätte nicht hierhergepaßt.«

»Weil es dir an der Disziplin fehlt, dich einzufügen«, entgegnete Parker. »Da liegt dein Problem, Harry. Du bist viel zu arrogant und dickköpfig. Das ist die Schuld deines Vaters. Er hat dich absichtlich deinem Erbe entfremdet. So konnte er allem, was Stratton heißt, eine lange Nase machen. Es war seine letzte Rache an mir. So und nicht anders verhält es sich.«

»Ich denke, über diese Dinge haben wir in der Vergangenheit ausgiebig genug gesprochen.«

Parker preßte die Kiefer aufeinander. Einen Augenblick lang schien es, als wollte er den alten Streit wiederaufleben lassen. Dann lehnte er sich in seinem Sessel zurück. »Was höre ich da über dich? Du hast eine neue Freundin?«

Harry hob die Brauen. »Manches spricht sich schnell herum. Sie heißt Molly Abberwick.«

»Danielle sagt, es sähe aus, als wäre sie bei dir eingezogen.«

»Das stimmt. Für eine Zeitlang.«

Parkers Züge verdüsterten sich. »Du weißt, daß ich solche Dinge nicht mag.«

»Sicher.« Harry schob die Fingerspitzen vor. »Laß uns zum Thema Brandon zurückkehren.«

»Da gibt es nichts zu besprechen. Erwarte nicht, daß ich ihn bei seinem idiotischen Plan ermutige, auf eigene Faust in die Geschäftswelt einzusteigen. Er ist seiner Familie verpflichtet.«

»Danielle fürchtet, daß du Brandon enterbst, wenn er sich selbständig macht.«

»Und das werde ich auch tun«, antwortete Parker sofort. »Ich habe es ihm bereits gesagt.«

»Verzichte auf die Drohungen. Gib ihm deinen Segen, Parker.«

»Warum zum Teufel sollte ich?«

»Weil er ohnehin gehen wird, und weil Danielle sehr viel weniger nervliche Belastungen ertragen müßte, wenn du deine Zustimmung gibst.«

»Warum sollte ich irgend jemandem das Leben leichter machen?«

Harry wartete einige Sekunden, bis er wußte, daß er Parkers volle Aufmerksamkeit besaß. »Du schuldest es Danielle.«

»Ich soll ihr etwas schulden? Bist du verrückt? Ich habe meiner Tochter alles gegeben. Jedem in der Familie habe ich zu viel gegeben. Da liegt das Problem. Sie sind alle verwöhnt.« Parker schob die Brauen zusammen. »Was also schulde ich ihr?«

»Sie hat dir geholfen, deine kostbare Firma zu retten, nachdem deine älteste Tochter mit meinem Vater durchgebrannt ist«, antwortete Harry gleichmütig. »Sie hat das getan, was von meiner Mutter erwartet worden war, und Dean Hughes geheiratet. Ihretwegen hast du die Möglichkeit zur finanziellen Sanierung erhalten, die du damals so dringend brauchtest. Und du bekamst Hughes Verbindungen. Sie waren sogar noch mehr wert als das Geld, nicht wahr?«

Für einige Sekunden starrte Parker Harry mit offenem Mund an. Dann klappten seine Zähne aufeinander. »Wie kannst du es wagen, mir zu unterstellen, ich hätte Danielle in diese Ehe gezwungen! Als wenn ich das gekonnt hätte. Wir leben nicht im Mittelalter.«

»Soweit es dich betrifft, bin ich da anderer Meinung. Du verfügst wie ein Feudalherr in alten Zeiten über das Leben anderer Menschen.«

»Ich besitze das Recht, über einige Dinge hier zu bestimmen. Immerhin habe ich das Unternehmen aufgebaut. Ohne mich gäbe es Stratton Properties Incorporated nicht.«

»Und ohne die Hilfe anderer«, konkretisierte Harry leise. »Vor allem die deiner Tochter Danielle. Sie sprang in die Bresche, nachdem meine Mutter mit meinem Vater weggegangen war. Du bist ihr verpflichtet, Parker.«

»Ich schulde ihr überhaupt nichts.«

»Doch, eine ganze Menge, und das weißt du. Zum Wohl des Familienunternehmens hat sie eine entsetzliche Ehe ertragen. Ohne sie wäre Stratton Properties vor dreißig Jahren untergegangen. Nun ist die Zeit gekommen, ihr dieses Opfer zurückzuzahlen.«

»Was soll diese plötzliche Sorge darum, ob deine Tante eine glückliche Ehe geführt hat? Die meisten Menschen sind nicht glücklich verheiratet.«

»Meine Eltern waren es«, entgegnete Harry leise.

Parker wurde rot vor Zorn. »Sean Trevelyan hat meine kleine Brittany der Familie geraubt. Er hat sie verführt, verdammt. Wie ein Dieb in der Nacht ist er gekommen und hat sie von ihrem Zuhause, ihrem Erbe und allem, was rechtmäßig ihr gehörte, weggebracht.«

»... und sie glücklich gemacht.«

»Er hat ihr nie gegeben, was sie verdient hätte.«

Harry hielt Parker Strattons Blick stand. »Wenn du wissen willst, was aus meiner Mutter nach einigen Ehejahren mit Dean Hughes geworden wäre, dann sieh dir Danielle an.«

»Wie kannst du es wagen!« brüllte Parker. »Wenigstens wäre sie dann noch am Leben!«

Harry fühlte sich, als wäre plötzlich alle Luft aus dem Raum entwichen. *Er kam zu spät. Sie waren beide tot. Und nun würde auch er sterben. Niemals würde er rechtzeitig an die Oberfläche zurückkehren. Zu spät. Zu spät.* Gefühle heulten durch seine Seele wie ein kalter Nordwind. Für einen Augenblick begannen die Schutzmauern, die ihn vom Abgrund trennten, zu schwanken und drohten sich aufzulösen. Er konnte durch sie in die endlose Dunkelheit hindurchsehen, die mit furchtbarer Verführungskraft lockte. Es wäre so einfach, sich in die Tiefe fallen zu lassen und für immer verloren zu sein. Doch da erschien Mollys Bild vor seinem geistigen Auge. Sie lächelte ihm von der entgegengesetzten Seite des Abgrunds zu …

Langsam kehrte Harry in die Realität zurück. Er sah Parker an. »Wie ich sagte – du schuldest Tante Danielle etwas. Gewähre ihr in diesem einen Punkt, der für sie so wichtig ist, deine Unterstützung.«

»Wovon sprichst du?«

Harry erhob sich. »Von ihrem Seelenfrieden wegen Brandons Zukunft. Brandon braucht ihn nicht, aber sie. Viel Frieden hat Danielle in ihrem Leben nicht gekannt. Sie war zu sehr damit beschäftigt, dir zu gefallen.«

Parker ballte die Hände, die auf den Armlehnen des Schreibtischsessels ruhten, zu Fäusten. »Wer zum Teufel hat dich zum Racheengel der Familie ernannt?«

Harry öffnete die Tür. »Ich wäre verdammt, wenn ich es wüßte.«

»Du kannst wirklich ein durchtriebener Hund sein, Harry, weißt du das?«

Über die Schulter sah Harry noch einmal zurück. Schweigend musterten sie sich. »Das liegt in der Familie. Auf beiden Seiten.« Er trat aus dem Raum und schloß die Türe leise hinter sich. Als er sah, daß Onkel Gilford vor der Glasdekoration auf ihn wartete, war er nicht sonderlich überrascht. Er lächelte matt. Heute war nicht sein Glückstag.

Gilford, das jüngste von Parkers drei Kindern, war neunundvierzig. Mit seinen aristokratischen Zügen, dem hellen Haar und den haselnußbraunen Augen sah er ebenso gut aus wie der Rest der Strattons. Vor fünfzehn Jahren hatte er Constance Heeley, die Tochter eines bekannten Reeders geheiratet. Das Paar hatte zwei Kinder. Zum Glück für die Strattons besaß Gilford nicht nur das typische Familiengesicht, sondern hatte auch den Geschäftssinn der Strattons geerbt. Unter seiner Leitung florierte Stratton Properties.

»Was ist nun wieder los, Harry?« Gilford betrachtete ihn mit kühler Vorsicht. Dann blitzte die Erkenntnis in seinen Augen auf. »Verdammt, du hast Parker aufgeregt, nicht wahr?«

»Das ist nicht schwer. Du weißt so gut wie ich, daß Parker sich schon bei meinem Anblick aufregt. Aber keine Sorge, er wird auch dieses Gespräch überleben.«

Gilford machte einen drohenden Schritt in Harrys Richtung. »Du hast mit ihm über Brandons idiotischen Plan geredet, die Firma zu verlassen, richtig?«

»Ja.«

»Halt dich da raus. Du weißt, wie der alte Mann darüber denkt, wenn jemand aus der Familie die Firma verlassen will.«

»Allerdings«, sagte Harry.

»Ich warne dich. Misch dich da nicht ein. Laß Parker die Angelegenheit regeln.«

»Seine Weigerung, Brandon in Frieden ziehen zu lassen, zerreißt Danielle innerlich.«

Gilfords Gesichtsausdruck spannte sich. »Ich weiß. Und es tut mir leid, aber so laufen die Dinge eben. Es ist nicht dein Problem. Versuche wenigstens dieses eine Mal, dich nicht in Familienangelegenheiten einzumischen.« Gilford wandte sich auf dem Absatz um und lief durch den Korridor zu seinem Eckbüro. Harry sah ihm nach. Dann ging er durch den Empfangsbereich zu den Aufzügen. Molly würde zum Essen nach Hause kommen. Das war die gute Nachricht für diesen Tag.

Molly faltete die Hände auf ihrem Schreibtisch und betrachtete die besorgten, ernsten Mienen, mit denen ihre Tante und Cutter Latteridge sie ansahen. Sie wußte, daß beide es gut meinten, aber die Einmischung ärgerte sie.

»Mach dir keine Gedanken wegen mir, Tante Venicia. Ich bin in Harrys Wohnung gut untergebracht.«

»Aber Liebes, wenn du dich in deinem Haus nicht sicher fühlst, kannst du bei mir wohnen.« Venicias weichfallendes Kleid in Orange und Fuchsie leuchtete wie die tropischen Fische in Harrys Aquarium. Doch in ihren Augen glitzerte ein besorgter Blick. »Ich weiß wirklich nicht, ob du einfach so bei Harry Trevelyan einziehen solltest. Schließlich kennst du ihn kaum.«

»Glaube mir, ich lerne ihn jeden Tag besser kennen«, antwortete Molly.

Entschlossen reckte Venicia die Schultern. Sie warf einen schnellen Blick zu Cutter und sah dann stirnrunzelnd zu Molly zurück. »Liebes, Cutter und ich haben über deinen Dr. Trevelyan gesprochen und den Eindruck gewonnen, daß an der ganzen Sache etwas nicht stimmt.«

»Etwas nicht stimmt?« wiederholte Molly.

Cutter räusperte sich vielsagend. »Ich weiß, daß es mich nichts angeht. Ich gehöre noch nicht wirklich dazu.« Er schwieg, um seine Worte in Gedanken vorzubereiten. Dabei berührte er sanft Venicias Hand. »Aber ich fühle mich, als wäre ich schon fast ein Teil der Familie, und deshalb muß ich etwas dazu sagen.«

»Cutter, bitte«, sagte Molly. »Machen Sie sich keine Sorgen.«

»Ich kann nicht anders, meine Liebe.« Cutter fiel in den würdevollen Ton, den er so gut beherrschte. »Ich bin äußerst betroffen über diese Angelegenheit. Wenn Ihnen in der letzten Zeit seltsame Dinge zugestoßen sind und Sie sicher sind, daß diese Anschläge nicht das Werk von Freunden Ihrer Schwester sind, empfehle ich Ihnen dringend, die Polizei einzuschalten.«

»Tatsache ist, daß Harry gestern mit der Polizei gesprochen hat«, sagte Molly. »Die Beamten können nicht viel tun, vor allem da Wharton Kendall sich nach Kalifornien abgesetzt hat.«

»Aber über dieses Auto können sie doch sicher etwas herausfinden, das euch gestern von der Straße drängen wollte«, sagte Venicia.

»Sie konnten auch nicht mehr tun, als den Vorfall zu den Akten zu nehmen und uns zu versichern, daß sie auf einen blauen Ford achten werden, der in verkehrsgefährdender Weise gefahren wird«, erklärte Molly. »Harry und ich sind nicht einmal sicher, ob es zwischen dem Versuch, uns von der Straße zu drängen, und Wharton Kendall eine Verbindung gibt. Je länger ich darüber nachdenke, desto mehr bezweifle ich es. Wir sind wahrscheinlich nur die Beinahe-Opfer eines Betrunkenen geworden.«

Cutter sah sie nachdenklich an. »Warum glauben Sie, daß es keine Verbindung gibt?«

»Weil Kendalls Rache bisher nur darin bestand, mich mit kindischen Scherzen zu erschrecken«, sagte Molly. »Er wollte mir ganz sicher keine körperlichen Verletzungen zufügen.«

Cutters Augen verengten sich. »Sollte dieser Wharton Kendall für die Vorfälle verantwortlich sein, handelt es sich offensichtlich um einen kranken Menschen, meine Liebe. Seine wahnhafte Rache eskaliert womöglich. Er könnte gefährlich werden. Ihre Tante hat recht. Sie sollten besser bei ihr wohnen, bis alles vorüber ist.«

»Ich bin bei Harry in Sicherheit«, beharrte Molly. Sie wollte nicht darauf hinweisen, daß sie, falls Kendall weiter eine Bedrohung darstellte, Venicia ebenfalls in Gefahr bringen würde.

Venicia seufzte. »Meine Liebe, ich klinge nicht gern altmodisch, aber du mußt wirklich daran denken, wie dein Handeln nach außen wirkt. Die Leute werden sich fragen, welche Absichten Dr. Trevelyan hat.«

Molly rollte die Augen. »Tante Venicia, bitte. Wir leben nicht im vorigen Jahrhundert.«

Cutter machte ein grimmiges Gesicht. »Ich glaube, wir können uns Trevelyans Absicht denken.«

Molly sah ihn düster an. »Was soll das heißen?«

»Es heißt«, begann Cutter, »daß mehr dahintersteckt, als auf den ersten Blick erkennbar ist. Ich weiß, daß Sie sich zu dem Mann hingezogen fühlen, meine Liebe. Aber Sie müssen einen klaren Kopf bewahren. Sie sind für eine Menge Geld verantwortlich.«

Molly löste die Hände und stemmte sie gegen die Tischkante. »Glaubt ihr immer noch, Harry wäre nur deshalb an mir interessiert, weil er mit seinem Beraterhonorar ein Vermögen absahnen will?«

»Sei nicht ärgerlich, Liebes«, sagte Venicia schnell. »Cutter und ich machen uns nur Sorgen wegen dieser ungewöhnlichen Beziehung, die sich so plötzlich zwischen dir und Dr. Trevelyan entwickelt hat.«

»Ich sage es nur ungern«, fügte Cutter ahnungsvoll hinzu. »Aber ich habe den Verdacht, daß Ihr Dr. Trevelyan diese Geschichte mit Wharton Kendall ausnützt.«

»Das ist absurd«, widersprach Molly.

»Tatsächlich?« Cutter wirkte nicht überzeugt. »Mir scheint, daß er Sie immer tiefer in sein Netz zieht. Trevelyan hat Sie überzeugt, daß Sie neben seiner Sachkenntnis auch seinen Schutz brauchen. Sie werden emotional in die Sache verwickelt, meine Liebe.«

»Zum letztenmal«, sagte Molly durch die Zähne. »Ich weiß, was ich tue.«

Cutter schüttelte den Kopf. »Jeder Treuhänder einer wohlhabenden Stiftung muß bei einer so persönlichen Beziehung mit einer Person, die Geld aus dem Vermögen erhält, wachsam sein. Nein, meine Liebe, wie ich die Dinge sehe, müssen wir uns über zwei Bedrohungen Gedanken machen. Ein seelisch labiler Erfinder, der auf Rache sinnt, und der gleichermaßen unerfreuliche Verdacht, daß Sie mit einem skrupellosen Berater zusammenarbeiten.«

Molly spürte, wie sie die Wut überkam. »Wäre Harry so versessen auf den Zugang zu einem Vermögen, hätte er das Geld der Strattons nicht ausgeschlagen.«

Cutter betrachtete sie verständnisvoll. »Er hat es nicht direkt ausgeschlagen, meine Liebe. Nach meinen Informationen haben er und sein Großvater einen bitteren Kampf geführt. Harry Trevelyan weigerte sich, für die Firma zu arbeiten. Deshalb hat Stratton ihn vom Familienvermögen ausgeschlossen. Und es gibt noch etwas, das Sie wissen müssen.«

»Und zwar?« fragte Molly.

Cutter zögerte. »Ich sage es ungern, aber ich habe Gerüchte gehört, daß Harry Trevelyan psychisch angeblich nicht gesund sei.«

»Wie bitte? Wo haben Sie das denn her?«

Cutter seufzte. »Ein Bekannter von mir hat bei Stratton Properties gearbeitet. Er kennt ein paar Leute dort. Offenbar hat Trevelyans Verlobte mit ihm gebrochen, nachdem sie entdeckt hatte, daß er an irgendeiner psychischen Störung litt. Sie ist Psychologin, wie ich erfahren habe. Deshalb wußte sie, worum es sich handelt.«

Molly sprang auf. »Das ist gelogen. Harry ist nicht krank!«

»Bitte, Molly«, besänftigte Venicia. »Du mußt vernünftig sein.«

Düster sah Molly ihre Tante an. »Und was soll ich deiner Meinung nach tun?«

Venicia lächelte begütigend. »Ich habe tatsächlich eine Idee, Molly.«

»Und welche?«

»Du könntest mir die Treuhänderschaft übertragen«,

sagte Venicia. »Ich weiß, daß die Stiftung von Anfang an eine Belastung für dich war. Wenn ich deine Stelle einnehme, kannst du dich völlig aus der Sache zurückziehen.«

Molly starrte sie an. »Ich soll dir die Stiftung übertragen?«

»Es ist nur ein Gedanke«, beschwichtigte Cutter sie sanft. »Wharton Kendall würde bald begreifen, daß Sie mit den Gelddingen nichts mehr zu tun haben. Das könnte seinen Rachedurst besänftigen. Und Dr. Trevelyan wäre auch nicht länger ein Risiko.«

»Er *ist* kein Risiko«, flüsterte Molly.

»Sehen Sie es doch so«, erklärte Cutter. »Wenn sein romantisches Interesse an Ihnen echt ist, wird es ihm gleichgültig sein, ob Sie noch für die Stiftung verantwortlich sind.«

»Dann weißt du sehr schnell, ob seine Absichten ehrenhaft sind«, fügte Venicia hinzu.

Molly schüttelte den Kopf. »Tante Venicia, du würdest diesen Posten nicht haben wollen. Die Stiftung zu leiten verursacht dauerhafte Kopfschmerzen.«

»Gut, das stimmt. Ich reiße mich nicht um diese Aufgabe«, gab Venicia ehrlich zu. »Aber ich bin bereit, die Verantwortung zu übernehmen. Das ist das wenigste, was ich tun kann. Cutter könnte mir zur Seite stehen. Er hat viel Erfahrung im Ingenieurwesen. Er könnte die Anträge auswählen und Vorschläge machen.«

»Ich muß zugeben, daß ich diese Tätigkeit interessant fände«, sagte Cutter nachdenklich. »Mein altes Gehirn würde nicht einrosten.«

»Wir leben beide im Ruhestand«, erinnerte Venicia ihre Nichte. »Wir haben Zeit für Wohltätigkeitsaufgaben.«

»Überdenken Sie es, Molly.« Cutter stand auf und nahm Venicias Hand. »Ihrer Tante die Zügel der Stiftung zu übergeben, könnte Ihre Probleme lösen. Und nun müssen Sie uns entschuldigen. Venicia und ich haben eine Verabredung mit unserem Reisebüro. Wir müssen schließlich die Hochzeitsreise planen.«

»Dabei fällt mir ein«, begann Venicia noch einmal. »Du wirst doch dein Versprechen halten und mich begleiten, wenn ich das Hochzeitskleid kaufe, Molly?«

»Ich werde es nicht vergessen«, versprach Molly.

Venicia und Cutter wandten sich zur Bürotür um. Als sie bemerkten, daß sie offenstand, verharrten sie abrupt. Harry lehnte am Türrahmen.

»Lassen Sie sich von mir nicht aufhalten«, sagte er leise.

Cutter schnaubte. »Wir haben nicht die Absicht.« Er führte Venicia nach draußen. Kurz darauf schloß sich die Ladentür hinter ihnen.

Molly schluckte. »Ich habe dich nicht hereinkommen hören.«

»Wie kommt es, daß neuerdings immer, wenn ich dein Büro betrete, jemand da ist, der dich davon überzeugen will, ich wäre eine Gefahr für das Vermögen der Abberwick-Stiftung?« fragte Harry. »Zuerst Gordon Brooke und nun deine Tante mit ihrem Verlobten.«

»Es tut mir leid, daß du das mitanhören mußtest. Venicia und Cutter haben sich Sorgen gemacht. Das ist alles. Es geht um diese Geschichte mit Wharton Kendall.«

»Es klang nach mehr«, sagte Harry. »Ich glaube etwas über ehrenhafte Absichten mitbekommen zu haben.«

Molly wurde rot. »Tante Venicia und Cutter sind etwas altmodisch.«

»Welch ein Zufall.« Harrys Blick war nicht zu deuten. »Ich komme auch gerade von einem Treffen mit jemandem, der eine altmodische Ansicht über zwei Menschen vertritt, die ohne Heiratsurkunde zusammenleben.«

Molly schenkte ihm ein strahlendes Lächeln. »Um so glücklicher sollten wir uns schätzen, daß wir zu den modernen Menschen gehören.«

13

»Er heißt Wharton Kendall«, erklärte Harry am Telefon. Während er mit Fergus Rice sprach, ging er in seinem Arbeitszimmer umher. »Ich möchte herausfinden, wo er sich aufhält, und möglichst auch, wo er gestern war.«

»Ich werde mein Bestes tun. Faxen Sie mir dic entsprechenden Seiten aus dem Finanzierungsantrag, von dem Sie sprachen, und alles andere, was interessant sein könnte.«

»Gut.«

Es folgte eine Pause, die von leisen, klickenden Geräuschen am anderen Ende der Leitung begleitet wurde. Harry wußte, daß Fergus sich am Computer Notizen machte. Fergus Rice war Privatdetektiv. Einer der besten. Harry hatte seine Dienste gelegentlich in Anspruch genommen, wenn er im Rahmen seiner Ermittlungen bei Wissenschaftsbetrug zur Untermauerung seiner logischen Schlußfolgerungen reale Fakten gebraucht hatte. Harry war Experte für theoretische und technische Fragen, aber kein Detektiv im klassischen Sinn, der auf leisen Sohlen umherschlich und Beweise sammelte. Zweifellos hätte er diese Kunst erlernen können, aber er zog es vor, seine Zeit nicht mit dem Überprüfen von Adressen und Telefonnummern zu verbringen. Er bezahlte andere Leute, die diese Aufgaben bei Bedarf für ihn erledigten, und stellte seinen Kunden die Kosten dann in Rechnung.

»War's das?« fragte Fergus, nachdem er seine Mitschrift beendet hatte.

»Für den Augenblick. Wenn ich mehr weiß, melde ich mich. Bitte kümmern Sie sich gleich um die Sache, Fergus. Der Mann dreht jeden Tag mehr durch. Die ersten beiden Scherze waren nicht lebensbedrohlich, aber wenn es sich bei dem Fahrer des blauen Fords gestern um Kendall handelt, ist er mittlerweile hochgefährlich geworden.«

»Ich hänge mich gleich dahinter.«

Harry beendete das Gespräch und blieb dann vor dem

großen Salzwasseraquarium stehen. Wie viele Personen würden sich noch einmischen, um Molly zu überzeugen, daß sie ihm nicht vertrauen durfte? fragte er sich, während er die Engelfische betrachtete, die das Miniaturriff umschwärmten. Er besaß den Ruf, subtil vorgehende Schwindler und Scharlatane zu enttarnen. Große Firmen und die Regierung nahmen seine Dienst in Anspruch, wenn sie einen Verdacht auf Wissenschaftsbetrug hegten. Er hatte ein Buch über die Geschichte der wissenschaftlichen Fälschungen geschrieben und eines über die Gefahren wissenschaftlicher Illusionen. Beinahe kam es ihm so vor, als hätte er der Aufdeckung von Betrug sein ganzes Leben gewidmet. Das Erbe der Trevelyans hatte ihm die Fähigkeit verliehen, Gauner, Betrüger und Lügner zu enttarnen. Sein Universitätsstudium hatte ihm das Wissen und die Denkfähigkeit vermittelt, faulen Zauber im High-Tech-Bereich aufzudecken.

Er hatte immer auf der Seite der Wahrheit gestanden. Immer war er es gewesen, der einen Betrug ans Licht gebracht hatte. Er befand sich auf der rechtschaffenen Seite und wies mit dem Finger auf die Lügner. Nun versuchten andere, Molly einzureden, daß seine Absichten falsch seien und er sich unrechtmäßig an der Stiftung zu bereichern versuche. Und er besaß keine Möglichkeit, seine Unschuld zu beweisen. Bis jetzt schien sie ihm zu vertrauen. Wie oft würde sie noch hören müssen, daß er nur mit ihr schlief, um Zugriff auf das Vermögen der Abberwick-Stiftung zu bekommen, bis sie die Anschuldigungen zu glauben begann? Und wann, fragte er sich, würde auch sie an seinem gesunden Geisteszustand zu zweifeln beginnen, wenn andere ihn verrückt nannten?

Aus der Halle kam ein leises Geräusch.

»Grübelst du wieder?« fragte Molly fröhlich von der Tür.

Harry wandte sich rasch um und sah sie an. »Ich habe dich gar nicht gehört.«

»Ich bin im gleichen Moment gekommen, als Ginny

ging.« Molly durchquerte das Arbeitszimmer und schlang die Arme um Harrys Nacken. Er zog sie näher und neigte den Kopf, um sie zu küssen. Es war ein gutes Gefühl, sie am Ende eines langen Tages bei sich zu haben, dachte er. Es fühlte sich richtig an. Harry wollte nicht darüber nachdenken, was geschehen könnte, wenn sie auf die Anschuldigungen und Warnungen hörte.

Molly legte den Kopf zurück und suchte mit ihren jadegrünen Augen sein Gesicht ab. »Wollen wir über das Essen reden?«

Er lächelte leicht. »Woran hast du gedacht?«

»Ich dachte, wir könnten heute abend ausgehen. Du steckst in einer deiner trübsinnigen Phasen. Wahrscheinlich ist Vollmond. Ein Essen im Restaurant könnte dir helfen, diese Stimmung abzuschütteln.«

»In Ordnung.« Ein Gefühl des Unbehagens durchrieselte Harry, und er fragte sich, ob seine wiederkehrende Nachdenklichkeit Molly schon zu stören begann. Der Gedanke verschlechterte seine ohnehin düstere Stimmung. Er bemühte sich, heiter zu klingen. »Du wählst das Restaurant.«

»Warum gehen wir nicht einfach auf die andere Straßenseite? Das neueröffnete Lokal bietet pazifische Küche an.« Molly brach ab, da eines der beiden Telefone auf seinem Schreibtisch summte. »Entschuldigung. Der Privatanschluß. Muß jemand von der Familie sein.« Sie ließ seinen Nacken los.

»Verdammt.« Mit unguter Vorahnung betrachtete Harry das Telefon. Für einige Sekunden überlegte er, ob er den Anruf ignorieren sollte. Für heute hatte er von Familienproblemen genug. Dann griff er nach dem Hörer.

»Harry hier.«

»Harry, ich bin es, Josh.«

Der aufgeregte Klang von Joshs Stimme verstärkte Harrys Sorge. »Was ist los?«

»Großvater liegt im Krankenhaus von Hidden Springs.

Er hatte vor einer Stunde einen Unfall mit seinem neuen Lastwagen.«

Harry schloß die Augen. »Wie schlimm ist es?«

»Schlimm. Der Arzt sagt, daß die nächsten Stunden entscheiden.« In Joshs Stimme lag ein verzweifelter, ungläubiger Ton. »Er sagte, möglicherweise übersteht Großvater die Nacht nicht.«

Harry sah auf seine Uhr. »Ich komme, so schnell ich kann. Gib das Schiff nicht verloren. Leon ist ein zäher alter Vogel.«

»Eigentlich ist er nicht alt. Noch nicht einmal siebzig, weißt du. Viele Menschen leben weitaus länger.«

»Beruhige dich, Josh.«

Josh schwieg. Als er weitersprach, klang seine Stimme beherrscht. »Es gab einen Brand am Unfallort. Genau wie damals, als Dad starb.«

»Ich bin unterwegs, Junge.«

»Danke.«

Harry legte auf. Er sah Molly an. »Tut mir leid. Ich muß nach Hidden Springs. Leon hat es geschafft, seinen neuen Lastwagen zu Schrott zu fahren. Und wie es seine Art ist, hat er dabei ganze Arbeit geleistet.«

»Ich komme mit«, sagte Molly.

Harry war über seine Reaktion auf ihr Angebot verblüfft. Er hatte sich so daran gewöhnt, die Familienkrisen der Trevelyans und Strattons allein zu meistern, daß er das Gefühl der Erleichterung in sich nicht gleich wahrnahm.

Molly stand in der Nähe des Fensters im Krankenzimmer und hörte auf das Piepen, Summen und Klingeln der Maschinen, die Leons Lebensfunktionen in Gang hielten. Leon nahm ihre Gegenwart nicht wahr. Seine Aufmerksamkeit galt seinen Schmerzen und Harry.

Nur Harry saß an Leons Bett. Eine Ansammlung von Trevelyans, einschließlich Josh und Evangeline, hielt sich im Warteraum am anderen Ende des Korridors auf. Die Krankenschwester hatte nicht erlaubt, daß alle zusammen in

Leons Zimmer kamen. Als sie vor kurzem das Krankenhaus betreten hatten, war Molly aufgefallen, daß die gesamte Familie Harry auf eigentümliche Art angesehen hatte. Alle schienen zu erwarten, daß er sich um die Situation kümmerte. Und genau das tat er auf subtile, aber unmißverständliche Weise.

Als erstes unterhielt er sich leise mit dem Arzt. Dann kündigte er an, für einige Minuten mit Leon zu sprechen. Molly wollte sich auf den Stuhl neben Josh setzen, aber Harry sah sie an. Sie verstand sofort. Er bat sie, ihn in das Krankenzimmer zu begleiten.

»Nun, Leon, diesmal hättest du es beinahe geschafft, was?« sagte Harry leise.

»Mist. Wer hat dich hergeholt, Harry?« Leons Stimme rasselte kehlig. »Ich brauche dich hier nicht.«

»Glaub mir, es gibt eine Menge Orte, an denen ich lieber wäre.«

»Das gleiche gilt für mich.« Leon schwieg, um Kraft zu sammeln. »Wo ist Josh?«

»Draußen im Warteraum.«

»Schick ihn wieder herein, verdammt.«

»Das werde ich. In ein paar Minuten. Zuerst müssen wir über etwas reden.«

»Warum?«

»Ich habe mit der Polizei gesprochen«, sagte Harry. »Sie sagten, du hättest den Laster um einen Baum gewickelt. Es regnete, und laut Unfallbericht bist du für die unsicheren Straßenverhältnisse zu schnell gefahren.«

»Mistkerl«, murmelte Leon. »Ich liege hier im Sterben, und du versuchst mir eine deiner verdammten Sicherheitslektionen zu erteilen.«

Molly sah, daß Harrys Kinn sich straffte, während sein Gesichtsausdruck unverändert blieb. In diesem Augenblick wußte sie, daß er ein bestimmtes Ziel verfolgte und alles tat, was dazu nötig war.

»Keine Lektion«, sagte Harry. »Ich möchte einen Handel mit dir abschließen. Versteh mich nicht falsch. Ich denke, du wirst die Sache höchstwahrscheinlich überstehen. Weiß Gott, wie du es wieder geschafft hast.«

»Die berühmten Reflexe der Trevelyans«, flüsterte Leon heiser.

»Richtig. Die Reflexe. Doch für den Fall, daß du diesmal nicht durchkommst, solltest du etwas wissen.«

Leon öffnete ein Auge und blinzelte zu Harry hinauf. »Was?«

»Erwarte nicht von mir, daß ich nach deinem Tod dein Heldenimage bei Josh aufpoliere. Nicht, wenn wir hier zu keinem Einverständnis kommen.«

»Verdammt, Josh ist mein Enkel. Er ist alles, was ich noch besitze.«

»Ich weiß. Aber wenn du dich nicht auf meine Bedingungen einläßt, werde ich ihm alles sagen, Leon.«

»Du bist ein verdammter Erpresser.«

»Seit Jahren erpressen wir beide uns gegenseitig, Leon.«

»Blödsinn.« Leon sog den Atem ein. »Es war ein Spiel mit gezinkten Karten. Du hattest immer das Gewinnerblatt.«

»Noch ein Handel, Leon. Und du kannst in Joshs Augen als Held sterben. Natürlich hätte er dich lieber lebendig, aber das liegt bei dir.«

»Verdammt, was willst du von mir?«

Harry legte die Arme auf das erhöhte Seitengitter des Krankenbetts und schloß die Hände lose ineinander. Schweigend blickte er auf die zerfurchten Züge seines Onkels hinunter. Molly konnte seine Augen sehen. Sie waren hart wie polierter Bernstein, doch sie hätte schwören können, daß unter der Oberfläche Schmerz brannte. Harry tat nicht gern, was er nun tun würde, aber er würde es durchstehen. Josh ging vor. »In wenigen Minuten schicke ich Josh wieder zu dir herein. Ich erwarte von dir, daß du ihn von der Vergangenheit befreist.«

»Was soll das heißen?«

»Es soll heißen, daß du ihm sagst, die Zeiten hätten sich geändert. Die Tage des wilden Lebens und der tollkühnen Risiken seien für immer vorbei. Sag ihm, sein Vater hätte niemals gewollt, daß Josh in seine Fußstapfen tritt. Und versichere ihm, daß du es ebenfalls nicht von ihm verlangst. Sag ihm, daß er den neuen Weg, den er gewählt hat, weitergehen soll. Daß du stolz auf ihn bist. Gib ihm deinen Segen, Leon.«

»Verdammt, Harry, du verlangst von mir, daß ich ihm sage, es wäre in Ordnung, wenn er wird wie du? Du willst, daß ich ihn ermutige, sich von der Tradition der Trevelyans abzuwenden?«

»Ich will, daß du ihm sagst«, begann Harry mit unerbittlicher Entschlossenheit, »du hast dich während all der Jahre geirrt. Und jetzt ist dir bewußt geworden, daß die Zeit für eine neue Männergeneration bei den Trevelyans gekommen ist. Es ist an der Zeit, daß die Trevelyan-Männer sich auf ihren Verstand und nicht mehr auf den Bauch und die Reflexe verlassen.«

»Warum sollte ich das tun?« zischte Leon. »Du hast ihn bereits überzeugt, die Universität zu beenden. Reicht dir das nicht?«

»Für ihn ist es nicht genug. Er liebt dich, Leon. Er will deine Zustimmung. Aus deinem Mund. Du mußt ihm sagen, daß du ihn nicht länger für einen Versager hältst, nur weil er einen Weg gewählt hat, der ihn von den schnellen Wagen und dem harten Leben auf dem Jahrmarkt wegführt.«

»Ich bedeute Josh nichts.« Leons Stimme klang angestrengt vor Bitterkeit. »Du bist seit Jahren sein Held. Seit du ihn von seiner Familie weggebracht hast.«

»Da irrst du dich. Du bist sein Großvater, und das kann nichts und niemand ändern. Er braucht etwas von dir, das ich ihm nicht geben kann, Leon. Er muß wissen, daß du seine Ziele billigst. Dadurch machst du es ihm sehr viel leichter.«

»Und wie lauten deine Konditionen diesmal?«

Harry hob die Schultern. »So wie immer. Wenn du Josh gibst, was ich verlange, werde ich ihm nichts über Willy sagen.«

»Mist. Ich wußte, daß du wieder damit anfängst.« Leons Gesicht verzerrte sich unter Schmerzen. Er atmete wieder rasselnd ein. »Wie weiß ich, daß ich dir trauen kann?«

Für einen Moment schwieg Harry. »Habe ich dich jemals belogen, Onkel Leon?«

Leons Antwort verlor sich in quälendem Husten. Als er sich erholt hatte, sah er mit verschwommenem Blick zu Harry hinauf. »Du hast gewonnen, Mistkerl. Schick ihn herein, und dann verschwinde. Ich erledige das auf meine Weise.«

Harry straffte sich. »Sicher.« Er sah Leon für einige Sekunden an. Molly spürte die tiefe Traurigkeit, die von Harry ausging. Sie wußte, daß er noch etwas anderes sagen wollte. Etwas, das weder eine Drohung noch eine Erpressung war. Vielleicht einige friedenstiftende Worte. Ein Angebot, den offensichtlich alten Krieg zu beenden. Doch in diesem kurzen Augenblick verstand Molly auch, daß Harry nicht wußte, wie er den ersehnten Frieden erlangen sollte. Er hatte Leon gebeten, Josh von der Vergangenheit zu befreien, doch für sich selbst konnte er nicht um dieses Geschenk bitten.

Wortlos wandte er sich vom Bett ab. Molly begegnete seinem Blick im Halbdunkel. Sie streckte die Hand aus. Er nahm sie, und seine Finger schlossen sich fest um ihre. Gemeinsam verließen sie das Krankenzimmer.

»Es war richtig unheimlich.« Josh nahm das Tablett und trug es zu einem der kleinen Tische der Krankenhauskantine. »Mir kam es vor, als versuchte Großvater sich zu verabschieden. So habe ich ihn noch nie erlebt. Er war völlig verändert. Nicht so hart. Viel älter. Wenn Sie verstehen, was ich meine.«

»Er hat heute nacht eine Menge durchgemacht.« Molly

setzte sich und nahm die Plastiktasse vom Tablett. »Wahrscheinlich mußte er über vieles nachdenken.«

»Ja, so wird es sein.«

Molly wußte, daß Harry und nicht der beinahe tödliche Autounfall für die Veränderung in Leons Haltung verantwortlich war. Er hatte kein Wort über die Szene gesagt, deren Zeugin sie in Leons Krankenzimmer geworden war, doch sie verstand auch so, daß Josh nichts davon wissen sollte.

Es war beinahe Mitternacht. Molly hatte Josh eingeladen, sie in die Kantine zu begleiten, nachdem er vor wenigen Minuten vom Bett seines Großvaters zurückgekehrt war. Harry war mit dem Ausfüllen der Krankenhausformulare und der Versicherungsunterlagen beschäftigt. Wieder schienen alle wie selbstverständlich davon auszugehen, daß das seine Aufgabe war. Die anderen Trevelyans sprachen im Warteraum leise miteinander, während sie sich mit der Wache an Leons Bett abwechselten.

»Kopf hoch, Josh. Ihr Großvater hat es bis jetzt geschafft.« Molly nippte an dem ausgesprochen schlechten Tee, den sie am Tresen erstanden hatte. Sie haßte Teebeutel. Das Ergebnis war in nichts mit frisch aufgebrühtem Tee zu vergleichen. »Der Arzt sagt, sein Zustand habe sich stabilisiert. Ich denke, daß seine Chancen, bis morgen früh über den Berg zu sein, mit jedem Augenblick steigen.«

»Aber er sprach, als erwartete er den Tod. Er erklärte, daß er mir etwas sagen wolle, was ihn schon lange beschäftige.« Josh rührte mit dem Plastiklöffel in seinem Kaffee. »Er hat mir gesagt, daß er sich die ganzen Jahre geirrt hat, als er versucht hat, mich zum Rennsport zu bringen.«

Molly sprach mit neutraler Stimme. »Tatsächlich?«

»Er sagte, die Trevelyan-Männer hätten immer aus dem Bauch und mit ihren Reflexen gelebt. Aber die Welt sei anders geworden. Jetzt zähle Verstand und Bildung. Er sagte, daß ich mehr Grips besäße als er und mein Vater zusammen und daß ich ihn nicht vergeuden solle.«

Molly nickte. »Ihr Großvater wünscht sich offenbar eine andere Zukunft für Sie als den Weg, den er und Ihr Vater eingeschlagen haben.«

»Ja.« Josh zögerte. »Ich wollte immer die Uni beenden und promovieren. Seit ich dreizehn war, wollte ich so arbeiten wie Harry. Aber Großvater meinte immer, ein Mann muß sich beweisen, indem er dem Tod ins Auge sieht und auf die Gefahr pfeift. Er muß immer aufs Ganze gehen, sonst ist er ein Weichling. Harry hielt er für ein Wunder ohne Mumm in den Knochen.«

»Hm.«

Josh sah von seinem Kaffee hoch. »Er änderte seine Meinung auch dann nicht, als er herausfand, was geschehen war, nachdem Harrys Eltern ermordet worden waren.«

Molly setzte ihre Tasse ab und starrte Josh an. »Was genau ist denn passiert?«

Josh machte ein bedrücktes Gesicht. »Harry hat Ihnen nicht die ganze Geschichte erzählt?«

»Nein.«

»Ich hätte nichts sagen sollen. Beide Seiten der Familie kennen die wesentlichen Einzelheiten. Aber Harry spricht nie darüber.«

Molly erschauerte. »Das verstehe ich. Aber Sie können mich jetzt nicht hängenlassen. Was ist passiert?«

Josh sah in seinen Kaffee, als befragte er ein Orakel. »Ich kenne die ganze Geschichte nur, weil ich Harry einmal im Schlaf rufen gehört habe, als ich vierzehn war. Ich dachte, es wäre etwas Furchtbares geschehen, und bin durch den Flur in sein Zimmer gerannt. Harry saß auf der Bettkante und starrte aus dem Fenster. Er sah aus, als wäre er gerade aus einem Alptraum aufgewacht.«

»Erzählen Sie weiter.«

»Ich war nicht sicher, ob er mich überhaupt wahrnahm. Ich fragte ihn, was los sei.« Josh schloß die Finger fester um die Tasse.

»Was hat er gesagt?«

»Nichts, für eine endlos lange Zeit. Er war mir unheimlich, wenn Sie die Wahrheit wissen wollen. So hatte ich ihn noch nie erlebt. Er wirkte immer so stark und in sich ruhend. Beherrscht. Aber in jener Nacht hatte ich das seltsame Gefühl, daß er sich nur mit Mühe zusammenriß. Es war, als ob er sich selbst aus tausend Stücken und Splittern wieder zusammensetzte, wenn Sie wissen, was ich meine.«

Molly dachte an die Nacht, als sie Harry aus dem Fenster starrend vorgefunden hatte, einen Teil von Kendalls Attrappe in der Hand. Sie erinnerte sich an den erschreckend verletzlichen Ausdruck in seinen Augen, der ihm so unähnlich war. »Ich glaube, ja.«

»Nach einer Weile begann er zu sprechen. Aus irgendeinem Grund, vielleicht weil ich direkt nach dem Traum zu ihm gekommen war, sprach er mit mir, wie er es noch nie getan hatte. Ich werde diese Momente nie vergessen. Er saß auf seinem Bett, starrte in die Nacht hinaus und erzählte mir, was an dem Tag geschehen war, als Onkel Sean und Tante Brittany getötet worden waren.«

Tiefes Mitgefühl stieg in Molly auf. »Harry war dabei?«

»Meine Tante und mein Onkel besaßen ein Tauchgeschäft auf einer der kleineren Inseln Hawaiis.«

»Ja, das weiß ich.«

»An jenem Tag schlossen sie ihr Geschäft für einen Nachmittag und gingen selbst tauchen. Sie wollten eine unter Wasser liegende Lavahöhle erforschen, die sie einige Wochen vorher entdeckt hatten. Als sie den Eingang untersuchten, wurden sie von zwei Männern überrascht und getötet, die ihnen nach unten gefolgt waren.«

»O Gott«, flüsterte Molly. »Aber warum haben die Männer sie ermordet?«

»Onkel Sean und Tante Brittany waren zur falschen Zeit am falschen Ort. Drei Tage früher war bei einem bewaffneten Überfall in Honolulu ein Geldtransporter ausgeraubt worden. Die Mörder hatten ein Vermögen an Wertpapieren in der Höhle versteckt. Ich vermute, sie wollten abwarten, bis sich die Aufregung gelegt hatte, bevor sie das Zeug an die Oberfläche zurückbrachten. Sie gaben sich als Touristen aus und hatten ein Boot mit Tauchausrüstung gemietet.«

»Und als sie Harrys Eltern in der Umgebung der Höhle tauchen sahen, nahmen sie an, es wären Polizisten oder Diebe, die zufällig von dem Versteck erfahren hatten?«

»Wahrscheinlich.« In einer müden Geste, die Molly an Harry erinnerte, rieb Josh sich den Nacken. »Sie folgten Harrys Eltern unter Wasser, in die Höhle, und erschossen sie mit Harpunen von hinten. Onkel Sean und Tante Brittany besaßen nicht die geringste Chance.«

Molly schloß die Augen. »Wie furchtbar.«

»Ja.« Josh schwieg. »Harry erschien wenige Minuten nach dem Mord am Schauplatz.«

»O nein ...«

»Er war gerade zu einem Besuch auf der Insel angekommen. Er ging zum Laden und erfuhr dort, daß seine Eltern für den Nachmittag geschlossen hatten, um in der Nähe des alten Lavaflusses zu tauchen. Harry beschloß, sie zu überraschen. Er nahm ein Boot und eine Tauchausrüstung und fuhr los, um sie zu begrüßen.«

Molly konnte kaum atmen. »Er hätte selbst getötet werden können.«

»Ja. Aber die Sache ging anders aus. Am Ende waren die beiden bewaffneten Autoräuber tot.«

»Wie kam das?«

Josh hob den Blick, um Molly anzusehen. »Harry hat sie getötet.«

»Was?« Molly war wie betäubt. »Ist das wahr?«

»Ja«, antwortete Josh. »Es ist die Wahrheit. In der Nacht, als er den Alptraum hatte, erzählte Harry mir, was geschehen war. Nachdem er das Boot seiner Eltern entdeckt hatte und das andere Boot daneben ankern sah, wußte er, daß etwas nicht stimmte. Er legte die Tauchausrüstung an, nahm eine Harpune und schwamm nach unten, um herauszufinden, was los war. Die Mörder kamen gerade aus der Höhle zurück. Offensichtlich hofften sie, daß die Haie sich um die Vernichtung der Beweise kümmerten. Harry sagte ...«

»Was sagte er?« fragte Molly sanft nach.

Josh runzelte die Stirn, als suchte er nach Worten. »Er sagte, es habe ausgesehen, als wäre das ganze Meer rot gefärbt. Er habe sich gefühlt, als würde er in einem Ozean aus Blut schwimmen. Und er sagte, schon bevor er die Körper seiner Eltern gefunden habe, habe er gewußt, was geschehen sei.«

Mollys Magen begann sich zu drehen. »Ich glaube, ich kann mir nicht einmal annähernd vorstellen, wie furchtbar das für ihn gewesen sein muß.«

»Er stieß auf die Mörder. Aber im Gegensatz zu Onkel Sean war er vorbereitet. Er wußte, daß etwas nicht stimmte. Es gab einen Kampf. Doch Harry ist schnell. Sehr schnell.«

»Harry hat die beiden Männer getötet?«

»Ja. Beinahe wäre er selbst dabei umgekommen. Einer der Mörder hat ihm während des Kampfes offenbar den Luftschlauch durchtrennt. Bevor die Haie kamen, brachte Harry die Körper seiner Eltern an die Oberfläche, aber es war zu spät. Sie waren beide tot.«

Molly drängte die Tränen zurück. »Mein Gott, wie schrecklich.«

»Ich glaube nicht, daß Harry sich jemals verziehen hat«, sagte Josh. »Und deshalb grübelt er so häufig, nehme ich an, verstehen Sie? Olivia hat behauptet, er leide an einer posttraumatischen Belastungsstörung.«

»Das verstehe ich nicht. Es war eine furchtbare Tragödie, aber warum gibt Harry sich die Schuld?«

»Ich glaube, er kann es sich nicht verzeihen, daß er zu spät gekommen ist, um seine Eltern zu retten.« Josh trank den letzten Schluck Kaffee. »In der Nacht, als ich ihn auf der Bettkante fand, sagte er mir, seine Eltern könnten noch leben, wenn er nur ein paar Minuten früher gekommen wäre. Ein ums andere Mal wiederholte er, daß er zu spät gekommen sei.«

Um halb fünf Uhr morgens öffnete Harry die Augen und bemerkte den Arzt, der in der Tür zum Warteraum stand.

»Aufwachen.« Sanft hob er Mollys Kopf von seiner Schulter. »Wir haben Besuch.« Ein Blick in das Gesicht des Arztes genügte. Er wußte sofort, daß Leon überleben würde. Harry war erstaunt über die starke Erleichterung, die ihn durchlief. Der alte Bastard war zäh wie Leder.

Molly öffnete die Augen und sah den Arzt an. »Ist etwas passiert?«

Der Arzt blickte von Harry und Molly zu der bedrückten Versammlung schlaftrunkener Trevelyans und lächelte. »Eine gute Nachricht. Ich habe das Vergnügen, Ihnen mitzuteilen, daß sich Mr. Trevelyans Zustand stabilisiert hat. Aus dem Gröbsten ist er heraus. Ich glaube, wir können davon ausgehen, daß er noch lange genug lebt, um den neuen Lastwagen abzubezahlen, den er vergangene Nacht zu Schrott gefahren hat.«

Ein schwacher, aber herzlicher Jubel erklang. Josh sah Harry an und grinste.

Evangeline gab ein erleichtertes Seufzen von sich. »Ich wußte, daß Leon sich nicht so einfach davonmachen würde.«

»Er hat immer behauptet, neun Leben zu besitzen wie eine Katze«, sagte Raleigh mit leichtem Grinsen. »Nach meiner Rechnung hat er inzwischen mindestens acht verbraucht.«

»Das kannst du laut sagen«, murmelte seine schwangere Frau müde. »Eines Tages wird der alte Kojote eine Chance zu viel vertun.«

»Aber offenbar nicht heute«, sagte Harry leise.

Der Arzt sah ihn an. »Er fragt nach Ihnen.«

Harry stand auf und streckte sich. Molly erhob sich ebenfalls. Sie warf ihm einen fragenden Blick zu. Er schüttelte den Kopf. »Es ist in Ordnung. Ich sehe nach, was er will. Dann können wir in der Kantine frühstücken und nach Seattle zurückfahren.«

Sie nickte. »Ich warte hier.«

Harry ging durch den Korridor zu Leons Zimmer. Durch dessen Fenster fiel Sonnenlicht herein. Eine Krankenschwester wandte sich gerade zum Gehen. Sie lächelte, als sie an Harry vorbeikam. »Gratulation«, sagte er zu Leon. »Ich hatte so eine Ahnung, daß du durchkommst.«

Leon drehte den Kopf auf seinem Kissen und sah Harry düster an. »So? Ich wünschte, ich wäre genauso sicher gewesen. Wenn ich gewußt hätte, daß ich heute nacht nicht den Löffel abgebe, hättest du mich nicht herumgekriegt. Du hast meine Schwäche ausgenutzt.«

»Eine Abmachung ist eine Abmachung.«

»Ja, ja. Du hast bekommen, was du haben wolltest.« Leon schwieg. »Wie geht es Josh?«

»Gut. Er hat allen erzählt, was du heute nacht zu ihm gesagt hast. Daß es Zeit ist für die Trevelyan-Männer, ihren Kopf zu benutzen, statt andere Teile ihrer Anatomie.«

»Habe ich ihn glücklich gemacht? Was meinst du?«

»Ja. Du hast ihm eine große Last von den Schultern genommen.« Mit einem vielsagenden Blick fixierte Harry seinen Onkel. »Du hast ihm etwas gegeben, das ich ihm nicht geben konnte. Etwas, das er für den Rest seines Lebens besitzen wird.«

»Und was?«

»Das Wissen, daß du stolz auf ihn bist und daß sein Vater es ebenfalls wäre. Er fühlt sich nicht länger wie ein Verräter am Erbe der Trevelyans.«

»Gut. Vielleicht hast du recht. Vielleicht ist wirklich die Zeit für eine neue Tradition gekommen, weißt du?«

Harry lächelte. »Was soll das? Du willst mir doch nicht erzählen, daß du durch die Begegnung mit dem Tod zu einer neuen Lebenseinstellung gekommen bist?«

»Nein. Ich habe nur etwas praktischer denken gelernt. Mit den Rennen habe ich nie viel Geld verdient, und was Willy angeht ... Wir wissen beide, was mit ihm passiert ist. Wäre ganz gut, wenn Josh etwas anderes ausprobiert.«

»Du überraschst mich, Leon. Ich weiß gar nicht, was ich sagen soll. Außer danke.«

Leon blinzelte zu ihm herauf. »Wenn du schon davon sprichst ... Es gibt etwas, womit du deine ewige Dankbarkeit beweisen kannst.«

»Und was?«

»Ich brauche einen neuen Lastwagen.«

Während Molly den Sicherheitsgurt einschnappen ließ, sah sie Harry amüsiert an. »Leon will, daß du ihm einen neuen Lastwagen kaufst?«

»Leon hat noch nie eine Gelegenheit verstreichen lassen, ohne davon zu profitieren.« Harry lenkte den Sneath vom Parkplatz vor dem Krankenhaus. Zufrieden bog er auf die Hauptstraße ein. Es war halb acht. In einer Stunde würden sie wieder in Seattle sein. Molly käme rechtzeitig für den Tagesbetrieb zu ihrem Laden zurück.

»Dein Onkel ist wirklich ein sturer Kerl.« Molly zögerte. »Ich konnte nicht umhin zu beobachten, daß du ihm hart zugesetzt hast.«

»Das ist die höfliche Ausdrucksweise. Ich gestehe, daß ich ihm heut nacht Daumenschrauben angelegt habe, als er glaubte, sterben zu müssen. Aus früheren Erfahrungen mit Leon weiß ich, daß es keine andere Möglichkeit gibt, mit ihm zurechtzukommen.«

Molly schwieg für einige Minuten. Harry fragte sich, was sie dachte. Vielleicht gefiel ihr die Art nicht, wie er mit seinen Verwandten umging.

»Ich weiß, es geht mich nichts an«, begann Molly nach einer Weile. »Aber würde es dir etwas ausmachen, mir zu verraten, womit du Leon in der Hand hast? Hat er wirklich Angst, daß du seinem Ansehen bei Josh schadest?«

»Ja.«

»Warum glaubt er, daß du die Möglichkeit dazu besitzt? Vorausgesetzt, du würdest so etwas tun?«

Harry dehnte die Hände, die am Lenkrad lagen. Molly

besaß ein Recht, es zu erfahren, überlegte er. Vielleicht hatte er sie deshalb in der vergangenen Nacht gebeten, ihn in Leons Zimmer zu begleiten. Vielleicht wollte er die Wahrheit mit ihr teilen. »Leon und ich haben ein Geheimnis. Wir wissen als einzige Menschen auf der Welt, daß Joshs Vater sterben mußte, weil der für sein Motorrad verantwortliche Mechaniker am Abend vor Willys letztem Stunt versäumt hat, die Maschine gründlich zu überprüfen. Mit den Benzinleitungen stimmte etwas nicht. Hätte der Mechaniker seine Aufgabe ernstgenommen, wäre ihm der Fehler aufgefallen.«

Molly drehte sich in ihrem Sitz. »Wer war Willys Mechaniker?«

»Leon.«

»Das dachte ich mir. Was ging schief? Warum hat Leon die Maschine nicht überprüft?«

»Weil er damit beschäftigt war, sich in einem Motelzimmer mit der Frau des Sheriffs zu vergnügen.«

Molly machte ein betroffenes Gesicht. »Ich erinnere mich, daß du erzählt hast, Leon wäre im Gefängnis gewesen, als Willy starb.«

»Das stimmt. Gegen zehn Uhr morgens hat der Sheriff ihn verhaftet. Willy starb um ein Uhr am frühen Nachmittag.«

»Wie hast du herausgefunden, daß Leon seinen Job als Mechaniker vernachlässigt hat?«

Harry konzentrierte sich auf die Straße. »Weil ich das Wrack nach dem Unfall untersucht habe. Als ich die Überreste der Maschine begutachtete, wußte ich, daß etwas mit den Benzinleitungen nicht gestimmt hatte.«

Molly warf ihm einen prüfenden Blick zu. »Du wußtest es einfach?«

»Ich habe mich lange mit den Wrackteilen beschäftigt, die nach der Explosion noch vorhanden waren«, antwortete Harry vorsichtig.

»Du hattest eine deiner Einsichten?«

»So könnte man sagen.«

»Ist so etwas auch an dem Tag passiert, als deine Eltern ermordet worden sind?« fragte Molly sanft. »Als du ihr Boot sahst und das der Mörder, wußtest du, daß etwas Furchtbares geschehen war, nicht wahr? Und deshalb bist du sofort getaucht?«

Harry stockte der Atem. »Josh hat mit dir gesprochen?«

»Ja.«

Er umgriff das Lenkrad so fest, daß er sich unwillkürlich fragte, warum es nicht zerbrach. »Wenn ich nur ein paar Minuten früher dagewesen wäre ...«

»Nein«, unterbrach Molly ihn ruhig. »Du hattest mit ihrem Tod nichts zu tun. Du bist nicht für das Geschehen verantwortlich, Harry. Die Frage *Was wäre wenn* stellt sich oft im Leben. Antworten zu suchen ändert gar nichts.«
Harry fiel nichts ein, was er darauf hätte sagen können.
»Auf der anderen Seite bist du ein Mann, der die meisten Fäden seiner Welt fest im Griff hat«, fuhr Molly fort. »Doch einige entziehen sich deiner Einflußnahme eben, Harry. Diese einfache Tatsache mußt du akzeptieren, oder du treibst dich selbst in den Wahnsinn.«

»Manchmal frage ich mich, ob ich nicht längst auf dem Weg dorthin bin.« Zum erstenmal, wurde Harry bewußt, gestand er seine tiefste Angst ein. Sofort wurde die Bedrohung realer.

»Sei nicht albern.« Molly lächelte leicht. »Das war metaphorisch gemeint. Wenn du noch darüber nachdenken kannst, ob du vielleicht wahnsinnig wirst, bist du es sehr wahrscheinlich nicht. Verrückte stellen sich keine Fragen über ihren Geisteszustand. Sie halten sich für die einzig Normalen. Deshalb sind sie verrückt.«

»Das ist eine interessante Haltung zum gegenwärtigen Stand der klinischen Psychologie«, kommentierte Harry trocken.

Molly berührte seine Schulter. »Erinnerst du dich, was

du in *Illusionen der Gewißheit* geschrieben hast? ›Absolute Gewißheit ist die größte aller Illusionen.‹«

»Ich erinnere mich. Aber was zum Teufel hat das hiermit zu tun?«

»Totale Kontrolle ist eine Illusion, Harry. Die größte von allen. Du bist nicht für alles und jedes verantwortlich. Du bist einfach ein Mensch.«

14

Nachdem sie durch die Wohnungstür getreten waren, ging Harry geradewegs in sein Arbeitszimmer. Molly dachte mit Vorfreude an eine heiße Dusche und eine stärkende Tasse Tee, während sie ihm gähnend folgte. Sie lernte seine Lebensgewohnheiten langsam kennen, und in den vergangenen Tagen war deutlich geworden, daß diese besondere Routine unumstößlich war.

Mit vor der Brust verschränkten Armen lehnte sie in der Tür zu Harrys Heiligtum und beobachtete ihn. Er spielte die Anrufe zurück, die auf seinem privaten Anschluß eingegangen waren. Drei Nachrichten zeigte der Anrufbeantworter. Molly wußte, daß sie während der vergangenen Nacht aufgesprochen worden waren. Es erstaunte sie nicht sonderlich, als sie mitbekam, daß alle drei von den Strattons stammten.

»Harry? Hier ist Brandon. Wo zum Teufel bist du? Ruf zurück, sobald du nach Hause kommst. Ich muß dringend mit dir sprechen.«

Der Recorder surrte weiter und piepte.

»Hier ist Tante Danielle, Harry. Ruf mich sofort an.«

Es folgte ein weiterer Signalton.

»Harry, hier ist Gilford. Wenn du deine Anrufe mithörst, nimm sofort den Hörer ab. Solltest du nicht da sein, ruf mich zurück, sobald du diese Nachricht erhältst. Wo zum Teufel bist du? Es ist halb acht Uhr morgens!«

Der Anrufbeantworter gab einen Ton von sich, um das Ende der Aufzeichnungen zu signalisieren. Harry drückte auf die Rückspultaste, sah auf seine Armbanduhr und griff nach Stift und Papier.

»Darf ich dir einen Rat geben?« fragte Molly leise.

Harry sah nicht von seinen Notizen auf, aber eine schwarze Braue hob sich fragend. »Und zwar?«

»Du hast dich in den vergangenen Stunden genug mit Familienproblemen herumgeschlagen. Gönne dir zuerst einmal etwas Ruhe.«

Harry verzog den Mund. »Das ist die andere Familie.«

»Nein, es ist dieselbe. Deine Familie. Harry, du hast eine lange Nacht mit wenig Schlaf hinter dir. Nimm eine Dusche. Trink eine Tasse Kaffee. Du kannst später zurückrufen. Sehr viel später.« Molly schwieg. »Vielleicht heute nachmittag oder morgen. Nächste Woche wäre ein guter Zeitpunkt.«

Langsam legte Harry den Stift hin und sah Molly an. »Was soll das heißen?«

»Es heißt, daß du das Recht besitzt, dich selbst eine Zeitlang an die erste Stelle zu setzen.« Sie streckte die Hand aus. »Komm. Laß uns duschen.« Molly blieb das Zögern in seinem Gesicht nicht verborgen. Doch dann nahm Harry zu ihrer tiefen Erleichterung ihre Hand und ließ sich in den Flur hinausführen.

Um fünf Uhr an diesem Nachmittag drehte Molly das Schild im Ladenfenster um, auf dem *Geschlossen* stand, und stöhnte laut auf. »Mir reicht es für heute, Tessa. Ich werde bei meinem Haus vorbeifahren, um nach dem Rechten zu sehen und einige frische Sachen zum Anziehen mitzunehmen. Dann fahre ich direkt zu Harry. Ich freue mich darauf, meine Füße hochzulegen und ein Glas gut gekühlten Chardonnay zu trinken.«

»Tatsächlich?« Tessa zeichnete sich die Lippen in dunklem Braun nach.

»Um die Nächte durchzumachen und am nächsten Tag mein normales Arbeitspensum zu schaffen bin ich zu alt. Ich verstehe nicht, wie du das kannst.«

»Nur wegen der Musik.« Tessa trat um den Tresen und ließ den Lippenstift in eine riesige Ledertasche fallen. »Sie gibt mir Energie. Wie lange wirst du noch bei T-Rex bleiben?«

»Ich weiß es nicht.« Molly beobachtete eine Gruppe Touristen, die die breiten Stufen zur First Avenue hinaufstiegen. »Um die Wahrheit zu sagen, bereitet mir die Situation langsam Sorgen. Mir ist, als wäre ich weder hier noch dort.«

»Ich habe mir auch schon Sorgen über deine Lage gemacht. Ich verstehe, daß du nicht in deinem Haus bleiben willst, aber vielleicht solltest du besser zu deiner Tante ziehen. Mir gefällt es nicht, daß du bei Trevelyan lebst. Das ist nicht dein Stil.«

Molly sah Tessa erstaunt an. »Was heißt das nun wieder, verflixt? Du liegst mir seit Monaten in den Ohren, daß ich mir ein Liebesleben anschaffen soll.«

»Hast du denn eines? Ein Liebesleben?« Tessas kräftig geschminkte Augen nahmen einen altmodischen Ausdruck an, der in seltsamem Kontrast zu ihrem Nasenring, dem neongefärbten Haar und den klirrenden Armketten stand. »Oder geht es nur um Sex?«

Die Frage übte eine seltsame Wirkung auf Molly aus. Sie fühlte sich, als schwebte sie plötzlich frei im Weltraum. In der schwerelosen Umgebung zitterte sie im Innersten. »Das wüßte ich selbst gern.«

»Verdammt. So etwas habe ich befürchtet.«

»Tessa, es ist nach fünf. Du hast Feierabend.«

»Hör zu, wenn du reden willst ...«

»Nein, das möchte ich nicht. Aber danke für das Angebot.«

Tessa zögerte. »Klar. Du bist der Boß. Aber wenn du mich brauchst – ich bin da.«

»Ich weiß. Danke.«

Tessa öffnete die Eingangstür. »He, das hätte ich beinahe vergessen.«

»Was?«

»Eine Freundin aus der Band möchte mit dir sprechen. Sie arbeitet an einem wirklich komischen Gerät. Ich habe ihr von der Stiftung erzählt, und sie war sofort Feuer und Flamme. Sie könnte das Geld gut gebrauchen, um ihr Projekt zu finanzieren.«

Für einen Moment war Molly von ihren eigenen Problemen abgelenkt. »Deine Freundin ist Erfinderin?«

»Ja. Sie heißt Heloise Stickly. Spielt Baßgitarre in der Band. Aber ihr Hauptinteresse gilt der Erforschung verschiedener Bewußtseinsebenen.«

»Wie schön«, sagte Molly. »Aber was sind verschiedene Bewußtseinsebenen?«

»Keine Ahnung. Sie hat eine Theorie über Menschen aufgestellt, die Dinge spüren können, von denen der Rest von uns keine Ahnung hat. Du verstehst schon, wie Farben, die über das normale Spektrum hinausgehen. Solches Zeug. Sie arbeitet an einer Maschine, die besondere Gehirnwellen aufspürt.«

Molly verzog das Gesicht. »Hm, vielleicht solltest du ihr besser keine Hoffnung machen, sich bei der Abberwick-Stiftung zu bewerben. Harry ist etwas voreingenommen, wenn es um Erfinder geht, die auf dem Gebiet paranormaler Erscheinungen arbeiten. Um ehrlich zu sein, hält er das alles für ausgemachten Blödsinn.«

»Du brauchst nicht für jedes Projekt die Erlaubnis von T-Rex, oder?«

»Nein. Aber ich zahle ihm viel Geld für die Beratung. Es wäre dumm, seinen Ratschlägen nicht zu folgen.«

»Sprichst du trotzdem mit Heloise? Schaden kann es schließlich nicht, oder?«

»Nein, natürlich nicht.« Molly zog eine Grimasse und lächelte. »Du würdest im Winter Eis in Alaska verkaufen, Tessa. Sag Heloise, daß ich mich gern mit ihr unterhalte.«

»Wunderbar.« Tessa lächelte, während sie durch die Tür trat. »Bis morgen.«

Molly wartete, bis sich die Türe geschlossen hatte. Dann ging sie ein letztes Mal durch den Laden, um das allabendliche Ritual zu vollziehen. Sie rückte die Teebehälter gerade, überprüfte das Bestellbuch und zog die Rolläden an der Fensterfront herunter. Als alles in Ordnung war, schlüpfte sie durch die Vordertür und schloß sorgfältig ab. Die Stufen zum Hafen hinunter waren noch immer von Menschen bevölkert, aber die Menge wurde rasch kleiner. In der späten Nachmittagssonne funkelten die Springbrunnen. Molly stieg zur First Avenue hinauf, wo sich die nächste Bushaltestelle befand.

Als sie an Brookes Laden vorbeikam, trat Gordon heraus. »Molly.« Er lächelte einschmeichelnd. »Hattest du einen erfolgreichen Tag?«

»Es ging. Hör zu, ich möchte mich für mein Verhalten neulich entschuldigen. Ich wollte dich nicht vor Trevelyan in Verlegenheit bringen.«

»Vergiß es.«

Gordon seufzte. »Ich habe mich nicht besonders nett benommen, aber ich bin ehrlich besorgt. Die Sache mit ihm scheint ernst zu werden.«

»Mach dir keine Sorgen um mich, Gordon.«

»Aber das ist es ja gerade. Ich mache mir Sorgen.« Er schob eine Hand in die Tasche seiner modischen bronzefarbenen Hose. »Immerhin sind wir alte Freunde. Ich kann nicht tatenlos zusehen, wie du dich Hals über Kopf auf jemanden wie Trevelyan einläßt. Er ist nicht dein Typ.«

»Erstaunlich, daß alle eine Meinung zu diesem Thema zu haben scheinen. Aber du mußt mich entschuldigen, Gordon. Der Bus wartet nicht.«

Molly eilte die restlichen Stufen hinauf, überquerte die Straße und erwischte den überfüllten Bus zum Capitol Hill. In der Mitte entdeckte sie den einzigen leeren Platz, aber er befand sich neben einer Stadtstreicherin, die ihre gesamte

Habe darauf abgestellt hatte. Das war Seattle. Keiner der stehenden Passagiere bat die Frau, ihre Sachen herunterzunehmen. Der Bus setzte seine Fahrt fort und passierte die Ansammlung von Buchhandlungen, Cafés, Body-Piercing-Salons und Geschäfte für Lederkleidung, die dem Capitol-Hill-Viertel seinen farbenfrohen Charakter gaben. Nachdem der Bus in den Wohnbezirk eingebogen war, stieg Molly aus.

Sie ging durch die ruhigen, mit Bäumen bestandenen Straßen bis zum verwinkelten Haus der Abberwicks. Der Anblick des weitläufigen, alten Gebäudes hinter dem Eisentor erfüllte sie mit unerwarteter Wärme. Kelsey hatte unrecht, überlegte sie. Sie konnte den Familiensitz nicht verkaufen. Er war ihr Zuhause. Als sie die Codekarte einsteckte, schwenkten die massiven Zufahrtstore nach innen auf. Molly folgte der Auffahrt und stellte währenddessen fest, daß im Garten alles in Ordnung war. Das Berieselungssystem, das ihr Vater entworfen hatte, arbeitete offensichtlich tadellos.

Sie stieg die drei Stufen hoch und betrat die Halle. Einen Augenblick lang blieb sie im Halbdunkel stehen und spürte, wie die Erinnerungen sie überkamen. Es gab Geister in diesem Haus, aber sie waren ein Teil der Familie. Molly konnte sie nicht verlassen. Dann sah sie nach unten auf den glänzenden Holzfußboden. Der Bohnerroboter hatte seine Arbeit erledigt. Molly betrat den vorderen Salon, wo die Staubwischmaschine vor kurzem über die Bücherregale gefahren war. Kurz darauf verließ sie den Salon und stieg die massive Treppe in den zweiten Stock hinauf. Oben wandte sie sich in den Korridor, der zu ihrem Schlafzimmer führte. Nein, ganz sicher würde sie das Haus nicht zum Verkauf anbieten, dachte sie, während sie frische Kleidung aus dem Schrank nahm und sie in einem patentierten Abberwick-Antiknitterkoffer verstaute. Den verrückten alten Kasten würde ohnehin niemand wollen. Vielleicht würde ein Spekulant ihn niederreißen, um an seiner Stelle ein Apartmenthochhaus zu bauen. Nur jemand mit einem Faible für das Einzigartige und Sonderbare würde das Haus so lieben wie Molly.

Sie konnte hier allein leben, dachte Molly. Zugegeben, das Haus war zu groß für eine Person, aber die unzähligen Haushaltserfindungen ihres Vaters würden die meisten Reinigungsarbeiten erledigen. Was das Haus wirklich brauchte, war eine Familie. Eine ganz besondere Familie, mit einem außergewöhnlichen Vater, dessen Augen wie Bernstein leuchteten ... Der Gedanke war aus dem Nirgendwo aufgetaucht. Reglos blieb Molly in der Mitte des Schlafzimmers stehen, die rote Jacke, die sie aus dem Schrank genommen hatte, an sich pressend. Das Bild von zwei dunkelhaarigen Kindern mit Augen wie Bernstein materialisierte sich in der Tiefe ihres Bewußtseins. Ein Junge und ein Mädchen. Sie lachten in ausgelassener Fröhlichkeit. Molly spürte, daß sie darauf brannten, nach unten in die Werkstatt ihres Vaters zu laufen. Sie wollten mit den automatischen Spielsachen spielen, die Jasper Abberwick vor Jahren für Molly und Kelsey gebaut hatte.

Für einige Sekunden war Molly unfähig zu atmen. Harrys Kinder. Die Vision verblaßte, aber die Gefühle, die sie in Molly ausgelöst hatte, blieben.

Nach einer Weile schaltete sie den raffiniert ausgedachten Faltmechanismus im Inneren des Koffers ein und schloß den Deckel. Nach einem kurzen Rundgang durch die restlichen Räume im Obergeschoß – um sicherzugehen, daß alles in Ordnung war – ging sie nach unten. Den Koffer ließ sie in der Eingangshalle, während sie die Räume im ersten Stock kontrollierte. Nichts fehlte. Nun mußte sie nur noch im Keller nach den Maschinen für die Energiezufuhr der Haushaltsroboter sehen. Sie stieg die Stufen zu dem fensterlosen unterirdischen Raum hinunter. Als sie die Tür öffnete, sprang die helle Deckenbeleuchtung der Werkstatt an. Auf der anderen Seite des Raums blinkten die Lichter der Schalttafel, über die alle mechanischen und elektrischen Systeme im Haus gesteuert wurden.

In dem Augenblick, als sie die Werkstatt betrat, hörte Molly das schwache Knarren.

Zwei Gedanken durchfuhren sie gleichzeitig. Der eine appellierte an ihre Vernunft und den gesunden Menschenverstand. Molly sagte sich, daß ein gelegentliches Knarren und Knacken in einem alten Haus normal waren. Der zweite war irrational und intuitiv. Er stammte direkt aus der unbekannten Tiefe ihres Bewußtseins, aus jenen Regionen, die für den Überlebensinstinkt zuständig waren. Eine innere Stimme sagte ihr, daß sie nicht allein im Haus war. Jemand schlich hier herum. Während sie durch die oberen Stockwerke gegangen war, hatte sich jemand in einem der unterirdischen Lagerräume versteckt.

Ein Dielenbrett ächzte.

Panik ergriff Molly. Sie sah zur Treppe zurück und spürte eine ohnmächtige Hilflosigkeit. Ihre Flucht würde an einer langen Reihe von Lagerräumen entlangführen, und in einem davon lauerte der Eindringling. Während sie noch über ihre Fluchtchancen nachdachte, wurde am Ende des Ganges eine Tür geöffnet. Aus dem Halbdunkel löste sich ein Mann. Sein Gesicht war von einer Skibrille verdeckt. Er hob die Hand. Darin lag eine Pistole.

Molly nahm den einzigen Weg, der ihr blieb. Sie stürmte durch die Tür zu Werkstatt, fuhr herum und schlug die alte Holztür hinter sich zu. Hastig schob sie den Riegel vor. Dumpfe Schritte klangen durch den Korridor. Vor der Tür verstummten sie. Der alte Glasknauf bewegte sich rüttelnd in Mollys Hand. Instinktiv ließ sie ihn los. Erst jetzt wurde ihr bewußt, daß es keine gute Idee war, direkt hinter der Tür stehenzubleiben. Der Eindringling könnte leicht durch das alterstrockene Holz schießen. Molly wich mehrere Schritte nach hinten, bis sie in der Mitte der Werkstatt stand. Ein schwerer, krachender Schlag erschütterte die Tür. Sie klapperte in den Angeln. Der Einbrecher versuchte sich mit Gewalt Zugang zu verschaffen. Es war nur eine Frage der Zeit, bis er sein Ziel erreicht hatte.

Langsam und verzweifelt schritt Molly im Kreis herum. Sie fühlte sich wie ein gefangenes Tier. Aus der Werkstatt gab es kein Entkommen. Ringsum erhoben sich die Steinmauern des Kellergewölbes und bildeten einen Raum, der nicht größer war, als der Salon über ihr. Es gab keinen Platz, wo sie sich verstecken konnte. Ihr Blick fiel auf die Schatten werfenden, von Tüchern umhüllten Gestalten an einer Wand. Das Bild der zwei schwarzhaarigen Kinder mit den klugen bernsteinfarbenen Augen schoß ihr wieder in den Kopf. Die Kinder wollten mit den glitzernden, aufblinkenden mechanischen Spielzeugen spielen, die Jasper Abberwick für seine Töchter gebaut hatte.

Erneut warf sich der Mann von außen gegen die Türe. Sie erbebte und ächzte, als hätte sie eine tödliche Wunde erlitten. In diesem Augenblick wußte Molly, daß der Eindringling sie umbringen wollte. Sie spürte die Bedrohung bis in die Knochen. Entweder handelte sie jetzt, oder sie würde im Keller ihres eigenen Hauses ums Leben kommen.

Harry! Harry, ich brauche dich …

Der stumme Hilferuf hallte durch ihren Kopf. Es hatte keinen Sinn, laut loszuschreien. Niemand würde sie hören.

Die Kinder mit den Bernsteinaugen wollten spielen …

Molly nahm alle Kraft zusammen und eilte durch den Raum zu der ersten verhüllten Gestalt. Sie riß den Stoff beiseite und befreite eine hoch aufragende Spielfigur, die sie einmal »das Wesen aus der Purpurnen Lagune« genannt hatte. Die Kreatur war etwa so groß wie sie selbst, hatte einen riesigen, klaffenden Mund mit vielen Zähnen und einen langen Schwanz. Mit elf Jahren war Molly begeistert gewesen, solch ein riesiges Tier steuern zu können. Sie setzte das Monster auf seine furchtbar häßlichen Füße und drückte den Knopf an der Schalttafel. Ihre pflichtbewußte halbjährliche Inspektion der langlebigen Spezialbatterien zahlte sich jetzt aus.

In den Augen des Ungeheuers blitzten rote Lichter auf. Mit einem Zischen entwich künstlicher Dampf, und es kehrte langsam Leben in das Fabelwesen ein. Mit seinen riesigen Pranken setzte es sich in Bewegung, während der Schwanz von einer Seite zur anderen schwankte.

Die Tür erzitterte unter einem weiteren Schlag.

Molly riß die Stoffhülle von einem zweiten mechanischen Spielzeug, einem Raumschiff. Zwei große Puppen in bizarren Kostümen bedienten die Laserkanonen. Molly betätigte einen Knopf. Die Waffenimitationen schossen grüne Energiestrahlen in den Raum. Wieder krachte ein heftiger Schlag gegen die Tür, während Molly einen weiteren Spielroboter enthüllte. Nacheinander setzte sie ihre gesamte kleine Armee an Monstern und Fahrzeugen in Betrieb. Sie war eben mit einem Miniatursegler beschäftigt, einem Prototypen der Maschine, in der ihr Vater und ihr Onkel ums Leben gekommen waren, als sie hörte, daß die Tür splitternd und krachend nachgab. Entschlossen schlug sie auf den Hauptschalter, der die elektrische Anlage im Haus außer Betrieb setzte.

In dem Augenblick, als der maskierte Mann durch die Tür kam, wurde es in der Werkstatt dunkel, und Mollys mechanische Verteidiger tuckerten, brummten und surrten auf den Eindringling zu. Die tintenschwarze Nacht wurde von schmerzhaften Blitzen und nervenzermürbendem Getöse zerrissen. Ziellos fuhren die Spielfiguren durch den Raum, rasten blind ineinander, gegen die Wände und alles, was ihnen im Weg war. Hinter einer Werkbank verborgen, wartete Molly mit angehaltenem Atem.

Es war eine Szene wie in einem Horrorfilm. Die dunkle, höhlenartige Atmospähre wurde von wild pulsierenden Lichtstrahlen durchschnitten. Aus dem Stöhnen, Zischen und Grunzen entstand ein mißtönendes, ohrenbetäubendes Konzert.

»Was soll das, zum Teufel?« In dem heiseren, undeutlichen Überraschungsschrei des bewaffneten Eindringlings schwang Entsetzen. Donner hallte durch den dunklen Raum. Molly preßte sich noch tiefer auf den Boden. Ihr war bewußt, daß der Mann gerade geschossen hatte. »Verdammt!« schrie er. Diesmal lag Schmerz in dem krächzenden Ruf. Molly ahnte, daß ihr Bedroher gerade mit einer Kampfmaschine zusammengestoßen war. Aus einem metallischen Scheppern schloß sie, daß der Bewaffnete blind ausgeholt hatte, um einen weiteren automatischen Angreifer abzuwehren. Ein krachendes Geräusch sagte ihr, daß einer der großen Spielroboter zu Boden gefallen war. Sein pulsierendes Licht blitzte weiter in einem wilden Rhythmus und beleuchtete die wirbelnden Klauen. Das Raumschiff wandte seine Laserkanone zur offenen Tür. Als es das Feuer eröffnete, erhellten grüne Strahlenbündel die Dunkelheit. Molly erkannte aus ihrem Versteck die seltsamen, ruckartigen Bewegungen des Eindringlings, der in die Schußbahn der Röhrenblitze geraten war. Wild kämpfte er, um zu entkommen. Dabei stolperte er über den wedelnden Schwanz eines Dinosauriers. Vor Angst und Zorn aufschreiend, kam er wieder auf die Füße und stürzte blind weiter. Ein knatternder Ausbruch grüner Strahlen aus den Bordwaffen des Raumschiffs warf Licht auf den Türdurchgang. Der Eindringling durchmaß ihn und rannte in den dunklen Korridor hinaus. Die umherwandernden Strahlenbündel wandten sich in eine andere Richtung, und Molly verlor den Bewaffneten aus dem Blick. Die Spielzeugroboter erzeugten zuviel Lärm, als daß Molly das Geräusch der Schritte auf der Treppe hätte hören können, aber einen Augenblick später glaubte sie die Vibrationen des Holzfußbodens über ihrem Kopf zu spüren. Der Eindringling rannte durch die vordere Halle.

Noch lange wartete Molly hinter ihren umherfahrenden Spielzeugverteidigern. Schließlich tastete sie sich zum Hauptschalter voran. Mit zitternden Fingern legte sie den Hebel für die Hausbeleuchtung um und griff nach dem Telefon.

Ihr erster Anruf ging an die Polizei. Der zweite galt Harry.

Wie sich herausstellte, war dieser Anruf nicht mehr nötig. Fünf Minuten später betrat Harry das Haus durch die Vordertür.

»Das war Kendall. Nun ist er völlig durchgedreht.« Unruhig ging Harry vor der Fensterwand umher. Er fühlte sich wie ein Löwe im Käfig. »Er muß es gewesen sein. Soviel zu der Theorie, daß er sich nach Kalifornien abgesetzt hat. Verdammter Mistkerl. Nun reicht es. Wir müssen ihn finden.«

Molly saß in einen Sessel gekauert, hatte die Füße hochgezogen und nippte an einem Glas Chardonnay. »Harry, hör auf mit dem Herumlaufen. Du machst mich ganz schwindlig.«

Er ignorierte sie. »Ich glaube immer noch, daß etwas anderes dahintersteckt.«

»Du hast der Polizei alles gesagt, was wir wissen. Und du hast Fergus Rice, deinen Privatdetektiv, angerufen. Was können wir noch tun? Versuch dich zu entspannen.«

»Entspannen?« Harry fuhr herum, um Molly anzusehen. »Wie zum Teufel soll ich mich jetzt entspannen?«

»Zum Beispiel indem du das gleiche tust wie ich.« Molly hob das Weinglas. »Gieß dir etwas zu trinken ein. Wir müssen beide zur Ruhe kommen.«

Harry wußte, daß sie recht hatte. Er bebte vor hilflosem Zorn. Kendall hatte Molly an diesem Nachmittag beinahe getötet, und dieser Gedanke wühlte ihn innerlich auf. Er befand sich in einer gefährlichen Stimmung, und das wußte er. Wenn er ehrlich war, sank er seit Stunden unweigerlich immer tiefer in diesen Zustand. Seit fünf Uhr nachmittags brannte das Gefühl furchtbarer Bedrängnis in ihm. Die unbestimmte Empfindung von großer Gefahr hatte ihn mit der Macht einer Flutwelle überspült. Als ihn die Unruhe befallen hatte, hatte er in seinem Arbeitszimmer gesessen und auf das Geräusch von Mollys Schlüssel an der Eingangstür gewartet. Plötzlich hatte er sich vergewissern müssen, wo Molly sich befand und ob sie in Sicherheit war.

Harry rief im Laden an, aber dort nahm niemand ab. Dann fiel ihm ein, daß sie zu ihrem Haus gefahren sein könnte, um saubere Kleidung zu holen. Er begann ihre Nummer zu wählen. Aus irgendeinem Grund fühlte er plötzlich den überwältigenden Drang, den Wagen aus der Garage zu holen und zum Capitol Hill zu fahren. Er kämpfte so lange gegen dieses unlogische Bedürfnis an, bis er ihm schließlich nachgeben mußte. Das offene Gittertor lieferte ihm einen ersten Hinweis darauf, daß seine Besorgnis nicht grundlos war. In dem Augenblick, als er durch das Tor auf das Haus zuraste, hörte er in der Ferne die Sirenen.

Molly war nirgends zu sehen. Das donnernde Getöse trieb ihn nach unten. Sein erster Gedanke war gewesen, daß Jasper Abberwicks Roboter Amok liefen.

Solange er lebte, würde Harry Mollys Anblick nicht vergessen, die, von einer Herde bizarrer Spielzeugroboter umgeben, im Keller stand. Ein Blick in ihr von Panik verzerrtes Gesicht genügte. Er verstand ohne Worte, daß sie in der Werkstatt nur knapp dem Tod entronnen war. Und er begriff, daß er zu spät gekommen wäre, um sie zu retten.

Jetzt blieb Harry vor Molly stehen. Er beugte sich zu ihr hinunter, umgriff die Sessellehnen und zwang Molly, zu ihm aufzublicken. »Von jetzt an bis zu dem Moment, in dem Wharton Kendall in Untersuchungshaft genommen wird, gehst du nirgendwo mehr allein hin. Ist das klar?«

»Harry, ich weiß, daß dich die Vorkommnisse ziemlich aufgeregt haben, aber es gibt keinen Grund zur Übertreibung.«

»Ich werde dich morgens persönlich zur Arbeit begleiten, und mittags hole ich dich zum Essen ab. Nach der Arbeit bringe ich dich hierher zurück. Verstanden?«

»Ich verspreche dir, daß ich nicht wieder allein in mein Haus gehe«, versuchte Molly abzuschwächen.

Harry beugte sich näher. »Du wirst *nirgendwo* allein hingehen.«

Molly biß sich auf die Lippen. »Harry, du treibst mich in den Wahnsinn, wenn du eine Gefangene aus mir machst.«

»Benutze dieses Wort nicht leichtfertig. Du weißt nicht, was Wahnsinn ist.«

»Und du weißt es?«

»Manche Menschen«, begann er sehr vorsichtig, »haben angedeutet, daß ich mit diesem Zustand zumindest andeutungsweise vertraut sei.«

»Ich dachte, das hätten wir geklärt. Du bist nicht verrückt.« Molly sah ihn an, und plötzlich verstand sie. »Du spielst auf Olivia an, nicht wahr?«

»Sie ist eine Autorität auf psychologischem Gebiet«, sagte er durch die Zähne.

»Vielleicht. Aber an deiner Stelle würde ich mir wegen ihrer Diagnose keine Gedanken machen.«

»Für dich ist das leicht«, murmelte Harry. »Ich kann mit Sicherheit bezeugen, daß ich heute nachmittag ziemlich verrückt gespielt habe, als ich feststellte, daß du nicht pünktlich nach Hause kamst, und keine Ahnung hatte, wo du warst.«

Mollys Augen weiteten sich. »Das ist allerdings interessant. Da gebe ich dir recht.«

»Nein, es ist zum Wahnsinnigwerden. Ich will das nicht jeden Tag durchmachen müssen. Und deshalb gehst du nirgendwo mehr allein hin, bevor Kendall nicht gefaßt ist.«

Molly schürzte die Lippen. Ihr Blick war nachdenklich. »Wann wurde dir zum erstenmal bewußt, daß ich in Schwierigkeiten war?«

Harry fühlte sich plötzlich matt. »Gegen halb sechs fiel mir auf, daß du zu spät warst.«

»Das ist ungefähr die Zeit, als ich mir wünschte, du wärst bei mir. Ich erinnere mich, daß ich deinen Namen sehr deutlich gedacht habe.«

»Molly, um Gottes willen, sag nur nicht, du glaubst, es wäre irgendeine Art außersinnlicher Wahrnehmung im Spiel gewesen.«

»Vielleicht wieder deine Intuition«, sagte Molly unbefangen.

Harry ließ die Sessellehnen los und richtete sich abrupt auf. »Meinst du das ernst?«

»Laß uns die Sache rational betrachten.«

»Nun, das wäre sicher ein ganz neuer Ansatz.«

Molly beachtete seinen Sarksamus nicht. »Sag mir, warum du wußtest, daß ich nach Hause gefahren war, um mir neue Sachen zu holen.«

»Verdammt.« Harry nahm seine Wanderung wieder auf. »Wenigstens nicht durch paranormale Kräfte, das versichere ich dir. Es war eine völlig logische Schlußfolgerung aus den gegebenen Umständen.«

»Hm.«

»Sag das nicht.«

Molly sah ihn fragend an. »Was soll ich nicht sagen?«

»Sage nicht in diesem Ton ›hm‹.«

»In Ordnung. Aber ernsthaft, Harry. Ich beginne mich zu fragen, ob nicht doch etwas an diesem paranormalen Zeug dran ist.«

»Zum letztenmal: Ich besitze keine übersinnlichen Fähigkeiten. Selbst die Mitglieder meiner Familie, die an das Zweite Gesicht der Trevelyans glauben, denken nicht, daß Telepathie nötig ist, damit zwei Menschen ohne Worte miteinander kommunizieren können. Nicht einmal Harry der erste schrieb sich solche Fähigkeiten zu.«

»Hm.«

Harry sah Molly finster an.

»Entschuldige«, sagte Molly. »Ich habe nur nachgedacht. Wir sprechen wieder von Intuition, nehme ich an.«

»Einsichten«, korrigierte Harry grimmig. »Vernünftige, logisch begründbare Einsichten vermitteln gelegentlich die Illusion, mehr zu sein, als sie tatsächlich sind.«

»Also brachten dich Vernunft und Logik zu dem Schluß, daß ich in meinem Haus in Schwierigkeiten war?«

»Es hat nicht viel genützt.« Harry schloß die Augen und

stellte sich der unangenehmen Wahrheit. »Ich kam zu spät, um etwas auszurichten. Wenn du nicht die Eingebung gehabt hättest, dich in der Werkstatt deines Vaters zu verstecken und diese alten Spielsachen zu verwenden, um den Angreifer abzuwehren, wärst du jetzt ...« Er konnte den Satz nicht zu Ende sprechen.

»Ja, es war eine nützliche Eingebung, nicht wahr?« Molly nahm noch einen Schluck Wein. Ein entrückter Ausdruck ließ ihre Augen leuchten.

»Was zum Teufel hat dich auf die Idee gebracht, diese automatischen Spielfiguren zu deiner Verteidigung zu benutzen?« fragte Harry. »Oder war einfach nichts anderes da, mit dem du dich hättest wehren können?«

»Was würdest du sagen, wenn ich behaupte, zwei Kinder hätten mich auf die Idee mit dem Spielzeug gebracht?«

Harrys Gesicht verdüsterte sich flüchtig. »Welche Kinder? Willst du behaupten, es wären Kinder darin verwickelt gewesen? Davon hast du der Polizei nichts gesagt.«

»Es gab keinen Grund dafür«, erklärte Molly seltsam versonnen. »Die Kinder sind noch nicht geboren.«

Harry starrte Molly an. Sie hatte heute eine Menge durchgemacht, erinnerte er sich. Wahrscheinlich litt sie an einer Art verzögerter Schockwirkung. »Molly, du solltest jetzt lieber ins Bett gehen. Du brauchst Ruhe.«

Sie lächelte. »Harry, hast du jemals daran gedacht, Kinder zu haben?«

Er blieb vor den Fenstern stehen. Seine Vorstellung projizierte ein klares, unmißverständliches Bild vor sein Auge, das Molly hochschwanger zeigte. Eine merkwürdige Sehnsucht stieg in ihm auf. Er atmete tief ein. »Ich glaube, der Wein steigt dir zu Kopf. Es ist wahrscheinlich der Streß. Komm, ich helfe dir beim Ausziehen. Du brauchst eine erholsame Nacht.«

»Hm.«

15

»Zu spät.«

Die heiseren, verzweifelten Worte waren kaum hörbar, aber sie weckten Molly aus einem Traum mit riesigen, raubtierhaften mechanischen Spielzeugfiguren. Das Adrenalin schoß durch ihren Körper. Sie öffnete die Augen und sah Harry an, der neben ihr schlief. Ein breiter Streifen Mondlicht fiel durch die Fensterfront herein. Das kalte Licht badete ihn in Silber. Auf Harrys bloßen Schultern glänzte Schweiß.

»Zu spät«, murmelte er in das Kopfkissen, wobei er sich unruhig umherwälzte. »Kann nicht atmen. Keine Luft.«

»Harry, wach auf.«

»Kann nicht atmen. Zu spät.«

Molly berührte ihn sanft. Es war, als hätte sie eine Stromverbindung hergestellt. Mit erschreckender Schnelligkeit kam Harry zu sich. Er rollte zur Bettkante, und im selben Moment war er schon aufgestanden. Er fuhr herum und sah auf Molly herunter.

Im kalten Mondlicht konnte sie die bernsteingoldene Farbe seiner Augen nicht erkennen, aber der gequälte Ausdruck in seinem Gesicht war deutlich zu sehen. Molly richtete sich langsam in den Kissen auf und zog das Laken zum Kinn. »Du hast geträumt«, flüsterte sie.

»Ja.« Harry blinzelte ein paarmal, als wollte er die Geister vertreiben. Ein Schauer durchlief ihn. Nach einem tiefen Atemzug schien er sich wieder zu fangen. »Tut mir leid.«

»Ein Alptraum?«

Mit der Hand fuhr Harry sich durch sein Haar. »Einen Traum dieser Art hatte ich seit langem nicht mehr. Es ist Jahre her. Ich hatte beinahe vergessen, wie schlimm sie sind.«

Molly schob die Decke beiseite und stand auf. Barfuß kam sie rasch um das Bett herum, legte die Arme um Harry und lehnte sich an ihn. Es war der einzige Trost, den sie ihm geben konnte. »Es ist alles in Ordnung, Harry. Der Traum ist vorbei.«

Für einen langen Augenblick blieb Harry in ihrer Umarmung starr, bis er Molly mit einem heiseren, wortlosen Stöhnen umschlang und festhielt, als wäre sie die einzige Frau auf der Welt. Mehrere Minuten lang standen sie schweigend im Mondlicht.

»Es war meinetwegen, nicht wahr?« wagte Molly schließlich zu vermuten. »Der Vorfall heute nachmittag hat deinen Traum ausgelöst. Du fühlst dich schuldig, weil du erst bei mir warst, nachdem Kendall schon fort war.«

»Ich bin zu spät gekommen.« Harrys Stimme klang hart. »Du hättest tot sein können.«

»So wie deine Eltern?«

Harry versteifte sich. »Ja.«

»Was mir heute zugestoßen ist, hat alte Erinnerungen geweckt, nicht wahr?«

»Wahrscheinlich.«

»Und alte Alpträume.«

»Vermutlich.« Harry wirkte, als quälte er sich bis in die Tiefen seiner Seele.

»Du kannst nicht jeden Menschen retten, Harry. Nicht einmal alle, die du liebst. Das Leben gibt uns diese Möglichkeit nicht. Ich selbst habe das auf harte Weise lernen müssen. Laß die Vergangenheit ruhen.«

»Ich glaube nicht, daß ich das kann. Nicht völlig und für immer.«

»Dann teile deinen Schmerz mit mir.« Molly nahm alle Kräfte zusammen. »Erzähl mir, was wirklich an dem Tag geschah, als deine Eltern ermordet wurden.«

»Du willst es bestimmt nicht hören.«

Molly wußte nicht sicher, ob sie das Recht besaß, ihn weiter zu drängen, aber etwas in ihr trieb sie, hartnäckig zu bleiben, obwohl ihre Frage ganz offensichtlich nicht willkommen war. »Du hast gesagt, es wäre damals zu spät gewesen, deine Eltern zu retten.«

»Verdammt zu spät.« Ohne Vorwarnung strömte eine Flut von Zorn und Schmerz aus ihm. Es war, als wäre irgendwo in seinem Inneren ein Damm gebrochen. »Genau wie gestern. Da war ich auch zu spät. Immer zu spät.«

Molly umarmte ihn heftig. »An dem Tag, als deine Eltern starben, bist du mit einer Harpune nach unten gegangen.«

»Hat Josh dir auch davon erzählt?«

»Ja.« Molly hob den Kopf, um sein Gesicht abzusuchen. Seine Augen glitzerten. »Du wärst beinahe selbst getötet worden, nicht wahr?«

»Sie sahen mich, als sie aus der Höhle kamen.« Die Worte klangen, als würden sie dem äußersten Rand des Hades, einer Region unerträglicher Kälte entspringen. »In diesem Augenblick wußte ich, was passiert war. Sie kamen direkt auf mich zu. Den ersten Mann habe ich mit der Harpune getötet. Der andere schoß auf mich, bevor ich nachladen konnte, aber er traf nicht. Doch er hatte ein Messer. Er zog es aus einer Scheide, die er an der Ferse trug, und durchschnitt meinen Luftschlauch.«

»O Gott, Harry ...« Molly hielt ihn noch fester.

»Auch ich hatte ein Messer. Dad hatte es mir geschenkt. Damit habe ich den Mistkerl getötet. Aber meine Luft reichte nicht mehr. Ich nahm dem Toten das Tauchgerät ab. Damit bin ich in die Höhle zu meinen Eltern hinuntergeschwommen. Es war zu spät. Beide waren schon tot.«

Tiefes Schweigen breitete sich aus. Molly hielt Harrys Gesicht zwischen den Handflächen. Sie spürte, daß die Geschichte noch nicht zu Ende war, auch wenn sie nicht wußte, was es noch zu erzählen gab. Aber Harry mußte alles sagen. Es war wichtig. Als würde sie über ein Minenfeld gehen, tastete Molly sich vorsichtig voran. »Du hast gesagt, du hättest sofort nach deiner Ankunft gewußt, daß eine Gefahr drohte. Daß etwas Furchtbares geschehen war.«

Harry blickte an Molly vorbei in die Nacht hinter dem Fenster. »Ich sah das zweite Boot, das neben dem meiner

Eltern ankerte, und berührte den Schiffsrumpf. Etwas stimmte nicht. Etwas stimmte einfach nicht.«

»Ich verstehe.«

»Ich fand meine Eltern und brachte sie an die Oberfläche zurück. Mir schien, als könnte ich nicht atmen. Obwohl mein Lufttank halbvoll war.« Harry rieb sich mit der Hand die Augen. »Und das Wasser war seltsam rot gefärbt. Ein Effekt der späten Nachmittagssonne, denke ich. Aber es sah aus wie Blut.«

»Es muß unerträglich gewesen sein.«

»Ja.«

»Kein Wunder, daß du noch immer davon träumst. Harry, du konntest das Leben deiner Eltern nicht retten. Aber du darfst nie vergessen, daß dein Vater deines gerettet hat.«

Harry riß sich von der Dunkelheit draußen los und sah mit verwirrtem Stirnrunzeln zu Molly hinunter. »Wie meinst du das?«

»Dein Vater hat dich gelehrt, mit dem Messer umzugehen, nicht wahr? Und er hat dir eins geschenkt, das du bei dir tragen konntest. Das Messer, das du an jenem Tag benutzt hast.«

»Er hat mir alles beigebracht, was er wußte. Nur aus diesem Grund habe ich den Kampf überlebt.«

»Die Fähigkeiten, die dein Vater dich gelehrt hat, haben dir damals das Leben gerettet. Genau wie das mechanische Spielzeug, das mein Vater für mich gemacht hat, heute nachmittag mein Leben gerettet hat.«

Für einen Augenblick schwieg Harry. »Ja.«

»Manchmal ist es gut, sich an solche Dinge zu erinnern, Harry. Wir sind alle miteinander verbunden. Einmal retten wir andere. Ein anderes Mal retten sie uns. So ist das Leben. Keiner von uns kann immer nur Retter sein.« Harry sagte nichts. Aber er entzog sich ihrer Umarmung nicht. »Dein Vater hat seine Verantwortung erfüllt, als er dich die Dinge lehrte, die du wissen mußtest, um in jenem furchtbaren Augenblick zu überleben.«

»Molly, ich weiß nicht, was du hier versuchst, aber wenn du vorhast, mir eine Lektion in Amateurpsychologie zu erteilen, vergiß es.« Sein Mund verzog sich bitter. »Olivia hat bereits ihr Bestes versucht, und sie ist Expertin.«

»Was hat sie gesagt?«

Harry hob die Schultern. »Sie sprach ausführlich über das Zerstörerische von Schuldgefühlen. Und sie meinte, es gebe Medikamente gegen posttraumatische Störungen. Ich habe ihr geantwortet, daß ich kein Interesse daran habe, mir mit einer Psychopille schöne Gefühle zu machen.«

Molly schüttelte ihn leicht. »Was ich dir sage, hat nichts mit Therapie zu tun. Es ist die Wahrheit. Du solltest der Experte sein, wenn es darum geht, Realität von Illusion zu unterscheiden. Sieh dir die Wahrheit an, die ich dir zu geben habe, und sag mir ehrlich, ob du meine Worte für falsch hältst.«

»Und welche Wahrheit soll ich sehen?«

Molly ließ sich von dem in Harry aufkochenden Zorn nicht einschüchtern. Intuitiv wußte sie, daß es gut für ihn war, dieses Gefühl herauszulassen. Er hatte zu viele Dinge zu lange zurückgehalten. »Hör mir zu, Harry. An jenem Tag hat dein Vater dir das Leben gerettet, und genauso hatte er es gewollt. Ihr wart Vater und Sohn. Er hat dich in diesem Moment beschützt. Es war sein Recht als Vater. Deine Mutter hätte ebenso empfunden. So soll es sein. Du hast das Geschenk zurückgezahlt, indem du es weitergabst.«

Harrys Kinnpartie spannte sich. »Das verstehe ich nicht.«

»Was wäre gewesen, wenn nicht du, sondern Josh an jenem Tag getaucht hätte? Wenn er den Mördern begegnet wäre?«

Harry starrte Molly mit unbewegtem Blick an und schwieg. Es gab nichts zu sagen. Molly wußte genau, was er dachte. Harry hatte Josh großgezogen und empfand wie ein Vater für ihn.

»Ich bin mit dir einer Meinung, daß ein Mann wie du

niemals seine eigene Geschichte umschreiben sollte, um sich besser zu fühlen«, fuhr sie sanft fort. »Das ist nicht der Ausweg. Du bringst die Dinge wieder ins Lot, indem du die Waagschalen ausgleichst. Das ist nicht Therapie, sondern hat mit Karma zu tun.«

»An so etwas glaube ich nicht. Karma. Willst du mir etwa erzählen, daß du was von diesem mystischen Schwachsinn hältst?«

»Also gut, du bist ein Mann der Wissenschaft. Stell dir die Sache in technischen Begriffen vor. Sieh dir Newtons Reaktionsprinzip an. Für jede Wirkung gibt es eine Gegenwirkung. Dein Vater hat dein Leben gerettet, und du hast darauf reagiert, indem du das gleiche für Josh getan hast.«

»Was hat Josh mit dem Ganzen zu tun?« fragte Harry gereizt. »Ich habe ihm nie das Leben gerettet.«

»Doch, das hast du. Du hast ihn vor der ererbten Vergangenheit gerettet, ein Vermächtnis, das ihn leicht hätte umbringen oder verbraucht und verbittert machen können wie seinen Großvater. Du hast ihm eine Zukunft voller Versprechungen geschenkt. Das ist ein unbezahlbares Geschenk, Harry.«

»Ich habe nur dafür gesorgt, daß er eine gute Ausbildung bekommt.«

»Nein, du hast viel mehr für ihn getan. Du hast ihm eine stabile Umgebung gegeben. Du warst ihm ein Vater. Für Joshs Seele hast du diesen alten Teufel Leon niedergerungen. Und du hast gewonnen.«

In einer Geste unaussprechlicher Erschöpfung lehnte Harry seine feuchte Stirn gegen Mollys. »Das ist wirklich eine merkwürdige Unterhaltung für diese nächtliche Uhrzeit.«

»Nicht nur Josh hast du gerettet«, fuhr Molly mit fester Stimme fort. »So wie ich die Dinge sehe, hast du es dir auch angewöhnt, während der letzten Jahre einige Strattons und Trevelyans zu retten.«

Harry bewegte sich nicht. »Wovon redest du?«

»Nur ein Beispiel. Du hast es Brandon ermöglicht, sich auf eigene Faust zu verwirklichen, ohne sein Erbe zu gefährden.«

»Brandon wird mir nicht dafür danken.«

»Vielleicht nicht. Aber das ist sein Problem. Ich weiß, daß du auch deinem Cousin Raleigh und seiner Frau geholfen hast. Und ich vermute, daß du auch deine Finger im Spiel hattest, damit Evangeline die Smoke & Mirror Company kaufen konnte. Ich beginne zu ahnen, daß die Liste deiner Taten endlos ist.«

»Das ist etwas anderes.«

»Nein, ist es nicht. Diese Handlungen sind wichtig, weil du damit Menschen hilfst.« Molly lächelte zu ihm hinauf. »Und weißt du was? Heute hast du auch mein Leben gerettet, obwohl es nur indirekt war.«

Harrys Gesichtsausdruck verhärtete sich. »Mach keine Scherze darüber, Molly.«

»Das ist kein Scherz.« Sie hielt seinem Blick stand und zwang ihn, die Wahrheit zu erkennen. »Ich sagte dir schon, daß ich eine Inspiration hatte, meine alten Spielsachen zu verwenden, um mich vor Kendall zu retten.«

»Du hast gesagt, die Idee wäre dir durch zwei Kinder gekommen.«

»Deine Kinder, Harry.«

»Meine?« Harry war wie vom Donner gerührt. »Ich dachte, der Verrückte von uns beiden wäre ich.«

»Es waren deine Kinder. Ich habe sie deutlich gesehen. Ein Junge und ein Mädchen. Sie hatten deine Augen.«

Harry umfaßte ihre Schultern. Seine Augen glühten im Mondlicht. »Willst du mir erzählen, daß du eine Vision oder so etwas Ähnliches hattest?«

Molly lächelte schwach. »Nun, vielleicht war es einfach nur Wunschdenken.«

»Wunschdenken?« wiederholte er tonlos.

»Ich besitze eine sehr gute Vorstellungskraft. Das liegt in der Familie. Zusammen mit dem Hang zur Neugier.«

»Molly …«

Sie berührte mit der Fingerspitze seine Lippen. »Ich glaube, es wird Zeit für dich, an eigene Kinder zu denken. Du würdest einen wirklich wunderbaren Vater abgeben. Das Zeug für diese Aufgabe besitzt du.«

Harry öffnete den Mund, ohne daß ein Wort herauskam. Er schloß ihn wieder. Dann schlang er einen Arm um Mollys Nacken, senkte den Kopf und küßte sie mit brennendem Hunger, bis ihre Beine weich wurden. Ihr Kopf sank an seine Schulter. Sie war verblüfft über das beinahe schmerzhafte Verlangen, das sie in einer heißen Welle durchschoß. Die Empfindung machte sie schwach und atemlos. Gleichzeitig wurde sie von freudiger Erwartung erfüllt. Harry küßte sie wie in der ersten Nacht, und Molly fühlte sich wie eine vom Sturm geschüttelte Blume. Sie begann unter dem heftigen Ansturm zu erzittern, als sie Harrys Stöhnen gewahrte. Sie spürte seine Hände, die sich um ihre Taille schlossen. Der vom Mondlicht erfüllte Raum drehte sich um sie, und ihre Sinne öffneten sich dem Chaos.

Als nächstes nahm sie wahr, daß sie mit dem Rücken auf dem Bett lag, die Beine gespreizt und das Nachthemd bis zur Taille hochgeschoben. Harry senkte sich auf sie. Überdeutlich spürte Molly ihre eigene Weichheit und das lastende Gewicht von Harrys Körper. Er war erregt und hart. Sie fühlte, wie er sich heftig gegen die Innenseiten ihrer Schenkel preßte, und rang nach Atem, als er für einen Moment von ihrem Mund glitt, um die Höhlung ihrer Kehle zu küssen. Sie kämpfte darum, die Gewalt über ihre völlig entfesselten Sinne zurückzugewinnen. Wilde Empfindungen überschwemmten sie. Verzweifelt versuchte sie, die Eindrücke zu ordnen. Es gab da etwas, das nicht von ihr stammte. Sie spürte einen tiefen, rasenden Hunger. Ein verzweifeltes Sehnen, das anders war als alles, was sie bisher empfunden hatte. Dieses fordernde Verlangen, das zu lange in Fesseln gelegen hatte, drohte sie zu verschlingen. Es erhielt seine Kraft durch die sexuelle Gier, aber sie war nur ein

Teil der explosiven Mischung. Harry fuhr mit der Hand über ihren Körper und berührte sie überall. Seine Zähne rieben über ihre Brustspitzen. Seine Gier überwältigte Molly beinahe. Das war kein Sex, dachte sie. Das war – etwas anderes. Mehr.

Der dunkle Sturm heulte auf und erschuf einen gefährlichen Strudel. Molly wußte, daß sie Gefahr lief, in einen wirbelnden Sog aus ungezügeltem Hunger hineingezogen zu werden.

Harrys Hunger.

Die Erkenntnis durchfuhr sie wie ein Schock. In einem grellen Blitz der Gewißheit verstand sie, daß alles, was sie empfand, von Harry ausging. Die Gefühle, die sie erschütterten, das brennende Verlangen, die unerträgliche Einsamkeit, die Verzweiflung, alles kam von ihm. Und es fand seinen Widerhall mit einer Regung in ihr. Instinktiv umklammerte sie Harry in der Gewißheit, daß sie das zehrende Verlangen in ihm befriedigen konnte. Und sie wußte, daß sie Harry brauchte, um den neu entdeckten Hunger in sich selbst zu stillen. »Ich bin da.«

»Nein.« Abrupt bewegte sich Harry von ihr, als wollte er den Energiefluß zwischen ihnen unterbrechen, und starrte auf Molly herunter. Seine Hände umschlossen ihr Gesicht, während er sie mit gequältem Ausdruck ansah. »Verdammt. Das wollte ich nie tun. Ich hatte geschworen, es nie wieder zu riskieren. Ich kann nicht.«

Im Vergleich zu dem, was Harry empfinden mußte, war ihre Angst vor dem Geschehen in diesem Augenblick unbedeutend, erkannte Molly plötzlich. Dieses Wissen wirkte seltsam beruhigend. »Es ist alles gut«, flüsterte sie. »Du bist nicht allein.« Mit den Fingerspitzen berührte sie die schweißfeuchte Haut seiner muskulösen Schultern und zog Harry wieder zu sich. Sie barg ihn zwischen ihren Schenkeln und bedeckte sein hartes Alchimistengesicht mit heißen, leidenschaftlichen Küssen.

Harry erschauerte vor Hingabe. »Molly ...« Sein Mund

senkte sich über ihren. Molly öffnete sich für ihn. Sie spürte, daß Harry seit Jahren mit diesem dunklen Hunger kämpfte. Mit der Kraft seiner ganzen Selbstbeherrschung hatte er das drängende Verlangen in Ketten gelegt. Aber heute nacht war diese gewaltige Willenskraft durchbrochen worden. Genau wie beim erstenmal, als sie miteinander geschlafen hatten, erkannte Molly. Nun wußte sie, was anders gewesen war.

»Zusammen«, flüsterte sie. »Wir machen es zusammen.« Molly hob sich ihm entgegen und schlang die Beine um ihn.

»Molly, o Molly.« Harry griff zwischen ihre schweißfeuchten Körper. Dann drang er mit einem langen, bebenden Seufzen in sie ein. Er füllte sie vollständig aus, bis an die Grenze. Mit tiefen, kräftigen, drängenden Stößen bewegte er sich. Der Rhythmus war vollkommen. Molly fühlte sich, als könnte er die Bedürfnisse ihres Körpers lesen und wüßte genau, wie er ihr Verlangen befriedigen mußte. Harry war auf sie eingestellt, so wie sie auf ihn eingestellt war.

Der Höhepunkt kam überraschend, so daß Molly nicht einmal schreien konnte. Sie gab sich einfach hin, während die Empfindung sie wie Wellen eines Schocks durchlief. Sie zitterte noch unter den letzten Schauern der Erlösung, als sie undeutlich Harrys rauhen Aufschrei hörte. Schwer ließ er sich auf sie sinken. Ein Gefühl unendlicher Befriedigung ging von ihm aus, das weit über das Physische hinausreichte. Molly verstand die tiefe Zufriedenheit, weil sie in ihrem Körper widerhallte.

Vollständigkeit. Erfüllung.

Angekommen am Ziel aller Wünsche.

Stunden der Langeweile, durchbrochen von Augenblicken des Entsetzens.

Die Worte hämmerten unnachgiebig durch Harrys Kopf, bis sie ihn schließlich aufwachen ließen. Zögernd öffnete er die Augen. Er war ein leidenschaftlicher Verfechter der Wahrheit, doch in diesem Augenblick hätte er seine Seele für eine Handvoll Lügen verpfändet, wenn er sich damit hätte beruhigen können. Sein schlimmster Alptraum war Wahrheit geworden. Molly hatte die Dunkelheit in ihm gesehen. Das ganze Ausmaß. Sie hatte neben ihm gestanden, seine Hand gehalten und in den Abgrund hinuntergeblickt. Olivias Worte kehrten zurück und quälten ihn.

Und dann wurde der Sex – nun, er wurde unheimlich ...

Aber die ganze Wahrheit hatte Olivia nicht annähernd geahnt. Sie hatte nicht mehr als einen kleinen Blick auf die Realität getan, die Molly in ihrer ganzen Wucht zu sehen bekommen hatte. Bei Olivia hatte der blasse Schatten seiner dunklen Wahrheit gereicht, um ihr tödliche Angst einzujagen. Doch Molly hatte er heute nacht die ganze Last zugemutet. Verzweiflung senkte sich über ihn. Er hatte alles verloren.

Molly bewegte sich. Harry wandte den Kopf auf dem Kissen und zwang sich, in ihr vom Mond beschienenes Gesicht zu sehen. Er würde ihre Zurückweisung entgegennehmen, ohne den Blick abzuwenden, und dem Verlust ins Gesicht schauen. Nur sich selbst durfte er Vorwürfe machen.

Doch Molly lächelte schläfrig, mit verträumtem, warmem Blick. »Und, hast du noch einmal über Kinder nachgedacht?«

Harry fühlte sich, als bräche die Welt unter seinen Füßen auseinander. Die fein geschulten Reflexe verwandelten sich in etwas schwammig Weiches. Maßlos erstaunt und verwirrt starrte er Molly an, wagte kaum zu hoffen. Bis er die Sprache wiederfand, dauerte es eine Zeitlang. »Kinder?« brachte er schließlich heraus.

»Ich finde, du solltest darüber nachdenken.«

»Kinder.«

»Ja. Mit mir.«

»Mit dir?«

Sie sah ihn erwartungsvoll an. »Es wäre wahrscheinlich am besten, nicht zu lange zu warten. Keiner von uns wird jünger.«

»Kinder. Mit dir.« Er schien keinen klaren Gedanken fassen zu können.

Mit einer tastenden, fragenden Bewegung berührte Molly Harrys Wange. Ihre Augen leuchteten. »Ich weiß, ich entspreche nicht ganz deiner Vorstellung von einer perfekten Ehefrau. An die Liste kann ich mich noch gut erinnern.«

Harrys Mund war trocken, und er mußte schlucken. »Welche Liste?«

»Die Liste der Gründe, warum wir nicht zusammenpassen. Ich sage Möhre, du Karotte.«

Er schüttelte benommen den Kopf. »Karotten waren auf deiner Liste, nicht auf meiner.«

»Tatsächlich? Könnte sein, wenn du es sagst. Auf deiner waren andere Dinge, richtig. Langweiliges Zeug. Verschiedene Temperamente, wie du sagtest. Keine gemeinsamen Interessen, außer der Beschäftigung mit den Erfinderprojekten. Wir sind nichts weiter als zwei Schiffe, die sich in der Dunkelheit begegnen, sagtest du.«

»Nein.« Harry stützte sich auf einen Ellbogen und beugte sich zu ihr. Mit der anderen Hand strich er über ihr entblößtes Bein. Er genoß es, die glatte, weiche Haut zu berühren. »Meines Wissens habe ich nie etwas über zwei Schiffe gesagt, die sich in der Dunkelheit begegnen.«

Molly streckte die Hand nach Harrys Kopf aus und wickelte eine Haarsträhne um ihren Finger. »Vielleicht war es auch etwas über meinen fehlenden Doktortitel, den ich nicht an die Wand neben deinen hängen kann.«

»Ich habe auch nie etwas darüber gesagt, daß du keinen Doktortitel besitzt.«

»Bist du sicher?«

»Ich bin sicher.«

»Absolut und unbedingt?«

»Ja«, murmelte Harry. »Absolut und unbedingt. Molly, bevor sich das Gespräch in diese Richtung bewegte, sagtest du etwas über Kinder.«

»Es war ein diskreter Hinweis.«

Um Kraft zu sammeln, holte Harry tief Atem. »Willst du mich damit bitten, dich zu heiraten?«

»Das mag ich an einem gebildeten Mann. Wenn er lange genug über eine Sache nachdenkt, findet er schließlich heraus, worum es geht.« Molly lächelte. »Willst du mich heiraten, Harry?«

Er kämpfte um Worte. »Was ist mit ...«

»Womit?«

Harry preßte die Zähne aufeinander. »Was ist mit den Stunden der Langeweile, durchbrochen von Augenblicken des Entsetzens?«

»Was soll damit sein? Bis jetzt habe ich noch nichts Langweiliges an dir entdeckt.«

»Und das andere?« zwang er sich zu fragen. »Molly, ich schwöre bei Gott, daß ich nicht verstehe, was geschehen ist, als wir vorhin miteinander geschlafen haben. Ich will es gar nicht verstehen. Ich weiß nur, daß ich manchmal, wenn ich meine Vorsicht fallenlasse, zu – intensiv werde.«

»Weißt du, was ich denke? Ich glaube, es hat etwas mit diesem Zweiten Gesicht der Trevelyans zu tun.«

Verzweifelt schloß Harry die Augen. »Das kann nicht dein Ernst sein.«

»Harry, ein intelligenter Mensch muß für alle Möglichkeiten offen bleiben. Ich glaube, eine anerkannte Autorität auf dem Gebiet der Wissenschaftsgeschichte hat geschrieben, daß es eine gefährliche Illusion sei, wenn man glaube, man könne immer das Mögliche vom Unmöglichen unterscheiden.«

»*Ich* habe das geschrieben.«

»Wie ich sagte – eine anerkannte Autorität. Ich bin übrigens mit dir einer Meinung. Ich entstamme einer langen Linie versponnener Erfinder, die deshalb Erfolg hatten, weil sie sich nicht durch die Illusion von Gewißheit fesseln ließen. Wir werden wohl von der Möglichkeit ausgehen müssen, daß du über eine Art sechsten Sinn verfügst.«

»Nein.«

Molly ignorierte seinen Widerspruch. »Es ist möglich, daß immer dann, wenn heftige Emotionen, wie beispielsweise sexuelles Begehren, im Spiel sind, diese intensiven Gefühle deinen außersinnlichen Fähigkeiten Energie zuführen.«

»Molly ...«

»In solchen Augenblicken erhöhter Empfindsamkeit entsteht ein Klima, in dem ungewöhnliche Dinge geschehen können. Vielleicht dringen einige deiner tiefsten Gedanken in das Bewußtsein anderer ein, die, hm – die gerade intim mit dir verbunden sind.«

»Das ist verrückt. Und ohne jede naturwissenschaftliche Grundlage.«

»Nur eine logische Erklärung für etwas, das auf andere Weise nicht zu verstehen wäre. Und jetzt hörst du mit dem Murren auf und beantwortest mir meine Frage, okay?«

Mit energischem Griff brachte Harry das Universum, das um ihn außer Kontrolle zu geraten schien, zur Ruhe. Er zog Molly an sich, fuhr mit den Fingern durch ihr wunderbar störrisches Haar, schlang die Hand um ihren Nacken und hielt sie für einen tiefen Kuß fest. In diesem Kuß war seine Antwort enthalten. Doch für den Fall, daß sie nicht verstanden hatte, sprach er die Worte laut aus: »Ich will dich heiraten.«

16

»Du willst Harry Trevelyan *heiraten?«* Venicia schob die spitzenbesetzte Schleppe des bauschigen, weißen Hochzeitskleides zur Seite und wandte sich von ihrem Spiegelbild zu Molly. Ungläubig starrte sie ihre Nichte an. »Das kann doch nicht dein Ernst sein!«

Molly, die in einem kleinen Sessel saß, legte in einer beschwichtigenden Geste die Hände zusammen. »Doch. Es ist mir sehr ernst.« Sie war sich bewußt, daß die Verkäuferin hinter dem Ladentisch das Gespräch mithörte. Eine andere Kundin drehte höflich den Kopf zur Seite, aber es war mehr als offensichtlich, daß auch sie beide Ohren spitzte. Das Spezialgeschäft für Brautkleider war nicht sehr groß. Venicias erschrockener Ausruf konnte nicht unbemerkt verhallen.

»Aber meine Liebe, du sagtest selbst, daß du mit Harry Trevelyan überhaupt keine Gemeinsamkeiten besitzt«, fuhr Venicia fort, ohne auf Mollys kaum versteckte Bitte um Schweigen zu achten. »Du hast auch gesagt, daß er dir darin zustimmt.«

»Ich schätze, er hat inzwischen bemerkt, daß wir mehr gemeinsam haben, als er zuerst vermutete.« Kritisch betrachtete Molly den Schnitt des Hochzeitskleides. »Bist du sicher, daß du dich mit dieser langen Schleppe abmühen willst?«

»Was? Oh, die Schleppe. Ich wollte schon immer ein Kleid mit Schleppe tragen.« Als sie die Satinröcke schüttelte, hellte sich Venicias Gesicht kurz auf. »In diesem Kleid fühle ich mich wie eine andere Frau. Der Himmel weiß, als dein Onkel und ich damals heirateten, konnte ich mir nicht einmal ein neues Kleid leisten. Diesmal werde ich alles richtig machen. Cutter besteht darauf.«

»Das wird dir guttun.« Molly hatte eine plötzliche Inspiration. »Weißt du was? Ich werde das auch machen.«

»Wovon sprichst du?«

»Bei meiner Hochzeit werde ich auch alle Register ziehen. Ein elegantes Kleid, großer Empfang, ein Fest mit allem Drum und Dran. Das wird Harry guttun.«

»Harry guttun?« Erneut verschwand Venicias Entzücken über ihre eigene Zukunft. »Ich habe befürchtet, daß es so kommen würde. Cutter ist auch sehr besorgt. Wir finden beide, daß du dich zu sehr mit Trevelyan einläßt.«

»Allerdings habe ich mich mit ihm eingelassen, das stimmt.«

»Molly, bitte hör mir zu. Mit den Wirkungen romantischer Anziehung kenne ich mich gut aus. Cutter ist schließlich selbst ein äußerst romantischer Mann. Aber du bist alt genug, um zu verstehen, daß zwischen einer Strohfeuerleidenschaft und echter Liebe ein Unterschied besteht.«

»Sicher.«

»Du willst haben, was Cutter und ich teilen.« Venicias Augen umnebelten sich kurz. »Echte Zuneigung und Treue.«

»Natürlich.«

»Meine Liebe, ich glaube wirklich nicht, daß du diese Dinge bei Trevelyan finden wirst. Er ist überhaupt nicht dein Typ. Du mußt deine Beziehung mit ihm realistischer sehen.«

»Ich sehe sie realistisch.« Weitaus realistischer, als irgend jemand ahnen würde, dachte Molly wehmütig. Realistisch bedeutete zu verstehen, daß Harry anders war. Es bedeutete auch zu akzeptieren, daß er noch einen langen Weg gehen mußte, bevor er vor sich selbst zugeben konnte, Liebe zu empfinden. Vorausgesetzt, er wäre jemals dazu in der Lage. Er verabscheute alles, was nicht logisch erklärbar war. Daß Harry zuviel in sich selbst zu entwirren hatte, bevor er sich mit einem unlogischen Gefühl wie Liebe beschäftigen konnte, war nicht zu leugnen. Realistisch bedeutete, daß Harry ein Mann war, der mit sich selbst im Krieg lag.

In der vergangenen Nacht, auf dem Höhepunkt der flammenden Leidenschaft, hatte Molly schließlich die tiefste Wahrheit über Harry verstanden. Nicht der Tod seiner Eltern verfolgte ihn, wie Olivia meinte. Obwohl er zweifellos für den Rest seines Lebens bisweilen an Alpträumen leiden würde, spürte Molly, daß Harry Wege gefunden hatte, mit den furchtbaren Erinnerungen fertig zu werden. Der Beweis seiner Widerstandskraft lag in dem Kern an Willenskraft und innerer Stärke, der es ihm ermöglicht hatte, ein schöpferisches Leben zu führen.

Das Trauma seiner Vergangenheit hatte ihn nicht daran

gehindert, eine beeindruckende Karriere zu machen, und er war trotz allem ein guter Ersatzvater für Josh. Seine anstrengende Arbeit und die gleichermaßen aufreibende Familie meisterte er in bewundernswerter Manier. Er hatte Molly erzählt, daß die Alpträume in den letzten Jahren abgenommen hatten. Obwohl er dem lauernden Schuldgefühl nie völlig entkommen würde, das ihn bei jedem Gedanken daran befiel, wie seine Eltern zu Tode gekommen waren, konnte Harry damit umgehen. Das war nicht sein wirkliches Problem.

Tatsächlich litt er an seinem Wesen, daran, daß er langsam von seinen mächtigen inneren Kräften zerrissen wurde. In der vergangenen Nacht war das schmerzhaft deutlich geworden. Für einen Naturwissenschaftler und Gelehrten, der stolz auf seine intellektuellen Fähigkeiten und seine Selbstbeherrschung war, konnte es keine bedrohlichere Vorstellung geben als den Gedanken, womöglich paranormale Kräfte zu besitzen. Ein unerklärlicher sechster Sinn lag außerhalb seiner Akzeptanz. Nicht einmal theoretisch war Harry in der Lage, die Möglichkeit einer übersinnlichen Begabung in Betracht zu ziehen. Geschweige denn zu akzeptieren, daß er tatsächlich darüber verfügte.

Realistisch sein bedeutete, Geduld zu haben, während Harry darum kämpfte, die beiden völlig gegensätzlichen Teile seines Ichs in sich zu vereinen. Sein Talent für die logische Rechtfertigung seiner Situation war verblüffend, dachte Molly bitter. Mit der echten Geschicklichkeit eines Trevelyan brachte er es fertig, seinen sechsten Sinn gelegentlich anzuzapfen, ohne vor sich selbst zugeben zu müssen, daß er ihn besaß. »Einsicht« nannte er das Ergebnis.

Einsicht. Wirklich eine starke Untertreibung, dachte Molly. Wie Harrys sechster Sinn auch immer beschaffen sein mochte, handelte es sich dabei um wesentlich mehr als um logisch begründbare Einsicht. Auf einer Ebene wußte er das auch. Und dieses Wissen quälte ihn.

Molly sah ihre Beziehung mit Harry schonungslos und

schmerzhaft realistisch. Daran zweifelte sie nicht. Realistisch zu sein bedeutete zu akzeptieren, daß sein Talent ihn für immer daran hindern könnte, das Gefühl der Liebe in der gleichen Weise zu erleben wie andere Menschen.

Molly war absolut sicher, daß sie durch ein Band miteinander verbunden waren, und sie bezweifelte nicht, daß Harry dies ebenfalls wußte. Der tiefe Hunger in ihm war nicht zu leugnen, genau wie die Befriedigung, die sie zusammen fanden. Aber wie Harry dieses Band interpretierte, konnte Molly nicht einmal andeutungsweise ahnen.

Sie würde viel darum geben, die Situation etwas unrealistischer sehen zu können. Schließlich war sie dabei, einen Mann zu heiraten, der noch mit keinem Wort von Liebe gesprochen hatte. Natürlich hatte sie ihm ebenfalls nicht gesagt, daß sie ihn liebte.

Venicia schien Mollys gedankliche Abwesenheit nicht zu bemerken. »Die Sache liegt so«, fuhr sie mit lauter Stimme fort. »Du bist nicht gerade arm, Molly. Ich sage es nicht gern, meine Liebe, aber eine Frau in deiner Lage muß die Absichten eines Mannes ernsthaft prüfen, bevor sie sich zu einer Heirat entschließt. Aus deiner Erfahrung mit Gordon Brooke hast du diese Lektion sicher gelernt.«

»Du lebst auch nicht gerade unter der Armutsgrenze, Venicia. Aber du scheinst dir wegen Cutters Interesse an dir keine Sorgen zu machen.«

»Das ist etwas anderes, und du weißt es. Cutter selbst ist ziemlich wohlhabend. Die Jacht und das Haus auf Mercer Island hast du gesehen. Er lebt in gesicherten Verhältnissen.«

»So wie Harry.«

»Ich weiß, daß er zu den Strattons gehört, aber du hast Cutter auch sagen hören, daß er nichts von dem Geld erben wird.«

»Harry will das Geld der Strattons nicht. Er besitzt selbst genug.«

»Du meinst von seinen Büchern und den Beratungshonoraren? Meine Liebe, das wird ihn kaum zu einem wohlhabenden Mann machen. Er schreibt wissenschaftliche Werke, keine Bestseller, die verfilmt werden. Ich bin sicher, daß die Beratungsaufträge nach gängigen Maßstäben gut bezahlt sind, aber sein Einkommen kann kaum mit deinen Einkünften verglichen werden. Du bist eine sehr wohlhabende Frau, Molly.«

»Nur wenn man die Geldanlagen der Abberwick-Stiftung mitrechnet.«

»Die sind kaum zu ignorieren. Du kontrollierst diese Gelder, meine Liebe. Und genau da liegt das Problem. Daß Cutter und ich uns Sorgen machen mußten, Trevelyan könnte mit überhöhten Honorarforderungen bei der Stiftung absahnen wollen, war schlimm genug. Nun müssen wir uns ernsthaft fragen, ob er dich vielleicht nur heiratet, um Zugriff auf die Erträge der Stiftung zu bekommen.«

»Beruhige dich«, sagte Molly. »Harry hat nicht direkt auf eine Heirat gedrängt. Genaugenommen hat er mich noch nicht einmal gefragt, ob ich ihn heiraten will.«

Venicia wirkte verblüfft. »Hat er nicht?«

»Ich habe ihm einen Antrag gemacht«, erklärte Molly. »Und es war nicht leicht. Ich mußte die entsprechende Antwort regelrecht aus ihm herauslocken.« Harry mochte eine ungewöhnliche Begabung dafür besitzen, unter die Oberfläche zu blicken, dachte Molly. Aber in mancher Hinsicht war er blind wie eine Fledermaus.

»Das glaube ich nicht. Du willst ihn *heiraten?«* Tessa machte ein ebenso verblüfftes Gesicht wie Venicia. »Ich dachte, es sollte nur eine Affäre oder etwas in der Richtung sein.«

»Die Dinge ändern sich.« Molly öffnet den *Post Intelligencer*, der vor ihr auf dem Schreibtisch lag, und begutachtete die Anzeige für Abberwick Tea & Spice. »Es sieht großartig aus. Genau die richtige Stelle. Direkt neben dem Artikel über die positiven Effekte des Teetrinkens auf die Gesundheit.«

Tessa warf einen Blick auf die Anzeige. »Meine Freundin bei der Zeitung hat mir gesteckt, daß der Artikel für die heutige Ausgabe geplant war. Und ich habe die Anzeigenabteilung zum Mitmachen überredet.«

»Gute Arbeit. Erinnere mich daran, dir in den nächsten Tagen eine Gehaltserhöhung zu geben.«

»Mache ich. Aber weißt du auch, was du tust?«

»Nun, vielleicht wäre eine Gehaltserhöhung zuviel des Guten. Ein Anerkennungsbrief für deine Personalakte reicht eigentlich, oder?«

»Von meiner Gehaltserhöhung rede ich nicht«, sagte Tessa. »Ich meine deine Heiratspläne. Deine Tante und ihr Verlobter machen sich Sorgen wegen Trevelyans Absichten. Ich habe sie kürzlich mit dir reden hören.«

»Sie glauben, Harry hätte es auf mein Vermögen der Abberwick-Stiftung abgesehen.« Molly runzelte die Stirn. »Eigentlich war es Cutter. Er hat meiner Tante die Idee in den Kopf gesetzt.«

»Glaube mir, ich sage das ungern, Molly, aber der Gedanke ist nicht gerade abwegig. Eher eine realistische Möglichkeit. Immerhin hast du Trevelyan ja auch nur wegen der Stiftung kennengelernt.«

»*Ich* habe *ihn* gefunden, erinnerst du dich? Er hat sich nicht bei mir beworben.«

»Schon, aber er hat sich sicherlich schnell entschlossen, nachdem du dich vorgestellt hast, oder? Molly, laß uns realistisch sein. Du weißt, daß du eine erfolgreiche Geschäftsfrau bist, und es ist wirklich großartig, wie du deine kleine Schwester aufgezogen hast. Mir ist bewußt, daß du die volle finanzielle Verantwortung tragen mußtest, seit deine Mutter starb.«

»Und was soll das heißen?«

»Das soll heißen, daß du zwar einige Erfahrung im harten Überlebenskampf besitzt, aber nicht besonders viel über Männer lernen konntest. Molly, was weißt du eigentlich über Trevelyan?«

»Genug.«

»Unsinn. Über Gordon Brooke wußtest du eine Menge mehr, und sieh dir an, wie das Ganze endete.«

»Ich bezweifle ernsthaft, daß ich jemals einen Raum betreten und Harry dabei überraschen werde, wie er auf einem Sack Kaffeebohnen seine Angestellte vernascht.«

Tessa rang die Hände. »Kannst du dir da sicher sein?«

Molly lächelte. »Absolut und unbedingt.«

»Aber *wieso?*«

Molly überlegte kurz. Sie wußte nicht, wie sie das Band beschreiben sollte, das zwischen ihr und Harry bestand. Es gab keine logische Begründung, warum sie es sofort wissen würde, wenn dieses Band ernsthaft bedroht wäre. Bis zu einer Affäre mit einer Angestellten würde es sicher nicht dauern. Lange vorher schon würde Molly spüren, daß in ihrer Beziehung etwas falsch liefe. Aber auch ohne dieses intuitive Wissen war sie sicher, daß Logik und Vernunft auf ihrer Seite waren. Harrys Verhältnis zu seinen schwierigen Verwandten bewies, daß er treu zu seinen selbst auferlegten Verpflichtungen stand, selbst wenn er nicht viel Ermutigung erfuhr. Und Molly beabsichtigte, das nachzuholen. »Er ist loyal«, erwiderte sie schlicht.

Tessas Nasenring bebte, als sie einen tiefen, resignierten Atemzug machte. »Hast du es Kelsey schon gesagt?«

»Nein. Sie ist ganz mit ihrem Sommerworkshop beschäftigt, und ich will sie nicht ablenken. Wenn sie wieder zu Hause ist, wird sie die Neuigkeit von mir erfahren.« Molly lächelte. »Du und Kelsey könnt meine Brautjungfern sein.«

»Erzähl mir nicht, daß du eine traditionelle Hochzeit planst.«

»Mit allem Drum und Dran«, versicherte Molly ihr.

Langsam schritt Harry durch die dunklen Gänge des Unterwassermuseums von Seattle. Seine Aufmerksamkeit wechselte von einem beleuchteten Becken zum nächsten. Kalte, gefühllose Augen blickten ihn an, als wären sich die Wesen hinter den Glasscheiben seiner Gegenwart bewußt. Ein Schauder durchlief ihn. Er konnte beinahe spüren, wie die Kreaturen auf der anderen Seite der Glasscheiben ihn musterten. Fische, wußte er, konnten in zwei Kategorien eingeteilt werden. Entweder dienten sie als Nahrung, oder sie stellten eine Bedrohung dar.

Wenn man ein einfaches, von eindeutigen Trieben beherrschtes Gehirn besaß, war die Welt leicht zu verstehen, dachte Harry. Entscheidungen fielen nicht schwer. Es bestand nur eine eingeschränkte Wahl. Komplexe Emotionen existierten nicht. Man benötigte keine komplizierten, störenden Gefühle, wenn man für immer in einem dunklen Abgrund gefangen war. Nur einfache Empfindungen waren erforderlich. Angst. Hunger. Für Hoffnung gab es keinen Raum.

Vor einem großen Aquarium, das verschiedene Bewohner beherbergte, blieb Harry stehen. Er atmete tief ein und erlaubte den Erinnerungen an die vergangene Nacht, ihn mit Wärme zu erfüllen. Molly wollte ihn. Sie fürchtete sich nicht vor der Dunkelheit in ihm. Sie hatte ihn gebeten, sie zu heiraten. Sie wollte Kinder mit ihm. Harry ließ dieses Bewußtsein in seine Seele einsinken. Flammen flackerten in der Dunkelheit. Er sah noch eine Zeitlang in das Aquarium, dann wandte er sich ab und verließ die düsteren Bereiche der Unterwasserwelt.

Draußen, im strahlenden Sonnenschein, wartete Molly auf ihn. Harry blieb am Eingang stehen und betrachtete sie mit einem Gefühl des Staunens. Molly lehnte an der Pierbrüstung, und das honigfarbene Haar umtanzte ihr lebhaftes Gesicht. Als sie ihn zwischen den Joggern, Touristen und Büroangestellten mit den Lunchpaketen entdeckte, lächelte sie ihm freundlich entgegen. Nachdenklich beobachtete Harry, wie sie winkte und ihm mit der freudigen Erregung einer Geliebten entgegenkam. Nicht nur einer Geliebten, dachte er. Molly war seine zukünftige Frau.

»Da bin ich, Harry.«

Ein undefinierbares Gefühl durchflutete ihn. Als es sich zurückzog, hinterließ es Spuren einer tiefen Verwundbarkeit. Aber aus einem seltsamen Grund löste die Erfahrung nicht mehr dieselbe Panik in ihm aus wie noch vor wenigen Tagen.

»Ich sterbe vor Hunger«, sagte Molly atemlos, als sie ihn erreicht hatte.

»Ich auch.« Harry nahm ihren Arm und führte sie zu einem Straßencafé.

»Stimmt etwas nicht?« fragte sie.

»Ich bin mir nicht sicher.«

»Was soll das heißen?« Sie sah ihn fragend an. »Harry? Was ist los?«

»Wahrscheinlich nichts.«

»Hm. Du hattest wieder eine deiner Einsichten, nicht wahr?«

»Vielleicht. Ich erzähle dir die Einzelheiten, wenn wir die Muscheln und Kartoffelchips bekommen haben.« Harry stellte fest, daß er sich nicht länger über Mollys Sensibilität wunderte. Irgendwann in der letzten Zeit hatte er akzeptieren gelernt, daß Molly seine unterschiedlichen Gemütszustände beinahe immer erkannte. Sie wußte, ob er einfach nur nachdenklich war oder ob ihn eine ernsthafte Sorge quälte. Nicht einmal seine Eltern hatten ihn so gut verstanden wie Molly. Niemand. Ein unheimlicher Gedanke.

Zehn Minuten später saßen sie an einem kleinen, runden Tisch, der durch eine dekorative, niedrige Absperrung vom vorbeifließenden Verkehr getrennt war. Harry träufelte Malzessig über seine gebratenen Muscheln und überlegte, wo er anfangen sollte.

»Ich bin Kendalls Notizbuch durchgegangen.«

»Hast du etwas Interessantes gefunden?«

»Nicht mehr, als wir bereits entdeckt haben. Ich habe mir jede Seite des Heftes angesehen. Es gibt keine Hinweise, daß er außer diesen Zeichnungen für die verdammten Scherzartikel noch weitere Pläne hatte, dich zu terrorisieren.«

»Keine Notizen über seine Rachegefühle?«

»Nichts in der Richtung. Die kurzen Beschreibungen für die Pistolenattrappe und das Gespenst sind sehr neutral gehalten.«

Mollys Hand, die die Gabel mit den Pommes frites zum Mund führen wollte, stoppte auf halbem Weg. »Neutral?«

»Du weißt schon.« Harry machte eine vage Handbewegung. »Es sieht aus, als wären die Zeichnungen für diese Scherzartikel nichts weiter als gewöhnliche Routineprojekte.«

»Hm.« Molly kaute nachdenklich. »Keine Leidenschaft darin, das meinst du?«

Harry überdachte ihre knappe Beschreibung. Sie hatte genau den Aspekt getroffen, der ihn störte. »Vielleicht ist es das. Ein Mann, der wild zur Rache entschlossen ist, würde mehr Gefühl in seine Pläne investieren. Die Zeichnungen eines echten Erfinders sind einmalig und sehr persönlich. Einem geschulten Auge übermitteln sie sehr viel.«

Molly nickte. »Ich habe die Unterschiede in den Zeichnungen meiner Schwester gesehen, wenn sie wirklich von einem Projekt begeistert ist. Eine Menge kräftiger, entschlossener Linien, in denen Eifer und Enthusiasmus liegen.«

»Genau. Ich wurde einmal gebeten, einige Skizzen aus dem Notizbuch eines Mannes zu untersuchen, der ein Forschungslabor in die Luft jagen wollte, weil er glaubte, die Firma habe ihm seine Ideen gestohlen. Er hatte einige Zeichnungen für eine Art Bombe angefertigt, die er an die Forschungsabteilung schicken wollte.«

»Und?«

Harry aß noch eine Muschel. »In diesen Skizzen war etwas, das in seinen anderen Arbeiten nicht existierte. Intensität und Empörung. Man merkte dem Papier seinen Zorn förmlich an.«

»Einsicht oder Intuition?«

Finster verzog Harry das Gesicht. »Keines von beiden.

Ich habe einfach die persönliche Handschrift eines Menschen gedeutet. Dessen Wut und Wahnsinn waren darin deutlich zu erkennen.«

»Du hast es gesehen, aber ich wette, daß außer dir nur wenige Menschen dazu in der Lage sind. Was geschah mit dem amoklaufenden Erfinder?«

»Er wurde gefaßt, als er versuchte, die Sendung mit dem explosiven Material bei der Post aufzugeben«, sagte Harry abwesend.

Molly lächelte. »Er wurde gefaßt, weil du aus den Skizzen etwas über seine Pläne ableiten konntest und die Polizei ihn dadurch auf frischer Tat ertappte, stimmt's?«

Harry zuckte mit den Achseln. »Man hatte mich gebeten, meine Meinung zu den Zeichnungen zu äußern. Ich sagte der Polizei, daß der Mann mit ziemlicher Sicherheit beabsichtigte, mit seiner Konstruktion jemanden zu töten. Und daß die Sache wahrscheinlich funktionieren würde, nach der gekonnten Ausführung der Skizzen zu urteilen.«

»Meine Güte, was für ein aufregendes Leben du führst, Harry.«

»Nein. Bis du aufgetaucht bist, hatte ich ehrlich gesagt ein ziemlich friedliches Dasein.«

Molly lächelte. »Das glaube ich dir nicht eine Sekunde.«

»Um offen zu sein«, erklärte Harry freimütig, »ich kann gut ohne diese zusätzliche Aufregung leben, die du mir eingebracht hast. Unglücklicherweise wird kaum wieder Ruhe einkehren, bevor Kendall gefaßt ist.«

»Sie werden ihn finden«, sagte Molly zuversichtlich. »Du hast doch gehört, was der Detective meinte, mit dem wir gestern sprachen. Sie spüren ihn auf, nachdem sie nun wissen, daß er tatsächlich gefährlich ist. Möchtest du jetzt über unsere Hochzeitspläne reden?«

Harry verschluckte sich beinahe an einer Muschel. Seit Molly in der vergangenen Nacht davon gesprochen hatte, erwähnte sie das Thema zum erstenmal. Er umfaßte seine Tasse und nahm einen tiefen Schluck Eistee.

Besorgt runzelte Molly die Stirn. »Alles in Ordnung mit dir?«

»Ja.« Er trank noch einen Schluck Tee und stellte die Tasse zurück. Dann räusperte er sich. »Ich habe an etwas Einfaches gedacht. Las Vegas vielleicht.«

»Ich dachte an etwas Großes und Repräsentatives«, sagte Molly.

Harry betrachtete sie gequält. »Hast du viele Freunde, die du einladen könntest?«

»Ja. Und dann gibt es alle diese Strattons und Trevelyans.«

Harry hob die Brauen. »Machst du Witze? Die Strattons und die Trevelyans würden nicht einmal lange genug in einem Raum zusammensitzen, damit der Prediger die magischen Worte sprechen kann.«

»Hm.«

»Vergiß die pompöse Hochzeit. Wir werden uns mit einer standesamtlichen Trauung oder Las Vegas begnügen müssen. Du kannst wählen.« Harry schwieg. »Natürlich nur, wenn es dir noch immer ernst ist damit.«

»Oh, mir ist es sehr ernst«, versicherte Molly ihm.

Harrys Magen beruhigte sich. Er aß seine letzten Muscheln mit einem seltsamen Gefühl der Erleichterung.

Am folgenden Abend saß Molly allein in Harrys Wohnzimmer und lauschte auf die Stille. Es war eine unnatürliche Ruhe, vielsagend und ahnungsvoll.

Olivia befand sich in Harrys Arbeitszimmer. Seit beinahe zwanzig Minuten war sie dort mit ihm allein, hinter fest geschlossener Tür. Nachdem sie klargestellt hatte, daß sie mit Harry allein sprechen wollte, hatte Molly sich zurückgezogen. Harry erschien nicht erfreut über die Aussicht einer privaten Unterredung mit seiner Exverlobten, aber er hatte die Situation mit der üblichen Unerschütterlichkeit akzeptiert.

Molly beobachtete, wie die späte sommerliche Abenddämmerung der Nacht wich, während sie an Olivia und Harry dachte. Es war schwierig zu erkennen, was Harry mit seiner Exverlobten verbunden haben könnte, außer daß beide einen Doktortitel besaßen. Molly fand den Gedanken seltsam, wie jemand mit einer Begabung für innere Erkenntnis einen solchen Fehler hatte begehen können. Harry schien ein Talent dafür zu besitzen, sich jedesmal in den eigenen Fuß zu schießen, wenn er versuchte, seine intellektuellen Fähigkeiten auf Gefühlsbereiche anzuwenden. Molly blickte auf die Uhr. Weitere fünf Minuten waren vergangen. Sie widmete sich wieder dem Buch, das sie zu lesen versucht hatte.

Da wurde die Arbeitszimmertür geöffnet. Molly legte einen Arm auf die Sofalehne und wandte den Kopf um. Olivia kam auf sie zu. Von Harry war nichts zu sehen.

»Ist das Gespräch beendet?« fragte Molly höflich.

»Ja. Es war eine Familienangelegenheit.«

Molly nickte. »Damit hat Harry viel zu tun.«

Olivia runzelte die Stirn. »Wie bitte?«

»Ach, nur ein Scherz für Eingeweihte.«

Mit irritiertem Blick sah Olivia zur Arbeitszimmertür zurück. »Harry hat wieder eine seiner Stimmungen.«

»Er denkt wahrscheinlich nur nach. Kann ich Ihnen einen Tasse Tee machen?«

»Nein, danke. Harry hat einen Geschäftsanruf bekommen, als ich gerade gehen wollte. Er ist immer noch am Telefon.«

Molly wollte aufstehen. »Ich begleite Sie zur Tür.«

»Das wird nicht nötig sein.« Olivia lächelte kühl. »Ich kenne den Weg.«

»Da bin ich sicher.«

»Harry sagte, daß Sie beide heiraten werden.«

»Das ist richtig.« Molly schenkte Olivia ein gewinnendes Lächeln. »Ich plane übrigens eine große Hochzeit.«

»Tatsächlich?«

»Natürlich sind alle von beiden Seiten der Familie eingeladen.«

»Das könnte interessant werden.« Olivia zögerte. »Ich würde Ihnen gern eine persönliche Frage stellen, wenn Sie nichts dagegen haben.«

»In Ordnung. Ob ich Ihnen auch antworte, kann ich allerdings nicht versprechen.«

»Sind Sie sicher, daß Sie wissen, was Sie tun?«

»Ja, danke, das bin ich.«

Olivias Lippen wurden schmal. Sie sah erneut zur geschlossenen Arbeitszimmertür hinüber. »Ich sollte Ihnen wohl besser nichts davon sagen, aber nach meiner beruflichen Einschätzung leidet Harry unter ernsten Problemen. Er sollte sich in Therapie begeben.«

»Harry ist anders, soviel kann ich dazu sagen. Aber ich glaube nicht, daß ein Psychiater gut für ihn wäre.«

»Es tut mir leid, aber ich kenne ihn sehr viel besser als Sie. Und ich glaube, es ist ein Fehler, wenn er heiratet. Jede Ehe, die Harry eingeht, ist zum Scheitern verurteilt.«

»Sind Sie verrückt?«

Olivia starrte sie kalt an. »Ihnen ist klar, daß ich klinische Psychologin bin, oder ?«

»Harry hat es mir gesagt. Ich habe großen Respekt vor ihrer beruflichen Kompetenz, Olivia. Aber ich glaube nicht, daß Sie Harry sehr gut verstehen. Er ist ziemlich einmalig.«

»Es ist dysfunktional, nicht einmalig«, schnappte Olivia. »Sehr wahrscheinlich leidet er an einer posttraumatischen Belastungsstörung und periodisch auftretenden depressiven Schüben. Um ganz offen zu sprechen: Er ist ein Kandidat für medikamentöse Behandlung.«

»Ein Kandidat für medikamentöse Behandlung?« Molly kräuselte die Nase. »Ich glaube nicht, daß er an dieser Stellung interessiert ist.«

»Ich scherze nicht, Molly. Es handelt sich um eine ernste Angelegenheit. Einen Mann mit Harrys Problemen zu heiraten kann ich Ihnen nicht raten.«

»Beruhigen Sie sich. *Sie* sind schließlich vom Haken. Und ich frage Sie nicht um Rat.«

Olivia sah sie düster und mit offensichtlicher Frustration an. »Sehen Sie, ich will ganz offen sein. Sie und Harry kennen sich noch nicht sehr lange. Ihre Verbindung befindet sich in der Anfangsphase. Ich denke, Sie sollten wissen, daß Harry früher oder später in seiner sexuellen Beziehung zu Ihnen klinisch signifikante Abnormitäten zeigen wird.«

Molly hob die Hand. »Hören Sie auf. Ich bin nicht eine Ihrer Patientinnen. Und ich beabsichtige nicht, mit Ihnen über mein Sexualleben zu diskutieren.«

»Ich versuche nur, Sie vor einem furchtbaren Fehler zu bewahren.«

»Sie müssen sich nicht bemühen, mich vor Harry zu retten.«

Olivia verengte die Augen. »Ihnen ist klar, daß er nichts vom Vermögen der Strattons erben wird? Er hat sich mit seinem Großvater überworfen und wird keinen Cent sehen.«

»Geld hat nichts damit zu tun. Guten Abend, Olivia.«

»Entweder sind Sie sehr naiv oder sehr dumm.«

Molly lächelte. »Sie meinen, ich hätte die Wahl?«

Olivia fuhr auf dem Absatz herum und ging mit schnellen Schritten durch die Halle zum Eingang. Wortlos und ohne Verabschiedung verließ sie die Wohnung. Die Tür fiel hinter ihr ins Schloß.

Molly sah Harry mit verschränkten Armen im Türrahmen seines Arbeitszimmers lehnen. Nachdenklich sah er Olivia hinterher. Dann begegnete er Mollys Blick.

»Klinisch signifikante Abnormitäten?« wiederholte er langsam.

»Du hast es gehört?«

»Nur den letzten Teil. Hat sie dir ihre komplette Diagnose mitgeteilt?«

»Ja, aber ich würde nicht zuviel auf ihre Theorien geben, wenn ich du wäre. Sie ist eine etwas verwirrte Person. Wahrscheinlich ist sie vor allem deshalb Psychologin geworden, weil sie nach Antworten für ihre eigenen Probleme gesucht hat.«

Harrys Mund verzog sich unmerklich. »Ich verstehe.«

»Was nicht heißen soll, daß ein guter Therapeut nicht helfen kann«, fuhr Molly fort. »Aber man muß seinen Therapeuten sehr sorgfältig auswählen.«

»Sorgfältig?«

»Genau. Da gibt es diese ganzen Geschichten mit Übertragung und Gegenübertragung, verstehst du. Man muß einen Therapeuten finden, dessen eigene Schwierigkeiten nicht bei der Behandlung des Patienten im Weg stehen.«

»Du klingst wie eine Expertin.«

»Nachdem meine Mutter starb, habe ich eine Zeitlang eine Therapie bei einer Psychologin gemacht«, erklärte Molly. »Um genau zu sein – ich habe ein halbes Dutzend Therapeuten konsultiert, bis ich eine Frau gefunden habe, mit der ich reden konnte. Ich bin einige Male zu ihr gegangen. Sie hat mir geholfen, ein paar Dinge zu verarbeiten.«

»Was für Dinge?«

Molly zögerte und dachte für einen Moment an die schwierige Zeit und die furchtbare Angst, die sie mit zwanzig Jahren erlebt hatte. »Ein Gefühl, von der Verantwortung erdrückt zu werden, der ich mich stellen mußte. Zorn darüber, mit diesen Belastungen allein gelassen zu werden. Meine Therapeutin war gut. Ich habe sie nur wenige Male besucht, weil ich mir nicht so viele Stunden leisten konnte. Aber ich habe viel von unseren Unterhaltungen profitiert.«

Harry lächelte flüchtig. »Gut, zugegeben. Dann hast du also Erfahrung damit.«

Molly betrachtete ihn nachdenklich. »Man braucht kein großes Fachwissen, nur etwas gesunden Menschenverstand, um zu merken, daß Olivia nicht geeignet ist, bei dir eine Diagnose zu stellen. Ihre eigenen Probleme, die mit dir zu tun haben, stehen ihr im Weg.«

In Harrys Blick stand brennendes Interesse. »Was für Probleme?«

»Ist das nicht offensichtlich?«

»Nicht für mich.«

»Ihr beide habt eine gemeinsame Geschichte. Zumindest würde ich sagen, daß sie sich schuldig fühlt, die Verlobung gelöst zu haben. Wahrscheinlich hat sie ihre Handlungsweise dadurch gerechtfertigt, daß sie dir und sich selbst einredet, du hättest psychische Probleme, die es dir unmöglich machen, eine gesunde Beziehung zu führen.«

»Du glaubst nicht, daß sie recht haben könnte?«

»Verdammt, nein.« Molly lächelte. »Du bist anders, Harry. Eindeutig einmalig. Aber du wirst ein wunderbarer Ehemann und Vater sein.«

Für einen Augenblick schwieg Harry. »Vielleicht besitzt du eine Schwäche für klinisch signifikante Abnormitäten?« schlug er vor.

»Vielleicht. Wer war am Telefon?«

»Fergus Rice, der Privatdetektiv, den ich beauftragt habe, Kendall auf den Fersen zu bleiben.«

»Hat er etwas entdeckt?« fragte Molly.

»Vor zwei Stunden hat Wharton Kendall irgendwo auf dem Highway One in Oregon einen blauen Ford über eine Klippe gefahren. Offensichtlich war er auf dem Weg nach Kalifornien. Er wurde bei dem Absturz getötet.«

Es dauerte einige Sekunden, bis Molly die Bedeutung dieser Worte begriff. Als sie schließlich verstand, sprang sie vom Sofa und stürzte durch das Zimmer auf Harry zu. »Es ist vorbei«, flüsterte sie und warf sich in seine Arme.

Harry umschlang sie fest. »Das sagt auch Rice.«

17

»Also gut. Das war's. Ich habe genug.« Molly richtete sich im Bett auf und wandte sich mit düsterem Blick zu Harry. »Es reicht. Was ist los? Warum schläfst du nicht?«

Durch die Wimpern warf Harry ihr einen überraschten Blick zu. Das Laken war ihm bis zur Taille heruntergerutscht. Seine Arme lagen verschränkt hinter dem Kopf. In seinen kantigen Zügen stand ein Ausdruck intensiver Konzentration. »Ich denke nach«, sagte er.

»Dein Nachdenken verursacht ernsthafte Schlafstörungen bei mir.«

»Tut mir leid. Ich habe nicht bemerkt, daß ich dich am Schlafen hindere.«

»Wie soll ich einschlafen, wenn du daliegst und die Decke anstarrst?«

»Warum sollte es dich stören, wenn ich die Decke anstarre?« fragte Harry mit anscheinend echter Neugier.

»Verdammt, wenn ich das nur wüßte. Aber es ist so. Ich habe das Gefühl, du würdest in meinem Kopf summen. Und das hält mich wach.«

»Dagegen kann ich nichts tun. Wenn ich denke, dann denke ich.«

»Unsinn. Das hier ist eindeutig nicht die Art Summen, die ich höre, wenn du einfach nur nachdenkst. Dabei kann ich schlafen. Dieses Summen klingt mehr nach einem Ich-mache-mir-ernsthafte-Sorgen-über-dieses-Riesenproblem-Summen.«

Harrys Augen verengten sich. »Was zum Teufel soll dieses Zeug über mein Summen in deinem Kopf bedeuten?«

Molly zuckte mit den Achseln. »Ich kann es nicht erklären. Es ist einfach eine Empfindung, die ich in letzter Zeit habe. Kannst du es nicht fühlen?«

»Nein.« Harry griff nach dem Laken und schlug es zur Seite. »Wenn ich dich am Schlafen hindere, gehe ich wohl besser ins Wohnzimmer.«

»Nein, das wirst du nicht tun.« Molly faßte nach seiner bloßen Schulter und zog ihn auf das Kissen zurück. »Bleib, wo du bist.«

Ohne Widerstand sank Harry auf das Kissen zurück und hob höflich fragend eine Braue.

Molly schüttelte ihr Kopfkissen auf und lehnte es gegen

die Kopfstütze des Bettes. »Und jetzt erzählst du mir, was das Problem ist.«

Harry zögerte nur wenige Sekunden, bevor er zu einer Entscheidung zu kommen schien. »Kendalls Notizbuch.«

»Du machst dir noch immer Gedanken darüber? Aber ich dachte, wir wären einer Meinung darüber, daß unsere Schwierigkeiten beendet sind, seit Kendall tot ist.«

»Etwas stimmt mit dem Notizbuch nicht.« Harry richtete sich auf und schob sich sein Kopfkissen hinter den Rücken. »Ich wünschte, ich könnte genauer bestimmen, was es ist.«

»Du sagtest, daß in den Skizzen für die Pistolenattrappe und die Gespensterpuppe keine große Racheenergie zu spüren war.«

»Ja, aber das ist es nicht, was mich jetzt stört.«

Molly betrachtete Harry im Halbdunkel. »Was dann?«

»Die Art, wie der Eindringling dich bei dir zu Hause angegriffen hat. Das paßt nicht zu den Skizzen in Kendalls Notizbuch.«

Molly erschauerte. »Es erschien mir alles sehr zielgerichtet und sauber geplant.«

»Genau das meine ich«, sagte Harry leise. »Es war saubere Arbeit. Direkt. Einfach. Nicht sehr kreativ. Oder persönlich, individuell.«

»Das hängt davon ab, wie du Kreativität definierst. Und ich kann dir versichern, daß ich seinen Angriff *sehr* persönlich genommen habe.« Molly schüttelte sich bei der Erinnerung. »Aber ich glaube, ich verstehe, worauf du hinaus willst.«

Mit den langen, schlanken Fingern seiner rechten Hand trommelte Harry geistesabwesend auf das Laken neben sich. »Wenn ein Mann wie Kendall auf Mord aus gewesen wäre, hätte er einen selbstkonstruierten Mechanismus benutzt, um sein Opfer zu töten.«

»Harry, vielleicht treibst du deine schlußfolgernden Einsichten in diesem Punkt etwas zu weit.«

»Er hat selbstgebaute Scherzartikel benutzt, um dich zu terrorisieren«, fuhr Harry unbeirrt fort. »Es wäre doch nur logisch, daß er etwas Vergleichbares verwendet hätte, wenn er einen Mord hätte begehen wollen.«

»Aber Harry ...«

»Einen Mechanismus, den er selbst entworfen und gebaut hätte. Eine selbsterfundene Maschine, die ihm die Befriedigung verschafft hätte, daß sie fehlerlos funktionierte. Dieselbe Logik kann man auf den Versuch anwenden, uns mit dem Auto von der Straße zu drängen. Es paßt nicht.«

Molly griff nach seinem Arm. »Laß uns erst einmal nachdenken. Der blaue Ford gehörte Kendall. Du hast gesagt, Mr. Rice, dein Privatdetektiv, hat herausgefunden, daß er auf ihn zugelassen war.«

»Ja.«

»Also ist es nur logisch anzunehmen, daß Kendall an dem fraglichen Tag, als er uns von der Straße zu drängen versuchte, auch am Steuer saß.«

»Jemand anderes könnte Kendalls Wagen für den Versuch benutzt haben, uns zu töten.«

»Aber niemand sonst hätte einen Grund, uns umzubringen.«

»Soweit wir wissen.« Harry sah in die Dunkelheit hinter den Scheiben. »Ich habe hier gelegen und darüber nachgedacht, ob noch jemand anderes in die Sache verwickelt sein könnte.«

Molly zog das Bettzeug bis zum Hals zu sich. »Also gut, laß uns für den Augenblick annehmen, daß es noch eine andere Person gibt. Was könnte ihr Motiv sein? Wir waren zu dem Schluß gekommen, daß Kendall auf Rache aus war, weil ich seinen Finanzierungsantrag abgelehnt habe.«

»Das war eine logische Schlußfolgerung.« Harry schob die Decke beiseite und stieg aus dem Bett. »Aber was wäre, wenn es noch eine zweite Person mit einem anderen Motiv gäbe?«

Molly beobachtete Harry, der vor den Fenstern umherzuwandern begann. Sie konnte die intensive Energie spüren, die sich in ihm konzentrierte, während er seine Aufmerksamkeit auf das Problem richtete. Bis auf seine weißen Shorts, die sich um die kräftigen Muskelstränge seiner Beine schlossen, war er nackt. Eine unheimliche, geisterhafte Atmosphäre umgab ihn, während er im Mondlicht auf und ab ging.

»Wen?« fragte Molly sanft. »Und welche Motive könnte es noch geben? Ich habe ungefähr einhundert Anträge abgelehnt. Und ich nehme an, wir können mit mehr als nur einem verärgerten Bewerber rechnen. Aber gleich zwei Mörder unter den Erfindern zu vermuten, scheint doch etwas übertrieben zu sein.«

»Wer weiß?« Harry durchschritt einen kalten, silbrigen Lichtstrahl, der vom Fenster her einfiel, und trat in den tiefen Schatten am anderen Ende des Zimmers.

Molly sponn den logischen Gedanken weiter. »Das würde bedeuten, daß Kendall und der mysteriöse andere Täter ab einem bestimmten Punkt bei ihrem kleinen terroristischen Projekt zusammengearbeitet haben.«

»Oder es bedeutet, daß jemand von Kendalls Rachegelüsten wußte und sie als Tarnung für seine eigenen Absichten benutzt hat.«

»Ach du lieber Himmel.« Molly zog die Knie hoch und schlang die Arme darum. »Willst du damit sagen, daß eine andere, viel bösartigere Person, die mich wirklich umbringen will, von Kendalls Verärgerung wußte? Und nach meinem Tod die Schuld auf ihn gelenkt hätte?«

»Darin liegt eine gewisse Logik.« Harry erreichte das Bücherregal, wandte sich um und begann seine Wanderung zum entgegengesetzten Ende des Zimmers. Seine Konzentration war so stark, daß die Atmosphäre um ihn wie aufgeladen wirkte.

»Ich weiß nicht«, sagte Molly zweifelnd. »Das erscheint weit hergeholt. Viel wahrscheinlicher klingt, daß das Ganze nach Kendalls Tod ausgestanden ist, wie auch Fergus Rice meint.«

Harry blieb vor den Fenstern stehen. »Es fühlt sich nicht so an, als wäre die Sache zu Ende, Molly.«

Sie lächelte leicht. »Dann mußt du etwas unternehmen, nicht wahr? Wenn nicht, wird keiner von uns Schlaf finden.«

Harry sah sie ausdruckslos an. »So sieht es beinahe aus.«

»Hast du eine Idee?«

»Vielleicht würde es mich weiterbringen, wenn ich etwas untersuche, was Kendall gehört hat«, sagte Harry langsam. »Dadurch bekäme ich möglicherweise einen Hinweis darauf, ob ich recht damit habe, daß er lieber seine eigenen Waffen konstruierte.«

»Wenn noch jemand anderes in dieser Geschichte mitmischt, fragt sich, ob Kendalls plötzlicher Tod überhaupt ein Unfall war.«

»Verdammt.« Im kalten Mondlicht wurde Harrys Gesicht zu Stein. »Du hast recht. Ich habe mich zu sehr auf die Möglichkeit konzentriert, daß es sich um zwei Täter handeln könnte, ohne an die Konsequenzen zu denken. Wenn Kendall einen Partner hatte oder als Tarnung diente, wollte die zweite Person ihn vielleicht loswerden, weil er zu einer Belastung wurde.«

»Die Sache wird immer komplizierter, um nicht zu sagen unangenehm.«

Harry wandte sich vom Fenster ab. »Ich muß mir unbedingt den blauen Ford ansehen. Rice kann herausfinden, wo er nach dem Unfall hingebracht wurde.«

»Es ist nach ein Uhr morgens. Fergus Rice wird fest schlafen. Und um diese Zeit kann er nichts unternehmen«, gähnte Molly. »Warum kommst du nicht ins Bett zurück?«

»Ich bin nicht in der Verfassung, um zu schlafen.«

Molly schickte ihm ein unschuldiges, engelsgleiches Lächeln. »In diesem Fall könnten wir vielleicht über einige deiner klinisch signifikanten Abnormitäten diskutieren.«

Auf halbem Weg durch das Zimmer zum Telefon fuhr Harry herum. In seinen Augen stand ein seltsames Glitzern. »Was hast du gesagt?«

»Magst du es nicht, wenn ich anzügliche Reden schwinge?«

»Molly ...«

»Komm ins Bett zurück, Harry.« Molly tippte auf das Laken neben sich. »Bis zum Frühstück gibt es absolut nichts, was du tun könntest. Wenn du nicht schlafen kannst, werden wir einen Weg finden, die Zeit bis dahin auszufüllen.«

Er zögerte. Dann entspannten sich die strengen Linien in seinem Gesicht langsam. Er trat neben das Bett und sah mit nachdenklichem Blick, der in seltsamem Kontrast zu seinen glänzenden Augen stand, auf Molly herunter. »Klinisch signifikante Abnormitäten?« murmelte er.

»Was soll ich machen? Ich bin verrückt danach. Verschaff mir Stunden der Langeweile, gefolgt von Augenblicken des Entsetzens, und ich bin eine glückliche Frau.«

Harrys Mund verzog sich zu einem eindeutig sinnlichen Lächeln. Er hob ein Knie auf das Bett, beugte sich vor und umfing Molly mit seinen Armen. »Glückliche Frauen fresse ich als süßen Nachtisch im Bett.«

»Ich kann es kaum erwarten.« Molly schlang den Arm um seinen Nacken und zog Harry über sich.

In einer hingebungsvollen, überraschend spielerischen Bewegung kam er zu ihr, umfaßte sie und wälzte sich mit ihr im Bett herum, bis die Laken zerwühlt waren und Molly sich vor Lachen nicht mehr halten konnte. Als sie am Fußende lagen, beendete Harry die Rangelei und stemmte sich auf die Ellenbogen, um Molly anzusehen. Mit hochroten Wangen und außer Atem sah sie zu ihm auf und erkannte die ungehemmte Freude in seinen Augen.

»Es gibt nichts Besseres, als den Geschmack einer glücklichen Frau«, murmelte er. Seine Augen glommen im Halbdunkel, während er langsam an Mollys Körper entlangstrich und sich zwischen ihre Beine senkte.

Molly spürte seine Zähne an der Innenseite ihrer Schenkel. Sie hielt den Atem an und grub die Finger in seine

Schultern. Sanft teilte Harry ihre Schamlippen mit den Fingern.

»Harry?« In diesem Augenblick spürte sie seinen Mund in einem nahezu unerträglich intimen Kuß, und die Welt zersprang in tausend Stücke.

Molly schloß die Kühlschranktür und stellte die Schachtel mit frischen Himbeeren auf die Arbeitsplatte neben der Spüle. »Weißt du, Harry. Ich habe nachgedacht. Du besitzt wirklich eine schöne Eigentumswohnung, und der Blick von hier oben ist traumhaft, aber die Wohnung ist nicht sehr praktisch.«

»Praktisch?« wiederholte Harry abwesend. Er hielt das Küchentelefon in der Hand und wollte eben die Nummer von Fergus Rice eintippen.

»Ja, praktisch. Ich vermisse meine Hauswirtschaftsmaschinen. Die Staubwischroboter, den Geschirrspüler und die Küchenreinigungsanlage. Den Abberwick-Lebensmittelvorrats- und Zubereitungsautomaten. Ehrlich, ich weiß nicht, wie du mit deinen altmodischen Geräten zurechtkommst. Sie stammen aus dem Mittelalter.«

»Ich habe eine Haushälterin, hast du das vergessen?« Harry lauschte ungeduldig, während das Telefon auf der anderen Seite der Leitung klingelte.

»Ja, ich weiß. Aber es erscheint mir dennoch alles sehr primitiv.«

Beim dritten Läuten verdüsterte sich Harrys Gesicht. »Leg das Messer weg.«

»Ich wollte nur einige Muffins aufschneiden, die wir zu den Himbeeren essen können.«

»Ich schneide die Muffins für dich, wenn ich mit dem Telefonieren fertig bin.«

»He, bist du immer so griesgrämig am Morgen?«

»Nur wenn ich dich mit einem Messer in der Hand sehe.« Das Telefon klingelte noch immer.

Molly legte das Messer zur Seite und stemmte die Ellenbogen auf die Arbeitsfläche. »Was hältst du davon, in mein Haus zu ziehen, wenn wir verheiratet sind?«

»In den Abberwick-Familiensitz?« Harry sah auf die Uhr. Es war beinahe acht. Gewöhnlich ging Fergus früh ins Büro. »Du willst in diesem verrückten alten Haus bleiben?«

»Für Kinder ist es ein wunderbarer Ort. Sie können mit Kelseys und meinen alten Spielsachen spielen. Und du hast viel Platz für deine Bücher. Du könntest einen ganzen Trakt für dein Arbeitszimmer und als Bibliothek haben. Natürlich wären die Kinder immer in der Nähe, aber ich glaube, das würde dir gefallen.«

Harry hörte nicht mehr auf das Telefon. Seine ganze Aufmerksamkeit galt plötzlich Molly. »Kinder?«

»Sicher. Wie viele willst du? Ich weiß, daß wir mindestens zwei haben werden.«

»Hm ...« Beim Klang von Fergus' Stimme brach Harry ab.

»Rice.«

»Fergus, hier ist Harry.«

»Um es gleich zu sagen, Harry: Es ist zwei Minuten vor acht. Ich bin gerade zur Tür hereingekommen und habe noch nicht einmal meine zweite Tasse Kaffee getrunken.«

»Ich rufe wegen der Kendall-Sache an.«

»Warum das? Ich dachte, der Unfall hätte das Problem gelöst. Der Mann ist tot, Harry.«

»Ich weiß. Aber ich will sein Auto untersuchen. Wo hat die Polizei es hingebracht?«

»Es wird wahrscheinlich heute zu einem Schrottplatz gefahren. Stimmt etwas nicht?«

»Ich weiß nicht. Ist die Untersuchung zum Unfallhergang abgeschlossen?«

»Sicher. Gestern schon. Es ging alles sehr schnell. Nichts Verdächtiges. Der Ford ist natürlich völlig zerstört. Totalschaden. Das übliche, wenn ein Wagen in einen Abgrund stürzt.«

»Ist es möglich, daß ich einen Blick auf das Wrack werfen kann? Würden Sie sich darum kümmern?«

»Ich wüßte nicht, was dagegen sprechen sollte.« Fergus schwieg, um sich einige Notizen zu machen. »Ich setze mich noch heute morgen mit dem Eigentümer des Schrottplatzes in Verbindung und kläre das ab.«

»Danke, Fergus. Rufen Sie mich an, sobald Sie Bescheid wissen. Ich werde nach Portland fliegen und mir einen Mietwagen nehmen, um an die Küste zu fahren.«

»In Ordnung.«

Harry legte auf und sah zu Molly. »Er sorgt dafür, daß ich mir den Ford ansehen kann.«

»Was glaubst du zu finden, wenn du ihn siehst?«

»Ich weiß nicht.« Harry beobachtete Molly, die die Himbeeren wusch. »Vielleicht nichts.«

Molly schickte ihm einen wissenden Blick. »Oder doch etwas?«

»Rice sagt, die Polizei hätte ihre Untersuchung bereits abgeschlossen. Aber da es keine Verdachtsgründe darauf gab, daß Kendall ermordet wurde, könnten die Beamten etwas übersehen haben.«

»Und was?«

»Ich weiß nicht. Manipulierte Bremsen. Beweise für Blechkontakt mit einem anderen Wagen.«

Molly nagte nachdenklich an ihrer Unterlippe. »Du meinst, jemand könnte Kendall über die Klippe gedrängt haben?«

»Die Idee klingt vertraut, nicht wahr?« Harrys Gedankenfluß wurde vom Summen der Sprechanlage zum Foyer hinunter unterbrochen. »Wer zum Teufel könnte das um diese Zeit sein?«

»Du hast zwei Versuche frei.« Molly häufte die zarten Himbeeren vorsichtig in eine Schüssel.

»Zwei Versuche?«

»Entweder ein Stratton oder ein Trevelyan. Du kannst wählen.«

Harry hob die Brauen, während er den Antwortknopf drückte. »Ja?«

»Dr. Trevelyan, hier ist George von der Portiersloge. Ein Mr. Hughes wünscht Sie zu sprechen.«

Harry stöhnte. »Um diese Zeit?«

»Ja, Sir.«

»Sagen Sie ihm, es ist wichtig«, sagte Brandon im Hintergrund. In seiner Stimme lag ein harter, entschiedener Klang. »Sagen Sie ihm, es handelt sich um eine Familienangelegenheit.«

»Schicken Sie ihn herauf, George«, sagte Harry und ließ den Knopf der Sprechanlage los.

»Soll ich woanders hingehen?« fragte Molly.

»Nein.« Harry dachte an sein Gespräch mit Olivia vom Vorabend. »Bleib wo du bist.«

Einige Minuten später ertönte die Türklingel. Harry ging zögernd, um zu öffnen. Er hatte keine große Lust, sich an diesem Morgen mit irgendwelchen Verwandten abzugeben. Er mußte über wichtigere Dinge nachdenken.

Er öffnete. Brandon trug einen leichten Pullover zu einer Freizeithose und machte ein düsteres Gesicht. »Guten Morgen«, sagte Harry sanft.

Grußlos trat Brandon in den Vorraum. Sein Blick war zornentbrannt.

»Möchtest du eine Tasse Kaffee?« fragte Harry, während er die Tür schloß.

Brandon ignorierte die höfliche Frage. Er fuhr herum und sah Harry an. »Olivia war gestern abend bei dir.«

»Ja.«

»Verdammt. Ich habe ihr gesagt, ich will nicht, daß sie sich in diese Sache einmischt. Meiner Mutter habe ich dasselbe gesagt. Warum zum Teufel halten sie sich nicht raus?«

»Wahrscheinlich machen sie sich Sorgen um dich.«

»Ich brauche niemanden, der sich um mich sorgt. Mit dieser Sache komme ich sehr gut allein zurecht.« Brandon schritt in den Wohnraum und blieb abrupt stehen, als er

Molly hinter dem Küchentresen bemerkte. »Wer sind Sie? Eine neue Haushälterin?«

»Nein«, antwortete Molly. »Ich bin Harrys Verlobte.«

»Seine Verlobte?« Brandon starrte sie an. »Olivia hat etwas davon gesagt, daß Harry sich mit der Treuhänderin der Abberwick-Stiftung verlobt hat. Ich wollte es nicht glauben.«

»Dies ist Molly Abberwick«, erklärte Harry, verärgert über Brandons Verwunderung. »Molly, das ist mein Cousin Brandon Hughes. Tante Danielles Sohn, Olivias Mann.«

Molly nickte. »Nett, Sie kennenzulernen, Brandon. Wir wollten gerade frühstücken. Haben Sie schon was gegessen?«

»Ja, danke.« Brandons Augen verengten sich. Er sah Harry fragend an. »Diese Verlobung ist also echt?«

»Ganz genau. Sie ist echt.« Harry setzte sich auf einen Hocker vor dem Tresen.

»Kommt etwas plötzlich, oder?« fragte Brandon.

»Zeit ist ein relativer Begriff.« Molly schenkte Brandon ein Lächeln, das süßer war als der Zucker, den sie über die Himbeeren streute. »Harry und ich denken, daß wir uns gut genug kennen, um eine Ehe einzugehen. Nicht wahr, Harry?«

»Ja«, sagte Harry. »Warum setzt du dich nicht, Brandon?«

»Ich möchte lieber in deinem Arbeitszimmer mit dir sprechen.«

»Zu dumm. Ich würde lieber frühstücken.« Harry sah auf die Schüssel mit Himbeeren, die Molly vor ihn gestellt hatte. »Gib mir diese Muffins und ein Messer.« Molly reichte ihm wortlos, was er verlangte, und Harry begann, die Kuchen aufzuschneiden.

»Wenn Sie keinen Kaffee wollen, wie wäre es dann mit etwas Tee, Brandon?« fragte Molly. »Ich koche mir selbst eine Kanne.«

»Nein, danke. Du mußt verstehen, Harry … Es handelt

sich um etwas Persönliches.« Brandon warf einen schnellen Blick auf Molly. »Eine Familienangelegenheit.«

»Von nun an«, sagte Harry leise, »gehört Molly zur Familie. Sie ist meine Familie. Alles, was du mir zu sagen hast, kannst du vor ihr aussprechen.«

Brandon preßte den Mund zu einer schmalen Linie zusammen. »Ihr seid verlobt, nicht verheiratet.«

»Für mich macht das keinen Unterschied.« Harry reichte Molly die sauber durchtrennten Muffins über den Tresen. »Sprich, wenn du reden willst. Wenn nicht, dann geh wieder. Ich habe einen arbeitsreichen Tag vor mir.«

Brandon kam einen Schritt näher und senkte die Stimme. »Harry, laß uns realistisch sein. Bei deiner Vorgeschichte solltest du die Küken nicht eher zählen, bis sie im Stall sind.«

»Was zum Teufel soll das heißen?« fragte Harry.

»Du willst, daß ich es ausspreche?«

»Ja.«

»Du weißt verdammt gut, was ich dir zu sagen versuche.« Erneut warf Brandon einen unbehaglichen Blick auf Molly, die ihm mit einem strahlenden Lächeln antwortete. Er sah zu Harry zurück. »Versteh doch, die Sache ist etwas unangenehm. Laß uns in dein Arbeitszimmer gehen.«

»Nein.«

Brandon verlor die Geduld. »Du kannst kaum von mir erwarten, heikle Dinge vor einer Fremden zu besprechen.«

»Ich sagte dir bereits, daß es sich bei Molly um keine Fremde handelt. Sie ist meine zukünftige Frau.«

Brandons Gesicht lief rot an. »Nicht nach Olivias Einschätzung. Sie glaubt, daß diese Verlobung kaum länger hält als deine vorige. Und sie muß es wissen.«

»Meinst du?«

»Sie kennt sich aus, Harry. Es ist ihr Beruf. Hast du das vergessen?« Brandon besaß die Höflichkeit, Molly einen entschuldigenden Blick zuzuwerfen. »Meine Frau ist klinische Psychologin. Eine der besten der Stadt.«

»Ja, ich weiß«, antwortete Molly langsam. »Wir sind uns begegnet. Sie war so freundlich, mir einige kostenlose Ratschläge zu erteilen.«

Brandon wandte sich wieder zu Harry. »Ich bin sicher, daß Molly verschwiegen ist, und ich habe absolut nichts gegen sie. Doch solange du nicht wirklich mit ihr verheiratet bist, beabsichtige ich nicht, meine Angelegenheiten vor einer Fremden zu diskutieren.«

Doch auch Harry war nun am Ende seiner Geduld angelangt. Mit einer entschiedenen Bewegung, die Brandon einen Schritt zurückflüchten ließ, erhob er sich vom Hocker. »Du bist hergekommen, um mit mir zu reden«, sagte er leise. »Also sprich aus, was du zu sagen hast, oder geh.«

»Also gut, wenn es so ist«, sagte Brandon steif, »dann komme ich später wieder.«

»Später bin ich vielleicht nicht mehr hier«, sagte Harry. »Ich habe heute viel vor.«

»Das machst du absichtlich, nicht wahr? Du versuchst mir die Sache so schwer wie möglich zu machen. Was erwartest du von mir? Soll ich vor dir auf die Knie fallen, nur weil du Großvater überredet hast, mich gehen zu lassen?«

»Warum fragst du nicht Olivia? Wenn es um meine Motive geht, scheint sie sich für eine Autorität zu halten.« Harry setzte sich wieder und nahm seinen Löffel.

»Halt. Auszeit.« Molly machte das Schiedsrichterzeichen. »Ich bin dafür, daß wir an dieser Stelle den Waffenstillstand beschließen.« Sie stellte eine Tasse und einen Teller vor Brandon. »Hier, trinken Sie etwas Kaffee, Brandon. Gordon Brookes feinste Mischung. Dard Seattle Roast.«

Irritiert blickte Harry von seinen Himbeeren auf. »Ich wußte nicht, daß wir eine Gordon-Brooke-Mischung trinken.«

»Ich nicht. Du. Ich rühre das Zeug nicht an. Und sieh mich nicht so komisch an. Deine Haushälterin hat ihn gekauft.«

»Erinnere mich, daß ich Ginny bitte, eine andere Sorte

zu besorgen.« Harry widmete sich wieder seinen Himbeeren. »Entweder setzt du dich jetzt, oder du gehst, Brandon. Ich mag es nicht, wenn du hier herumstehst, während ich esse.«

Brandon schäumte noch eine Minute, bevor er auf einen Hocker sank. Er nahm die Kaffeetasse, die Molly ihm hingestellt hatte, und trank einen großen Schluck. Dann stellte er sie mit einem sanften Klirren zurück. »In Ordnung. Laß uns reden.«

»Ich höre.«

»Ich bin hier, um mit dir über die Finanzierung meiner Pläne zu sprechen. Ich kann das Unternehmen verlassen, Großvater macht mir keine Schwierigkeiten mehr. Das ist eine große Erleichterung für Mutter und Olivia. Aber er wird mir nicht helfen.«

»Um eines klarzustellen«, sagte Harry. »Ich bin keine Bank. Ich habe bei Parker für dich gesprochen, aber mehr kann ich nicht tun.«

»Das stimmt nicht. Du hast Verbindungen, Harry.« Brandon spielte mit seiner Kaffeetasse. »Ich weiß, daß du für eine deiner Trevelyan-Verwandten die Finanzierung geregelt hast, als sie die Jahrmarktsgesellschaft kaufen wollte.«

»Das war etwas anderes.«

»So? Warum? Zählt deine Stratton-Verwandtschaft nicht?«

»Meine Stratton-Verwandten sind reich.«

»Nicht alle«, sagte Brandon bedeutungsschwer. »Wenn ich Stratton Properties verlasse, bin ich auf mich allein gestellt.«

»Olivias Honorare sind vergleichbar mit dem, was ein guter Steueranwalt verdient. Du wirst nicht verhungern.«

»Das stimmt. Wir können von Olivias Verdienst leben, bevor ich auf eigenen Füßen stehe«, bestätigte Brandon. »Aber sie kann es sich nicht leisten, eine Transaktion in der Größenordnung zu finanzieren, wie ich sie plane. Das weißt du genau.«

»Und was folgt daraus?« Harry konnte Mollys Blick von der anderen Seite der Theke spüren.

»Die Banken werden ohne Stratton Properties keinen Finger für mich rühren. Natürlich könnte ich Großvater oder Onkel Gilford bitten, mich zu unterstützen, aber das möchte ich nicht«, erklärte Brandon. »Du weißt, daß sie sofort die Führung an sich reißen würden, wenn sie beteiligt wären.«

»Klar.«

Brandon runzelte die Stirn. »Ich glaube, ich weiß, warum du nie bei Stratton Properties eingestiegen bist.«

»Meine Interessen liegen auf einem anderen Gebiet.«

»Verrate mir etwas. Wußtest du, daß damals, als du nach Seattle kamst, die ganze Familie davon überzeugt war, du würdest von den Strattons nehmen, was du nur aus ihnen herauspressen kannst?«

Sorgfältig legte Harry seinen Löffel zurück. »Das war von Anfang an offensichtlich.«

»Großvater sagte, das sei das Trevelyan-Blut in dir. Er meinte, du würdest versuchen die Strattons um das zu betrügen, was du als dein rechtmäßiges Erbe ansähst, und er gäbe dir keinen Cent, bevor du nicht bewiesen hättest, daß du ein echter Stratton bist.«

»Was bedeutete, der Firma beizutreten«, schloß Harry müde. »Brandon, das ist eine alte Geschichte. Was willst du von mir?«

Brandon straffte die Schultern. »Durch deine technischen Beratungen kennst du einige Risikokapitalgeber. Du sollst dir für mich kein Bein ausreißen. Ich möchte nur, daß du die ersten Kontakte knüpfst. Den Rest mache ich allein.«

Harry sah Molly an. Sie lächelte ihm schmerzlich und verständnisvoll zu, sagte aber nichts. Harry wandte sich wieder an Brandon. »Ich werde sehen, was ich tun kann.«

In Brandons Augen leuchtete Erleichterung. »Danke.« Er stand auf. »Du wirst es nicht bereuen, Harry. Wie ich sagte, ich werde selbst mit allen Investoren reden und meine

Chancen nutzen. Du mußt mich nur mit Leuten in Kontakt bringen, die an soliden Investitionen interessiert sind.«

»Unter einer Bedingung«, schränke Harry ein.

»Und die wäre?«

»Gib mir dein Ehrenwort, daß du alles tust, um Olivia daran zu hindern, ihre berufliche Meinung über meinen psychischen Zustand überall herumzuposaunen. Langsam wird es ärgerlich.«

Brandon stutzte. Erst wollte er ganz offensichtlich ein böses Gesicht aufsetzen, doch dann erschien zögernd ein amüsierter Ausdruck in seinen Zügen. »Ich werde es versuchen, obwohl ich fürchte, daß es nicht leicht sein wird.«

»Ich weiß.« Harry suchte Mollys Blick. »Aber mir liegt viel daran, daß du sie überzeugst, ihre Diagnosen für sich zu behalten. Sag ihr einfach, daß manche Menschen nichts gegen Stunden der Langeweile, unterbrochen von Augenblicken des Entsetzens, haben.«

Brandon wirkte verblüfft, zuckte dann mit den Achseln und wandte sich um Gehen. Er blieb noch einmal stehen und lächelte Molly zu. »Danke für den Kaffee.«

»Keine Ursache«, antwortete sie. »Oh, was ich noch sagen wollte, Brandon. Harry und ich planen eine große Hochzeit. Alle Mitglieder beider Seiten der Familie sind eingeladen. Wir erwarten natürlich auch Olivia und Sie.«

»Wir werden kommen«, sagte Brandon langsam. »Aber auf die anderen Strattons würde ich nicht zählen, es sei denn, Sie garantieren, daß niemand von den Trevelyans kommt.«

»Alle werden eingeladen«, wiederholte Molly ungerührt.

Brandon sah Harry an. Der sagte nichts. Er wußte so gut wie Brandon, daß es keine Hoffnung gab, alle Strattons und Trevelyans für die Hochzeit zusammenzubringen. Früher oder später würde Molly diese Tatsache akzeptieren müssen.

»Gut, dann gehe ich jetzt besser«, sagte Brandon und machte sich auf den Weg zur Tür. Seine Schritte waren um einiges leichter als bei seiner Ankunft.

18

»Wie zum Teufel kannst du sicher sein, daß Trevelyan dich nicht heiratet, um an das Vermögen der Abberwick-Stiftung heranzukommen?« brummte Gordon, während er die Unterlagen einsammelte, die er auf der Ladentheke ausgebreitet hatte. »Mehr will ich nicht wissen. Wie kannst du so verdammt sicher sein?«

Verärgert sah Molly Gordon an. Es war kurz nach fünf. Tessa war im Lager und klebte Etiketten, um einige Bestellungen versandfertig zu machen. Jeden Augenblick würde Harry hier sein. Es war Zeit, den Laden zu schließen und nach Hause zu gehen.

Nach Hause.

Der Gedanke, daß sie sich zu Hause fühlte, wenn sie mit Harry zusammen war, durchfuhr sie. Sie fragte sich, ob er das gleiche empfand. Sie hoffte es. Mehr als jeder andere Mann, den sie kannte, brauchte Harry das Gefühl, zu Hause zu sein.

Gordon war in der Türöffnung von Abberwick Spice & Tea erschienen, als Molly gerade das GESCHLOSSEN-Schild im Schaufenster umgedreht hatte. Er hatte sich nicht abweisen lassen und einen weiteren Anlauf in Sachen Finanzierungshilfe gemacht. Molly hatte ihm erlaubt, seine neuen Expansionspläne vorzutragen, während sie den Laden aufräumte. Als er mit dem Vorschlag geendet hatte, Gelder aus der Abberwick-Stiftung zu verwenden, um die Gordon-Brooke-Espresso-Bars zu fördern, hatte Molly höflich abgelehnt. Wieder einmal.

Gordon war rot angelaufen. Er schien weder akzeptieren zu können, daß sie ihm kein Geld geben wollte, noch daß sie sich mit Harry verlobt hatte. Beides war in seiner Vorstellung offenbar miteinander verbunden. Und aus einem unerfindlichen Grund ärgerte ihn letzteres sichtlich am meisten.

»Ich verstehe es einfach nicht, Molly.« Gordon ließ die Papiere in einen Lederordner fallen. »Warum bist du so sicher, daß du ihm vertrauen kannst?«

»Das geht dich nichts an, oder?«

Gordon gelang es, gekränkt zu wirken. »Wir kennen uns schon lange. Es ist nur natürlich, daß du mir nicht gleichgültig bist.«

»Laß uns ehrlich sein.« Molly lehnte sich gegen die Gewürztheke und betrachtete Gordon mit einer Ungeduld, die sie nicht zu verbergen suchte. »In Wirklichkeit willst du fragen, wie ich wissen kann, daß Harry nicht wie du ist, habe ich recht? Wie will ich wissen, daß ich nicht wieder auf drastische Weise erfahre, daß er eine Vorliebe für hübsche Angestellte besitzt?«

Gordon wurde erneut rot. »Verdreh mir nicht das Wort im Mund.«

»Ich schulde dir keine Erklärungen«, fuhr Molly fort. »Aber eines kann ich dir versichern. Ich bin absolut und unbedingt sicher, daß Harry kein zweiter Gordon Brooke ist. Wie ich das weiß? Es muß etwas mit der Art zu tun haben, wie er summt.«

Gordon ignorierte das. »Verdammt, ich scherze nicht. Ich versuche nur, dich vor einem großen Fehler zu bewahren. Einem, der dich ein Vermögen kosten könnte.«

»Ich bezweifle, daß es mich so viel kosten wird wie die Finanzierung der Gordon-Brooke-Espresso-Bars.«

»Die Cafés wären eine Investition«, beharrte Gordon. »Das ist etwas völlig anderes. Es handelt sich um deine Zukunft. Molly, durch die Abberwick-Stiftung verfügst du über viel Geld. Es ist zu erwarten, daß das Vermögen mit den Jahren noch wächst. Wie willst du Trevelyan davon fernhalten? Du hast ihn zu deinem technischen Berater gemacht, verdammt.«

»Und?«

»Er wird die maßgeblichen Entscheidungen treffen.«

»Nein, das wird er nicht tun. Die maßgeblichen Entscheidungen treffe ich.« Nun war Molly wirklich zornig. »Warum nehmen bloß alle an, daß ich eine Vollidiotin bin, wenn es um die Abberwick-Stiftung geht? Wie kommst du auf die Idee, ich könnte die Kontrolle über das Vermögen an Harry oder sonst jemand abgeben?«

Gordon machte eine beruhigende Geste. »Reg dich nicht auf. Ich habe nur versucht, auf einige Tatsachen hinzuweisen.«

»Blödsinn. Du versuchst meine Beziehung zu meinem Verlobten zu untergraben. Ich will kein Wort mehr hören.«

»Schon gut. Wenn das deine Art ist, damit umzugehen, in Ordnung. Aber mach mir keine Vorwürfe, wenn du eines Morgens aufwachst und entdeckst, daß sich das Vermögen der Abberwick-Stiftung über Nacht verflüchtigt hat.«

»Raus mit dir.«

»Ich gehe schon.« Gordon griff nach seinen Unterlagen und trat rückwärts zur Tür. »Aber wenn du nur ein Gramm gesunden Menschenverstand hättest, würdest du ...« Er brach abrupt ab, als er heftig mit Harry zusammenprallte, der eben die Tür öffnete. »Oh.« Harry reagierte mit keinem Wimpernzucken, aber Gordon machte, wie Molly bemerkte, einen kleinen Satz. Dann fuhr er herum, um zu sehen, wer hinter ihm stand. »Was zum Teufel machen Sie hier, Trevelyan?«

»Ich bin mit Molly verlobt, haben Sie das vergessen?« fragte Harry.

»Sie hätten anklopfen können«, murmelte Gordon.

»Die Tür war nicht verschlossen.«

»Gordon wollte gerade gehen.« Molly bedachte Gordon mit einem stahlharten Blick. »So ist es doch?«

»Ja, ja. Ich bin schon weg«, brummte Gordon.

»Lassen Sie sich von mir nicht aufhalten.« Harry trat höflich zur Seite.

Aus dem Lagerraum tauchte Tessa auf. »Die Etiketten sind aufgeklebt, Molly. Ich gehe jetzt.«

Einen Augenblick lang sagte Molly nichts. Sie sah zu Tessa und dann zu Gordon. »Gordon?« begann sie leise.

»Was ist?« Finster wandte er sich zu ihr um.

»Möchtest du einen Rat?«

Gordon machte ein mißtrauisches Gesicht. »Was für einen Rat?«

Molly tippte mit dem Finger auf den Tresen, während sie schnell nachdachte. »Du bietest ein gutes Produkt an. Ich mache mir nicht viel aus Kaffee, aber ich weiß, daß deiner der beste der Stadt ist.«

»Und?«

»Du bist mit deinen Cafébars in Schwierigkeiten geraten, weil du zu schnell expandiert hast«, fuhr Molly fort. »Wenn es dir ernst ist, dein Geschäft zu retten, mußt du besser auf die grundlegenden Dinge achten. Du brauchst professionellen Rat, was Marketing, Verpackung und Anzeigengestaltung angeht.«

»Ja?« Halb abwehrend, halb neugierig starrte Gordon sie an. »Und woher soll ich diesen Rat deiner Meinung nach bekommen?«

»Von Tessa«, sagte Molly.

Verblüfftes Schweigen erfüllte den Raum.

Tessa reagierte als erste. »Wovon redest du, Molly? Willst du damit sagen, daß ich Gordon von allem profitieren lassen soll, was ich durch die Arbeit für dich gelernt habe?«

»Nur, wenn er bereit ist, dafür zu bezahlen.«

Tessa war aufgebracht. »Du willst tatsächlich, daß ich einem Konkurrenten helfe? Du willst, daß ich ihm zeige, wie er seine Anzeigen geschickter plazieren kann? Ich soll ihm helfen, seinen Kaffee attraktiver zu verpacken? Ihm sagen, wie er mit Lieferanten umgehen soll? Was wäre ich dann?«

»Eine Beraterin«, sagte Harry.

Tessa machte ein verständnisloses Gesicht. Dann begegnete sie Gordons Blick von der anderen Seite des Verkaufsraumes. »Beraterin.« Tessa kostete das Wort.

»Ich könnte mir kein hohes Beraterhonorar leisten«, warnte Gordon.

»Das ist in Ordnung«, entgegnete Tessa geschickt. »Ich nehme einen Anteil am Gewinn.«

»Im Augenblick gibt es keinen«, sagte Gordon.

Tessa sah Molly an und lächelte. »Das wird sich bald ändern.«

Gordon zögerte. »Wollen Sie einen Milchkaffee mit mir trinken und über alles reden?«

»Gern«, antwortete Tessa. »Was habe ich schon zu verlieren?« Sie griff nach ihrem übergroßen Rucksack und folgte Gordon aus dem Laden.

Harry hob eine Braue, nachdem sich die Tür hinter den beiden geschlossen hatte. »Sollte ich mir Sorgen darüber machen, wieviel Mitgefühl du plötzlich für Gordon zeigst?«

Seine Frage überraschte Molly. »Ich habe es nicht für Gordon getan, sondern für Tessa.«

»Ich verstehe.«

»Tessa hat ein Gespür für Verkauf und Marketing. Sie ist ein Naturtalent, aber sie wird niemals in die etablierte Geschäftswelt Amerikas passen. Ich mache mir schon länger Sorgen über ihre Zukunft. Sie kann nicht ewig als meine Angestellte arbeiten. Sie braucht eine Marktnische, auf die sie spezialisiert ist und in der sie ihre Talente entwickeln kann. Mir kam die Idee, daß Gordon Brooke Espresso ein guter Anfang sein könnte.«

Harrys Augen schimmerten. »Weißt du, was ich denke?«

»Was denn?«

»Ich denke, daß du neben deiner Abberwick-Neugier auch den Basteldrang der Familie geerbt hast. Nur bastelst du lieber an Menschen, als mit unbelebten Objekten zu experimentieren.«

»Mach dir um Tessa und Gordon keine Sorgen. Gibt es Neuigkeiten von deinem Privatdetektiv?«

Die zweideutige Belustigung verschwand aus Harrys Blick. »Er hat vor zwanzig Minuten angerufen und mitgeteilt, daß er den Wagen schließlich ausfindig machen konnte und mit dem Eigentümer des Schrottplatzes gesprochen hat. Morgen im Laufe des Vormittags werde ich einen Blick auf den Ford werfen.«

»Du fliegst also morgen früh nach Portland?«

»Gleich als erstes.«

»Ich komme mit«, sagte Molly.

»Was ist mit dem Laden?«

»Tessa kann das allein regeln. Wenn sie Hilfe braucht, soll sie eine Kollegin aus ihrer Band mitbringen.«

Harry sah Molly nachdenklich an. Dann nickte er. »In Ordnung. Vielleicht ist es sogar besser, wenn du bei mir bist.«

Molly war erfreut. »Du denkst, ich könnte dir mit meinem Rat helfen?«

»So habe ich es nicht gemeint«, sagte Harry. »Ich habe dich lieber in meiner Nähe, um dich im Auge zu behalten, falls Kendall tatsächlich von jemandem ermordet wurde, der damit seine Spuren zu verwischen suchte.«

Molly verzog das Gesicht. Sie holte ihre Schultertasche und ging zum Eingang. »Wie nett, so begehrt zu sein.«

Um zehn Uhr am folgenden Morgen standen Harry und Molly zwischen den Skeletten ausgeschlachteter Wagen. Ein massiver Stahlzaun mit Stacheldrahtbewehrung umgab den Autofriedhof. Über dem Eingang hing ein Schild mit dem Namen Maltrose Wrecking.

Für einen Besuch bei den Toten war es ein passender Tag. Der bleierne Himmel ließ jeden Augenblick Regen erwarten. Eine kräftige Meeresbrise zerrte an den Ärmeln von Harrys Hemd. Mollys Haar war bereits zu einer undefinierbaren Masse verwirbelt worden. Mit einer Hand hielt sie die Strähnen von den Augen fern.

Chuck Maltrose, der Eigentümer des Schrottplatzes, stand neben Harry. Er war ein großer, schwerer Mann, der aussah, als wäre er früher Footballspieler oder Gewichtheber gewesen. Seine glorreichen Tage schienen allerdings lange hinter ihm zu liegen. Die meisten Muskeln hatten sich mit den Jahren in Fett verwandelt.

»Ist das der Wagen, den Sie sehen wollten?« Chuck sah Harry an.

Harry betrachtete die Überreste des blauen Ford und blickte auf die Notizen, die er sich bei seinem letzten Telefonat mit Fergus Rice gemacht hatte. »Ja, das ist er.«

»Lassen Sie sich Zeit«, sagte Chuck. »Für Ihre fünfzig Dollar können Sie sich alles ansehen, was sie wollen.«

»Danke.«

»Sagen Sie Bescheid, wenn Sie fertig sind. Ich bin in meinem Büro.«

»In Ordnung.« Harry sah Chuck nicht nach, als er sich abwandte und sich mit seinem massigen Körper zu dem verrosteten Wohnwagen bewegte, der ihm als Büro diente. Er konnte seine Aufmerksamkeit nicht von dem Ford lassen. Obwohl er den Wagen noch nicht einmal berührt hatte, spürte er schon, daß etwas nicht ganz in Ordnung war. Trotz seines zerknautschten Zustands hätte sich der Wagen vertraut anfühlen müssen. Erst vor wenigen Tagen war er dazu benutzt worden, Harrys Sneath P2 zu bedrängen. Zugegeben, er hatte den Ford nur in einer Serie unzusammenhängender Schnappschüsse gesehen. Zuerst im Rückspiegel, dann, nachdem er am Sneath vorbeigeschossen war. Harry hatte beide Hände voll zu tun gehabt, um sein eigenes Fahrzeug auf der Straße zu halten. Und doch …

»Was ist los, Harry?« fragte Molly.

Er sah sie an. »Ich weiß es noch nicht. Vielleicht nichts, außer dem Offensichtlichen.«

Molly schlang die Arme um sich. »Sieht schlimm aus, nicht wahr? Ein Wagen, der den Abgrund hinuntergestürzt ist. Mit einem Mann, der darin starb. Wenn ich das Wrack nur ansehe, bekomme ich eine Gänsehaut.«

Harry schwieg. Sein unbehagliches Gefühl rührte nicht von dem Wissen, daß Wharton Kendall in dem Wagen den Tod gefunden hatte. Etwas anderes arbeitete in ihm. Der Wagen strahlte etwas aus, das nicht zum Gesamtbild paßte. Dabei war Harry nicht einmal in den Zustand tiefer Konzentration gesunken. Ihm fiel auf, daß der Teil seines Gehirns, der die »vernunftgesteuerten Einsichten« so gut beherrschte, in letzter Zeit ungewöhnlich wahrnehmungsfähig geworden war. Seit er mit Molly schlief, um genau zu sein.

Diese Erkenntnis verblüffte ihn. Harry starrte auf den blauen Ford und fragte sich, was mit ihm los war. Seine Vorstellungskraft gehorchte seiner Kontrolle nicht mehr. Das war das Problem. Aber vielleicht gab es eine viel schlimmere, verhängnisvollere Ursache. Wieder regte sich tief in ihm die alte Furcht. Wenn er nun wirklich wahnsinnig wurde?

»Harry?« Molly berührte seinen Arm. »Alles in Ordnung mit dir?«

»Natürlich. Warum nicht?« Harry zwang die Angst in ihr Versteck zurück und erinnerte sich an Mollys Hinweis. *Schon die Tatsache, daß du dich fragst, ob du verrückt werden könntest, bedeutet, daß du es nicht bist.* Entschlossen setzte er die Selbstbeherrschung ein. »Ich versuche nachzudenken.«

»Tut mir leid.«

Harry wandte sich abrupt von Molly ab, um der Besorgnis in ihrem Blick auszuweichen. Er würde sich später für seine Ungeduld entschuldigen. Auch die Sorge, reif für die Zwangsjacke zu sein, verschob er auf später. Diese besondere Befürchtung hatte er seit Jahren vor sich hergeschoben. Jetzt konnte sie auch noch ein wenig länger warten.

Er trat vor, um einen sorgfältigen Blick auf den zerstörten Ford zu werfen. Die Eingeweide des Wagens lagen offen vor ihm. Durch den Aufprall war die Kühlerhaube abgerissen worden. Die Türen hingen offen in den Angeln, als wären die Knochen unter der Metallhaut gebrochen. Das Glas in den Fenstern fehlte. Die Öffnungen erinnerten Harry an blicklose Augen. Langsam ging er um den Ford herum.

»Was hast du vor?« fragte Molly.

Harry rollte die Ärmel hoch. »Den Wagen etwas genauer zu untersuchen.«

»Bei dem Sturz von der Klippe wurde alles zerrissen und

zerbeult. Wie willst du wissen, ob ein Schaden, den du jetzt entdeckst, nicht schon vor dem Unfall vorhanden war?«

Harry beugte sich zum Kotflügel hinunter und betrachtete die eingerissene Ventilabdeckung. »Ich bin nicht sicher, ob ich überhaupt etwas finde. Aber ich muß es mir näher ansehen.«

»Damit du ein Gefühl für die Situation bekommst?« schlug Molly ungerührt vor.

Harry ignorierte sie. Während er sich tiefer über den zerbeulten Kotflügel neigte, erlaubte er sich eine sehr vorsichtige Konzentration. Das Gefühl, daß etwas nicht stimmte, umströmte ihn und berührte seine Sinne. Aber es kam nicht aus dem Motorraum. Harry trat vom Kotflügel zurück. Er versuchte sich unauffällig zu verhalten, während er tief Luft holte, aber er spürte, daß Molly ihn aufmerksam beobachtete.

Etwas war ganz eindeutig nicht in Ordnung. Nach einigen Sekunden, als er sicher war, daß er sich fest unter Kontrolle hatte, setzte er sich auf den Fahrersitz. Er überprüfte den Schaden im Wageninneren. Das Lenkrad war nicht mehr vorhanden. Die Sprünge in der Glasabdeckung über dem Armaturenbrett sahen aus wie ein Spinnennetz. Harry bückte sich, um das Bremspedal zu untersuchen. Wieder überfiel ihn das Gefühl, etwas wäre anders, als es sein sollte. Aber im Wageninneren besaß es nicht die Intensität wie draußen, als er neben dem Kotflügel gestanden hatte.

»Ist etwas mit den Bremsen?« fragte Molly erwartungsvoll.

»Ich glaube nicht.« Harry wappnete sich mit seiner gesamten Willenskraft und berührte entschlossen das Bremspedal. Dann drückte er es probeweise herunter. Und konzentrierte sich. Der Versuch, mit dieser absoluten Klarheit zu denken, war so zweischneidig. Überaus nützlich und zugleich gefährlich.

»Was ist los?« fragte Molly. »Was spürst du?«

»Ich *spüre* überhaupt nichts«, murmelte Harry. »Die Bremsen sind in Ordnung.«

»Bist du sicher?«

»So sicher, wie ich den Umständen entsprechend sein kann.« Harry war beinahe überzeugt, daß niemand die Bremsleitungen durchschnitten hatte. Es gab immer noch genug Druck im System.

»Etwas so Dramatisches wie zerstörte Bremsleitungen wären wohl zu offensichtlich gewesen.«

Harry warf Molly einen jähen Blick zu. »Du klingst enttäuscht.«

Sie hob die Schultern. »Ich habe genug alte Filme gesehen.«

»Diese Art Sabotage funktioniert auch nur im Film«, erklärte Harry abwesend. »Im wirklichen Leben ist es zu unsicher. Auch wenn die Leitungen durchgeschnitten sind, kann man nie genau vorhersagen, wann die Bremsflüssigkeit austritt.«

»Du meinst, es gibt keine Möglichkeit, den Zeitpunkt so zu bestimmen, daß die Bremsen in der richtigen Kurve versagen?«

»Genau.« Harry dachte nach. »Es ist eine sehr unzuverlässige Mordmethode. Und unser Mann – falls außer Kendall tatsächlich noch jemand beteiligt ist – arbeitet überlegter und präziser.«

»Wie kommst du darauf?«

»Das weißt du selbst, Molly. Der Mann versuchte uns von der Straße zu drängen und dich zu erschießen.«

»Ich verstehe, was du meinst.« Molly zog die Brauen leicht nach oben. »Er zieht den direkten Angriff vor.«

»Nur wenn es um den tatsächlichen Mordversuch geht«, sagte Harry langsam. »Als er sein Spiel eröffnete und den falschen Verdächtigen aufbaute, ging er subtiler vor. Und darin war er um einiges besser als beim Abschluß.«

»Was, glaubst du, hat das zu bedeuten?«

Harry sah Molly an, während er sich innerlich in das Problem versenkte. »Es könnte bedeuten, daß der Drahtzieher mehr Erfahrung bei der Gestaltung der Bühne besitzt, als einen Mord zu begehen. Menschen umzubringen könnte neu für ihn sein.«

Molly erschauerte. »Aber warum könnte er erfahrener darin sein, sich eine Tarnung zu verschaffen?«

»Vielleicht«, sagte Harry, »weil er bisher nichts weiter tun mußte, um seine Ziele zu erreichen. Der Stil seiner Operation deutet auf einen Betrüger mit großer Erfahrung hin.«

»Einen Betrüger?«

»Es könnte sein, daß er bisher als Hochstapler oder mit anderen Schwindeleien gearbeitet hat, die nicht tödlich endeten.«

»Also ist er zwar schlau, was den ersten Teil angeht, aber weniger erfahren bei Mord.« Molly schloß kurz die Augen. »Zum Glück.«

»Ja.«

»Nun, wir wissen also, daß es kein Unfall war. Jetzt wäre es interessant herauszufinden, weshalb Kendall von der Straße abkam.«

»Wir wissen nicht mit Sicherheit, daß es kein Unfall war. Das vermuten wir nur.«

»Deine Vermutungen ähneln intuitiven Eingebungen, Harry. Darüber sind wir uns beide im klaren.«

Harry hörte ein Klicken und begriff, daß er die Zähne unwillkürlich aufeinandergeschlagen hatte. Mollys Überzeugung, daß Kendall ermordet worden war, ärgerte ihn. Er wußte, daß sie auf seine Einschätzung der Situation anspielte und seinen Instinkten vertraute. Ihr inzwischen beinahe unerschütterliches Vertrauen in seine Einsichten beunruhigte ihn, denn das machte sie noch unheimlicher. Es erhöhte die Wahrscheinlichkeit, daß tatsächlich etwas Abnormes im Spiel war.

Harry verließ den Wagen und legte vorsichtig eine Hand auf den vorderen Kotflügel. Das Gefühl, daß etwas nicht stimmte, traf ihn erneut, und dieses Mal viel nachdrücklicher. Er bückte sich, um das zerbeulte Blech genauer zu betrachten. Wegen der Wucht des Aufpralls war der blaue

Lack zerkratzt und abgesplittert, so daß an einigen Stellen das nackte Metall hervortrat. Harry fuhr über die großen Dellen, die überall zurückgeblieben waren. Als seine Fingerspitzen eine tiefe Kerbe in der Nähe der leeren Höhlung berührten, in der einmal der Scheinwerfer gesessen hatte, hielt er inne.

Molly eilte zu ihm. »Was hast du gefunden?«

»Blaue Farbe.«

»Was ist so besonders an blauer Farbe? Der ganze Ford ist blau.«

»Das weiß ich.« Harry betastete einen kleinen Farbbereich. Etwas störte ihn daran. Er holte tief Atem und suchte sein inneres Zentrum, so gut er konnte. Langsam und vorsichtig erlaubte er es sich, die blauen Lacksplitter genau zu betrachten. Um nicht die Kontrolle zu verlieren, versuchte er nur einen Teil seiner Konzentration auf die Aufgabe zu richten. *Laß die Information einsinken,* ermahnte er sich. *Nur ein bißchen, nach und nach. Denk darüber nach. Achte auf Widersprüche.* Er machte einen tastenden Schritt auf die Glasbrücke. Der Wind vom Ozean wurde plötzlich schärfer und zerrte heftig an seiner Kleidung, drohte ihn in den Abgrund zu reißen. Harry kämpfte um sein Gleichgewicht. Wenn er die Kontrolle verlor, würde er in den tiefsten, kältesten Graben am Grund der dunkelsten See fallen.

»Harry?« Mollys Stimme klang leise, sanft und fragend. Mitfühlend.

Unter seinen Füßen bebte das Glas. Harry hob den faszinierten Blick von der endlosen Dunkelheit unter sich und sah zur anderen Seite der Schlucht. Dort wartete Molly. Sie hob ihm die Arme entgegen. Harry gewann die Balance zurück und ging auf sie zu. Mit jedem Schritt wurde er sicherer. Er war jetzt weit geöffnet und wach für die Wahrnehmung. Die Welt um ihn erschien tausendmal lebendiger als noch wenige Augenblicke zuvor. Der Himmel über ihm war nicht mehr gleichförmig grau, sondern leuchtete in allen Schattierungen zwischen hell und dunkel. Mollys

Lächeln strahlte heller als die Sonne, und ihre Augen glänzten wie grüne Juwelen. Die Farbe unter seinen Fingern schrie ihn an. Harry sog den Atem ein.

»Keine Sorge, Harry. Ich bin da.«

Harry eilte die letzten Schritte über die Glasbrücke und griff verzweifelt nach Molly. Warm, tröstend und lebendig kam sie in seine Arme. Er war nicht allein hier draußen in der Dunkelheit. Er schloß die Augen und hielt Molly mit aller Kraft, die in ihm war, umschlungen. Die Welt stabilisierte sich schnell und kehrte zu ihrem natürlichen Aussehen zurück. Der Seewind ließ nach. Die Brücke und der Abgrund waren verschwunden.

Harry öffnete die Augen. Molly sah aus seiner Umarmung zu ihm auf.

»Alles in Ordnung mit dir?« fragte sie sanft.

»Ja.« Harry bemerkte ihren besorgten Ausdruck, während er nach Atem rang. »Mir geht es gut.«

»Du siehst furchtbar aus.«

»Alles in Ordnung.«

»Vor einer Minute branntest du innerlich.« Sie legte eine Hand auf seine Stirn. »Jetzt fühlst du dich etwas kühler an. Ich frage mich, ob auch Männer Hitzewallungen haben.«

Harry stöhnte erstickt. Er schwankte zwischen seiner alten Angst und erleichtertem Gelächter. Die gemischten Gefühle warnten ihn, daß er noch nicht wieder die volle Kontrolle zurückgewonnen hatte.

Molly musterte ihn. »Was hast du am Kotflügel gefunden?«

»Das sagte ich doch schon. Blaue Farbe.« Harry hockte sich neben das Vorderrad. »Aber nicht von diesem Wagen.«

»Was?« Mollys Mund blieb offen. Sie kniete sich neben ihm nieder. »Blaue Farbe von einem *anderen* Wagen?«

»Ich glaube, ja.« Harry sah sie an. »Blau auf blau. Der Unterschied zwischen den beiden Farben ist so gering, daß die untersuchenden Beamten ihn nie bemerkt hätten. Aber er existiert.«

»Es war also noch ein Wagen beteiligt.«

»Ja.« Harry kam wieder hoch. »Wirklich interessant ist, daß die Farbe wahrscheinlich von demselben blauen Ford stammt, der versucht hat, uns von der Straße zu drängen. Denn dies hier ist nicht der Wagen, dem wir bei Icy Crest begegnet sind.«

»O mein Gott. *Zwei* blaue Fords.«

»Ich sagte ja, daß dieser Mensch sehr geschickt darin ist, die Szenerie für seine kleinen Spiele zu gestalten. Auf diesem Gebiet hat er viel Erfahrung.«

»Das ist nicht einfach nur eine deiner logischen Einsichten, nicht wahr?« In Mollys Augen brannte tiefe Neugier. »Du kannst tatsächlich *fühlen*, daß mit diesem blauen Farbfleck etwas nicht stimmt.«

»Ich kann die kleinen Unterschiede *sehen*. Ich bin darin geübt, auf winzige Details zu achten. Das ist einer der Gründe, warum ich so erfolgreich bei meiner Arbeit bin.«

»Versuche nicht, mich an der Nase herumzuführen«, sagte Molly leise. »Oder dich selbst. In dem Augenblick, als du einen näheren Blick darauf warfst, wußtest du, daß etwas mit diesem Wagen nicht stimmt. Warum gibst du es nicht zu?«

Unter normalen Umständen hätte Harry auf ihr hartnäckiges Insistieren mit kühlem Sarkasmus oder Verärgerung reagiert. Das Gefühl von Kontrolle hatte er mehr oder weniger zurückgewonnen, doch ein Rest Unsicherheit blieb. Mollys Fragen lösten die dunklen Ängste in ihm erneut aus. Wut war die einzige Waffe, die er noch besaß, um das Grauen zu bekämpfen. »Verdammt, was zum Teufel erwartest du?« Der Zorn, genährt durch die Angst, kochte in seinen Adern. »Soll ich zugeben, daß ich glaube, eine Art sechsten Sinn zu besitzen? Ebensogut könnte ich der Welt mitteilen, daß ich verrückt bin.«

»Du bist nicht verrückt. Das habe ich dir schon gesagt.«

»Was bist du? Eine Art Autorität?«

Molly nahm seine Wut hin, ohne mit der Wimper zu

zucken. »Harry, wenn du eine Art paranormaler Fähigkeiten besitzt, erkennst du sie besser an und lebst mit ihr. Sie ist ein Teil von dir.«

»Du bist die Verrückte, wenn du glaubst, ich werde überall ausposaunen, daß ich paranormale Fähigkeiten besäße. Menschen, die an übersinnliche Kräfte glauben, sind ein Fall für den Arzt.« Harry schloß die Augen. Visionen von psychiatrischen Anstalten tanzten in seinem fieberheißen Kopf. »Oder schlimmer.«

»Du mußt die Wahrheit nur vor dir zugeben.« Molly lächelte. »Und vor mir natürlich. Vor mir kannst du sie nicht verstecken.«

»Es gibt nichts zuzugeben.«

»Harry, ich habe das Gefühl, daß du zu deinen Fähigkeiten stehen mußt. Sonst wirst du niemals herausfinden, wie sie zu beherrschen sind. Du kannst sie nicht ewig unterdrücken.«

»Wie könnte ich unterdrücken, was gar nicht existiert?«

»Dein Arbeitsgebiet ist die Wahrheit. Vergiß das nicht. Gib es vor dir selbst zu und betrachte diesen sechsten Sinn, oder was es sonst sein mag, wie deine hervorragenden Reflexe einfach als angeborene, natürliche Fähigkeit. Als ein Talent.«

»*Natürlich?* Du nennst diesen paranormalen Schwachsinn natürlich? Molly, du klingst langsam verrückter, als Olivia mich jemals bezeichnet hat.«

»Das ist nicht fair Olivia gegenüber. Sie glaubt nicht, daß du verrückt bist, sondern an einer posttraumatischen Störung leidest und vielleicht an gelegentlichen Depressionen.«

»Glaub mir, sie denkt, ich bin reif für die Psychiatrie.«

»Aber Harry ...«

Er machte einen Schritt auf sie zu, die Hände fest an die Seiten seines Körpers gepreßt. Erneut frischte der Wind auf, und der Himmel verdüsterte sich. »Ich schwöre bei Gott, Molly, daß ich kein Wort mehr über dieses übersinnliche

Zeug hören will. Hast du mich verstanden? Kein verdammtes Wort mehr.«

Molly legte die Hand auf seine Schulter. »Hör mir zu.«

»Wir werden nicht wieder über diese Sache reden«, sagte Harry gepreßt. Er konnte ihre Finger durch den Hemdstoff fühlen. Sie waren warm. Langsam versiegte der Zorn und hinterließ ein Gefühl großer Erschöpfung.

»Hallo, unterbreche ich Sie bei etwas?« Chuck Maltrose schob sich in Harrys Blickfeld.

Harry atmete tief ein, um Kraft zu sammeln, und wandte seine Aufmerksamkeit dann dem Besitzer des Schrottplatzes zu. »Wir sprechen über eine private Angelegenheit.«

»Klar. Kein Problem.« Maltrose hob beschwichtigend die Hand. »Ich werde mich doch nicht in eine private Auseinandersetzung einmischen. Ich wollte nur wissen, ob Sie fertig sind.«

»Ich glaube ja, Mr. Maltrose«, sagte Molly und schenkte Maltrose ein strahlendes Lächeln. Chuck Maltrose dagegen war nicht so gutgelaunt. Er warf Harry einen versteckten, feindseligen Blick zu. Harry fragte sich, ob das idiotische Gesprächsthema in seinen Augen abzulesen war oder ob Maltrose nur auf die Reste seines Ärgers reagierte. Er würde, dachte Harry, nur wenige Sekunden brauchen, um sich wieder unter Kontrolle zu haben. In einer Minute wäre alles vorbei. Zum Glück kümmerte Molly sich inzwischen um Maltrose. Harry hörte, wie sie mit ihm über den heraufziehenden Sturm plauderte. Als sie zu dem Schluß kamen, daß es bald regnen werde, hatte Harry die Selbstbeherrschung wiedergefunden.

»Wir wissen also, daß es irgendwo noch einen blauen Ford gibt«, sagte Molly, während sie auf den Beifahrersitz des Mietwagens glitt. »Was machen wir als nächstes, Sherlock?«

»Ich halte an einer Telefonzelle und rufe Fergus Rice an.« Harry drehte den Zündschlüssel um. »Er soll die Polizei benachrichtigen.«

»Es müssen Millionen blauer Fords herumfahren.«

»Ja, aber mit etwas Glück gibt es nicht zu viele mit einem zerbeulten vorderen rechten Kotflügel.«

»Trotzdem suchen wir die Stecknadel im Heuhaufen.« Molly lehnte sich im Sitz zurück. »Das Ganze ergibt einfach keinen Sinn. Das Motiv stimmt nicht mehr.«

»Ich habe auch darüber nachgedacht. Vielleicht gibt es ein anderes Motiv.« Mit gerunzelter Stirn bog Harry auf die Straße ein. »Eines, an das wir noch nicht gedacht haben.«

»Es gibt nicht so viele Motive. Rache, Leidenschaft, Gier ...«

»Bis jetzt haben wir uns auf Rache konzentriert«, bemerkte Harry.

»Ich kann einfach nicht glauben, daß ich die Zielscheibe von *zwei* verärgerten Erfindern sein soll«, sagte Molly entschieden. »Einen, das halte ich für möglich. Aber gleich zwei? Und Leidenschaft als Motiv können wir vergessen. Mein Leben ist nicht so aufregend gewesen in letzter Zeit.«

»Dann bleibt Gier.«

Molly kräuselte die Nase. »Mich umzubringen ist nicht gerade eine aussichtsreiche Methode, wenn jemand eine Erfindung finanziert haben möchte.«

Harry starrte auf die Straße vor sich. Plötzlich begann sich das Mosaik in kristallklarer Perfektion zusammenzufügen. Die Theorie nahm in einer derartigen Geschwindigkeit Form und Substanz an, daß er sich fragte, warum er das Offensichtliche so lange übersehen hatte. »Gestern abend«, begann er vorsichtig, »als ich in deinen Laden kam, hast du Brooke versichert, du wärst nicht so dumm, die Kontrolle über das Stiftungsvermögen jemand anderem zu überlassen.«

»Verdammt richtig.«

»Molly, was geschähe mit dem Geld, wenn du von der Bildfläche verschwunden wärst?«

»Wie bitte?«

»Du hast mich verstanden. Falls dir etwas zustieße, wäre dann Kelsey Treuhänderin der Abberwick-Stiftung?«

»Erst wenn sie achtundzwanzig ist. Ich habe die Verträge so aufsetzen lassen, weil ich nicht wollte, daß die Last der Stiftungsleitung an ihr hängenbleibt, bevor sie die Schule beendet und einen Beruf erlernt hat.«

»Wer übernimmt die Treuhänderschaft, wenn du tot bist?«

»Tante Venicia.«

Harry pfiff tonlos. »Ich hätte es gleich sehen sollen.«

»Was um alles in der Welt meinst du? Du willst doch sicher nicht Tante Venicia beschuldigen, meine Ermordung geplant zu haben? Das ist lächerlich. Ihr könnte die Stiftungsleitung nicht gleichgültiger sein.«

»Nicht sie. Ich meine den Mann, den sie heiraten wird.«

Molly starrte Harry an. »O mein Gott. Cutter Latteridge!«

19

Molly geriet in Panik. »Halt an. Ich brauche sofort ein Telefon, um Tante Venicia zu warnen.«

»Ganz ruhig«, sagte Harry. »Venicia ist im Augenblick sicher. Noch ist Cutter nicht mit ihr verheiratet. Wenn er ihr jetzt etwas antut, nützt sie ihm nichts mehr. Er braucht sie lebendig bis nach der Hochzeit.«

»Das stimmt. Er hat keine Chance, die Stiftung in die Finger zu bekommen, bevor er nicht verheiratet ist.« Molly schloß die Augen und sprach stumm ein Dankgebet. »Welch ein Glück, daß Tante Venicia auf einer großen Hochzeit bestanden hat, deren Planung Wochen in Anspruch nimmt.«

»Allerdings.«

»Und was machen wir jetzt?«

»Im Augenblick gar nichts.« Harry streckte die schlanken Hände am Lenkrad. »Wir haben nicht den geringsten Beweis, daß Latteridge hinter allem steckt. Jetzt brauchen wir erst einmal Informationen über ihn. Wenn er Experte ist, müßte etwas über sein Vorleben herauszubekommen sein. Ich werde Fergus sofort darauf ansetzen.«

Molly beruhigte sich langsam. Sobald sie wieder klar denken konnte, tauchte eine Flut von Fragen auf. »Es ist verrückt. Wie um alles in der Welt konnte Cutter solch einen bizarren Plan erdenken und durchführen?«

»Wer immer er sein mag, er muß schon vorher ausgefeilte Szenarios erfunden haben. Dies ist nicht das Werk eines Amateurs. Er weiß, welche Details er zu berücksichtigen hat.« Harrys Gesichtsausdruck wurde ernst. »Zumindest was die Täuschungsmanöver angeht. Als Mörder ist er nicht so gut.«

»Wofür wir unserem glücklichen Stern danken können.«

»Also«, fuhr Harry fort. »Wir haben es mit einem Profi für Betrug zu tun. Wie gesagt, seine Taten sind wahrscheinlich aktenkundig. Wir werden Informationen darüber bekommen und sie benutzen, um die Aufmerksamkeit der Behörden auf ihn zu lenken.«

Molly überlegte. »Er kannte die Abberwick-Stiftung. Nur jemand, der sich in der Erfinderwelt auskennt, kann etwas von meinem Vater und der Stiftung wissen, die er in seinem Testament verfügt hatte.«

»Richtig. Vielleicht hat er deinen Vater oder deinen Onkel einmal kennengelernt.«

»Das bezweifle ich.«

»Warum?« fragte Harry. »Ich kannte die Arbeit deines Vaters auch, lange bevor ich dir begegnete. Eine Menge Menschen, die mit der kommerziellen Nutzung von Robotern zu tun haben, wissen, wer Jasper Abberwick war.«

»Wahrscheinlich«, stimmte Molly zu.

Der Sturm, der seit einigen Stunden drohte, brach nun los. Regen prasselte gegen die Windschutzscheibe, und Harry schaltete die Scheibenwischer ein. Mehrere Meilen setzten sie die Fahrt nach Portland schweigend fort. Molly sah Harry von Zeit zu Zeit an. Sie wußte, daß er tief in Gedanken versunken war und das Problem Cutter Latteridge aus jedem möglichen Blickwinkel untersuchte. Fast konnte sie seinen messerscharfen Verstand spüren, mit dem er die Situation analysierte.

»Wann genau erschien Latteridge zum erstenmal auf der Bildfläche?« fragte er schließlich.

»Ich habe dir doch erzählt, daß Tante Venicia ihm im Frühjahr auf einer Kreuzfahrt begegnet ist. Warum?«

»Ich versuche seine Zeitplanung zu rekonstruieren«, sagte Harry, bevor er erneut in Schweigen verfiel. Nach einigen Meilen sprach er wieder. »Ich glaube, ich habe jetzt genug Material für Rice. Beim nächsten Telefon halten wir.«

Wenig später tauchte im Dunst eine Tankstelle auf. Harry verlangsamte die Fahrt und bog von der Straße auf den Parkplatz. Dort stellte er den Motor ab und öffnete die Tür. »Ich bin gleich zurück.« Er stieg aus, schloß die Tür und eilte durch den Regen unter das schmale Dach der Telefonzelle.

Durch die regennassen Scheiben sah Molly ihm nach. Hin und wieder durchliefen sie unheimliche, kalte Schauer, und das seltsame Gefühl von Gefahr machte sich breit. Zuerst verstand sie nicht, was los war. Sie wußte, daß sie Angst hatte und sich große Sorgen um Venicias Sicherheit machte, aber diese andere Empfindung fühlte sich an, als strömte sie von außerhalb zu ihr. Erst als Harry den Hörer einhängte und sich auf den Weg zurück zum Wagen machte, wurde ihr klar, daß sie ein entferntes Echo von *ihm* auffing. Sie nahm sein Bewußtsein für die Gefahr wahr, in der sie schwebten. Diese Wahrnehmung ähnelte dem Gefühl, das sie immer öfter empfand, wenn sie miteinander schliefen. Fremd und doch vertraut.

Als Harry die Wagentür öffnete und sich hinter das Lenkrad setzte, brach er in ihre verstörten Gedanken ein.

»Es gießt.« Er fuhr sich durch das Haar, um die Feuchtigkeit herauszustreichen. Dann sah er Mollys Gesicht, und sein Blick verdüsterte sich. »Was hast du?«

Molly räusperte sich. Wenn er in den letzten Minuten überhaupt etwas gefühlt hatte, würde er es ganz sicher nicht zugeben. »Nichts.« Sie schaffte ein schwaches Lächeln. »Ich habe nur etwas Angst. Das ist alles.«

»Kein Wunder, unter den gegebenen Umständen.« Harry drehte den Körper zu ihr. Sein Gesicht war ernst. »Ich habe mit Rice gesprochen und ihm gesagt, daß er sich Cutter Latteridges Hintergrund ansehen soll. Mit etwas Glück kann er uns schon einige Vorabinformationen geben, wenn wir in Seattle angekommen sind.«

»Aber was machen wir mit Tante Venicia? Wir können doch nicht zulassen, daß sie sich weiter mit einem Mörder abgibt.«

»Wenn du sie wegen Latteridge zu warnen versuchst, bringst du sie und dich in große Gefahr.« Harry drückte Mollys Hand. »Überlasse die Angelegenheit mir, Molly.«

»Du scheinst immer wieder in dieser Rolle zu enden.«

Harry ließ ihre Finger los und legte den Gang ein. »Welche Rolle?«

»Die Heldenrolle. Es ist nicht gerade fair. Irgendwann müßte dich mal jemand retten.«

Er sah sie mit einem seltsamen Ausdruck an, während er den Wagen vom Parkplatz lenkte. »Ich bin kein Held.«

»Doch, das bist du. Glaub mir, ich weiß es, wenn ich einem Helden begegne.«

Das grüne Licht an Harrys Anrufbeantworter blinkte hektisch, als er am späten Nachmittag sein Arbeitszimmer betrat. Es gab drei Nachrichten.

»Dein Privatanschluß«, bemerkte Molly. »Das müssen Anrufe von Familienmitgliedern sein.«

»Mit etwas Glück ist einer von Fergus Rice darunter.« Harry drückte die Rückspultaste. »Ich habe gesagt, daß er meine Privatnummer wählen soll.«

Der erste Anruf kam von Josh. Er klang aufgeregt.

»Harry? Hier ist Josh. Ich dachte, du würdest gern erfahren, daß Großvater heute morgen aus dem Krankenhaus

entlassen wurde. Er geht auf Krücken, aber er schwört, daß er morgen abend an den Boxen stehen wird.«

Die zweite Nachricht war von Danielle.

»Harry, hier ist deine Tante. Wie ich erfahren habe, wirst du Brandon eine Liste von Risikokapitalgebern zusammenstellen. Er sagt, daß er entschlossen sei, die Finanzierung außerhalb der Familie zu regeln. Ich glaube nicht, daß dieser Plan sehr klug von ihm ist. Bitte rufe mich an. Ich möchte mit dir darüber sprechen.«

»Ich wußte, daß Tante Danielle so reagieren wird, wenn ihr Küken das Nest zu verlassen versucht«, sagte Harry.

Molly sah ihn an. »Was wirst du tun?«

Harry kritzelte Danielles Namen auf ein Blatt Papier. »Mit ihr reden. Sie davon überzeugen, daß sie Brandon lieber in Ruhe lassen sollte.« Harry wartete auf die nächste Ansage und hoffte, daß es Fergus Rice mit neuen Informationen war. Er war es.

»Harry, hier ist Rice. Rufen Sie mich an, sobald Sie zurück sind. Ich habe einige Nachrichten, die Sie sicher sehr interessieren werden.«

Harry griff nach dem Hörer und tippte die Nummer ein. Fergus antwortete beim ersten Klingeln.

»Hier ist Harry. Was haben Sie herausgefunden?«

»Die gute Nachricht ist, daß ich sofort Glück hatte, dank Ihrer Vermutung. Ich habe bei mehreren wohltätigen Organisationen nachgeforscht, die so ähnlich wie die Abberwick-Stiftung arbeiten. Stiftungen, die Geld für wissenschaftliche und technische Entwicklungen geben.«

»Was haben Sie herausgefunden?«

»Es sieht so aus, als wäre Cutter Latteridge ein Pseudonym für einen Betrüger namens Clarence Laxton. Er ist in den letzten fünf Jahren unter einem halben Dutzend verschiedener Namen aufgetreten und hat sich darauf spezialisiert, bei solchen Stiftungen abzusahnen. Nach allem, was ich sagen kann, war er ziemlich erfolgreich, aber vor einem Jahr wurde er von Detektiven entlarvt.«

»Wurde er verurteilt?«

»Nein. Er ist den Behörden wenige Stunden vor ihrem Eingreifen entwischt. Als die Polizei in sein Büro kam, war es leer. Es gab keine Spuren. Alle Beweise waren sorgfältig vernichtet worden. Es wird Sie interessieren, daß er offenbar bis jetzt nie physische Gewalt angewendet hat.«

»Ich glaube, Gewalt ist neu für ihn«, sagte Harry. »Sein ursprüngliches Ziel war vielleicht, sich eine Vertrauensstellung zu verschaffen.«

»Mit anderen Worten, er hätte Molly am Ende seine Dienste als Berater angeboten?«

»Genau. Er könnte darauf hingearbeitet haben, sie zu überreden, ihm die Tagesgeschäfte der Stiftung zu überlassen. Schließlich sollte er bald zur Familie gehören, und er besitzt genug Ingenieurkenntnisse.«

»Er dachte wahrscheinlich, daß er die Einkünfte abschöpfen und dann verschwinden könnte«, stimmte Fergus zu. »Aber als Molly Sie engagierte, geriet er in Panik und erdachte einen neuen Plan. Und dieser Plan beinhaltete, Molly ganz loszuwerden.«

»Er benutzte Wharton Kendall, einen abgelehnten Erfinder, als Strohmann.«

»Das ergibt Sinn«, stimmte Fergus zu. »Er hat seine Betrugsmanöver immer gut eingefädelt. Er wußte sicher, wer Sie sind und daß Sie eine potentielle Gefahr für ihn darstellen.«

»Und was ist die schlechte Nachricht?« fragte Harry.

»Ich bin nicht sicher, ob sie gut oder schlecht ist. Das hängt von Ihrer Sichtweise ab«, sagte Fergus. »Es sieht so aus, als hätte Latteridge heute nachmittag das Land verlassen.«

Harry spürte, wie er innerlich erstarrte. »Sind Sie sicher?«

»So sicher, wie ich den Umständen nach sein kann. Ein Mann, auf den Latteridges Beschreibung paßt, hat den Flug nach London um 14 Uhr 30 genommen. Er hatte einen Paß, Gepäck – alles.«

»Der Paß war auf Latteridges Namen ausgestellt?«

»So sagen meine Quellen. Ich habe mit Freunden bei der Polizei gesprochen. Das Problem ist, daß wir nicht einmal einen Beweis für seine Betrugsabsicht besitzen, und erst recht nicht für Mord oder versuchten Mord.«

Harry legte die Hand über die Muschel und informierte Molly. »Latteridge ist heute nach Übersee geflogen.«

Mollys Augen weiteten sich. »Er ist weg?«

»Schein so.« Harry hörte Fergus am anderen Ende der Leitung etwas sagen. »Was meinten Sie?«

»Ich sagte, es sieht so aus, als wäre die Sache nun endgültig vorbei, Harry.«

»Das haben Sie auch gesagt, nachdem Wharton Kendall die Felsen heruntergestürzt ist.«

»Diesmal scheine ich richtig zu liegen«, sagte Fergus. »Sie kennen doch diese Typen. Wenn ein Betrug auffliegt, verschwinden sie spurlos.«

»Stimmt.«

Molly runzelte die Stirn. »Ich frage mich, ob Tante Venicia weiß, daß er weg ist. Ich rufe sie besser gleich an.«

Harry schüttelte den Kopf. »Wir werden persönlich mit ihr sprechen. Nachrichten dieser Art übermittelt man besser nicht am Telefon.«

Molly seufzte. »Du hast recht.«

»Harry?« Fergus klang verwirrt. »Sind Sie noch dran?«

»Ich bin da. Ich frage mich, wie Latteridge Verdacht schöpfen konnte, daß ihm jemand auf den Fersen war.«

»Das weiß ich nicht«, sagte Fergus. »Vielleicht hat ihn Ihr plötzlicher Flug nach Oregon aufgeschreckt. Er hat sicher jeden Ihrer Schritte genau beobachtet. Und es ist seine Gewohnheit, rechtzeitig von der Bildfläche zu verschwinden, um den Behörden zu entkommen.«

»Ein guter Betrüger weiß, wann er untertauchen muß.«

»Genau«, sagte Fergus. »Wollen Sie noch mehr Einzelheiten?«

Harry nahm einen Stift. »Sagen Sie mir alles, was Sie herausgefunden haben.«

Venicia die schlechte Nachricht zu überbringen war eine der schwersten Aufgaben, die Molly jemals hinter sich hatte bringen müssen. Sie war dankbar, daß Harry ihr durch seine Gegenwart den Rücken stärkte. Er stand neben ihr in Venicias neu dekoriertem, malvengrünem Wohnzimmer, während Molly offenbarte, daß Cutter Latteridge nicht zurückkehren werde.

Venicias anfänglicher, ungläubiger Zorn brach langsam in sich zusammen und machte verblüffter Erstarrung Platz. Dann brach sie in Tränen aus. Auch Molly weinte. Als ihre Stimme zu erstickt klang, um weiterzusprechen, half Harry ruhig und sanft mit den Einzelheiten aus.

»Aber er war ein wohlhabender Mann«, rief Venicia, während sie die Augen mit einem Papiertuch abtupfte. »Das Haus auf Mercer Island ...«

»Er hat sich das Haus mit einem raffinierten Trick angeeignet«, erklärte Harry. »Die Banken und Immobilienmakler bemühen sich noch, die Sache aufzuklären. Aber es sieht ganz danach aus, als hätte er einen betrügerischen Kredit bei einer Bank im Osten aufgenommen, um damit den Makler und die Treuhändergesellschaft zu täuschen.«

»Und die Jacht?«

»Die gleiche Geschichte«, sagte Harry. »Der Jachtmakler schlägt sich noch mit dem Schlamassel herum.«

»Ich weiß nicht, was ich sagen soll.« Venicia schniefte traurig. »Er ist ein so netter Mann.«

»Seine guten Manieren und die charmante Art sind sein Kapital«, sagte Harry.

Venicia sah Molly mit jammervollem Blick an. »Ich war wohl wirklich eine dumme alte Närrin, oder?«

»Beides völlig falsch.« Molly umarmte ihre Tante fest. »Du bist nicht alt und ganz bestimmt nicht dumm. Cutter oder Clarence, oder wie er sonst heißen mag, hat uns alle hereingelegt, Tante Venicia.«

»Er hat auch eine Menge anderer Leute betrogen«, fügte Harry hinzu. »Auf diesem Gebiet ist er Experte.«

»Ein Experte darin, andere Menschen zu verletzen.« Venicia wurde steif. »Was ist, wenn er wiederkommt? Du sagtest, er sei gefährlich.«

Molly sah zu Harry.

»Es ist nicht sehr wahrscheinlich, daß er in nächster Zeit nach Seattle zurückkehrt, wenn überhaupt«, sagte Harry. »Im Herzen ist er ein Betrüger, kein Mörder. Sein Gebiet ist die Täuschung. Er braucht Anonymität, um seinen Geschäften nachzugehen. Sein Hauptziel wird jetzt sein, die Identität als Cutter Latteridge zu begraben, so daß er einen neuen Betrug einfädeln kann, möglichst weit von hier entfernt.«

Venicia sank in die weichen Polster ihres Designersessels. »Nun weiß ich, warum er mich bedrängte, das Datum der Hochzeit vorzuverlegen. Er sagte, er könne es nicht mehr erwarten, endlich mit mir verheiratet zu sein.«

»Mein Anwesenheit machte ihn wohl nervös«, vermutete Harry. »Wahrscheinlich spürte er, daß sein Betrug jeden Augenblick hätte auffliegen können.«

»Ich habe noch einen letzten Anprobetermin für mein Hochzeitskleid«, flüsterte Venicia. »Es ist so ein wunderschönes Kleid. Und es kostet ein Vermögen.« Sie griff nach einem frischen Papiertaschentuch. Dann unterbrach sie sich und sah Molly an. »Da kommt mir ein Gedanke.«

»Welcher?« fragte Molly.

Venicia lächelte mit der natürlichen Unverwüstlichkeit einer Frau, die dreißig Jahre mit einem Erfinder verheiratet gewesen war. »Wir bitten das Geschäft, das Kleid für dich zuzuschneiden, meine Liebe.«

Zehn Tage später war Molly eben dabei, eine kleine Menge Safran abzumessen, als die Ladenklingel schellte. Sie sah zur Tür und bemerkte eine junge Frau mit einem nägelbeschlagenen Ledergürtel, schwarzer Weste und Jeans, die zögernd im Eingang stehenblieb. Die Frau hatte kurzes, abstehendes Haar, das tintenschwarz gefärbt war. Auf ihren bloßen Armen waren verschiedene Tätowierungen zu sehen. Sie trug eine kleine, runde Brille auf der Nase.

»Sind Sie Molly Abberwick?«

»Ja, die bin ich.« Molly lächelte. »Kann ich Ihnen helfen?«

»Mein Name ist Heloise Stickley.« Heloise bemerkte Tessa, die eben mit einem Sack grüner Pfefferkörner aus dem Lagerraum zurückkehrte. »Hallo, Tessa.«

»Heloise, da bist du ja.« Mit bestimmtem Blick sah Tessa zu Molly. »Molly, das ist meine Freundin, die Erfinderin. Du weißt, die bei Ruby Sweat Baßgitarre spielt.«

Molly spürte, wie ihr Magen tiefer sackte. »Die sich bei der Abberwick-Stiftung für einen Zuschuß bewerben will?«

»Genau.« Tessa strahlte Heloise an. »Hast du deine Skizzen und Notizen mitgebracht?«

Heloise nickte. Sie warf einen weiteren nervösen Blick auf Molly. »Ich verspreche Ihnen, daß ich Ihre Zeit nur kurz beanspruchen werde, Miss Abberwick.«

»Es geht um ein Gerät, das paranormale Gehirnwellen messen soll, nicht wahr?« sagte Molly langsam.

Heloise trat eifrig vor. »Ich bin da einer Sache auf der Spur, Miss Abberwick, und ich wäre Ihnen ehrlich dankbar, wenn Sie mir einige Minuten gewähren würden, damit ich Ihnen meine Theorie erklären kann. Niemand sonst will mir zuhören.«

Molly seufzte. »Kommen Sie mit.«

Sie ging in ihr Büro voran. Heloise folgte. Vor Begeisterung und Nervosität glühte ihr Gesicht.

Um drei Uhr am folgenden Nachmittag dämmerte es Harry, daß etwas in seiner Umgebung nicht auf normale Weise funktionierte. Langsam tauchte er aus einem hohen Stapel Notizen auf, die er für seinen Aufsatz zu François Aragos Arbeit über Licht und Optik zusammentrug. Er brauchte einen Augenblick, um zu erfassen, was ihn störte.

Dann begriff er. Den ganzen Tag über hatte sein privates Telefon noch nicht geläutet.

Weil er sich auf den Aufsatz über Arago konzentrieren wollte, hatte er den Anrufbeantworter seines Geschäftstelefons eingeschaltet, um die Nachrichten zu sammeln. Die Klingel war abgestellt, damit er nicht von den eintreffenden Anrufen gestört wurde. Den Privatanschluß hatte er eingeschaltet gelassen. Jeder in der Familie wußte, daß er zu sprechen war, wenn er sich in seiner Wohnung aufhielt. Doch an diesem Tag war noch kein einziger privater Anruf gekommen. Eine ungewöhnliche Wendung der Ereignisse. Harry konnte sich nicht erinnern, wann zum letztenmal ein voller Tag vergangen war, ohne daß jemand aus seiner weitläufigen Verwandtschaft etwas von ihm gewollt hatte.

Nicht, daß die Wogen sich geglättet hätten. Bei den Strattons sorgte Danielle sich noch immer um Brandons Entscheidung, sein Projekt durch Risikokapital zu finanzieren. Parker kochte wegen Brandons Absichten und verlangte, bei der Entscheidungsfindung beteiligt zu sein. Brandon dagegen versuchte, sich seinen Großvater vom Leib zu halten. Gilford war verärgert, denn er warf Harry vor, Parker aufzuregen. Olivia ließ düstere Hinweise fallen, daß Harry und Molly eine Partnerschaftsberatung aufsuchen sollten, bevor sie heirateten. Gestern hatte sie angerufen und ihm die Namen von zwei Psychologen genannt.

Auf der Trevelyan-Seite hatte Evangeline ihren Feldzug begonnen, um Harry zu überreden, ihr bei der Finanzierung einer neuen Abenteuerbahn zu helfen. Josh hatte in regelmäßigen Abständen angerufen und von Leons Fortschritten berichtet, Raleigh hatte durchblicken lassen, daß er wieder knapp bei Kasse sei und das Baby jeden Augenblick kommen müsse.

Der Privatanschluß hätte auch an diesem Tag einige Male läuten müssen. Das stand außer Zweifel, dachte Harry. Er lehnte sich in seinem Schreibtischsessel zurück, spielte mit den Fingern auf der Arbeitsplatte und betrachtete das seltsam stumme Telefon. Sein Blick fiel auf das Telefonkabel, das unauffällig an der Tischseite entlangführte. Sein Blick folgte ihm, bis es hinter einem Lesesessel verschwand. Harry erhob sich und ging zum Sessel. Er sah dahinter und bemerkte, daß der Telefonstecker am Boden lag. Jemand hatte die Verbindung unterbrochen. Er war sicher, daß er den Stecker nicht zufällig herausgezogen hatte. Auch Ginny hätte beim Reinigen der Fußböden nie eine solche Nachlässigkeit begangen.

Um die verschiedenen Möglichkeiten durchzugehen, brauchte er nicht lange.

Harry stöpselte den Stecker wieder ein. Dann ging er zum Schreibtisch zurück, hob den Hörer und wählte die Geschäftsnummer. Er wartete darauf, daß der Anrufbeantworter seine Ansage abspielte. Als er Mollys Stimme statt seiner hörte, war er nicht sonderlich überrascht.

»Sie sind mit dem Büro von Dr. Harry Stratton Trevelyan verbunden. Wenn Sie in einer geschäftlichen Angelegenheit anrufen, bleiben Sie bitte am Apparat und hinterlassen Sie nach dem Signalton eine Nachricht. Sollten Sie ein Mitglied der Familien Stratton oder Trevelyan sein, rufen Sie hier an, weil Sie bei der Privatnummer keinen Anschluß bekommen. Bitte wählen Sie die folgende Nummer. Dort erhalten Sie äußerst dringende und wichtige Informationen, die einen direkten Einfluß auf Ihr Leben haben werden.«

Harry erkannte die Telefonnummer, die Molly am Ende der Nachricht durchgab, sofort. Es war die Nummer der Abberwick Tea & Spice Company. Molly hatte einen Weg gefunden, die Anrufe seiner Familien in ihren Laden umzuleiten. Eine Weile blieb er reglos mit dem Telefon in der Hand stehen und fragte sich, was zum Teufel vorging. Mit Sicherheit würde das Leben mit der Tochter eines Erfinders nicht langweilig sein.

Das Telefon auf dem Schreibtisch in Mollys Büro schrillte laut. Sie ignorierte das drängende Geräusch, um zuerst eine Kundin zu bedienen. Es war eine Schriftstellerin, die in der Nähe von Seattle lebte und regelmäßig vorbeikam, um große Mengen einer Teemischung zu kaufen, die Molly speziell für sie zusammenstellte.

»Danke, Ann.« Molly reichte ihr das Teepaket. »Bis nächsten Monat.«

Ann lächelte. »Garantiert. Ich kann schließlich nicht ohne meine Kanne Tee vor dem Computer sitzen.«

Tessa sah durch die Bürotür herein. »Telefon für dich, Molly.«

»Danke, Tessa.«

Molly eilte ins Büro und nahm den Hörer von Tessa entgegen. »Molly Abberwick. Was kann ich für Sie tun?«

Am anderen Ende der Leitung folgte eine kurze, lastende Stille.

»Molly?« Olivias Stimme vibrierte vor Empörung. »Was erlauben Sie sich eigentlich? Wo ist Harry?«

»Harry ist im Augenblick beschäftigt.«

»Holen Sie ihn ans Telefon. Ich möchte mit ihm sprechen. Es handelt sich um eine Familienangelegenheit.«

»Tut mir leid. Harry ist nicht greifbar.«

Molly setzte sich auf die Tischkante und ließ lässig ein Bein baumeln. Dies war der vierte Familienanruf, den sie erhielt, seit sie Harrys privaten Anschluß unterbrochen und ihre Ansage auf seinen geschäftlichen Anrufbeantworter gesprochen hatte. Sie hatte gewußt, daß er das Geschäftstelefon während der Arbeit abschalten würde. Aber die Nummer für seine Familie blieb immer in Betrieb. Deshalb hatte sie den Stecker herausgezogen. Nun waren alle Strattons und Trevelyans, die zu Harry durchkommen wollten, gezwungen, seinen Geschäftsanschluß zu benutzen. Dort hörten sie Mollys Nachricht und riefen dann bei ihr an. Die Strattons und Trevelyans reagierten prompt. Bis jetzt hatte sie es mit Brandon, Evangeline und Danielle zu tun gehabt.

»Das ist lächerlich«, schnappte Olivia. »Was geht hier vor?«

»Ich sage Ihnen exakt das gleiche, was auch die anderen Anrufer erfahren haben. Ich gebe den Strattons und Trevelyans einen kleinen Vorgeschmack auf die Macht, über die ich verfügen werde, sobald Harry und ich verheiratet sind.«

»*Macht?*«

»Genau.« Molly lächelte ins Telefon. »Als seine Frau befinde ich mich in der einzigartigen Position, den Zugang zu Harry zu beschränken.«

»Soll das ein dummer Scherz sein?«

»Ich versichere Ihnen, daß es mir sehr, sehr ernst ist«, antwortete Molly. »Heute erschwere ich es den Familienmitgliedern nur, Harry telefonisch zu erreichen. Aber wenn meine Forderungen nicht erfüllt werden, sind schlimmere Sanktionen zu erwarten. Ich kann und werde den Zugang zu Harry mehr oder weniger unmöglich machen.«

»Sie sind wohl verrückt?«

»Welch eine seltsame Frage von jemandem, der sich auf diesem Gebiet auskennt. Nein, verrückt bin ich nicht, aber entschlossen, meine Ziele zu erreichen. Seien Sie gewarnt. Wenn die Strattons oder Trevelyans meinen Forderungen nicht entsprechen, werde ich Wege finden, beiden Seiten der Familie den Zugang zu Harry extrem zu erschweren.«

»Ich verstehe das nicht.« Olivia war sprachlos. »Das ergibt überhaupt keinen Sinn.«

»Morgen mittag werde ich den Strattons und Trevelyans meine Forderungen eröffnen. Dann werden Sie verstehen, das garantiere ich Ihnen.«

»Harry wird davon erfahren«, drohte Olivia.

»Nicht, wenn Sie und die anderen weiter einen einigermaßen freien Zugang zu ihm behalten wollen«, warnte Molly mit süßer Stimme. »Wie ich bereits sagte, werde ich meine Forderungen morgen vortragen. Punkt zwölf Uhr in dem vegetarischen Restaurant, gleich bei meinem Laden. Seien Sie dort, oder tragen Sie die Konsequenzen.«

Molly legte auf, bevor Olivia ihr empfehlen konnte, professionelle psychiatrische Hilfe in Anspruch zu nehmen.

20

Zuerst trafen die Strattons ein.

Im Nebenraum des neueröffneten vegetarischen Restaurants war ein großer Tisch gedeckt. Molly stand am Kopfende und beobachtete den Eintritt der Abordnung, die Danielle mit mißbilligendem Blick anführte.

»Das ist wirklich empörend«, ereiferte sie sich.

»Guten Tag, Mrs. Hughes.« Molly neigte den Kopf. »Ich freue mich, daß Sie kommen konnten.«

»Ihr Verhalten am Telefon war unerträglich, Miß Abberwick«, teilte Danielle ihr mit. »Für mein Verständnis haben Sie eine Drohung ausgesprochen.«

»Sie haben recht«, sagte Molly. »So war es gemeint.«

Molly nahm an, daß es sich bei den beiden Männern, die nach Danielle eintraten, um Parker und dessen Sohn Gilford handelte. Aufgrund ihres Alters und ihrer unverkennbaren Züge waren sie leicht als Strattons zu erkennen. Von beiden Männern ging kalter Zorn aus. Olivia und Brandon bildeten den Schluß. In ihren Gesichtern lag Vorsicht.

»Guten Tag«, begrüßte Molly die Gruppe und wies auf die Stühle an der linken Tischseite. »Bitte nehmen Sie Platz.«

Die silbrigen Brauen über Parkers Patriziernase schoben sich zu einer geraden Linie zusammen. »Wer Sie sind, wissen wir. *Ich* bin Parker Stratton.«

»Ja.« Molly lächelte. »Wir haben heute morgen miteinander telefoniert. Wenn ich mich recht erinnere, wollten Sie wissen, was zum Teufel ich vorhabe.«

»Jetzt hören Sie mir einmal zu, junge Frau«, fuhr Parker sie an. »Ich habe Besseres zu tun, als meine Zeit mit dummen Spielchen zu vergeuden. Ich weiß nicht, was das hier soll, aber wenn es um Geld geht, dann können Sie verdammt ...«

»Um Geld geht es nicht, Großvater«, unterbrach Brandon ihn ruhig und warf Molly einen nachdenklichen Blick zu. »Was immer sie will, Geld jedenfalls nicht. Davon besitzt Miß Abberwick selbst genug.«

Olivia trat zu einem der Stühle auf der linken Tischseite. »Ich werde euch sagen, warum es sich hier handelt. Es geht um Macht und Kontrolle. Habe ich recht, Molly? Sie glauben, Sie könnten Ihre Position als Harrys Verlobte dazu benutzen, uns zu beherrschen.«

Molly umgriff die Stuhllehne. Das Lächeln in ihrem Gesicht blieb entschieden. »Setzen Sie sich, Olivia. Später können sie mich nach Herzenslust analysieren. Aber schicken Sie mir bitte keine Rechnung.«

»Niemand beherrscht einen Stratton«, sagte Gilford gleichmütig. »Ich bin ein vielbeschäftigter Mann, Miß Abberwick. Sie haben mir zu verstehen gegeben, daß es sich um eine Art Familienkrise handelt. Nur deshalb bin ich hier. Ich gebe Ihnen genau fünf Minuten, um mich davon zu überzeugen.«

Molly sah ihn an. »Nehmen Sie Platz, Mr. Stratton. Ich werde alles erklären.« Sie blickte zur Tür, denn soeben traf die zweite Gruppe ein.

Danielle wollte etwas sagen. Als ihr Blick auf die Neuankömmlinge fiel, die im Eingang stehenblieben, schloß sie abrupt den Mund. Ungläubig starrte sie in Richtung der Trevelyans. »Mein Gott! Wie können sie es wagen, hier einzudringen?«

»Was zum Teufel ...« Parker fuhr herum, um zu sehen, was Danielle verstört hatte. Vor Zorn weiteten sich seine Augen. »Allmächtiger. Was machen *die* denn hier?«

Molly sah auf die Trevelyans. Sie konnte zufrieden sein, stellte sie sofort fest. Josh war kein Problem gewesen, er hatte sein Kommen ohne Zögern zugesagt. Aber Molly war im stillen erleichtert, Leon zu sehen, der noch auf Krücken ging. Raleigh und Evangeline begleiteten ihn.

Mit der gleichen imposanten Wirkung wie in ihrem farbenfrohen Wahrsagergewand durchschritt Evangeline im eleganten Kostüm den mit Strattons gefüllten Raum. Dann wandte sie sich mit finsterem Blick an Molly.

»Sie haben nichts davon gesagt, daß *sie* auch da sein würden.«

»Es gibt vieles, was ich Ihnen noch nicht erklären konnte, Evangeline.« Molly wies auf die Stühle an der rechten Tischseite. »Aber bald werden Sie alles erfahren. Bitte setzen Sie sich.«

Parker sah aus, als würde er jeden Augenblick explodieren. Er wandte sich zur Tür. »Ich wäre verdammt, wenn ich mich mit einem Haufen diebischer Trevelyans an einen Tisch setzte.«

Leon verzog zornerfüllt das Gesicht. Er hob eine Krücke, warf sie zu Boden und versperrte Parker den Weg. »Sie gehen nirgendwo hin, Sie alter Dreckskerl. Wenn wir diebischen Trevelyans diese Sache durchstehen müssen, dann können die hochmütigen, spießigen Strattons das ebenfalls.«

»Spießig?« Mit zusammengeschobenen Brauen sah Parker Leon an. »Sagen Sie das noch einmal, Sie alter Hurenbock.«

»Genug jetzt.« Molly schlug mit dem Löffel gegen ihr Glas. »Sie werden sich sofort hinsetzen. Mir ist ziemlich gleichgültig, ob Sie an dem anschließenden Essen teilnehmen, zu dem ich Sie einlade, aber Sie werden jetzt Platz nehmen und mir zuhören. Wenn nicht, wird niemand von Ihnen jemals wieder freien Zugang zu Harry erhalten.«

Die versammelten Strattons und Trevelyans wandten ihr, für einen Augenblick im Zorn vereint, den Blick zu.

»Mir ist nicht klar, womit Sie uns in der Hand zu halten glauben«, sagte Danielle. »Harry ist ein Stratton. Ein Blutsverwandter. Sie können uns nicht daran hindern, mit ihm Kontakt aufzunehmen, wann immer wir wollen.«

»O doch, das kann ich«, entgegnete Molly. »Das habe ich bereits gestern bewiesen, als ich seinen Privatanschluß unterbrochen habe. Mir stehen endlos viele Möglichkeiten zur

Verfügung, Sie von Harry abzuschneiden. Und nun setzen Sie sich. Alle.«

Zögernd und grollend gehorchten die beiden Familien Mollys Aufforderung. Während sie Platz nahmen, vermieden sie jeden Augenkontakt mit der gegenübersitzenden Gruppe.

Molly blieb als einzige stehen. Sie sah in die aufgebrachten Gesichter, die sich ihr nun entgegenwandten. Nur in Joshs Zügen stand eine Andeutung amüsierter Vorfreude. Molly holte tief Luft. »Ich danke Ihnen.«

»Legen Sie schon los«, murmelte Leon.

»Nun gut.« Molly verstärkte den Griff um die Stuhllehne. »Ich komme gleich zur Sache. Ich habe zwei Bitten an Sie. Wenn beide erfüllt werden, erlaube ich Ihnen, den Kontakt zu Harry wiederaufzunehmen. Wobei ich nicht ausschließen kann, daß ich den Zugang nicht gelegentlich einmal beschränke, wenn ich den Eindruck gewinne, daß Sie Harry überstrapazieren. Aber es wird nicht unmöglich sein, ihn zu erreichen, wie in den letzten vierundzwanzig Stunden.«

Parker blickte sie finster an. »Wie kommen Sie auf die Idee, es könnte so verdammt wichtig für uns sein, mit Harry zu sprechen?«

»Die Tatsache, daß Sie alle hier erschienen sind, beantwortet diese Frage.« Molly ließ den Stuhl los und umschritt den langen Tisch gemächlich. »Harry ist für beide Seiten wichtig, für die Strattons und die Trevelyans. Sogar lebenswichtig. Sie alle haben Wege gefunden, wie er Ihnen nützen kann, nicht wahr?«

Olivia sah Molly mißtrauisch an. »Was soll das heißen?«

Molly verschränkte die Hände hinter dem Rücken. »Lassen Sie uns zurückblicken auf die lange vergessenen Tage, als Harry nach Seattle kam. Vor ungefähr sieben Jahren, wenn ich richtigliege. Im Jahr davor hatte er seine Eltern verloren. Er hatte keine Geschwister, war nicht verheiratet, stand, um es deutlich zu sagen, völlig allein. Er kam hierher, weil er auf der Suche nach seinen Blutsverwandten war.«

»Falsch«, sagte Gilford. »Er kam nach Seattle, weil er an der University of Washington ein Forschungsstipendium in Wissenschaftsgeschichte erhalten hatte.«

Molly sah ihn an. »Das Stipendium, das Harry erhalten hatte, schrieb nicht vor, wo er seine Forschungen durchzuführen hatte. Er konnte zwischen mehreren angesehenen Universitäten wählen. Aber er kam nach Seattle, weil hier seine Wurzeln sind. Die Strattons leben seit drei Generationen in der Stadt, und die Trevelyans haben Washington seit Jahren zu ihrem festen Standort gemacht.«

Olivia trommelte mit ihren lackierten Fingern nervös auf den Tisch. »Harry hat mir einmal erzählt, daß er nach seinem Stipendium hiergeblieben ist, weil ihm Seattle gefällt. Er habe sich gute wissenschaftliche Kontakte zu anderen Hochschulen in der Region aufgebaut.«

»Das hätte er überall sonst auch tun können.« Molly schüttelte den Kopf. »Nein, er blieb hier, weil er nach Beendigung seines Stipendiums einen Platz bei den Strattons und Trevelyans gefunden hatte.«

»Er hat verdammt klargemacht, daß er nichts mit dem Erbe der Strattons zu tun haben wollte«, meldete sich Parker beleidigt.

»Das stimmt nicht«, entgegnete Molly ruhig. »Nur das *Geld* der Strattons wollte er nicht.«

»Das ist dasselbe«, grollte Parker.

»Nein, Mr. Stratton. Zumindest nicht für Harry.« Molly trat um das Tischende und begann an der Stratton-Seite entlangzugehen.

Gilford runzelte die Stirn. »Als Harry uns mitteilte, daß er nicht in die Firma eintreten wolle, hat er damit auch deutlich gemacht, daß er sich mehr als Trevelyan fühlt.«

»Er *ist* mehr ein Trevelyan als ein Stratton«, verkündete Evangeline triumphierend.

»Verdammt richtig«, fügte Raleigh hinzu. »Er hat die Reflexe. Und Oma Gwen sagte immer, er besitze auch das Zweite Gesicht.«

Olivia verzog den Mund. »Um Gottes willen, könnten wir diese Diskussion bitte auf die Realität beschränken? Harry besitzt keine paranormalen Fähigkeiten, sondern leidet an einer ernsten psychischen Störung.«

Evangeline ließ sich dazu herab, sie mit eisigem Blick zu fixieren. »Diese Dinge existieren, auch wenn Sie nicht daran glauben.«

»Ich glaube ganz sicher nicht an übersinnlichen Humbug«, schoß Olivia zurück. »Kein vernünftiger, gebildeter Mensch glaubt daran. Harry eingeschlossen.«

»Jetzt hören Sie mal ...«, begann Leon.

»Das ist genug zu diesem Thema«, entschied Molly. »Ob Harry übersinnliche Fähigkeiten besitzt oder nicht, hat nichts mit dieser Unterhaltung zu tun. Er ist in Seattle, weil er mit den Verwandten beider Seiten, den Strattons und den Trevelyans, Kontakt haben will. Er will das, wonach sich seine Eltern sehnten und was sie nie bekamen – ein Ende der Familienfehde.«

Leon warf Parker einen vernichtenden Blick zu. »Die Strattons haben damit angefangen.«

Parker antwortete mit einem unterdrückten Aufschrei. »Passen Sie auf, Sie elender, nichtsnutziger, durchtriebener Lump ...«

Molly blieb stehen und schlug mit einer Gabel gegen Joshs Wasserglas. »Ich bin noch nicht fertig.« Erneut wandten ihr Strattons und Trevelyans die verärgerten Gesichter zu. »Danke«, sagte Molly. »Auf der Suche nach einem Platz im Schoß der Familie war Harry bereit, Ihnen allen nützlich zu sein.«

Danielle setzte sich steif aufrecht. »Wollen Sie damit andeuten, daß wir Harry benutzen?«

Molly bedachte sie mit einem zustimmenden Lächeln. »Ja, Mrs. Hughes. Genau das meine ich.«

Danielle starrte sie an. Dann wurde sie rot. »Das ist eine unverschämte Unterstellung, Miß Abberwick. Ich verwahre mich entschieden dagegen!«

Evangeline war gleichfalls empört. »Was soll dieses Gerede, daß wir Harry ausnutzen?«

»Sie alle tun das«, sagte Molly ruhig.

»Er ist ein Trevelyan«, stotterte Evangeline. »Er hat gewisse Pflichten der Familie gegenüber.«

Gilford warf Evangeline einen bösen Blick über den Tisch zu. »Seine Mutter war meine Schwester, vergessen Sie das nicht. Das macht ihn zu einem Stratton. Wenn er Pflichten hat, dann uns gegenüber, nicht diesen Trevelyans.«

Leon stand auf und brüllte los. »Sie lausiger, kleiner Wicht! Harry schuldet Ihnen überhaupt nichts!«

»Setzen Sie sich, Leon.« Molly schwieg, um die Aufmerksamkeit aller zurückzugewinnen. »Und jetzt hören Sie mir zu. Ich habe lange genug bei Harry gewohnt, um mitzubekommen, welche Anrufe über seinen Privatanschluß eintreffen. Zwei- oder dreimal täglich.«

»Und?« fragte Gilford herausfordernd.

»Er hat mir von einigen Ihrer Forderungen erzählt, und ich weiß, daß Sie ihm alle etwas vorjammern und über Ihre vielfältigen Probleme klagen.«

Bei diesem Vorwurf machte Gilford ein empörtes Gesicht. »Vorjammern?«

»Ja, vorjammern«, wiederholte Molly. »Sie alle haben etwas gemeinsam, wenn Sie sich an Harry wenden.«

Ein Raunen erfüllte den Raum.

Olivia spielte mit einem Löffel. »Ich nehme an, Sie werden uns sagen, worum es sich handelt.«

»Ja«, antwortete Molly. »In einem sind sich die Strattons und Trevelyans einig. Wann immer Sie mit Harry sprechen, wollen Sie etwas von ihm.«

Auf diese einfache Feststellung folgte ein verblüfftes Schweigen. Die unnatürliche Stille wurde von einem entrüsteten Tumult beendet, der jede Unterhaltung unmöglich machte. Für mehrere Minuten hörte Molly nur das lärmende Durcheinander von Einwänden, Erklärungen und verteidigende Antworten.

Josh war der einzige, der weder aufsprang noch protestierend die Stimme erhob. Mit der gelassenen Grazie, die alle männlichen Trevelyans auszeichnete, räkelte er sich auf seinem Stuhl und warf Molly ein verhaltenes, wissendes Lächeln zu. Sie blinzelte zurück. Schließlich hob sie, da sie spürte, daß sich die anfängliche Aufregung gelegt hatte, die Hände, um die Aufmerksamkeit der anderen wiederzuerlangen.

»Ich bitte Sie, sich wieder zu setzen«, sagte sie laut. »Setzen Sie sich alle wieder hin, oder ich verlasse augenblicklich den Raum.« Es folgten noch einige ärgerliche Protestrufe, bevor die Strattons und Trevelyans zögernd zu ihren Stühlen zurückkehrten. »Also gut«, fuhr Molly ruhig fort. »Erlauben Sie mir, daß ich denjenigen, die meiner Interpretation nicht zustimmen, einige Beispiele für die vielfältigen Versuche nenne, Harry zu benutzen. Sollen wir bei den Trevelyans beginnen?«

»Warum nicht?« schäumte Parker. »Diese nichtsnutzigen Betrüger und Jahrmarktsgaukler würden sogar ihre eigene Großmutter verkaufen.«

Leon wollte aufspringen. »Sie verdammter ...«

»Bleiben Sie sitzen, Leon«, sagte Molly schnell. »Beginnen wir also mit den Trevelyans. Evangeline, zu wem sind Sie vor vier Jahren gegangen, als Sie Hilfe bei der Finanzierung des Kaufs der Smoke & Mirrors Amusement Company brauchten?«

Vor Überraschung spannten sich Evangelines Züge. »Das war eine geschäftliche Angelegenheit.«

»Ein Geschäft, das Sie ohne Harry nicht hätten abschließen können.« Molly hob den Finger. »Um fair zu sein, wenden wir uns nun der Stratton-Seite zu. Brandon, an wen haben Sie sich gewandt, als Sie Unterstützung beim Aufbau Ihres neuen Unternehmens wollten?«

Brandon fuhr zusammen. »Das ist etwas anderes. Ich brauchte nur die Namen einiger Risikokapitalgeber.«

»Namen, die Harry Ihnen genannt hat.« Molly hob einen weiteren Finger. »Zurück zu den Tevelyans. Leon, wer hat Ihnen den neuen Lastwagen gekauft?«

Leons dunkle Augen glitzerten vor Zorn. »Das ist eine Sache zwischen mir und Harry, verdammt.«

»Genau. Harry hat ihn für Sie gekauft.« Molly hob noch einen Finger und wandte sich wieder an die Tischseite der Strattons. »Gilford, zu wem gingen Sie, als Sie Hilfe brauchten, um Parker zu überzeugen, daß es eine gute Idee sei, mit Stratton Properties bei der kommerziellen Erschließung der Eastside einzusteigen?«

Gilford wirkte schockiert. »Wie haben Sie das herausgefunden? Das sind Insider-Informationen!«

»Harry sprach davon«, antwortete Molly trocken.

Danielle schnaubte vor Wut. »Ich werde mit Harry über die Wahrung von Familiengeheimnissen reden müssen.«

»Ich fürchte, das ist zu spät«, murmelte Molly. »Harry betrachtet mich als Familienmitglied, ob es Ihnen gefällt oder nicht. Ihnen bleibt nichts anderes übrig, als das ebenfalls zu tun.« Wieder folgte ein lastendes Schweigen. Die Strattons und Trevelyans starrten einander an und sahen dann mit dem gleichen Blick auf Molly. »Also weiter«, fuhr sie unbeirrt fort. »Da wir gerade über vertrauliche Dinge bei den Strattons sprechen ... Mrs. Hughes, wie sehr haben Sie sich in den vergangenen Jahren auf Harry verlassen?«

»Ich?« In Danielles Gesicht erschien tiefe Entrüstung. »Ich bin seine Tante. Ich besitze jedes Recht, bestimmte Probleme mit meinem Neffen zu besprechen.«

»Probleme, die er für Sie lösen soll«, sagte Molly. »Sie wissen sicher noch, daß Sie zu Harry gegangen sind, als Sie sich wegen Brandons Absicht Sorgen machten, eine eigene Firma zu gründen.«

»Es gibt keinen Grund, das jetzt anzusprechen.« Danielle warf einen schnellen, nervösen Blick zu Parker, ihrem Vater.

»Nun denn.« Molly wandte sich an Raleigh. »Vielleicht

sollten wir uns darüber unterhalten, wie nützlich Sie Harry finden, wenn Ihnen das Geld ausgeht?«

Raleigh verzog das Gesicht. »Ich verstehe, worauf Sie hinauswollen.«

»Ich glaube, das tun wir alle«, stellte Parker mit müder, resignierter Stimme fest. »Miß Abberwick, Sie scheinen zu glauben, daß Harry von beiden Seiten der Familie mißbraucht worden ist.«

»Die Sache ist etwas komplizierter«, sagte Molly vorsichtig. »Ich glaube, daß Harry sich mißbrauchen *ließ*, weil er tief in seinem Inneren eine Verbindung mit beiden Seiten der Familie wollte und dies der einzige Weg war, wie Sie ihm gestatteten, ein Teil Ihres Lebens zu sein.«

»Das ist nicht wahr«, protestierte Danielle. »Natürlich wollten wir, daß Harry seinen rechtmäßigen Platz in der Familie einnimmt.«

Molly wandte sich ihr zu. »Tatsächlich? So hat Harry das nicht verstanden. Sein ganzes Leben lang haben die Strattons und Trevelyans versucht, ihn in dem Krieg zwischen beiden Familien auf ihre jeweilige Seite zu zwingen.«

Olivia verzog das Gesicht. »Das ist sehr kraß ausgedrückt.«

Molly ignorierte sie. »Sie alle verlangten, daß er sich entweder zum Stratton oder zum Trevelyan erklärte. Als er sich weigerte, eine Seite seines Erbes zu verleugnen, versuchten Sie ihn dafür zu bestrafen.«

Parkers Augen verengten sich. »So sehen Sie die Situation, Miß Abberwick. Es gibt eine andere Seite an Harry, die Sie nicht zu kennen scheinen. Wenn er versucht, einen von uns zu zwingen, das zu tun, was er für richtig hält, zeigt er sich nicht gerade als netter Junge, der allen gefallen will.«

»Das können Sie laut sagen«, murmelte Leon. »Harry fährt die harte Tour mit uns, das ist eine Tatsache.«

Gilford warf Molly einen schmerzlichen Blick zu. »Mein Vater und Leon haben recht. Harry schreckt weder vor Erpressung oder Nötigung noch vor nackten Drohungen zurück, wenn er glaubt, es wäre nötig.«

Molly lächelte zufrieden. »Das bezweifle ich nicht. Diesen Zug hat er von beiden Seiten der Familie geerbt, fürchte ich.«

Evangeline war irritiert. »Was soll das heißen?«

»Es bedeutet«, sagte Molly kühl, »daß Harry auf dieselbe Art reagiert, wie Sie ihn herausfordern. Schließlich ist er zur einen Hälfte ein Stratton und zur anderen ein Trevelyan. Aber keiner von Ihnen versteht ihn wirklich.«

Olivia winkte angewidert und hochmütig ab. »Das ist albernes Zeug, Molly. Ich versichere Ihnen, daß ich Harry sehr gut verstehe.«

»Nein«, antwortete Molly schlicht. »Das tun Sie nicht. Das können Sie gar nicht.«

»Zufällig bin ich Psychologin«, erinnerte Olivia sie.

»Das ist Ihr Problem«, sagte Molly. »Ich meine es nicht beleidigend, Olivia, aber Sie sind eine Gefangene Ihres eigenen Berufsstandes. Ihre Ausbildung zwingt Sie, das Verhalten anderer Menschen aus einem bestimmten theoretischen Blickwinkel zu betrachten.«

»Dieser Blickwinkel basiert zufällig auf Jahren solider wissenschaftlicher Forschung und einem intensiven Studium«, entgegnete Olivia.

»Sie haben versucht, Harry mit konventionellen Techniken zu analysieren«, sagte Molly. »Aber bei ihm funktionieren sie nicht. Ich möchte dieses Thema jetzt nicht vertiefen, aber Sie können mir glauben, wenn ich sage, daß Harry anders ist.«

Olivia rümpfte damenhaft die Nase. »Diese lächerliche Behauptung zeigt nur, wie naiv und schlecht informiert Sie sind, Molly. Ihre Meinung ist nichts weiter als Wunschdenken.«

»Da wir gerade von Wunschdenken sprechen«, schaltete sich Brandon trocken ein. »Ich wünschte, du würdest endlich damit aufhören, über Harrys psychische Probleme zu sprechen, Olivia. Ich habe ihm mehr oder weniger versprochen, daß ich dich daran zu hindern versuche, ihn bei jeder sich bietenden Gelegenheit zu analysieren.«

Olivia wurde rot. »Wovon redest du?«

»Es regt ihn auf«, erklärte Brandon. »Und ich kann es ihm nicht verdenken. Weißt du was? Molly hat recht. Harry hat mir einen großen Gefallen getan. Ihm Ruhe vor dir zu verschaffen ist das mindeste, was ich als Gegenleistung für ihn tun kann. Man kann über Harry sagen, was man will, aber er ist klug. Wenn er professionellen Rat braucht, laß ihm die Freiheit, ihn außerhalb der Familie zu suchen. In Ordnung?« Olivia war sichtlich verblüfft. Sie wollte etwas sagen, verfiel dann aber in Schweigen. Brandon sah Molly an. »Ich glaube, wir verstehen alle, was Sie zu sagen versuchen. Ich jedenfalls stimme zu, daß es aus Ihrer Sicht wahrscheinlich so aussieht, als würden wir alle auf die eine oder andere Weise versuchen, Harry auszunutzen.«

»Und ihn zu zwingen, in einem Krieg Stellung zu beziehen, den er nicht begonnen hat«, schloß Molly.

»Da haben Sie recht«, murmelte Josh. »Ich habe mehrere Jahre bei ihm gelebt, wie ihr euch erinnern werdet. Ich weiß, wie es für ihn war. Jeder saß ihm dauernd im Nacken und hat versucht, ihn von der anderen Seite der Familie wegzuziehen. Molly hat recht. Wir haben uns immer gern auf ihn verlassen, wenn wir ihn brauchten.«

Danielle hob gebieterisch das Kinn. »Das weise ich entschieden zurück. Niemand hat Harry benutzt. Gelegentlich hat er gewisse Familienpflichten zu erfüllen. Um mehr handelt es sich nicht.«

»Was immer nun stimmt«, sagte Gilford, »Molly sieht die Situation offensichtlich anders. Und sie wird Harry heiraten, ob es uns nun gefällt oder nicht. Ich glaube, sie hat sich deutlich ausgedrückt. Niemand möchte an ihr vorbei müssen, um mit Harry zu sprechen. Als seine Frau wird sie genügend Gelegenheit haben, Macht auszuüben. Wenn sie beschließt, ihn vor dem Rest der Familie zu schützen, wird sie dies auch schaffen.«

Evangeline betrachtete Molly abschätzend. »Was wollen Sie von uns?«

»Wie ich Ihnen bereits sagte, habe ich zwei Forderungen«, erklärte Molly.

Joshs Mundwinkel bogen sich erwartungsvoll. »Und zwar?«

»Als erstes«, begann Molly, »möchte ich, daß anläßlich der bevorstehenden Hochzeit eine echte Junggesellenparty für Harry stattfindet. Eine, bei der alle körperlich tauglichen Männer aus beiden Familien teilnehmen. Ausreden akzeptiere ich nicht. Josh und Brandon organisieren die Party.«

Alle am Tisch starrten mit offenen Mündern vor sich hin. Josh und Brandon wechselten einen besorgten Blick.

»Zweitens«, fuhr Molly fort, »will ich, daß alle Mitglieder beider Familien als Gäste an der Hochzeit teilnehmen. Jeder, der nicht erscheint, hat in den nächsten fünfzig oder sechzig Jahren mit großen Schwierigkeiten zu rechnen, wenn er Harry erreichen will.«

»Großer Gott«, murmelte Parker.

Molly betrachtete die verblüfften Gesichter von Harrys Verwandten. »Habe ich mich verständlich ausgedrückt?«

Josh grinste. »Absolut.«

Sie sah ihn stirnrunzelnd an. »Noch etwas. Auf Harrys Junggesellenparty will ich keine aus Torten steigenden nackten Frauen, klar?«

»Ja, Madam«, sagte Josh. »Keine nackten Frauen. Ich habe verstanden.«

Molly blickte zur Tür. Ein Kellner mit einem großen Tablett war erschienen. »Gut, das wäre erledigt. Nun lassen Sie uns essen. Und keinen Streit um die Schüsseln.«

In dieser Nacht wachte Harry gegen Mitternacht auf. Statt hochzuschrecken, kam er langsam zu sich. Für einige Sekunden lag er still da und fragte sich, was ihn aufgeweckt hatte.

Die Ursache war nicht auszumachen. Nichts fühlte sich ungewöhnlich an. Er hatte weder einen Alptraum gehabt noch seltsame Töne im Dunkeln gehört.

Plötzlich, ohne es erklären zu können, wußte er, daß Molly wach war. Er zog sie an sich. Mit leisem Murmeln schmiegte sie sich tiefer in seine Arme. Harry ließ ein Bein zwischen ihre Schenkel gleiten »Was ist los?« flüsterte er gähnend.

»Nichts.«

»Bist du sicher?« Er rieb die Nase an ihrer Schulter. Als er Mollys Duft wahrnahm, durchflossen ihn Wärme und prickelnde Erregung. Abrupt erwachte ein bestimmter Körperteil.

»Ja, ganz sicher. Ich liege nur da und denke nach.«

Er knabberte an ihrem Ohrläppchen. »Und du summst.«

»Was?«

»Du hast gesummt.« Er schob ihr Nachthemd tiefer, um eine zarte Brust zu entblößen. Mollys Körper fühlte sich unter seinen Händen wunderbar an. Weich, warm und aufregend. »Ich konnte dich hören.«

Sie achtete nicht auf seine Worte. »Harry, was machst du da?«

»Wonach sieht es denn aus?« Er neigte den Kopf, um eine Brustspitze zu küssen. Bei der Berührung durch seine Zunge wurde sie fest.

Molly streichelte über seine Schultern. »Harry?«

»Ja?« Er legte eine Hand auf ihren Bauch.

»Was sagst du zum 1. des kommenden Monats? Das ist in zwei Wochen.«

»Was geschieht da?« Harry spielte mit den Haaren, die das Dreieck zwischen ihren Schenkeln bildeten. Tastend suchte er die Wärme und die Tautropfen, die er dort finden würde.

Molly hielt den Atem an. »Unsere Hochzeit. Bis dahin wird Kelsey von ihrem Sommerworkshop zurück sein. Ich ... Harry ...« Molly griff in sein Haar. Sie wand sich unter ihm und bog sich seiner suchenden Hand entgegen.

Befriedigung erfüllte Harry. Jedesmal, wenn sie Sex miteinander hatten, schien Molly auf unbestimmbare Weise stärker, vertrauter und intimer auf ihn zu reagieren. Es war, als würde er ein Instrument spielen. Je länger sie zusammen übten, desto besser wurde die Musik. »Der 1. ist in Ordnung«, flüsterte er.

Nun klang Molly atemlos. »Hast du deinen Aufsatz bis dahin beendet?«

»Ja.« Harry legte sich zwischen ihre seidigen Schenkel und drang langsam in sie ein. »Je eher, desto besser, was mich angeht.« Er bemühte sich nicht einmal, die Versuchung, sich vollständig in ihre Tiefe sinken zu lassen, zu bekämpfen. Wenn er seine Sinne auf diese Weise öffnete, erfuhren beide ein überwältigendes, intensives Vergnügen. Harry hatte den Eindruck, als hätte er sein ganzes Leben in einem Raum mit geschlossenen Fensterläden verbracht, bis er Molly begegnet war. Wenn er wie jetzt mit Molly zusammen war, öffneten sich die Fenster endlich, und er konnte die wirklichen Farben der Welt erkennen.

Lange Zeit später dämmerte Harry träge dem Schlaf entgegen und erlaubte sich, die tiefe Befriedigung zu genießen, die im Nachglühen des Liebesspiels über ihn gekommen war.

Ein Teil von ihm nahm vage das Mondlicht auf dem Bett wahr. Harry spürte Molly, die sich an ihn gekuschelt hatte, und dazu eine schwache Empfindung, die er nicht benennen konnte. Spielerisch lenkte er seine Neugier dorthin. Es klang wie ein gedämpftes Singen, überlegte er. Nein, er *fühlte* es eher. Beinahe wie etwas irgendwo in seinem Kopf.

Molly summte wieder.

Es war kein unangenehmes Gefühl, stellte er fest, sondern besaß eher eine beruhigende Wirkung.

»Mach dir keine Sorgen«, murmelte Molly schläfrig. »Du gewöhnst dich daran.«

Harry bewegte sich zu ihr. »An was?«

Aber Molly antwortete nicht. Sie war eingeschlafen.

21

Olivia nippte nachdenklich an ihrer Tasse mit Assam-Tee, den Molly aus einer Spezialmischung aufgegossen hatte. Sie sah sich im Wohnraum von Harrys Apartment um. Überall lagen Kartons mit Büchern. »Haben Sie eine Ahnung, wohin sie ihn gebracht haben?«

»Nein.« Molly, in Jeans, schenkte sich ebenfalls eine Tasse ein, nahm dann wieder auf dem Sofa Platz und zog ein Bein unter sich. »Vielleicht ist es besser so«, sagte sie und warf Olivia ein schmerzliches Lächeln zu. »Ich habe Josh gewarnt, daß ich keine nackten Frauen will, die aus Torten steigen. Aber es bleiben noch genügend andere Möglichkeiten deftiger Unterhaltung, so daß ich lieber nicht zu genau Bescheid wissen will.«

»Junggesellenpartys sind gewissermaßen dafür bekannt.«

Molly verzog das Gesicht. »Wem sagen Sie das? Es muß sich um einen archaischen Brauch handeln. Ein Überbleibsel aus dem Mittelalter, als die männlichen Mitglieder der Hochzeitsgesellschaft den Bräutigam betrunken machten und ihn dann mit der Braut ins Bett stießen.«

Olivia sah Molly scharf an. »Warum haben Sie dann darauf bestanden, daß die Männer der Strattons und Trevelyans für Harry eine Party ausrichten?«

»Diese Frage können Sie selbst beantworten, glaube ich.«

Olivia begegnete Mollys Blick. »Ja, dazu braucht man keinen Abschluß in Psychologie. Harry möchte das Gefühl haben, für seine Familie so wichtig zu sein, daß die beiden streitenden Clans ihm zuliebe Frieden schließen.«

»Das ist das einzige, was er will. Das einzige, worum er jemals gebeten hat.«

»Und Sie sorgen dafür, daß er es bekommt. Ich bin ehrlich verblüfft, das muß ich zugeben. Ich dachte nicht, daß es eine Kraft auf dieser Welt gäbe, die bewirken könnte, daß die Strattons und Trevelyans auch nur für kurze Zeit ihre Fehde beilegen.«

»So stark sind die Strattons und Trevelyans nicht. Man muß nur mit ihnen umzugehen wissen.«

Olivia betrachtete Molly mit plötzlichem Verständnis. »Sie lieben Harry wirklich, nicht wahr?«

»Ja.«

»Hat er ...« Olivia brach ab und sah für einen Moment weg. »Es tut mir leid, denn es handelt sich um eine persönliche Frage. Sie haben natürlich das Recht, mich in die Schranken zu weisen, aber ich kann nicht widerstehen. Hat Harry Ihnen jemals gesagt, daß er Sie liebt?«

»Nicht mit so vielen Worten«, gab Molly zu.

Molly hatte keine Ahnung, warum Olivia vor zehn Minuten erschienen war. Es ging auf neun Uhr abends zu. Vor einer Stunde war Josh gekommen und hatte Harry unter dem Vorwand nach unten in die Tiefgarage gelockt, daß für ihn ein funkelnagelneuer Ferrari in der Parkbucht stehe. Es floß genug Trevelyan-Blut in Harrys Adern, um auf diesen Köder anzubeißen.

Als Harry nach unten gefahren war, um das mysteriöse Auto zu begutachten, hatte er nicht geahnt, daß er in einer Großraumlimousine entführt werden würde, die Brandon für diesen Abend gemietet hatte. Molly hatte einige angstvolle Augenblicke erlebt, aber da Harry und Josh nicht in die Wohnung zurückgekehrt waren, schien der Plan gelungen zu sein. Zufrieden mit dem vielversprechenden Anfang hatte sie das Geschirr zu Ende gespült und sich eben mit einem Buch auf dem Sofa zusammengerollt, als Olivia an der Tür geklingelt hatte. Soweit Molly verstanden hatte, wollte Olivia sich nur unterhalten.

»Sind Sie nicht beunruhigt, daß er nie gesagt hat, er liebe Sie?« fragte Olivia.

»Irgendwann wird er es tun.« Zumindest hoffte Molly, daß Harry eines Tages seine Gefühle für sie als Liebe erkennen würde. »Harry handelt in seinem eigenen Rhythmus und auf eigene Weise. Er ist anders.«

»Das sagten Sie bereits.«

»Und es ist wahr.« Molly lächelte über den Rand der Teetasse. »Ich stamme aus einer Familie, deren Mitglieder immer etwas anders waren. Deshalb erkenne ich Menschen dieser Art.«

»Ja, aber Harrys Anderssein, wie Sie es nennen, geht ziemlich tief.«

»Olivia, erlauben Sie mir eine persönliche Frage?«

Für einen Moment erschien Unbehagen in Olivias Zügen. »Worum geht es?«

»Weshalb fühlten Sie sich zu Harry hingezogen? Sie paßten nicht sehr gut zusammen.«

Olivia seufzte. »Sie mögen mir nicht glauben, aber am Anfang dachte ich wirklich, wir wären ein gutes Paar. Ich habe Harry auf einem Empfang im Anschluß an einen Vortrag kennengelernt, den er gehalten hatte. Es ging um den Beitrag der Aufklärung des achtzehnten Jahrhunderts zur Entwicklung der Psychologie.«

»Sie nahmen an, es gäbe Gemeinsamkeiten zwischen Ihnen?«

»Nun, ja.« Olivia runzelte die Stirn. »Harry genießt einen ausgezeichneten Ruf als Wissenschaftler. Er ist intelligent, gebildet und schien emotional ausgeglichen zu sein. Zumindest am Anfang.«

»Ah, ich verstehe. Seine berüchtigte Selbstkontrolle.« Molly lächelte. »Wann haben Sie entdeckt, daß dahinter ein Abgrund brodelnder Leidenschaft und dunkler Begierden lauert?«

Olivia sah Molly verständnislos an. »Wie bitte?«

»Ach, nichts. Ich ziehe Sie nur auf. Wann fanden Sie heraus, daß Sie beide nicht füreinander geschaffen sind?«

Olivia rückte in ihrem Sessel umher. »Wollen Sie das tatsächlich wissen?«

»Unbedingt. Ich sterbe vor Neugier.«

»Um ehrlich zu sein«, begann Olivia, »erkannte ich sehr schnell, daß Harry unter einer ernsthaften emotionalen Störung leidet, die in therapeutische Behandlung gehört.

Vorher ist er nicht fähig, eine gesunde, normale Beziehung zu einer Frau zu haben.«

»Hm.«

»Ich habe es versucht«, sagte Olivia mit grimmigem Ernst. »Der Himmel weiß, wie sehr. Er wollte nicht mit mir sprechen. Eine Beratung oder Therapie hat er ebenfalls abgelehnt. Ich habe ihm gesagt, daß es heute Medikamente gibt, die ihm helfen könnten. Aber er weigerte sich sogar, mit einem Arzt darüber zu sprechen. Und dann …«

»Dann was?«

»Nun, er begann mich nervös zu machen, wenn Sie die Wahrheit hören wollen.«

»Warum?«

Olivia blickte in die Nacht hinaus. »Ich hatte das Gefühl, er wollte etwas von mir, das ich ihm nicht einmal ansatzweise geben konnte. Ich wußte nicht einmal, was es war, geschweige denn, wie ich es ihm geben sollte.«

»Was wollten Sie von ihm?« fragte Molly.

Olivia warf ihr einen kurzen, prüfenden Blick zu. »Eine gesunde, ausgeglichene, beiderseits zufriedenstellende Beziehung natürlich. Eine Ehe, die auf Respekt, Vertrauen und Gleichwertigkeit beruht.«

»Und Sie glaubten nicht, dies bei Harry finden zu können?« fragte Molly.

»Es war unmöglich. Harry …« Olivia suchte nach den richtigen Worten. »Am Anfang schien Harry so beherrscht. Aber gegen Ende unseres Verlöbnisses wurde er zum Fremden. Er begann mich zu *überwältigen.«*

»Sie zu überwältigen?«

»Es ist schwierig zu erklären. Ich selbst habe es nie wirklich verstanden. Dieses spezielle Syndrom ist mir während meiner klinischen Praxis noch nie begegnet, und während meines Studiums habe ich auch nichts darüber gelernt. Ich bin sicher, daß sein seltsames Verhalten das Ergebnis einer posttraumatischen Störung ist, aber was genau vorging, war mir nicht klar. Ich bekam große Angst und wußte, daß ich die Beziehung aufgeben mußte.«

»Und Brandon stand bereit, um Sie zu retten?«

In Olivias Augen flammte Zorn auf. »Er war nicht mein Retter. Ich selbst habe mich gerettet.«

»Entschuldigen Sie.«

»Brandon und ich haben uns im Laufe der Wochen kennengelernt, als ich mit Harry verlobt war. Es bestand von Anfang an eine starke Anziehung zwischen uns, das gebe ich zu. Wir wußten beide davon und versuchten sie zu ignorieren. Aber Brandon bemerkte meine zunehmende Angst wegen Harrys depressiver Schübe und seiner – Intensität.«

»Sie haben mit Brandon über Harrys Verhalten gesprochen?«

Olivia nickte. »Mit Brandon konnte ich ganz anders reden als mit Harry. Es war eine Erleichterung für mich.«

Molly beugte sich vor. »Olivia, es ist alles in Ordnung. Quälen Sie sich nicht länger mit Schuldgefühlen.«

»Ich empfinde diesbezüglich keine Schuld«, brauste Olivia auf. In ihren Augen glitzerten plötzlich Tränen. »Schuld ist eine lähmende, zerstörerische Emotion. Ich habe keinen Grund, mich schuldig zu fühlen.«

»Überhaupt keinen«, tröstete Molly. »Sie und Harry waren einfach nicht füreinander bestimmt. Glauben Sie mir. Darin bin ich mir absolut und unbedingt sicher.«

»Wie kommen Sie dazu?« fragte Olivia.

»Harry geht Liebesbindungen auf eine Weise ein, die sie mit keiner ausgefeilten psychologischen Theorie erklären können. Sie werden ihn nie wirklich verstehen. Er ist anders, wie ich Ihnen schon mehrmals gesagt habe.«

Olivias Teetasse klirrte gegen die Untertasse. »Ich habe ihm zu helfen versucht.«

»Ich weiß.«

»Ich habe alles in meiner Macht Stehende getan, um ihn zu einer Therapie zu überreden.« Olivia griff nach ihrer Tasche, holte ein Taschentuch heraus und tupfte sich die Augen. »O mein Gott, das können Sie wahrscheinlich nicht verstehen, aber es war, als würde ich immer wieder meinen Vater vor mir sehen.«

»Du liebe Güte«, flüsterte Molly.

Olivia, die sie nicht gehört zu haben schien, wischte sich weitere Tränen ab. »Mein Vater litt an depressiven Schüben, die mit der Zeit immer schlimmer wurden. Meine Mutter hat ihm zugeredet, einen Arzt aufzusuchen. Ich auch. Aber er weigerte sich. Eines Tages ging er mit einem Gewehr in den Wald und kehrte nie zurück.«

Molly stand vom Sofa auf und stellte ihre Teetasse ab. Sie trat zu Olivia und umarmte sie fest. Olivia leistete keinen Widerstand. Statt dessen bettete sie das Gesicht an Mollys Schulter und begann zu schluchzen. Molly tätschelte sie sanft. »Olivia, Sie sind die Psychologin. Ich muß Ihnen sicher nicht sagen, daß Sie für den Selbstmord Ihres Vaters nicht verantwortlich waren.«

»Nein. Der Himmel weiß, daß ich während meiner Lehranalyse genügend an diesem Problem gearbeitet habe.« Olivias Tränen versiegten langsam.

»Und ich muß Sie wahrscheinlich auch nicht daran erinnern, daß Harry nicht Ihr Vater ist. Um sein Wohl brauchen Sie sich nicht zu sorgen. Er ist nicht Ihr Problem.«

Olivia schniefte noch ein paarmal und hob dann den Kopf. Sie schaffte ein zitterndes Lächeln. »Wissen Sie was? Ich glaube, Sie haben den Beruf verfehlt. Sie hätten Psychologin werden sollen.«

»Danke, aber ich ziehe mein Tee- und Gewürzgeschäft vor.«

»Vielleicht liegt es an der fehlenden Fachausbildung, daß Sie die Situation klarer sehen können«, überlegte Olivia, während sie das feuchte Taschentuch zurücksteckte.

»Ich weiß nur, daß Sie das Gefühl haben, bei Harry versagt zu haben. Und Ihre Gefühle sind kompliziert, weil Sie persönlich mit ihm verbunden waren. Es muß ein furchtbares Durcheinander für Sie gewesen sein.«

»Ein Durcheinander?«

»Sicher. Sie waren mit diesem Mann verlobt und sahen ihn immer mehr als Patienten, statt als ihren Geliebten. Und seine Probleme erinnerten Sie an Ihren Vater.« Molly machte eine Geste, um die Schwierigkeiten darzustellen. »Gleichzeitig verliebten Sie sich in einen anderen Mann, der zu allem Unglück auch noch mit Ihrem Patienten-Verlobten verwandt war. Um das Maß voll zu machen, benahm sich Ihr Patient zunehmend unheimlicher und weigerte sich, eine Therapie zu machen. Kein Wunder, daß Sie durchdrehten und die Verlobung lösten. Es war die einzige vernünftige Entscheidung, die Sie treffen konnten.«

Es folge eine kurze Pause.

»Den Ausdruck *durchdrehen* verwendet man normalerweise nicht in der klinischen Psychologie«, murmelte Olivia dann. »Aber in diesem besonderen Fall paßt er vielleicht.«

Molly blinzelte. »Habe ich da einen kleinen Scherz gehört? Ein wenig Psychologenhumor? Olivia, Sie überraschen mich.«

Olivia lächelte matt. »Ich kenne einen wirklich guten Witz darüber, wie viele Seelenklempner man braucht, um eine Glühbirne auszuwechseln.«

Molly lachte. »Erzählen Sie ihn. Ich kann es kaum erwarten.«

Das Lächeln erreichte Olivias Augen. »Vielleicht haben Sie recht, und ich sollte die Schuldgefühle bezüglich Harry langsam loslassen. Er ist in guten Händen, glaube ich.«

Parker sah sich mit mißbilligendem Stirnrunzeln in der lärmenden, überfüllten Kneipe um. Der klagende Klang einer Country & Western-Band erfüllte den Raum. Die Leadsängerin, in hautenges Silberlamé gehüllt, schluchzte ein Lied über unglückliche Liebe und tröstenden Whiskey. Keiner der Männer an der Theke hatte den Hut abgenommen. In der hinteren Ecke umstand eine Gruppe rauhbeiniger Kerle einen Billardtisch. Es war offensichtlich, daß um Geld gespielt wurde.

»Wer zum Teufel hat dieses Lokal ausgewählt?« fragte Parker.

»Wir.« Josh sah, nach Unterstützung suchend, zu Brandon.

»Wir dachten, es wäre neutraler Boden«, erklärte Brandon mit leicht erzwungener Begeisterung. Er wies auf eine Frau in glitzerndem Cowgirldress. »Bestell dir ein Bier, Großvater.«

»Ich trinke Whiskey«, grollte Parker.

»Ich zufällig auch.« Leon sandte der Kellnerin ein anzügliches Grinsen, als sie am Tisch erschien. »Hübsche Stiefel, Schätzchen.«

Raleigh stöhnte. »Jesus, Onkel Leon. Mach dich nicht zum Narren, ja?«

»Gefallen Sie Ihnen?« Die Kellnerin sah auf die mit rotem Leder verzierten, zu ihrem Hut passenden Stiefel.

Leon grinste. »Und wie.«

»Sie können sie haben, wenn Sie wollen. Wenn der Abend vorbei ist, sind meine Füße nur noch Matsch.«

»Um dieses kleine Problem könnten wir uns kümmern, Darling.« Leon hob vielsagend die Brauen.

»Nein, danke.« Die Kellnerin lächelte ihm beiläufig zu. »Ich habe schon jemanden, der mir die Füße massiert.«

»Wie groß ist er?« fragte Leon mit berechnendem Interesse.

»Es ist eine Frau«, murmelte die Kellnerin. »Sie ist eins siebzig, fährt eine Harley und trägt eine Menge Leder und Metall. Spielt Schlagzeug in einer Band, die sich Ruby Sweet nennt. Haben Sie schon mal davon gehört?«

»Hm, nein«, gab Leon zu. »Wahrscheinlich nicht mein Geschmack.«

»Wahrscheinlich nicht. Ich habe eine Ahnung, daß meine Freundin und Sie nicht miteinander auskämen«, erklärte die Kellnerin. Leon gab auf. »Kann ich mir vorstellen. Was soll man auch erwarten, wenn man mit einem Haufen Strattons ausgeht?«

Parker schickte Leon einen finsteren Blick. »Passen Sie auf, daß Sie sich nicht noch mehr blamieren, Trevelyan. Ich besitze ein gewisses Ansehen in der Stadt.«

Leon verdrehte die Augen. »Ansehen wofür? Blumengestecke arrangieren?«

»Nun hör aber auf, Großvater«, flüsterte Josh.

Die Kellnerin tippte ungerührt mit ihrem Stift auf den Block, um die Aufmerksamkeit aller Gäste am Tisch zu gewinnen. »Kann ich nun Ihre Bestellungen aufnehmen?«

»Ich nehme ein Bier«, sagte Josh hastig.

»Für mich das gleiche«, schloß sich Brandon an. »Und vielleicht ein paar Tortilla Chips dazu.«

»Wenn es nur Bier gibt, muß ich wohl dasselbe nehmen«, brummte Parker.

Raleigh bestellte als nächster. »Ich nehme auch ein Bier.«

Gilford runzelte nachdenklich die Stirn. »Haben Sie auch Bier aus lokalen Kleinbrauereien?«

»Ja, Sir. Eine Sorte führen wir«, erläuterte ihm die Kellnerin. »Skid Road.«

Gilford verzog das Gesicht. »Ich glaube, davon habe ich noch nie gehört.«

»Es stammt aus einer kleinen Brauerei, die gerade am Pioneer Square aufgemacht hat.«

»Also gut. Ich probiere es.«

Erwartungsvoll sah die Kellnerin auf Harry, der am Kopfende saß. »Und was ist mit Ihnen?«

»Skid Road klingt gut«, sagte Harry.

»Bringen Sie Skid Road für alle«, rief Gilford.

»Alles klar. Bin gleich zurück.« Die Kellnerin schob den kleinen Block in die Tasche ihres roten Cowboyrocks und verschwand in der Menge.

Leon sah ihr wehmütig nach. »Cowgirls sind auch nicht mehr das, was sie mal waren.«

»Halten Sie den Mund, Sie alter Trottel«, befahl Parker.

»Haben Sie noch nie etwas von sexueller Belästigung gehört?«

Leon tat erstaunt. »Warum? Nein. Wo kann man das bekommen?«

Von Josh kam ein langgezogenes Seufzen. Er sah zu Harry. »Amüsieren wir uns schon?«

Harry betrachtete die am Tisch sitzenden Männer. Die kleine Gruppe umfaßte tatsächlich jeden seiner nahen männlichen Verwandten über einundzwanzig. Zum erstenmal sah Harry sie gleichzeitig in einem Raum versammelt. »Ich nehme an, diese Junggesellenparty ist Mollys Werk?« fragte er in die Stille, die sich über den Tisch gelegt hatte.

»Wie kommst du nur auf diese Idee?« murmelte Gilford.

»Ich habe geraten«, sagte Harry. Aus dem Augenwinkel sah er, daß die Kellnerin mit dem bestellten Bier zurückkehrte, und fragte sich, wann die anderen Männer am Tisch die Farce beendeten und nach Hause gingen.

Raleigh runzelte die Stirn. »Ich weiß, was du denkst, Harry, aber so war es nicht. Wir wollen dir alle Glück wünschen. So ist es doch, Onkel Leon?«

Leon zog eine Braue hoch. »Klar.« Als die Kellnerin ihm eine Bierflasche hinstellte, lehnte er sich zurück. »Verdammt, ich bin immer zu einer Party aufgelegt.«

Parker hob sein Bier. »Würdest du mir eine Frage beantworten, Harry?«

»Welche?« fragte Harry.

»Gegen deine Heiratspläne habe ich nichts. Das ist deine Angelegenheit. Aber warum zum Teufel mußtest du dir unbedingt diese herrschsüchtige Person Molly Abberwick aussuchen? Mein Sohn, eines sage ich dir: Sie wird dir das Leben zur Hölle machen.«

»Da haben Sie recht.« Leon schüttelte den Kopf. »Diese Frau hat wirklich Männerhosen an.«

»Sie hat Mut.« Harry trank einen Schluck Bier. »Aber Männerhosen trägt sie nicht. Da gibt es einen kleinen Unterschied, Onkel Leon. Ich weiß nicht, ob er für dich besonders wichtig ist, aber ich lege in diesen Dingen Wert auf Genauigkeit.«

Am Tisch folgte ein Augenblick verblüfften Staunens. Alle starrten Harry an. Dann zuckte es um Brandons Mund. Einen Augenblick später prustete er los. Josh schloß sich mit amüsiertem Johlen an. Gilford begann zu grinsen.

»Dreckskerl«, murmelte Leon, bevor auch er schmunzelte.

Parker und Raleigh wechselten seltsame Blicke.

Nur Harry bemerkte die drei stämmigen Männer in Jeans und Lederjacken, die in diesem Augenblick durch die Tür hereinschlenderten. Sie schienen sich nicht von den anderen Gästen zu unterscheiden, aber etwas an ihnen verursachte ihm ein unbehagliches Gefühl. Die Neuankömmlinge ließen den alkoholisierten Blick erwartungsvoll durch das Lokal schweifen.

»Verdammt.« Harry stellte sein Bier ab. »Ich glaube, es ist Zeit zum Gehen.«

Raleigh sah ihn an. »Was ist los?«

»Nichts. Noch nicht.« Harry griff nach seiner Brieftasche und beobachtete, wie die Neuankömmlinge auf den Tisch der Strattons und Trevelyans zukamen.

Leons Instinkt für Schwierigkeiten, der ihm im Laufe seines Lebens immer geholfen hatte, ließ ihn erwartungsvoll den Kopf heben. Er grinste, als die drei Männer sich näherten. »Dann wollen wir mal.«

Parker runzelte die Stirn. »Was geht hier vor?«

»Mit etwas Glück wird der Abend noch ein Erfolg«, versprach Leon fröhlich.

Die drei Männer hatten den Tisch erreicht. Der Anführer trug einen Dreitagebart und einen fettigen Pferdeschwanz. Die Daumen hielt er in seinen breiten Ledergürtel gehakt.

»Ob dieser Haufen Schwuchteln wohl zu der Limousine draußen gehört?«

»Wer ist hier eine Schwuchtel?« fragte Leon fröhlich.

»Hören Sie«, mischte sich Parker ein. »Das ist eine Privatgesellschaft.«

Der zweite Mann grinste und zeigte dabei braun verfärbte Zähne. »Zu dumm. Wir wollen auch unseren Spaß haben.«

Leon antwortete mit einem breiten Lächeln. »Nicht an unserem Tisch.«

»Ich wüßte nicht, was uns daran hindern könnte«, entgegnete der erste Mann. Er streckte seinen langen, behaarten Arm aus, griff nach dem Tisch und kippte ihn um. Flaschen und Gläser flogen durch die Luft, Stühle schrammten über den Boden, und am Nebentisch wurde geschrien. Die Strattons und Trevelyans sprangen auf.

»Elender Hundesohn!« Leon wirbelte begeistert mit einer Krücke.

»Verdammter Mist«, sagte Raleigh. »Das wird eine schöne Junggesellenparty, wie?«

Harry griff nach seiner Bierflasche, bevor sie zu Boden fiel und hielt sie wie ein Messer vor sich. Dabei fing er Joshs Blick auf. »Vordertür«, befahl er. »Jetzt.«

»Okay.« Josh blickte auf die provisorische Waffe, dic Harry in der Hand hielt und nahm sich ebenfalls eine Flasche. Dann zog er sich in Richtung Tür zurück.

Gilford wirkte empört, und in Parkers Gesicht stand Überraschung, als Harry beide zum Eingang schob. Harry sah nicht, wer den ersten Schlag landete, bemerkte aber, daß Leon als Antwort seine Krücke schwang. Mit einem erstickten Stöhnen sackte der Mann mit dem fettigen Pferdeschwanz zusammen.

Am Schluß spielte es keine Rolle mehr, wer die Schlägerei begonnen hatte. Nach den Gesetzen der Naturwissenschaft war das Ergebnis vorhersagbar. In der Kneipe tobte eine allgemeine Schlacht. Schreie, Rufe und Flüche klangen durcheinander. In dem verzweifelten Versuch, den Lärm zu übertönen, drehte die Band den Verstärker auf. Harry, der beabsichtigte, seine Verwandten sicher in die Limousine zu schaffen, bewegte sich schnell. Er wich einer schwingenden Faust aus, um dem Mann in Jeans gleich darauf einen kräftigen Schlag in den hervortretenden Bauch zu verpassen. Der Dicke stolperte rückwärts. In seinem fleischigen Gesicht erschien ein verblüffter Ausdruck. Bevor er sich erholen konnte, packte Harry Parker an der Schulter und schob ihn zur Tür. Doch sein Großvater hatte andere Dinge im Kopf.

»Verdammter Krawallmacher«, rief er und schlug mit einer Flasche Skid Road auf einen der drei Männer ein, die mit der Pöbelei begonnen hatten. Die Flasche zerbarst auf dessen Schulter, und der Mann schrie wütend auf. Harry lotste Parker aus der Gefahrenzone. Josh und Brandon sahen ihn ratsuchend an.

»Josh, kümmere dich um Raleigh«, befahl Harry. »Brandon, bring Gilford und Parker nach draußen. Ich helfe Leon.«

»Okay.« Brandon umfaßte Parker und bewegte sich mit ihm zur Tür.

Josh griff nach Raleighs Arm. »Nun aber raus hier, Cousin. Die Party ist vorbei.«

»Ach, Mist. Der Spaß fing gerade erst an«, beschwerte sich Raleigh. Dann ließ er sich zur Tür ziehen.

Bevor Leon zu einem erneuten Schlag mit der Krücke ausholen konnte, erwischte Harry ihn am Kragen.

»Was gibt's, verdammt?« Leon funkelte ihn an. »Laß los. Ich habe hier noch etwas zu erledigen.«

»Es ist meine Party«, sagte Harry, während er Leon zur Tür drängte. »Und ich will jetzt gehen.«

»Für Spaß hattest du noch nie einen Sinn, Junge«, murrte Leon, während Harry ihn in die Nacht hinausschob. »Das ist das Problem. Du weißt nicht, wie man sich amüsiert.«

Harry ignorierte seinen Onkel. Während seine Verwandten nacheinander die Limousine bestiegen, zählte er die Köpfe. Es gab einen kurzen, unangenehmen Augenblick, als

Leons Krücke in der Wagentür hängenblieb, aber Harry gelang es, die Tür zu schließen, bevor die Schlägerei sich auf den Parkplatz ausdehnte.

»Sieht aus, als wären wir vollzählig.« Harry suchte den Blick des Chauffeurs im Rückspiegel. »Dann los.«

Der Chauffeur hatte den Motor schon eingeschaltet. »Mit Vergnügen, Sir.«

Die dicken Reifen wirbelten den Kies hoch, als die Limousine den Parkplatz der Kneipe mit Vollgas verließ. Irgendwo in der Ferne hörte man Sirenengeheul, doch sie waren längst in Sicherheit. Für einige Minuten sagte niemand ein Wort. In den Gesichtern standen merkwürdige Blicke, als sich die Männer im Dämmerlicht des Fahrgastraums der Nobellimousine ansahen. Schließlich schmunzelte Leon und hielt mehrere Flaschen Skid Road hoch, die er irgendwie auf dem Weg zur Tür erbeutet hatte.

»Wie wär's mit einer Runde?«

»Verdammt, ja«, sagte Raleigh. »Gib mir eine, Onkel Leon. Ich kann sie brauchen.«

»Ich persönlich würde etwas Stärkeres bevorzugen«, murmelte Parker.

Josh grinste und durchstöberte die kleine Bar der Limousine. »Ich glaube, es gibt eine Flasche Whiskey hier. Ja, da haben wir sie.« Er hielt die Flasche hoch.

»Gott sei Dank.« Parker beobachtete Josh, der den Whiskey einschenkte. »Eine Situation wie diese habe ich nicht mehr erlebt, seit ich bei den Marines war.«

Mit plötzlichem Interesse sah Leon Harrys Großvater an. »Sie waren bei den Marines?«

»Ja.« Parker nahm den Whiskey von Josh entgegen.

»Ich auch, verdammt.« Leon streckte die Hand aus.

Parker zögerte, dann schüttelte er Leons Hand.

Harry spürte die seltsam veränderte Stimmung bei der kleinen Gruppe im Fond der Limousine. Er wußte nicht, was geschehen war, aber es fühlte sich gut an.

Brandon sah sich um. »Meine Herren, ich glaube, wir haben es hier mit einem Phänomen zu tun, das meine Frau, die eine anerkannte Psychologin ist, als männliches Bindungserlebnis bezeichnen würde.«

»Ich weiß nicht, was das bedeutet«, sagte Leon vergnügt, »aber ich trinke darauf.«

Das kratzende Geräusch, mit dem ein Schlüssel an der Eingangstür bewegt wurde, weckte Molly. Endlich war Harry wieder zu Hause. Sie kam vom Sofa hoch, auf dem sie beim Lesen eingeschlafen war, und sah auf die Armbanduhr. Überrascht stellte sie fest, daß es beinahe ein Uhr morgens war.

Erleichterung durchfloß sie. Wenn die Junggesellenparty so lange gedauert hatte, mußte sie ein beachtlicher Erfolg gewesen sein. Sie gähnte und ging durch die Halle, um ihren zukünftigen Ehemann zu begrüßen. Wieder war das kratzende Geräusch zu hören. Harry hatte offensichtlich Schwierigkeiten, seine eigene Tür zu öffnen. »Ich hoffe, du bist nicht sturzbetrunken, Harry«, sagte sie, während sie aufmachte. »Ein bißchen männliche Verbrüderung ist in Ordnung, aber wenn die Strattons und Trevelyans dich abgefüllt haben, werde ich ihnen das sehr übelnehmen ...«

Sie brach entsetzt ab, als sie erkannte, wer vor der Tür stand.

»Ich versichere Ihnen, daß ich nicht betrunken bin, meine Liebe«, sagte Cutter Latteridge. Mit seinem charmantesten Lächeln wies er auf eine Pistole in seiner Hand. Der Lauf hatte eine seltsame Form. »Und ich werde nicht lange bleiben. Es gibt nur zwei Dinge, die ich zu erledigen habe, bevor ich mit einem neuen Projekt beginne.«

»Cutter.« Vor Verblüffung konnte Molly sich nicht bewegen. »Wie sind Sie hereingekommen?«

»Mein Name ist übrigens Clarence, aber Sie können mich auch weiterhin Cutter nennen.« Er bewegte die Waffe. »Und um Ihre Frage zu beantworten: durch die Garage. Die

Sicherheitsvorkehrungen dort sind immer so lasch, nicht wahr?«

Molly machte einen Schritt zurück, während Cutter in die Halle trat und die Tür hinter sich schloß.

»Es hieß, Sie wären verschwunden«, flüsterte Molly. »Es wäre nicht Ihr Stil, noch einmal zurückzukehren, wenn ein Schwindel aufgeflogen ist.«

»Normalerweise stimmt das.« Cutter seufzte bedauernd. »Diese körperlichen Tätigkeiten liegen mir nicht. Einfach zu schmutzig. Ich ziehe es vor, meinen Lebensunterhalt mit dem Verstand zu verdienen. Aber in diesem Fall muß ich eine Ausnahme machen.«

»Sie meinen *noch* eine Ausnahme? Sie haben Wharton Kendall getötet.«

»Er wurde unzuverlässig«, erklärte Cutter. »Es stand einfach zuviel Geld auf dem Spiel. Er war der Meinung, daß er mehr verdiene, als ich für seine Dienste vorgesehen hatte. Erstaunlich, wie gierig manche Leute werden können.«

»Nun werden Sie nie Zugang zum Vermögen der Abberwick-Stiftung bekommen«, sagte Molly verzweifelt. »Warum sind Sie das Risiko eingegangen, nach Seattle zurückzukehren?«

»Weil Trevelyan nicht aufgeben wird.« Cutters Gesicht überzog sich mit plötzlichem Zorn. »Er ist ein gottverdammter Bluthund. Sein Privatdetektiv wühlt in meiner Vergangenheit herum, sucht nach Beweisen und typischen Tatmustern. Früher oder später wird er mich haben. Das kann ich nicht zulassen.«

Molly wußte nicht, daß Harry den Fall noch immer von Fergus Rice verfolgen ließ, aber die Nachricht überraschte sie nicht. »Sie können Harry nicht aufhalten.«

»Ich muß«, sagte Cutter. »Wenn ich ihn nicht loswerde, finde ich für den Rest meines Lebens keinen Frieden.«

Molly packte die Angst. »Was haben Sie vor?«

»Ich werde mir Sie und Harry als hübsches, ordentliches Paket vom Hals schaffen.«

»Damit kommen Sie nie davon. Jedem wird klar sein, wer uns ermordet hat.«

»Das glaube ich nicht.« Cutter lächelte kalt. »Dieses Projekt habe ich ziemlich lange geplant, und ich habe den richtigen Augenblick abgewartet.«

»Wovon sprechen Sie?«

»Es wird so aussehen, als hätte Harry Trevelyan, der für seine Geistesstörung bekannt ist, eine Kurzschlußhandlung begangen. Er kehrte betrunken und deprimiert nach seiner Junggesellenparty nach Hause zurück. Dort erschoß er seine Verlobte, nachdem er irrtümlich annahm, daß sie die Affäre mit einem alten Freund, Gordon Brooke, wieder aufgenommen hätte. Anschließend richtete er die Waffe gegen sich selbst. Klingt wie eine alltägliche Geschichte, oder?«

»Sie sind verrückt, wenn Sie glauben, daß dieser Plan aufgeht.«

»Er wird aufgehen, meine Liebe. In Details bin ich sehr gut.« Cutter sah auf seine Armbanduhr. »Wir können uns ebensogut hinsetzen. Bis Trevelyan kommt, gibt es schließlich nichts weiter zu tun. Und nach meiner Erfahrung können Junggesellenpartys ziemlich lange dauern.«

Molly wußte, daß sie keine Chance hatte zu schreien. Cutter stand zu nah, und seine Pistole war schußbereit. Er könnte sie bewußtlos schlagen oder erschießen, bevor sie einen Laut herausbrächte.

Sie erinnerte sich an den Tag, als Cutter sie in der Werkstatt ihres Vaters in die Enge getrieben hatte. Wenige Minuten, nachdem er das Haus verlassen hatte, war Harry am Schauplatz erschienen. Auch wenn er es nie zugeben würde, wußte Molly, daß Harry zum Abberwick-Familiensitz gefahren war, weil er gespürt hatte, daß sie sich in Gefahr befand. Sie hatte ihn gerufen, und er war gekommen. Etwas spät, das mußte sie zugeben, aber er war gekommen.

Molly blickte in Cutters kalte Augen und sah den Tod. In ihrer Verzweiflung schrie sie eine stumme Warnung in die Nacht.

Harry.
Gefahr. Tod.
Sei vorsichtig. Sei vorsichtig. Sei vorsichtig.

Sobald die Limousine im überdachten Ladebereich vor der Wohnanlage hielt, öffnete Harry die Tür.

Mit vorwurfsvollem Blick sah Leon ihn an. »Bist du sicher, daß du so früh nach Hause willst? Die Nacht ist noch jung.«

»Es ist halb zwei Uhr morgens, und ich bin an Aufregungen dieser Art nicht gewöhnt.« Nachdem er ausgestiegen war, sah Harry seine Verwandten im Wagen noch einmal an. »Ich habe für eine Nacht genug erlebt. Aber ich möchte, daß ihr alle wißt, daß ich diese Party sehr genossen habe.«

»He, wir sollten das öfter tun«, sagte Raleigh.

»Da bin ich mir nicht so sicher«, grinste Brandon reumütig. »Ich glaube, diese Nacht reicht erst einmal.«

»Allerdings«, bestätigte Gilford.

Parker schnaubte. »Diese jungen Kerle heutzutage besitzen überhaupt kein Durchhaltevermögen mehr wie wir zu unserer Zeit, nicht wahr, Leon?«

»Was erwartest du?« fragte Leon. »Sie sind verweichlicht.«

»Wie wahr«, stimmte Parker leidenschaftlich zu.

Harry sah Josh an. »Paß auf, daß Leon sich nicht blamiert.«

»Ich werde mein Bestes tun.« Josh sah in Harrys Gesicht, und sein Grinsen wurde schwächer. »Stimmt etwas nicht?«

»Nein, nein«, antwortete Harry. »Ich bin nur reif fürs Bett, das ist alles.« Er wollte die Limousinentür schließen.

»Noch ein Wort an den Bräutigam«, rief Leon. »Einmal verheiratet, wird ein Mann nie wieder derselbe sein!«

Unter den wohlgemeinten Rufen der anderen Männer ließ Harry die Tür ins Schloß fallen. Er sah der Limousine nach, die in die Nacht hinaus verschwand, dann wandte er sich eilig zum Haupteingang. Auf halbem Weg fiel er in einen federnden Lauf. Etwas stimmte nicht.

Gefahr. Sei vorsichtig. Sei vorsichtig.

Vor einigen Minuten hatte das nicht abzuschüttelnde, alarmierende Gefühl seine gute Laune durchdrungen. In alter Gewohnheit hatte er zuerst versucht, die Wahrnehmung zu unterdrücken. Doch es war unmöglich gewesen.

Gefahr. Gefahr. Gefahr.

Mit überwältigender Kraft kehrte Mollys Rat in sein Bewußtsein zurück. Sie hatte ihm gesagt, nicht gegen seine eigene Natur anzukämpfen, sonst würde der Konflikt ihn eines Tages zerreißen. Harry begriff, daß sie recht hatte. Der sicherste Weg, sich selbst in den Wahnsinn zu treiben, war die Weigerung, die Wahrheit anzuerkennen. Er versuchte sich zu entspannen und öffnete seine Sinne.

Er ist hier. Er ist hier. Mord. Mord.

Als die Wucht des stummen Schreis ihn erneut traf, stolperte Harry. Nur mühsam kam er wieder zu sich. Er suchte nach seinen Schlüsseln. Chris, der Nachtportier, erschien aus seinem kleinen Büro und öffnet die Eingangstür.

»Guten Abend, Dr. Trevelyan. Spät geworden, wie?«

»Junggesellenparty«, sagte Harry knapp. Er kämpfte um äußerliche Fassung, während er gleichzeitig versuchte, mit allen Sinnen aufmerksam zu bleiben.

Chris zwinkerte ihm zu. »Meinen Glückwunsch.«

»Danke.« Als Harry zum Aufzug ging, überfiel ihn ein Schwindelgefühl.

»Stimmt etwas nicht, Dr. Trevelyan?«

Beim ersten Versuch verfehlte Harry den Knopf, um den Aufzug nach unten zu holen. *Zu spät. Ich werde zu spät kommen.* »Chris, sind irgendwelche Besucher für mich gekommen, während ich fort war?«

»Nur Mrs. Stratton.«

»Olivia?« Harry schüttelte den Kopf, um klar denken zu können.

»Ja, Sir. Aber sie ist vor einigen Stunden gegangen.«

»Sonst niemand?«

»Nein, Sir.«

»Können Sie mir einen Gefallen tun?« fragte Harry heiser.

»Klar.«

»Ich möchte Molly einen kleinen Streich spielen.«

»Einen Streich?«

»Einen Junggesellenstreich.«

»Oh. Natürlich. Jetzt verstehe ich.« Chris grinste. »Was soll ich tun?«

»Lassen Sie mir ein paar Minuten , um nach oben zu fahren, und dann rufen Sie mich über die Sprechanlage. Wenn ich antworte, sagen Sie, daß Detective ...« Harry rieb seine Stirn und zwang sich zum Nachdenken. »Sagen Sie mir, daß Detective Foster von der Kriminalpolizei auf dem Weg nach oben sei. Behaupten Sie, es sei dringend.«

Chris verzog die Brauen. »Dringend?«

»Ja. Es ist nur ein Scherz. Tun Sie das für mich?«

»Darauf können Sie sich verlassen.«

»Danke, Chris.« Die Aufzugtür glitt sanft auf. Harry schob sich hinein und schaffte es, den richtigen Knopf zu drücken. Als sich die Tür hinter ihm geschlossen hatte, lehnte er sich gegen die Wand. Er schloß die Augen und konzentrierte sich, um das Gleichgewicht auf der Glasbrücke zu finden, die sich über den Abgrund streckte. Diesmal würde er nicht gegen die widerstreitenden Empfindungen kämpfen, versprach er sich. Er würde Mollys Vorschlag befolgen und einfach in seine Sinne eintauchen. So wie er es tat, wenn er mit ihr zusammen war.

Zu spät. Zu spät.

Ein nagendes Untier, das Panik hieß, versuchte sich in sein Bewußtsein hineinzufressen. Harry zwang die Kreatur in ihr dunkles Verließ zurück. Es ging nur um eine andere Sinneswahrnehmung. Nicht anders als Sehen, Tasten oder Schmecken. Eine zusätzliche, natürliche Begabung, über die er verfügte. Wie seine Reflexe. Völlig normal. Hatte Molly gesagt. Vollkommen normal. Er mußte die Gabe nur akzeptieren. Sie benutzen. Seinen Frieden mit ihr schließen. Möglicherweise hing Mollys Leben davon ab, daß er seine natürlichen Fähigkeiten anerkannte.

Mollys Leben.

Er atmete tief ein und suchte einen festeren Stand auf der Glasbrücke. Wie aus dem Nirgendwo überfiel ihn eine wache Ruhe. Er begann leichter zu atmen. Ohne es ausprobieren zu müssen, wußte er, daß er die Kontrolle über seine Reflexe zurückgewonnen hatte. Das Zittern hatte aufgehört. Harry straffte sich und trat von der Aufzugwand weg. Die Türen öffneten sich. Tief einatmend, sammelte Harry sich. Er trat aus dem Aufzug und ging über den teppichbelegten Korridor zu seiner Wohnung. Dort schob er den Schlüssel ins Schloß und drehte den Türknopf.

»Molly?« sagte er, während er in den Eingangsbereich trat, absichtlich stolpernd wie ein Betrunkener. Das Gefühl lauernder Gefahr drohte ihn zu überwältigen. »Schatz, ich bin wieder zu Hause. Verdammt wilde Party. Du hättest die Schlägerei in der Kneipe erleben sollen.«

»So, so. Völlig betrunken.« Lächelnd trat Cutter Latteridge um die Ecke und betrat die Diele. Mit einer Hand hatte er Mollys Arm gepackt und sie an seine Seite gezwungen. In der andern hielt er eine mit einem Schalldämpfer ausgestattete Pistole, die auf Harrys Brust zielte. »Wie überaus günstig.«

22

»Harry , ich habe versucht, dich zu warnen.« In Mollys Augen glitzerten Tränen der Verzweiflung. »Es tut mir so leid. So unendlich leid.«

Harry starrte sie an, als hätte er Probleme, den Blick zu fixieren. »Was zum Teufel macht er hier?«

»Ich bin hier, um einen guten Abgang vorzubereiten, Mr. Trevelyan«, sagte Cutter.

»Ich gehe nirgendwo hin.« Harry stolperte auf ihn zu. Die unbeholfene Bewegung brachte ihn taumelnd zur Wand, an der er zu Boden glitt. »Nehmen Sie die Pistole weg, Latteridge. Sie können hier niemanden erschießen. Das ist nicht Ihr Stil.«

»Dank Ihnen hat sich mein Stil geändert, Mr. Trevelyan.«

»Harry.« Molly versuchte vergeblich, sich aus Cutters Griff zu befreien. »Bist du in Ordnung?«

»Ich habe mich schon lange nicht mehr so gut gefühlt.«

Harry kroch auf allen vieren. Unauffällig führte er die Hand an seinem Knöchel entlang in Richtung Messerscheide. Mit übertriebener Anstrengung kämpfte er sich wieder auf die Füße zurück. Das Messer steckte jetzt in seinem Ärmel. »Was geht hier vor?«

»Er will es so aussehen lassen, als hättest du zuerst mich und dann dich selbst umgebracht«, flüsterte Molly. Mit suchendem Blick tastete sie Harrys Gesicht ab, als wollte sie hinter die Fassade seiner Trunkenheit sehen. »Harry, er wird uns umbringen!«

»Nein. Wird er nicht.« Harry mühte sich voran. »Nicht wahr, Latteridge, Laxton oder wie Sie sonst heißen?«

»Bleiben Sie, wo Sie sind«, befahl Cutter hastig. Er wich zurück und zog Molly mit sich.

»Sie können mich nicht in die Brust schießen«, erklärte Harry vergnügt. »Würde nicht wie ein Selbstmord aussehen, oder? Sie müssen schon auf den Kopf oder in den Mund zielen.«

»Verdammter Idiot«, zischte Cutter. »Sie sind wirklich verrückt, was? Ihre Schwägerin hat recht.«

Harry schüttelte traurig den Kopf. »Und ich dachte, ein Seelenklempner müßte solche Geheimnisse für sich behalten.«

»Halten Sie Abstand, oder ich erschieße Molly«, warnte Cutter. *»Sofort,* verstehen Sie?«

»Sicher, klar.« Harry kam schwankend und stolpernd zum Stehen und massierte sich den Nacken. »Ich habe Sie gehört.«

Cutter runzelte die Stirn. »Es ist mir eine große Freude, Sie betrunken zu sehen, Trevelyan. Aber ich muß zugeben, daß Sie meine Erwartungen noch übertreffen.«

»Ich habe es mir zur Gewohnheit gemacht, die Erwart... Erwartungen der Menschen nie zu erfüllen«, lallte Harry.

In plötzlichem Verständnis weitete sich Mollys Blick. Sie hatte, erkannte Harry, verstanden, daß er nicht betrunken war. Er sah sie mit aller Willenskraft an, um zu verhindern, daß sie sich verriet.

Cutter hob die Waffe. »Bleiben Sie, wo Sie sind, Trevelyan.«

Im gleichen Augenblick summte die Sprechanlage. Cutter erstarrte.

»He, wir haben Besuch«, verkündete Harry strahlend. »Die Party geht weiter.«

»Gehen Sie nicht ran«, befahl Cutter.

»Ich muß.« Harry hob gleichgültig die Schultern, als würde er die Verantwortung abschütteln. Dabei verlor er erneut das Gleichgewicht. »Der Portier weiß, daß ich hier bin. Er hat mich in den Aufzug gehen sehen. Und er weiß, daß Molly da ist.«

Cutter legte zornig die Stirn in Falten und kämpfte mit sich. »Also gut. Antworten Sie. Aber sagen Sie, daß Sie schlafen wollen und keinen Besuch mehr empfangen. Verstanden?«

»Klar. Auf dem Weg ins Bett.«

Harry stolperte zur Sprechanlage. Als er die Hand ausstreckte, um auf den Knopf zu drücken, schätzte er den Abstand zu seinem Ziel. Cutter hielt Molly direkt vor sich. Aus der Position, in der Harry sich befand, konnte er Cutter an der Schulter treffen. Aber das würde nicht genügen. Er mußte ihn beim erstenmal niederstrecken, so daß er keine Gelegenheit mehr besaß, einen Schuß abzufeuern.

»Ja, Chris?«

»Tut mir leid, Sie um diese Zeit zu stören, Mr. Trevelyan«, sagte Chris mit gewichtiger Stimme. »Aber hier unten steht ein Detective Foster von der Kriminalpolizei. Er will zu Ihnen nach oben. Es handelt sich um einen Notfall, sagt er.«

»Polizei?« Cutter, der durch die Unterbrechung bereits aus dem Konzept gekommen war, explodierte. »Verdammt, Trevelyan, was geht hier vor? Was haben Sie jetzt schon wieder angestellt?«

Harry wandte sich von der Sprechanlage ab. »Keine Ahnung.« Er lächelte Cutter zu. »Sieht aus, als bekämen wir Gesellschaft. Haben Sie eine Ahnung, was die Polizei um diese Zeit hier will? Ich frage mich, ob ich vergessen habe, einen Strafzettel für falsches Parken zu bezahlen.«

»Verdammter Mistkerl!«

»Ich glaube nicht, daß der Plan für Mord und Selbstmord heute nacht noch klappen wird«, sagte Harry. »Würde etwas schwer sein, Detective Foster die Sachlage zu erklären, wie?«

In Cutters Gesicht arbeitete es. Abrupt ließ er Molly los, schob sie aus dem Weg und sah mit wildem Blick zur Tür. »Ich muß hier raus.«

»Es gibt zwei Aufzüge«, erklärte Harry freimütig. »Mit etwas Glück erwischen Sie den, in dem Detective Foster raufkommt.«

»Bleiben Sie zurück.« Cutter fuchtelte hektisch mit der Pistole zwischen Molly und Harry herum und konzentrierte sich dann auf Harry. »Keine Bewegung. Ich meine es ernst.«

Harry hob die Arme zu einem breiten Halbkreis. »Ich werde nirgendwo hingehen.«

»Sie elender Mistkerl«, schnaubte Cutter. »Die Sache ist noch nicht vorbei!«

»Sie klingen wie mein Cousin Josh. Der Junge besitzt einen ähnlichen Sinn für melodramatische Auftritte.«

Cutter ignorierte ihn. Er wirbelte herum und rannte zur Tür.

Blitzschnell glitt das Messer aus Harrys Ärmel und lag mit dem Griff perfekt in seiner Hand. Er wartete. Er wußte, daß der richtige Augenblick kommen würde, als könnte er in Cutters Gedanken lesen, lange bevor dieser selbst wußte, was er tun würde. Paranormale Wahrnehmung spielte dabei keine Rolle. Nur Logik und gute Beobachtung. Cutter war in Panik. Er handelte emotional, nicht logisch. Der Zorn schaltete jede Vernunft aus. Cutter würde nicht widerstehen können, für alles Rache zu nehmen, was schiefgelaufen war.

Bevor er floh, würde Cutter sich umwenden und ihn zu töten versuchen.

Als Cutter die Tür aufriß, fuhr er, wie Harry es vorausgesehen hatte, noch einmal herum. Der Zorn hatte sein Gesicht zu einer grotesken Maske verzerrt. »Sie haben alles verdorben, Trevelyan. Und das sollen Sie büßen.«

Er hob die Pistole und zielte.

Nicht auf ihn. Auf Molly.

In diesem Augenblick spürte Harry, daß sein Verstand aussetzte. *Zu spät.*

Die Reflexe übernahmen die Kontrolle. Als besäße es einen eigenen Willen, flog das Messer aus seiner Hand. Es fuhr Cutter mitten in die Brust. Der Aufprall ließ ihn einen Schritt zurückwanken. In seinen Augen ersetzte ein neuer, verständnisloser Ausdruck den Zorn. Er ließ die Pistole fallen und umklammerte den Messergriff.

»Aber ich habe ... alles so sorgfältig geplant«, sagte er heiser, während er auf die Knie sank. »Es konnte nichts ... schiefgehen.«

Mit dem Gesicht zuerst fiel Cutter auf die Fliesen. Er bewegte sich nicht mehr.

Harry zog Molly an sich. Sie vergrub das Gesicht an seiner Schulter. Als sie sprach, strömten Tränen über ihre Wangen.

»Du hast uns gerettet. Du hast uns beiden heute nacht das Leben gerettet.«

Diesmal war es nicht zu spät gewesen.

»Du wußtest es, nicht wahr? Schon bevor du durch die Tür kamst, wußtest du, daß er da war.«

Harry verstärkte seine Umarmung, während er mit Molly in das matte Licht der Morgendämmerung sah, das draußen hinter den Fenstern die Dunkelheit vertrieb. Die Polizei war vor einiger Zeit gegangen. Latteridges Leiche und das Blut in der Diele waren verschwunden. Weder Molly noch Harry hatten zu Bett gehen wollen.

»Ich wußte ...« Harry zögerte. Unsicher suchte er nach den richtigen Worten. »Ich fühlte, daß etwas nicht in Ordnung war.«

»Du hast noch mehr gefühlt. Du wußtest, daß Latteridge hier war.«

»Angesichts der Tatsache, daß er die einzige wirkliche Gefahr darstellte, mit der wir in letzter Zeit zu tun hatten, war das eine logische Schlußfolgerung.«

»Komm mir nicht wieder mit diesem Unsinn.« Molly drehte sich in seiner Umarmung. Ihre smaragdgrünen Augen glänzten in einem wissenden Ausdruck. »Du wußtest, daß er hier war, weil ich dich gewarnt habe.«

»Hast du das?«

»Ja. Und du hast mich gehört, Harry. In deinen Gedanken.«

Harry neigte den Kopf und glitt mit dem Mund über ihre Lippen. »Sagen wir einfach, daß ich wieder eine meiner Einsichten hatte.«

»Es war weitaus mehr.« Molly schlang die Arme um seinen Nacken und küßte ihn innig. Schließlich beugte sie den Kopf in den Nacken und lächelte. »Eines Tages bringe ich dich dazu, es einzugestehen.«

»Du bist in Sicherheit.« Harry schob sie sanft auf das Sofa zurück und legte sich auf sie. »Das ist alles, was zählt, Molly. Und ich danke Gott dafür.«

Sie berührte seinen Mund mit einer Fingerspitze. »Und du bist auch in Sicherheit.« Sie sah ihn mit glühendem Blick an.

Ohne Vorwarnung explodierte in Harry die alles verschlingende Leidenschaft. Der vernünftige Teil seines Gehirns wußte, daß es eine Nachwirkung auf die Gefahr und die Tatsache war, daß er Molly beinahe verloren hätte. Doch die Vernunft wurde durch das machtvolle Verlangen beiseite gedrängt, das ihn ergriff. »Molly«, flüsterte er. *»Molly.«*

»Ja.« Sie zog sein Gesicht zu sich und küßte ihn.

Mit elementarer Kraft, die sie nicht mehr anhalten konnten, wurden beide von wildem Begehren durchflossen. Harry nestelte an Mollys Kleidung und befreite sich gleichzeitig von seiner. Noch halb bekleidet vereinigten sie sich in einem Sturm der Leidenschaft. In diesem Augenblick zählte nur noch Verlangen. Harry stellte nichts mehr in Frage. Er akzeptierte, was geschah, und gab sich ganz hin.

Er mußte die grenzenlose Wärme, das Leben und die Energie in Molly spüren, brauchte diese unglaubliche Empfindung, in sie zu sinken und sie im tiefsten Inneren zu berühren, während sie ihm in seiner Tiefe begegnete. Und Molly öffnete sich für ihn. Auf der Suche nach verborgenen Mysterien, die auf keine andere Weise erfahren werden konnten, drang Harry in sie ein. Die Sehnsucht nach den Geheimnissen ihrer Seele ergriff ihn, und es drängte ihn, ihr die seinen zu zeigen. Mutig betrat er die Glasbrücke mit dem Wissen, daß Molly auf der anderen Seite des Abgrunds auf ihn wartete. Solange sie da war, würde er nicht fallen.

Harry war in der wirbelnden Dunkelheit nicht länger allein.

Später lag er ausgestreckt in Mollys Armen und ließ sich bis in die Tiefen seiner Seele von ihrer Wärme durchdringen.

Ich liebe dich, dachte er.

Molly umfaßte sein Gesicht mit beiden Händen. »Ich liebe dich, Harry.«

In diesem Augenblick wurde Harry bewußt, daß er die Worte niemals laut ausgesprochen hatte. Nicht ein einziges Mal. Unglaublich. Ein Leben ohne Molly konnte er sich nicht mehr vorstellen. Die Zeit war gekommen, ihr zu sagen, was in seinem Herzen brannte. »Ich liebe dich, Molly.«

Sie lächelte. Lachen und Liebe standen in ihren hellen Augen. »Ich habe dich schon beim erstenmal verstanden.«

23

An einem schönen Frühlingstag holte Harry seine Frau und beider neugeborenen Sohn nach Hause auf den Abberwick-Familiensitz. Er bettete sie auf das ausgeblichene viktorianische Sofa im vorderen Salon, während er sich vorbereitete, den erwarteten Besucheransturm einzuschränken. Diese Aufgabe würde nicht leicht sein. Eine lange Reihe von Trevelyans, Strattons und Abberwicks hatte die Absicht geäußert, der jungen Mutter und dem Baby einen Besuch abzustatten. In der Halle häuften sich die Geschenke.

Neben dem Sofa stehend, sah Harry auf seinen Sohn hinunter. Ein Gefühl der Ehrfurcht und ein wundersames Staunen durchflossen ihn. Die Empfindung übertraf alles, was er jemals für die Gesetze von Newton und Einstein empfunden hatte. »Unglaublich«, flüsterte er. »Er ist absolut unglaublich.«

»Genau das denke ich auch.« Molly lächelte Harry müde, aber mit tiefer Zufriedenheit an. »Was hältst du von dem Namen Sean Jasper Trevelyan?«

»Ein bißchen umständlich, aber wen kümmert das ... Er wird schon damit fertig werden.« Harry berührte vorsichtig Seans kleine Finger. »Ein Wunder.«

»Wenn du dieses Wunder bestaunst, dann warte nur auf das nächste«, sagte Molly.

»Das nächste?«

»Es folgt auch noch ein kleines Mädchen, weißt du«, kündigte Molly glücklich an. »In ungefähr zwei Jahren.«

»Hast du schon Pläne?« fragte Harry hingebungsvoll.

»Ich habe sie gesehen, erinnerst du dich? An dem Tag, als sie und der kleine Sean mich in der Werkstatt gerettet haben. Wir werden sie Samantha Brittany nach unseren Müttern nennen.«

Harry lächelte. »Alles, was du willst, meine Liebe. Ich besitze ganz sicher nicht die Kraft, mit dir zu streiten. Ich weiß, daß der Arzt darauf bestand, dich und Sean heute zu entlassen, aber ich brauche noch immer Erholung. Es wird eine Weile dauern, bis ich so etwas noch einmal durchstehen kann.«

»Du warst wunderbar«, versicherte Molly ihm.

»Ich war ein einziges Nervenbündel.«

»Gar nicht wahr. Du bist nicht von meiner Seite gewichen.« Mit der Fingerspitze berührte Molly die winzige Nase ihres Sohnes. »Oder aus meinem Kopf«, fügte sie weich hinzu.

Harry tat so, als hätte er nichts gehört. Doch der Teil in ihm, der früher bei derartigen Kommentaren und Andeutungen mit Schmerz reagiert hatte, geriet nicht mehr in Aufruhr. In der Halle wurden Schritte laut. Harry sah zur Tür. »Ich habe Ginny gesagt, sie soll die Besucherzahl heute auf ein Minimum beschränken.«

»Hallo.« Tessa streckte den Kopf durch den Türrahmen. Direkt hinter ihr stand Heloise Stickley. »Wir sind gekommen, um dem neuen Familienmitglied unsere Aufwartung zu machen.«

»Kommt rein«, sagte Molly. »Hallo, Heloise.«

»Hallo, Miß Abberwick. Ich meine, Mrs. Trevelyan.«

Heloise lächelte scheu. Sie hielt einen großen Kasten zwischen beiden Händen. »Süßes Kind.«

»Allerdings.« Molly sah auf den Kasten. »Wie nett von Ihnen, ein Geschenk mitzubringen, Heloise.«

Heloise wurde rot. »Nun, ja. Es handelt sich nicht wirklich um ein Geschenk. Mein Prototyp ist fertig. Ich dachte, Sie wollten ihn vielleicht sehen.«

Harry stöhnte. »Nicht heute. Vielen Dank.«

»Aber er funktioniert«, sagte Heloise. Die Begeisterung besiegte ihre Scheu. »Zumindest theoretisch. Bis jetzt hatte ich noch keine Gelegenheit, ihn auszuprobieren. Zuerst muß ich ein geeignetes Testobjekt finden. Jemand, der die richtigen Gehirnwellen absondert.«

Harry trat einen Schritt zurück. Er machte ein böses Gesicht. »Sehen Sie mich nicht so an.«

»Wie?« Heloise warf ihm einen belustigten Blick zu. »Ich hatte nicht die Absicht, Sie zu testen, Dr. Trevelyan. Was ich brauche, ist jemand mit zweifelsfrei festgestellten übersinnlichen Fähigkeiten.«

»Genau.« Harry lächelte gelangweilt. »Und damit bin ich aus dem Rennen.«

Molly warf ihm einen amüsierten Blick zu. Dann sah sie zu Tessa. »Wie geht es der erfolgreichen Beraterin in der Kaffeebranche?«

»Im Juni eröffnen wir eine neue Gordon-Brooke-Espresso-Bar in Bellevue«, antwortete Tessa stolz. »Diesmal wird alles richtig laufen. Ich erwarte ein Bombengeschäft. Und ich bekomme Prozente vom Gewinn.«

»Ich glaube, ich muß mich langsam nach einer neuen Angestellten umsehen«, sagte Molly. »Eine Vorahnung sagt mir, daß ich dich in Zukunft nicht mehr sehr häufig sehen werde.«

»Meine Wurzeln werde ich nie vergessen«, versicherte Tessa ihr. »Aber ich überlege, ob ich mir den Augenbrauenring entfernen lassen soll. Was meinst du?«

»Übereile nichts«, riet Molly ihr. »Du hast einem Image zu entsprechen.«

»Das stimmt.« Tessa blickte nachdenklich.

Ein leises Klopfen kündigte noch einen Besucher an.

»Darf ich reinkommen?« fragte Josh.

»Klar«, sagte Molly. »Begrüße Sean Jasper.«

»Sean Jasper? Großartiger Name.« Josh schlenderte herein und blieb neben dem Baby stehen. »Sieht aus, als würde er nach seinem Vater geraten.«

»Was soll das heißen?« wollte Harry wissen.

Josh grinste. »Sagen wir so: Der bestaussehendste kleine Trevelyan ist er nicht.«

»Er ist wunderbar«, sagte Molly entschieden. »Wie sein Vater.«

»Danke«, murmelte Harry.

»Schönheit ist wohl eine Sache des Betrachters«, gab Josh zu. »Vielleicht wird er noch hübscher, wenn ein paar dieser Falten verschwinden.«

Wieder erklangen Schritte. Kelsey erschien in der Tür. Sie trug einen kleinen Rucksack. »Molly, ich bin gerade angekommen. Das Flugzeug hatte etwas Verspätung. Ginny sagt, ich hätte alles verpaßt. Geht es dir gut?«

»Uns beiden geht es gut«, antwortete Molly.

»Oh, er ist einfach süß.« Kelsey kam ins Zimmer. Als sie Josh entdeckte, blieb sie stehen und wurde rot. »Hallo.«

»Hallo.« Josh schien nicht recht zu wissen, was er als nächstes sagen sollte. »Ich habe dich seit Weihnachten nicht gesehen.«

»Als du den Punsch über mich gegossen hast«, bestätigte Kelsey.

»Das kann ich nicht gewesen sein«, sagte Josh. »Ich besitze ausgezeichnete Reflexe. Liegt in der Familie. Wie läuft das Studium?«

»Wunderbar«, antwortete Kelsey. »Und bei dir?«

»Gut«, sagte Josh. »Alles bestens.«

Es folgte ein betretenes Schweigen. Josh und Kelsey starrten einander weiter an, als wären sie allein im Wohnzimmer. Molly sah zu Harry und hob die Brauen. Um zu verstehen, was sie dachte, brauchte Harry keine Gedankenübertragung. Seit Josh und Kelsey sich kurz vor der Hochzeit kennengelernt hatten, ging das so zwischen ihnen.

»Jetzt habe ich alles aufgebaut«, verkündete Heloise, ohne das plötzliche Schweigen bemerkt zu haben. »Alle zurücktreten, wenn ich das Gerät einschalte.«

»Was?« Harry fuhr herum und sah den seltsamen Apparat, den Heloise aus dem großen Karton geholt hatte. An dem Gerät baumelten verschiedene Metallmanschetten. Es besaß eine elektronische Schalttafel mit verschiedenen Anzeigen und Skalen und war über eine lange Schnur mit einer normalen Steckdose verbunden.

»Alle bereit?« fragte Heloise strahlend.

»Einen Moment, bitte.« Harry ging mit grimmiger Entschlossenheit zur Steckdose. »Hier ist kein Ort für Experimente dieser Art.«

Doch Heloise legte einen Schalter um. Die Schalttafel begann wie eine Weihnachtsbeleuchtung zu blinken. »Oh, toll.« Heloise war atemlos. »Das Ding zeigt tatsächlich etwas an. Solch eine Reaktion erlebe ich zum erstenmal.«

»Heilige Mutter.« Kelsey setzte den Rucksack ab und trat an das Gerät. »Was ist das? Was hat das zu bedeuten?«

»Ich bin nicht ganz sicher.« Heloise regulierte verschiedene Schalter.

Josh stellte sich neben Kelsey. »Was ist das für ein Ding?«

»Es ist ein Gerät, das paranormale Gehirnwellen nachweist.« Heloise beugte sich über die Schalttafel. »Ich habe monatelang daran gearbeitet. Dank einer Finanzierungshilfe der Abberwick-Stiftung. Mann, es gibt jemanden hier, der wirklich starke Wellen aussendet.«

Auf halbem Weg zur Steckdose blieb Harry stehen. »Bringen Sie dieses verrückte Gerät raus, Heloise. Es ist weder die Zeit noch der Ort für eine Demonstration.«

»Warte, Harry.« Mit Sean Jasper im Arm schob Molly die Decke beiseite und setzte sich auf die Sofakante. »Laß uns sehen, was Heloise mitgebracht hat.«

»Du solltest dich ausruhen«, murmelte Harry.

»Mir geht es gut. Ich will wissen, wie Heloises Gerät arbeitet.«

Einen Moment lang verfluchte Harry die Neugier der Abberwicks. Dann trat er näher an das Gerät. Die Leuchtanzeigen an der Schalttafel blieben konstant.

»Alle bleiben an ihren Plätzen.« Heloise richtete einige herumhängende Drähte aus. »Ich bekomme eine eindeutige Anzeige. Es ist so aufregend. Jemand im Raum sendet wie verrückt paranormale Gehirnströme aus.«

»Ich hoffe, das bin ich«, sagte Kelsey. »Was gäbe ich darum, übersinnliche Fähigkeiten zu besitzen.«

Heloise richtete einen der Meßfühler auf sie. »Nein. Tut mir leid. Sie sind es nicht.«

»Versuchen Sie es bei Harry«, schlug Josh vor. »Alle in der Familie sagen, er besäße das Zweite Gesicht.«

Heloise sah Harry an.

»Kommen Sie mir mit dem Ding nicht zu nahe«, warnte er. »Sie haben das Stipendium der Abberwick-Stiftung ohne meine Billigung erhalten. Es war reine Geldverschwendung, wenn Sie mich fragen. Es gibt absolut keine naturwissenschaftliche Grundlage für diese Art von Forschungen.«

»Nun komm schon, Harry«, sagte Molly. »Erlaube Heloise, das Gerät an dich anzuschließen. Welchen Schaden kann das schon anrichten?«

»Ja«, sagte Josh. »Was soll schon passieren?«

»Der Schaden besteht darin, daß alle Gesetze der Naturwissenschaft beleidigt werden«, antwortete Harry. »Und ich werde mich nicht an dummen Experimenten dieser Art beteiligen.«

»Ach, Harry, sei kein Spielverderber.« Als Heloise abrupt vor ihr stehenblieb, hielt Molly inne. »Was ist los, Heloise?«

»Ich werde verrückt.« Heloise sah hingerissen auf ihre Meßanzeigen. »Die Reaktion ist sehr stark hier.«

»Ich?« Molly war begeistert.

»Nein, das glaube ich nicht.« Heloise bewegte den Fühler vorsichtig um Molly und Sean Jasper. »Nicht Sie.«

»Schade«. Molly verzog enttäuscht das Gesicht. »Ich hatte schon gehofft, ein paar außersinnliche Fähigkeiten zu besitzen.«

»Es ist das Baby«, verkündete Heloise. »Die paranormalen Wellen kommen von Sean Jasper.«

»Du liebe Güte«, flüsterte Molly. In ihren Augen erschien Ehrfurcht. »Es ist erblich.«

Harry starrte auf seinen kleinen Sohn. Dann lächelte er zögernd. »Schieb die Schuld nicht auf mich. Ein Gefühl sagt mir, daß diese Begabung in beiden Familien vorkommt.«

Molly lachte.

In diesem Augenblick brauchte Harry keine besonderen übersinnlichen Fähigkeiten, um einen Blick in die Zukunft voller Liebe zu werfen, die vor ihm lag. Es stand alles in Mollys klaren, leuchtenden Augen.

Diese Gewißheit galt. Absolut und unbedingt.

